AS DUAS TORRES

J.R.R. TOLKIEN

AS DUAS TORRES

Tradução de

RONALD KYRMSE

O SENHOR DOS ANÉIS
PARTE 2

HarperCollins
Rio de Janeiro, 2022

Esta edição é baseada na edição revisada publicada pela primeira vez em 2002, que é uma versão revisada da edição revisada publicada pela primeira vez em 1994.

Publisher	*Samuel Coto*
Produção editorial	*Brunna Castanheira Prado*
Produção gráfica	*Lúcio Nöthlich Pimentel*
Preparação de texto	*Leonardo Dantas do Carmo*
Revisão	*Guilherme Mazzafera, Gabriel Oliva Brum, Daniela Vilarinho*
Diagramação	*Sonia Peticov*
Capa	*Alexandre Azevedo, Rafael Brum* (capa tecido)

CIP-BRASIL. CATALOGAÇÃO NA FONTE
SINDICATO NACIONAL DOS EDITORES DE LIVROS, RJ

T589s

Tolkien, J. R. R. (John Ronald Reuel), 1892–1973
As Duas Torres: Segunda Parte de O Senhor dos Anéis / J.R.R. Tolkien; tradução de Ronald Kyrmse. – 1. ed. – Rio de Janeiro: Harper Collins Brasil, 2019.
464 p.

Tradução de: *The Two Towers*
ISBN 978-85-95084-76-6 (versão capa dura)
978-65-55113-62-4 (versão brochura)

1. Literatura inglesa. 2. Fantasia. 3. Ficção. 4. Tolkien. 5.Hobbit. 6. Terra-média. I. Kyrmse, Ronald. II. Título.

CDD: 820

Aline Graziele Benitez – Bibliotecária – CRB-1/3129

HarperCollins Brasil é uma marca licenciada à Casa dos Livros Editora LTDA.

Rua da Quitanda, 86, sala 218 — Centro
Rio de Janeiro — RJ — CEP 20091-005
Tel.: (21) 3175-1030
www.harpercollins.com.br

Três Anéis para os élficos reis sob o céu,
Sete para os Anãos em recinto rochoso,
Nove para os Homens, que a morte escolheu,
Um para o Senhor Sombrio no espaldar tenebroso
Na Terra de Mordor aonde a Sombra desceu.
Um Anel que a todos rege, Um Anel para achá-los,
Um Anel que a todos traz para na escuridão atá-los
Na Terra de Mordor aonde a Sombra desceu.

SUMÁRIO

Resumo do Livro Anterior

Esta é a segunda parte de O Senhor dos Anéis.

A primeira parte, *A Sociedade do Anel*, contou como Gandalf, o Cinzento, descobriu que o anel em posse de Frodo, o Hobbit, era de fato o Um Anel, regente de todos os Anéis de Poder. Narrou a fuga de Frodo e seus companheiros do seu lar no tranquilo Condado, perseguidos pelo terror dos Cavaleiros Negros de Mordor, até que por fim, com o auxílio de Aragorn, o Caminheiro de Eriador, chegaram através de desesperados perigos à casa de Elrond, em Valfenda.

Ali aconteceu o grande Conselho de Elrond, no qual se decidiu tentar a destruição do Anel, e Frodo foi designado como Portador-do-Anel. Os Companheiros do Anel foram então escolhidos, os que o deviam auxiliar em sua demanda: chegar, se pudesse, à Montanha de Fogo em Mordor, a terra do próprio Inimigo, o único lugar em que o Anel poderia ser desfeito. Nessa sociedade estavam Aragorn e Boromir, filho do Senhor de Gondor, representando os Homens; Legolas, filho do Rei-élfico de Trevamata, pelos Elfos; Gimli, filho de Glóin, da Montanha Solitária, pelos Anãos; Frodo com seu serviçal Samwise e seus dois jovens parentes Meriadoc e Peregrin, pelos Hobbits; e Gandalf, o Cinzento.

Os Companheiros viajaram em segredo para longe de Valfenda no Norte, até que, frustrados em sua tentativa de atravessar no inverno o alto passo de Caradhras, foram levados por Gandalf através do portão oculto e entraram nas vastas Minas de Moria, buscando um caminho por baixo das montanhas. Ali Gandalf, em batalha com um terrível espírito do mundo inferior, caiu em um escuro abismo. Mas Aragorn, agora revelado como herdeiro oculto dos antigos Reis do Oeste, levou a Comitiva avante desde o Portão Leste de Moria, através da terra élfica de Lórien, e descendo pelo grande Rio Anduin, até alcançarem as Cataratas de Rauros. Já se haviam dado conta de que sua jornada estava sendo vigiada por espiões e de que a criatura Gollum, que outrora possuíra o Anel e ainda ansiava por ele, seguia o rastro deles.

Então tornou-se necessário que decidissem se deveriam rumar ao leste para Mordor; ou prosseguir com Boromir em auxílio de Minas Tirith, principal cidade de Gondor, na guerra vindoura; ou dividir-se. Quando ficou evidente que o Portador-do-Anel estava resolvido a continuar sua desesperançada viagem à terra do Inimigo, Boromir tentou apossar-se do Anel à força. A primeira parte terminou com Boromir sucumbindo à atração do Anel; com o escape e o desaparecimento de Frodo e seu serviçal Samwise; e com a dispersão do restante da Sociedade por um súbito ataque de soldados-órquicos, alguns a serviço do Senhor Sombrio de Mordor, alguns do traidor Saruman de Isengard. A Demanda do Portador-do-Anel já parecia assolada pelo desastre.

A segunda parte, *As Duas Torres*, conta agora o que ocorreu com cada um dos membros da Sociedade do Anel, depois do rompimento de sua sociedade, até a vinda da grande Escuridão e a irrupção da Guerra do Anel, que será narrada na terceira e última parte.

AS DUAS TORRES

O SENHOR DOS ANÉIS

PARTE 2

LIVRO III

1

A Partida de Boromir

Aragorn subiu a colina às pressas. Vez por outra inclinava-se para o chão. Hobbits pisam leve, e suas pegadas não são fáceis de decifrar, nem mesmo para um Caminheiro, mas não longe do topo um regato atravessava a trilha, e na terra úmida ele viu o que estava buscando.

"Interpreto bem os sinais", disse ele para si mesmo. "Frodo correu até o cume. Pergunto-me o que ele viu lá. Mas voltou pelo mesmo caminho e desceu a colina outra vez."

Aragorn hesitou. Desejava ir ele mesmo ao alto assento, esperando ver ali algo que o guiasse na sua perplexidade; mas o tempo urgia. De repente deu um salto para frente e correu até o topo, atravessando as grandes lajes e subindo os degraus. Então, sentado no alto assento, olhou em volta. Mas o sol parecia obscurecido, e o mundo, apagado e remoto. Virou-se do Norte até retornar ao Norte e nada viu senão as colinas distantes, a não ser que bem longe conseguisse ver novamente uma grande ave, como uma águia voando alto no ar, descendo lentamente em círculos amplos rumo a terra.

Mesmo enquanto observava, seus ouvidos aguçados perceberam sons nas matas lá embaixo, do lado oeste do Rio. Aprumou-se. Havia gritos, e entre eles, para seu horror, podia distinguir as vozes ásperas de Orques. Então, de repente, uma grande trompa fez soar um chamado rouco, e seus toques golpearam as colinas e ecoaram nos vales, erguendo-se em possante grito acima do rugido das cataratas.

"A trompa de Boromir!", exclamou ele. "Ele está em apuros!" Desceu os degraus aos saltos e seguiu pulando trilha abaixo. "Ai de nós! Uma sina má me acomete neste dia, e tudo o que faço dá errado. Onde está Sam?"

Enquanto corria, os gritos vinham mais altos, mas agora a trompa soava mais débil e desesperada. Ferozes e estridentes erguiam-se os berros dos Orques, e de repente os toques de trompa cessaram. Aragorn desceu correndo a última encosta, mas, antes que conseguisse alcançar o sopé da colina, os sons se extinguiram; e quando se virou para a esquerda e correu naquela direção eles recuaram, até que finalmente não conseguia mais ouvi-los. Sacando a espada reluzente e gritando "*Elendil! Elendil!*", ele passou com estrondo pelo meio das árvores.

A cerca de uma milha de Parth Galen, numa pequena clareira próxima do lago, encontrou Boromir. Estava sentado, encostado a uma grande árvore, como se descansasse. Mas Aragorn viu que ele estava transpassado por muitas flechas de penas negras; ainda tinha a espada na mão, mas ela estava partida junto ao punho; sua trompa, rachada em dois pedaços, estava ao seu lado. Muitos Orques jaziam abatidos, amontoados em toda a sua volta e a seus pés.

Aragorn ajoelhou-se junto a ele. Boromir abriu os olhos e esforçou-se para falar. Por fim vieram palavras lentas. "Tentei tirar o Anel de Frodo", disse ele. "Eu lamento. Eu paguei." Seu olhar desviou-se para os inimigos tombados; havia pelo menos vinte deitados ali. "Eles se foram: os Pequenos; os Orques os levaram. Acho que não estão mortos. Os Orques os amarraram." Fez uma pausa, e seus olhos se fecharam de exaustão. Um momento depois voltou a falar.

"Adeus, Aragorn! Vai a Minas Tirith e salva meu povo! Eu falhei."

"Não!", disse Aragorn, tomando-lhe a mão e beijando-lhe a fronte. "Tu venceste. Poucos ganharam tal vitória. Fica em paz! Minas Tirith não há de cair!"

Boromir sorriu.

"Para que lado foram? Frodo estava lá?", perguntou Aragorn.

Mas Boromir não voltou a falar.

"Ai de nós!", exclamou Aragorn. "Assim passa o herdeiro de Denethor, Senhor da Torre de Guarda! Este é um amargo fim. Agora a Comitiva está toda em ruínas. Fui eu que falhei. Vã foi a confiança de Gandalf em mim. O que hei de fazer agora?

Boromir incumbiu-me de ir a Minas Tirith, e meu coração assim deseja; mas onde estão o Anel e o Portador? Como hei de encontrá-los e salvar a Demanda do desastre?"

Ficou algum tempo de joelhos, curvado pelo choro, ainda segurando a mão de Boromir. Foi assim que Legolas e Gimli o encontraram. Vinham das encostas ocidentais da colina, em silêncio, esgueirando-se pelas árvores como se estivessem caçando. Gimli tinha o machado na mão, e Legolas, seu longo punhal: todas as suas flechas haviam sido usadas. Quando entraram na clareira detiveram-se perplexos; e então pararam por um momento, cabeças baixas de pesar, pois parecia-lhes evidente o que acontecera.

"Ai de nós!", lamentou Legolas, chegando ao lado de Aragorn. "Caçamos e matamos muitos Orques nas matas, mas teríamos sido mais úteis aqui. Viemos quando ouvimos a trompa — mas tarde demais, ao que parece. Receio que tenhas sido ferido de morte."

"Boromir está morto", disse Aragorn. "Estou ileso, pois não estava aqui com ele. Tombou defendendo os hobbits enquanto eu estava longe, no topo da colina."

"Os hobbits!", exclamou Gimli. "Mas onde estão eles? Onde está Frodo?"

"Não sei", respondeu Aragorn, desanimado. "Antes de morrer Boromir me contou que os Orques os haviam amarrado; não cria que estivessem mortos. Eu o mandei seguir Merry e Pippin; mas não lhe perguntei se Frodo ou Sam estavam com ele: não até ser tarde demais. Tudo o que fiz hoje deu errado. O que se há de fazer agora?"

"Primeiro temos de cuidar do tombado", disse Legolas. "Não podemos deixá-lo jazendo como carniça em meio a estes Orques imundos."

"Mas temos de ser rápidos", comentou Gimli. "Ele não desejaria que nos demorássemos. Temos de seguir os Orques, se houver esperança de que algum membro de nossa Comitiva seja prisioneiro vivo."

"Mas não sabemos se o Portador-do-Anel está com eles ou não", disse Aragorn. "Vamos abandoná-lo? Não devemos procurá-lo primeiro? Agora uma decisão maligna está diante de nós!"

"Então façamos primeiro o que temos de fazer", respondeu Legolas. "Não temos tempo nem ferramentas para sepultar condignamente nosso companheiro, nem de erguer um morro tumular sobre ele. Poderíamos empilhar um monte de pedras."

"O trabalho seria duro e demorado: não há pedras que possamos usar mais perto da margem", disse Gimli.

"Então vamos colocá-lo em um barco com suas armas e com as armas de seus inimigos derrotados", concluiu Aragorn. "Nós o enviaremos às Cataratas de Rauros e o entregaremos ao Anduin. O Rio de Gondor, pelo menos, cuidará de que nenhuma criatura maligna desonre seus ossos."

Fizeram uma rápida busca nos corpos dos Orques, reunindo em um monte suas espadas, seus elmos partidos e seus escudos.

"Vede!", exclamou Aragorn. "Aqui encontramos indícios!" Separou da pilha de armas cruéis dois punhais de lâminas em forma de folha, tauxiados de ouro e vermelho; e buscando mais encontrou também as bainhas, negras e incrustadas com pequenas gemas vermelhas. "Estes não são instrumentos de Orques!", disse ele. "Eram levados pelos hobbits. Sem dúvida os Orques os despojaram, mas temiam ficar com os punhais, sabendo o que eram: obras de Ociente, envolvidas com encantamentos para a desgraça de Mordor. Bem, agora, se ainda vivem, nossos amigos estão sem armas. Pegarei estes objetos, esperando além da esperança poder devolvê-los."

"E eu", comentou Legolas, "pegarei as flechas que conseguir encontrar, pois minha aljava está vazia." Procurou na pilha e no chão em volta, e encontrou não poucas que estavam ilesas e tinham hastes mais longas que as flechas que os Orques costumavam usar. Examinou-as de perto.

Aragorn olhou os mortos e disse: "Aqui jazem muitos que não são gente de Mordor. Alguns são do Norte, das Montanhas Nevoentas, se é que sei alguma coisa dos Orques e seus tipos. E aqui há outros que me são estranhos. Seu equipamento não combina com os costumes dos Orques!"

Havia quatro soldados-gobelins de maior estatura, morenos e de olhos inclinados, de pernas grossas e mãos grandes. Estavam armados com espadas curtas de lâmina larga, não com as costumeiras cimitarras curvas dos Orques; e tinham arcos de teixo, de comprimento e forma semelhante aos dos Homens. Nos escudos traziam uma estranha divisa: uma pequena mão branca no centro de um campo negro; na frente de seus elmos de ferro estava marcada uma runa S, feita em algum metal branco.

"Não vi esses símbolos antes", disse Aragorn. "O que significam?"

"S é de Sauron", comentou Gimli. "Isso é fácil ler."

"Não!", respondeu Legolas. "Sauron não usa as runas-élficas."

"Nem usa seu nome certo, nem permite que seja escrito ou falado", disse Aragorn. "E não usa branco. Os Orques a serviço de Barad-dûr usam o sinal do Olho Vermelho." Parou pensativo por um momento. "S é de Saruman, eu creio", disse ele por fim. "Há mal sendo tramado em Isengard, e o Oeste não está mais a salvo. É como Gandalf temia: por algum meio o traidor Saruman teve notícias de nossa jornada. Também é provável que saiba da queda de Gandalf. Perseguidores de Moria podem ter escapado à vigilância de Lórien, ou podem ter evitado aquela terra e chegado a Isengard por outras trilhas. Os Orques viajam depressa. Mas Saruman tem muitos modos de receber notícias. Recordais as aves?"

"Bem, não temos tempo para ponderar enigmas", disse Gimli. "Vamos levar Boromir embora!"

"Mas depois disso temos de decifrar os enigmas, se formos escolher o percurso correto", respondeu Aragorn.

"Talvez não haja escolha correta", comentou Gimli.

Tomando então o machado, o Anão cortou vários galhos. Amarraram-nos com cordas de arco e estenderam suas capas na armação. Nesse rude féretro carregaram o corpo do companheiro até a margem, junto com os troféus de sua última batalha que resolveram enviar com ele. Era um percurso curto, mas descobriram que não era tarefa fácil, pois Boromir fora homem tanto alto quanto forte.

À beira da água Aragorn ficou, vigiando o féretro, enquanto Legolas e Gimli voltaram a pé, às pressas, a Parth Galen. Era uma milha ou mais de distância, e levou algum tempo até voltarem, remando dois barcos rapidamente ao longo da beira.

"Há uma estranha história para contar!", disse Legolas. "Só há dois barcos na margem. Não pudemos encontrar pista do outro."

"Os Orques estiveram lá?", perguntou Aragorn.

"Não vimos sinal deles", respondeu Gimli. "E os Orques teriam levado ou destruído todos os barcos e a bagagem também."

"Vou olhar o chão quando chegarmos lá", disse Aragorn.

Então deitaram Boromir no meio do barco que o levaria embora. O capuz cinzento e a capa-élfica foram dobrados e postos sob sua cabeça. Pentearam seus longos cabelos escuros e arrumaram-nos em seus ombros. O cinto dourado de Lórien reluzia em torno de sua cintura. Seu elmo foi posto ao seu lado, e no colo lhe puseram a trompa partida, a bainha e os fragmentos de sua espada; sob os pés puseram as espadas de seus inimigos. Então, prendendo a proa à popa do outro barco, puxaram-no para o meio da água. Remaram tristemente ao longo da margem e, virando-se para o canal de correnteza veloz, passaram pelo gramado verde de Parth Galen. Os flancos íngremes de Tol Brandir reluziam: já era o meio da tarde. À medida que rumavam para o sul, os vapores de Rauros subiam e bruxuleavam diante deles, uma névoa de ouro. O ímpeto e o trovão das cataratas sacudiam o ar sem vento.

Pesarosos, desataram o barco fúnebre: ali jazia Boromir sossegado, em paz, deslizando no seio da água corrente. A correnteza o levou enquanto retinham o próprio barco com os remos. Ele os ultrapassou flutuando, e lentamente seu barco partiu, reduzindo-se a uma mancha escura diante da luz dourada; e então, de repente, desapareceu. Rauros seguia rugindo imutável. O Rio levara Boromir, filho de Denethor, e ele não foi mais visto em Minas Tirith, de pé, como costumava, sobre a Torre Branca pela manhã. Mas em Gondor foi dito por muito tempo, em dias posteriores, que o barco-élfico superou a catarata e a lagoa espumante e o levou rio abaixo através de Osgiliath, passando pelas muitas fozes do Anduin, para o meio do Grande Mar à noite sob as estrelas.

Por certo tempo, os três companheiros ficaram em silêncio, seguindo-o com o olhar. Então Aragorn falou. "Vão procurá--lo desde a Torre Branca," disse ele, "mas ele não retornará do monte ou do mar." Depois, lentamente, começou a cantar:

Por Rohan, sobre brejo e campo, onde longa cresce a grama,
O Vento Oeste vem andando e nas muralhas clama.
"Que novas d'Oeste, vento errante, à noite vens me dar?
Viste Boromir, o Alto, à luz dos astros ou luar?"
"Vi-o passar por sete rios, por amplas águas passou;
Vi-o andar em terras ermas, até que se ocultou
Nas sombras do Norte. Desde então não mais vi o senhor.
O Vento Norte ouviu a trompa do filho de Denethor."
"Ó Boromir! Dos altos muros vigiei o oeste,
Mas de onde não há gente, dos ermos não vieste."[A]

Então Legolas cantou:

Da Beira-mar voa o Vento Sul, das pedras, dos morros de areia,
Carrega o choro das gaivotas, junto ao portão pranteia.
"Que novas do Sul, ó vento uivante, me trazes ao relento?
Onde anda Boromir, o Belo? Demora-se e lamento."
"Não me perguntes onde está — há tantos ossos soltos
Nas praias brancas, praias negras, sob os céus revoltos;
Buscando o Mar desceram muitos pelo Anduin.
Do Vento Norte pede novas que o Vento traz a mim!"
"Ó Boromir! A trilha ao sul, ao mar, passa na porta,
Mas co'as gaivotas não vieste da cinza praia morta."[B]

Então Aragorn continuou a cantar:

Do Portão dos Reis sopra o Vento Norte, passando a cachoeira;
E junto à torre fria soa a trompa altaneira.
"Que novas do Norte, vento possante, me trazes neste dia?
Que novas de Boromir, o Audaz? Há tempos não o via."
"Clamou sob Amon Hen. Muitas armas repeliu.
Espada e broquel partidos trouxeram para o rio.
A fronte altiva, o rosto belo, o corpo depuseram;
E de Rauros as cascatas d'ouro no seio o receberam."

"Ó Boromir! A Torre de Guarda ao norte sempre mira
A Rauros, as cascatas d'ouro, enquanto o mundo gira."[C]

Assim terminaram. Depois deram a volta no barco e o impeliram contra a corrente, com toda a velocidade possível, de volta a Parth Galen.

"Deixastes o Vento Leste para mim," disse Gimli, "mas nada direi dele."

"É assim que deve ser", respondeu Aragorn. "Em Minas Tirith suportam o Vento Leste, mas não lhe pedem notícias. Mas agora Boromir partiu em seu caminho, e precisamos nos apressar em escolher o nosso."

Examinou o gramado verde, rápida, mas meticulosamente, abaixando-se ao chão muitas vezes. "Nenhum Orque esteve neste solo", disse ele. "No mais, nada pode ser distinguido com certeza. Todas as nossas pegadas estão aqui, cruzando-se e recruzando-se. Não consigo dizer se algum hobbit voltou desde que começou a busca por Frodo." Voltou à margem, perto de onde o regato da nascente escorria para o Rio. "Aqui há algumas pegadas nítidas", comentou ele. "Um hobbit vadeou água adentro e voltou; mas não sei dizer quanto tempo faz."

"Então como decifras este enigma?", perguntou Gimli.

Aragorn não respondeu de pronto, mas retornou ao lugar do acampamento e olhou a bagagem. "Faltam duas mochilas," disse ele, "e uma certamente é a de Sam: era bem grande e pesada. Esta é a resposta então: Frodo partiu de barco e seu serviçal foi com ele. Frodo deve ter voltado enquanto estávamos todos longe. Encontrei Sam subindo a colina e mandei que me seguisse; mas é óbvio que ele não fez isso. Adivinhou os pensamentos do patrão e voltou para cá antes que ele partisse. Frodo não achou fácil deixar Sam para trás!"

"Mas por que ele nos deixaria para trás e sem palavra?", indagou Gimli. "Foi um estranho feito!"

"E um bravo feito", disse Aragorn. "Sam estava certo, creio. Frodo não queria levar consigo nenhum amigo para a morte em Mordor. Mas sabia que ele próprio precisava ir. Depois que nos deixou, aconteceu algo que sobrepujou seu medo e sua dúvida."

"Quem sabe Orques caçadores o atacaram e ele fugiu", supôs Legolas.

"Fugiu com certeza," assentiu Aragorn, "mas não dos Orques, creio." Aragorn não disse qual acreditava ser a causa da resolução e de fuga súbita de Frodo. Por muito tempo manteve em segredo as últimas palavras de Boromir.

"Bem, pelo menos isto está claro agora", disse Legolas: "Frodo não está mais deste lado do Rio: só ele pode ter levado o barco. E Sam está com ele; só ele teria levado sua mochila."

"Então nossa escolha", comentou Gimli, "é tomar o barco restante e seguir Frodo, ou então seguir os Orques a pé. Há pouca esperança em ambos os casos. Já perdemos horas preciosas."

"Deixai-me pensar!", disse Aragorn. "E que eu faça agora a escolha certa e mude a má sina deste dia infeliz!" Ficou em silêncio por um momento. "Seguirei os Orques", disse ele por fim. "Eu teria conduzido Frodo até Mordor e ido com ele até o fim; mas se agora eu o procurar no ermo terei de abandonar os cativos ao tormento e à morte. Finalmente meu coração fala com clareza: o destino do Portador não está mais em minhas mãos. A Comitiva desempenhou seu papel. Porém nós que restamos não podemos desamparar nossos companheiros enquanto nos restarem forças. Vinde! Agora vamos partir. Deixai para trás tudo de que nos pudermos privar! Avançaremos de dia e de noite!"

Puxaram para cima o último barco e o carregaram até as árvores. Depositaram embaixo dele os bens de que não precisavam e que não conseguiam carregar consigo. Depois deixaram Parth Galen. A tarde definhava quando voltaram à clareira onde Boromir tombara. Ali captaram a pista dos Orques. Não foi necessária grande habilidade para encontrá-la.

"Nenhuma outra gente pisoteia assim", disse Legolas. "Parece que se deleitam em talhar e abater seres que crescem e que nem estão em seu caminho."

"Mas ainda assim seguem a grande velocidade", completou Aragorn, "e não se cansam. E mais tarde poderemos ser obrigados a encontrar nossa trilha em terreno duro e descoberto."

"Bem, atrás deles!", exclamou Gimli. "Os Anãos também conseguem andar depressa e não se cansam antes dos Orques. Mas será uma longa caçada: eles têm muita vantagem."

"Sim," disse Aragorn, "todos precisaremos da resistência dos Anãos. Mas vinde! Com esperança ou sem esperança, seguiremos a pista de nossos inimigos. E ai deles se nos revelarmos mais velozes! Faremos uma caçada tal que há de ser considerada uma maravilha entre as Três Gentes: os Elfos, os Anãos e os Homens. Avante, Três Caçadores!"

Partiu qual cervo, com um salto. Passou correndo por entre as árvores. Conduziu-os sempre em frente, incansável e veloz, pois sua decisão finalmente fora tomada. Deixaram para trás as matas em torno do lago. Escalaram longas encostas escuras, de duros contornos diante do céu, já rubro com o pôr do sol. Veio o anoitecer. Foram-se para longe, sombras cinzentas em uma terra rochosa.

2

Os Cavaleiros de Rohan

O anoitecer aprofundou-se. Atrás deles, nas árvores mais abaixo, a névoa se estendia e pairava nas pálidas margens do Anduin, mas o céu estava limpo. Saíram as estrelas. A lua crescente flutuava no Oeste, e as sombras das rochas eram negras. Haviam chegado ao sopé de colinas pedregosas, e seu passo se tornou mais lento, pois a pista não era mais fácil de ser seguida. Ali os planaltos das Emyn Muil corriam do Norte ao Sul em duas longas cristas acidentadas. O lado ocidental de cada crista era íngreme e difícil, mas as encostas do leste eram mais suaves, sulcadas com muitos regos e ravinas estreitas. Por toda a noite, os três companheiros avançaram com dificuldade naquela terra ossuda, escalando o topo da primeira crista, a mais alta, e voltando a descer para a escuridão de um vale fundo e tortuoso do lado oposto.

Ali, na hora silenciosa e fresca antes do amanhecer, descansaram por breve tempo. Fazia muito que a lua se pusera à sua frente, as estrelas rebrilhavam acima deles; a primeira luz do dia ainda não viera por cima das escuras colinas lá atrás. Naquele momento Aragorn estava incerto: a pista dos Orques descera para o vale, mas desaparecera ali.

"Para que lado eles virariam, tu crês?", indagou Legolas. "Ao norte, para tomarem uma estrada mais reta rumo a Isengard, ou a Fangorn, se for essa a sua meta, como acreditas? Ou ao sul para toparem com o Entágua?"

"Não rumarão para o rio, qualquer que seja a meta deles", disse Aragorn. "E, a não ser que haja muita coisa errada acontecendo em Rohan e o poder de Saruman esteja grandemente aumentado, tomarão o caminho mais curto que puderem encontrar por cima dos campos dos Rohirrim. Vamos buscar para o norte!"

O vale corria como uma depressão pedregosa entre as colinas sulcadas, e um regato gotejante fluía entre os rochedos no fundo. Um penhasco carrancudo estava à direita deles; à esquerda erguiam-se encostas cinzentas, indistintas e sombrias na madrugada. Prosseguiram rumo ao norte por uma milha ou mais. Aragorn buscava, curvado para o chão, entre as dobras e os regos que subiam para a crista a oeste. Legolas estava um tanto à frente. Subitamente o Elfo deu um grito, e os outros vieram correndo em sua direção.

"Já ultrapassamos alguns dos que estamos caçando", disse ele. "Olhai!" Ele apontou, e viram que aquilo que inicialmente tinham tomado por rochedos jogados no sopé da encosta eram corpos amontoados. Cinco Orques mortos jaziam ali. Haviam sido abatidos com muitos golpes cruéis, e dois tinham sido decapitados. O chão estava molhado com seu sangue escuro.

"Eis outro enigma!", disse Gimli. "Mas precisa da luz do dia, e não podemos esperar por ela."

"Ainda assim, não importa como interpreteis, isso não parece isento de esperança", comentou Legolas. "Os inimigos dos Orques provavelmente são amigos nossos. Mora alguma gente nestas colinas?"

"Não", disse Aragorn. "Os Rohirrim raramente vêm até aqui, e estamos longe de Minas Tirith. Pode ser que alguma companhia de Homens estivesse caçando aqui por razões que não conhecemos. Porém creio que não."

"O que crês?", indagou Gimli.

"Creio que o inimigo trouxe consigo o seu próprio inimigo", respondeu Aragorn. "Estes são Orques do Norte de muito longe. Entre os mortos não há nenhum dos grandes Orques com os emblemas estranhos. Houve uma briga, acredito: não é coisa incomum entre essa gente imunda. Quem sabe houve alguma disputa acerca da estrada."

"Ou acerca dos cativos", disse Gimli. "Esperemos que eles não tenham também encontrado o seu fim aqui."

Aragorn deu busca no chão em um amplo círculo, mas não encontrou outros vestígios da luta. Foram em frente. O céu do leste já se tornava pálido; as estrelas minguavam, e uma luz cinzenta crescia devagar. Um pouco mais ao norte deram com uma dobra onde um minúsculo riacho, descendo e dando voltas, cortara uma trilha pedregosa que descia para o vale. Ali cresciam alguns arbustos, e havia manchas de relva em seus flancos.

"Finalmente!", exclamou Aragorn. "Eis as pistas que buscamos! Subindo por este canal d'água: este é o caminho seguido pelos Orques após sua discussão."

Então os perseguidores deram a volta depressa e seguiram a nova trilha. Como quem acaba de sair de uma noite de repouso, saltavam de pedra em pedra. Por fim alcançaram a crista da colina cinzenta, e uma brisa súbita lhes soprou nos cabelos e agitou suas capas: o vento gelado do amanhecer.

Olhando para trás, viram do outro lado do Rio as colinas distantes que se inflamavam. O dia saltou para o firmamento. A borda vermelha do sol ergueu-se sobre os ombros da terra escura. Diante deles, no Oeste, o mundo jazia imóvel, informe e cinzento; mas, enquanto observavam, as sombras da noite derreteram, as cores da terra que despertava retornaram: o verde fluía sobre os amplos prados de Rohan; as névoas brancas reluziam nos vales d'água; e bem longe à esquerda, a trinta léguas ou mais, erguiam-se azuis e roxas as Montanhas Brancas, subindo até picos de azeviche, encimadas de neves rebrilhantes, enrubescidas com o rosa da manhã.

"Gondor! Gondor!", exclamou Aragorn. "Quisera contemplar-te outra vez em hora mais feliz! Minha estrada ainda não conduz ao sul para teus rios luminosos.

Gondor! Gondor, entre os Montes e o Mar!
Ao Vento Oeste a luz na Árvore de Prata a brilhar
Nos jardins de antigos Reis caiu qual chuva de agouro.
Altos muros! Brancas torres! Coroa alada e trono d'ouro!
Ó Gondor, Gondor! Verão a Árvore a brilhar,
Ou o Vento Oeste retorna entre os Montes e o Mar?[A]

Agora vamo-nos!", disse ele, afastando os olhos do Sul e olhando para o oeste e o norte, para o caminho que precisava trilhar.

A crista em que se encontravam os companheiros descia íngreme diante de seus pés. Vinte braças abaixo ou mais, havia uma plataforma larga e acidentada que terminava de súbito na beira de um penhasco escarpado: a Muralha Leste de Rohan. Assim acabavam as Emyn Muil, e as planícies verdes dos Rohirrim se estendiam ao longe diante deles, até o limite da visão.

"Vede!", exclamou Legolas, apontando para o céu pálido acima deles. "Ali está a águia de novo! Está muito alto. Agora parece estar voando para longe, voltando desta terra para o Norte. Vai a grande velocidade. Vede!"

"Não, mesmo meus olhos não conseguem vê-la, meu bom Legolas", disse Aragorn. "Deve estar muito alto deveras. Pergunto-me qual será sua missão, se for a mesma ave que vi antes. Mas vede! Posso enxergar algo mais próximo e mais urgente; alguma coisa se move sobre a planície!"

"Muitas coisas", disse Legolas. "É uma grande companhia a pé; porém não posso dizer mais, nem ver que tipo de gente pode ser. Estão a muitas léguas de distância: doze, creio; mas a uniformidade da planície é difícil de medir."

"Penso, ainda assim, que não precisamos mais de pista para nos dizer em que direção ir", disse Gimli. "Vamos encontrar uma trilha que desça aos campos o mais depressa possível."

"Duvido que encontres uma trilha mais veloz que aquela escolhida pelos Orques", comentou Aragorn.

Já seguiam os inimigos à clara luz do dia. Parecia que os Orques haviam avançado com toda a pressa possível. Vez por outra os perseguidores encontravam objetos que tinham sido largados ou jogados fora: sacos de comida, cascas e crostas de pão duro e cinzento, uma capa negra rasgada, um pesado sapato com cravos de ferro rompido nas pedras. A pista os levou para o norte ao longo do topo da escarpa, e, por fim, chegaram a uma fenda profunda, escavada na rocha por um córrego que descia com borrifos ruidosos. Na ravina estreita descia uma trilha grosseira, como uma escada íngreme para a planície.

No fundo toparam, de modo repentino e estranho, com a relva de Rohan. Ela se avolumava como um mar verde, chegando ao próprio sopé das Emyn Muil. O riacho, em sua queda, sumiu em uma funda moita de agrião e plantas aquáticas, e podiam ouvi-lo tinindo em túneis verdes, descendo por longas encostas suaves em direção aos longínquos pântanos do Vale do Entágua. Parecia que haviam abandonado o inverno agarrado às colinas lá atrás. Ali o ar era mais suave e morno, e com um odor sutil, como se a primavera já se agitasse e a seiva voltasse a correr em erva e folha. Legolas inspirou profundamente, como alguém que bebe um grande gole após longa sede em lugares áridos.

"Ah! o aroma verde!", exclamou ele. "É melhor que muito sono. Vamos correr!"

"Pés leves podem correr velozes aqui", disse Aragorn. "Mais velozes, quem sabe, que os Orques calçados de ferro. Agora temos a oportunidade de reduzir a vantagem deles!"

Seguiram em fila única, correndo como cães de caça de faro forte, e tinham uma luz impaciente nos olhos. A larga esteira dos Orques marchantes estendia sua feia faixa quase exatamente para o oeste; a doce relva de Rohan fora machucada e enegrecida à sua passagem. Logo Aragorn deu uma exclamação e se virou para o lado.

"Esperai!", gritou ele. "Não me sigais ainda!" Correu rapidamente para a direita, afastando-se da pista principal; pois vira pegadas que seguiam para ali, ramificando-se das demais, marcas de pequenos pés descalços. No entanto elas não iam longe antes de serem interceptadas por pegadas-órquicas que também vinham da pista principal, atrás e à frente, e depois voltavam a fazer uma curva fechada e se perdiam no pisoteio. No ponto mais afastado, Aragorn se curvou e apanhou algo na relva; depois correu de volta.

"Sim," disse ele, "são bem claras: pegadas de hobbit. De Pippin, eu creio. Ele é menor que os outros. E vede isto!" Ergueu um objeto que rebrilhou à luz do sol. Parecia a folha recém-aberta de uma faia, bela e estranha naquela planície sem árvores.

"O broche de uma capa-élfica!", exclamaram juntos Legolas e Gimli.

"Não é à toa que caem as folhas de Lórien", disse Aragorn. "Esta não tombou por acaso: foi jogada longe como sinal para quem viesse atrás. Creio que Pippin fugiu correndo da trilha com esse propósito."

"Então pelo menos ele estava vivo", disse Gimli. "E fez uso do seu bom senso e das pernas também. Isso é encorajador. Não estamos perseguindo em vão."

"Esperemos que não tenha pagado caro demais pela ousadia", disse Legolas. "Vinde! Vamos em frente! A ideia desses alegres jovens sendo tangidos como gado queima-me o coração."

O sol subiu para o meio-dia e depois desceu lentamente pelo firmamento. Nuvens tênues subiram do mar, no Sul distante, e foram sopradas para longe pela brisa. O sol se pôs. Sombras ergueram-se atrás e estenderam longos braços do Oeste. Os caçadores ainda seguiam em frente. Já se passara um dia desde que Boromir tombara, e os Orques ainda estavam muito à frente. Não se podia mais enxergar sinal deles nas planícies uniformes.

Com a sombra da noite fechando-se em torno deles, Aragorn parou. Só duas vezes na marcha daquele dia haviam descansado por breve tempo, e agora havia doze léguas entre eles e a muralha oriental onde haviam parado ao amanhecer.

"Por fim chegamos a uma escolha difícil", comentou ele. "Vamos repousar à noite ou vamos prosseguir enquanto durarem nossa vontade e nossa força?"

"A não ser que nossos inimigos descansem também, eles nos deixarão muito para trás, se ficarmos para dormir", disse Legolas.

"Certamente mesmo os Orques precisam fazer pausas na marcha, não?", indagou Gimli.

"Raramente os Orques viajam a céu aberto, sob o sol, porém estes o fizeram", respondeu Legolas. "Com certeza não descansarão à noite."

"Mas se caminharmos de noite não poderemos seguir sua pista", disse Gimli.

"A pista é reta e não se desvia para a direita nem para a esquerda, até onde meus olhos enxergam", afirmou Legolas.

"Quem sabe eu pudesse guiar-vos no escuro por conjecturas e manter a linha", sugeriu Aragorn; "mas se nos desviássemos, ou eles saíssem para um lado, quando a luz voltasse poderia haver um longo atraso para reencontrarmos a pista."

"E há isto também", disse Gimli; "só de dia podemos ver se alguma pista se bifurca. Se um prisioneiro escapar ou for levado para longe, digamos rumo ao leste, para o Grande Rio, rumo a Mordor, poderemos passar pelos sinais sem percebê-los."

"Isso é verdade", assentiu Aragorn. "Mas, se bem interpretei os sinais lá atrás, os Orques da Mão Branca dominaram, e a companhia toda está agora rumando para Isengard. Sua rota atual me confirma."

"No entanto seria temerário ter certeza das intenções deles", disse Gimli. "E quanto a uma fuga? No escuro teríamos passado pelos sinais que te levaram até o broche."

"Desde então os Orques devem estar duplamente vigilantes, e os prisioneiros ainda mais exaustos", disse Legolas. "Não haverá outra fuga, se não a tramarmos. Como isso seria feito eu não posso imaginar, mas precisamos alcançá-los primeiro."

"E, no entanto, nem mesmo eu, Anão de muitas jornadas e não o menos robusto de meu povo, consigo correr daqui até Isengard sem qualquer pausa", comentou Gimli. "Também me arde o coração, e teria partido mais cedo; mas agora preciso descansar um pouco para melhor correr. E se vamos descansar, a noite morta é a melhor hora para isso."

"Eu disse que era uma escolha difícil", disse Aragorn. "Como havemos de concluir esse debate?"

"Tu és nosso guia", respondeu Gimli, "e és hábil na caçada. Tu hás de escolher."

"Meu coração me manda prosseguir", disse Legolas. "Mas precisamos nos manter unidos. Seguirei teu conselho."

"Dais a escolha a um mau escolhedor", afirmou Aragorn. "Desde que atravessamos as Argonath minhas decisões deram errado." Silenciou, observando o norte e o oeste na noite que avançava por longo tempo.

"Não vamos caminhar no escuro", disse ele afinal. "O perigo de perdermos a pista ou os sinais de outras idas e vindas me parece o maior. Se a Lua desse luz o suficiente poderíamos usá-la, mas ai de nós! ela se põe cedo e ainda está nova e pálida."

"E, de qualquer modo, esta noite ela está encoberta", murmurou Gimli. "Quisera que a Senhora nos tivesse dado uma luz, uma dádiva como a que deu a Frodo!"

"Será mais útil onde foi concedida", disse Aragorn. "É com ele que está a verdadeira Demanda. A nossa é somente um assunto pequeno nos grandes feitos deste tempo. Uma perseguição vã desde o começo, quem sabe, que nenhuma decisão minha pode prejudicar nem emendar. Bem, decidi. Então usemos o tempo o melhor que pudermos!"

Lançou-se ao chão e caiu no sono de imediato, pois não dormira desde a noite sob a sombra de Tol Brandir. Antes de a aurora chegar ao céu, ele despertou e se levantou. Gimli ainda estava em sono profundo, mas Legolas estava de pé, fitando ao norte na escuridão, pensativo e silencioso como uma jovem árvore em noite sem vento.

"Estão bem, bem longe", disse ele tristemente, voltando-se para Aragorn. "Sei em meu coração que não descansaram hoje à noite. Só uma águia poderia alcançá-los agora."

"Não obstante seguiremos ainda como pudermos", colocou Aragorn. Abaixou-se e despertou o Anão. "Vem! Precisamos ir", afirmou ele. "O rastro está esfriando."

"Mas ainda está escuro", disse Gimli. "Mesmo Legolas no alto de uma colina não poderia vê-los antes de o sol nascer."

"Receio que tenham saído de minha vista em morro ou planície, sob lua ou sol", disse Legolas.

"Quando a vista falha, a terra pode nos trazer rumores", afirmou Aragorn. "O terreno deve gemer sob os seus pés odiados." Estendeu-se no solo com a orelha apertada contra a relva. Ficou ali deitado, imóvel, por tanto tempo que Gimli se perguntou se desmaiara ou pegara no sono outra vez. A aurora chegou reluzente, e lentamente uma luz cinzenta cresceu em torno deles. Por fim ele se levantou, e agora seus amigos puderam ver-lhe o rosto: estava pálido e contraído, e sua expressão era aflita.

"O rumor da terra é indistinto e confuso", disse ele. "Nada caminha nela por muitas milhas em nosso redor. Débeis e longínquos são os pés de nossos inimigos. Mas são altos os cascos dos cavalos. Vem-me à mente que os escutei, mesmo adormecido no chão, e perturbaram-me os sonhos: cavalos galopando, passando no Oeste. Mas agora afastam-se de nós ainda mais, cavalgando para o norte. Pergunto-me o que está ocorrendo nesta terra!"

"Vamos embora!", exclamou Legolas.

Assim começou o terceiro dia de sua caçada. Durante todas as longas horas de nuvem e sol caprichoso eles mal se detiveram, ora a passos largos, ora correndo, como se nenhuma exaustão pudesse arrefecer o fogo que os queimava. Raramente falavam. Passaram sobre a ampla solidão, e suas capas-élficas se confundiam com o fundo dos campos cinza-esverdeados; mesmo na fresca luz do sol ao meio-dia poucos olhos que não fossem élficos os teriam percebido antes que estivessem bem próximos. Muitas vezes em seus corações agradeceram à Senhora de Lórien pela dádiva do *lembas*, pois podiam comê-lo e encontrar novas forças mesmo enquanto corriam.

O dia todo a trilha de seus inimigos levava reto em frente, rumando para o noroeste sem interrupção nem curva. Com o dia mais uma vez se aproximando do fim, chegaram a longas encostas desprovidas de árvores onde o terreno subia, avolumando-se na direção de uma linha de morros baixos e acorcundados à frente. A trilha-órquica enfraquecia ao se virar para o norte na direção destes, pois o solo se tornou mais duro, e a relva, mais curta. Muito longe, à esquerda, serpenteava o rio Entágua, um filamento de prata num piso verde. Não se via coisa movente. Muitas vezes Aragorn se admirou de não verem sinal de animal nem de homem. As moradias dos Rohirrim ficavam mormente a muitas léguas de distância para o Sul, embaixo dos sopés arborizados das Montanhas Brancas, agora ocultas em neblina e nuvem; porém os Senhores-de-cavalos antigamente mantinham muitas manadas e coudelarias no Eastemnet, aquela região oriental de seu reino, e ali os pastores muito haviam vagado, vivendo em acampamentos e tendas, mesmo na época do inverno. Mas agora toda a região estava vazia, e havia um silêncio que não parecia ser a quietude da paz.

No crepúsculo pararam mais uma vez. Já haviam percorrido duas vezes doze léguas nas planícies de Rohan, e a muralha das Emyn Muil estava perdida nas sombras do Leste. A lua nova reluzia em um céu enevoado, mas dava pouca luz, e as estrelas estavam veladas.

"Agora mais me arrependo das horas de descanso ou de qualquer parada em nossa perseguição", disse Legolas. "Os Orques correram diante de nós como se os próprios açoites de Sauron estivessem atrás deles. Receio que já tenham alcançado a floresta e as colinas escuras e neste momento estejam penetrando nas sombras das árvores."

Gimli rangeu os dentes. "É um amargo fim de nossa esperança e toda a nossa labuta!", comentou ele.

"Da esperança talvez, mas não da labuta", respondeu Aragorn. "Não vamos voltar daqui. Porém estou exausto." Olhou para trás, pelo caminho que haviam percorrido na direção da noite que se avizinhava no Leste. "Há algo estranho em ação nesta terra. Desconfio do silêncio. Desconfio até da pálida Lua. As estrelas estão fracas; e estou exausto como poucas vezes estive antes, exausto como nenhum Caminheiro deveria estar com uma pista clara para seguir. Há alguma vontade que confere pressa aos nossos inimigos e põe diante de nós uma barreira invisível: um cansaço que está mais no coração que nos membros."

"Deveras!", disse Legolas. "Isso senti desde o momento em que descemos das Emyn Muil. Pois a vontade não está atrás de nós, e sim diante de nós." Apontou por sobre a terra de Rohan para o Oeste sombrio sob a lua de foice.

"Saruman!", murmurou Aragorn. "Mas ele não há de nos rechaçar! Precisamos parar uma vez mais, pois vede! a própria Lua está caindo em nuvens que se avolumam. Mas ao norte está nossa estrada, entre o morro e o charco, quando o dia retornar."

Como antes, Legolas foi o primeiro a se levantar, se é que de fato dormira. "Despertai! Despertai!", exclamou. "É um amanhecer rubro. Estranhas coisas nos aguardam junto à beira da floresta. Boas ou más, não sei; mas somos chamados. Despertai!"

Os outros se ergueram de um salto e quase de imediato partiram de novo. Lentamente as colinas se aproximavam. Ainda faltava uma hora para o meio-dia quando as alcançaram: encostas verdes erguendo-se a cristas nuas que corriam em linha direta para o Norte. Aos pés delas, o solo era seco e a relva era curta, mas uma longa faixa de terreno afundado, com umas dez milhas de largura, se estendia entre elas e o rio, que vagava no fundo de sombrias moitas de caniços e juncos. Logo a Oeste da encosta mais meridional havia um grande anel onde a relva fora arrancada e batida por muitos pés pisoteantes. Dali a trilha-órquica partia de novo, virando-se para o norte ao longo dos sopés secos das colinas. Aragorn parou e examinou as pistas detidamente.

"Descansaram aqui um pouco," disse ele, "porém mesmo a trilha que sai já está velha. Receio que teu coração tenha dito a verdade, Legolas: faz três vezes doze horas, calculo, que os Orques estiveram onde estamos agora. Se mantiveram o passo, teriam alcançado as bordas de Fangorn ontem ao pôr do sol."

"Nada posso ver ao norte nem ao oeste senão relva que se perde na névoa", disse Gimli. "Poderíamos ver a floresta se escalássemos as colinas?"

"Ela ainda está muito longe", disse Aragorn. "Se bem me recordo, estas colinas correm oito ou mais léguas rumo ao norte, e depois, a noroeste, até a foz do Entágua ainda há um terreno amplo, talvez mais quinze léguas."

"Bem, vamos em frente", disse Gimli. "Minhas pernas precisam esquecer as milhas. Teriam mais boa vontade se meu coração estivesse menos pesado."

O sol se punha quando finalmente se aproximaram do fim da linha de colinas. Por muitas horas haviam marchado sem descanso. Agora andavam devagar, e as costas de Gimli estavam curvadas. São duros como pedra os Anãos em labuta ou jornada, mas aquela caçada infinda começava a abatê-lo, com toda a esperança morrendo em seu coração. Aragorn caminhava atrás dele, carrancudo e silencioso, abaixando-se vez por outra para esquadrinhar alguma pegada ou marca no chão. Só Legolas ainda pisava leve como sempre, com os pés mal parecendo pressionar a relva, não deixando pegadas ao passar; mas no pão-de-viagem dos Elfos encontrava todo o sustento de que precisava, e era capaz de dormir, se é que os Homens podiam chamar aquilo de dormir, repousando a mente nas estranhas trilhas dos sonhos élficos, mesmo caminhando de olhos abertos na luz deste mundo.

"Vamos subir nesta colina verde!", disse ele. Seguiram-no exaustos, escalando a longa encosta, até chegarem ao cume. Era um outeiro redondo, liso e nu, erguendo-se sozinho, a mais setentrional das colinas. O sol se pôs, e as sombras do entardecer caíram como uma cortina. Estavam sós em um mundo cinzento e informe, sem marca nem medida. Só muito longe, a noroeste, havia uma escuridão mais profunda diante da luz que morria: as Montanhas de Névoa e a floresta a seus pés.

"Nada podemos ver que nos guie aqui", comentou Gimli. "Bem, agora temos de parar de novo e passar a noite. Está esfriando!"

"O vento vem do norte, das neves", disse Aragorn.

"E antes da manhã estará no Leste", respondeu Legolas. "Mas descansai, se precisardes. Porém não rejeitai toda a esperança. O amanhã é desconhecido. Muitas vezes encontra-se conselho ao nascer do Sol."

"Três sóis já nasceram em nossa caçada e não trouxeram conselho", retrucou Gimli.

A noite tornou-se ainda mais fria. Aragorn e Gimli dormiram intermitentemente e sempre que acordavam viam Legolas em pé junto deles, ou caminhando para lá e para cá, cantando baixinho para si mesmo na sua própria língua e, enquanto cantava, as estrelas brancas se abriam na dura e negra abóbada por cima deles. Assim passou a noite. Juntos viram o amanhecer crescendo devagar no firmamento, agora limpo e sem nuvens, até que por fim chegou o nascer do sol. Foi pálido e límpido. O vento estava no Leste, e todas as névoas tinham sido varridas; amplas terras estendiam-se áridas em torno deles à luz amarga.

À frente e para o leste viam os planaltos ventosos do Descampado de Rohan, que já tinham vislumbrado muitos dias atrás desde o Grande Rio. A noroeste estendia-se a escura floresta de Fangorn; ainda a dez léguas estavam suas beiradas sombrias e suas encostas mais longínquas se esvaneciam no azul distante. Mais além rebrilhava muito longe, como se flutuasse em uma nuvem cinzenta, o topo branco do alto Methedras, último pico das Montanhas Nevoentas. Da floresta o Entágua fluía ao encontro deles, com correnteza que era agora veloz e estreita, e margens fundamente escavadas. A trilha-órquica virava-se dos morros em sua direção.

Seguindo com seus olhos aguçados a trilha até o rio, e depois o rio na direção da floresta, Aragorn viu uma sombra no verde distante, um borrão escuro que se movia depressa. Jogou-se no chão e outra vez escutou atentamente. Mas Legolas estava de pé ao seu lado, fazendo sombra aos brilhantes olhos-élficos com a mão longa e delgada, e não viu nem sombra nem borrão, e sim os pequenos vultos de cavaleiros, muitos cavaleiros, e o reluzir da manhã nas pontas de suas lanças era como o rebrilhar de minúsculas estrelas além do limite da visão mortal. Muito atrás deles uma fumaça escura subia em finos filamentos enrodilhados.

Havia silêncio nos campos vazios, e Gimli podia ouvir o ar movendo-se na relva.

"Cavaleiros!", exclamou Aragorn, pondo-se de pé com um salto. "Muitos cavaleiros em velozes montarias vêm em nossa direção!"

"Sim," disse Legolas, "são cento e cinco. São amarelos seus cabelos e reluzentes suas lanças. Seu líder é muito alto."

Aragorn sorriu. "Aguçados são os olhos dos Elfos", disse ele.

"Não! Os cavaleiros estão a pouco mais de cinco léguas de distância", respondeu Legolas.

"Cinco léguas ou uma," comentou Gimli, "não podemos fugir deles nesta terra nua. Vamos esperar aqui por eles ou seguir caminho?"

"Vamos esperar", disse Aragorn. "Estou exausto, e nossa caçada fracassou. Ou pelo menos outros se adiantaram a nós; pois esses cavaleiros estão retornando pela trilha-órquica. Poderemos receber notícias deles."

"Ou lanças", disse Gimli.

"Há três selas vazias, mas não vejo hobbits", afirmou Legolas.

"Eu não disse que ouviríamos notícias boas", disse Aragorn. "Porém, más ou boas, aguardá-las-emos aqui."

Os três companheiros então deixaram o topo da colina, onde podiam ser alvos fáceis diante do céu pálido, e caminharam devagar descendo pela encosta norte. Pararam um pouco acima do sopé da colina e, envolvendo-se em suas capas, ficaram sentados, encostados uns aos outros, na relva desbotada. O tempo passou lenta e pesadamente. O vento era fino e penetrante. Gimli estava inquieto.

"O que sabes desses cavaleiros, Aragorn?", ele perguntou. "Vamos ficar sentados aqui esperando a morte súbita?"

"Estive entre eles", respondeu Aragorn. "São altivos e voluntariosos, porém fiéis, generosos em pensamento e ação; audazes, mas não cruéis; sábios, mas incultos, pois não escrevem livros e sim cantam muitas canções, à maneira dos filhos dos Homens antes dos Anos Sombrios. Mas não sei o que ocorreu aqui ultimamente e nem com que disposição podem agora estar os Rohirrim entre o traidor Saruman e a ameaça de Sauron. Por muito tempo foram amigos do povo de Gondor, apesar de não serem aparentados. Foi em anos há muito olvidados que Eorl, o Jovem, trouxe-os do Norte, e seu parentesco é mais com os Bardings de Valle e com os Beornings da Floresta, entre os quais ainda se podem ver muitos homens altos e claros, como são os Cavaleiros de Rohan. Pelo menos não gostam dos Orques."

"Mas Gandalf falou de um rumor de que pagam tributo a Mordor", disse Gimli.

"Não creio nisso mais do que cria Boromir", respondeu Aragorn.

"Logo saberás da verdade", disse Legolas. "Já se aproximam."

Logo o próprio Gimli conseguia ouvir a batida longínqua de cascos galopantes. Os cavaleiros, seguindo a trilha, haviam-se desviado do rio e se aproximavam das colinas. Cavalgavam como o vento.

Já vinham gritos de vozes nítidas e fortes ressoando sobre os campos. Subitamente assomaram com um ruído de trovão, e o cavaleiro mais adiantado guinou, passando junto ao sopé da colina e conduzindo a hoste de volta para o sul ao longo dos flancos ocidentais dos morros. Cavalgaram atrás dele: uma longa fileira de homens trajando cota de malha, velozes, reluzentes, ferozes e belos de se ver.

Seus cavalos eram de grande estatura, fortes e de membros formosos; tinham pelagens cinzentas que rebrilhavam, longas caudas que voavam ao vento e crinas trançadas em seus pescoços altivos. Os Homens que os montavam combinavam bem com eles: altos e de membros longos; os cabelos, pálidos como linho, fluíam sob os elmos leves e ondeavam em longas tranças atrás deles; seus rostos eram severos e alertas. Tinham nas mãos altas lanças de freixo, às costas, escudos pintados a tiracolo, nos cintos, espadas compridas; e suas cotas de malha lustrosas lhes caíam nos joelhos.

Passaram galopando aos pares e, apesar de, vez por outra, um deles se erguer nos estribos e olhar à frente e para ambos os lados, pareciam não perceber os três estranhos sentados em silêncio e observando-os. A hoste havia quase passado quando subitamente Aragorn se pôs de pé e chamou em alta voz:

"Que novas do Norte, Cavaleiros de Rohan?"

Com presteza e habilidade espantosas eles refrearam as montarias, fizeram a volta e voltaram em investida. Logo os três companheiros se viram no meio de um anel de cavaleiros que se moviam em círculo corrente, subindo a encosta da colina atrás e descendo, sempre em volta deles, e fechando o cerco cada vez mais. Aragorn manteve-se de pé em silêncio, e os outros dois estavam sentados sem se mexer, imaginando que rumo as coisas iriam tomar.

Sem palavra nem exclamação, de chofre, os Cavaleiros pararam. Um matagal de lanças estava apontado para os estranhos; e alguns dos cavaleiros tinham arcos nas mãos, e as flechas já estavam ajustadas às cordas. Então um se adiantou, um homem alto, mais alto que todos os demais; do elmo fluía uma cauda branca de cavalo à guisa de timbre. Avançou até a ponta de sua lança ficar a um pé de distância do peito de Aragorn. Aragorn não se mexeu.

"Quem sois vós e o que fazeis nesta terra?", perguntou o Cavaleiro, usando a fala comum do Oeste, à maneira e com tom semelhante à fala de Boromir, Homem de Gondor.

"Chamam-me Passolargo", respondeu Aragorn. "Vim do Norte. Estou caçando Orques."

O Cavaleiro saltou da montaria. Entregando a lança a outro que se aproximou e apeou ao seu lado, sacou a espada e ficou face a face com Aragorn, esquadrinhando-o com atenção e não sem espanto. Por fim falou outra vez.

"De início pensei que vós próprios éreis Orques", disse ele; "mas agora vejo que não é assim. Deveras sabeis pouco dos Orques, se os ides caçar deste modo. Eram velozes e bem armados, e eram muitos. Ter-vos-íeis tornado de caçadores em presas, se os tivésseis alcançado. Mas há algo estranho em ti, Passolargo." Mais uma vez dirigiu os olhos claros e brilhantes para o Caminheiro. "Isso não é nome de Homem que me dás. E é também estranha tua veste. Brotastes da relva? Como escapastes à nossa visão? Sois Gente-élfica?"

"Não", disse Aragorn. "Apenas um de nós é Elfo, Legolas do Reino da Floresta, na distante Trevamata. Mas atravessamos Lothlórien, e as dádivas e o favor da Senhora vão conosco."

O Cavaleiro olhou-os com espanto renovado, mas seus olhos se endureceram. "Então existe uma Senhora na Floresta Dourada, como dizem os antigos contos!", disse ele. "Poucos escapam às suas redes, ao que dizem. Estes são dias estranhos! Mas, se tendes o favor dela, então também sois tecedores de redes e, quem sabe, feiticeiros." De repente voltou um olhar frio para Legolas e Gimli. "Por que não falais, gente silenciosa?", exigiu.

Gimli ergueu-se e plantou os pés afastados com firmeza: a mão agarrou o cabo do machado, e os olhos escuros reluziram. "Dá-me teu nome, mestre-de-cavalos, e eu te darei o meu e mais coisas além disso", disse ele.

"Quanto a isso," disse o cavaleiro, olhando fixamente para o Anão abaixo dele, "o estranho deveria declarar-se primeiro. Porém meu nome é Éomer, filho de Éomund, e sou chamado de Terceiro Marechal da Marca-dos-Cavaleiros."

"Então, Éomer, filho de Éomund, Terceiro Marechal da Marca-dos-Cavaleiros, deixa que o Anão Gimli, filho de

Glóin, te alerte contra palavras tolas. Falas mal daquilo que é belo além do alcance de teu pensamento, e só o pouco juízo pode desculpar-te."

Os olhos de Éomer se inflamaram, e os Homens de Rohan murmuraram irados e fecharam o cerco, avançando com as lanças. "Eu te cortaria a cabeça, com barba e tudo, Mestre Anão, se ela estivesse só um pouco mais acima do solo", disse Éomer.

"Ele não está só", disse Legolas, fletindo o arco e ajustando uma flecha com mãos que se moviam mais depressa que a visão. "Morrerias antes de desferires o golpe."

Éomer ergueu a espada, e tudo poderia ter acabado mal, mas Aragorn saltou no meio deles e ergueu a mão. "Vosso perdão, Éomer!", exclamou. "Quando souberes mais compreenderás por que encolerizaste meus companheiros. Não queremos mal a Rohan nem a ninguém do seu povo, nem aos homens nem aos cavalos. Não queres ouvir nosso relato antes de atacares?"

"Quero", assentiu Éomer, baixando a lâmina. "Mas vagantes na Marca-dos-Cavaleiros fariam bem em ser menos altivos nestes dias de dúvida. Primeiro conta-me teu nome verdadeiro."

"Primeiro conta-me a quem serves", disse Aragorn. "És amigo ou inimigo de Sauron, o Senhor Sombrio de Mordor?"

"Sirvo somente ao Senhor da Marca, Théoden Rei, filho de Thengel", respondeu Éomer. "Não servimos ao Poder da Terra Negra lá longe, e tampouco estamos em guerra declarada contra ele; e se estais fugindo dele é melhor que deixeis esta terra. Agora há desordem em todas as nossas fronteiras, e estamos ameaçados; mas desejamos apenas ser livres e viver como temos vivido, ao nosso próprio modo e sem servir a nenhum senhor estrangeiro, bom ou mau. Acolhíamos visitantes com benevolência nos dias melhores, mas nestes tempos o estranho inesperado nos encontra velozes e duros. Vamos! Quem sois? A quem servis *vós*? A mando de quem caçais Orques em nossa terra?"

"Não sirvo a homem nenhum", disse Aragorn; "mas os serviçais de Sauron eu persigo em qualquer terra aonde possam ir. Há poucos entre os Homens mortais que mais sabem sobre os Orques; e não os caço deste modo por opção. Os Orques a quem perseguíamos capturaram dois de meus amigos. Em tal necessidade o homem que não tem cavalo anda a pé e não pede permissão para seguir a pista. Nem conta as cabeças dos inimigos a não ser com a espada. Não estou isento de armas."

Aragorn puxou a capa para trás. A bainha-élfica reluziu quando ele a agarrou, e a clara lâmina de Andúril brilhou como chama repentina quando a puxou para fora. "Elendil!", exclamou ele. "Eu sou Aragorn, filho de Arathorn, e sou chamado Elessar, Pedra-Élfica, Dúnadan, herdeiro de Isildur, filho de Elendil de Gondor. Eis a Espada que foi Partida e foi forjada de novo! Irás ajudar-me ou frustrar-me? Escolhe depressa!"

Gimli e Legolas olharam o companheiro com espanto, pois não o haviam visto antes em tal humor. Parecia ter crescido em estatura enquanto Éomer diminuía; e em seu rosto vivo tiveram um breve vislumbre do poder e da majestade dos reis de pedra. Por um momento pareceu aos olhos de Legolas que uma chama branca rebrilhava na fronte de Aragorn como uma coroa luzente.

Éomer deu um passo para trás e tinha uma expressão de pasmo no rosto. Abaixou os olhos altivos. "Estes são deveras dias estranhos", murmurou. "Sonhos e lendas adquirem vida vindos da relva.

"Dize-me, senhor," prosseguiu ele, "o que vos traz aqui? E qual era o significado das palavras obscuras? Faz muito que Boromir, filho de Denethor, se foi em busca de resposta, e o cavalo que lhe emprestamos voltou sem cavaleiro. Que sina trazes do Norte?"

"A sina da escolha", respondeu Aragorn. "Podes dizer isto a Théoden, filho de Thengel: a guerra declarada está à sua frente, com Sauron ou contra ele. Já ninguém pode viver como vivia, e poucos hão de manter o que chamam de seu. Mas desses grandes assuntos falaremos mais tarde. Se a oportunidade permitir eu mesmo irei até o rei. Agora estou em grande necessidade e peço auxílio, ou pelo menos notícias. Ouviste que estamos perseguindo uma hoste-órquica que levou nossos amigos. O que nos podes dizer?"

"Que não precisais persegui-los mais", disse Éomer. "Os Orques foram destruídos."

"E nossos amigos?"

"Não achamos ninguém senão Orques."

"Mas isso é deveras estranho", disse Aragorn. "Fizestes busca entre os mortos? Não havia outros corpos que não os da gente-órquica? Seriam pequenos, apenas crianças aos vossos olhos, descalços, mas de trajes cinzentos."

"Não havia anãos nem crianças", afirmou Éomer. "Contamos todos os mortos e os despojamos, e depois empilhamos as carcaças e as queimamos segundo nosso costume. As cinzas ainda fumegam."

"Não falamos de anãos nem de crianças", disse Gimli. "Nossos amigos eram hobbits."

"Hobbits?", disse Éomer. "E o que seriam eles? É um estranho nome."

"Um estranho nome para um estranho povo", disse Gimli. "Mas esses nos eram muito caros. Parece que em Rohan ouvistes falar das palavras que perturbaram Minas Tirith. Falavam do Pequeno. Esses hobbits são os Pequenos."

"Pequenos!", riu-se o Cavaleiro que estava junto a Éomer. "Pequenos! Mas são apenas um povo diminuto em velhas canções e contos infantis vindos do Norte. Caminhamos em lendas ou na terra verde à luz do dia?"

"Um homem pode fazer ambas as coisas", respondeu Aragorn. "Pois não nós, e sim os que vierem depois farão as lendas de nosso tempo. A terra verde, tu dizes? Esse é um poderoso tema de lendas, apesar de tu a pisares sob a luz do dia!"

"O tempo urge", disse o Cavaleiro, sem dar atenção a Aragorn. "Precisamos nos apressar rumo ao sul, senhor. Deixemos esse povo selvagem às suas fantasias. Ou amarremo-los e os levemos ao rei."

"Paz, Éothain!", disse Éomer em sua própria língua. "Deixa-me um pouco. Dize ao *éored* que se reúna na trilha e se apreste para cavalgar ao Vau Ent."

Resmungando, Éothain retirou-se e falou com os demais. Logo partiram e deixaram Éomer a sós com os três companheiros.

"Tudo o que dizes é estranho, Aragorn", comentou ele. "No entanto dizes a verdade, isso é claro: os Homens da Marca não mentem e, portanto, não são fáceis de enganar. Mas não contaste tudo. Não falarás agora mais plenamente de tua missão, para que eu possa julgar o que fazer?"

"Parti de Imladris, como se chama no poema, muitas semanas atrás", respondeu Aragorn. "Comigo foi Boromir de Minas Tirith. Minha missão era ir àquela cidade com o filho de Denethor para auxiliar seu povo em sua guerra contra Sauron. Mas a Comitiva com que eu viajava tinha outros afazeres. Agora não posso falar disso. Gandalf, o Cinzento, era nosso líder."

"Gandalf!", exclamou Éomer. "Gandalf Capa-cinzenta é conhecido na Marca; mas seu nome, alerto-te, não é mais uma senha para o favor do rei. Foi hóspede da terra muitas vezes na lembrança dos homens, vindo como queria, após uma estação ou após muitos anos. É sempre arauto de estranhos eventos: alguém que traz o mal, alguns dizem agora.

"Deveras desde sua última vinda, no verão, tudo tem dado errado. Nessa época começaram nossos apuros com Saruman. Até ali considerávamos Saruman nosso amigo, mas então veio Gandalf e nos alertou de que uma guerra súbita estava sendo preparada em Isengard. Disse que ele próprio fora prisioneiro em Orthanc e escapara por pouco, e implorou ajuda. Mas Théoden não o escutou, e ele se foi. Não fales o nome de Gandalf em voz alta aos ouvidos de Théoden! Ele está irado. Pois Gandalf levou o cavalo chamado Scadufax, a mais preciosa de todas as montarias do rei, o chefe dos *Mearas*, que só o Senhor da Marca pode montar. Pois o antepassado de sua raça foi o grande cavalo de Eorl, que sabia a fala dos Homens. Sete noites atrás Scadufax voltou; mas a ira do rei não diminuiu, pois agora o cavalo está selvagem e não deixa homem nenhum lidar com ele."

"Então Scadufax encontrou seu caminho sozinho desde o Norte longínquo", disse Aragorn; "pois foi ali que ele e Gandalf se separaram. Mas ai dele! Gandalf não cavalgará mais. Tombou na treva nas Minas de Moria e não retorna."

"Essa é uma notícia grave", respondeu Éomer. "Ao menos para mim e para muitos; porém não para todos, como poderás descobrir se chegares até o rei."

"É uma notícia mais aflitiva do que alguém desta terra pode compreender, por muito que possa tocá-los penosamente antes que o ano esteja muito mais velho", disse Aragorn. "Mas quando os grandes caem, os menores têm de liderar. Tem sido meu papel conduzir nossa Comitiva na longa estrada desde Moria. Viemos através de Lórien — da qual bom seria que aprendesses a verdade antes de voltares a falar nela — e dali descemos pelas léguas do Grande Rio até as cataratas de Rauros. Ali Boromir foi morto pelos mesmos Orques que destruístes."

"Tuas notícias são todas de desgraça!", exclamou Éomer, consternado. "Grande prejuízo é essa morte para Minas Tirith e para todos nós. Aquele foi um homem valoroso! Todos falavam em seu louvor. Poucas vezes vinha à Marca, pois estava sempre nas guerras dos limites orientais; mas eu o vi. Pareceu-me mais semelhante aos velozes filhos de Eorl que aos graves Homens de Gondor, e propenso a se provar um grande capitão de seu povo quando chegasse sua hora. Mas não tivemos novas deste pesar vindas de Gondor. Quando ele tombou?"

"Este é o quarto dia desde que foi morto", respondeu Aragorn; "e a partir do entardecer daquele dia viemos viajando desde a sombra de Tol Brandir."

"A pé?", exclamou Éomer.

"Sim, assim como nos vês."

Uma grande admiração veio aos olhos de Éomer. "Passolargo é um nome demasiado fraco, filho de Arathorn", disse ele. "Pé-de-Vento eu te nomeio. Este feito dos três amigos deveria ser cantado em muitos paços. Quarenta léguas e mais cinco medistes antes de terminar o quarto dia! Intrépida é a raça de Elendil!

"Mas agora, senhor, o que quereis que eu faça? Preciso voltar às pressas para Théoden. Falei com cautela diante de meus homens. É verdade que ainda não estamos em guerra declarada com a Terra Negra, e existem alguns, próximos ao ouvido do rei, que falam conselhos covardes; mas a guerra está vindo. Não havemos de abandonar nossa antiga aliança com Gondor, e enquanto eles combaterem havemos de auxiliá-los: assim digo eu e todos os que concordam comigo. A Marca-oriental é minha responsabilidade, a guarda do Terceiro Marechal, e removi todos os nossos rebanhos e pastores, retirando-os para além do Entágua e não deixando aqui ninguém senão vigias e batedores velozes."

"Então não pagais tributo a Sauron?", indagou Gimli.

"Não pagamos e jamais o fizemos", disse Éomer com olhos coruscantes; "mas chegou-me aos ouvidos que essa mentira foi contada. Alguns anos atrás o Senhor da Terra Negra desejou comprar cavalos de nós, a alto preço, mas recusamo-lo, pois ele faz uso maligno dos animais. Então mandou Orques saqueadores, e esses carregam o que podem, sempre escolhendo os cavalos negros: já sobram poucos deles. Por esse motivo é amarga nossa rixa com os Orques.

"Mas neste momento nossa preocupação principal é Saruman. Ele reivindicou o domínio de toda esta terra, e por muitos meses tem havido guerra entre nós. Ele trouxe Orques a seu serviço, e Cavalga-lobos, e Homens malignos, e nos fechou o Desfiladeiro, de modo que estamos abertos a assaltos do leste e do oeste.

"É difícil lidar com tal inimigo: é um mago ao mesmo tempo ardiloso e astuto na magia, e tem muitos disfarces. Caminha aqui e ali, dizem, como ancião encapuzado e coberto por uma capa, muito semelhante a Gandalf, como muitos agora recordam. Seus espiões deslizam através de todas as redes, e suas aves de mau agouro estão à solta no céu. Não sei como tudo terminará, e meu coração está apreensivo; pois me parece que nem todos os seus amigos habitam em Isengard. Mas se vieres à casa do rei tu mesmo verás. Não queres vir? Espero em vão que me foste enviado como auxílio na dúvida e necessidade?"

"Irei quando puder", disse Aragorn.

"Vem agora!", disse Éomer. "O Herdeiro de Elendil seria uma força deveras para os Filhos de Eorl nesta maré maligna. Agora mesmo há combate no Westemnet, e temo que nos daremos mal.

"De fato, saí nesta cavalgada rumo ao norte sem permissão do rei, pois em minha ausência sua casa fica com pouca guarda. Mas os batedores me avisaram da hoste-órquica que descia da Muralha Leste, quatro noites atrás, e entre eles relataram que alguns traziam os emblemas brancos de Saruman. Assim, suspeitando o que mais temo, uma aliança entre Orthanc e a Torre Sombria, parti com meu *éored*, os homens de minha própria casa; e alcançamos os Orques ao cair da noite dois dias atrás, perto das beiras da Floresta Ent. Ali os cercamos e travamos batalha ontem ao amanhecer. Quinze dos meus homens eu perdi, e doze cavalos, ai deles! Pois os Orques eram em maior número do que esperávamos. Outros se uniram a eles, vindos do Leste atravessando o Grande Rio: sua trilha é claramente visível um pouco ao norte deste ponto. E também outros saíram da floresta. Grandes Orques que também traziam a Mão Branca de Isengard: essa espécie é mais forte e mais cruel que todas as outras.

"Ainda assim demos cabo deles. Mas estivemos longe por demasiado tempo. Precisam de nós no sul e no oeste. Não virás? Há cavalos de sobra, como vês. Há trabalho para ser feito pela Espada. Sim, e podemos achar uso para o machado de Gimli e o arco de Legolas, se eles perdoarem minhas palavras impensadas acerca da Senhora da Floresta. Falei apenas como falam todos os homens de minha terra e me aprazeria aprender algo melhor."

"Agradeço-te por tuas belas palavras," disse Aragorn, "e meu coração deseja ir contigo; mas não posso desertar meus amigos enquanto permanecer a esperança."

"A esperança não permanece", comentou Éomer. "Não encontrarás teus amigos nas fronteiras do Norte."

"No entanto meus amigos não ficaram para trás. Encontramos um claro sinal, não longe da Muralha Leste, de que pelo menos um deles ainda estava vivo ali. Mas entre a muralha e as colinas não encontramos nenhuma outra pista deles, e nenhuma trilha se desviou, para cá ou para lá, a não ser que minha habilidade me tenha abandonado por completo."

"Então o que crês que foi feito deles?"

"Não sei. Podem ter sido mortos e queimados entre os Orques; mas isso tu dirás que não pode ser, e não o temo. Só posso crer que foram levados para dentro da floresta antes da batalha, talvez mesmo antes de cercardes vossos inimigos. Podes jurar que ninguém escapou à vossa rede desse modo?"

"Eu juraria que nenhum Orque escapou depois que os avistamos", disse Éomer. "Alcançamos a beira da floresta antes deles, e, se depois disso algum ser vivo atravessou nosso cerco, não era Orque e tinha algum poder de Elfo."

"Nossos amigos estavam trajados assim como nós", afirmou Aragorn; "e passastes por nós à plena luz do dia."

"Eu me esquecera disso", comentou Éomer. "É difícil ter certeza de alguma coisa entre tantas maravilhas. O mundo todo se tornou estranho. Um Elfo e um Anão caminham em companhia nos nossos campos quotidianos; e pessoas falam com a Senhora da Floresta e não obstante vivem; e a Espada retorna à guerra, a que foi partida nas longas eras antes que os pais de nossos pais cavalgassem rumo à Marca! Como um homem há de julgar o que fazer em tempos tais?"

"Como sempre julgou", respondeu Aragorn. "O bem e o mal não mudaram desde antanho; nem são uma coisa entre os Elfos e os Anãos e outra entre os Homens. É papel do homem distingui-los, tanto na Floresta Dourada quanto em sua própria casa."

"Verdade de fato", disse Éomer. "Mas não duvido de ti, nem do feito que meu coração faria. Porém não sou livre para fazer tudo como bem quiser. É contra nossa lei deixar estranhos perambulando à vontade em nossa terra, a não ser que o próprio rei lhes dê permissão, e o comando é mais estrito nestes dias de perigo. Implorei-te que voltasses comigo de vontade própria, e não queres. Reluto em começar uma batalha de cem contra três."

"Não creio que vossa lei tenha sido feita para tal eventualidade", disse Aragorn. "Nem sou deveras um estranho; pois estive antes nesta terra, mais de uma vez, e cavalguei com a hoste dos Rohirrim, porém com outro nome e outra aparência. A ti não vi antes, pois és jovem, mas falei com teu pai Éomund e com Théoden, filho de Thengel. Nos dias de outrora jamais um alto senhor desta terra obrigaria um homem a abandonar uma demanda como a minha. Meu dever pelo menos está claro: prosseguir. Vamos, filho de Éomund, a decisão tem de ser tomada finalmente. Ajuda-nos, ou no pior caso deixa-nos partir livres. Ou procura executar vossa lei. Se o fizeres haverá menor número para retornar à vossa guerra ou ao vosso rei."

Éomer ficou em silêncio por um momento, e depois falou. "Ambos necessitamos de pressa", afirmou ele. "Minha companhia está impaciente por partir, e cada hora reduz a vossa esperança. Esta é minha decisão. Podeis ir; e mais ainda, emprestar-vos-ei cavalos. Só peço isto: quando vossa demanda estiver atingida, ou demonstrar ser em vão, voltai com os cavalos por sobre o Vau Ent até Meduseld, a alta casa em Edoras onde Théoden ora se assenta. Assim haveis de lhe provar que não julguei mal. Deste modo ponho-me a mim, e quem sabe minha própria vida, em poder de tua boa-fé. Não fracasses."

"Não fracassarei", disse Aragorn.

Houve grande admiração, e muitos olhares obscuros e duvidosos entre seus homens, quando Éomer ordenou que os cavalos sobressalentes fossem emprestados aos estranhos; mas somente Éothain ousou falar abertamente.

"Pode ser muito bom para este senhor da raça de Gondor, como ele afirma," comentou ele, "mas quem ouviu falar de um cavalo da Marca dado a um Anão?"

"Ninguém", disse Gimli. "E não te aflijas: ninguém jamais ouvirá falar nisso. Prefiro caminhar a sentar-me no lombo de um animal tão grande, livre ou a contragosto."

"Mas agora tens de cavalgar, do contrário nos impedirás", disse Aragorn.

"Vamos, hás de te sentar atrás de mim, amigo Gimli", disse Legolas. "Então estará tudo bem, e nem precisarás tomar um cavalo emprestado nem te aborrecer com um."

Um grande cavalo cinza-escuro foi trazido para Aragorn, e ele o montou. "Hasufel é seu nome", informou Éomer. "Que te carregue bem e para melhor sorte que a Gárulf, seu falecido dono!"

Um cavalo menor e mais leve, porém indócil e fogoso, foi trazido para Legolas. Arod era seu nome. Mas Legolas pediu que tirassem a sela e as rédeas. "Não preciso delas", disse ele, saltando-lhe em cima com leveza, e, para espanto deles, Arod ficou manso e disposto sob ele, andando para cá e para lá apenas com uma palavra falada; essa era a maneira élfica com todos os bons animais. Gimli foi erguido para trás do amigo, e segurou-se a ele, não muito mais confortável que Sam Gamgi num barco.

"Adeus e que encontreis o que buscais!", exclamou Éomer. "Voltai com a rapidez que puderdes, e que, depois disso, nossas espadas reluzam juntas!"

"Eu virei", disse Aragorn.

"E eu também virei", disse Gimli. "O assunto da Senhora Galadriel ainda permanece entre nós. Ainda preciso ensinar-te a fala gentil."

"Havemos de ver", disse Éomer. "Aconteceram tantas coisas estranhas que aprender a louvar uma bela senhora sob os golpes carinhosos de um machado de Anão não parecerá grande maravilha. Adeus!"

Assim despediram-se. Eram muito velozes os cavalos de Rohan. Quando Gimli olhou para trás pouco tempo depois, a companhia de Éomer já estava pequena e distante. Aragorn não olhou para trás: estava observando a trilha enquanto a percorriam às pressas, inclinando-se para baixo com a cabeça próxima ao pescoço de Hasufel. Logo chegaram às margens do Entágua e ali encontraram a outra trilha de que Éomer falara, descendo do Leste desde o Descampado.

Aragorn apeou e esquadrinhou o solo, e depois, saltando outra vez para a sela, cavalgou um tanto para leste, mantendo-se de um lado e cuidando para não atropelar as pegadas. Então apeou de novo e examinou o solo, andando a pé para trás e para a frente.

"Há pouca coisa a descobrir", comentou ele quando voltou. "A trilha principal está toda confusa pela passagem dos cavaleiros em seu retorno; o percurso de ida deles deve ter sido mais próximo ao rio. Mas esta trilha rumo ao leste é fresca e nítida. Ali não há sinal de quaisquer pés indo em sentido contrário, de volta para o Anduin. Agora precisamos cavalgar mais devagar e nos assegurar de que nenhuma pista ou pegada se desvie de um ou outro lado. A partir deste ponto os Orques devem ter-se dado conta de que estavam sendo perseguidos; podem ter feito alguma tentativa de afastar os cativos antes de serem alcançados."

Durante o avanço a cavalo, o dia estava encoberto. Nuvens cinzentas baixas vieram por cima do Descampado. Uma névoa toldou o sol. As encostas arborizadas de Fangorn assomavam cada vez mais perto, escurecendo lentamente à medida que o sol ia para o oeste. Não viram sinal de trilha à direita ou à esquerda, mas aqui e ali passaram por Orques isolados, derrubados no caminho enquanto corriam, com flechas de penas cinzentas cravadas nas costas ou na garganta.

Por fim, com a tarde definhando, chegaram à beira da floresta, e em uma clareira aberta entre as primeiras árvores encontraram o lugar da grande fogueira: as cinzas ainda estavam quentes e fumegantes. Ao lado havia uma grande pilha de elmos e cotas de malha, escudos rachados, espadas quebradas, arcos, setas e outros equipamentos de guerra. Numa estaca no meio estava enfiada uma grande cabeça de gobelim; no seu elmo despedaçado ainda se via o emblema branco. Mais adiante, não longe do rio onde este vinha escoando da borda da floresta, havia um morro. Fora erguido recentemente: a terra bruta fora coberta de torrões de relva recém-cortados: em redor havia quinze lanças espetadas.

Aragorn e seus companheiros buscaram em todos os lugares do campo de batalha, mas a luz minguou e o entardecer desceu logo, obscuro e nevoento. Ao cair da noite não haviam descoberto nenhuma pista de Merry e Pippin.

"Nada mais podemos fazer", disse Gimli tristemente. "Fomos o alvo de muitos enigmas desde que chegamos a Tol Brandir, mas este é o mais difícil de desemaranhar. Eu imaginaria que os ossos queimados dos hobbits estão agora misturados aos dos Orques. Será uma triste notícia para Frodo, se ele viver para ouvi-la; e triste também para o velho hobbit que aguarda em Valfenda. Elrond se opôs a que eles viessem."

"Mas Gandalf não se opôs", comentou Legolas.

"Mas o próprio Gandalf decidiu vir, e ele foi o primeiro a se perder", respondeu Gimli. "Sua presciência fracassou."

"O conselho de Gandalf não se baseava no conhecimento prévio da segurança, dele ou dos outros", disse Aragorn. "Há algumas coisas que é melhor começar do que recusar, mesmo que o fim seja obscuro. Mas ainda não hei de partir deste lugar. Seja como for, precisamos esperar aqui pela luz da manhã."

Pouco adiante do local da batalha, fizeram seu acampamento sob uma árvore que se esparramava: parecia uma castanheira e, no entanto, ainda trazia muitas folhas largas e pardas de um ano já passado, como mãos secas com longos dedos espalhados; elas farfalhavam de modo lamentoso na brisa noturna.

Gimli teve um calafrio. Cada um havia trazido só um cobertor. "Vamos acender uma fogueira", sugeriu ele. "Não me preocupo mais com o perigo. Os Orques que venham numerosos como as mariposas do verão em torno de uma vela!"

"Se aqueles hobbits infelizes estão perdidos na floresta, ela poderá atraí-los para cá", complementou Legolas.

"E poderá atrair outras coisas que não são Orque nem Hobbit", disse Aragorn. "Estamos perto das divisas montanhosas do traidor Saruman. Também estamos bem na beira de Fangorn, e é perigoso tocar as árvores dessa floresta, ao que dizem."

"Mas os Rohirrim fizeram uma grande queima aqui ontem", disse Gimli, "e derrubaram árvores para fazer fogo, como se vê. No entanto, depois disso passaram a noite aqui em segurança quando tinham concluído sua labuta."

"Eles eram muitos", disse Aragorn, "e não dão importância à ira de Fangorn, pois raramente vêm aqui e não andam sob as árvores. Mas nossas trilhas provavelmente nos conduzirão para dentro da própria floresta. Portanto cuidai-vos! Não corteis madeira viva!"

"Não é preciso", mencionou Gimli. "Os Cavaleiros deixaram lascas e galhos suficientes, e há bastante madeira morta espalhada." Saiu para recolher lenha e ocupou-se montando e acendendo uma fogueira; mas Aragorn ficou sentado em silêncio, encostado à grande árvore, em profundo pensamento; e Legolas ficou em pé, sozinho e descoberto, olhando para a profunda sombra da floresta, inclinado para a frente como quem escuta vozes que chamam de longe.

Quando o Anão havia conseguido uma labareda pequena e luminosa, os três companheiros se reuniram perto dela e sentaram-se juntos, encobrindo a luz com seus vultos encapuzados. Legolas ergueu os olhos para os ramos da árvore que se estendiam acima deles.

"Vede!", disse ele. "A árvore está contente com o fogo!"

Podiam ser as sombras dançantes iludindo-lhes os olhos, mas certamente a cada um dos companheiros os ramos pareciam dobrar-se para cá e para lá, de modo a se postarem acima das chamas, enquanto os galhos superiores se inclinavam para baixo; agora as folhas pardas se projetavam rijas e se esfregavam como muitas mãos frias e rachadas que se confortavam com o calor.

Fez-se silêncio, pois de repente a floresta escura e desconhecida, tão perto deles, se fazia sentir como uma grande presença que meditava, repleta de propósito secreto. Algum tempo depois, Legolas voltou a falar.

"Celeborn nos avisou para não entrarmos longe em Fangorn", disse ele. "Sabes por que, Aragorn? Quais são as fábulas da floresta que Boromir ouvira?"

"Ouvi muitas histórias em Gondor e em outros lugares," respondeu Aragorn, "mas, se não fosse pelas palavras de Celeborn, eu as consideraria apenas fábulas que os Homens fizeram à medida que minguou o saber verdadeiro. Pensei em perguntar a ti o que o assunto tinha de verdade. E, se um Elfo da floresta não sabe, como um Homem há de responder?"

"Viajaste mais longe que eu", disse Legolas. "Nada ouvi sobre isso em minha própria terra, exceto por canções que contam como os Onodrim, que os Homens chamam de Ents, habitaram ali muito tempo atrás; pois Fangorn é antiga, antiga como os próprios Elfos a avaliariam."

"Sim, é antiga," comentou Aragorn, "tão antiga quanto a floresta junto às Colinas-dos-túmulos, e muito maior. Elrond diz que as duas são afins, os últimos baluartes das imensas matas dos Dias Antigos, quando os Primogênitos vagavam enquanto os Homens ainda dormiam. Porém Fangorn guarda algum segredo próprio. Qual é eu não sei."

"E eu não desejo saber", afirmou Gimli. "Que nada que habita em Fangorn se perturbe por minha causa!"

Então sortearam os turnos de vigia, e o primeiro coube a Gimli. Os outros deitaram-se. Quase imediatamente o sono se apossou deles. "Gimli!", disse Aragorn, sonolento. "Lembra-te, é perigoso cortar um ramo ou rebento de uma árvore vivente em Fangorn. Mas não te afastes muito em busca de madeira morta. Melhor deixar o fogo morrer! Chama-me se precisares!"

Com essas palavras, ele adormeceu. Legolas já jazia imóvel, com as mãos claras postas sobre o peito, sem fechar os olhos, combinando a noite viva com o sonho profundo, como costumam fazer os Elfos. Gimli sentou-se arqueado junto ao fogo, passando o polegar, pensativo, pelo gume do machado. A árvore farfalhava. Não havia nenhum outro som.

De súbito Gimli ergueu os olhos, e ali, bem na borda da luz da fogueira, estava de pé um homem velho e encurvado, apoiado num cajado e envolto em um grande manto; o chapéu de aba larga estava puxado por cima dos olhos. Gimli levantou-se com um salto, demasiado espantado para dar um grito naquele momento, porém de imediato cintilou-lhe na mente o pensamento de que Saruman os apanhara. Tanto Aragorn quanto Legolas, despertados pelo seu movimento repentino, sentaram-se e o encararam. O velho não falou nem deu sinal.

"Bem, pai, o que podemos fazer por ti?", disse Aragorn, levantando-se com um pulo. "Vem e aquece-te, se estás com frio!" Deu um passo à frente, mas o velho se fora. Não havia sinal dele que se achasse ali perto, e não se atreviam a errar ao longe. A lua se pusera, e a noite estava muito escura.

De repente Legolas deu um grito. "Os cavalos! Os cavalos!"

Os cavalos tinham ido embora. Haviam arrancado as estacas e desaparecido. Por algum tempo os três companheiros ficaram imóveis e em silêncio, perturbados por aquele novo golpe de azar. Estavam sob os beirais de Fangorn, e infindas léguas se estendiam entre eles e os Homens de Rohan, seus únicos amigos naquela terra ampla e perigosa. Parados ali, pareceu-lhes que ouviam, longe na noite, o som de cavalos rinchando e relinchando. Depois tudo ficou em silêncio novamente, exceto pelo frio sussurro do vento.

"Bem, eles se foram", disse Aragorn por fim. "Não podemos achá-los nem apanhá-los; assim, se não voltarem de própria vontade, precisamos nos aviar sem eles. Começamos a pé e ainda temos os nossos."

"Pés!", exclamou Gimli. "Mas não podemos comê-los e ao mesmo tempo andar com eles." Jogou um pouco de lenha na fogueira e desabou junto dela.

"Algumas poucas horas atrás estavas avesso a te sentares em um cavalo de Rohan", riu-se Legolas. "Ainda te tornarás um cavaleiro."

"Parece improvável que eu tenha essa oportunidade", disse Gimli.

"Se quereis saber o que penso," recomeçou ele algum tempo depois, "acho que era Saruman. Quem mais? Lembrai as palavras de Éomer: 'caminha como ancião encapuzado e coberto por uma capa'. Foram essas as palavras. Ele se foi com nossos cavalos ou os afugentou, e eis-nos aqui. Há mais apuros chegando, guardai minhas palavras!"

"Eu as guardo", disse Aragorn. "Mas notei também que esse ancião tinha um chapéu, não um capuz. Ainda assim, não duvido de que estimas corretamente, e aqui estamos em perigo, de noite ou de dia. Porém, por ora, não há nada que possamos fazer a não ser descansar enquanto podemos. Agora vigiarei por algum tempo, Gimli. Necessito mais de reflexão que de sono."

A noite passou devagar. Legolas seguiu-se a Aragorn, e Gimli seguiu-se a Legolas, e seus turnos foram findando. Mas nada aconteceu. O velho não apareceu de novo, e os cavalos não voltaram.

3

Os Uruk-hai

Pippin jazia em sonho escuro e agitado: parecia ser capaz de ouvir sua própria vozinha ecoando em negros túneis, chamando "Frodo, Frodo!" Mas em vez de Frodo, centenas de hediondas faces-órquicas arreganhavam os dentes para ele das sombras, centenas de braços hediondos o agarravam de todos os lados. Onde estava Merry?

Despertou. O ar frio lhe soprava no rosto. Estava deitado de costas. A tardinha chegava, e o céu lá em cima tornava-se indistinto. Virou-se e descobriu que o sonho fora pouco pior que o despertar. Seus pulsos, suas pernas e seus tornozelos estavam atados com cordas. Ao lado dele estava deitado Merry, de rosto branco, com um trapo sujo amarrado na testa. Em toda a volta deles estava sentada ou em pé uma grande companhia de Orques.

Lentamente, na cabeça dolorida de Pippin, as lembranças se reuniram e apartaram-se das sombras do sonho. É claro: ele e Merry haviam fugido correndo para a mata. O que dera neles? Por que haviam saído daquele jeito, às pressas, sem darem atenção ao velho Passolargo? Haviam corrido longe, gritando — ele não conseguia se lembrar a que distância ou por quanto tempo; e então, de súbito, haviam topado bem com um grupo de Orques: estavam parados, escutando, e pareciam não ter visto Merry e Pippin até que estes estivessem quase em seus braços. Então berraram, e dúzias de outros gobelins saltaram das árvores. Merry e ele haviam sacado as espadas, mas os Orques não queriam lutar, e só tentaram se apossar deles, mesmo quando Merry decepou vários braços e mãos. O bom e velho Merry!

Então Boromir chegara saltando através das árvores. Ele os fez lutar. Matou muitos deles, e os demais fugiram. Mas não tinham avançado muito no caminho de volta quando foram atacados de novo por cem Orques no mínimo, alguns muito grandes, e estes dispararam uma chuva de flechas: sempre em Boromir. Boromir soprara sua grande trompa até as matas ressoarem, e, no começo, os Orques ficaram espantados e recuaram; mas, quando não veio resposta senão os ecos, eles haviam atacado mais ferozmente que antes. Pippin não recordava muito mais. Sua última lembrança era de Boromir encostado a uma árvore, arrancando uma flecha; depois a treva se abateu de repente.

"Acho que levei uma pancada na cabeça", disse para si mesmo. "Pergunto-me se o coitado do Merry está muito machucado. O que aconteceu com Boromir? Por que os Orques não nos mataram? Onde estamos e aonde vamos?"

Não conseguia responder às perguntas. Sentia frio e enjoo. "Queria que Gandalf jamais tivesse convencido Elrond a nos deixar vir", pensou ele. "Qual foi minha serventia? Só de incômodo: um passageiro, uma peça de bagagem. E agora fui roubado e sou só uma peça de bagagem para os Orques. Espero que Passolargo ou alguém venha nos resgatar! Mas será que eu devia esperar isso? Isso não atrapalhará todos os planos? Queria conseguir me soltar!"

Esforçou-se um pouco, totalmente sem efeito. Um dos Orques sentados ali perto riu e comentou algo com um companheiro na língua abominável deles. "Descanse enquanto pode, pequeno tolo!", disse depois a Pippin, na fala comum, que ele tornava quase tão hedionda como seu próprio idioma. "Descanse enquanto pode! Vamos achar uso para suas pernas logo, logo. Vai querer não ter pernas antes de chegarmos em casa."

"Se fosse por mim, ia querer estar morto agora", comentou o outro. "Eu faria você guinchar, seu rato desgraçado." Inclinou-se sobre Pippin, trazendo as presas amarelas perto do seu rosto. Tinha na mão uma faca negra de lâmina comprida e dentada. "Fique deitado quieto, senão eu faço cócegas em você com esta", chiou ele. "Não chame a atenção, senão posso esquecer minhas ordens. Malditos Isengardenses! *Uglúk u bagronk sha pushdug Saruman-glob búbhosh skai*": comcçou uma longa fala furiosa em sua própria língua, que lentamente se desfez em resmungos e rosnados.

Pippin, aterrorizado, ficou deitado imóvel, apesar de a dor dos pulsos e tornozelos estar aumentando e de as pedras embaixo dele lhe perfurarem as costas. Para desviar os pensamentos de si mesmo, escutou atentamente tudo o que podia ouvir. Havia muitas vozes em torno e, apesar de a fala-órquica soar sempre repleta de ódio e ira, parecia claro que algo semelhante a uma briga começara e estava esquentando.

Para surpresa de Pippin, ele descobriu que grande parte da fala era inteligível; muitos dos Orques usavam o idioma ordinário. Aparentemente estavam presentes membros de duas ou três tribos bem diferentes, e não conseguiam compreender a fala-órquica uns dos outros. Havia um debate furioso sobre o que deveriam fazer agora: que caminho iriam seguir e o que deveria ser feito dos prisioneiros.

"Não tem tempo para matar eles direito", disse um. "Não tem tempo para brincar nesta viagem."

"Isso não tem jeito", respondeu outro. "Mas por que não matar eles depressa, matar eles agora? Eles são um maldito incômodo, e nós estamos com pressa. A tardinha está chegando, e precisamos nos mexer."

"Ordens", disse uma terceira voz com um grunhido grave. 'Matem todos, mas NÃO os Pequenos; eles devem ser trazidos VIVOS o mais depressa possível.' Essas são as minhas ordens."

"Para que precisam deles?", perguntaram diversas vozes. "Por que vivos? São bons pra diversão?"

"Não! Ouvi que um deles tem uma coisa, uma coisa que é necessária pra Guerra, um complô élfico ou algo assim. De qualquer jeito, os dois vão ser interrogados."

"É só isso que você sabe? Por que não revistamos eles e descobrimos? Podemos encontrar alguma coisa que nós mesmos podemos usar."

"Essa é uma observação muito interessante", escarneceu uma voz, mais macia que as demais, porém mais maligna. "Quem sabe eu precise relatar isso. Os prisioneiros NÃO devem ser revistados, nem saqueados: essas são as *minhas* ordens."

"E as minhas também", disse a voz grave. "'Vivos e como capturados; sem pilhagem.' Essas são as minhas ordens."

"Não as nossas ordens!", comentou uma das primeiras vozes. "Viemos lá das Minas para matar e para vingar nosso povo. Quero matar e depois voltar pro norte."

"Então você pode querer de novo", disse a voz grunhidora. "Eu sou Uglúk. Eu comando. Eu volto para Isengard pela estrada mais curta."

"É Saruman que é o mestre ou o Grande Olho?", disse a voz maligna. "Nós devíamos voltar já para Lugbúrz."

"Se pudéssemos atravessar o Grande Rio, nós poderíamos", falou outra voz. "Mas não tem o bastante de nós para nos arriscarmos a descer até as pontes."

"Eu atravessei", disse a voz maligna. "Um Nazgûl alado nos espera mais ao norte, na margem leste."

"Quem sabe, quem sabe! Então você sai voando com nossos prisioneiros e ganha todo o pagamento e os elogios em Lugbúrz, e nos deixa andando do melhor jeito possível através do País-de-cavalos. Não, precisamos ficar unidos. Estas terras são perigosas: cheias de rebeldes e bandidos imundos."

"É, precisamos ficar unidos", grunhiu Uglúk. "Não confio em vocês, seus porquinhos. Vocês não têm tutano fora dos seus chiqueiros. Se não fosse por nós, teriam todos fugido. Nós somos os Uruk-hai combatentes! Nós matamos o grande guerreiro. Nós pegamos os prisioneiros. Nós somos os serviçais de Saruman, o Sábio, a Mão Branca: a Mão que nos dá carne humana para comer. Viemos de Isengard, trouxemos vocês para cá e vamos levar vocês de volta pelo caminho que nós escolhermos. Eu sou Uglúk. Eu falei."

"Você falou mais que o bastante, Uglúk", escarneceu a voz maligna. "Fico pensando se vão gostar disso em Lugbúrz. Podem achar que os ombros do Uglúk precisam ser aliviados de uma cabeça inchada. Podem perguntar de onde vieram suas ideias esquisitas. Vieram do Saruman, quem sabe? Quem *ele* pensa que é, que se estabelece sozinho com seus emblemas brancos imundos? Pode ser que eles concordem comigo, com seu mensageiro de confiança Grishnákh; e eu, Grishnákh, digo isto: Saruman é um tolo, e um tolo sujo e traiçoeiro. Mas o Grande Olho está sobre ele.

"É *porcos* então? Vocês, pessoal, gostam de ser chamados de *porcos* pelos dedos-duros de um magozinho sujo? Garanto que é carne-órquica que eles comem."

Muitos berros altos, em fala-órquica, responderam a ele, e o estrépito ressoante de armas sendo sacadas. Cautelosamente Pippin rolou para o lado, esperando ver o que iria acontecer. Seus vigias haviam saído para se juntarem à rixa. À meia-luz, viu um grande Orque negro, provavelmente Uglúk, de pé encarando Grishnákh, uma criatura baixa de pernas tortas, muito larga e de braços compridos que pendiam quase até o chão. Ao redor deles havia muitos gobelins menores. Pippin supôs que estes fossem os do Norte. Haviam sacado os punhais e as espadas, mas hesitavam em atacar Uglúk.

Uglúk deu um grito, e vieram correndo alguns outros Orques quase do seu tamanho. Então, de repente, sem aviso, Uglúk saltou para a frente e com dois golpes rápidos decepou a cabeça de dois oponentes. Grishnákh desviou-se e sumiu nas sombras. Os outros cederam, e um deu um passo para trás e caiu por cima do vulto prostrado de Merry, praguejando. Mas isso provavelmente lhe salvou a vida, pois os seguidores de Uglúk saltaram por cima dele e abateram outro com suas espadas de lâmina larga. Era o guardião de presas amarelas. Seu corpo caiu bem em cima de Pippin, ainda agarrando a faca comprida de lâmina serrilhada.

"Baixem as armas!", gritou Uglúk. "E vamos parar com as bobagens! Daqui vamos direto pro oeste e descer a escada. De lá direto pras colinas, depois seguindo o rio pra floresta. E marchamos dia e noite. Tá claro?"

"Ora," pensou Pippin, "se esse sujeito feio levar um tempinho para controlar suas tropas, eu tenho chance." Viera-lhe um lampejo de esperança. O gume da faca negra lhe fizera um pique no braço e depois escorregara até seu pulso. Sentia o sangue gotejando em sua mão, mas sentia também o toque frio do aço em sua pele.

Os Orques se preparavam para marchar outra vez, mas alguns dos Nortistas ainda estavam relutantes, e os Isengardenses mataram mais dois antes de o restante se intimidar. Houve muitas pragas e confusão. No momento, Pippin não estava sendo vigiado. Suas pernas estavam atadas com firmeza, mas os braços só estavam amarrados pelos pulsos, e as mãos estavam à sua frente. Podia movê-las ambas juntas apesar de os laços serem cruelmente apertados. Empurrou o Orque morto para um lado e depois, mal se atrevendo a respirar, moveu para cima e para baixo o nó da corda do pulso de encontro à lâmina da faca. Esta era afiada, e a mão morta a segurava firme. A corda foi cortada! Rapidamente Pippin a tomou nos dedos e lhe deu um novo nó, numa pulseira frouxa de duas voltas, e a deslizou sobre as mãos. Depois ficou deitado, bem imóvel.

"Apanhem esses prisioneiros!", gritou Uglúk. "Não tentem nenhum truque com eles! Se não estiverem vivos quando nós voltarmos, mais alguém vai morrer também."

Um Orque arrebatou Pippin como um saco, pôs a cabeça entre suas mãos amarradas, agarrou-lhe os braços e os puxou para baixo até que o rosto de Pippin ficasse esmagado de encontro ao seu pescoço; depois partiu com ele aos solavancos. Outro tratou Merry da mesma forma. A mão do Orque, semelhante a uma garra, segurava os braços de Pippin como ferro; as unhas o ferroavam. Fechou os olhos e mergulhou de novo em sonhos malignos.

De repente foi jogado outra vez no chão de pedra. Era o começo da noite, mas a lua delgada já decaía rumo ao oeste. Estavam na beira de um penhasco que parecia vigiar um mar de nevoeiro pálido. Havia o som de água caindo ali perto.

"Os batedores voltaram afinal", disse um Orque junto dele.

"Bom, e o que vocês descobriram?", grunhiu a voz de Uglúk.

"Só um cavaleiro sozinho, e ele foi pro oeste. Está tudo limpo agora."

"Agora, aposto. Mas por quanto tempo? Seus tolos! Deviam ter atirado nele. Ele vai dar o alarme. Os malditos criadores de cavalos vão ouvir falar de nós pela manhã. Agora vamos ter que partir em carreira dobrada."

Uma sombra se inclinou sobre Pippin. Era Uglúk. "Sente!", disse o Orque. "Meus rapazes estão cansados de arrastar você por aí. Precisamos descer em escalada, e você tem que usar as pernas. Agora coopere. Sem gritos, sem tentar escapar. Temos jeitos para pagar truques que você não vai gostar, mas que não vão estragar sua utilidade pro Mestre."

Cortou as correias em torno das pernas e dos tornozelos de Pippin, apanhou-o pelos cabelos e o pôs de pé. Pippin caiu, e Uglúk o arrastou para cima pelos cabelos outra vez. Vários Orques riram. Uglúk enfiou-lhe um frasco entre os dentes e derramou um pouco de líquido ardente garganta abaixo: ele sentiu um fulgor quente e feroz fluir por seu corpo. A dor nas pernas e nos tornozelos sumiu. Conseguia ficar em pé.

"Agora o outro!", disse Uglúk. Pippin o viu aproximar-se de Merry, que estava deitado ali perto, e dar-lhe um pontapé. Merry gemeu. Agarrando-o rudemente, Uglúk o puxou até que estivesse sentado e lhe arrancou a atadura da cabeça. Então untou a ferida com uma substância escura que tirou de uma caixinha de madeira. Merry deu um grito e se debateu violentamente.

Os Orques bateram palmas e vaiaram "Não consegue tomar o remédio", escarneceram. "Não sabe o que é bom para ele. Ei! Vamos nos divertir um pouco depois."

Mas naquele momento, Uglúk não estava ocupado com diversão. Precisava de pressa e tinha de contentar seguidores relutantes. Estava curando Merry à maneira-órquica; e seu tratamento funcionou depressa. Quando havia forçado um gole do seu frasco pela garganta do hobbit, cortado as amarras de suas pernas e o arrastado para que ficasse em pé, Merry levantou-se, com aspecto pálido, mas carrancudo e desafiador, e totalmente vivo. O talho em sua testa não o incomodou mais, porém ele carregou uma cicatriz marrom até o fim dos seus dias.

"Alô, Pippin!", disse ele. "Então você também veio nesta pequena expedição? Onde ganhamos cama e desjejum?"

"Ora essa!", exclamou Uglúk. "Nada disso! Calem a boca. Não falem um com o outro. Qualquer encrenca vai ser relatada na outra ponta, e Ele vai saber pagar vocês. Vão ganhar cama e desjejum, sim: mais do que conseguem digerir."

O bando-órquico começou a descer por uma ravina estreita que levava para a planície enevoada lá embaixo. Merry e Pippin, separados por uma dúzia de Orques ou mais, desceram com eles. No sopé pisaram na relva, e os corações dos hobbits se animaram.

"Agora reto e em frente!", gritou Uglúk. "Para o oeste e um pouco ao norte. Sigam Lugdush."

"Mas o que vamos fazer ao nascer do sol?", disseram alguns dos Nortistas.

"Continuar correndo", respondeu Uglúk. "O que estão pensando? Sentar-se na relva e esperar que os Peles-Brancas se juntem ao piquenique?"

"Mas não podemos correr à luz do sol."

"Vão correr comigo atrás de vocês", disse Uglúk. "Corram! Ou nunca mais vão ver seus queridos buracos de novo. Pela Mão Branca! De que serve mandar vermes-da-montanha numa viagem, só meio treinados? Corram, malditos! Corram enquanto dura a noite!"

Então toda a companhia começou a correr com as passadas compridas e galopantes dos Orques. Não mantinham ordem, empurrando, dando cotoveladas e praguejando; porém sua velocidade era muito grande. Cada hobbit tinha uma guarda de três Orques. Pippin estava bem na traseira da fila. Perguntava-se quanto tempo seria capaz de prosseguir naquele passo: não tinha comido nada desde a manhã. Um de seus guardas tinha um chicote. Mas naquele momento o licor-órquico ainda estava quente dentro dele. Também seu juízo estava bem desperto.

Vez por outra lhe vinha à mente, sem ser convidada, uma visão do rosto atento de Passolargo, inclinado sobre uma trilha obscura e correndo, correndo atrás deles. Mas o que mesmo um Caminheiro poderia ver, a não ser uma trilha confusa de pés-órquicos? Suas próprias pequenas pegadas, e as de Merry, estavam submersas pelo pisoteio dos sapatos ferrados diante deles e atrás deles e em volta deles.

Haviam avançado só cerca de uma milha desde o penhasco quando o terreno se inclinou para baixo, para uma ampla depressão rasa onde o solo era mole e úmido. Ali havia névoa, reluzindo pálida aos últimos raios da lua em foice. As formas escuras dos Orques à frente tornaram-se indistintas e depois foram engolidas.

"Ei! Firmes agora!", gritou Uglúk da retaguarda.

Um pensamento súbito saltou para a mente de Pippin, e ele reagiu de imediato. Esquivou-se para o lado direito e mergulhou para fora do alcance do guarda que queria agarrá-lo, de cabeça na névoa; pousou esparramado na relva.

"Parem!", berrou Uglúk.

Por um momento houve tumulto e confusão. Pippin ergueu-se com um salto e correu. Mas os Orques estavam em seu encalço. Alguns assomaram de repente bem diante dele.

"Sem esperança de escapar!", pensou Pippin. "Mas há esperança de eu ter deixado algumas das minhas próprias pegadas intactas no solo úmido." Tateou na garganta com as duas mãos amarradas e desprendeu o broche da capa. No momento em que era agarrado por braços compridos e garras duras, deixou-o cair. "Imagino que vá jazer aí até o fim dos tempos", pensou. "Não sei por que fiz isso. Se os outros escaparam, provavelmente foram todos com Frodo."

A correia de um chicote se enleou em suas pernas, e ele reprimiu um grito.

"Chega!", gritou Uglúk, correndo em sua direção. "Ele ainda vai ter de correr bastante. Façam os dois correrem! Só usem o chicote como lembrete."

"Mas não é só isso", rosnou ele, virando-se para Pippin. "Não vou esquecer. O pagamento só foi adiado. Em marcha!"

Nem Pippin nem Merry recordaram muita coisa da parte subsequente da jornada. Maus sonhos e maus despertares confundiam-se em um longo túnel de desgraça, com a esperança minguando cada vez mais atrás deles. Correram e correram, esforçando-se para acompanhar o passo estabelecido pelos Orques, lambidos vez ou outra por uma correia cruel manejada com destreza. Quando paravam ou tropeçavam eram agarrados e arrastados por certa distância.

O calor da bebida-órquica se fora. Pippin sentia-se frio e enjoado outra vez. De repente caiu na relva, de rosto para baixo. Mãos duras com unhas que rasgavam pegaram-no e ergueram-no. Foi outra vez carregado como um saco, e a escuridão cresceu em torno dele: se era a escuridão de outra noite ou uma cegueira de seus olhos, ele não sabia dizer.

Tomou consciência nebulosa de vozes clamando: parecia que muitos dos Orques estavam exigindo uma parada. Uglúk gritava. Sentiu-se lançado ao chão e ficou deitado assim como caiu até que negros sonhos se apossassem dele. Mas não escapou da dor por muito tempo; logo o aperto férreo de mãos implacáveis o assaltou mais uma vez. Por muito tempo foi jogado e sacudido, e então, devagar, a escuridão cedeu, e ele voltou ao mundo desperto e descobriu que era manhã. Ordens foram gritadas, e ele foi lançado rudemente na relva.

Ali ficou algum tempo deitado, lutando contra o desespero. Sua cabeça rodava, mas pelo calor no corpo deduziu que tinham-lhe dado mais um gole. Um Orque se inclinou sobre ele e lhe lançou um pouco de pão e uma tira de carne crua seca. Comeu avidamente o pão, dormido e cinzento, mas não a carne. Estava faminto, mas ainda não faminto o bastante para comer carne que um Orque lhe jogara; a carne de que criatura ele não ousava imaginar.

Sentou-se e olhou em torno. Merry não estava longe dele. Estavam junto à margem de um rio veloz e estreito. À frente erguiam-se montanhas: um pico alto recebia os primeiros raios do sol. Uma mancha escura de floresta se estendia nas encostas inferiores à sua frente.

Havia grande gritaria e debate entre os Orques; parecia que uma rixa estava a ponto de estourar outra vez entre os Nortistas e os Isengardenses. Alguns apontavam de volta para o sul e alguns apontavam para o leste.

"Muito bem", disse Uglúk. "Então deixem eles comigo! Sem matança, como eu disse antes; mas se querem jogar fora o que viemos pegar de tão longe, joguem fora! Eu cuido disso. Os Uruk-hai combatentes que façam o serviço, como sempre. Se estão com medo dos Peles-Brancas, corram! Corram! Ali está a floresta", gritou, apontando à frente. "Vão para lá! É sua melhor esperança. Vão embora! E depressa, antes que eu arranque mais algumas cabeças para botar bom senso nas outras."

Houve um tanto de pragas e desordem, e depois a maioria dos Nortistas se separou e partiu às pressas, mais de cem, correndo desordenadamente ao longo do rio na direção das montanhas. Os hobbits foram deixados com os Isengardenses: um bando carrancudo e obscuro, pelo menos quatro vintenas de Orques grandes, de compleição escura e olhos puxados, com grandes arcos e espadas curtas de lâmina larga. Alguns dos Nortistas maiores e mais ousados ficaram com eles.

"Agora vamos lidar com Grishnákh", disse Uglúk; mas mesmo alguns dos seus próprios seguidores estavam olhando ansiosamente para o sul.

"Eu sei", grunhiu Uglúk. "Os malditos meninos-de-cavalos nos farejaram. Mas é tudo culpa sua, Snaga. Você e os outros batedores deviam ter as orelhas decepadas. Mas nós somos os combatentes. Ainda vamos nos banquetear com carne de cavalo ou coisa melhor."

Nesse momento, Pippin viu por que parte da tropa tinha apontado para o leste. Daquela direção já vinham gritos roucos, e ali estava Grishnákh de novo, e às suas costas algumas vintenas de outros como ele: Orques de braços compridos e pernas tortas. Tinham um olho vermelho pintado nos escudos. Uglúk deu um passo à frente para recebê-los.

"Então vocês voltaram?", disse ele. "Pensaram melhor, hein?"

"Voltei para garantir que as Ordens sejam cumpridas e os prisioneiros estejam seguros", respondeu Grishnákh.

"É mesmo!", disse Uglúk. "Perda de esforço. Eu garanto que as ordens sejam cumpridas no meu comando. E para que mais voltaram? Vocês foram às pressas. Deixaram alguma coisa para trás?"

"Deixei um tolo", rosnou Grishnákh. "Mas tinha com ele uns camaradas decididos que são bons demais para perder. Eu sabia que você iria levá-los para uma encrenca. Eu vim ajudá-los."

"Esplêndido!", riu Uglúk. "Mas, a não ser que vocês tenham tutano para lutar, pegaram o caminho errado. Lugbúrz era o destino de vocês. Os Peles-Brancas estão chegando. O que aconteceu com seu precioso Nazgûl? Outra montaria foi abatida debaixo dele? Ora, se tivessem trazido ele isso poderia ser útil — se esses Nazgûl são tudo o que dizem."

"*Nazgûl, Nazgûl*", disse Grishnákh, estremecendo e lambendo os lábios, como se a palavra tivesse um gosto podre que ele saboreasse dolorosamente. "Você fala do que está fundo além do alcance dos seus sonhos lamacentos, Uglúk", disse ele. "*Nazgûl!* Ah! Tudo o que dizem! Um dia você vai querer não ter dito isso. Macaco!", rosnou ele com ferocidade. "Devia saber que eles são os prediletos do Grande Olho. Mas os Nazgûl alados: ainda não, ainda não. Ele ainda não deixa que se mostrem deste lado do Grande Rio, não cedo demais. São para a Guerra — e outras finalidades."

"Você parece que sabe muita coisa", disse Uglúk. "Mais do que é bom para você, eu acho. Quem sabe os de Lugbúrz estejam pensando como e por quê. Mas, enquanto isso, os Uruk-hai de Isengard podem fazer o serviço sujo, como sempre. Não fique aí babando! Reúna sua ralé! Os outros porcos estão fugindo para a floresta. É melhor você ir atrás deles. Você não voltaria vivo ao Grande Rio. A postos! Agora! Vou estar nos seus calcanhares."

Os Isengardenses agarraram Merry e Pippin outra vez e os jogaram nas costas. Então a tropa partiu. Correram hora após hora, fazendo uma pausa de vez em quando apenas para jogarem os hobbits em novos carregadores. Fosse porque eram mais velozes e resistentes, ou por algum plano de Grishnákh, os Isengardenses gradativamente passaram pelos Orques de Mordor, e a gente de Grishnákh vinha atrás. Logo também estavam ultrapassando os Nortistas à sua frente. A floresta começou a se aproximar.

Pippin estava contundido e lanhado, sua cabeça dolorida esfregava na mandíbula imunda e na orelha peluda do Orque que o segurava. Logo à frente havia lombos encurvados, e pernas duras e grossas que subiam e desciam, subiam e desciam, sem descanso, como se fossem feitas de arame e chifre, marcando os segundos de pesadelo de um tempo infindável.

À tarde, a tropa de Uglúk ultrapassou os Nortistas. Estavam afrouxando aos raios do sol claro, apesar de ser o sol do inverno brilhando em um céu pálido e frio; tinham as cabeças baixas e as línguas pendendo para fora.

"Vermes!", escarneciam os Isengardenses. "Vocês estão fritos. Os Peles-Brancas vão apanhar e comer vocês. Eles estão chegando!"

Um grito de Grishnákh mostrou que isso não era uma mera caçoada. Cavaleiros muito velozes tinham sido avistados de fato: ainda muito atrás, mas ganhando terreno dos Orques, ganhando terreno como uma maré nos baixios sobre pessoas vagando na areia movediça.

Os Isengardenses começaram a correr com um passo redobrado que admirou Pippin, no que parecia um arranco tremendo num fim de corrida. Então ele viu que o sol estava descendo, caindo atrás das Montanhas Nevoentas; as sombras se estendiam sobre o terreno. Os soldados de Mordor ergueram a cabeça e também começaram a aumentar a velocidade. A floresta era escura e próxima. Já haviam passado por algumas árvores mais afastadas. O terreno começava a formar um aclive, cada vez mais íngreme; mas os Orques não pararam. Tanto Uglúk quanto Grishnákh gritavam, atiçando-os ao último esforço.

"Ainda vão conseguir. Vão escapar", pensou Pippin. E então achou um modo de virar o pescoço para espiar para trás, com um olho por cima do ombro. Viu que cavaleiros, longe no leste, já estavam emparelhados com os Orques, galopando sobre a planície. O pôr do sol lhes dourava as lanças e os elmos e rebrilhava em seus pálidos cabelos ao vento. Estavam encurralando os Orques, evitando que se dispersassem e impelindo-os ao longo da linha do rio.

Admirou-se muito de que tipo de gente seriam. Agora desejava ter aprendido mais em Valfenda, olhado mais mapas e outras coisas; mas naqueles dias os planos da jornada pareciam estar em mãos mais competentes, e ele nunca contara com estar isolado de Gandalf, ou de Passolargo e até de Frodo. Tudo o que podia recordar sobre Rohan era que o cavalo de Gandalf, Scadufax, viera daquela terra. Isso soava esperançoso, até certo ponto.

"Mas como vão saber que não somos Orques?", pensou ele. "Não acho que jamais tenham ouvido falar de hobbits por aqui. Acho que eu devia estar contente porque parece que os Orques bestiais vão ser destruídos, mas eu mesmo preferiria me salvar." Era provável que ele e Merry fossem mortos junto com seus captores, mesmo antes que os Homens de Rohan se dessem conta deles.

Alguns dos cavaleiros pareciam ser arqueiros, hábeis em atirar de um cavalo em carreira. Pondo-se depressa ao alcance, dispararam flechas contra os Orques que vagueavam atrasados, e vários deles tombaram; então os cavaleiros deram a volta, afastando-se do alcance dos arcos dos inimigos, que retrucavam atirando a esmo, não ousando parar. Isso aconteceu muitas vezes, e em certa ocasião caíram flechas entre os Isengardenses. Um deles, bem à frente de Pippin, tropeçou e não se levantou de novo.

A noite desceu sem que os Cavaleiros se aproximassem para o combate. Muitos Orques haviam tombado, mas restavam bem uns duzentos. Ao cair da escuridão, os Orques alcançaram um morrinho. A beira da floresta estava muito próxima, provavelmente a não mais de três oitavos de milha, mas não podiam avançar mais. Os cavaleiros tinham-nos encurralado. Um pequeno bando desobedeceu ao comando de Uglúk e seguiu correndo rumo à floresta: só três retornaram.

"Bom, aqui estamos", disse Grishnákh com escárnio. "Bela liderança! Espero que o grande Uglúk nos leve para fora outra vez."

"Arriem esses Pequenos!", ordenou Uglúk, sem dar atenção a Grishnákh. "Você, Lugdush, pegue dois outros e fique vigiando eles! Não podem ser mortos, a não ser que os Peles-Brancas imundos consigam passar. Entendeu? Enquanto eu estiver vivo eu quero eles. Mas não podem gritar e não podem ser resgatados. Amarrem as pernas deles!"

A última parte da ordem foi executada sem compaixão. Mas Pippin descobriu que pela primeira vez estava perto de Merry. Os Orques estavam fazendo muito barulho, gritando e batendo as armas, e os hobbits conseguiram sussurrar entre si por alguns instantes.

"Não estou gostando nada disto", disse Merry. "Sinto que estou quase liquidado. Não acho que poderia engatinhar longe, mesmo que estivesse livre."

"*Lembas!*", sussurrou Pippin. "*Lembas*: tenho um pouco. Você tem? Acho que não pegaram nada, a não ser nossas espadas."

"Sim, eu tinha um pacote no bolso," respondeu Merry, "mas ele deve ter sido malhado a migalhas. Seja como for, não posso pôr a boca no bolso!"

"Não vai precisar. Eu tenho..."; mas nesse mesmo instante um pontapé violento alertou Pippin de que o barulho amainara, e os guardas estavam vigilantes.

A noite estava fria e silenciosa. Em toda a volta do morrinho onde os Orques estavam reunidos acenderam-se pequenas fogueiras de vigia, de um vermelho dourado na escuridão, um anel completo delas. Estavam ao alcance de um tiro longo de arco, mas os cavaleiros não se mostravam frente à luz, e os Orques desperdiçaram muitas flechas, atirando nas fogueiras, até Uglúk mandá-los parar. Os cavaleiros não faziam nenhum ruído. Mais tarde da noite, quando a lua surgiu da névoa, eles podiam ser vistos às vezes, formas sombrias que reluziam vez por outra à luz branca, movendo-se em patrulha incessante.

"Vão esperar pelo Sol, malditos!", grunhiu um dos guardas. "Por que não nos juntamos e fazemos uma investida para passar? O que o velho Uglúk pensa que está fazendo? Eu queria saber!"

"Acho que quer mesmo", rosnou Uglúk, vindo de trás. "Quer dizer que eu não penso nada, hein? Maldito! Vocês são tão ruins como a outra ralé: os vermes e os macacos de Lugbúrz. Não adianta tentar uma investida com eles. Eles só vão guinchar e sair em disparada, e tem mais do que o suficiente desses imundos meninos-de-cavalos para enxugar nossa turma na planície.

"Só tem uma coisa que esses vermes podem fazer: eles enxergam como o diacho no escuro. Mas esses Peles-Brancas têm olhos melhores de noite do que a maioria dos Homens, pelo que ouvi; e não esqueçam os cavalos deles! Dizem que conseguem enxergar a brisa da noite. Mas tem uma coisa que os belos sujeitos não sabem: Mauhúr e os rapazes dele estão na floresta e devem aparecer agora a qualquer momento."

As palavras de Uglúk aparentemente bastaram para satisfazer os Isengardenses; mas os demais Orques estavam ao mesmo tempo desanimados e rebeldes. Postaram alguns vigias, mas a maior parte se deitou no chão, descansando na agradável escuridão. Na verdade voltou a escurecer muito; pois a lua andou para o oeste, em nuvens espessas, e Pippin não conseguia ver nada que estivesse a mais de alguns pés de distância. As fogueiras não projetavam luz no morrinho. Porém os cavaleiros não se contentaram em apenas esperar o amanhecer e deixar os inimigos repousarem. Um clamor súbito do lado leste do morrinho demonstrou que havia algo errado. Parecia que alguns dos Homens haviam cavalgado para perto, deslizado dos cavalos, engatinhado até a beira do acampamento, matado vários Orques e depois tinham se esvaído de novo. Uglúk saiu às pressas para deter uma debandada.

Pippin e Merry sentaram-se. Seus guardas, Isengardenses, haviam ido com Uglúk. Mas se os hobbits tinham alguma intenção de escapar ela foi logo despedaçada. Um longo braço peludo pegou cada um deles pelo pescoço e os puxou para ficarem juntos. Estavam vagamente conscientes da grande cabeça e cara hedionda de Grishnákh entre eles; seu hálito podre lhes atingia as bochechas. Ele começou a apalpá-los e tateá-los. Pippin estremeceu quando dedos duros e frios lhe tentearam as costas.

"Bem, meus pequeninos!", disse Grishnákh com um sussurro baixo. "Estão apreciando o belo descanso? Ou não? Talvez numa posição meio desconfortável: espadas e chicotes de um lado e torpes lanças do outro! Gente pequena não devia se meter em assuntos que são grandes demais para ela." Seus dedos continuaram tenteando. Havia uma luz como um fogo pálido, mas quente, atrás dos seus olhos.

De súbito veio um pensamento à mente de Pippin, como se o apanhasse direto dos pensamentos urgentes do inimigo: "Grishnákh sabe do Anel! Está procurando por ele enquanto Uglúk está ocupado: provavelmente ele o quer para si." Havia um temor frio no coração de Pippin, mas ao mesmo tempo ele se perguntava como poderia se aproveitar do desejo de Grishnákh.

"Acho que não vai encontrá-lo desse jeito", sussurrou. "Não é fácil de encontrar."

"*Encontrá-lo?*", disse Grishnákh: seus dedos pararam de rastejar e agarraram o ombro de Pippin. "Encontrar o quê? Do que está falando, pequenino?"

Por um momento Pippin fez silêncio. Então de repente na escuridão fez um ruído na garganta: *gollum, gollum*. "Nada, meu precioso", acrescentou.

Os hobbits sentiram os dedos de Grishnákh se contorcendo. "Ohô!", sussurrou o gobelim baixinho. "É isso que ele quer dizer, é? Ohô! Muito, mui-to perigoso, meus pequeninos."

"Talvez", respondeu Merry, já alerta e consciente da conjectura de Pippin. "Talvez; e não só para nós. Ainda assim, você conhece melhor seus próprios afazeres. Você o quer ou não? E o que daria por ele?"

"Eu quero? Eu quero?", disse Grishnákh, como quem está perplexo; mas seus braços tremiam. "O que eu daria por ele? O que vocês querem dizer?"

"Nós queremos dizer", disse Pippin, escolhendo as palavras com cuidado, "que não adianta tatear no escuro. Podemos lhe poupar tempo e trabalho. Mas primeiro precisa desamarrar nossas pernas, do contrário não vamos fazer nada nem dizer nada."

"Meus caros e frágeis tolinhos," chiou Grishnákh, "tudo que vocês têm e tudo que vocês sabem vai ser arrancado de vocês a seu tempo: tudo! Vão querer que tivessem mais coisas que contar para satisfazer o Interrogador, vão sim: logo, logo. Não vamos apressar o inquérito. Oh não! Para que vocês pensam que foram mantidos vivos? Meus caros sujeitinhos, por favor, acreditem em mim quando eu digo que não foi por bondade: isso não é defeito nem mesmo de Uglúk."

"Acho bem fácil acreditar nisso", disse Merry. "Mas você ainda não levou sua presa para casa. E ela não parece estar indo na sua direção, aconteça o que acontecer. Se chegarmos a Isengard não vai ser o grande Grishnákh que se beneficiará: Saruman vai tomar tudo que puder achar. Se você quer alguma coisa para si, esta é a hora de fazer um acordo."

Grishnákh começou a perder a paciência. O nome de Saruman parecia irritá-lo especialmente. O tempo passava e a perturbação estava amainando. Uglúk ou os Isengardenses podiam voltar a qualquer minuto. "Está com vocês — algum de vocês?", rosnou ele.

"*Gollum, gollum!*", disse Pippin.

"Desamarre nossas pernas!", disse Merry.

Sentiram os braços do Orque tremendo violentamente. "Malditos sejam, vermezinhos imundos!", chiou ele. "Desamarrar suas pernas? Vou desamarrar todos os cordões dos seus corpos. Pensam que eu não posso esquadrinhar vocês até os ossos? Esquadrinhar vocês! Eu vou cortar os dois em farrapos palpitantes. Não preciso da ajuda das suas pernas para tirar vocês daqui e ficar com vocês só para mim!"

Agarrou-os de repente. A força de seus braços compridos e seus ombros era aterrorizante. Enfiou um embaixo de cada braço e esmagou-os ferozmente contra os flancos; tapou cada boca com uma grande mão sufocante. Então saltou para a frente, agachando-se bastante. Seguiu rápida e silenciosamente até chegar à beira do morrinho. Ali, escolhendo uma brecha entre os vigias, saiu como uma sombra maligna para a noite, desceu a encosta e partiu rumo ao oeste no sentido do rio que corria de dentro da floresta. Naquela direção havia um amplo espaço aberto com apenas uma fogueira.

Depois de percorrer uma dúzia de jardas ele parou, espiando e escutando. Nada se via nem ouvia. Esgueirou-se avante devagar, dobrado quase até o chão. Depois agachou-se e escutou de novo. Então pôs-se de pé, como quem vai arriscar uma arrancada súbita. Nesse mesmo momento, o vulto escuro de um cavaleiro assomou bem à sua frente. Um cavalo bufou e empinou-se. Um homem fez um chamado.

Grishnákh lançou-se de bruços no chão, arrastando os hobbits consigo; então sacou a espada. Sem dúvida pretendia matar seus cativos em vez de permitir que escapassem ou fossem resgatados; mas essa foi sua desgraça. A espada retiniu baixinho e reluziu um pouco à luz da fogueira logo à sua esquerda. Uma flecha veio assobiando da treva: fora apontada com habilidade, ou guiada pela sina, e atravessou-lhe a mão direita. Deixou cair a espada e guinchou. Houve um rápido bater de cascos, e, no momento em que Grishnákh se levantou com um salto e correu, foi atropelado e transpassado com uma lança. Deu um hediondo grito trêmulo e jazeu imóvel.

Os hobbits ficaram junto ao chão, como Grishnákh os deixara. Outro cavaleiro veio rapidamente em ajuda do companheiro. Fosse por causa de alguma agudeza especial da visão, fosse por algum outro sentido, o cavalo se ergueu e pulou leve por cima deles; mas seu cavaleiro não os viu, deitados cobertos por suas capas-élficas, esmagados demais no momento e temerosos demais para se mexerem.

Finalmente Merry se agitou e sussurrou baixinho: "Até aqui tudo bem; mas como é que *nós* vamos evitar sermos espetados?"

A resposta veio quase de imediato. Os gritos de Grishnákh haviam alvoroçado os Orques. Pelos berros e guinchos que vinham do morrinho os hobbits souberam que seu desaparecimento fora descoberto: Uglúk provavelmente estava decepando mais algumas cabeças. Então, de repente, vieram da direita respostas gritadas em vozes-órquicas, de fora do círculo de fogueiras de vigia, desde a floresta e as montanhas. Aparentemente Mauhúr chegara e estava atacando os sitiadores. Veio o som de cavalos galopando. Os Cavaleiros estavam apertando seu cerco em redor do morrinho, expondo-se às flechas-órquicas, de forma a evitar qualquer surtida, enquanto uma companhia partia a cavalo para lidar com os recém-chegados. Subitamente Merry e Pippin se deram conta de que, sem se moverem, já estavam fora do círculo: nada havia entre eles e a fuga.

"Ora," disse Merry, "se nossas pernas e mãos estivessem livres nós poderíamos escapar. Mas não consigo tocar os nós e não posso mordê-los."

"Não é preciso tentar", disse Pippin. "Eu ia lhe contar: consegui livrar minhas mãos. Estes laços só ficaram por aparência. Melhor você comer um bocado de *lembas* primeiro."

Fez os cordões deslizarem dos pulsos e pescou um embrulho. Os biscoitos estavam quebrados, mas bons, ainda em suas embalagens de folhas. Cada hobbit comeu dois ou três pedaços. O sabor fê-los recordar a lembrança de rostos belos, e do riso, e de comida saudável em dias tranquilos que já iam bem longe. Durante algum tempo comeram pensativos, sentados no escuro, desatentos aos gritos e ruídos da batalha próxima. Pippin foi o primeiro a voltar ao presente.

"Precisamos ir embora", disse ele. "Meio momento!" A espada de Grishnákh jazia perto deles, mas era demasiado pesada e desajeitada para que ele a usasse; por isso ele engatinhou para a frente e, encontrando o corpo do gobelim, sacou da bainha uma faca comprida e afiada. Com ela cortou rapidamente as amarras deles.

"Agora é avante!", disse ele. "Quando tivermos nos aquecido um pouco, quem sabe sejamos capazes de ficar em pé outra vez e de caminhar. Mas de qualquer modo seria melhor começar engatinhando."

Engatinharam. A relva era funda e flexível, e isso os ajudou; mas parecia um esforço longo e lento. Contornaram de longe a fogueira de vigia e avançaram pouco a pouco, arrastando-se, até chegarem à margem do rio que gorgolejava nas sombras negras sob as fundas ribanceiras. Então olharam para trás.

Os ruídos haviam cessado. Evidentemente Mauhúr e seus "rapazes" tinham sido mortos ou afugentados. Os Cavaleiros tinham retornado à sua vigília silenciosa e ameaçadora. Ela não duraria muito mais tempo. A noite já estava velha. No Leste, que permanecera livre de nuvens, o céu começava a ficar pálido.

"Precisamos nos abrigar," disse Pippin, "do contrário, seremos vistos. Não será consolo para nós se esses cavaleiros descobrirem que não somos Orques depois que estivermos mortos." Ergueu-se e bateu os pés. "Esses cordões me cortaram como se fossem arames; mas meus pés estão esquentando de novo. Agora eu seria capaz de ir cambaleando. E você, Merry?"

Merry ergueu-se. "Sim," respondeu ele, "eu consigo. O *lembas* reanima a gente! Também é uma sensação mais sadia que o calor da bebida-órquica. Pergunto-me do que era feita. Melhor não saber, eu acho. Vamos tomar um gole de água para lavar a lembrança dela!"

"Aqui não, as ribanceiras são íngremes demais", disse Pippin. "Em frente agora!"

Viraram-se e caminharam lado a lado, lentamente, pela linha do rio. Atrás deles a luz crescia no Leste. À medida que caminhavam comparavam suas lembranças, conversando despreocupados, à maneira dos hobbits, sobre as coisas que haviam acontecido desde sua captura. Quem os escutasse não adivinharia, pelas suas palavras, que tinham sofrido cruelmente e estado em perigo medonho, avançando sem esperança para o tormento e a morte; ou que naquele mesmo momento, como bem sabiam, tinham pouca chance de alguma vez reencontrarem amigos ou segurança.

"Você parece ter-se dado bem, Mestre Tûk", comentou Merry. "Você vai ganhar quase um capítulo no livro do velho Bilbo, se alguma vez eu tiver a oportunidade de relatar a ele. Bom trabalho: especialmente em adivinhar o joguinho daquele vilão peludo e fazer o mesmo jogo. Mas eu me pergunto se alguém vai chegar a descobrir sua pista e encontrar aquele broche. Eu detestaria perder o meu, mas receio que o seu se foi de vez.

"Vou ter de escovar os artelhos se quiser emparelhar com você. Na verdade, o Primo Brandebuque irá andando na frente agora. É aqui que ele entra. Acho que você não faz muita ideia de onde estamos; mas passei muito melhor meu tempo em Valfenda. Estamos caminhando para o oeste ao longo do Entágua. A ponta das Montanhas Nevoentas está à frente, e a Floresta de Fangorn."

Enquanto ele falava, a beira escura da floresta assomou bem diante deles. A Noite parecia ter-se refugiado sob suas grandes árvores, esgueirando-se para longe da Aurora que chegava.

"Conduza-nos avante, Mestre Brandebuque!", disse Pippin. "Ou de volta! Fomos alertados contra Fangorn. Mas alguém tão sapiente não terá esquecido isso."

"Não esqueci," respondeu Merry; "mas a floresta me parece melhor, ainda assim, do que voltar para o meio de uma batalha."

Foi em frente, por baixo dos enormes ramos das árvores. Elas pareciam antigas além da imaginação. Grandes barbas pendentes de líquen estavam suspensas nelas, voando e balançando na brisa. Os hobbits espiaram das sombras, para trás e encosta abaixo: pequenos vultos furtivos que na luz fraca se pareciam com crianças-élficas nas profundezas do tempo, contemplando desde a Floresta Selvagem, maravilhados, sua primeira Aurora.

Longe além do Grande Rio e nas Terras Castanhas, a léguas e léguas cinzentas de distância, a Aurora chegou, rubra como chama. As trompas de caça soaram alto para saudá-la. Os Cavaleiros de Rohan adquiriram vida de repente. De novo uma trompa respondeu à outra.

Merry e Pippin ouviram, nitidamente no ar frio, o relinchar de cavalos-de-combate e o súbito canto de muitos homens. A curva do Sol ergueu-se, um arco de fogo, sobre a margem do mundo. Então, com um grande grito, os Cavaleiros atacaram do Leste; a luz vermelha rebrilhava em malha e lança. Os Orques berravam e atiravam todas as flechas que lhes restavam. Os hobbits viram vários cavaleiros tombarem; mas sua linha ficou firme, subindo a colina e passando por cima dela, e deu a volta e atacou de novo. Então a maior parte dos adversários que ainda vivia irrompeu e fugiu, para cá e para lá, perseguidos um por um até a morte. Mas um bando, mantendo-se unido em uma cunha negra, avançou resoluto na direção da floresta. Investiram diretamente encosta acima na direção dos observadores. Já se aproximavam, e parecia certo que iriam escapar: já tinham abatido três Cavaleiros que lhes barravam o caminho.

"Observamos tempo demais", disse Merry. "Ali está Uglúk! Não quero me encontrar com ele de novo." Os hobbits deram a volta e fugiram para o fundo das sombras da floresta.

Foi assim que não viram a última resistência, quando Uglúk foi alcançado e encurralado na própria borda de Fangorn. Ali foi finalmente abatido por Éomer, Terceiro Marechal da Marca, que apeou e o combateu espada contra espada. E por sobre os amplos campos, os Cavaleiros de olhos aguçados caçaram os poucos Orques que haviam escapado e ainda tinham força para fugir.

Então, depois de depositarem os camaradas tombados em um outeiro e cantarem seus louvores, os Cavaleiros fizeram uma grande fogueira e espalharam as cinzas de seus inimigos. Assim terminou o ataque, e nenhuma notícia dele jamais voltou a Mordor ou a Isengard; mas a fumaça da queima subiu alto no céu e foi vista por muitos olhos vigilantes.

4

Barbárvore

Enquanto isso, os hobbits avançaram com a velocidade que a floresta, escura e enredada, lhes permitia, seguindo a linha do rio corrente, rumo ao oeste, subindo em direção às encostas das montanhas, cada vez mais fundo para dentro de Fangorn. Lentamente seu medo dos Orques se dissipou, e o passo diminuiu. Assaltou-os uma estranha sensação sufocante, como se o ar fosse ralo ou escasso demais para ser respirado.

Por fim Merry parou. "Não podemos continuar desse jeito", ofegou ele. "Quero um pouco de ar."

"Seja como for, vamos beber alguma coisa", disse Pippin. "Estou ressequido." Escalou uma grande raiz de árvore que se insinuava na correnteza e, abaixando-se, apanhou um pouco de água nas mãos em cuia. Estava límpida e fria, e ele bebeu muitos goles. Merry seguiu-o. A água os refrescou e pareceu alegrar-lhes os corações; por alguns momentos ficaram sentados juntos à beira da correnteza, chapinhando com os pés e pernas doídos e espiando em sua volta as árvores que se erguiam silenciosas ao seu redor, fileira após fileira, até esmaecerem na meia-luz cinzenta em todas as direções.

"Será que você já nos pôs a perder?", indagou Pippin, encostando-se num grande tronco de árvore. "Pelo menos podemos seguir o curso deste rio, o Entágua ou como queira chamá-lo, e sair de novo pelo caminho da vinda."

"Poderíamos, se as nossas pernas permitissem", disse Merry; "e se conseguíssemos respirar direito."

"Sim, é tudo muito turvo e abafado aqui dentro", concordou Pippin. "De algum jeito me lembra a velha sala da Grande Casa dos Tûks, lá longe nos Smials em Tuqueburgo: um lugar enorme, onde os móveis nunca foram movidos nem mudados por gerações. Dizem que o Velho Tûk morou lá ano após ano, enquanto ele e a sala envelheciam e ficavam gastos ao mesmo tempo — e ela jamais foi mudada depois que ele morreu, um século atrás. E o Velho Gerontius foi meu trisavô: a coisa remonta um pouquinho. Mas isso não é nada em comparação com a sensação de velhice desta floresta. Olhe todas essas barbas e bigodes de líquen, escorrendo e se arrastando! E a maior parte das árvores parece meio coberta de folhas secas esfarrapadas que nunca caíram. Desleixado. Não consigo imaginar como seria a primavera aqui, se é que ela chega algum dia; muito menos uma faxina de primavera."

"Mas de algum modo a Sol[1] deve espiar para dentro às vezes", disse Merry. "Isso não se parece nada com a descrição de Trevamata que Bilbo fez. Aquela era toda escura e negra e abrigava coisas escuras e negras. Esta é só turva e assustadoramente arvoresca. Não dá para imaginar nenhum *animal* vivendo aqui, ou ficando muito tempo."

"Não, nem hobbits", disse Pippin. "E também não gosto da ideia de tentar atravessá-la. Nada para comer por cem milhas, imagino. Como estão nossos suprimentos?"

"Baixos", respondeu Merry. "Saímos correndo só com alguns pacotes de reserva de *lembas* e deixamos todo o resto para trás." Olharam para o que restava dos biscoitos-élficos: fragmentos quebrados para uns cinco dias parcos, isso era tudo. "E nenhum agasalho nem cobertor", disse Merry. "Vamos passar frio hoje à noite, não importa aonde formos."

"Bem, é melhor decidir o caminho agora", disse Pippin. "A manhã deve estar avançada."

Naquele mesmo momento, deram-se conta de uma luz amarela que surgira um pouco mais para dentro da mata: feixes de luz solar pareciam ter subitamente perfurado o teto da floresta.

"Alô!", disse Merry. "A Sol deve ter topado com uma nuvem enquanto estávamos embaixo dessas árvores e agora saiu outra

---

[1]Segundo o saber dos Elfos e Hobbits, o Sol é uma figura feminina, e a Lua, masculina. [N. T.]

vez; ou então subiu o bastante para espiar por alguma abertura. Não é longe — vamos investigar!"

Descobriram que era mais longe do que pensavam. O terreno ainda subia íngreme e tornava-se cada vez mais pedregoso. A luz ficou mais intensa à medida que avançavam, e logo viram que havia uma parede de rocha diante deles: o flanco de uma colina, ou a extremidade abrupta de alguma longa raiz projetada pelas montanhas distantes. Não havia árvores crescendo sobre ela, e o sol caía pleno sobre sua face de pedra. Os ramos das árvores em seu sopé estendiam-se rígidos e imóveis, como se tentassem alcançar o calor. Ao contrário de antes, quando tudo parecera tão surrado e cinzento, agora a floresta reluzia com ricos tons de marrom e com os lisos cinza-negros das cascas semelhantes a couro polido. Os troncos das árvores brilhavam com um verde suave semelhante a relva fresca: havia em seu entorno a primavera precoce ou uma visão fugaz dela.

Na face da parede de pedra havia algo parecido com uma escada: talvez natural, feita na rocha gasta pelas intempéries e fendida, pois era tosca e desigual. Bem no alto, quase no nível dos topos das árvores da floresta, havia um patamar sob um penhasco. Ali nada crescia senão uns poucos capins e ervas na beirada e um velho toco de árvore com apenas dois galhos: quase se parecia com o vulto de um ancião retorcido, ali de pé, piscando à luz matutina.

"Para cima!", exclamou Merry alegremente. "Agora é um alento de ar e uma visão da paisagem!"

Escalaram a rocha e subiram por ela precipitados. Se a escada fora escavada, seria para pés maiores e pernas mais compridas que as deles. Estavam com pressa demais para se surpreenderem com a forma notável como os cortes e as feridas de seu cativeiro haviam sarado e como o vigor lhes voltara. Chegaram finalmente à borda do patamar, quase aos pés do velho toco; depois deram um salto e se viraram de costas para a colina, respirando fundo e olhando para o leste. Viram que só haviam avançado umas três ou quatro milhas para dentro da floresta: as cabeças das árvores marchavam encosta abaixo rumo à planície. Ali, perto da orla da floresta, subiam grandes torres de fumaça negra e enrolada, oscilando e flutuando na direção deles.

"O vento está mudando", disse Merry. "Voltou-se para o leste outra vez. Parece frio aqui em cima."

"Sim", assentiu Pippin; "receio que seja somente um brilho passageiro e que tudo vai ficar cinzento outra vez. Que pena! Esta velha floresta desgrenhada parecia tão diferente à luz do sol. Quase senti que me agradava este lugar."

"Quase sentiste que te agradava a Floresta! Isso é bom! Isso é excepcionalmente gentil de tua parte", disse uma voz estranha. "Virai-vos e deixai-me dar uma olhada em vossos rostos. Quase sinto que me desagradais os dois, mas não sejamos apressados. Virai-vos!" Uma grande mão de nós salientes desceu sobre o ombro de cada um, e foram rodopiados de forma suave, porém irresistível; então dois grandes braços os ergueram.

Viram-se olhando para um rosto totalmente extraordinário. Pertencia a um grande vulto semelhante a um Homem, quase a um Trol, com pelo menos quatorze pés de altura, muito robusto, de cabeça alta e quase sem pescoço. Era difícil dizer se estava trajado num material como casca verde e cinza, ou se aquilo era sua pele. De qualquer modo, os braços, a pouca distância do tronco, não eram enrugados, e sim cobertos de pele parda e lisa. Os grandes pés tinham sete dedos cada um. A parte inferior do rosto comprido estava coberta com uma ampla barba cinzenta, cerrada, de raízes quase ramosas, de pontas finas e musgosas. Mas naquele momento os hobbits pouco notaram senão os olhos. Aqueles olhos fundos agora os esquadrinhavam, lentos e solenes, mas muito penetrantes. Eram castanhos, perpassados de luz verde. Mais tarde Pippin muitas vezes tentou descrever a primeira impressão que teve deles.

"Davam a sensação de haver um enorme poço por trás deles, repleto de eras de lembrança e pensamentos longos, lentos e contínuos; mas a superfície rebrilhava com o presente; como o sol tremeluzindo nas folhas exteriores de uma árvore vasta ou nas ondulações de um lago muito profundo. Não sei, mas dava a sensação de que algo crescendo no solo — adormecido, poderíamos dizer, ou só sentindo-se como algo entre a ponta da raiz e a ponta da folha, entre a terra profunda e o céu, tivesse despertado de repente e estivesse estudando você com o mesmo cuidado lento que dedicara aos seus próprios assuntos internos por anos incontáveis."

"*Hrum, Huum*", murmurou a voz, uma voz profunda como um instrumento muito grave de sopro, feito de madeira. "Deveras muito estranho! Não ser apressado, esse é meu lema. Mas se vos tivesse visto antes de ouvir vossas vozes — agradaram-me: belas vozinhas; lembraram-me algo que não consigo recordar —, se vos tivesse visto antes de vos ouvir, eu vos teria simplesmente pisado, achando que éreis pequenos Orques, e depois teria descoberto meu engano. Sois deveras muito estranhos. Raiz e ramo, muito estranhos!"

Pippin, apesar de ainda espantado, não estava mais temeroso. Diante daqueles olhos sentia um curioso suspense, mas não medo. "Por favor," disse ele, "quem és? E o que és?"

Uma expressão estranha tomou os velhos olhos, uma espécie de desconfiança; os poços fundos foram encobertos. "*Hrum*, ora", respondeu a voz; "bem, eu sou um Ent, ou é assim que me chamam. Sim, Ent é a palavra. *O* Ent eu sou, poderíeis dizer em vosso modo de falar. *Fangorn* é meu nome, conforme alguns, outros dizem *Barbárvore*. *Barbárvore* há de servir."

"Um *Ent*?", disse Merry. "O que é isso? Mas como tu mesmo te chamas? Qual é teu nome de verdade?"

"Huu, ora!", respondeu Barbárvore. "Huu! Ora, isso seria revelador! Sem tanta pressa. E sou *eu* que estou perguntando. Estais em *minha* região. O que sois *vós*, eu me pergunto? Não consigo localizar-vos. Não parece que fazeis parte das velhas listas que aprendi quando era jovem. Mas isso foi muito, muito tempo atrás, e pode ser que tenham feito listas novas. Deixa-me ver! Deixa-me ver! Como é que era?

Canta o conto das Coisas Viventes!
Antes conta os quatro, aqueles povos livres:
Os de antes dos outros, dos Elfos a gente;
O Anão que escava, tem casas escuras;
Ent qual árvore, muitos anos nos montes;
Humano que morre, mestre dos cavalos:[A]

"Hm, hm, hm.

Castor construtor, saltando o gamo,
Urso que busca abelhas, javardo de briga;
Muito come o cão, acanha-se a lebre...[B]

"Hm, hm.

Águia no alto, na erva o boi,
Cervo tem cornos, fugaz é o falcão,
Cisne luzente, serpe mais fria...[C]

"Huum, hm; huum, hm, como é que era? Ruum tum, ruum tum, ruumti tuum tum. Era uma longa lista. Mas, seja como for, não parece que vos encaixais em nenhum lugar!"

"Parece que sempre fomos deixados de fora das velhas listas e das velhas histórias", disse Merry. "No entanto estivemos por aí por bastante tempo. Somos *hobbits.*"

"Por que não fazer um novo verso?", indagou Pippin.

"Hobbits são baixos, habitam em tocas.[D]

"Coloca-nos entre os quatro, ao lado do Humano (o Povo Grande) e pronto."

"Hm! Nada mau, nada mau", disse Barbárvore. "Isso serve. Então viveis em tocas, hein? Isso soa bem certo e adequado. Porém quem vos chama de *hobbits*? Isso não me soa élfico. Os Elfos fizeram todas as palavras antigas: eles começaram isso."

"Ninguém mais nos chama de hobbits; somos nós que nos chamamos assim", respondeu Pippin.

"Huum, hmm! Ora essa! Sem tanta pressa! Chamais a *vós mesmos* de hobbits? Mas não podeis sair contando a qualquer um. Ireis revelar vossos nomes verdadeiros se não fordes cautelosos."

"Não somos cautelosos com isso", disse Merry. "Na verdade, eu sou um Brandebuque, Meriadoc Brandebuque, apesar de a maioria das pessoas só me chamar de Merry."

"E eu sou um Tûk, Peregrin Tûk, mas geralmente sou chamado de Pippin, ou até de Pip."

"Hm, mas vós *sois* gente apressada, ao que vejo", comentou Barbárvore. "Fico honrado com vossa confidência; mas não deveis ser muito liberais logo de início. Existem Ents e Ents, vós sabeis; ou existem Ents e seres que se parecem com Ents, mas não são, como poderíeis dizer. Vou chamá-los Merry e Pippin, se quiserdes — belos nomes. Pois não vou vos contar o *meu* nome, pelo menos não ainda." Veio-lhe aos olhos uma expressão estranha, meio astuciosa, meio divertida, com um lampejo verde. "Por um lado, levaria muito tempo: meu nome está crescendo continuamente, e vivi por longo, longo tempo; portanto *meu* nome é como uma história. Os nomes de verdade contam a história dos seres aos quais pertencem em minha língua, no entês antigo, como poderíeis dizer. É uma linda língua, mas leva um tempo muito longo para se dizer algo nela, porque nela não dizemos nada a não ser que valha a pena levar longo tempo para dizer e para escutar.

"Mas agora," e os olhos se tornaram muito luzidios e *presentes*, parecendo ficar menores e quase aguçados, "o que está acontecendo? O que fazeis em tudo isso? Consigo ver e ouvir (*e* cheirar *e* sentir) muita coisa neste, neste, neste *a-lalla-lalla-rumba-kamanda-lind-or-burúmë*. Perdão: essa é parte do nome que lhe dou; não sei qual é a palavra nas línguas de fora: vós sabeis, a coisa em que estamos, onde fico em pé e observo nas belas manhãs e penso sobre o Sol, e a grama além da mata, e os cavalos, e as nuvens, e o desdobrar do mundo. O que está acontecendo? O que Gandalf pretende? E esses — *burárum,*" fez um ruído grave e ribombante, como uma desarmonia num grande órgão — "esses Orques e o jovem Saruman lá em Isengard? Gosto de notícias. Mas não rápido demais agora."

"Há bastante coisa acontecendo", disse Merry; "e mesmo que tentássemos ser rápidos levaria muito tempo para contar. Mas tu nos pediste para não sermos apressados. Deveríamos contar-te alguma coisa tão cedo? Acharias grosseiro te perguntarmos o que vais fazer conosco e de que lado estás? E conhecias Gandalf?"

"Sim, eu o conheço: o único mago que realmente se preocupa com as árvores", disse Barbárvore. "Vós o conheceis?"

"Sim," respondeu Pippin com tristeza, "conhecíamos. Foi um grande amigo e foi nosso guia."

"Então posso responder às vossas outras perguntas", disse Barbárvore. "Não vou fazer nada *convosco*: não se quereis dizer 'fazer algo *a* vós' sem vossa permissão. Poderíamos fazer algumas coisas juntos. Não sei sobre *lados*. Vou pelo meu próprio caminho; mas o vosso caminho pode acompanhar o meu por uns tempos. Mas falais do Mestre Gandalf como se ele estivesse em uma história que chegou ao fim."

"Sim, falamos", confirmou Pippin com tristeza. "A história parece que continua, mas receio que Gandalf tenha caído para fora dela."

"Huu, ora essa!", disse Barbárvore. "Huum, hm, ah, bem." Fez uma pausa, fitando os hobbits por longo tempo. "Huum, ah, bem, não sei o que dizer. Ora essa!"

"Se quiseres ouvir mais," continuou Merry, "nós te contaremos. Mas vai levar algum tempo. Não preferes pôr-nos no chão? Não podemos sentar aqui ao sol, enquanto ele durar? Deves estar ficando cansado de nos erguer."

"Hm, *cansado*? Não, não estou cansado. Não me canso facilmente. E não me sento. Não sou muito, hm, flexível. Mas vede, o Sol *está* se escondendo. Vamos deixar este — dissestes... como o chamais?"

"Morro?", sugeriu Pippin. "Patamar? Degrau?", sugeriu Merry.

Barbárvore repetiu as palavras, pensativo. "*Morro*. Sim, era isso. Mas é uma palavra apressada para uma coisa que esteve aqui desde que esta parte do mundo foi formada. Não importa. Vamos deixá-lo e ir embora."

"Aonde vamos?", perguntou Merry.

"Ao meu lar, ou a um dos meus lares", respondeu Barbárvore.

"É longe?"

"Não sei. Poderíeis dizer que é longe, quem sabe. Mas o que importa isso?"

"Bem, entendes, perdemos todos os nossos pertences", disse Merry. "Só temos um pouco de comida."

"Ó! Hm! Não precisais vos preocupar com isso", disse Barbárvore. "Posso dar-vos uma bebida que vos manterá verdes e crescendo por muito, muito tempo. E, se decidirmos nos separar, posso depositar-vos fora de minha região em qualquer ponto que quiserdes. Vamos!"

Segurando os hobbits suave, mas firmemente, cada um na dobra de um braço, Barbárvore ergueu primeiro um grande pé, e depois o outro, e moveu-os até a beira do patamar. Os artelhos semelhantes a raízes agarraram-se às rochas. Então, cautelosa e solenemente, foi dando passos de degrau em degrau e alcançou o chão da Floresta.

Partiu de imediato com passos longos e deliberados por entre as árvores, penetrando mais e mais na mata, nunca longe do rio, subindo continuamente rumo às encostas das montanhas. Muitas das árvores pareciam adormecidas, ou tão inconscientes dele quanto de qualquer outra criatura que só estivesse passando; mas algumas estremeciam, e algumas erguiam os galhos sobre a cabeça dele quando ele chegava. O tempo todo, enquanto caminhava, falava consigo mesmo numa longa torrente contínua de sons musicais.

Os hobbits ficaram em silêncio por algum tempo. Sentiam-se, muito estranhamente, a salvo e confortáveis, e tinham muito em que pensar e com que se admirar. Finalmente Pippin arriscou-se a falar outra vez.

"Por favor, Barbárvore," disse ele, "posso perguntar-te uma coisa? Por que Celeborn nos alertou sobre tua floresta? Disse que não nos arriscássemos a nos enredar nela."

"Hmm, ele fez isso?", ribombou Barbárvore. "E eu poderia ter dito quase a mesma coisa, se estivésseis indo na outra direção. Não vos arrisqueis a vos enredar nas matas de *Laurelindórenan*! É como os Elfos costumavam chamá-la, mas agora encurtam o nome: *Lothlórien* é como a chamam. Talvez estejam certos: talvez esteja minguando e não crescendo. A Terra do Vale do Ouro Cantante, é o que era certa vez. Agora é a Flor-do-Sonho. Ah, bem! Mas é um lugar esquisito, e não é para qualquer um se aventurar nele. Estou surpreso de que tenham chegado a sair, mas muito mais surpreso de que tenham chegado a entrar: faz muitos anos que isso não acontece aos estranhos. É uma terra esquisita.

"E esta também. Pessoas deram-se mal aqui. Deram-se mal, sim. *Laurelindórenan lindelorendor malinornélion ornemalin*", cantarolou para si. "Lá dentro estão se atrasando bastante em relação ao mundo, eu acho", disse ele. "Nem esta região, nem qualquer outro lugar fora da Floresta Dourada, é o que foi quando Celeborn era jovem. Mesmo assim:

Taurelilómëa-tumbalemorna Tumbaletaurëa Lómëanor[2]

é o que costumavam dizer. As coisas mudaram, mas ainda é verdade em alguns lugares."

"O que queres dizer?", indagou Pippin. "O que é verdade?"

"As árvores e os Ents", disse Barbárvore. "Eu mesmo não compreendo tudo o que ocorre, portanto não posso explicá-lo a vós. Alguns de nós ainda são Ents verdadeiros e bastante vivazes à nossa maneira, porém muitos estão ficando sonolentos, tornando-se arvorescos, como poderíeis dizer. A maior parte das árvores são só árvores, é claro; porém muitas estão meio despertas. Algumas estão bem despertas, e umas poucas estão, bem, ah, bem, ficando *entescas*. Isso está ocorrendo o tempo todo.

"Quando isso acontece a uma árvore, descobre-se que algumas têm corações *maus*. Nada a ver com sua madeira: não é isso que quero dizer. Ora, conheci alguns velhos salgueiros bons mais abaixo no Entágua, faz tempo que se foram, ai deles! Estavam bem ocos, na verdade estavam todos se despedaçando, mas tão tranquilos e de fala tão mansa como uma folha nova. E depois existem algumas árvores nos vales sob as montanhas, saudáveis como quê, e malvadas até a raiz. Esse tipo de coisa parece que se espalha. Costumava haver algumas partes muito perigosas nesta região. Ainda há algumas manchas muito sombrias."

"Como a Floresta Velha lá para o norte, queres dizer?", perguntou Merry.

"Sim, sim, algo assim, mas muito pior. Não duvido de que haja alguma sombra da Grande Treva ainda jazendo lá para o

[2]Vide Apêndice F em *Ents.* [N. A.]

norte; e lembranças ruins são repassadas. Mas há vales fundos nesta terra onde a Treva jamais foi erguida, e as árvores são mais velhas que eu. Ainda assim fazemos o que podemos. Afastamos os estranhos e os imprudentes; e treinamos e ensinamos, caminhamos e capinamos.

"Somos pastores-de-árvores, nós, os velhos Ents. Agora restam bem poucos de nós. As ovelhas se tornam como os pastores, e os pastores como as ovelhas, é o que dizem; mas devagar, e nenhum deles passa muito tempo no mundo. É mais rápido e mais próximo para as árvores e os Ents, e eles caminham juntos pelas eras. Pois os Ents são mais como os Elfos: menos interessados em si mesmos que os Homens e melhores para penetrar em outras coisas. E, no entanto, os Ents são mais como os Homens, mais mutáveis que os Elfos, e mais rápidos para assumirem a cor do exterior, poderíeis dizer. Ou melhores que ambos: pois são mais estáveis e mantêm as mentes por mais tempo nas coisas.

"Alguns da minha espécie já se parecem muito com árvores e precisam de algo grande que os incite; e só falam em sussurros. Mas algumas de minhas árvores têm membros ágeis, e muitas conseguem falar comigo. Os Elfos começaram com isso, é claro, despertando árvores, ensinando-as a falar e aprendendo sua fala-arvoresca. Sempre quiseram falar com tudo, os velhos Elfos. Mas então veio a Grande Treva, e eles se foram por sobre o Mar, ou fugiram para vales longínquos e se esconderam, e fizeram canções sobre dias que não retornariam nunca mais. Nunca mais. Sim, sim, certa feita havia só uma mata daqui até as Montanhas de Lûn, e esta era apenas a Extremidade Leste.

"Aqueles foram os dias amplos! Houve tempo em que eu podia caminhar e cantar o dia todo e não ouvir mais do que o eco de minha própria voz nas colinas encovadas. As matas eram como as matas de Lothlórien, só que mais espessas, mais fortes, mais jovens. E o cheiro do ar! Eu costumava passar uma semana só respirando."

Barbárvore silenciou, caminhando avante, porém mal fazendo ruído com os grandes pés. Então começou a cantarolar outra vez, e passou para um canto murmurante. Gradativamente os hobbits se deram conta de que cantarolava para eles:

Nos salgueirais de Tasarinan caminhei na Primavera.
Ah! a paisagem e o perfume da Primavera em Nan-tasarion!
E falei que isso era bom.
Passeei no Verão entre os olmeiros de Ossiriand.
Ah! a luz e a música no Verão junto aos Sete Rios de Ossir!
E pensei que isso era melhor.
Às faias de Neldoreth cheguei no Outono.
Ah! o ouro e o rubro e o rumor das folhas no Outono em
Taur-na-neldor!
Era mais que o meu desejo.
Aos pinheiros do planalto de Dorthonion subi no Inverno.
Ah! o vento e o alvor e os negros ramos do Inverno em Orod-na-Thôn!
Minha voz se ergueu e cantou no céu.
E agora todas essas terras jazem sob as ondas,
E caminho em Ambaróna, em Tauremorna, em Aldalómë,
Em minha própria terra, no país de Fangorn,
Onde as raízes são longas,
E os anos jazem mais espessos que as folhas
Em Tauremornalómë.[E]

Ele terminou e continuou caminhando em silêncio, e em toda a mata, até onde alcançava o ouvido, não havia ruído nenhum.

O dia minguou, e o anoitecer se enrodilhava nos caules das árvores. Finalmente os hobbits viram, erguendo-se indistintamente diante deles, uma terra íngreme e escura: haviam chegado aos sopés das montanhas e às raízes verdes do alto Methedras. Descendo pelo flanco da colina, o jovem Entágua, saltando de suas nascentes muito acima, corria ruidoso de degrau em degrau ao encontro deles. À direita da correnteza havia uma longa encosta coberta de grama, já cinzenta na penumbra. Nela não cresciam árvores, e ela estava aberta para o céu; já brilhavam estrelas em lagos entre praias de nuvens.

Barbárvore caminhou encosta acima, quase sem diminuir o passo. De repente os hobbits viram diante de si uma larga abertura. Duas grandes árvores erguiam-se ali, uma de cada lado, como postes de portão viventes, mas não havia portão, exceto por seus ramos que se cruzavam e entreteciam. À medida que o velho Ent se aproximou, as árvores ergueram os galhos, e todas as suas folhas palpitaram e farfalharam. Pois eram árvores perenes, e suas folhas eram escuras e polidas, e reluziam na penumbra. Além delas havia um amplo espaço plano, como se o piso de um grande salão tivesse sido esculpido no flanco da colina. De ambos os lados, as paredes se inclinavam para o alto até atingirem cinquenta pés ou mais de altura, e, ao longo de cada parede, estava uma fileira de árvores cuja altura também aumentava à medida que marchavam para dentro.

Na extremidade oposta, a parede de rocha era íngreme, mas na base havia sido escavada para formar uma concavidade rasa de teto arqueado: o único teto do salão, exceto pelos ramos das árvores, que no interior faziam sombra a todo o chão, deixando aberta apenas uma trilha larga no meio. Um pequeno regato escapava das nascentes mais acima e, deixando o curso d'água principal, descia tinindo pela face nua da parede, derramando-se em gotas de prata como uma fina cortina diante da concavidade arqueada. A água reunia-se de novo em uma bacia de pedra no chão entre as árvores, e dali ela se derramava e fluía para fora, ao lado da trilha aberta, para juntar-se ao Entágua em sua jornada através da floresta.

"Hm! Aqui estamos!", disse Barbárvore, quebrando seu longo silêncio. "Eu vos trouxe por cerca de setenta mil passadas-de-ent, mas não sei a quanto isso equivale na medida de vossa terra. Seja como for, estamos próximos das raízes da Última Montanha. Parte do nome deste lugar poderia ser Gruta-da-Nascente, se o transformássemos em vossa língua. Gosto disso. Vamos ficar aqui hoje à noite." Depositou-os na grama entre as fileiras de árvores, e eles o seguiram rumo ao grande arco. Os hobbits notaram então que, à medida que ele andava, seus joelhos mal se dobravam, mas as pernas se abriam em grande passada. Primeiro plantava no chão os dedões (e eram de fato grandes e muito largos), antes de qualquer outra parte dos pés.

Por um momento, Barbárvore ficou em pé sob a chuva da nascente que caía e respirou profundamente; depois riu e passou para dentro. Ali estava uma grande mesa de pedra, mas não havia cadeiras. O fundo da concavidade já estava bem escuro.

Barbárvore ergueu dois grandes recipientes e os pôs sobre a mesa. Pareciam cheios d'água; mas ele pôs as mãos acima deles, e imediatamente começaram a reluzir, um com luz dourada, e o outro, com brilhante luz verde; e a fusão das duas luzes iluminou a concavidade, como se o sol do verão brilhasse através de um teto de folhas jovens. Olhando para trás, os hobbits viram que as árvores do pátio também começavam a reluzir, primeiro fracamente, porém cada vez com maior intensidade, até cada folha estar bordejada de luz: umas verdes, umas douradas, umas vermelhas como cobre, enquanto os troncos das árvores pareciam colunas moldadas de pedra luminosa.

"Bem, bem, agora podemos conversar de novo", comentou Barbárvore. "Estais sedentos, eu imagino. Talvez estejais cansados também. Bebei isto!" Foi até o fundo da concavidade, e viram então que ali havia vários vasos altos de pedra com tampas pesadas. Ele removeu uma das tampas e mergulhou ali uma grande concha, e com ela encheu três tigelas, uma muito grande e duas menores.

"Esta é uma casa-de-ent," disse ele, "e receio que não haja assentos. Mas podeis vos sentar na mesa." Erguendo os hobbits, depositou-os na grande placa de pedra, seis pés acima do chão, e ali ficaram sentados balançando os pés e bebendo aos golinhos.

A bebida era como água, de fato com gosto muito parecido ao dos goles que haviam tomado do Entágua perto das bordas da floresta, e, ainda assim, havia nela um aroma ou sabor que não podiam descrever: era fraco, mas lhes recordava o cheiro de uma mata distante, trazido de longe, à noite, por uma brisa fresca. O efeito da bebida começava nos dedos dos pés e subia continuamente por todos os membros, trazendo refrigério e vigor à medida que fluía para cima, bem até as pontas dos cabelos. Na verdade, os hobbits sentiam que o cabelo em suas cabeças chegava a ficar de pé, balançando, enrolando-se e crescendo. Quanto a Barbárvore, ele primeiro lavou os pés na bacia além do arco e depois esvaziou sua tigela de um só gole, um gole comprido e lento. Os hobbits pensaram que ele jamais terminaria.

Por fim voltou a pousar a tigela. "Ah — ah", suspirou. "Hm, huum, agora podemos conversar mais facilmente. Podeis sentar-vos no chão, e eu vou me deitar; isso evitará que esta bebida me suba à cabeça e me ponha a dormir."

Do lado direito da concavidade havia um grande leito de pernas baixas, com não mais que alguns pés de altura, com uma espessa camada de relva e samambaias secas. Barbárvore deixou-se descer lentamente sobre ele (só com o mais leve sinal de dobra no meio), até estar todo deitado, com os braços atrás da cabeça, olhando para o teto onde rebrilhavam luzes, como o movimento de folhas à luz do sol. Merry e Pippin sentaram-se ao seu lado em almofadas de relva.

"Agora contai-me vosso relato e não vos apresseis!", disse Barbárvore.

Os hobbits começaram a lhe contar a história de suas aventuras desde que haviam deixado a Vila-dos-Hobbits. Não seguiram uma ordem clara, pois interrompiam um ao outro o tempo todo, e muitas vezes Barbárvore fez parar quem estava falando e voltou a algum ponto anterior ou saltou adiante fazendo perguntas sobre eventos posteriores. Nada disseram sobre o Anel e não lhe contaram por que haviam partido nem aonde estavam indo, e ele não pediu nenhuma razão.

Interessou-se imensamente por tudo: pelos Cavaleiros Negros, por Elrond e Valfenda, pela Floresta Velha e Tom Bombadil, pelas Minas de Moria, e por Lothlórien e Galadriel. Fez com que descrevessem o Condado e sua região várias e várias vezes. Nesse ponto, disse algo estranho. "Nunca vedes algum, hm, algum Ent por ali, vedes?", perguntou ele. "Bem, não Ents, *Entesposas* é o que eu realmente devia dizer."

"*Entesposas*?", disse Pippin. "São mais ou menos como tu?"

"Sim, hm, bem, não. Agora não sei de verdade", disse Barbárvore, pensativo. "Mas elas gostariam de vossa terra, portanto só estive pensando."

No entanto, Barbárvore interessou-se especialmente por tudo o que dizia respeito a Gandalf; e mais que tudo nos feitos de Saruman. Os hobbits lamentaram muitíssimo saberem tão pouco sobre eles: só um relato bastante vago de Sam sobre o que

Gandalf contara ao Conselho. Mas, de qualquer modo, tinham certeza de que Uglúk e sua tropa vinham de Isengard e falavam sobre Saruman como sendo seu mestre.

"Hm, huum!", disse Barbárvore quando finalmente a história havia dado voltas e vagado até a batalha dos Orques com os Cavaleiros de Rohan. "Bem, bem! Isso é um fardo de notícias sem qualquer engano. Não me contastes tudo, não mesmo, nem de longe. Mas não duvido de que estais fazendo o que Gandalf desejaria. Há algo muito grande acontecendo, isso posso ver, e quem sabe fique sabendo o que é em boa hora, ou em má hora. Por raiz e ramo, mas é um assunto estranho: brota aí uma gente miúda que não está nas antigas listas, e eis! os Nove Cavaleiros esquecidos reaparecem para caçá-los, e Gandalf os leva numa grande viagem, e Galadriel os abriga em Caras Galadhon, e Orques os perseguem por todas as léguas das Terras-selváticas: deveras parecem ter sido apanhados em uma grande tempestade. Espero que sobrevivam a ela!"

"E quanto a ti?", perguntou Merry.

"Huum, hm, não me ocupei com as Grandes Guerras", disse Barbárvore; "elas dizem respeito principalmente aos Elfos e aos Homens. Isso é afazer dos Magos: os Magos sempre estão ocupados com o futuro. Não gosto de me preocupar com o futuro. Não estou totalmente do *lado* de ninguém, porque ninguém está totalmente do meu *lado*, se me entendem: ninguém cuida das matas como eu cuido delas, nem mesmo os Elfos hoje em dia. Ainda assim, simpatizo mais com os Elfos que com os outros: foram os Elfos que nos curaram da mudez muito tempo atrás, e essa foi uma grande dádiva que não pode ser esquecida, apesar de nossos caminhos terem se separado desde então. E há algumas coisas, é claro, de cujo lado eu totalmente *não* estou; sou totalmente contrário a elas: esses — *burárum*" (outra vez deu um ribombo grave de desgosto) "— esses Orques e seus mestres.

"Estava ansioso quando a sombra jazia sobre Trevamata, mas quando ela se mudou para Mordor não me preocupei por algum tempo: Mordor é muito longe daqui. Mas parece que o vento está virando para o Leste, e o murchar de todas as matas pode estar se aproximando. Nada existe que um velho Ent possa fazer para deter essa tempestade: ele precisa sobreviver-lhe ou rachar.

"Mas agora Saruman! Saruman é um vizinho: não posso fazer vista grossa a ele. Preciso fazer alguma coisa, suponho. Ultimamente perguntei-me muitas vezes o que deveria fazer com Saruman."

"Quem é Saruman?", perguntou Pippin. "Sabes alguma coisa sobre sua história?"

"Saruman é um Mago", respondeu Barbárvore. "Mais do que isso não posso dizer. Não conheço a história dos Magos. Apareceram primeiro depois que os Grandes Navios vieram por sobre o Mar; mas se vieram com os navios não sou capaz de dizer. Saruman era considerado grande entre eles, creio. Ele desistiu de vagar por aí e se ocupar dos assuntos dos Homens e Elfos faz algum tempo — vós diríeis que faz muitíssimo tempo; e estabeleceu-se em Angrenost, ou Isengard, como os Homens de Rohan dizem. Estava muito quieto no começo, mas sua fama começou a crescer. Foi escolhido para ser o chefe do Conselho Branco, dizem; mas isso não acabou muito bem. Agora pergunto-me se mesmo naquele tempo Saruman não estava se voltando para maus caminhos. Mas de qualquer modo ele não costumava dar trabalho aos vizinhos. Eu costumava conversar com ele. Houve um tempo em que ele sempre caminhava por minhas matas. Era polido naquela época, sempre pedindo minha licença (pelo menos quando me encontrava); e sempre disposto a escutar. Contei-lhe muitas coisas que jamais teria descoberto sozinho; mas ele nunca me restituiu do mesmo modo. Não consigo me lembrar de que jamais tenha me contado alguma coisa. E foi ficando cada vez mais desse modo; seu rosto, como o recordo — não o tenho visto por muito tempo —, se tornou como janelas num muro de pedra: janelas com venezianas por dentro.

"Acho que agora compreendo o que ele pretende. Está conspirando para se tornar um Poder. Tem uma mente de metal e rodas; e não se preocupa com seres que crescem, exceto na medida em que lhe servem no momento. E agora está claro que é um traidor sombrio. Meteu-se com gente imunda, com os Orques. Brm, huum! Pior que isso: andou fazendo alguma coisa com eles;

algo perigoso. Pois esses Isengardenses são mais parecidos com Homens malignos. Uma marca dos seres malvados que vieram na Grande Treva é que não suportam o Sol; mas os Orques de Saruman o suportam, mesmo que o odeiem. Pergunto-me o que ele fez. São Homens que ele arruinou, ou misturou as raças dos Orques e dos Homens? Esse seria um mal sombrio!"

Barbárvore ribombou por um momento, como se pronunciasse alguma maldição entesca profunda e subterrânea. "Algum tempo atrás comecei a me perguntar como os Orques ousavam passar tão livremente por minhas matas", prosseguiu ele. "Só ultimamente percebi que a culpa era de Saruman, e que há muito ele estivera espionando todos os caminhos e descobrindo meus segredos. Ele e sua gente imunda estão produzindo devastação agora. Lá nas bordas estão derrubando árvores — boas árvores. Algumas das árvores eles simplesmente abatem e deixam apodrecer — isso é injúria de Orque; mas a maioria é picada e levada para alimentar os fogos de Orthanc. Sempre há fumaça subindo de Isengard nestes dias.

"Maldito seja, raiz e ramo! Muitas daquelas árvores eram minhas amigas, criaturas que eu conhecia desde a noz e a bolota; muitas tinham suas próprias vozes que agora estão perdidas para sempre. E há desertos de tocos e sarças onde outrora havia arvoredos cantantes. Estive ocioso. Deixei as coisas fugirem ao controle. Isso precisa parar!"

Barbárvore ergueu-se do leito com um arranco, pôs-se de pé e bateu com a mão na mesa. Os recipientes de luz tremeram e emitiram para cima dois jatos de chama. Houve um tremeluzir em seus olhos como um fogo verde, e sua barba se projetava, rígida, como uma grande vassoura.

"Eu vou parar isso!", disse com estrondo. "E vós haveis de vir comigo. Podeis ser capazes de me ajudar. Desse modo também ajudareis vossos próprios amigos; pois se Saruman não for impedido, Rohan e Gondor terão um inimigo às costas assim como pela frente. Nossas estradas andam juntas — a Isengard!"

"Iremos contigo", afirmou Merry. "Faremos o que pudermos."

"Sim!", disse Pippin. "Gostaria de ver a Mão Branca derrotada. Gostaria de estar lá, mesmo se não tiver muita utilidade: jamais hei de esquecer Uglúk e a travessia de Rohan."

"Bom! Bom!", exclamou Barbárvore. "Mas falei apressadamente. Não podemos ser apressados. Fiquei esquentado demais. Preciso me refrescar e pensar; pois é mais fácil gritar *pare!* do que fazê-lo."

Caminhou até o arco e passou algum tempo de pé sob a chuva da nascente que caía. Depois riu e sacudiu-se, e onde quer que as gotas d'água caíssem dele até o chão, reluzentes, elas brilhavam como centelhas vermelhas e verdes. Voltou, deitou-se de novo no leito e ficou em silêncio.

Algum tempo depois, os hobbits o ouviram murmurando de novo. Parecia estar contando nos dedos. "Fangorn, Finglas, Fladrif, sim, sim", suspirou. "O problema é que restam tão poucos de nós", disse ele voltando-se para os hobbits. "Só restam três dos primeiros Ents que caminhavam nas matas antes da Treva: apenas eu, Fangorn, e Finglas e Fladrif — esses são seus nomes élficos; podeis chamá-los Mecha-de-Folha e Casca-de-Pele, se assim preferirdes. E dentre nós três, Mecha-de-Folha e Casca-de-Pele não são muito úteis neste afazer. Mecha-de-Folha tornou-se sonolento, quase arvoresco, poderíeis dizer: deu de ficar parado a sós, meio adormecido, durante todo o verão, com a relva alta dos prados em torno dos joelhos. Coberto de cabelos folhosos ele está. Costumava animar-se no inverno; mas ultimamente, assim mesmo, tem estado sonolento demais para andar longe. Casca-de-Pele vivia nas encostas das montanhas a oeste de Isengard. Foi lá que aconteceram os piores problemas. Foi ferido pelos Orques, e grande parte de sua gente e seus pastores-de-árvores foi assassinada e destruída. Ele subiu aos lugares altos, entre as bétulas que mais ama, e não quer descer. Ainda assim, ouso dizer que eu poderia reunir uma boa companhia da nossa gente mais jovem — se puder fazê-los compreender a necessidade; se eu puder estimulá-los: não somos gente apressada. Que pena que existem tão poucos de nós!"

"Por que há tão poucos, se vivestes por tanto tempo nesta região?", perguntou Pippin. "Morreram muitos?"

"Oh, não!", disse Barbárvore. "Nenhum morreu de dentro, como poderíeis dizer. Alguns, é claro, tombaram nas ocorrências malignas dos longos anos; e mais ainda tornaram-se arvorescos. Mas nunca houve muitos de nós, e não aumentamos em número. Não tem havido Entinhos — crianças, diríeis, não por um período de anos terrivelmente longo. Perdemos as Entesposas, vós sabeis."

"Que coisa triste!", exclamou Pippin. "Como foi que morreram todas?"

"Elas não *morreram*!", disse Barbárvore. "Eu nunca disse *morreram*. Nós as perdemos, eu disse. Nós as perdemos e não conseguimos encontrá-las." Deu um suspiro. "Eu pensava que a maioria das pessoas sabia disso. Canções sobre a busca dos Ents pelas Entesposas foram cantadas entre os Elfos e os Homens desde Trevamata até Gondor. Elas não podem estar totalmente esquecidas."

"Bem, receio que as canções não chegaram ao oeste por sobre as Montanhas até o Condado", disse Merry. "Não queres nos contar mais, ou cantar-nos uma das canções?"

"Sim, farei isso deveras", respondeu Barbárvore, parecendo contente com o pedido. "Mas não consigo contar adequadamente, só em resumo; e depois precisamos encerrar nossa conversa: amanhã temos conselhos para convocar, e trabalho para fazer, e quem sabe uma jornada para começar."

"É uma história um tanto estranha e triste", prosseguiu ele após uma pausa. "Quando o mundo era jovem, e as matas eram amplas e selvagens, os Ents e as Entesposas — e havia Entezelas então: ah! a graça de Fimbrethil, da Pé-de-Vara de pés leves, nos dias de nossa juventude! — caminhavam juntos e moravam juntos. Mas nossos corações não seguiram crescendo do mesmo modo: os Ents deram seu amor às coisas que encontravam no mundo, e as Entesposas deram seu pensamento a outras coisas, pois os Ents amavam as grandes árvores, e as matas selvagens, e as encostas dos altos morros; e bebiam das torrentes das montanhas, e só comiam as frutas que as árvores deixavam cair em sua trilha; e aprendiam com os Elfos e falavam com as Árvores. Mas as Entesposas davam suas mentes às árvores menores, e aos prados à luz do sol além dos pés das florestas; e viam os abrunhos na moita, e a maçã silvestre e a cereja florindo na primavera, e as ervas verdes nas terras alagadas no verão, e os capins dando sementes nos campos do outono. Não queriam falar com esses seres; mas desejavam que ouvissem e obedecessem ao que lhes fosse dito. As Entesposas os mandaram crescer de acordo com seus desejos e dar folha e fruto ao seu agrado; pois as Entesposas queriam ordem, abundância e paz (e com isso queriam dizer que as coisas deviam permanecer onde as tinham colocado). Assim, as Entesposas fizeram jardins para neles viverem. Mas nós Ents seguimos vagando e só de vez em quando chegávamos aos jardins. Então, quando a Treva chegou no Norte, as Entesposas atravessaram o Grande Rio, e fizeram novos jardins, e cultivaram novos campos, e nós as víamos mais raramente. Depois que a Treva foi derrotada, a terra das Entesposas floriu ricamente, e seus campos eram repletos de grãos. Muitos homens aprenderam os ofícios das Entesposas e muito os honravam; mas nós éramos para eles apenas uma lenda, um segredo no coração da floresta. Porém ainda estamos aqui, enquanto todos os jardins das Entesposas estão baldios: agora os Homens os chamam de Terras Castanhas.

"Lembro-me de que foi muito tempo atrás — no tempo da guerra entre Sauron e os Homens do Mar — que me acometeu o desejo de rever Fimbrethil. Ela ainda era muito bela aos meus olhos, da última vez que a vi, apesar de diversa da Entezela de outrora. Pois as Entesposas foram curvadas e amorenadas por sua labuta; seus cabelos foram crestados pelo sol até o tom do trigo maduro, e suas faces eram como maçãs vermelhas. Porém seus olhos ainda eram os olhos de nosso próprio povo. Atravessamos o Anduin e chegamos à sua terra; mas encontramos um deserto: estava tudo queimado e desarraigado, pois a guerra passara sobre ela. Mas as Entesposas não estavam lá. Por muito tempo chamamos, e por muito tempo buscamos; e perguntamos a toda a gente que encontrávamos em que direção haviam ido as Entesposas. Alguns diziam que jamais as viram; e alguns diziam que as haviam visto caminhando rumo ao oeste, e alguns diziam ao leste, e outros ao sul. Mas em nenhum lugar aonde fôssemos pudemos encontrá-las. Nosso pesar foi muito grande. Porém a mata selvagem nos chamava, e retornamos a ela. Por muitos anos costumávamos sair de tempos em tempos e procurar as Entesposas, caminhando em toda parte e chamando-as por seus belos nomes. Mas, à medida que o tempo passava, saíamos mais raramente e vagávamos menos longe. E agora as Entesposas são somente uma lembrança para nós, e nossas barbas estão compridas e cinzentas. Os Elfos fizeram muitas canções acerca da Busca dos Ents, e algumas das canções passaram às línguas dos Homens. Mas não fizemos canções sobre isso, contentando-nos em recitar seus belos nomes quando pensávamos nas Entesposas. Acreditamos que poderemos nos reencontrar em algum tempo vindouro, e quem sabe achemos algures uma terra onde possamos viver juntos e ambos ficarmos contentes. Mas está pressagiado que isso dar-se-á apenas quando ambos tivermos perdido tudo o que temos agora. E bem pode ser que essa época esteja finalmente se aproximando. Pois se outrora Sauron destruiu os jardins, parece provável que o Inimigo de hoje murche todas as matas.

"Havia uma canção élfica que falava disso, ou pelo menos assim a compreendo. Costumava ser cantada em toda a extensão do Grande Rio. Nunca foi uma canção entesca, vede bem: teria sido uma canção muito comprida em entês! Mas nós a conhecemos de cor e a cantarolamos vez por outra. É assim que fica em vossa língua:

ENT. *As folhas abrem na Primavera, na folha a seiva resta;*
Há luz no córrego da floresta, e o vento sopra a testa;
É longo o passo, o alento é fundo, e o monte já degela,
Retorna a mim! Retorna e diz que minha terra é bela!

ENTESPOSA. *Ao campo a Primavera chega, e o trigo a brotar;*
Qual neve alva estão as flores abrindo no pomar;
Com chuva e sol a terra então fragrâncias mil revela,
Eu fico aqui, a ti não vou, pois minha terra é bela.

ENT. *Quando é Verão no vasto mundo, e em ouro meridiano*
Sob folhas sonham árvores seu sonho cotidiano;
Nas verdes, frescas matas sopra o vento Oeste ainda,
Retorna a mim! Retorna e diz que minha terra é linda!

ENTESPOSA. *Aquece a fruta o Verão, e o arbusto enfeita;*
A palha é ouro, alva a espiga, na vila há colheita;
Derrama o mel, incha a maçã, o vento Oeste brinda,
Eu fico aqui, à luz do Sol, pois minha terra é linda!

ENT. *O Inverno vem selvagem e devora mata e monte;*
As árvores abate, a treva tolda o horizonte;
Com vento Leste a arquejar, na chuva inclemente
Hei de buscar-te e chamar-te; eu volto novamente!

ENTESPOSA. *O Inverno vem, o canto cessa; as trevas já desabam;*
Está partido o ramo nu, a luz e a faina acabam;
Hei de buscar-te e esperar-te, com o encontro em mente:
Juntos iremos pela estrada na chuva inclemente!

AMBOS. *Juntos iremos pela estrada que no Oeste finda,*
Os corações repousarão em terra longe ainda."[F]

Barbárvore concluiu sua canção. "É assim que é", disse ele. "É élfica, claro: despreocupada, de palavras rápidas, e acaba logo. Ouso dizer que é bem bonita. Mas os Ents poderiam dizer mais sobre o lado deles, se tivessem tempo! Mas agora vou ficar de pé e dormir um pouco. Onde ficareis de pé?"

"Normalmente nos deitamos para dormir", respondeu Merry. "Vamos ficar muito bem onde estamos."

"Deitar para dormir!", disse Barbárvore. "Ora, é claro que deitais! Hm, huum, estava me esquecendo: cantar essa canção me recordou os velhos tempos; quase pensei que estava falando com jovens Entinhos, quase pensei. Bem, podeis deitar no leito. Vou ficar em pé na chuva. Boa noite!"

Merry e Pippin subiram no leito e se enrodilharam na relva e samambaia macias. Eram frescas, de aroma doce e mornas. As luzes minguaram, e o luzir das árvores se extinguiu; mas lá fora, sob o arco, podiam ver o velho Barbárvore de pé, imóvel, com os braços erguidos acima da cabeça. As estrelas brilhantes espiavam do céu e iluminavam a água que caía, derramando--se em seus dedos e cabeça, e pingava, pingava, em centenas de gotas de prata a seus pés. Escutando o tinido das gotas, os hobbits caíram no sono.

Acordaram e deram com um sol frio brilhando no grande pátio e no piso da concavidade. Farrapos de nuvens altas estavam no firmamento, correndo com um forte vento do leste. Barbárvore não estava à vista; mas, enquanto Merry e Pippin se banhavam na bacia junto ao arco, ouviram-no trauteando e cantando, enquanto subia pela trilha entre as árvores.

"Huu, hô! Bom dia, Merry e Pippin!", ribombou ele quando os viu. "Dormis muito. Hoje já percorri muitas centenas de passadas. Agora vamos tomar um gole e ir ao Entencontro."

Serviu-lhes duas tigelas cheias de um jarro de pedra; mas de um jarro diferente. O gosto não era o mesmo da noite anterior: era mais terroso e rico, mais nutritivo e semelhante a alimento, por assim dizer. Enquanto os hobbits bebiam, sentados na beira do leito e mordiscando pedacinhos de biscoito-élfico (mais por sentirem que comer era parte necessária do desjejum do que por se sentirem famintos), Barbárvore estava em pé, cantarolando em entês ou élfico ou em alguma língua estranha, e erguendo os olhos para o céu.

"Onde é Entencontro?", Pippin arriscou-se a perguntar.

"Huu, eh? Entencontro?", perguntou Barbárvore, virando-se. "Não é um lugar, é uma reunião de Ents — que hoje em dia não acontece com frequência. Mas consegui que um bom número prometesse vir. Vamos nos reunir no lugar onde sempre nos reunimos: os Homens o chamam de Valarcano. Fica ao sul daqui. Temos de estar lá antes do meio-dia."

Logo partiram. Barbárvore carregou os hobbits nos braços como no dia anterior. Na entrada do pátio virou à direita, passou por cima do riacho e saiu caminhando rumo ao sul, ao longo dos sopés de grandes encostas revoltas onde as árvores eram escassas. Acima delas, os hobbits viram capões de bétulas e sorveiras e, além delas, escuros pinheirais que se elevavam. Logo Barbárvore se desviou um pouco das colinas e mergulhou em bosques profundos, onde as árvores eram maiores, mais altas e mais espessas do que os hobbits já haviam visto antes. Por algum tempo tiveram a leve sensação de sufoco que tinham percebido da primeira vez em que se aventuraram em Fangorn, mas logo ela passou. Barbárvore não falava com eles. Cantarolava para si, de modo grave e pensativo, mas Merry e Pippin não perceberam palavras de verdade: soava como *bum*, *bum*, *rumbum*, *búrar*, *bum bum*, *dárar bum bum*, *dárar bum*, e assim por diante, com constante mudança de nota e ritmo. Vez por outra pensaram ouvir uma resposta, um zumbido ou tremor de som, que parecia sair da terra, ou de ramos acima de suas cabeças, ou talvez dos caules das árvores; mas Barbárvore não parou nem virou a cabeça para nenhum lado.

Fazia tempo que estavam a caminho — Pippin tentara contar as "passadas-de-ent", mas fracassara, perdendo a conta por volta das três mil — quando Barbárvore começou a reduzir o passo. Subitamente parou, depositou os hobbits e ergueu as mãos enroladas até a boca, fazendo com elas um tubo oco; depois soprou ou chamou através delas. Um grande *huum*, *hom* ressoou como uma trompa de voz grave nas matas e pareceu ecoar nas árvores. Veio de longe, de várias direções, um *huum*, *hom*, *huum* semelhante, que não era eco, e sim resposta.

Então Barbárvore empoleirou Merry e Pippin nos ombros e saiu caminhando outra vez, emitindo de quando em quando outro chamado de trompa, e a cada vez as respostas vinham mais altas e próximas. Desse modo acabaram chegando ao que parecia ser uma parede impenetrável de escuras árvores perenes, árvores de um tipo que os hobbits jamais tinham visto antes: ramificavam-se logo nas raízes e estavam densamente recobertas de folhas escuras e lustrosas, como azevinho sem espinhos, e traziam muitas espigas florais rijas e verticais, com grandes rebentos brilhantes cor de oliva.

Virando para a esquerda e contornando essa enorme sebe, em algumas passadas Barbárvore chegou a uma entrada estreita. Através dela passava uma trilha gasta que subitamente mergulhava por uma encosta longa e íngreme. Os hobbits viram que estavam descendo a um grande recôncavo, redondo, quase como uma bacia, muito largo e fundo, com a borda coroada pela escura sebe de árvores perenes. O interior era liso e coberto de grama, e não havia árvores, exceto três bétulas prateadas, muito altas e bonitas, que se erguiam no fundo da bacia. Duas outras trilhas conduziam ao fundo do recôncavo: do oeste e do leste.

Diversos Ents já haviam chegado. Mais deles desciam pelas outras trilhas, e agora alguns estavam seguindo Barbárvore. À medida que se aproximaram, os hobbits os examinaram. Tinham esperado ver algumas criaturas tão parecidas com Barbárvore como um hobbit se parece com outro (aos olhos de um estranho, seja como for); e surpreenderam-se muito ao não verem nada disso. Os Ents eram tão diferentes entre si como árvores de árvores: alguns tão diferentes como uma árvore de outra com o mesmo nome, mas crescimento e história bem diferentes; e alguns tão diferentes como uma espécie de árvore da outra, como a bétula da faia, o carvalho do abeto. Havia alguns Ents mais velhos, barbudos e retorcidos como árvores sãs, porém antigas (apesar de nenhum parecer tão antigo quanto Barbárvore); e havia Ents altos e fortes, de membros retos e pele lisa, como árvores da floresta no seu apogeu; mas não havia Ents jovens, não havia rebentos. No total, cerca de duas dúzias estavam de pé no amplo fundo gramado do recôncavo, e outro tanto entrava marchando.

De início, Merry e Pippin se impressionaram mormente com a variedade que viam: as muitas formas e cores, as diferenças de contorno, altura e comprimento das pernas e braços; e o número de dedos dos pés e das mãos (qualquer coisa entre três e nove). Alguns pareciam mais ou menos aparentados com Barbárvore e lhes recordavam faias ou carvalhos. Mas havia outros tipos. Alguns lembravam o castanheiro: Ents de pele parda com grandes mãos de dedos espalhados e pernas curtas e grossas. Alguns lembravam o freixo: Ents altos, retos e cinzentos com mãos de muitos dedos e pernas compridas; alguns o abeto (os Ents mais altos), e outros a bétula, a sorveira e a tília. Mas quando todos os Ents se reuniram em torno de Barbárvore, inclinando levemente as cabeças, murmurando com suas vozes lentas e musicais e olhando os estranhos longa e atentamente, então os hobbits viram que eram todos da mesma espécie, e tinham todos os mesmos olhos: nem todos tão velhos e profundos como os de Barbárvore, mas todos com a mesma expressão lenta, constante, pensativa, e o mesmo reluzir verde.

Assim que toda a companhia estava reunida, plantada em círculo amplo em redor de Barbárvore, começou uma conversa curiosa e ininteligível. Os Ents começaram a murmurar devagar: primeiro juntou-se um e depois outro, até que todos cantarolavam juntos num longo ritmo ascendente e descendente, ora mais alto de um lado do círculo, ora minguando ali e erguendo-se a um grande ribombo do outro lado. Apesar de não ser capaz de captar nem entender qualquer palavra — supunha que a língua era entês —, Pippin inicialmente achou o som muito agradável de escutar; mas gradativamente sua atenção hesitou. Muito tempo depois (e o cantarolar não dava mostras de afrouxar), deu consigo pensando se, visto que o entês era uma língua tão "desapressada", já tinham avançado além do *Bom Dia*; e, se Barbárvore faria a chamada, quantos dias levaria para cantar todos os seus nomes. "Pergunto-me como se diz em entês *sim* ou *não*", pensou. Bocejou.

Barbárvore imediatamente se deu conta dele. "*Hm*, *ha*, *hei*, meu Pippin!", disse ele, e os outros Ents interromperam seu canto. "Sois um povo apressado, já me esquecia; e de qualquer modo é cansativo ouvir uma fala que não se entende. Podeis descer agora. Disse vossos nomes ao Entencontro, e eles vos viram e concordaram em que não sois Orques e que seja posto um novo verso nas antigas listas. Ainda não passamos disso, mas é serviço rápido para um Entencontro. Tu e Merry podeis passear no recôncavo, se quiserdes. Há um poço de boa água, se precisardes de refrigério, lá longe na ribanceira norte. Ainda há algumas palavras a serem ditas antes que o Encontro comece de fato. Virei ter convosco outra vez e vos contarei como vão as coisas."

Pôs os hobbits no chão. Antes de saírem andando, fizeram uma profunda mesura. Esse feito pareceu divertir muito os Ents, a julgar pelo tom de seus murmúrios e pelo reluzir de seus olhos; mas logo se voltaram para seus próprios afazeres. Merry e Pippin subiram pela trilha que vinha do oeste e olharam pela abertura da grande sebe. Longas encostas cobertas de árvores se erguiam da beira do recôncavo, e, além delas, acima dos abetos da crista mais longínqua, erguia-se afiado e branco o pico de uma alta montanha. Ao sul, à esquerda, podiam ver a floresta descendo para a lonjura cinzenta. Ali, bem longe, havia um lampejo verde-pálido que Merry supôs ser um vislumbre das planícies de Rohan.

"Eu me pergunto onde fica Isengard", disse Pippin.

"Não sei bem onde estamos", comentou Merry; "mas aquele pico provavelmente é Methedras, e até onde me lembro o anel de Isengard fica numa bifurcação, ou fenda profunda, no fim das montanhas. Provavelmente está lá embaixo, atrás desta grande crista. Parece haver uma fumaça ou névoa acolá, à esquerda do pico, não acha?"

"Como se parece Isengard?", indagou Pippin. "De qualquer jeito, pergunto-me o que os Ents podem fazer a respeito."

"Eu também", disse Merry. "Isengard é uma espécie de anel de rochas ou colinas, eu acho, com um espaço plano no interior e uma ilha ou pilar de rocha no meio, chamado Orthanc. Saruman tem uma torre em cima dele. Há um portão, quem sabe mais de um, na muralha circundante, e creio que há um riacho que a atravessa; vem das montanhas e continua fluindo através do Desfiladeiro de Rohan. Não parece o tipo de lugar que os Ents possam enfrentar. Mas tenho uma sensação esquisita sobre esses Ents: de algum modo não acho que sejam assim tão seguros nem, bem, tão engraçados como parecem. Parecem lentos, estranhos e pacientes, quase tristes; e ainda assim acredito que *poderiam* ser incitados. Se isso acontecer, eu prefiro não estar do outro lado."

"Sim!", assentiu Pippin. "Sei o que quer dizer. Pode haver toda a diferença entre uma vaca velha sentada, mastigando pensativa, e um touro arremetendo; e a mudança pode ocorrer de repente. Pergunto-me se Barbárvore os incitará. Tenho certeza de que pretende tentar. Mas eles não gostam de ser incitados. Barbárvore ficou incitado ontem à noite, e depois voltou a esconder tudo outra vez."

Os hobbits deram a volta. As vozes dos Ents ainda subiam e desciam em seu conclave. O sol já se erguera o bastante para espiar por cima da alta sebe: brilhava nos topos das bétulas e iluminava o lado norte do recôncavo com uma luz amarela e fria. Ali viram uma pequena fonte rebrilhante. Caminharam ao longo da beira da grande bacia ao pé das árvores perenes — era agradável sentir outra vez a grama fresca em torno dos dedos dos pés e não ter pressa — e depois desceram até a água que esguichava. Beberam um pouco, um trago limpo, frio, picante, e sentaram-se numa pedra musgosa, observando as manchas de sol na grama e as sombras das nuvens navegantes que passavam sobre o piso do recôncavo. O murmúrio dos Ents prosseguia. Parecia um lugar muito estranho e remoto, fora do seu mundo, e longe de tudo que já lhes acontecera. Foram acometidos de grande saudade dos rostos e das vozes de seus companheiros, especialmente de Frodo e Sam e de Passolargo.

Por fim fez-se uma pausa nas vozes dos Ents; e erguendo os olhos eles viram Barbárvore vindo em sua direção com outro Ent a seu lado.

"Hm, huum, aqui estou eu de novo", disse Barbárvore. "Estais vos cansando, ou vos sentis impacientes, hmm, eh? Bem, receio que não podeis vos impacientar ainda. Terminamos a primeira etapa agora; mas ainda tenho de explicar as coisas outra vez àqueles que vivem muito longe daqui, longe de Isengard, e àqueles com quem não consegui me comunicar antes do Encontro, e depois disso vamos ter de decidir o que fazer. No entanto, decidir o que fazer não demora tanto para os Ents quanto repassar todos os fatos e eventos sobre os quais precisam decidir. Mesmo assim, não adianta negar, ainda passaremos muito tempo aqui: alguns dias, muito provavelmente. Por isso eu vos trouxe um companheiro. Ele tem uma casa-de-ent aqui perto. Bregalad é seu nome élfico. Ele diz que já se decidiu e não precisa permanecer no Encontro. Hm, hm, ele é a coisa mais próxima que temos de um Ent apressado. Deveis vos dar bem. Adeus!" Barbárvore voltou-se e os deixou.

Bregalad passou algum tempo esquadrinhando solenemente os hobbits; e eles o olharam, perguntando-se quando ele daria algum sinal de "pressa". Era alto e parecia ser um dos Ents mais jovens; tinha pele lisa e brilhante nos braços e nas pernas; seus lábios eram corados, e seus cabelos, de um verde acinzentado. Era capaz de se dobrar e balançar como uma árvore esbelta ao vento. Por fim ele falou, e sua voz, apesar de ressoante, era mais aguda e nítida que a de Barbárvore.

"Ha, hmm, meus amigos, vamos dar uma caminhada!", disse ele. "Eu sou Bregalad, isso é Tronquesperto em vossa língua.

Mas é apenas um apelido, é claro. Chamaram-me assim desde que eu disse *sim* a um Ent mais velho antes que ele terminasse a pergunta. Também bebo depressa e saio enquanto alguns ainda estão molhando as barbas. Vinde comigo!"

Estendeu dois braços bem formados e deu a cada hobbit uma mão de dedos compridos. Por todo aquele dia perambularam nas matas com ele, cantando e rindo; pois Tronquesperto ria com frequência. Ria quando o sol saía de trás de uma nuvem, ria quando topavam com um riacho ou uma nascente: então se abaixava e salpicava os pés e a cabeça com água; ria às vezes de algum som ou sussurro nas árvores. Sempre que via um pé de sorveira parava por um instante de braços estendidos e cantava, e oscilava ao cantar.

Ao cair da noite, levou-os a sua casa-de-ent: nada mais que uma pedra musgosa posta sobre torrões de grama embaixo de uma ribanceira verde. Pés de sorveira cresciam em círculo ao redor dela, e havia água (como em todas as casas-de-ents), uma nascente que borbulhava da ribanceira. Conversaram um pouco enquanto a escuridão caía na floresta. Não muito longe podiam-se ouvir as vozes do Entencontro que ainda prosseguiam; mas pareciam agora mais graves e menos sossegadas, e vez por outra uma grande voz se erguia em música aguda e acelerada, enquanto todas as demais minguavam. Mas, ao seu lado, Bregalad falava suavemente na própria língua deles, quase sussurrando; e ficaram sabendo que ele pertencia à gente de Casca-de-Pele, e que a região onde haviam morado fora destroçada. Isso pareceu aos hobbits bem suficiente para explicar sua "pressa", pelo menos em se tratando de Orques.

"Havia pés de sorveira em meu lar," disse Bregalad, suave e tristemente, "pés de sorveira que criaram raízes quando eu era um Entinho, muitos, muitos anos atrás, na quietude do mundo. Os mais velhos foram plantados pelos Ents para tentarem agradar às Entesposas; mas elas os olharam e sorriram e disseram saber onde cresciam flor mais branca e fruto mais rico. Porém não há árvores de toda essa raça, do povo da Rosa, que sejam tão belas para mim. E aquelas árvores cresceram e cresceram, até a sombra de cada uma ser como um salão verde, e seus frutos vermelhos no outono eram um fardo, e uma beleza, e um prodígio. Os pássaros costumavam apinhar-se ali. Gosto de pássaros, mesmo quando tagarelam; e a sorveira tem de sobra. Mas os pássaros se tornaram hostis e cobiçosos, e dilaceraram as árvores, e lançavam os frutos ao chão e não os comiam. Então vieram Orques com machados e derrubaram minhas árvores. Cheguei e as chamei por seus longos nomes, mas elas não palpitaram, elas não ouviram nem responderam: jaziam mortas.

Ó Orofarnë, Lassemista, Carnimírië!
Sorveira mansa, na tua trança alva a flor se abria!
Sorveira minha, que brilho tinha no verão um dia,
Casca qual neve, a folha leve, a voz tão clara soa:
Na tua ramada tão dourada levavas a coroa!
Sorveira morta, ainda porta a trança cinza e fria;
Coroa tombada, voz calada que o tempo distancia.
Ó Orofarnë, Lassemista, Carnimírië![G]

Os hobbits adormeceram ao som do suave canto de Bregalad, que parecia lamentar em muitas línguas a queda de árvores que ele amara.

Passaram o dia seguinte também em companhia dele, mas não se afastaram muito de sua "casa". A maior parte do tempo ficaram sentados em silêncio sob o abrigo da ribanceira; pois o vento estava mais frio, e as nuvens, mais próximas e cinzentas; havia pouca luz do sol, e ao longe as vozes dos Ents no Encontro ainda subiam e desciam, às vezes altas e fortes, às vezes baixas e tristes, às vezes acelerando, às vezes lentas e solenes como um canto fúnebre. Veio uma segunda noite, e ainda os Ents mantinham o conclave sob nuvens apressadas e estrelas caprichosas.

Rompeu o terceiro dia, triste e ventoso. Ao nascer do sol, as vozes dos Ents se ergueram em grande clamor e depois se reduziram de novo. À medida que a manhã avançava, o vento amainou e o ar se tornou pesado com expectativa. Os hobbits podiam ver que Bregalad agora escutava atento, apesar de para eles, no fundo do vale de sua casa-de-ent, o som do Encontro ser débil.

Veio a tarde, e o sol, rumando ao oeste na direção das montanhas, emitia longos raios amarelos por entre as fendas e fissuras das nuvens. Subitamente deram-se conta de que tudo estava muito quieto; toda a floresta estava parada em silêncio e à escuta. Claro, as vozes dos Ents haviam cessado. O que isso significava? Bregalad estava de pé, ereto e tenso, olhando para o norte na direção de Valarcano.

Então, com um estrondo, veio um grande grito ressoante: *ra-huum-rá!* As árvores estremeceram e se dobraram, como se uma rajada de vento as tivesse atingido. Houve outra pausa, e então começou uma música de marcha como tambores solenes, e, por cima das batidas e ribombos rolantes, brotaram vozes que cantavam alto e forte.

Com furor, com furor, com rufar de tambor:
ta-runda runda runda rom![H]

Os Ents estavam chegando: cada vez mais perto e alto ergueu-se sua canção:

Com furor, com furor, com trompa e tambor:
ta-rūna rūna rūna rom![I]

Bregalad apanhou os hobbits e saiu da casa a largos passos.

Logo viram a fila marchante que se aproximava: os Ents vinham balançando com grandes passadas, descendo a encosta na direção deles. Barbárvore estava à cabeça deles, e atrás vinham uns cinquenta seguidores, em fila dupla, marcando o passo com os pés e batendo o ritmo com as mãos nos flancos. À medida que se aproximavam, podia-se ver o reluzir e o bruxulear de seus olhos.

"Huum, hom! Aqui chegamos com ribombo, aqui chegamos enfim!", chamou Barbárvore quando avistou Bregalad e os hobbits. "Vinde, juntai-vos ao Encontro! Estamos de partida. Estamos de partida a Isengard!"

"A Isengard!", gritaram os Ents com muitas vozes. "A Isengard!"

A Isengard! Pode Isengard cercado estar com pedra e tocha;
Pode Isengard se resguardar, ser duro e frio qual osso ou rocha,
À guerra, à guerra, à guerra então, romper a pedra e o portão;
Com tronco e galho em transtorno ruge o forno — à guerra então!
À terra escura com fúria dura, a rufar tambor, com vigor,
com vigor:
A Isengard com furor e vigor!
Com furor e vigor, com furor e vigor![1]

Assim cantavam eles ao marcharem rumo ao sul.

Bregalad, de olhos brilhando, entrou na fila ao lado de Barbárvore. Agora o velho Ent tomou os hobbits de volta e os assentou de novo nos ombros, e, assim, montaram altivos à frente da companhia cantante com os corações batendo e as cabeças erguidas. Apesar de terem esperado que algo acabasse acontecendo, estavam espantados com a mudança que se apossara dos Ents. Agora ela parecia tão súbita quanto a irrupção de uma enchente que por muito tempo fora contida por um dique.

"Afinal os Ents se decidiram bem depressa, não foi?", arriscou-se Pippin a dizer algum tempo depois, quando por um momento cessou o canto e só se ouvia a batida de mãos e pés.

"Depressa?", disse Barbárvore. "Huum! Sim, deveras. Mais depressa do que eu esperava. Deveras não os vi tão incitados por muitas eras. Nós Ents não gostamos de ser incitados; e nunca nos incitamos a não ser que nos seja óbvio que nossas árvores e nossas vidas estão em grande perigo. Isso não acontece nesta Floresta desde as guerras de Sauron e dos Homens do Mar. Foi o serviço-órquico, a derrubada desenfreada — *rárûm* —, sem nem a desculpa ruim de alimentar as fogueiras, que nos enfureceu tanto; e a traição de um vizinho, que nos deveria ter ajudado. Os Magos deveriam saber melhor: eles sabem melhor. Não há maldição em élfico, em entês ou nas línguas dos Homens suficientemente má para tal traição. Abaixo Saruman!"

"Ireis mesmo romper os portões de Isengard?", perguntou Merry.

"Ho, hm, bem, nós poderíamos, tu sabes! Não sabes, talvez, quão fortes somos. Talvez tenhas ouvido falar dos Trols? São extremamente fortes. Mas os Trols são apenas imitações, feitas pelo Inimigo na Grande Treva, como escárnio dos Ents, assim como os Orques foram dos Elfos. Somos mais fortes que os Trols. Somos feitos dos ossos da terra. Podemos rachar a pedra como as raízes das árvores, só que mais depressa, muito mais depressa, se nossas mentes forem incitadas! Se não formos derrubados nem destruídos pelo fogo ou pelo impacto da feitiçaria, podemos despedaçar Isengard em estilhaços e fender suas muralhas em entulho."

"Mas Saruman tentará impedir-vos, não é?"

"Hm, ah, sim, assim é. Não me esqueci disso. Deveras passei muito tempo pensando a respeito. Mas, tu vês, muitos dos Ents são mais jovens que eu, em muitas vidas de árvores. Agora estão todos incitados, e suas mentes estão todas em uma só coisa: romper Isengard. Mas logo vão começar a pensar de novo; vão esfriar um pouco, quando tomarmos nosso trago da tardinha. Que sede havemos de ter! Mas agora que marchem e cantem! Temos um longo caminho a percorrer, e há tempo à frente para pensar. Já é alguma coisa ter começado."

Barbárvore seguiu marchando, cantando com os demais por um pouco. Mas algum tempo depois sua voz se reduziu a um murmúrio e silenciou outra vez. Pippin podia ver que sua velha testa estava enrugada e franzida. Por fim ele ergueu os olhos, e Pippin podia ver uma expressão triste em seus olhos, triste, mas não infeliz. Havia uma luz neles, como se a chama verde tivesse se aprofundado mais nos escuros poços de seu pensamento.

"É claro que é bem provável, meus amigos," disse ele lentamente, "bem provável que estejamos indo à nossa ruína: a última marcha dos Ents. Mas se ficássemos em casa e nada fizéssemos, a ruína nos encontraria de qualquer modo, mais cedo ou mais tarde. Esse pensamento há tempos vem crescendo em nossos corações; e é por isso que estamos marchando agora. Não foi uma resolução apressada. Agora, pelo menos, a última marcha dos Ents pode valer uma canção. Sim," suspirou ele, "podemos ajudar os outros povos antes de nos irmos. Ainda assim, gostaria de ter visto as canções sobre as Entesposas se tornarem verdade. Gostaria muito de ter visto Fimbrethil outra vez. Mas aí está, meus amigos, as canções, como as árvores, só dão fruto em seu próprio tempo e ao seu próprio modo: e às vezes murcham antes do tempo."

Os Ents seguiram caminhando a grande velocidade. Haviam descido para uma longa dobra do terreno que caía para o sul; agora começavam a subir, a subir, até a alta crista ocidental. As matas ficaram para trás, e eles chegaram a grupos esparsos de bétulas, e depois a encostas áridas onde só cresciam alguns pinheiros desolados. O sol se escondeu atrás do escuro topo da colina em frente. Caiu uma penumbra cinzenta.

Pippin olhou para trás. O número de Ents havia crescido — ou o que estava acontecendo? Onde deviam estar as encostas áridas e indistintas que haviam atravessado, ele pensava ver capões de árvores. Mas elas se moviam! Podiam as árvores de Fangorn estar despertas, e a floresta se erguendo, marchando à guerra por cima das colinas? Esfregou os olhos, perguntando-se se o sono e a sombra o tinham enganado; mas os grandes vultos cinzentos avançavam continuamente. Havia um ruído como de vento em muitos galhos. Agora os Ents se aproximavam da beira da crista, e todas as canções haviam cessado. Caiu a noite e fez-se silêncio: nada se ouvia senão um fraco estremecimento da terra sob os pés dos Ents e um farfalhar, a sombra de um sussurro como de muitas folhas à deriva. Por fim estavam no cume, e olharam para uma cova escura lá embaixo: a grande fenda no fim das montanhas: Nan Curunír, o Vale de Saruman.

"A noite jaz sobre Isengard", disse Barbárvore.

5

O Cavaleiro Branco

"Até meus ossos estão enregelados", comentou Gimli, abanando os braços e batendo os pés. O dia viera por fim. Ao amanhecer os companheiros haviam comido o desjejum que podiam; agora, à luz crescente, estavam se preparando para outra vez buscar no chão sinais dos hobbits.

"E não vos esqueçais daquele ancião!", disse Gimli. "Eu ficaria mais feliz de ver a pegada de uma bota."

"Por que isso te faria feliz?", indagou Legolas.

"Porque um ancião com pés que deixam marcas pode ser apenas o que parece", respondeu o Anão.

"Talvez", disse o Elfo; "mas uma bota pesada pode não deixar pegada aqui: a relva é alta e elástica."

"Isso não desconcertaria um Caminheiro", disse Gimli. "Uma folha dobrada é o bastante para Aragorn ler. Mas não espero que ele encontre nenhum vestígio. Foi um fantasma maligno de Saruman que vimos ontem à noite. Tenho certeza disso, mesmo à luz da manhã. Quem sabe agora mesmo seus olhos nos estejam vigiando desde Fangorn."

"É bastante provável", afirmou Aragorn; "porém não estou certo. Estou pensando nos cavalos. Ontem à noite disseste, Gimli, que eles fugiram assustados. Mas não pensei assim. Tu os ouviste, Legolas? Para ti soaram como animais aterrorizados?"

"Não", respondeu Legolas. "Ouvi-os claramente. Não fossem a escuridão e nosso próprio medo, eu pensaria que eram animais animados por algum súbito contentamento. Falavam como falam os cavalos quando encontram um amigo de que há tempos sentem falta."

"Assim pensei", disse Aragorn; "mas não consigo decifrar o enigma, a não ser que voltem. Vamos! A luz aumenta depressa.

Vamos olhar primeiro e adivinhar depois! Devíamos começar aqui, perto de nosso próprio acampamento, dando busca cuidadosa em toda a volta e avançando encosta acima rumo à floresta. Encontrar os hobbits é nossa missão, não importa o que pensemos de nosso visitante noturno. Se por algum acaso eles escaparam, então devem ter-se escondido nas árvores, do contrário teriam sido vistos. Se nada encontrarmos daqui até as bordas da floresta, então daremos uma última busca no campo de batalha e entre as cinzas. Mas ali há pouca esperança: os cavaleiros de Rohan fizeram seu trabalho bem demais."

Por algum tempo os companheiros engatinharam e tatearam no chão. A árvore erguia-se acima deles, pesarosa, com as folhas secas já pendendo moles, e chocalhando no gélido vento leste. Aragorn afastou-se devagar. Chegou às cinzas da fogueira de vigia perto da margem do rio, e depois começou a reexaminar o chão, voltando para o morrinho onde fora travada a batalha. Parou de súbito e se inclinou fundo, com o rosto quase dentro da relva. Então chamou os outros. Estes vieram correndo.

"Aqui finalmente encontramos novas!", disse Aragorn. Ergueu uma folha quebrada para que eles a vissem, uma grande folha pálida de tom dourado, já murchando e ficando marrom. "Eis uma folha de mallorn de Lórien, e há pequenas migalhas nela, e mais algumas migalhas na relva. E vede! há alguns pedaços de corda cortada ali perto no chão!"

"E eis a faca que os cortou!", disse Gimli. Agachou-se e puxou de uma touceira, onde fora pisoteada por algum pé pesado, uma lâmina curta e denteada. O punho do qual se quebrara estava ao lado dela. "Era uma arma-órquica", disse ele, segurando-a com cautela e olhando enojado para o cabo entalhado: fora moldado como uma cabeça hedionda de olhos estrábicos e boca de sorriso malicioso.

"Bem, eis o mais estranho enigma que encontramos até agora!", exclamou Legolas. "Um prisioneiro atado escapa tanto dos Orques como dos cavaleiros em redor. Depois para, enquanto ainda está a céu aberto, e corta suas amarras com uma faca-órquica. Mas como e por quê? Pois se tinha as pernas amarradas como foi que caminhou? E se tinha os braços amarrados como foi que usou a faca? E se nenhum desses estava amarrado por que foi que cortou as cordas? Contente com sua habilidade, sentou-se então e tranquilamente comeu um pouco de pão-de-viagem! Pelo menos isto basta para mostrar que era um hobbit, sem a folha de mallorn. Depois disso, suponho, transformou os braços em asas e saiu voando a cantar por cima das árvores. Deve ser fácil encontrá-lo: só precisamos ter asas nós mesmos!"

"É certo que aqui houve feitiçaria", disse Gimli. "O que aquele ancião estava fazendo? O que tens a dizer, Aragorn, sobre a interpretação de Legolas? Podes fazer melhor?"

"Quem sabe eu possa", respondeu Aragorn sorrindo. "Há alguns outros sinais nas proximidades que não considerastes. Concordo que o prisioneiro era um hobbit e devia estar com as pernas ou as mãos livres antes de chegar aqui. Conjecturo que eram as mãos, porque assim o enigma fica mais fácil, e também porque, conforme leio as marcas, ele foi *carregado* até este ponto por um Orque. Ali foi derramado sangue, a alguns passos de distância, sangue-órquico. Em toda a volta deste ponto há fundas pegadas de cascos e sinais de que um objeto pesado foi arrastado para longe. O Orque foi morto por cavaleiros, e mais tarde seu corpo foi levado para a fogueira. Mas o hobbit não foi visto: ele não estava 'a céu aberto', pois era noite e ele ainda tinha sua capa-élfica. Estava exausto e faminto, e não espanta que, depois de cortar as amarras com a faca de seu inimigo tombado, descansasse e comesse um pouco antes de se esgueirar para longe. Mas é um consolo saber que tinha algum *lembas* no bolso, mesmo tendo fugido correndo sem equipamento nem mochila; isso, talvez, tem jeito de hobbit. Digo *ele*, apesar de esperar e adivinhar que tanto Merry como Pippin estiveram aqui juntos. No entanto, nada há que demonstre isso com certeza."

"E como supões que algum dos nossos amigos tenha chegado a ter uma mão livre?", perguntou Gimli.

"Não sei como aconteceu", respondeu Aragorn. "Nem sei por que um Orque os estava carregando para longe. Não para ajudá-los a escapar, podemos estar certos disso. Não, na verdade penso que agora começo a entender um assunto que me intrigou desde o começo: por que, quando Boromir havia perecido, os Orques se contentaram com a captura de Merry e Pippin? Não procuraram o restante de nós, nem atacaram nosso acampamento; mas em vez disso partiram a toda rumo a Isengard. Supunham ter capturado o Portador-do-Anel e seu fiel camarada? Acho que não. Seus mestres não ousariam dar aos Orques ordens tão evidentes, mesmo que eles próprios soubessem o bastante; não lhes falariam abertamente do Anel: eles não são serviçais confiáveis. Mas creio que os Orques tinham sido ordenados a capturar *hobbits*, vivos, a qualquer custo. Foi feita uma tentativa de escapulir com os preciosos prisioneiros antes da batalha. Traição talvez, bem provável entre tal gente; algum Orque grande e ousado pode ter tentado escapar sozinho com a presa, para seus próprios fins. Aí está, essa é minha história. Outras podem ser inventadas. Mas nisto devemos nos fiar em qualquer caso: pelo menos um de nossos amigos escapou. É nossa tarefa encontrá-lo e ajudá-lo antes de voltarmos a Rohan. Não podemos nos desencorajar com Fangorn, visto que a necessidade o impeliu a esse lugar obscuro."

"Não sei o que me desencoraja mais: Fangorn ou pensar na longa estrada através de Rohan a pé", comentou Gimli.

"Então vamos à floresta", disse Aragorn.

Não se passou muito tempo antes que Aragorn encontrasse novos sinais. Em certo ponto, perto da margem do Entágua, ele deu com pegadas: pegadas de hobbit, mas leves demais para que muita coisa pudesse ser deduzida delas. Depois, sob o caule de uma grande árvore, bem na borda da mata, mais pegadas foram descobertas. A terra era nua e seca e não revelou muito.

"Pelo menos um hobbit esteve de pé aqui por algum tempo e olhou para trás; e depois voltou-se para entrar na floresta", disse Aragorn.

"Então precisamos entrar também", disse Gimli. "Mas não gosto do aspecto dessa Fangorn; e nos alertaram contra ela. Queria que a perseguição tivesse levado a outro lugar!"

"Não penso que a mata dê sensação de maligna, o que quer que digam as histórias", comentou Legolas. Estava parado sob a beira da floresta, inclinado para a frente como quem escuta, e esquadrinhando as sombras com olhos bem abertos. "Não, não é maligna; ou o mal que há nela está bem longe. Só detecto os mais fracos ecos de lugares obscuros onde os corações das árvores são negros. Não há malícia perto de nós; mas há vigilância e ira."

"Bem, ela não tem razão para estar irada comigo", disse Gimli. "Não lhe causei nenhum dano."

"Ainda bem", disse Legolas. "Mas mesmo assim ela sofreu dano. Algo está acontecendo lá dentro, ou vai acontecer. Não sentes a tensão? Ela me tira o fôlego."

"Sinto que o ar está abafado", respondeu o Anão. "Esta floresta é mais leve que Trevamata, mas é mofada e surrada."

"É antiga, muito antiga", disse o Elfo. "Tão antiga que quase volto a me sentir jovem, como não me senti desde que viajei convosco, crianças. É antiga e repleta de lembranças. Eu poderia ter sido feliz aqui, se tivesse vindo em dias de paz."

"Imagino que poderias", bufou Gimli. "Seja como for, tu és um Elfo-da-floresta, apesar de Elfos de qualquer tipo serem gente estranha. No entanto me confortas. Aonde fores eu irei. Mas mantém teu arco bem à mão, e manterei meu machado solto no cinto. Não para usá-lo em árvores", acrescentou apressado, erguendo os olhos para a árvore embaixo da qual estavam parados. "Não quero me encontrar desprevenido com aquele ancião sem ter um argumento bem à mão, só isso. Vamos!"

Com essas palavras os três caçadores mergulharam na floresta de Fangorn. Legolas e Gimli deixaram a busca de pistas para Aragorn. Havia pouca coisa para ele ver. O chão da floresta estava seco e coberto por folhas trazidas pelo vento; mas supondo que os fugitivos ficariam perto da água, ele voltou várias vezes às margens do rio. Assim foi que topou com o lugar onde Merry e Pippin haviam bebido e banhado os pés. Ali, evidente a quem quisesse ver, estavam as pegadas de dois hobbits, uma um tanto menor que a outra.

"Estas são boas novas", disse Aragorn. "Porém as pegadas têm dois dias de idade. E parece que neste ponto os hobbits deixaram a beira da água."

"Então o que havemos de fazer agora?", disse Gimli. "Não podemos persegui-los através de todo o reduto de Fangorn. Viemos com poucos suprimentos. Se não os acharmos logo, não lhes seremos de ajuda, exceto sentando-nos ao seu lado e demonstrando nossa amizade morrendo de fome juntos."

"Se isso deveras for tudo o que pudermos fazer, então isso temos de fazer", afirmou Aragorn. "Prossigamos."

Chegaram por fim à extremidade íngreme e abrupta da Colina de Barbárvore e olharam para o muro de rocha lá em cima, com seus degraus rudes que levavam ao alto patamar. Lampejos de sol perpassavam as nuvens apressadas, e a floresta já parecia menos cinzenta e lúgubre.

"Vamos subir e olhar em nossa volta!", disse Legolas. "Ainda sinto falta de fôlego. Gostaria de provar um ar mais livre por alguns momentos."

Os companheiros escalaram. Aragorn foi por último, movendo-se devagar: estava esquadrinhando de perto os degraus e as plataformas.

"Tenho quase certeza de que os hobbits estiveram aqui em cima", disse ele. "Mas há outras marcas, marcas muito estranhas, que não compreendo. Pergunto-me se nesse patamar poderemos ver algo que nos ajude a deduzir a direção que tomaram em seguida."

Pôs-se de pé e olhou em volta, mas nada viu que servisse de alguma coisa. O patamar dava para o sul e o leste; mas só no leste a visão era desimpedida. Ali conseguia ver os topos das árvores descendo em fileiras rumo à planície da qual haviam vindo.

"Fizemos um grande desvio em nossa viagem", comentou Legolas. "Poderíamos todos ter vindo aqui, juntos e em segurança, se tivéssemos deixado o Grande Rio no segundo ou terceiro dia e rumado para o oeste. Poucos conseguem prever aonde sua estrada os levará, até que cheguem ao seu fim."

"Mas não queríamos vir a Fangorn", disse Gimli.

"No entanto aqui estamos — e lindamente apanhados na rede", respondeu Legolas. "Olhai!"

"Olhar o quê?", perguntou Gimli.

"Ali nas árvores."

"Onde? Não tenho olhos-élficos."

"Quieto! Fala mais baixo! Olha!", disse Legolas, apontando. "Lá embaixo na mata, no caminho pelo qual acabamos de vir. É ele. Não podes vê-lo, passando de árvore em árvore?"

"Eu vejo, eu vejo agora!", cochichou Gimli. "Olha, Aragorn! Não te preveni? Ali está o ancião. Todo de trapos sujos e cinzentos: foi por isso que não pude vê-lo de início."

Aragorn olhou e contemplou um vulto encurvado movendo-se devagar. Não estava longe. Parecia um velho mendigo, caminhando com cautela, apoiado em um cajado grosseiro. Tinha a cabeça inclinada e não olhava na direção deles. Em outras terras tê-lo-iam saudado com palavras bondosas; mas agora estavam parados em silêncio, cada um sentindo uma estranha expectativa: algo se aproximava que detinha um poder oculto — ou uma ameaça.

Gimli observou por algum tempo de olhos arregalados, à medida que o vulto se aproximava passo a passo. Então, de súbito, incapaz de conter-se mais, irrompeu: "Teu arco, Legolas! Verga-o! Apresta-te! É Saruman. Não o deixes falar, ou nos lançará um feitiço! Atira primeiro!"

Legolas tomou o arco e o vergou, devagar e como se alguma outra vontade lhe resistisse. Segurou uma flecha, solta na mão, mas não a ajustou à corda. Aragorn estava parado em silêncio, com o rosto vigilante e atento.

"Por que esperas? O que há contigo?", perguntou Gimli num sussurro chiante.

"Legolas está certo", disse Aragorn baixinho. "Não podemos alvejar assim um ancião, de surpresa e sem sermos desafiados, não importa o medo nem a dúvida que nos acometa. Observa e espera!"

Naquele momento, o ancião apressou o passo e veio com surpreendente velocidade até o sopé da parede de rocha. Então subitamente olhou para cima, enquanto eles permaneciam imóveis olhando para baixo. Não havia ruído.

Não conseguiam ver seu rosto: estava encapuzado e usava sobre o capuz um chapéu de aba larga, de forma que todos os seus traços estavam eclipsados, exceto a ponta do nariz e a barba cinzenta. Porém a Aragorn pareceu que vislumbrava o brilho de olhos agudos e luzidios dentro da sombra dos supercílios encobertos.

Finalmente o ancião rompeu o silêncio. "Bom encontro deveras, meus amigos", disse ele em voz suave. "Desejo falar-vos. Descereis, ou subirei eu?" Sem esperar resposta começou a escalar.

"Agora!", exclamou Gimli. "Detém-no, Legolas!"

"Não disse que desejava falar-vos?", disse o ancião. "Põe de lado esse arco, Mestre Elfo!"

O arco e a flecha caíram das mãos de Legolas, e seus braços lhe penderam frouxos dos lados.

"E tu, Mestre Anão, queiras tirar a mão do cabo do machado até eu ter subido! Não precisarás de tais argumentos."

Gimli sobressaltou-se e depois ficou imóvel como pedra, fitando-o, enquanto o ancião saltava subindo os degraus grosseiros com a agilidade de uma cabra. Todo o cansaço parecia tê-lo abandonado. Quando pisou no patamar viu-se um lampejo, demasiado breve para se ter certeza, um rápido vislumbre de branco, como se alguma veste oculta pelos trapos cinzentos tivesse sido revelada por um instante. A respiração de Gimli podia ser ouvida como um chiado alto no silêncio.

"Bom encontro, digo outra vez!", disse o ancião, aproximando-se deles. Quando estava a alguns pés de distância se levantou, inclinado sobre o cajado, com a cabeça projetada para a frente, espiando-os debaixo do capuz. "E o que será que fazeis nestas plagas? Um Elfo, um Homem e um Anão, todos trajados à maneira élfica. Sem dúvida há por trás de tudo isso uma história que vale a pena ouvir. Tais coisas nem sempre se veem aqui."

"Falas como quem conhece bem Fangorn", disse Aragorn. "É assim?"

"Não bem," respondeu o ancião, "isso seria um estudo de muitas vidas. Mas venho aqui vez por outra."

"Podemos saber teu nome e depois ouvir o que tens a nos dizer?", indagou Aragorn. "A manhã está passando, e temos uma missão que não espera."

"Quanto ao que queria dizer, eu o disse: o que será que fazeis e que história podeis contar sobre vós? Quanto ao meu nome", interrompeu-se, rindo longa e suavemente. Aragorn sentiu um arrepio perpassá-lo diante daquele som, uma estranha excitação fria; e, no entanto, não era medo nem terror que sentia: era, isso sim, como a picada súbita de um ar penetrante, ou o impacto de uma chuva fria que desperta um dorminhoco inquieto.

"Meu nome!", disse outra vez o ancião. "Já não o adivinhastes? Vós o ouvistes antes, creio. Sim, vós o ouvistes antes. Mas vamos lá, e vossa história?"

Os três companheiros ficaram em silêncio e não deram resposta.

"Há alguns que começariam a duvidar de que vossa missão é para ser contada", comentou o ancião. "Felizmente sei algo a respeito. Estais perseguindo as pegadas de dois jovens hobbits, creio. Sim, hobbits. Não me olheis espantados, como se jamais tivésseis ouvido antes o estranho nome. Vós o ouvistes, e eu também. Bem, eles subiram aqui anteontem; e encontraram alguém que não esperavam. Isso vos consola? E agora gostaríeis de saber aonde foram levados? Bem, bem, quem sabe eu possa vos dar alguma nova sobre isso. Mas por que estamos de pé? Vossa missão, estais vendo, não é mais tão urgente quanto pensáveis. Vamos sentar-nos e ficar mais à vontade."

O ancião deu-lhes as costas e se dirigiu a uma pilha de pedras e rochas caídas no sopé do penhasco mais atrás. Imediatamente, como se um feitiço tivesse sido removido, os outros relaxaram e se mexeram. A mão de Gimli foi de imediato para o cabo do machado. Aragorn sacou a espada. Legolas apanhou o arco.

O ancião não lhes deu atenção, mas abaixou-se e se sentou numa pedra baixa e chata. Então o manto cinzento se abriu, e viram sem dúvida que por baixo ele estava todo trajado de branco.

"Saruman!", exclamou Gimli, saltando na direção dele com o machado na mão. "Fala! Conta-nos onde escondeste nossos amigos! O que fizeste deles? Fala, ou te farei um talho no chapéu que mesmo um mago achará difícil de lidar!"

O ancião foi rápido demais para ele. Pôs-se de pé com um salto e pulou para o topo de uma grande rocha. Ali ficou parado, subitamente crescido em estatura, elevando-se acima deles. Seu capuz e seus trapos cinzentos foram lançados fora. Suas vestes brancas reluziram. Ergueu o cajado, e o machado de Gimli saltou-lhe da mão e caiu no chão com estrépito. A espada de Aragorn, rígida em sua mão imóvel, inflamou-se com fogo súbito. Legolas deu um grande grito e atirou uma flecha alto no ar: ela desapareceu em um lampejo de chama.

"Mithrandir!", exclamou ele. "Mithrandir!"

"Bom encontro, digo-te outra vez, Legolas!", disse o ancião.

Todos o encararam. Seus cabelos eram brancos como neve à luz solar; e de um branco reluzente era sua túnica; os olhos embaixo das fundas sobrancelhas eram brilhantes, penetrantes como os raios do sol; havia poder em sua mão. Entre o pasmo, a alegria e o medo, ficaram ali parados e não encontraram palavras para dizer.

Por fim Aragorn mexeu-se. "Gandalf!", exclamou ele. "Além da esperança tu voltas a nós em nossa necessidade! Que véu cobria minha visão? Gandalf!" Gimli nada disse, mas caiu de joelhos, protegendo os olhos.

"Gandalf", repetiu o ancião, como se recordasse da memória uma palavra há muito desusada. "Sim, esse era o nome. Eu era Gandalf."

Desceu da rocha e, apanhando a capa cinzenta, enrolou-se nela: parecia que o sol estivera brilhando, mas agora estava outra vez oculto em nuvens. "Sim, ainda podeis me chamar Gandalf", disse ele, e a voz era a voz do seu velho amigo e guia. "Levanta-te, meu bom Gimli! Tu não tens culpa, e eu não sofri dano. Deveras, meus amigos, nenhum de vós tem arma que me possa ferir. Alegrai-vos! Encontramo-nos de novo. Na virada da maré. A grande tempestade está chegando, mas a maré virou."

Pôs a mão na cabeça de Gimli, e o Anão ergueu os olhos e riu de repente. "Gandalf!", disse ele. "Mas está todo de branco!"

"Sim, sou branco agora", disse Gandalf. "Na verdade eu *sou* Saruman, quase se poderia dizer, Saruman como ele deveria ter sido. Mas vamos lá, contai-me sobre vós! Passei por fogo e água profunda desde que nos separamos. Esqueci muita coisa que pensava saber e reaprendi muita coisa que havia esquecido.

Posso ver muitas coisas à distância, mas muitas coisas que estão próximas não consigo ver. Contai-me sobre vós!"

"O que desejas saber?", disse Aragorn. "Tudo o que aconteceu desde que nos separamos na ponte seria uma longa história. Não queres primeiro dar-nos notícias dos hobbits? Encontraste-os e estão em segurança?"

"Não, não os encontrei", respondeu Gandalf. "Havia uma escuridão sobre os vales das Emyn Muil, e não fiquei sabendo do seu cativeiro antes que a águia me contasse."

"A águia!", disse Legolas. "Vi uma águia, alta e bem distante: a última vez faz quatro dias, sobre as Emyn Muil."

"Sim," prosseguiu Gandalf, "aquele era Gwaihir, o Senhor-dos-Ventos, que me resgatou de Orthanc. Mandei-o à minha frente para vigiar o Rio e reunir novas. Sua visão é aguçada, mas ele não consegue ver tudo o que passa sob colina e árvore. Algumas coisas ele viu, e outras eu mesmo vi. Agora o Anel passou para além de meu auxílio, ou do auxílio de qualquer membro da Comitiva que partiu de Valfenda. Quase foi revelado ao Inimigo, mas escapou. Tive algum papel nisso, pois estive sentado em um lugar alto e porfiei com a Torre Sombria; e a Sombra passou. Então fiquei cansado, muito cansado; e por longo tempo caminhei em sombrio pensamento."

"Então sabes de Frodo!", disse Gimli. "Como estão as coisas com ele?"

"Não sei dizer. Foi salvo de grande perigo, mas muitos ainda estão diante dele. Resolveu ir para Mordor a sós e partiu: isso é tudo o que posso dizer."

"Não a sós", pontuou Legolas. "Acreditamos que Sam tenha ido com ele."

"Foi!", disse Gandalf, e tinha um lampejo no olho e um sorriso no rosto. "Foi deveras? Isso é novo para mim, porém não me surpreende. Bom! Muito bom! Aliviais meu coração. Precisais contar-me mais. Agora sentai-vos comigo e contai-me a história de vossa jornada."

Os companheiros sentaram-se no chão a seus pés, e Aragorn iniciou o relato. Por muito tempo Gandalf nada disse e não fez perguntas. Tinha as mãos estendidas nos joelhos e os olhos fechados. Por fim, quando Aragorn falou da morte de Boromir e de sua última jornada no Grande Rio, o ancião suspirou.

"Não disseste tudo o que sabes ou supões, meu amigo Aragorn", disse ele com tranquilidade. "Pobre Boromir! Não pude ver o que lhe aconteceu. Foi uma grave provação para um homem assim: um guerreiro e senhor de homens. Galadriel me contou que ele estava em perigo. Mas ele escapou no fim. Estou contente. Não foi em vão que os jovens hobbits vieram conosco, nem que fosse só pelo bem de Boromir. Mas esse não é o único papel que eles têm de desempenhar. Foram trazidos a Fangorn, e sua chegada foi como a queda de pedrinhas que inicia uma avalanche nas montanhas. No momento em que aqui falamos, ouço os primeiros roncos. É melhor que Saruman não seja apanhado longe de casa quando o dique romper!"

"Em uma coisa não mudaste, caro amigo," comentou Aragorn, "ainda falas por enigmas."

"O quê? Em enigmas?", disse Gandalf. "Não! Pois estava falando comigo mesmo em voz alta. Um hábito dos velhos: eles escolhem a pessoa mais sábia presente para falar com ela; as longas explicações de que os jovens precisam são cansativas." Riu-se, mas agora o som parecia morno e bondoso como um lampejo de luz do sol.

"Não sou mais jovem, nem na contagem dos Homens das Antigas Casas", respondeu Aragorn. "Não abrirás tua mente com maior clareza para mim?"

"Então o que hei de dizer?", indagou Gandalf e fez uma pequena pausa pensativa. "É assim, brevemente, que vejo as coisas neste momento, se queres ouvir parte dos meus pensamentos do modo mais simples possível. É claro que o Inimigo sabe há muito tempo que o Anel está livre e que é levado por um hobbit. Agora sabe o número de nossa Comitiva que partiu de Valfenda, e a gente de cada um de nós. Mas ainda não percebe claramente nossa intenção. Supõe que estamos todos indo a Minas Tirith; pois é isso que ele mesmo teria feito em nosso lugar. E, conforme sua sabedoria, esse teria sido um pesado golpe contra seu poderio. De fato, ele está muito temeroso, sem saber que pessoa poderosa poderá surgir de súbito, empunhando o Anel e assaltando-o com guerra, procurando derrubá-lo e tomar seu lugar. Podermos desejar derrubá-lo e não pôr *ninguém* em seu lugar não é um pensamento que ocorre à sua mente. Tentarmos destruir o próprio Anel ainda não entrou em seu mais sombrio sonho. Aí vereis sem dúvida nossa boa sorte e nossa esperança. Pois imaginando a guerra, ele desencadeou a guerra, crendo não ter tempo a desperdiçar; pois aquele que dá o primeiro golpe, se o der com força bastante, pode não precisar golpear mais. Assim, está agora pondo em movimento as forças que há muito vem preparando, mais cedo do que pretendia. Tolo sábio. Pois se tivesse usado todo o seu poder para guardar Mordor, de forma que ninguém pudesse entrar, e dedicado toda sua astúcia à caçada do Anel, deveras a esperança teria minguado: nem o Anel nem o portador poderiam tê-lo eludido por muito tempo. Mas agora seu olho fita a distância, não a proximidade de sua casa; e olha mormente para Minas Tirith. Agora não falta muito para que sua força caia sobre ela como uma tormenta.

"Pois já sabe que os mensageiros que mandou para emboscar a Comitiva fracassaram outra vez. Não encontraram o Anel. Nem trouxeram algum hobbit como refém. Se tivessem feito apenas isso, teria sido um pesado golpe para nós, e poderia ter sido fatal. Mas não toldemos nossos corações imaginando a provação de sua dócil lealdade na Torre Sombria. Pois o Inimigo fracassou — até aqui. Graças a Saruman."

"Então Saruman não é traidor?", indagou Gimli.

"Sim, deveras", disse Gandalf. "Duplamente. E não é estranho isso? Nada que suportamos ultimamente pareceu tão aflitivo quanto a traição de Isengard. Mesmo considerado como senhor e capitão, Saruman fortaleceu-se muito. Ameaça os Homens de Rohan e desvia seu auxílio de Minas Tirith, mesmo enquanto o golpe principal se aproxima do Leste. Porém uma arma traiçoeira é sempre um perigo para a mão. Saruman também pretendia capturar o Anel para si, ou pelo menos apanhar alguns hobbits para seus fins malignos. Assim, nossos inimigos combinados só conseguiram trazer Merry e Pippin com espantosa pressa, e bem na hora, até Fangorn, aonde de outro modo nem teriam chegado!

"Também encheram-se de novas dúvidas que lhes perturbam os planos. Nenhuma nova da batalha chegará a Mordor, graças aos cavaleiros de Rohan; mas o Senhor Sombrio sabe que dois hobbits foram aprisionados nas Emyn Muil e carregados rumo a Isengard contra a vontade de seus próprios serviçais. Agora ele tem Isengard para temer, além de Minas Tirith. Se Minas Tirith cair, as coisas correrão mal para Saruman."

"É pena que nossos amigos estejam no meio", comentou Gimli. "Se nenhuma terra dividisse Isengard de Mordor, eles poderiam combater enquanto nós ficássemos a observar e a esperar."

"O vencedor emergiria mais forte que qualquer um dos dois, e livre de dúvida", disse Gandalf. "Mas Isengard não pode combater Mordor, a não ser que Saruman obtenha o Anel primeiro. Isso ele já não fará mais. Ele ainda não conhece seu perigo. Há muita coisa que ele não conhece. Estava tão ávido por ter a presa nas mãos que não pôde esperar em casa e saiu para encontrar e espionar seus mensageiros. Mas veio tarde demais desta vez, e a batalha estava terminada e além de seu auxílio antes que ele chegasse a estas plagas. Não passou muito tempo aqui. Observo-lhe a mente e vejo sua dúvida. Ele não tem habilidade na mata. Crê que os cavaleiros mataram e queimaram todos no campo de batalha; mas não sabe se os Orques traziam prisioneiros ou não. E não sabe da contenda entre seus serviçais e os Orques de Mordor; nem sabe do Mensageiro Alado."

"O Mensageiro Alado!", exclamou Legolas. "Alvejei-o com o arco de Galadriel acima de Sarn Gebir e derrubei-o do céu. Encheu-nos a todos de medo. Que novo terror é esse?"

"Um terror que não podes abater com flechas", disse Gandalf. "Só abateste sua montaria. Foi um bom feito; mas o Cavaleiro logo estava montado outra vez. Pois era um Nazgûl, um dos Nove, que agora cavalgam montarias aladas. Logo o terror deles eclipsará os últimos exércitos de nossos amigos, bloqueando o sol. Mas ainda não lhes foi permitido atravessar o Rio, e Saruman não sabe desta nova forma em que os Espectros-do-Anel foram trajados. Seu pensamento está sempre com o Anel. Estava presente na batalha? Foi encontrado? E se Théoden, Senhor da Marca, o obtiver e ficar sabendo de seu poder? Esse é o perigo que ele vê, e fugiu de volta para Isengard para duplicar e triplicar seu ataque a Rohan. E o tempo todo existe outro perigo, bem perto, que ele não vê, às voltas com seus pensamentos fogosos. Esqueceu-se de Barbárvore."

"Agora estás falando sozinho outra vez", disse Aragorn sorrindo. "Barbárvore eu não conheço. E adivinhei parte da dupla traição de Saruman; porém não vejo de que modo a chegada dos dois hobbits a Fangorn nos serviu, a não ser para nos proporcionar uma caçada longa e infrutífera."

"Espera um minuto!", exclamou Gimli. "Há outra coisa que gostaria de saber primeiro. Foi a ti, Gandalf, ou a Saruman que vimos na noite passada?"

"Certamente não vistes a mim," respondeu Gandalf, "portanto devo deduzir que vistes Saruman. Evidentemente estamos tão parecidos que deve ser desculpado teu desejo de fazer um talho incurável em meu chapéu."

"Bom, bom!", disse Gimli. "Estou contente que não eras tu."

Gandalf riu-se de novo. "Sim, meu bom Anão," respondeu ele, "é um consolo não ser confundido em todos os pontos. E não sei disso muito bem! Mas é claro que nunca vos culpei pela recepção que me destes. Como poderia, eu que tantas vezes aconselhei meus amigos a suspeitarem até das próprias mãos quando lidam com o Inimigo. Bendito sejas, Gimli, filho de Glóin! Quem sabe tu vejas a nós juntos algum dia e julgarás entre nós!"

"Mas os hobbits!", interrompeu Legolas. "Viemos longe para buscá-los, e parece que sabes onde estão. Onde estão agora?"

"Com Barbárvore e os Ents", respondeu Gandalf.

"Os Ents!", exclamou Aragorn. "Então há verdade nas velhas lendas sobre os moradores das fundas matas e os gigantescos pastores-das-árvores? Ainda há Ents no mundo? Pensei que fossem apenas uma lembrança dos dias antigos, se é que alguma vez foram mais do que uma lenda de Rohan."

"Uma lenda de Rohan!", bradou Legolas. "Não, todo Elfo das Terras-selváticas cantou canções dos velhos Onodrim e seu longo pesar. Porém mesmo entre nós são apenas uma lembrança. Se encontrasse um ainda caminhando neste mundo, deveras eu me sentiria jovem outra vez! Mas Barbárvore: essa é só uma versão de Fangorn na fala comum; porém parece que falas de uma pessoa. Quem é esse Barbárvore?"

"Ah! agora pedes muito", respondeu Gandalf. "O pouco que sei de sua longa e lenta história daria um relato para o qual agora não temos tempo. Barbárvore é Fangorn, o guardião da floresta; é o mais velho dos Ents, o mais velho ser vivo que ainda caminha sob o Sol nesta Terra-média. Deveras espero, Legolas, que chegues a conhecê-lo. Merry e Pippin foram afortunados: encontraram-no aqui, bem onde estamos sentados. Pois ele veio aqui dois dias atrás e os levou à sua morada, muito longe junto às raízes das montanhas. Frequentemente vem aqui, especialmente quando sua mente está inquieta e rumores do mundo lá fora o perturbam. Eu o vi faz quatro dias, caminhando a largos passos entre as árvores, e creio que ele me viu, pois fez uma pausa; mas não falei, pois estava carregado de pensamentos e exausto após meu combate com o Olho de Mordor; e ele tampouco falou, nem chamou meu nome."

"Quem sabe também ele pensasse que eras Saruman", disse Gimli. "Mas falas dele como se fosse um amigo. Pensei que Fangorn fosse perigoso."

"Perigoso!", exclamou Gandalf. "Também eu o sou, muito perigoso: mais perigoso que qualquer coisa que jamais encontrarás, a não ser que sejas trazido vivo diante do assento do Senhor Sombrio. E Aragorn é perigoso, e Legolas é perigoso. Estás cercado de perigos, Gimli, filho de Glóin; pois tu mesmo és perigoso, à tua própria maneira. Certamente a floresta de Fangorn é perigosa — não menos àqueles que são ligeiros demais com os machados; e o próprio Fangorn, ele também é perigoso; porém, não obstante, é sábio e bondoso. Mas agora sua longa e lenta ira está transbordando, e toda a floresta está repleta dela. A chegada dos hobbits e as novas que eles trouxeram derramaram-na: logo ela estará fluindo como uma enchente; mas sua maré se volta contra Saruman e os machados de Isengard. Está prestes a acontecer algo que não acontecia desde os Dias Antigos: os Ents vão despertar e descobrir que são fortes."

"O que farão?", perguntou Legolas, admirado.

"Não sei", respondeu Gandalf. "Não creio que eles mesmos saibam. Pergunto-me..." Ficou em silêncio, de cabeça inclinada, pensativo.

Os demais olharam para ele. Um lampejo de sol através de nuvens passageiras caiu-lhe sobre as mãos, que agora jaziam no colo, viradas para cima: pareciam estar repletas de luz, como uma taça está repleta de água. Finalmente ergueu os olhos e encarou o sol diretamente.

"A manhã está se consumindo", disse ele. "Logo teremos de ir."

"Vamos ao encontro de nossos amigos e ver Barbárvore?", perguntou Aragorn.

"Não", respondeu Gandalf. "Não é essa a estrada que tendes de trilhar. Falei palavras de esperança. Mas somente de esperança. Esperança não é vitória. A guerra nos acomete e a todos os nossos amigos, uma guerra em que apenas o uso do Anel poderia nos assegurar a vitória. Isso me enche de grande pesar e grande temor: pois muita coisa há de ser destruída e tudo poderá se perder. Eu sou Gandalf, Gandalf, o Branco, mas o Negro é ainda mais poderoso."

Levantou-se e fitou o leste, protegendo os olhos como se visse coisas muito distantes que nenhum deles podia ver. Depois balançou a cabeça. "Não," continuou ele em voz suave, "escapou ao nosso alcance. Pelo menos disso alegremo-nos. Não podemos mais ser tentados a usar o Anel. Precisamos descer para encarar um perigo próximo do desespero, porém aquele perigo mortal foi removido."

Virou-se. "Vem, Aragorn, filho de Arathorn!", disse ele. "Não te arrependas de tua escolha no vale das Emyn Muil e nem a chames de perseguição vã. Escolheste entre dúvidas a trilha que parecia certa: a escolha foi justa e teve sua recompensa. Pois assim nos encontramos a tempo, nós que de outro modo poderíamos nos ter encontrado tarde demais. Mas a demanda de teus companheiros terminou. Tua próxima jornada é marcada pela palavra que deste. Tens de ir a Edoras e buscar Théoden em seu paço. Pois precisam de ti. Agora a luz de Andúril tem de ser revelada na batalha pela qual esperou por tanto tempo. Há guerra em Rohan e mal pior: as coisas vão mal com Théoden."

"Então não devemos rever os alegres jovens hobbits?", indagou Legolas.

"Eu não disse isso", respondeu Gandalf. "Quem sabe? Tem paciência. Vai aonde deves ir e tem esperança! A Edoras! Vou para lá também."

"É um longo caminho para um homem caminhar, jovem ou velho", disse Aragorn. "Receio que a batalha esteja terminada muito antes que eu lá chegue."

"Havemos de ver, havemos de ver", disse Gandalf. "Vireis comigo agora?"

"Sim, partiremos juntos", disse Aragorn. "Mas não duvido de que chegues lá antes de mim, se desejares." Ergueu-se e olhou para Gandalf por longo tempo. Os outros fitaram-nos em silêncio, ali de pé, um encarando o outro. O vulto cinzento do Homem, Aragorn, filho de Arathorn, era alto e severo como pedra, com a mão no punho da espada; parecia que algum rei vindo das névoas do mar havia pisado nas praias de homens menores. Diante dele inclinava-se o velho vulto, branco, agora reluzente como se alguma luz se acendesse dentro dele, curvado, carregado de anos, mas detendo um poder além da força dos reis.

"Não digo a verdade, Gandalf," comentou Aragorn por fim, "quando digo que poderias ir a qualquer lugar que quisesses mais depressa que eu? E também digo isto: tu és nosso capitão e nosso estandarte. O Senhor Sombrio tem Nove. Mas nós temos Um, mais poderoso que eles: O Cavaleiro Branco. Ele passou através do fogo e do abismo, e eles hão de temê-lo. Iremos aonde ele conduzir."

"Sim, juntos nós te seguiremos", disse Legolas. "Mas primeiro aliviar-me-ia o coração, Gandalf, ouvir o que te acometeu em Moria. Não nos contarás? Não podes ficar só para contares aos amigos como foste libertado?"

"Já me demorei tempo demais", respondeu Gandalf. "O tempo é curto. Mas se houvesse um ano para gastar eu não vos contaria tudo."

"Então conta-nos o que quiseres e o que o tempo permitir!", disse Gimli. "Vamos, Gandalf, conta-nos como lidaste com o Balrog!"

"Não o nomeies!", disse Gandalf, e por um momento pareceu que uma nuvem de dor lhe passou sobre o rosto, e ficou sentado em silêncio, parecendo velho como a morte. "Por longo tempo caí", disse por fim, lentamente, como quem tem dificuldade em pensar no passado. "Longamente caí, e ele caiu comigo. Seu fogo estava ao meu redor. Fui queimado. Então mergulhamos na água profunda, e tudo ficou escuro. Era fria como a maré da morte: quase congelou-me o coração."

"Fundo é o abismo transposto pela Ponte de Durin, e ninguém o mediu", comentou Gimli.

"No entanto tem fundo, além da luz e do conhecimento", disse Gandalf. "Ali cheguei, por fim, aos mais remotos fundamentos de pedra. Ele ainda estava comigo. Seu fogo estava extinto, mas era agora uma criatura de lodo, mais forte que uma serpente estranguladora.

"Combatemos longe, debaixo da terra vivente, onde o tempo não é contado. Sempre ele apertava, e sempre eu o golpeava, até que finalmente ele fugiu para túneis escuros. Eles não foram feitos pelo povo de Durin, Gimli, filho de Glóin. Muito, muito abaixo das mais fundas escavações dos Anãos, o mundo é roído por seres sem nome. O próprio Sauron não os conhece. São mais antigos que ele. Agora caminhei ali, mas não trarei relato para obscurecer a luz do dia. Naquele desespero meu inimigo era a única esperança, e eu o persegui agarrado a seu calcanhar. Assim finalmente me trouxe de volta aos caminhos secretos de Khazad-dûm: demasiado bem ele os conhecia todos. Agora subíamos sempre, até chegarmos à Escada Interminável."

"Por muito tempo esteve perdida", disse Gimli. "Muitos disseram que jamais foi feita, salvo em lenda, mas outros dizem que foi destruída."

"Foi feita e não fora destruída", respondeu Gandalf. "Do mais baixo calabouço até o mais alto pico ela subia, ascendendo em espiral ininterrupta, com muitos milhares de degraus, até emergir finalmente na Torre de Durin, esculpida na rocha viva de Zirakzigil, o pináculo do Pico-de-Prata.

"Ali, no alto de Celebdil, havia uma janela solitária na neve, e diante dela estendia-se um espaço estreito, um vertiginoso ninho acima das névoas do mundo. Ali o sol brilhava ferozmente, porém embaixo estava tudo envolto em nuvens. Ele saltou para fora e, mesmo enquanto eu o seguia, irrompeu em nova chama. Não havia ninguém para ver, do contrário, quem sabe em eras posteriores ainda se cantassem canções sobre a Batalha do Pico." Gandalf riu de repente. "Mas o que diriam na canção? Os que olhavam de longe pensaram que a montanha estava coroada de tempestade. Ouviram trovão, e os raios, disseram, atingiram Celebdil e ressaltaram rompidos em línguas de fogo. Isso não basta? Uma grande fumaça ergueu-se ao nosso redor, névoa e vapor. O gelo caiu como chuva. Derrubei meu inimigo, e ele caiu da altura e fraturou o flanco da montanha onde o atingiu em sua ruína. Então a escuridão me dominou, e perdi-me fora do pensamento e do tempo, e vaguei longe em estradas que não contarei.

"Nu fui mandado de volta — por breve tempo, até minha tarefa estar concluída. E nu jazi no topo da montanha. A torre atrás de mim desfizera-se em pó, a janela se fora; a escada arruinada estava obstruída com pedras queimadas e quebradas. Eu estava só, esquecido, sem escape sobre o duro chifre do mundo. Ali fiquei deitado, o olhar fixo no alto, enquanto as estrelas rodavam em cima, e cada dia era longo como a idade da vida da terra. Chegava-me débil aos ouvidos o rumor reunido de todas as terras: o brotar e o morrer, a canção e o choro, e o lento gemido perpétuo da pedra sobrecarregada. E assim, finalmente, Gwaihir, o Senhor-dos-Ventos, outra vez me encontrou, ergueu-me e levou-me embora.

"'Sempre estou destinado a ser teu fardo, amigo, na necessidade', disse eu.

"'Foste um fardo,' ele respondeu, 'mas não agora. És leve como uma pena de cisne em minha garra. O Sol brilha através de ti. Deveras não creio que precisas mais de mim: se eu te deixasse cair, flutuarias ao vento.'

"'Não me deixes cair!', arfei, pois outra vez sentia a vida em mim. 'Leva-me a Lothlórien!'

"'Esse é deveras o comando da Senhora Galadriel, que me mandou à tua busca', ele respondeu.

"Assim foi que cheguei a Caras Galadhon e descobri que havíeis partido pouco antes. Demorei-me ali no tempo imutável daquela terra, onde os dias trazem cura e não declínio. A cura eu encontrei, e fui trajado de branco. Conselhos dei e conselhos aceitei. Dali vim por estranhos caminhos, e mensagens trago a alguns de vós. A Aragorn pediram-me que dissesse isto:

Onde estão os Dúnedain, Elessar, Elessar?
Por que tua gente está longe a vagar?
Chega a hora em que surge a Perdida coorte
E a Companhia Cinzenta cavalga do Norte.
Mas negro é o caminho que te cabe trilhar:
Os Mortos vigiam a estrada pro Mar.[A]

A Legolas ela mandou estas palavras:

Legolas Verdefolha, no bosque a contento
Em júblio viveste. Ao Mar fica atento!
Se ouves da gaivota o grito na costa,
Do bosque o teu coração se desgosta."[B]

Gandalf silenciou e fechou os olhos.

"Então ela não me mandou mensagem?", indagou Gimli, e inclinou a cabeça.

"Obscuras são suas palavras," disse Legolas, "e pouco significam aos que as recebem."

"Isso não é consolo", respondeu Gimli.

"Então o quê?", disse Legolas. "Querias que ela te falasse abertamente sobre tua morte?"

"Sim, se nada mais tivesse a dizer."

"O que é isso?", disse Gandalf abrindo os olhos. "Sim, creio que consigo adivinhar o que possam significar as suas palavras. Perdoa-me, Gimli! Eu estava meditando outra vez sobre as mensagens. Mas deveras ela te mandou palavras, e nem são obscuras nem tristes.

"'A Gimli, filho de Glóin,' disse ela, 'dá a saudação de sua Senhora. Portador-do-Cacho, aonde quer que vás meu pensamento vai contigo. Mas cuida-te de aplicar teu machado à árvore certa!'"

"Em feliz hora retornaste a nós, Gandalf!", exclamou o Anão, saltitando enquanto cantava alto na estranha língua-anânica.

"Vamos, vamos!", gritou, brandindo o machado. "Já que a cabeça de Gandalf agora é sagrada, vamos encontrar uma que seja certo rachar!"

"Essa não será buscada longe", disse Gandalf, erguendo-se do assento. "Vamos! Passamos todo o tempo permitido para um encontro de amigos apartados. Agora é necessária a pressa."

Envolveu-se de novo em sua velha capa esfarrapada e saiu adiante deles. Seguindo-o, desceram depressa do alto patamar e fizeram o caminho de volta através da floresta, descendo pela margem do Entágua. Não disseram mais palavra até estarem outra vez na relva além da beira de Fangorn. Não se via sinal de seus cavalos.

"Eles não voltaram", disse Legolas. "Será uma caminhada cansativa!"

"Não hei de caminhar. O tempo urge", disse Gandalf. Então, erguendo a cabeça, deu um assobio comprido. A nota era tão nítida e penetrante que os demais ficaram pasmos de ouvirem tal som vindo daqueles velhos lábios barbados. Três vezes assobiou; e então, fraco e distante, pareceu-lhes ouvirem o relincho de um cavalo trazido das planícies pelo vento leste. Esperaram admirados. Logo depois veio o som de cascos, de início pouco mais que um tremor do chão apenas perceptível a Aragorn, deitado na relva, depois tornando-se cada vez mais alto e claro, chegando a um rápido tamborilar.

"Há mais de um cavalo vindo", disse Aragorn.

"Certamente", respondeu Gandalf. "Somos um fardo excessivo para um."

"São três", disse Legolas, observando a planície. "Vede como correm! Ali está Hasufel, e ali está meu amigo Arod ao seu lado! Mas há outro que corre à frente: um cavalo muito grande. Nunca vi igual antes."

"Nem verás outra vez", disse Gandalf. "Esse é Scadufax. É o chefe dos *Mearas*, Senhores-dos-cavalos, e nem o próprio Théoden, Rei de Rohan, jamais contemplou um melhor. Não brilha como prata e corre suavemente como uma torrente veloz? Ele veio para mim: o cavalo do Cavaleiro Branco. Vamos juntos ao combate."

Enquanto o velho mago falava, o grande cavalo veio a largos passos, subindo a encosta na direção deles; sua pelagem reluzia, e sua crina fluía ao vento da corrida. Os dois outros seguiam-no, já bem atrás. Assim que Scadufax viu Gandalf, reduziu o passo e relinchou alto; depois, avançando em trote lento, inclinou a cabeça altiva e aconchegou as grandes narinas no pescoço do ancião.

Gandalf acariciou-o. "É um longo caminho de Valfenda, meu amigo", disse ele; "mas és sábio e veloz, e vens quando é preciso. Agora cavalguemos longe juntos e neste mundo não nos separemos mais!"

Logo os demais cavalos chegaram e ficaram imóveis ali perto, como quem aguarda ordens. "Vamos de imediato a Meduseld, o paço de vosso mestre Théoden", informou Gandalf, dirigindo-se gravemente a eles. Inclinaram as cabeças. "O tempo urge, portanto, com vossa licença, meus amigos, vamos cavalgar. Pedimo-vos que useis toda a velocidade que puderdes. Hasufel há de levar Aragorn, e Arod, Legolas. Porei Gimli à minha frente, e com sua licença, Scadufax, nos carregará a ambos. Agora esperaremos só para beber um pouco."

"Agora entendo parte do enigma de ontem à noite", disse Legolas, saltando leve no lombo de Arod. "Quer tenham primeiro fugido de medo, quer não, nossos cavalos encontraram Scadufax, seu chefe, e o saudaram com alegria. Sabias que ele estava por perto, Gandalf?"

"Sim, eu sabia", respondeu o mago. "Dirigi meu pensamento a ele, pedindo-lhe que se apressasse; pois ontem estava longe, no sul desta terra. Que me leve de volta rapidamente!"

Então Gandalf falou com Scadufax, e o cavalo partiu a boa velocidade, porém não além da medida dos demais. Pouco tempo depois fez uma volta súbita e, escolhendo um lugar onde as ribanceiras eram mais baixas, vadeou o rio e em seguida levou-os adiante, direto rumo ao sul para uma terra plana, sem árvores e ampla. O vento avançava como ondas cinzentas através das infindas milhas de relva. Não havia sinal de estrada nem trilha, mas Scadufax não parou nem vacilou.

"Agora ele está seguindo um percurso reto rumo ao paço de Théoden sob as encostas das Montanhas Brancas", comentou Gandalf. "Assim será mais rápido. O solo é mais firme no Eastemnet, onde fica a principal trilha para o norte, do outro lado do rio, mas Scadufax conhece o caminho através de cada pântano e vale."

Por muitas horas cavalgaram através dos prados e das terras ribeirinhas. Muitas vezes a relva era tão alta que alcançava acima dos joelhos dos cavaleiros, e suas montarias pareciam estar nadando em um mar verde acinzentado. Toparam com muitas lagoas ocultas e com amplas extensões de caniços balançando sobre lodaçais úmidos e traiçoeiros; mas Scadufax encontrava o caminho, e os outros cavalos seguiam em sua trilha. Lentamente o sol caiu no céu, descendo para o Oeste. Observando a grande planície, os cavaleiros o viram por um momento, muito longe, como um fogo vermelho que afundava na relva. Embaixo, na borda da visão, as encostas das montanhas reluziam vermelhas de ambos os lados. Uma fumaça parecia erguer-se e obscurecer o disco do sol em tom sanguíneo, como se ele tivesse inflamado a relva ao descer abaixo da beira do mundo.

"Ali fica o Desfiladeiro de Rohan", disse Gandalf. "Está agora quase exatamente a oeste de nós. Naquela direção fica Isengard."

"Vejo uma grande fumaça", disse Legolas. "O que pode ser aquilo?"

"Batalha e guerra!", disse Gandalf. "Cavalguemos avante!"

6

O Rei do Paço Dourado

Cavalgaram através do pôr do sol, do lento crepúsculo e da noite que se avizinhava. Quando finalmente pararam e apearam, o próprio Aragorn estava rígido e exausto. Gandalf só lhes permitiu algumas horas de descanso. Legolas e Gimli dormiram, e Aragorn deitou-se no chão, estendido de costas; mas Gandalf ficou de pé, apoiado no cajado, fitando a escuridão, a leste e a oeste. Tudo estava silencioso, e não havia sinal nem ruído de ser vivente. A noite estava riscada de nuvens compridas, correndo ao vento gelado, quando se ergueram outra vez. Sob a lua fria avançaram mais uma vez, rápidos como à luz do dia.

As horas passaram e eles cavalgavam ainda. Gimli cabeceava e teria caído do assento se Gandalf não o agarrasse e sacudisse. Hasufel e Arod, exaustos, porém altivos, seguiam seu líder incansável, uma sombra cinzenta diante deles que mal se podia ver. As milhas passavam. A lua crescente declinou no Oeste nublado.

Uma gelidez cortante dominou o ar. Lentamente, no Leste, o escuro se desfez em cinzento frio. Raios vermelhos de luz saltaram acima das muralhas negras das Emyn Muil, muito longe à esquerda deles. O amanhecer chegou claro e brilhante; um vento soprou cruzando-lhes o caminho, correndo através das ervas encurvadas. Subitamente Scadufax ficou imóvel e relinchou. Gandalf apontou para a frente.

"Olhai!", exclamou ele, e ergueram os olhos cansados. Diante deles erguiam-se as montanhas do Sul: de pontas brancas e rajadas de preto. Os capinzais rolavam de encontro às colinas que se agrupavam aos pés delas e fluíam subindo por muitos vales, ainda indistintos e escuros, intocados pela luz do amanhecer, insinuando-se pelo coração das grandes montanhas. Imediatamente diante dos viajantes, a mais larga dessas ravinas abria-se como um longo golfo entre os morros. Bem no interior vislumbraram uma desordenada massa de montanhas com um pico alto; na boca do vale erguia-se, como uma sentinela, um cume solitário. Em volta do seu sopé corria, como filamento de prata, a torrente que nascia no vale; em seu topo enxergaram, ainda muito longe, uma cintilação ao sol nascente, um lampejo de ouro.

"Fala, Legolas!", disse Gandalf. "Conta-nos o que vês ali à nossa frente!"

Legolas fitou à frente, protegendo os olhos dos raios horizontais do sol recém-nascido. "Vejo uma correnteza branca que desce das neves", disse ele. "Ali onde ela deixa a sombra do vale ergue-se uma colina verde a leste. Um dique, uma enorme muralha e uma cerca espinhosa a circundam. No interior erguem-se os telhados de casas; e no meio, posto em um verde terraço, está construído um grande paço dos Homens. E aos meus olhos parece que está coberto de ouro. Sua luz brilha longe pela região. Dourados são também os batentes de suas portas. Ali estão postados homens em reluzentes cotas de malha; mas todos os demais, no interior da corte, dormem ainda."

"Essas cortes são chamadas de Edoras," comentou Gandalf, "e Meduseld é aquele paço dourado. Ali habita Théoden, filho de Thengel, Rei da Marca de Rohan. Chegamos com o nascer do dia. Agora a estrada está fácil de se ver à nossa frente. Mas temos de cavalgar com mais cautela; pois a guerra está à solta, e os Rohirrim, os Senhores-de-cavalos, não dormem, mesmo que de longe assim pareça. Não sacai arma, não dizei palavra altiva, aconselho a todos, até que tenhamos chegado diante do assento de Théoden."

A manhã estava luminosa e clara em torno deles, e pássaros cantavam, quando os viajantes chegaram ao riacho. Ele descia veloz rumo à planície e, além dos sopés das colinas, virava-se para cruzar seu caminho em uma curva ampla, fluindo depois ao leste para alimentar o Entágua bem longe em seus leitos apinhados de juncos. A terra era verde: nos prados úmidos e ao longo das beiras ervosas do riacho cresciam muitos salgueiros. Naquela terra meridional eles já coravam rubros nas pontas dos dedos, sentindo a aproximação da primavera. Havia um vau sobre o riacho, entre margens baixas muito pisoteadas pela passagem de cavalos. Os viajantes o atravessaram e deram com uma trilha larga e sulcada que levava para a região mais alta.

Ao pé da colina murada, o caminho corria sob a sombra de muitos morrinhos, altos e verdes. Nos seus flancos ocidentais a relva era branca, como que coberta de neve trazida pelo vento: pequenas flores brotavam ali como incontáveis estrelas em meio à relva.

"Vede!", disse Gandalf. "Como são belos os olhinhos na grama! Chamam-se Sempre-em-mente, *simbelmynë* nesta terra de Homens, pois florescem em todas as estações do ano e crescem onde repousam os homens mortos. Contemplai! Chegamos aos grandes morros onde dormem os antepassados de Théoden."

"Sete morros à esquerda e nove à direita", observou Aragorn. "Faz muitas longas vidas de homens que foi construído o paço dourado."

"Quinhentas vezes caíram as folhas vermelhas em Trevamata, meu lar, desde então," disse Legolas, "e isso nos parece tão somente um pequeno instante."

"Mas aos Cavaleiros da Marca parece que faz tanto tempo," comentou Aragorn, "que a construção desta casa é apenas uma lembrança em canção, e os anos anteriores estão perdidos na névoa do tempo. Agora chamam esta terra de lar, de sua própria, e sua fala se apartou dos parentes do norte." Então começou a cantarolar baixinho em uma língua lenta desconhecida do Elfo e do Anão; no entanto eles escutaram, pois havia nela uma forte música.

"Essa, imagino, é a língua dos Rohirrim", respondeu Legolas; "pois é semelhante a esta mesma terra; rica e vibrante em parte, e no mais, dura e severa como as montanhas. Mas não consigo imaginar o que significa, exceto por estar carregada da tristeza dos Homens Mortais."

"Diz assim na fala comum," disse Aragorn, "o mais próximo que consigo vertê-la.

"Onde o cavalo e o ginete? Onde a trompa a soar?
Onde o elmo e a malha, e o claro cabelo a voar?
Onde a mão sobre a harpa e o rubro fogo a queimar?
Onde o semear e a colheita e o alto trigo a brotar?
Passaram qual chuva no monte, passaram qual vento que a leva;
Os dias desceram no Oeste, além dos morros em treva.
Quem buscará a fumaça da lenha morta queimando,
Ou verá os anos fugazes desde o Mar retornando?[A]

"Assim falou um poeta esquecido em Rohan, muito tempo faz, relembrando como era alto e belo Eorl, o Jovem, que cavalgou descendo do Norte; e havia asas nos pés de sua montaria, Felaróf, pai de cavalos. Assim os homens ainda cantam ao anoitecer."

Com essas palavras, os viajantes passaram pelos morros silenciosos. Seguindo o caminho tortuoso que subia pelas encostas verdes das colinas, chegaram por fim às amplas muralhas varridas pelo vento e aos portões de Edoras.

Ali estavam sentados muitos homens, em brilhantes cotas de malha, que imediatamente se puseram de pé, com um salto, e bloquearam o caminho com lanças. "Parai, estranhos aqui desconhecidos!", exclamaram na língua da Marca-dos-Cavaleiros, demandando dos estranhos seus nomes e sua missão. Havia espanto em seus olhos, mas pouca afabilidade; e olhavam sombriamente para Gandalf.

"Bem compreendo vossa fala", respondeu ele na mesma língua; "porém poucos estrangeiros a compreendem. Então por que não falais na fala comum, como é costume no Oeste, se desejais receber resposta?"

"É vontade de Théoden Rei que ninguém entre por seus portões, exceto os que conhecem nossa língua e são nossos amigos", retrucou um dos guardas. "Em dias de guerra ninguém é bem-vindo aqui senão nosso próprio povo, e os que vêm de Mundburg na terra de Gondor. Quem sois vós que vindes imprudentes por sobre a planície, trajados tão estranhamente, montados em cavalos semelhantes a nossos próprios cavalos? Por muito tempo mantivemos guarda aqui e observamo-vos de longe. Nunca vimos outros cavaleiros tão estranhos, nem algum cavalo mais altivo que um destes que vos trazem. É um dos *Mearas*, a não ser que nossos olhos sejam fraudados por algum feitiço. Dize, não és um mago, algum espião de Saruman ou fantasmas de seu artifício? Falai agora e sede rápidos!"

"Não somos fantasmas," disse Aragorn, "nem vossos olhos vos fraudam. Pois deveras são vossos próprios cavalos que montamos, como bem sabíeis antes de perguntar, assim creio. Mas raramente o ladrão cavalga de volta ao estábulo. Aqui estão Hasufel e Arod, que Éomer, Terceiro Marechal da Marca, nos emprestou apenas dois dias atrás. Agora os trazemos de volta, assim como lhe prometemos. Então Éomer não retornou e avisou sobre nossa chegada?"

Um olhar perturbado tomou os olhos do guarda. "De Éomer nada tenho a dizer", respondeu ele. "Se é verdade o que me dizes, então sem dúvida Théoden terá ouvido falar disso. Quem sabe vossa vinda não tenha sido totalmente inesperada. Faz apenas duas noites que Língua-de-Cobra veio a nós e disse que pela vontade de Théoden nenhum estrangeiro deveria passar por estes portões."

"Língua-de-Cobra?", disse Gandalf, olhando para o guarda incisivamente. "Não digas mais nada! Minha missão não é para Língua-de-Cobra, e sim para o próprio Senhor da Marca. Tenho pressa. Não irás ou mandarás dizer que viemos?" Seus olhos rebrilhavam sob as fundas sobrancelhas enquanto ele fitava o homem.

"Sim, irei", respondeu ele devagar. "Mas que nomes hei de relatar? E o que hei de dizer sobre ti? Agora pareces velho e exausto, e, no entanto, és feroz e severo por baixo, julgo eu."

"Bem vês e falas", comentou o mago. "Pois eu sou Gandalf. Eu voltei. E vede! Também trago um cavalo de volta. Aqui está Scadufax, o Grande, que nenhuma outra mão pôde domar. E aqui ao meu lado está Aragorn, filho de Arathorn, herdeiro de Reis, e é a Mundburg que ele vai. Aqui estão também Legolas, o Elfo, e Gimli, o Anão, nossos camaradas. Vai agora e dize a teu mestre que estamos nos seus portões e desejamos lhe falar, se ele nos permitir entrar em seu paço."

"Dais nomes deveras estranhos! Mas vou relatá-los como pedis e saber da vontade de meu mestre", disse o guarda. "Esperai aqui um pouco, e eu vos trarei a resposta que bem lhe parecer. Não esperai demasiado! Estes são dias escuros." Afastou-se depressa, deixando os estrangeiros na vigilante companhia de seus camaradas.

Voltou algum tempo depois. "Segui-me!", exclamou ele. "Théoden vos dá licença para entrardes; mas qualquer arma que portardes, mesmo que seja apenas um cajado, deveis deixar na soleira. Os guardiões da porta as guardarão."

Os escuros portões foram abertos. Os viajantes entraram, caminhando enfileirados atrás de seu guia. Encontraram uma larga trilha, calçada de pedras talhadas, que ora ascendia em curvas, ora subia em breves lances de degraus bem-dispostos. Passaram por muitas casas construídas de madeira e por muitas portas escuras. Junto ao caminho, em um canal de pedra, corria um riacho de água límpida, reluzindo e chilreando. Por fim chegaram ao cume da colina. Ali estendia-se uma alta plataforma por cima de um terraço verde, a cujo pé uma clara nascente jorrava de uma pedra esculpida à semelhança de uma cabeça de cavalo; por baixo havia uma ampla bacia de onde a água se derramava e alimentava o riacho que caía. Subia pelo terraço verde uma escada de pedra, alta e larga, e de ambos os lados do degrau superior havia assentos talhados em pedra. Ali sentavam-se outros guardas, com espadas nuas deitadas nos joelhos. Seus cabelos dourados eram trançados nos ombros; o sol estava brasonado em seus escudos verdes, seus longos corseletes brilhavam de lustrosos, e quando se ergueram pareciam mais altos que homens mortais.

"Eis as portas diante de vós", disse o guia. "Preciso voltar agora ao meu serviço no portão. Adeus! E que o Senhor da Marca vos seja clemente!"

Deu a volta e desceu depressa pela estrada. Os demais subiram pela longa escada debaixo dos olhos dos altos vigias. Estes agora estavam de pé mais acima, silenciosos, e não disseram palavra até Gandalf pisar no terraço calçado no alto da escada. Então subitamente com vozes nítidas fizeram uma saudação cortês em sua própria língua.

"Salve os que vindes de longe!", disseram eles, e viraram os punhos das espadas na direção dos viajantes como sinal de paz. Gemas verdes reluziram à luz do sol. Então um dos guardas adiantou-se e falou na fala comum.

"Eu sou o Guardião-das-Portas de Théoden", apresentou-se ele. "Háma é meu nome. Aqui tenho de pedir-vos que deixeis as armas de lado antes de entrardes."

Então Legolas lhe pôs na mão seu punhal de punho de prata, sua aljava e seu arco. "Guarda-os bem," disse ele, "pois vêm da Floresta Dourada, e a senhora de Lothlórien mos deu."

Os olhos do homem encheram-se de admiração, e ele depôs as armas apressadamente junto à parede, como se temesse manejá-las. "Nenhum homem os tocará, prometo-te", respondeu ele.

Aragorn ficou hesitante por um momento. "Não é minha vontade", disse ele, "pôr minha espada de lado ou entregar Andúril nas mãos de algum outro homem."

"É a vontade de Théoden", disse Háma.

"Não está claro para mim que a vontade de Théoden, filho de Thengel, mesmo sendo ele senhor da Marca, deve prevalecer sobre a vontade de Aragorn, filho de Arathorn, herdeiro de Elendil de Gondor."

"Esta é a casa de Théoden, não de Aragorn, mesmo que este fosse Rei de Gondor no assento de Denethor", disse Háma, pondo-se depressa diante das portas e bloqueando o caminho. Agora tinha a espada na mão, com a ponta voltada para os estrangeiros.

"Isto é fala ociosa", disse Gandalf. "É desnecessária a exigência de Théoden, mas é inútil recusar. Um rei impõe sua vontade no próprio paço, seja loucura ou sabedoria."

"É verdade", assentiu Aragorn. "E eu faria o que me pede o senhor da casa, mesmo que esta fosse apenas uma choupana de lenhador, se eu portasse agora outra espada que não Andúril."

"Não importa que nome tenha," disse Háma, "aqui hás de depositá-la, se não quiseres combater sozinho todos os homens de Edoras."

"Não sozinho!", respondeu Gimli, manejando o gume do machado e erguendo os olhos sombriamente para o guarda, como se fosse uma árvore jovem que Gimli pretendesse derrubar. "Não sozinho!"

"Vamos, vamos!", exclamou Gandalf. "Aqui somos todos amigos. Ou deveríamos ser; pois o riso de Mordor será nossa única recompensa se brigarmos. Minha missão é urgente. Aqui, pelo menos, está *minha* espada, meu bom Háma. Guarda-a bem. Chama-se Glamdring, pois os Elfos a fizeram muito tempo atrás. Agora deixa-me passar. Vem, Aragorn!"

Lentamente Aragorn desafivelou o cinto e ele mesmo pôs a espada em pé, encostada à parede. "Ponho-a aqui", disse ele; "mas ordeno que não a toques, nem que permitas a outro pôr-lhe a mão. Nesta bainha élfica reside a Lâmina que foi Partida e foi refeita. Foi Telchar quem a forjou nas profundezas do tempo. A morte há de vir para qualquer homem que sacar a espada de Elendil a não ser o herdeiro de Elendil."

O guarda recuou e olhou admirado para Aragorn. "Parece que chegaste nas asas da canção, vindo dos dias esquecidos", disse ele. "Há de ser, senhor, como comandas."

"Bem," disse Gimli, "se tiver Andúril para lhe fazer companhia, meu machado também pode ficar aqui sem humilhação"; e depositou-o no chão. "Ora bem, se está tudo como desejas, vamos falar com teu mestre."

O guarda ainda hesitava. "Teu cajado", disse ele a Gandalf. "Perdoa-me, mas este também precisa ser deixado junto às portas."

"Tolice!", disse Gandalf. "A prudência é uma coisa, mas a descortesia é outra. Sou velho. Se não posso me apoiar no bastão enquanto caminho, então ficarei sentado aqui fora até que agrade ao próprio Théoden sair mancando para falar comigo."

Aragorn riu. "Todo homem tem algo que lhe é demasiado caro para confiar a outro. Mas separarás um ancião do seu apoio? Vamos, não nos deixarás entrar?"

"O cajado na mão de um mago pode ser mais que um suporte para a velhice", disse Háma. Olhou fixo para o cajado de freixo em que Gandalf se apoiava. "Porém, na dúvida, um homem de valor confia em sua própria sabedoria. Creio que sois amigos e gente digna de honra que não tem má intenção. Podeis entrar."

Então os guardas ergueram as pesadas barras das portas e as empurraram para dentro devagar, resmungando nas grandes dobradiças. Os viajantes entraram. O interior parecia escuro e quente após o ar límpido no alto da colina. O salão era longo e largo, repleto de sombras e meias-luzes; enormes colunas sustentavam seu alto teto. Mas aqui e ali claros raios de sol caíam em feixes reluzentes das janelas orientais, bem do alto, debaixo dos largos beirais. Através do lanternim no teto, acima dos tênues fiapos de fumaça que subia, o céu aparecia pálido e azul. À medida que seus olhos se adaptavam, os viajantes percebiam que o chão estava calçado de pedras de muitos tons; runas ramificadas e estranhos emblemas entrelaçavam-se sob seus pés. Viam agora que as colunas eram ricamente entalhadas, reluzindo vagamente com ouro e cores meio percebidas. Muitos panos tecidos estavam suspensos das paredes, e por seus amplos espaços marchavam vultos de antigas lendas, alguns apagados pelos anos, alguns obscuros na sombra. Mas sobre uma forma caía a luz do sol: um jovem em um cavalo branco. Soprava uma grande trompa, e seus cabelos amarelos voavam ao vento. A cabeça do cavalo estava erguida, e as narinas eram largas e rubras em seu relincho, farejando a batalha ao longe. Água espumante, verde e branca, fluía e ondulava em torno de seus joelhos.

"Contemplai Eorl, o Jovem!", disse Aragorn. "Assim ele cavalgou vindo do Norte para a Batalha do Campo de Celebrant."

Agora os quatro companheiros avançaram, passando junto ao luminoso fogo de lenha que queimava na longa lareira no meio do salão. Então detiveram-se. No extremo oposto da casa, além da lareira e dando para o norte, na direção das portas, havia um tablado com três degraus; e no meio do tablado havia uma grande cadeira dourada. Nela estava sentado um homem tão encurvado pela idade que quase parecia ser um anão; mas seus cabelos brancos eram longos e espessos, e caíam em grandes tranças de baixo de um fino diadema dourado posto em sua fronte. No centro, em sua testa, reluzia um único diamante branco. Sua barba deitava-se como neve em seus joelhos; mas os olhos ainda ardiam com uma luz intensa, relampejando ao olhar para os estranhos. Atrás de sua cadeira estava em pé uma mulher trajando branco. A seus pés, nos degraus, estava sentado um encarquilhado vulto de homem, de rosto pálido e sábio, e olhos de pálpebras pesadas.

Fez-se silêncio. O ancião não se mexeu em sua cadeira. Por fim Gandalf falou. "Salve, Théoden, filho de Thengel! Eu voltei. Pois vê! a tempestade vem, e agora todos os amigos deveriam se reunir para que não seja destruído cada um por si."

Devagar o ancião se pôs de pé, apoiando-se pesadamente num curto cajado negro com cabo de osso branco; e então os estrangeiros viram que, apesar de curvado, ele ainda era de grande estatura, e na juventude deveria ter sido deveras alto a orgulhoso.

"Saúdo-te," disse ele, "e quem sabe busques boas-vindas. Mas, verdade seja dita, é duvidosa tua acolhida aqui, Mestre Gandalf. Sempre foste arauto do pesar. Os infortúnios te seguem como corvos, e sempre tanto piores quanto são frequentes. Não te enganarei: quando ouvi que Scadufax retornara sem cavaleiro, regozijei-me com a volta do cavalo, porém mais ainda com a falta do cavaleiro; e, quando Éomer trouxe novas de que finalmente tinhas partido para teu lar definitivo, não lamentei. Mas notícias de longe raramente são verdade. Outra vez vens aqui! E contigo vêm males piores que antes, como era de se esperar. Por que eu te daria boas-vindas, Gandalf Corvo-da-Tempestade? Dize-me isso." Lentamente, sentou-se de novo em sua cadeira.

"Falais com justiça, senhor", respondeu o homem pálido sentado nos degraus do tablado. "Ainda não faz cinco dias que vieram as amargas novas de que vosso filho Théodred foi morto nas Marcas Ocidentais: vosso braço direito, o Segundo Marechal da Marca. Em Éomer pouco há que confiar. Poucos homens restariam para guardar tuas muralhas se lhe fosse permitido governar. E mesmo agora sabemos por Gondor que o Senhor Sombrio se agita no Leste. Tal é a hora em que este vagante resolve voltar. Por que, deveras, haveríamos de vos dar boas-vindas, Mestre Corvo-da-Tempestade? *Láthspell* eu te chamo, Más-notícias; e más notícias são maus hóspedes, dizem." Riu de modo soturno, erguendo as pálpebras pesadas por um momento, fitando os estrangeiros com olhos escuros.

"És tido por sábio, meu amigo Língua-de-Cobra, e sem dúvida és grande apoio para teu mestre", respondeu Gandalf com voz suave. "Porém um homem pode trazer más novas de duas maneiras. Pode ser autor do mal; ou pode ser alguém que deixa estar e só vem para trazer auxílio em tempos de necessidade."

"Assim é", assentiu Língua-de-Cobra; "mas há uma terceira espécie: descarnadores de ossos, intrometidos nos pesares de outros homens, aves de carniça que engordam com a guerra. Que auxílio já nos trouxeste, Corvo-da-Tempestade? E que auxílio trazes agora? Foi nosso auxílio que buscaste da última vez em que aqui estiveste. Então meu senhor te deixou escolher qualquer cavalo que quisesses e que fosses embora; e para espanto de todos levaste Scadufax em tua insolência. Meu senhor muito se entristeceu; porém a alguns pareceu que para te fazer partir às pressas desta terra o preço não era demasiado alto. Imagino que há de se revelar a mesma coisa outra vez: buscarás auxílio em vez de prestá-lo. Trazes homens? Trazes cavalos, espadas, lanças? Isso eu chamaria de auxílio; essa é nossa necessidade presente. Mas quem são estes que seguem atrás de teu rabo? Três viandantes esfarrapados de cinza, e tu mesmo o mais mendigo de todos!"

"A cortesia de teu paço minguou um tanto ultimamente, Théoden, filho de Thengel", disse Gandalf. "O mensageiro de teu portão não relatou os nomes de meus companheiros? Raramente um senhor de Rohan recebeu três hóspedes assim. Deitaram armas às tuas portas que valem muitos homens mortais, mesmo os mais poderosos. Cinzento é seu traje porque os Elfos os vestiram, e assim passaram através da sombra de grandes perigos até teu paço."

"Então é verdade, como relatou Éomer, que estás aliado à Feiticeira da Floresta Dourada?", indagou Língua-de-Cobra. "Não admira: teias de engano sempre foram tecidas em Dwimordene."

Gimli adiantou-se de um passo, mas sentiu de súbito a mão de Gandalf, que o segurava pelo ombro, e parou, rígido como pedra.

A Dwimordene, a Lórien
Bem poucos Homens ali vêm.
Poucos mortais já viram a luz
Que lá está a olhos nus.
Galadriel! Galadriel!
Tua fonte é clara e sem véu;
Branca é a estrela em tua mão alva;
Do bosque a terra é pura e salva
Em Dwimordene, em Lórien,
Mais bela que juízo que Homens têm.[B]

Assim Gandalf cantou baixinho, e então transformou-se de súbito. Lançando longe a capa esfarrapada, ergueu-se e não se apoiou mais no cajado; e falou em voz nítida e fria.

"Os sábios só falam do que conhecem, Gríma, filho de Gálmód. Tornaste-te um verme insensato. Portanto silencia e mantém tua língua furcada atrás dos dentes. Não passei por fogo e morte para trocar palavras desonestas com um serviçal até cair o raio."

Ergueu o cajado. Ouviu-se um ribombo de trovão. A luz do sol eclipsou-se nas janelas orientais; todo o paço tornou-se de repente escuro como a noite. O fogo minguou a brasas tristonhas. Só Gandalf podia ser visto, de pé, branco e alto diante da lareira enegrecida.

Na escuridão ouviram o chiado da voz de Língua-de-Cobra: "Não vos aconselhei, senhor, a lhe proibir o cajado? Aquele tolo Háma nos traiu!" Houve um lampejo, como se um raio tivesse fendido o telhado. Então tudo ficou em silêncio. Língua-de--Cobra estava estatelado de rosto no chão.

"Agora, Théoden, filho de Thengel, escutar-me-ás?", disse Gandalf. "Pedes ajuda?" Ergueu o cajado e apontou para uma janela alta. Ali a escuridão pareceu ceder, e pela abertura podia--se ver, alta e longínqua, uma mancha de céu reluzente. "Nem tudo está escuro. Toma coragem, Senhor da Marca; pois ajuda melhor não encontrarás. Não tenho conselho para dar aos que se desesperam. Porém conselhos eu poderia dar, e palavras eu te poderia dizer. Vais escutá-las? Não são para todos os ouvidos.

Peço-te que saias diante de tuas portas e olhes em torno. Demasiado tempo estiveste sentado nas sombras, confiando em histórias torcidas e sugestões desonestas."

Lentamente Théoden ergueu-se da cadeira. Uma luz fraca voltou a iluminar o salão. A mulher apressou-se a ficar ao lado do rei, tomando-o pelo braço, e com passos hesitantes o ancião desceu do tablado e caminhou com cautela pelo salão. Língua-de-Cobra ficou deitado no chão. Chegaram às portas, e Gandalf bateu.

"Abri!", exclamou. "O Senhor da Marca está saindo!"

As portas se afastaram rolando, e entrou assobiando um ar penetrante. Soprava um vento na colina.

"Manda teus guardas descerem ao pé da escada", disse Gandalf. "E tu, senhora, deixa-o comigo por um momento. Cuidarei dele."

"Vai, Éowyn, filha de minha irmã!", disse o velho rei. "O tempo do medo passou."

A mulher deu a volta e devagar adentrou mais na casa. Ao passar pelas portas, virou-se e olhou para trás. Grave e pensativo era seu olhar, contemplando o rei com fria compaixão nos olhos. Era muito belo o seu rosto, e seus cabelos longos eram como um rio de ouro. Era esbelta e alta em sua túnica branca cingida de prata; mas parecia forte e severa como o aço, uma filha de reis. Assim Aragorn, pela primeira vez à plena luz do dia, contemplou Éowyn, Senhora de Rohan, e a julgou bela, bela e fria, como uma manhã de pálida primavera que ainda não alcançou a idade de mulher. E agora ela subitamente se deu conta dele: alto herdeiro de reis, sábio de muitos invernos, de manto cinzento, ocultando um poder que ela não obstante sentia. Por um momento ela se manteve imóvel como pedra, depois virou-se depressa e se foi.

"Agora, senhor," disse Gandalf, "contempla tua terra! Respira outra vez o ar livre!"

Do pórtico no topo do alto terraço podiam ver, além do riacho, os campos verdes de Rohan que se desfaziam num cinza distante. Cortinas de chuva soprada pelo vento desciam inclinadas. O céu, acima e no oeste, ainda estava escuro com os trovões, e relâmpagos reluziam ao longe entre os cumes de colinas escondidas. Mas o vento mudara para o norte, e a tempestade que viera do Leste já recuava, rolando rumo ao sul, para o mar. De repente, através de uma fresta nas nuvens atrás deles, trespassou um raio de sol. O chuvisco que caía reluziu como prata, e ao longe o rio rebrilhou como vidro luzidio.

"Não está tão escuro aqui", disse Théoden.

"Não", respondeu Gandalf. "Nem a idade pesa tanto em teus ombros como alguns queriam que pensasses. Lança fora teu apoio!"

Da mão do rei o cajado negro caiu nas pedras com fragor. Ele se levantou, devagar, como quem está enrijecido de tanto se curvar em labuta tediosa. Erguia-se agora alto e ereto, e eram azuis seus olhos que miravam o céu que se abria.

"Foram escuros meus sonhos recentes," disse ele, "mas sinto-me como alguém recém-desperto. Agora queria que tivesses vindo antes, Gandalf. Pois receio que já tenhas vindo tarde demais, só para veres os últimos dias de minha casa. Agora não se manterá mais por muito tempo o alto paço que Brego, filho de Eorl, construiu. O fogo há de devorar o alto assento. O que se há de fazer?"

"Muito", comentou Gandalf. "Mas primeiro manda buscar Éomer. Não é verdade o que imagino, que o manténs prisioneiro por conselho de Gríma, desse a quem todos, exceto tu, chamam Língua-de-Cobra?"

"É verdade", assentiu Théoden. "Ele se rebelou contra meus comandos e ameaçou Gríma de morte em meu paço."

"Um homem pode amar-te e ainda assim não amar Língua-de-Cobra nem seus conselhos", disse Gandalf.

"Isso pode ser. Farei o que pedes. Chamai-me Háma. Já que demonstrou ser indigno de confiança como guarda-da-porta, ele que se torne mensageiro. O culpado há de trazer o culpado ao julgamento", afirmou Théoden, e sua voz era severa, e no entanto olhou para Gandalf e sorriu, e, quando o fez, muitas rugas de preocupação se alisaram e não voltaram.

Quando Háma fora convocado e havia partido, Gandalf levou Théoden a um assento de pedra e sentou-se ele próprio diante do rei, no degrau mais alto. Aragorn e seus companheiros estavam por perto.

"Não há tempo de contar tudo o que deverias ouvir", disse Gandalf. "Porém, se minha esperança não se engana, não demorará a vir um tempo em que poderei falar mais amplamente. Contempla! chegaste a um perigo maior do que a própria astúcia de Língua-de-Cobra poderia tecer em teus sonhos. Mas vê! não estás mais sonhando. Tu vives. Gondor e Rohan não estão sós. O inimigo é forte além do que podemos calcular, porém temos uma esperança que ele não adivinhou."

Gandalf então falou rapidamente. Sua voz era baixa e secreta, e ninguém, senão o rei, ouviu o que disse. Mas, à medida que falava, a luz brilhava mais clara no olho de Théoden, e por fim ele se ergueu do assento, à plena estatura, e Gandalf ao seu lado, e juntos olharam do lugar elevado para o Leste.

"Deveras," disse Gandalf, já em voz alta, incisiva e clara, "naquela direção está nossa esperança, ali onde se assenta nosso maior temor. A sina ainda pende por um fio. Porém ainda há esperança, contanto que nos mantenhamos invictos por um breve tempo."

Agora os demais também voltaram os olhos para o leste. Por sobre as léguas divisórias de terra, fitaram muito longe até o limite da visão, e a esperança e o temor levaram seus pensamentos ainda mais longe, além de montanhas escuras até a Terra da Sombra. Onde estava agora o Portador-do-Anel? Quão delgado, de fato, era o fio em que ainda pendia a sina! Parecia a Legolas, esforçando os olhos que enxergavam longe, captar um lampejo de branco: muito distante, quem sabe, a sol reluzia em um pináculo da Torre de Guarda. E ainda mais além, infinitamente remota e ainda assim ameaça presente, havia uma minúscula língua de fogo.

Lentamente Théoden voltou a se sentar, como se a exaustão ainda lutasse para dominá-lo contra a vontade de Gandalf. Virou-se e olhou sua grande casa. "Ai de mim!", disse ele. "Que estes dias malignos tenham que ser meus e venham em minha velhice no lugar daquela paz que mereci. Ai de Boromir, o bravo! Os jovens perecem e os velhos subsistem, murchando." Segurou os joelhos com as mãos enrugadas.

"Teus dedos recordariam melhor a antiga força se segurassem um punho de espada", disse Gandalf.

Théoden levantou-se e pôs a mão do lado; mas não pendia espada em seu cinto. "Onde Gríma a depositou?", murmurou a meia voz.

"Tomai esta, caro senhor!", respondeu uma voz nítida. "Esteve sempre a teu serviço." Dois homens haviam subido a escada em silêncio e estavam agora a poucos passos do topo. Éomer estava ali. Não tinha elmo na cabeça, nem cota de malha no peito, mas segurava na mão uma espada nua; e ajoelhado ofereceu o punho ao seu mestre.

"Como é isto?", disse Théoden com severidade. Virou-se para Éomer, e os homens o olharam admirados, agora de pé, altivo e ereto. Onde estava o ancião que haviam deixado acocorado na cadeira ou apoiado na bengala?

"É obra minha, senhor", disse Háma, trêmulo. "Entendi que Éomer devia ser libertado. Havia tanta alegria em meu coração que talvez eu tenha errado. No entanto, já que ele estava livre outra vez, e sendo ele Marechal da Marca, eu lhe trouxe a espada como me pediu."

"Para pô-la a vossos pés, senhor", disse Éomer.

Por um momento de silêncio, Théoden ficou de olhos baixos, olhando Éomer que ainda estava de joelhos diante dele. Nenhum deles se moveu.

"Não tomarás a espada?", indagou Gandalf.

Devagar, Théoden estendeu a mão. Quando seus dedos tomaram o punho, pareceu aos que observavam que a firmeza e a força retornavam a seu braço magro. De súbito ergueu a lâmina e a brandiu rebrilhando e assobiando no ar. Então deu um grande grito. Sua voz soou nítida, recitando na língua de Rohan um chamado às armas.

À carga, à carga, Cavaleiros de Théoden!
Feros despertam feitos, confuso é o leste.
Selas nos cavalos, ao som das cornetas!
Avante, Eorlingas![C]

Os guardas, crendo que estavam sendo convocados, subiram a escada aos saltos. Olharam admirados para seu senhor, e depois, como um só homem, sacaram as espadas e as depuseram aos seus pés. "Comandai-nos!", disseram.

"*Westu Théoden hál!*", exclamou Éomer. "É uma alegria para nós ver-vos de volta como éreis. Nunca mais há de ser dito, Gandalf, que só vens com pesar!"

"Toma de volta tua espada, Éomer, filho de minha irmã!", disse o rei. "Vai, Háma, e busca a minha espada! Gríma a tem em sua custódia. Traze-me também ele. Agora, Gandalf, disseste que tens um conselho a dar, se eu o ouvisse. Qual é teu conselho?"

"Tu mesmo já o recebeste", respondeu Gandalf. "Depositares tua confiança em Éomer e não em um homem de mente distorcida. Lançares fora o desapontamento e o medo. Fazeres o feito que está à mão. Cada homem capaz de cavalgar deve ser enviado de imediato rumo ao oeste, como Éomer te aconselhou: precisamos primeiro destruir a ameaça de Saruman enquanto temos tempo. Se falharmos, fracassamos. Se tivermos êxito — então enfrentaremos a próxima tarefa. Enquanto isso, teu povo que resta, as mulheres e as crianças e os velhos, devem escapar para os refúgios que tendes nas montanhas. Eles não foram preparados pensando justamente em um mau dia como este? Que levem provisões, mas não se demorem, nem se carreguem com tesouros, nem grandes nem pequenos. São suas vidas que estão em jogo."

"Agora este conselho me parece bom", disse Théoden. "Que todo o meu povo se apreste! Mas vós, meus hóspedes... disseste em verdade, Gandalf, que a cortesia de meu paço minguou. Cavalgastes a noite toda, e a manhã está passando. Não dormistes nem comestes. Uma casa de hóspedes há de ser preparada: ali haveis de dormir quando tiverdes comido."

"Não, senhor", respondeu Aragorn. "Ainda não há descanso para os exaustos. Os homens de Rohan devem partir hoje, e nós cavalgaremos com eles, machado, espada e arco. Não os trouxemos para descansarem junto ao teu muro, Senhor da Marca. E prometi a Éomer que minha espada e a dele seriam sacadas ao mesmo tempo."

"Agora há de fato esperança de vitória!", exclamou Éomer.

"Esperança sim", disse Gandalf. "Mas Isengard é forte. E outros perigos aproximam-se cada vez mais. Não tardes,

Théoden, quando tivermos partido. Conduz teu povo depressa ao Forte do Fano-da-Colina, nos morros!"

"Não, Gandalf!", disse o rei. "Não conheces tua própria perícia de cura. Não há de ser assim. Eu mesmo irei à guerra, para tombar na frente de batalha se preciso for. Assim hei de dormir melhor."

"Então mesmo a derrota de Rohan será gloriosa nas canções", afirmou Aragorn. Os homens armados ali perto bateram as armas com estrépito, exclamando: "O Senhor da Marca cavalgará! Avante, Eorlingas!"

"Mas teu povo não pode ficar a um tempo desarmado e sem alguém que o conduza", disse Gandalf. "Quem há de guiá-lo e governá-lo em teu lugar?"

"Pensarei nisso antes de partir", respondeu Théoden. "Aqui vem meu conselheiro."

Nesse momento Háma voltou do paço. Atrás dele, encolhido entre dois outros homens, vinha Gríma, o Língua-de-Cobra. Seu rosto estava muito branco. Seus olhos piscavam à luz do sol. Háma ajoelhou-se e apresentou a Théoden uma espada comprida em bainha de fivela de ouro e engastada com gemas verdes.

"Aqui, senhor, está Herugrim, vossa antiga lâmina", disse ele. "Foi encontrada em sua arca. Ele relutou em entregar as chaves. Há ali muitos outros objetos de que os homens deram falta."

"Mentes", disse Língua-de-Cobra. "E esta espada teu próprio mestre me deu em custódia."

"E agora ele te a exige de volta", disse Théoden. "Isso te desagrada?"

"Certamente não, senhor", disse Língua-de-Cobra. "Cuido de vós e dos vossos do melhor modo que consigo. Mas não vos canseis, nem abusai demasiado de vossa força. Outros que lidem com estes hóspedes maçantes. Vossa refeição está prestes a ser posta na mesa. Não quereis ir até ela?"

"Irei", respondeu Théoden. "E que a comida de meus hóspedes seja posta na mesa ao meu lado. A hoste cavalga hoje. Despachai os arautos! Que convoquem a todos os que habitam por perto! Todos os homens e rapazes fortes, capazes de portar armas, todos os que têm cavalos, que estejam prontos na sela diante do portão antes da segunda hora a contar do meio-dia!"

"Caro senhor!", exclamou Língua-de-Cobra. "É como eu temia. Este mago vos enfeitiçou. Não restará ninguém para defender o Paço Dourado de vossos pais e todo o vosso tesouro? Ninguém para guardar o Senhor da Marca?"

"Se isto é feitiçaria," disse Théoden, "parece-me mais saudável que teus cochichos. Não faltava muito para tua curandice me pôr andando de quatro como um animal. Não, ninguém há de restar, nem mesmo Gríma. Gríma há de cavalgar também. Vai! Ainda tens tempo de limpar a ferrugem de tua espada."

"Mercê, senhor!", choramingou Língua-de-Cobra, rastejando no chão. "Tende piedade de quem se esfalfou em vosso serviço. Não me afasteis de vosso lado! Eu, pelo menos, me manterei junto a vós quando todos os demais tiverem partido. Não mandeis embora vosso fiel Gríma!"

"Tens minha piedade", disse Théoden. "E não te afasto de meu lado. Eu mesmo vou à guerra com meus homens. Peço-te que venhas comigo e proves tua fidelidade."

Língua-de-Cobra olhou de rosto em rosto. Em seus olhos havia o olhar perseguido de um animal que busca alguma lacuna no círculo de seus inimigos. Lambeu os lábios com uma língua comprida e pálida. "Uma tal resolução pode ser esperada de um senhor da Casa de Eorl, por velho que seja", comentou ele. "Mas os que deveras o amam poupariam seus anos de declínio. Porém vejo que vim tarde demais. Outros, que talvez pranteassem menos a morte de meu senhor, já o persuadiram. Se não posso desfazer a obra deles, ouvi-me nisto pelo menos, senhor! Alguém que conheça vossa mente e honre vossos comandos deveria ser deixado em Edoras. Nomeai um regente fiel. Que vosso conselheiro Gríma mantenha tudo até vosso retorno — e desejo que possamos vê-lo, apesar de nenhum sábio julgar que seja esperado."

Éomer riu. "E se essa súplica não te livrar da guerra, mui nobre Língua-de-Cobra," disse ele, "que ofício de menor honra aceitarias? Carregar um saco de farinha montanha acima — se algum homem te o confiar?"

"Não, Éomer, não compreendes em sua totalidade a mente do Mestre Língua-de-Cobra", disse Gandalf, voltando para ele o olhar penetrante. "Ele é ousado e sagaz. Mesmo agora disputa um jogo com o perigo e ganha um lance. Já desperdiçou horas de meu precioso tempo. Desce, serpente!", disse ele de súbito com voz terrível. "Desce de rastos! Quanto tempo faz que Saruman te comprou? Qual foi o preço prometido? Quando todos os homens estivessem mortos, poderias escolher teu quinhão do tesouro e tomar a mulher que desejas? Demasiado tempo a vens observando por baixo das pálpebras e assombrando seus passos."

Éomer agarrou a espada. "Isso eu já sabia", murmurou. "Por esse motivo eu o teria abatido antes, esquecendo a lei do paço. Mas há outros motivos." Avançou um passo, mas Gandalf o deteve com a mão.

"Agora Éowyn está a salvo", disse ele. "Mas tu, Língua-de--Cobra, tu fizeste o que podias para teu verdadeiro mestre. Alguma recompensa, pelo menos, tu mereceste. Porém Saruman pode muito bem desprezar suas pechinchas. Eu te aconselharia a partir depressa e lembrá-lo, para que não se esqueça de teu serviço fiel."

"Mentes", retrucou Língua-de-Cobra.

"Essa palavra vem demasiado amiúde e fácil de teus lábios", disse Gandalf. "Não minto. Vê, Théoden, eis uma serpente! Com segurança não a podes levar contigo, nem podes deixá-la para trás. Matá-la seria justo. Mas ela nem sempre foi como é agora. Outrora foi um homem e vos prestou serviço à sua maneira. Dá-lhe um cavalo e deixa-o partir de imediato, aonde escolher. Pela sua escolha tu hás de julgá-lo."

"Ouves isso, Língua-de-Cobra?", disse Théoden. "Esta é tua escolha: cavalgar à guerra comigo, e deixar-nos ver na batalha se és fiel; ou partir agora, aonde quiseres. Mas então, se alguma vez nos reencontrarmos, não hei de ser misericordioso."

Lentamente Língua-de-Cobra ergueu-se. Olhou-os com olhos semicerrados. Por último esquadrinhou o rosto de Théoden e abriu a boca como quem vai falar. Então levantou-se de súbito. Suas mãos se mexiam. Seus olhos rebrilhavam. Havia tanta malevolência neles que os homens recuaram diante dele.

Arreganhou os dentes; e depois, com um sopro chiante, cuspiu diante dos pés do rei e, pulando para um lado, fugiu escada abaixo.

"Atrás dele!", disse Théoden. "Cuidai para que não machuque ninguém, mas não o firais nem impeçais. Dai-lhe um cavalo se ele assim desejar."

"E se algum o carregar", disse Éomer.

Um dos guardas correu escada abaixo. Outro foi até o poço ao pé do terraço e tirou água usando seu elmo. Com ela, lavou as pedras que Língua-de-Cobra conspurcara.

"Agora, meus hóspedes, vinde!", disse Théoden. "Vinde e tomai o refrigério que a pressa permite."

Voltaram a entrar na grande casa. Já ouviam na cidade, lá embaixo, os arautos gritando e as trompas de guerra soando. Pois o rei ia partir a cavalo assim que os homens da cidade e os que habitavam nas redondezas pudessem ser armados e reunidos.

À mesa do rei sentaram-se Éomer e os quatro hóspedes, e também ali, servindo o rei, estava a senhora Éowyn. Comeram e beberam depressa. Os demais permaneceram em silêncio, enquanto Théoden interrogava Gandalf acerca de Saruman.

"Desde quando vem sua traição, quem pode adivinhar?", comentou Gandalf. "Não foi sempre mau. Outrora não duvido de que fosse amigo de Rohan; e mesmo quando seu coração esfriou, ele ainda te achava útil. Mas agora faz muito tempo que trama tua ruína, usando a máscara da amizade, até estar pronto. Nesses anos a tarefa de Língua-de-Cobra foi fácil, e tudo o que fazias era conhecido depressa em Isengard; pois tua terra era aberta, e os estrangeiros vinham e iam. E o sussurro de Língua-de-Cobra estava sempre em teus ouvidos, envenenando teu pensamento, gelando teu coração, enfraquecendo teus membros, enquanto outros assistiam e nada podiam fazer, pois tua vontade estava em poder dele.

"Mas quando escapei e te alertei, a máscara foi rasgada para quem quisesse ver. Depois disso Língua-de-Cobra jogou com o perigo, sempre procurando atrasar-te, evitar que se reunisse toda a tua força. Era ardiloso; embotando a cautela dos homens ou trabalhando com seus temores, conforme servisse à ocasião.

Não te lembras de quão ansiosamente insistiu em que nenhum homem fosse poupado em uma caçada infrutífera rumo ao norte, quando o perigo imediato estava a oeste? Persuadiu-te a proibir que Éomer perseguisse os Orques atacantes. Se Éomer não tivesse desafiado a voz de Língua-de-Cobra que falava por tua boca, aqueles Orques teriam alcançado Isengard a esta altura, trazendo uma grande presa. Não, de fato, a presa que Saruman deseja mais do que tudo, mas pelo menos dois membros de minha Comitiva que compartilham uma esperança secreta, da qual nem a ti, senhor, ainda posso falar abertamente. Ousas pensar o que eles poderiam estar sofrendo agora, ou o que Saruman já poderia ter sabido para nossa destruição?"

"Devo muito a Éomer", respondeu Théoden. "O coração fiel pode ter língua rebelde."

"Dize também", disse Gandalf, "que aos olhos embotados a verdade pode ter face distorcida."

"Deveras meus olhos estavam quase cegos", afirmou Théoden. "A maior parte devo a ti, meu hóspede. Mais uma vez chegaste a tempo. Queria dar-te um presente antes que partamos, o que tu escolheres. Só precisas mencionar qualquer coisa que seja minha. Agora só reservo minha espada!"

"Se cheguei a tempo ou não ainda está por ser visto", disse Gandalf. "Mas quanto a teu presente, senhor, escolherei um que se ajuste à minha necessidade: veloz e certeiro. Dá-me Scadufax! Antes ele só foi emprestado, se pudermos chamar aquilo de empréstimo. Mas agora hei de montá-lo em grande risco, pondo o prateado contra o negro: não quero arriscar nada que não seja meu. E já há um laço de amor entre nós."

"Escolhes bem", disse Théoden; "e agora dou-o de bom grado. Porém é um grande presente. Não há nenhum semelhante a Scadufax. Nele retornou uma das poderosas montarias de outrora. Nenhum igual há de voltar outra vez. E a vós, meus outros hóspedes, oferecerei objetos que possam ser encontrados em minha armaria. De espadas não tendes necessidade, mas há elmos e cotas de malha com trabalho habilidoso, presentes de Gondor a meus pais. Escolhei dentre esses antes que partamos, e que bem vos sirvam!"

Vieram então homens trazendo indumentárias de guerra do depósito do rei e vestiram Aragorn e Legolas em reluzentes cotas de malha. Também escolheram elmos e escudos redondos: suas bossas eram recobertas de ouro e engastadas com gemas verdes, vermelhas e brancas. Gandalf não levou armadura; e Gimli não precisava de cota de anéis, mesmo que se encontrasse alguma adequada à sua estatura, pois não havia malha nos depósitos de Edoras de melhor feitura que seu corselete curto, forjado sob a Montanha no Norte. Mas escolheu um capacete de ferro e couro que se ajustava bem à sua cabeça redonda; e também levou um pequeno escudo. Este trazia o cavalo correndo, branco sobre fundo verde, que era o emblema da Casa de Eorl.

"Que te proteja bem!", disse Théoden. "Foi feito para mim nos dias de Thengel, quando eu ainda era menino."

Gimli inclinou-se. "Estou orgulhoso, Senhor da Marca, de portar vosso emblema", disse ele. "Na verdade, prefiro levar um cavalo que ser levado por um. Gosto mais de meus pés. Mas quem sabe eu ainda chegue aonde possa estar de pé e lutar."

"Pode muito bem ser assim", disse Théoden.

O rei ergueu-se então, e de imediato Éowyn se adiantou trazendo vinho. "*Ferthu Théoden hál!*", exclamou ela. "Recebe agora esta taça e bebe em hora feliz. A saúde esteja contigo em tua chegada e partida!"

Théoden bebeu da taça, e depois ela a ofereceu aos hóspedes. Parada diante de Aragorn, fez uma súbita pausa e olhou para ele, e os olhos dela reluziam. E ele baixou os olhos para ver seu belo rosto e sorriu; mas ao tomar a taça, a mão dele se encontrou com a dela, e ele soube que ela estremeceu ao toque. "Salve, Aragorn, filho de Arathorn!", disse ela. "Salve, Senhora de Rohan!", respondeu ele, mas agora seu rosto estava perturbado, e ele não sorria.

Quando todos tinham bebido, o rei atravessou o salão até as portas. Ali os guardas o esperavam e estavam postados arautos, e estavam reunidos juntos todos os senhores e chefes que restavam em Edoras ou moravam nas redondezas.

"Vede! vou partir, e parece provável que seja minha última cavalgada", informou Théoden. "Não tenho filhos. Théodred, meu filho, foi morto. Nomeio Éomer, filho de minha irmã, como herdeiro. Se nenhum de nós retornar, escolhei um novo senhor como quiserdes. Mas a alguém preciso agora confiar meu povo que deixo para trás, que os governe em meu lugar. Qual de vós ficará?"

Ninguém falou.

"Não há ninguém que nomeeis? Em quem meu povo confia?"

"Na Casa de Eorl", respondeu Háma.

"Mas de Éomer não posso prescindir, nem ele ficará," disse o rei; "e ele é o último dessa Casa."

"Eu não disse Éomer", respondeu Háma. "E ele não é o último. Há Éowyn, filha de Éomund, sua irmã. É destemida e corajosa. Todos a amam. Que seja como um senhor para os Eorlingas enquanto estivermos longe."

"Assim há de ser", assentiu Théoden. "Que os arautos anunciem ao povo que a Senhora Éowyn os liderará!"

Então o rei ocupou um assento diante de suas portas, e Éowyn ajoelhou-se diante dele e recebeu uma espada e um belo corselete. "Adeus, filha de minha irmã!", disse ele. "Escura é a hora, porém quem sabe retornemos ao Paço Dourado. Mas no Fano-da-Colina o povo poderá defender-se por longo tempo, e, se a batalha tiver mau desfecho, irão para ali todos os que escaparem."

"Não fales assim!", respondeu ela. "Resistirei um ano para cada dia que se passar até tua volta." Mas ao falar seus olhos se dirigiram para Aragorn, em pé ali perto.

"O rei há de voltar outra vez", comentou ele. "Não temas! Não no Oeste, e sim no Leste nossa sina nos aguarda."

O rei então desceu a escada com Gandalf a seu lado. Os outros seguiram-nos. Aragorn olhou para trás quando se dirigiam ao portão. Éowyn, sozinha, estava diante das portas da casa, no topo da escada; a espada estava posta em pé à sua frente, e suas mãos repousavam no punho. Estava agora vestida de cota de malha e brilhava como prata ao sol.

Gimli caminhava com Legolas, machado ao ombro. "Bem, finalmente partimos!", disse ele. "Os Homens precisam de muitas palavras antes dos feitos. Meu machado está impaciente em minhas mãos. Porém não duvido de que estes Rohirrim tenham mãos cruéis quando sua hora chegar. Ainda assim, este não é o conflito que me agrada. Como hei de chegar à batalha? Gostaria de poder andar, não ficar aos solavancos como um saco no arção da sela de Gandalf."

"Um assento mais seguro que tantos outros, imagino", respondeu Legolas. "Porém sem dúvida Gandalf ficará contente de te pôr em pé no chão quando os golpes começarem; ou o próprio Scadufax. O machado não é arma para um cavaleiro."

"E um Anão não é ginete. São pescoços de Orques que quero golpear, não rapar os escalpos dos Homens", disse Gimli, dando tapinhas no cabo do machado.

No portão encontraram grande hoste de homens, velhos e jovens, todos prontos na sela. Mais de mil estavam reunidos ali. Suas lanças eram como um bosque nascente. Gritaram em voz alta e alegre quando Théoden se adiantou. Alguns seguravam em prontidão o cavalo de Théoden, Snawmana, e outros seguravam os cavalos de Aragorn e Legolas. Gimli estava pouco à vontade, carrancudo, mas Éomer veio até ele conduzindo seu cavalo.

"Salve, Gimli, filho de Glóin!", exclamou ele. "Não tive tempo de aprender fala gentil sob teu bastão, como prometeste. Mas não podemos pôr nossa contenda de lado? Pelo menos não falarei mais mal da Senhora da Floresta."

"Esquecerei minha ira por um momento, Éomer, filho de Éomund", disse Gimli; "mas, se algum dia tiveres a oportunidade de ver com teus olhos a Senhora Galadriel, então hás de reconhecer que é a mais bela das senhoras, ou então terminará nossa amizade."

"Assim seja!", disse Éomer. "Mas até esse dia perdoa-me, e em sinal de perdão cavalga comigo, eu peço. Gandalf estará à frente com o Senhor da Marca; mas Pé-de-Fogo, meu cavalo, nos levará a ambos, se quiseres."

"Agradeço-te deveras", disse Gimli, muito contente. "Irei contigo de bom grado, se meu camarada Legolas puder cavalgar ao nosso lado."

"Assim há de ser", assentiu Éomer. "Legolas à minha esquerda, e Aragorn à minha direita, e ninguém ousará postar-se diante de nós!"

"Onde está Scadufax?", indagou Gandalf.

"Correndo solto no gramado", responderam. "Ele não deixa nenhum homem manejá-lo. Ali vai ele, lá longe perto do vau, como uma sombra entre os salgueiros."

Gandalf assobiou e chamou em voz alta o nome do cavalo, e na distância ele balançou a cabeça e relinchou, e, virando-se, correu na direção da hoste como uma flecha.

"Se o hálito do Vento Oeste assumisse corpo visível, apareceria bem assim", disse Éomer quando o grande cavalo veio em carreira até se pôr diante do mago.

"O presente já parece dado", disse Théoden. "Mas ouvi todos! Aqui e agora nomeio meu hóspede, Gandalf Capa-Cinzenta, mais sábio dos conselheiros, mais bem-vindo dos caminhantes, como um senhor da Marca, um chefe dos Eorlingas enquanto durar nossa gente; e dou a ele Scadufax, príncipe dos cavalos."

"Agradeço-te, Théoden Rei", respondeu Gandalf. Então de súbito lançou para trás a capa cinzenta, e jogou de lado o chapéu, e saltou para o lombo do cavalo. Não usava elmo nem cota de malha. Seus cabelos nevados voavam livres ao vento, sua túnica branca brilhava ofuscante ao sol.

"Contemplai o Cavaleiro Branco!", exclamou Aragorn, e todos repetiram as palavras.

"Nosso Rei e o Cavaleiro Branco!", gritaram. "Avante, Eorlingas!"

As trombetas soaram. Os cavalos empinaram-se e relincharam. Lanças bateram contra os escudos. Então o rei ergueu a mão, e com um ímpeto semelhante à súbita irrupção de um grande vento, a última hoste de Rohan cavalgou trovejante rumo ao Oeste.

Ao longe, por sobre a planície, Éowyn viu, em pé, imóvel, sozinha, o rebrilhar de muitas lanças diante das portas da casa silenciosa.

7

O Abismo de Helm

O sol já caía para o oeste quando partiram de Edoras, e sua luz estava nos olhos deles, transformando todos os campos ondulantes de Rohan em uma névoa dourada. Havia um caminho gasto, rumando para o noroeste ao longo dos sopés das Montanhas Brancas, e eles o seguiram, subindo e descendo em uma região verde, atravessando pequenos regatos velozes em muitos vaus. Muito à frente e à direita erguiam-se as Montanhas Nevoentas; tornavam-se cada vez mais escuras e altas à medida que as milhas passavam. O sol pôs-se lentamente à frente deles. O entardecer veio atrás.

A hoste seguiu cavalgando. A necessidade os impelia. Temendo chegar tarde demais, cavalgavam com toda a velocidade que podiam, raramente parando. Velozes e resistentes eram as montarias de Rohan, mas havia muitas léguas a percorrer. Eram quarenta léguas e mais, a voo de pássaro, de Edoras até os vaus do Isen, onde esperavam encontrar os homens do rei que rechaçavam as hostes de Saruman.

A noite fechou-se sobre eles. Por fim pararam para montar o acampamento. Haviam cavalgado por umas cinco horas e estavam bem longe na planície ocidental, porém mais de metade da sua viagem ainda estava diante deles. Fizeram então seu bivaque em um grande círculo, sob o céu estrelado e a lua crescente. Não acenderam fogueiras, pois estavam incertos dos acontecimentos; mas puseram um anel de guardas montados em seu redor, e batedores montados seguiram muito à frente, passando como sombras pelas dobras do terreno. A noite lenta passou sem novas nem alarme. Ao amanhecer, as trompas soaram, e uma hora depois tinham retomado a estrada.

Ainda não havia nuvens no firmamento, mas o ar levava um peso; fazia calor para aquela estação do ano. O sol nascente estava enevoado, e, atrás dele, seguindo-o lentamente céu acima, vinha uma escuridão crescente, como uma grande tempestade que chegava do Leste. E lá longe, no Noroeste, parecia haver outra escuridão incubando em torno dos pés das Montanhas Nevoentas, uma sombra que se arrastava devagar, vinda do Vale do Mago.

Gandalf atrasou-se até onde Legolas cavalgava ao lado de Éomer. "Tens os olhos aguçados de tua bela gente, Legolas", disse ele; "e eles conseguem distinguir um pardal de um tentilhão a uma légua de distância. Dize-me, podes ver algo lá longe, na direção de Isengard?"

"Muitas milhas nos separam", respondeu Legolas, olhando para aquele lado e protegendo os olhos com a mão comprida. "Posso ver uma escuridão. Há vultos movendo-se nela, grandes vultos bem longe na ribanceira do rio; mas não sei dizer o que são. Não é a névoa nem a nuvem que derrota meus olhos: há uma sombra, como um véu, que algum poder deita sobre a terra, e ela marcha lentamente rio abaixo. É como se a penumbra sob árvores infindas fluísse descendo das colinas."

"E atrás de nós vem uma verdadeira tempestade de Mordor", disse Gandalf. "Será uma noite negra."

À medida que avançava o segundo dia de cavalgada, o peso no ar aumentou. À tarde, as nuvens escuras começaram a alcançá-los: um dossel sombrio com grandes beiradas encapeladas manchadas de luz ofuscante. O sol se pôs, vermelho como sangue em uma névoa fumacenta. As lanças dos Cavaleiros tinham pontas de fogo quando os últimos raios de luz inflamaram as faces íngremes dos picos de Thrihyrne: já se erguiam muito próximos no braço mais setentrional das Montanhas Brancas, três cornos denteados fitando o pôr do sol. No último brilho vermelho, os homens da vanguarda viram um ponto negro, um cavaleiro que voltava na direção deles. Detiveram-se para esperá-lo.

Ele chegou, um homem exausto com elmo amassado e escudo partido. Lentamente apeou do cavalo e ficou um instante ali parado, ofegante. Finalmente falou. "Éomer está aqui?", perguntou ele. "Vós vindes afinal, mas tarde demais, e com pouquíssima força. As coisas têm andado mal desde que Théodred tombou. Ontem fomos rechaçados por cima do Isen com grande perda; muitos pereceram na travessia. Depois, à noite, vieram novas tropas sobre o rio contra nosso acampamento. Todo Isengard deve estar vazio; e Saruman armou os moradores selvagens das colinas e os pastores da Terra Parda além dos rios, e também incitou estes contra nós. Fomos arrasados. A muralha de escudos foi rompida. Erkenbrand de Westfolde conduziu os homens que conseguiu reunir à sua fortaleza no Abismo de Helm. Os restantes estão dispersos.

"Onde está Éomer? Dizei-lhe que não há esperança à frente. Ele precisa voltar a Edoras antes que os lobos de Isengard cheguem até lá."

Théoden havia permanecido em silêncio, escondido da visão do homem, atrás de seus guardas; agora impeliu seu cavalo para a frente. "Vamos, posta-te diante de mim, Ceorl!", disse ele. "Estou aqui. A última hoste dos Eorlingas partiu a cavalo. Ela não retornará sem batalha."

O rosto do homem iluminou-se de alegria e pasmo. Ergueu-se com esforço. Depois ajoelhou-se, oferecendo ao rei a espada denteada. "Comandai-me, senhor!", exclamou. "E perdoai-me! Pensei..."

"Pensaste que fiquei em Meduseld, curvado como uma árvore velha sob a neve do inverno. Era assim quando partiste para a guerra. Mas um vento oeste sacudiu os ramos", disse Théoden. "Dai um cavalo descansado a este homem! Cavalguemos em auxílio de Erkenbrand!"

Enquanto Théoden falava, Gandalf cavalgou um pouco à frente, e ficou ali sentado a sós, fitando o norte no rumo de Isengard e o oeste na direção do sol poente. Depois voltou.

"Cavalga, Théoden!", disse ele. "Cavalga ao Abismo de Helm! Não vás aos Vaus do Isen e não te demores na planície! Preciso deixar-te por um tempo. Scadufax agora precisa levar-me em missão veloz." Voltando-se para Aragorn e Éomer e os homens da casa do rei, exclamou: "Cuidai bem do Senhor da Marca até eu retornar. Esperai por mim no Portão de Helm! Adeus!"

Disse uma palavra a Scadufax, e o grande cavalo partiu de um salto, como flecha disparada do arco. Mesmo enquanto o olhavam ele se foi: um lampejo de prata ao pôr do sol, um vento sobre a relva, uma sombra que fugia e desaparecia de vista. Snawmana bufou e empinou-se, ávido por segui-lo; mas somente uma ave veloz poderia tê-lo alcançado em voo.

"O que isso significa?", perguntou a Háma um dos guardas.

"Que Gandalf Capa-Cinzenta tem necessidade de pressa", respondeu Háma. "Ele sempre vai e vem sem ser esperado."

"Língua-de-Cobra, se aqui estivesse, não acharia difícil explicar", comentou o outro.

"É bem verdade," assentiu Háma, "mas quanto a mim esperarei até ver Gandalf de novo."

"Quem sabe esperes muito tempo", disse o outro.

A hoste agora se desviou da estrada para os Vaus do Isen e tomou um curso rumo ao sul. Caiu a noite, e eles ainda cavalgavam. As colinas aproximaram-se, mas os altos picos de Thrihyrne já estavam indistintos diante do céu que escurecia. Ainda a algumas milhas de distância, do lado oposto do Vale de Westfolde, uma grande enseada nas montanhas, estendia-se uma grota verde de onde saía uma garganta nas colinas. Os homens daquela terra a chamavam de Abismo de Helm, lembrando o nome de um herói das antigas guerras que ali fizera seu refúgio. Ela se insinuava para dentro cada vez mais íngreme e estreita, vinda do norte sob a sombra de Thrihyrne, até os penhascos assombrados por corvos se erguerem como imensas torres de ambos os lados, eclipsando a luz.

No Portão de Helm, diante da boca do Abismo, havia um contraforte de rocha que se projetava do penhasco setentrional. Ali, sobre a crista, elevavam-se altas muralhas de pedra antiga, e no seu interior havia uma torre altiva. Os homens diziam que, nos longínquos dias da glória de Gondor, os reis-do-mar haviam construído ali aquela fortaleza com as mãos de gigantes. Era chamada de Forte-da-Trombeta, pois uma trompa tocada na torre ecoava no Abismo atrás dela, como se exércitos há muito esquecidos estivessem saindo para a guerra das cavernas sob as colinas. Também uma muralha fora feita pelos homens de antigamente, desde o Forte-da-Trombeta até o penhasco meridional, bloqueando a entrada do passo. Por baixo dela, através de um amplo aqueduto, saía o Riacho-do-Abismo. Fazia uma curva em torno do sopé da Rocha-da-Trombeta e depois fluía em um sulco pelo meio de uma larga nesga verde, descendo suavemente do Portão de Helm para o Dique de Helm. Dali caía na Garganta-do-Abismo e saía para o Vale de Westfolde. Ali, no Forte-da-Trombeta, junto ao Portão de Helm, morava agora Erkenbrand, mestre de Westfolde nos limites da Marca. À medida que os dias se obscureciam com a ameaça da guerra, ele, sábio que era, havia consertado a muralha e reforçado a fortaleza.

Os Cavaleiros ainda estavam no vale baixo diante da boca da Garganta quando se ouviram gritos e toques de trompa dos batedores que iam à frente. Flechas assobiaram vindas da escuridão. Rapidamente um batedor retornou e relatou que cavalga-lobos estavam à larga no vale e que uma hoste de Orques e homens selvagens se apressava rumo ao sul, vinda dos Vaus do Isen, e parecia estar rumando para o Abismo de Helm.

"Achamos muitos do nosso povo jazendo mortos ao fugirem para lá", disse o batedor. "E encontramos companhias dispersas, indo para cá e para lá, sem líder. Ninguém parece saber o que foi feito de Erkenbrand. É provável que ele seja alcançado antes de conseguir chegar ao Portão de Helm, se já não pereceu."

"Foi visto algum sinal de Gandalf?", perguntou Théoden.

"Sim, senhor. Muitos viram um ancião trajado de branco, montado em um cavalo, passando pelas planícies para cá e para lá como o vento na relva. Alguns pensaram que fosse Saruman. Dizem que antes do cair da noite ele partiu para Isengard. Alguns dizem também que Língua-de-Cobra foi visto mais cedo, rumando ao norte com uma companhia de Orques."

"Língua-de-Cobra dar-se-á mal se Gandalf topar com ele", comentou Théoden. "Ainda assim, agora sinto falta de meus dois conselheiros, o velho e o novo. Mas nesta aflição não temos escolha melhor senão prosseguir, como disse Gandalf, ao Portão de Helm, quer Erkenbrand esteja lá ou não. Sabe-se o tamanho da hoste que vem do Norte?"

"É muito grande", disse o batedor. "Aquele que foge conta cada inimigo duas vezes, porém falei com homens resolutos, e não duvido de que o grupo principal do inimigo seja muitas vezes maior do que todos que temos aqui."

"Então sejamos rápidos", respondeu Éomer. "Vamos forçar passagem pelos inimigos que já possam estar entre nós e a fortaleza. No Abismo de Helm existem cavernas onde centenas podem se ocultar; e dali caminhos secretos levam para o alto das colinas."

"Não confies em caminhos secretos", disse o rei. "Por muito tempo Saruman tem espionado esta terra. Ainda assim, nesse lugar nossa defesa pode durar bastante. Vamos embora!"

Aragorn e Legolas agora iam na vanguarda com Éomer. Cavalgaram por toda a noite escura, cada vez mais devagar, à medida que a treva aumentava e seu caminho subia rumo ao sul, mais e mais alto para as dobras sombrias ao redor dos pés das montanhas. Encontraram poucos inimigos à frente. Aqui e ali, deram com bandos vagantes de Orques; mas estes fugiam antes que os Cavaleiros os conseguissem apanhar ou matar.

"Receio que não levará muito tempo", disse Éomer, "para a vinda da hoste do rei se tornar conhecida do líder de nossos inimigos, Saruman, ou algum capitão que ele tenha enviado."

O rumor da guerra crescia atrás deles. Já podiam ouvir, trazido através da escuridão, o som de cantos estridentes. Tinham escalado alto na Garganta-do-Abismo quando olharam para trás. Então viram tochas, incontáveis pontos de luz fogosa nos campos negros atrás deles, espalhados como flores vermelhas, ou insinuando-se da baixada em longas filas bruxuleantes. Aqui e ali irrompia uma labareda maior.

"É uma grande hoste, e nos segue de perto", disse Aragorn.

"Trazem fogo", afirmou Théoden, "e estão incendiando à medida que chegam, feixes, choupanas e árvores. Este vale foi rico e tinha muitas herdades. Ai de meu povo!"

"Quisera que fosse dia e pudéssemos atropelá-los como uma tempestade vinda das montanhas!", exclamou Aragorn. "Aflige-me fugir deles."

"Não precisamos fugir muito mais longe", disse Éomer. "Não mais longe, à nossa frente, está o Dique de Helm, antiga trincheira e baluarte escavado através da garganta, um quarto de milha abaixo do Portão de Helm. Ali podemos virar e dar combate."

"Não, somos muito poucos para defendermos o Dique", respondeu Théoden. "Tem uma milha ou mais de comprimento, e a brecha é larga."

"É na brecha que nossa retaguarda deve se postar, se formos pressionados", disse Éomer.

Não havia estrela nem lua quando os Cavaleiros chegaram à brecha no Dique, onde saía o riacho vindo de cima, e a estrada junto dele descia do Forte-da-Trombeta. O baluarte erguia-se de repente diante deles, uma sombra alta além de um oco escuro. Quando se aproximaram, uma sentinela os contestou.

"O Senhor da Marca cavalga ao Portão de Helm", respondeu Éomer. "Eu, Éomer, filho de Éomund, o digo."

"Estas são boas-novas além da esperança", disse a sentinela. "Apressai-vos! O inimigo está em vossos calcanhares."

A hoste passou pela brecha e parou no aclive gramado acima dela. Ficaram então sabendo, para sua alegria, que Erkenbrand deixara muitos homens para guarnecer o Portão de Helm, e que mais haviam escapado desde então.

"Quem sabe tenhamos mil aptos a lutarem a pé", disse Gamling, um ancião, líder dos que vigiavam o Dique. "Mas a maior parte deles viu invernos demasiados, assim como eu, ou de menos, como o filho de meu filho aqui. Que novas há de Erkenbrand? Ontem chegou a notícia de que ele recuava para cá com todos os que restavam dos melhores Cavaleiros de Westfolde. Mas ele não veio."

"Receio que agora não venha", disse Éomer. "Nossos batedores não obtiveram notícia dele, e o inimigo preenche todo o vale atrás de nós."

“Gostaria que ele tivesse escapado”, disse Théoden. “Era um homem poderoso. Nele reviveu a valentia de Helm, o Mão-de-Martelo. Mas não podemos aguardá-lo aqui. Agora precisamos levar todas as nossas forças para trás das muralhas. Estais bem estocados? Trazemos poucas provisões, pois partimos à batalha aberta, não a um cerco.”

“Atrás de nós, nas cavernas do Abismo, estão três quartos do povo de Westfolde, velhos e jovens, crianças e mulheres”, disse Gamling. “Mas também foi reunido ali grande estoque de comida e muitos animais e sua forragem.”

“Isso é bom”, disse Éomer. “Estão queimando ou saqueando tudo o que resta no vale.”

“Se vierem pechinchar nossos víveres no Portão de Helm, pagarão um preço alto”, disse Gamling.

O rei e seus Cavaleiros avançaram. Apearam antes do caminho elevado que atravessava o riacho. Em longa fileira, levaram os cavalos rampa acima e entraram nos portões do Forte-da-Trombeta. Ali foram recebidos outra vez com alegria e esperança renovadas; pois havia agora homens bastantes para guarnecer o forte e a muralha de barreira.

Éomer rapidamente pôs seus homens de prontidão. O rei e os homens de sua casa estavam no Forte-da-Trombeta, e também havia ali muitos dos homens de Westfolde. Mas na Muralha do Abismo e em sua torre, e por trás dela, Éomer dispôs a maior parte da força que tinha, pois ali a defesa parecia mais duvidosa, caso o assalto fosse determinado e com muita gente. Os cavalos foram levados para longe, Abismo acima, com tanta guarda quanto estava disponível.

A Muralha do Abismo tinha vinte pés de altura e era tão espessa que quatro homens podiam caminhar pelo topo lado a lado, abrigados por um parapeito sobre o qual só um homem alto conseguia enxergar. Aqui e ali havia fendas na pedra, através das quais era possível atirar. Era possível chegar a essa ameia por uma escada que descia de uma porta no pátio externo do Forte-da-Trombeta; três lances de degraus também subiam para o alto da muralha desde o Abismo atrás dela; mas na frente esta era lisa, e suas grandes pedras estavam dispostas com tanta habilidade que não se podia achar apoio para o pé em suas juntas, e no topo projetavam-se como um penhasco escavado pelo mar.

Gimli estava de pé, apoiado no peitoril da muralha. Legolas estava sentado mais acima, no parapeito, manipulando o arco e espiando a escuridão.

"Isto é mais do meu agrado", disse o anão, batendo o pé nas pedras. "Meu coração sempre se anima quando nos aproximamos das montanhas. Há boa rocha aqui. Esta região tem ossos duros. Senti-os em meus pés quando subimos do dique. Dá-me um ano e uma centena de minha gente, e eu transformaria isto em um lugar no qual os exércitos se quebrariam como água."

"Não duvido disso", respondeu Legolas. "Mas és um anão, e os anãos são um povo estranho. Não gosto deste lugar, e à luz do dia não hei de gostar mais dele. Mas tu me consolas, Gimli, e estou contente de ter-te por perto com tuas pernas robustas e teu machado duro. Queria que houvesse outros de tua parentela entre nós. Mas daria ainda mais por cem bons arqueiros de Trevamata. Havemos de precisar deles. Os Rohirrim têm bons arqueiros, à sua maneira, mas aqui há muito poucos, muito poucos."

"Está escuro para atirar com arco", disse Gimli. "Na verdade, é hora do sono. Sono! Sinto sua falta como jamais pensei que um anão sentiria. Cavalgar é trabalho exaustivo. No entanto, meu machado está inquieto em minha mão. Dá-me uma fileira de pescoços de Orques e espaço para balançar, e toda a exaustão me abandonará!"

Passou-se um tempo lento. Lá longe, no fundo do vale, fogos esparsos ainda ardiam. As hostes de Isengard avançavam agora em silêncio. Era possível ver suas tochas subindo em curvas pela garganta, em muitas filas.

De repente irromperam no Dique gritos e berros, e os ferozes brados de guerra dos homens. Tochas ardentes apareceram por cima da borda e agruparam-se densamente na brecha. Depois dispersaram-se e sumiram. Voltaram homens galopando por sobre o campo, subindo a rampa até o portão do Forte-da-Trombeta. A retaguarda do povo de Westfolde havia sido forçada para dentro.

"O inimigo está próximo!", disseram. "Atiramos todas as flechas que tínhamos e enchemos o Dique de Orques. Mas isso não os deterá por muito tempo. Já estão escalando a ribanceira em muitos pontos, densos como formigas em marcha. Mas nós lhes ensinamos a não carregar tochas."

Já passava da meia-noite. O céu estava totalmente escuro, e a quietude do ar pesado pressagiava uma tempestade. De repente as nuvens foram chamuscadas por um lampejo cegante. Raios ramificados abateram-se nas colinas a leste. Durante um momento de visão fixa, os vigias nas muralhas viram todo o espaço entre eles e o Dique ser iluminado com luz branca: estava fervendo e formigando de vultos negros, alguns atarracados e largos, alguns altos e soturnos, com altos elmos e escudos negros. Mais centenas e centenas derramavam-se por cima do Dique e através da brecha. A maré sombria fluía até as muralhas, de um penhasco ao outro. O trovão rolava no vale. A chuva desceu chicoteando.

Flechas densas como a chuva vieram assobiando por cima das ameia e caíram tilintando e resvalando nas pedras. Algumas encontraram o alvo. O ataque ao Abismo de Helm começara, mas não se ouviu som nem contestação no interior; não vieram flechas em resposta.

As hostes atacantes pararam, frustradas pela ameaça silenciosa da rocha e da muralha. Mais e mais vezes os raios dilaceraram a escuridão. Então os Orques berraram, balançando lanças e espadas, e atirando uma nuvem de flechas em quem estivesse à vista nas ameias; e os homens da Marca olharam para fora, admirados, para o que lhes parecia um grande campo de trigo escuro, agitado por uma tempestade de guerra, e cada espiga reluzia com luz farpada.

Soaram trombetas insolentes. O inimigo avançou encapelado, alguns contra a Muralha do Abismo, outros rumo ao caminho elevado e à rampa que subia para os portões do

Forte-da-Trombeta. Ali estavam reunidos os Orques mais descomunais e os homens selvagens dos morros da Terra Parda. Hesitaram por um momento e depois avançaram. Os raios relampejaram e, brasonada em cada elmo e escudo, via-se a horripilante mão de Isengard. Chegaram ao topo da rocha; dirigiam-se aos portões.

Então, por fim, veio a resposta: uma tempestade de flechas os recebeu, e um granizo de pedras. Eles hesitaram, abriram brechas e voltaram em fuga; e depois atacaram de novo, abriram brechas e atacaram de novo; e a cada vez, como a maré que enche, paravam em um ponto mais alto. Outra vez soaram trombetas, e irrompeu uma multidão de homens rugindo. Seguravam para cima seus grandes escudos, como um telhado, e em seu meio traziam dois troncos de árvores enormes. Atrás deles apinhavam-se arqueiros-órquicos, mandando um granizo de setas contra os arqueiros nas muralhas. Alcançaram os portões. As árvores, vibradas por braços fortes, bateram contra o madeirame com um ribombo dilacerante. Se um homem tombava, esmagado por uma pedra que despencava de cima, dois outros saltavam para tomar seu lugar. Mais e mais os grandes aríetes balançaram e bateram.

Éomer e Aragorn estavam de pé, juntos, na Muralha do Abismo. Ouviram o rugido das vozes e o impacto dos aríetes; e então, num súbito lampejo de luz, contemplaram o perigo dos portões.

"Vem!", disse Aragorn. "Esta é a hora em que sacamos juntos as espadas!"

Correndo como o fogo, apressaram-se ao longo da muralha, subiram os degraus e entraram no pátio externo no alto da Rocha. Enquanto corriam, reuniram um punhado de espadachins resolutos. Havia uma pequena porta traseira que se abria em um canto da muralha do forte, a oeste, onde o penhasco se estendia ao seu encontro. Daquele lado uma trilha estreita dava a volta em direção ao grande portão, entre a muralha e a beira escarpada da Rocha. Juntos, Éomer e Aragorn saltaram pela porta com seus homens logo atrás. As duas espadas reluziram ao serem desembainhadas como se fossem uma só.

"Gúthwinë!", exclamou Éomer. "Gúthwinë pela Marca!"

"Andúril!", exclamou Aragorn. "Andúril pelos Dúnedain!"

Atacando pelo flanco, lançaram-se sobre os selvagens. Andúril subia e descia, lampejando com fogo branco. Ergueu-se um grito da muralha e da torre: "Andúril! Andúril vai à guerra. A Lâmina que foi Partida brilha outra vez!"

Consternados, os que manejavam os aríetes deixaram cair as árvores e se viraram para combater; mas o muro de seus escudos foi rompido como por um golpe de raio, e foram varridos, abatidos ou lançados por cima da Rocha no riacho pedregoso lá embaixo. Os arqueiros-órquicos atiraram a esmo e depois fugiram.

Por um momento, Éomer e Aragorn se detiveram diante dos portões. O trovão já ribombava à distância. Os raios ainda bruxuleavam ao longe entre as montanhas no Sul. Um vento cortante soprava do Norte outra vez. As nuvens estavam dilaceradas e à deriva, e as estrelas espiavam; e acima das colinas do flanco da Garganta navegava a lua, rumando ao oeste, luzindo amarela nos destroços da tempestade.

"Não chegamos cedo demais", disse Aragorn, olhando para os portões. Suas grandes dobradiças e barras de ferro estavam arrancadas e retorcidas; muitas madeiras estavam rachadas. "As portas não resistirão a outra saraivada de golpes igual."

"Porém não podemos ficar aqui, além das muralhas, para defendê-las", disse Éomer. "Olha!" Apontou para o caminho elevado. Uma grande multidão de Orques e Homens já se reunia outra vez além do riacho. Flechas uivavam e resvalavam nas pedras ao redor deles. "Vem! Precisamos voltar e ver o que podemos fazer para empilharmos pedras e madeiras nos portões pelo lado de dentro. Vem agora!"

Viraram-se e correram. Naquele momento uma dúzia de Orques que estavam deitados imóveis entre os mortos pôs-se de pé com um salto e veio por trás deles, silenciosa e velozmente. Dois jogaram-se ao chão nos calcanhares de Éomer, fizeram-no tropeçar e em um momento estavam por cima dele. Mas um vulto pequeno e obscuro que ninguém observara saltou das sombras e deu um grito rouco: "*Baruk Khazâd! Khazâd ai-mênu!*" Um machado balançou para a frente e para trás. Dois Orques tombaram sem cabeça. Os demais fugiram.

Éomer levantou-se com esforço enquanto Aragorn voltava correndo em seu auxílio.

A porta traseira foi fechada outra vez, a porta de ferro foi barrada, e pedras foram empilhadas por dentro. Quando estavam todos seguros no interior, Éomer virou-se: "Agradeço-te, Gimli, filho de Glóin!", disse ele. "Não sabia que estavas conosco na surtida. Mas muitas vezes o hóspede não convidado demonstra ser a melhor companhia. Como chegaste ali?"

"Segui-vos para espantar o sono", disse Gimli; "mas olhei para os homens das colinas, e pareceram grandes demais para mim, então sentei-me junto a uma pedra para ver vosso jogo de espadas."

"Não hei de achar fácil restituir-te", disse Éomer.

"Poderá haver oportunidade antes que a noite termine", riu-se o Anão. "Mas estou contente. Até agora nada abati senão madeira desde que deixei Moria."

"Dois!", disse Gimli, dando tapinhas no machado. Voltara ao seu lugar na muralha.

"Dois?", disse Legolas. "Fiz melhor que isso, apesar de precisar agora catar flechas usadas; todas as minhas se foram. Porém minha contagem é de vinte pelo menos. Mas isso são só algumas folhas numa floresta."

Agora o céu estava clareando rapidamente, e a lua que descia brilhava intensa. Mas a luz trouxe pouca esperança aos Cavaleiros da Marca. O inimigo diante deles parecia ter crescido em vez de diminuir, e mais ainda vinham se apinhando do vale através da brecha. A surtida na Rocha só conquistara uma breve prorrogação. O assalto aos portões redobrou. Contra a Muralha do Abismo, as hostes de Isengard rugiam como o mar. Orques e homens das colinas pululavam em torno do seu sopé, de uma ponta à outra. Cordas com garateias eram jogadas por cima do parapeito mais depressa do que os homens conseguiam cortá-las ou lançá-las de volta. Centenas de longas escadas eram erguidas. Muitas eram lançadas para baixo, arruinadas, porém muitas outras as substituíam, e os Orques subiam por elas aos saltos, como macacos nas escuras florestas do Sul. Diante do pé da muralha, os mortos e dilacerados eram empilhados como sarrafos na tempestade; os hediondos amontoados cresciam cada vez mais, e ainda o inimigo avançava.

Os homens de Rohan estavam exaustos. Todas as suas flechas estavam gastas, e cada seta fora atirada; as espadas estavam denteadas, e os escudos, partidos. Três vezes Aragorn e Éomer os arregimentaram, e três vezes Andúril chamejou em um desesperado ataque que afastou o inimigo da muralha.

Então ergueu-se um clamor no Abismo atrás deles. Orques haviam se esgueirado como ratos pelo aqueduto através do qual o riacho fluía para fora. Ali tinham-se reunido na sombra dos penhascos até que o ataque acima deles estivesse mais intenso, e quase todos os homens da defesa tivessem corrido até o topo da muralha. Então saltaram para fora. Alguns já haviam penetrado nas mandíbulas do Abismo e estavam entre os cavalos, combatendo os guardas.

Gimli saltou da muralha com um grito feroz que ecoou nos penhascos. "*Khazâd! Khazâd!*" Logo teve bastante trabalho.

"Ai-oi!", gritou ele. "Os Orques estão atrás da muralha. Ai-oi! Vem, Legolas! Há bastantes para nós dois. *Khazâd ai-mênu!*"

Gamling, o Velho, olhou do Forte-da-Trombeta, ouvindo a possante voz do anão por cima de todo o tumulto. "Os Orques estão no Abismo!", gritou. "Helm! Helm! Avante, Helmingas!", exclamou ele enquanto descia aos saltos a escada da Rocha, com muitos homens de Westfolde às suas costas.

Seu ataque foi feroz e súbito, e os Orques cederam diante deles. Pouco levou para serem encurralados nos estreitos do passo, e, enquanto berravam, foram todos mortos ou perseguidos para a ravina do Abismo, para tombarem diante dos guardiões das cavernas ocultas.

"Vinte e um!", exclamou Gimli. Desferiu um golpe com as duas mãos e abateu o último Orque diante de seus pés. "Agora minha contagem ultrapassa a do Mestre Legolas outra vez."

"Precisamos tapar este buraco de ratos", disse Gamling. "Dizem que os Anãos são um povo astucioso com as pedras. Dá-nos teu auxílio, mestre!"

"Não moldamos pedras com machados de batalha, nem com nossas unhas", disse Gimli. "Mas ajudarei como puder."

Juntaram as pequenas rochas e pedras quebradas que conseguiram encontrar à mão, e, sob a direção de Gimli, os homens de Westfolde bloquearam a extremidade interna do aqueduto até só restar uma saída estreita. Então o Riacho-do-Abismo, inchado pela chuva, remexeu-se e inquietou-se em seu caminho estrangulado, e lentamente se espalhou em frias lagoas de um penhasco ao outro.

"Estará mais seco lá em cima", disse Gimli. "Vem, Gamling, vejamos como vão as coisas na muralha!"

Escalou-a e encontrou Legolas ao lado de Aragorn e Éomer. O elfo afiava seu longo punhal. Por um curto tempo houve uma pausa no ataque, visto que a tentativa de invasão através do aqueduto fora frustrada.

"Vinte e um!", disse Gimli.

"Bom!", disse Legolas. "Mas agora minha contagem é de duas dúzias. Foi trabalho de punhal aqui em cima."

Éomer e Aragorn apoiavam-se exaustos nas espadas. Do lado esquerdo, o estrépito e clamor da batalha na Rocha voltaram a se erguer. Mas o Forte-da-Trombeta ainda resistia firme, como uma ilha no mar. Seus portões jaziam em ruínas; mas por cima da barricada de vigas e pedras lá dentro, nenhum inimigo ainda passara.

Aragorn olhou as estrelas pálidas e a lua, que já se inclinava por trás das colinas ocidentais que cercavam o vale. "Esta é uma noite comprida como anos", disse ele. "Quanto demorará o dia a chegar?"

"O amanhecer não está longe", respondeu Gamling, que já havia subido ao lado dele. "Mas o amanhecer não nos ajudará, receio."

"Porém o amanhecer é sempre a esperança dos homens", comentou Aragorn.

"Mas essas criaturas de Isengard, esses meio-orques e homens-gobelins engendrados pela manha imunda de Saruman, esses não se acovardam diante do sol", disse Gamling. "Nem os homens selvagens das colinas. Não ouves as vozes deles?"

"Ouço-as", afirmou Éomer; "mas aos meus ouvidos são tão somente os guinchos das aves e os bramidos das bestas."

"Porém há muitos que gritam na língua da Terra Parda", disse Gamling. "Conheço essa língua. É uma antiga fala dos homens e foi outrora falada em muitos vales ocidentais da Marca. Escuta! Eles nos odeiam e estão contentes; pois nossa perdição lhes parece certa. 'O rei, o rei!', gritam eles. 'Tomaremos o seu rei. Morte aos Forgoil! Morte aos Cabeças-de-Palha! Morte aos ladrões do Norte!' Tais os nomes que têm para nós. Nem em meio milhar de anos esqueceram seu ressentimento de que os senhores de Gondor deram a Marca a Eorl, o Jovem, e fizeram aliança com ele. Esse antigo ódio Saruman inflamou. São um povo feroz quando se excitam. Agora não cederão, no anoitecer nem no amanhecer, até que tomem Théoden ou eles próprios sejam mortos."

"Não obstante o dia me trará esperança", disse Aragorn. "Não dizem que jamais um inimigo tomou o Forte-da-Trombeta quando homens o defendiam?"

"Assim dizem os menestréis", comentou Éomer.

"Então defendamo-lo e esperemos!", disse Aragorn.

Enquanto falavam, ouviu-se um clangor de trombetas. Então houve um impacto e um lampejo de chama e fumaça. As águas do Riacho-do-Abismo derramaram-se para fora, chiando e espumando: não estavam mais represadas, um buraco largo fora explodido na muralha. Uma hoste de vultos escuros manou para dentro.

"Perversidade de Saruman!", exclamou Aragorn. "Esgueiraram-se outra vez para dentro do aqueduto enquanto falávamos e acenderam o fogo de Orthanc sob os nossos pés. *Elendil, Elendil!*", exclamou ele, enquanto saltava na direção da brecha; mas, mesmo enquanto o fazia, cem escadas foram erguidas ao encontro das ameias. Por cima da muralha e por baixo da muralha, o último assalto veio de roldão, como uma onda escura sobre um morro de areia. A defesa foi varrida para longe.

Alguns dos Cavaleiros foram rechaçados, mais e mais fundo para o Abismo, tombando e combatendo enquanto recuavam, passo a passo, rumo às cavernas. Outros abriram caminho a golpes de espada, voltando à cidadela.

Uma larga escadaria subia do Abismo até a Rocha e o portão traseiro do Forte-da-Trombeta. Perto do sopé estava Aragorn. Em sua mão Andúril ainda reluzia, e o terror da espada manteve o inimigo recuado por algum tempo, enquanto todos os que conseguiam alcançar a escada, um por um, subiam rumo ao portão. Atrás dele, nos degraus superiores, Legolas estava ajoelhado. Seu arco estava tenso, mas uma flecha catada era tudo o que lhe restava, e agora ele espiava, pronto a alvejar o primeiro Orque que ousasse se aproximar da escada.

"Todos os que podiam já entraram em segurança, Aragorn", chamou ele. "Volta!"

Aragorn virou-se e subiu a escada correndo; mas ao correr tropeçou de tão exausto. De imediato seus inimigos saltaram avante. Os Orques subiram, berrando, com os longos braços estendidos para agarrá-lo. O mais adiantado caiu com a última flecha de Legolas na garganta, mas os demais saltaram por cima dele. Então um grande rochedo, lançado da muralha externa mais acima, abateu-se na escada e os lançou de volta para o Abismo. Aragorn alcançou a porta, e esta rapidamente se fechou atrás dele com clangor.

"As coisas vão mal, meus amigos", disse ele, enxugando o suor da testa com o braço.

"Bastante mal," assentiu Legolas, "mas ainda não desesperadas enquanto te temos conosco. Onde está Gimli?"

"Não sei", respondeu Aragorn. "Da última vez em que o vi ele lutava no solo atrás da muralha, mas o inimigo nos apartou."

"Ai de nós! Essas são más novas", lamentou Legolas.

"Ele é robusto e forte", disse Aragorn. "Esperemos que escape de volta às cavernas. Ali estaria a salvo por algum tempo. Mais a salvo que nós. Tal refúgio seria do agrado de um anão."

"Essa deve ser minha esperança", disse Legolas. "Mas gostaria que ele tivesse vindo para cá. Queria contar ao Mestre Gimli que agora minha contagem é de trinta e nove."

"Se ele alcançar as cavernas ultrapassará tua contagem outra vez", riu-se Aragorn. "Nunca vi um machado manejado desse modo."

"Preciso ir em busca de algumas flechas", disse Legolas. "Quisera que esta noite terminasse, assim eu teria melhor luz para atirar."

Aragorn entrou então na cidadela. Ali, para sua consternação, soube que Éomer não chegara ao Forte-da-Trombeta.

"Não, ele não veio à Rocha", disse um dos homens de Westfolde. "Da última vez em que o vi, ele reunia homens ao seu redor e combatia na boca do Abismo. Gamling estava com ele, e o anão; mas não pude chegar até eles."

Aragorn caminhou atravessando o pátio interno e subiu até um recinto alto na torre. Ali estava o rei, sombrio diante de uma janela estreita, observando o vale.

"Quais são as novas, Aragorn?", indagou ele.

"A Muralha do Abismo foi tomada, senhor, e toda a defesa foi varrida; mas muitos escaparam aqui para a Rocha."

"Éomer está aqui?"

"Não, senhor. Mas muitos dos teus homens recuaram para o Abismo; e alguns dizem que Éomer estava entre eles. Nos estreitos eles podem reter o inimigo e entrar nas cavernas. Que esperança terão então, isso não sei."

"Mais que nós. Boas provisões, dizem. E ali o ar é saudável por causa das saídas pelas fissuras na rocha, muito acima. Ninguém consegue forçar a entrada enfrentando homens determinados. Poderão resistir por muito tempo."

"Mas os Orques trouxeram uma perversidade de Orthanc", disse Aragorn. "Eles têm um fogo explosivo e com ele tomaram a Muralha. Se não puderem entrar nas cavernas poderão bloquear os que estão lá dentro. Mas agora precisamos voltar todos os nossos pensamentos à nossa própria defesa."

"Impaciento-me nesta prisão", disse Théoden. "Se eu pudesse ter empunhado uma lança, cavalgando diante de meus homens no campo, quem sabe tivesse sentido outra vez a alegria da batalha e terminado assim. Mas aqui sou de pouca valia."

"Aqui pelo menos estás resguardado na mais robusta fortaleza da Marca", disse Aragorn. "Temos mais esperança de te defender no Forte-da-Trombeta que em Edoras, ou mesmo no Fano-da-Colina nas montanhas."

"Dizem que o Forte-da-Trombeta nunca sucumbiu a um ataque", comentou Théoden; "mas agora meu coração está cheio de dúvidas. O mundo muda, e tudo que outrora foi forte demonstra agora ser inseguro. Como alguma torre há de resistir a tais números e a ódio tão afoito? Soubesse eu que a força de Isengard havia crescido tanto, quem sabe não teria partido de modo temerário para enfrentá-la, apesar de todas as artes de Gandalf. Agora seu conselho já não parece tão bom quanto parecia sob o sol matutino."

"Não julgues o conselho de Gandalf antes que esteja tudo terminado, senhor", disse Aragorn.

"O fim não tardará", respondeu o rei. "Mas não acabarei aqui, apanhado como um velho texugo numa armadilha. Snawmana, Hasufel e os cavalos de minha guarda estão no pátio interno. Quando chegar a aurora, mandarei os homens tocarem a trompa de Helm e sairei a cavalo. Então cavalgarás comigo, filho de Arathorn? Quem sabe havemos de forçar um caminho ou ter um fim que valerá uma canção — se restar alguém para nos cantar depois disto."

"Cavalgarei contigo", disse Aragorn.

Despedindo-se, voltou às muralhas e percorreu todo o circuito, encorajando os homens e prestando ajuda onde o ataque fosse intenso. Legolas foi com ele. Explosões de fogo saltavam de baixo, sacudindo as pedras. Garateias de abordagem eram lançadas, e erguiam-se escadas. De novo e de novo os Orques alcançavam o topo da muralha externa, e outra vez os defensores os lançavam para baixo.

Finalmente Aragorn estava de pé acima dos grandes portões, indiferente às setas do inimigo. Olhando ao longe, viu que o firmamento oriental empalidecia. Então ergueu a mão vazia, com a palma para fora em sinal de negociação.

Os Orques berraram e zombaram. "Desça! Desça!", gritavam. "Se quer falar conosco, desça! Traga seu rei! Somos os Uruk-hai combatentes. Vamos buscá-lo em seu buraco se ele não vier. Traga para fora seu rei sorrateiro!"

"O rei fica ou vem por sua própria vontade", retrucou Aragorn.

"Então o que você faz aqui?", responderam. "Por que vigia? Quer ver a grandeza de nosso exército? Somos os Uruk-hai combatentes."

"Vigio para ver a aurora", disse Aragorn.

"Que importa a aurora?", zombaram eles. "Nós somos os Uruk-hai: não paramos o combate pela noite ou pelo dia, pelo bom tempo ou pela tempestade. Nós viemos matar, pelo sol ou pela lua. Que importa a aurora?"

"Ninguém sabe o que o novo dia há de lhe trazer", disse Aragorn. "Vão embora antes que ele seja para seu mal."

"Desça da muralha, ou vamos descê-lo atirando", gritaram. "Isto não é negociação. Você não tem nada a dizer."

"Ainda tenho isto a dizer", respondeu Aragorn. "Nenhum inimigo jamais tomou o Forte-da-Trombeta. Partam, do contrário nem um só será poupado. Nem um só restará vivo para levar notícias de volta ao Norte. Vocês não sabem o perigo que correm."

Tão grande eram o poder e a realeza que se revelavam em Aragorn, ali de pé sozinho acima dos portões arruinados, diante da hoste de seus inimigos, que muitos dos homens selvagens se detiveram e olharam por cima dos ombros na direção do vale, e alguns ergueram os olhos, em dúvida, para o céu. Mas os Orques riram em altas vozes; e uma saraivada de dardos e flechas assobiou por cima da muralha enquanto Aragorn descia em um salto.

Houve um rugido e uma explosão de fogo. O arco do portão, sobre o qual ele estivera de pé um momento antes, desmoronou e desabou em fumaça e poeira. A barricada foi dispersa como por um raio. Aragorn correu até a torre do rei.

Mas no momento em que o portão caiu e os Orques em torno berraram, preparando-se para atacar, ergueu-se um murmúrio atrás deles, como um vento ao longe, e cresceu tornando-se um clamor de muitas vozes gritando estranhas novas na aurora. Os Orques na Rocha, ouvindo o rumor de aflição, hesitaram e olharam para trás. E então, súbito e terrível, da torre lá em cima soou o toque da grande trompa de Helm.

Todos os que ouviram aquele som estremeceram. Muitos dos Orques se lançaram de rosto no chão e cobriram os ouvidos com as garras. Lá de dentro do Abismo vinham os ecos, toque após toque, como se houvesse um poderoso arauto postado em cada penhasco e colina. Mas nas muralhas, os homens ergueram os olhos, escutando pasmados; pois os ecos não morriam. Os toques da trompa seguiam rolando pelas colinas; já mais próximos e mais intensos, respondiam uns aos outros, soprando ferozes e livres.

"Helm! Helm!", gritavam os Cavaleiros. "Helm ergueu-se e volta à guerra. Helm por Théoden Rei!"

E com esse brado veio o rei. Seu cavalo era branco como a neve, dourado era seu escudo, e sua lança era longa. À sua direita estava Aragorn, herdeiro de Elendil, atrás dele cavalgavam os senhores da Casa de Eorl, o Jovem. A luz irrompeu no céu. A noite partiu.

"Avante, Eorlingas!" Com um grito e um grande ruído, eles atacaram. Rugiram descendo dos portões, precipitaram-se sobre o caminho elevado e irromperam entre as hostes de Isengard como um vento no meio da relva. Detrás deles, do Abismo, vinham os gritos implacáveis dos homens que saíam das cavernas, rechaçando o inimigo. Acorreram para fora todos os homens que restavam sobre a rocha. E o som de trompas tocando ecoava sempre nas colinas.

Cavalgaram em frente, o rei e seus companheiros. Capitães e campeões tombavam ou fugiam diante deles. Nem orque nem homem lhes resistia. Tinham as costas voltadas às espadas e lanças dos Cavaleiros e os rostos ao vale. Gritavam e gemiam, pois temor e grande pasmo os assaltaram ao nascer do dia.

Assim o Rei Théoden cavalgou do Portão de Helm e abriu caminho até o grande Dique. Ali a companhia parou. A luz se intensificava ao redor deles. Raios de sol luziam sobre as colinas orientais e rebrilhavam em suas lanças. Mas eles estavam montados nos cavalos, em silêncio, e contemplavam a Garganta-do-Abismo lá embaixo.

O terreno mudara. Onde antes se estendia o verde vale, com encostas gramadas que ladeavam as colinas cada vez mais altas, erguia-se agora uma floresta. Grandes árvores, nuas e silenciosas, estavam dispostas em fileira após fileira, com ramos enredados e topos encanecidos; suas raízes retorcidas enterravam-se na longa relva verde. Havia escuridão abaixo delas. Entre o Dique e a beira daquela mata sem nome só restava aberto um quarto de milha. Ali encolhiam-se agora as altivas hostes de Saruman, no terror do rei e no terror das árvores. Desceram em torrente do Portão de Helm até toda a área acima do Dique ficar livre deles, porém embaixo estavam apinhados como moscas fervilhantes. Em vão engatinhavam e se arrastavam pelas bordas da garganta, tentando escapar. No leste, a beira do vale era demasiado íngreme e pedregosa; à esquerda, do lado oeste, aproximava-se sua sina final.

Subitamente surgiu sobre uma crista um cavaleiro, trajando branco, reluzindo ao sol nascente. Por cima das colinas baixas as trompas soavam. Atrás dele, descendo às pressas pelas longas encostas, havia mil homens a pé; tinham as espadas nas mãos. No meio deles caminhava um homem alto e forte. Seu escudo era vermelho. Ao chegar à borda do vale, levou aos lábios um grande corno negro e soprou um toque ressoante.

"Erkenbrand!", gritaram os Cavaleiros. "Erkenbrand!"

"Contemplai o Cavaleiro Branco!", exclamou Aragorn. "Gandalf voltou outra vez!"

"Mithrandir, Mithrandir!", disse Legolas. "Isto é feito de mago deveras! Vamos! Quero ver esta floresta antes que mude o encantamento."

As hostes de Isengard rugiam, balançando para cá e para lá, virando-se de um medo para o outro. Outra vez a trompa soou na torre. Descendo pela brecha do Dique, a companhia do rei atacou. Descendo das colinas saltou Erkenbrand, senhor de Westfolde. Descendo saltou Scadufax, como um cervo que corre sem passo falso nas montanhas. O Cavaleiro Branco estava diante deles, e o terror de sua vinda encheu o inimigo de loucura. Os homens selvagens caíram de rosto no chão diante dele. Os Orques cambalearam e guincharam e lançaram longe espada e lança. Fugiram como uma fumaça negra impelida por um vento crescente. Lamentando-se, penetraram na sombra que os aguardava das árvores; e daquela sombra nenhum jamais voltou.

8

A Estrada para Isengard

Assim foi que à luz de uma bela manhã o Rei Théoden e Gandalf, o Cavaleiro Branco, voltaram a se encontrar na relva verde junto ao Riacho-do-Abismo. Ali estavam também Aragorn, filho de Arathorn, Legolas, o Elfo, Erkenbrand de Westfolde e os senhores da Casa Dourada. Em torno deles estavam reunidos os Rohirrim, os Cavaleiros da Marca: o espanto dominou sua alegria da vitória, e seus olhos se voltavam para a floresta.

De repente ouviu-se um grande brado, e vieram descendo do Dique aqueles que haviam sido afastados para o Abismo. Ali vinham Gamling, o Velho, e Éomer, filho de Éomund, e ao lado deles caminhava Gimli, o anão. Não tinha elmo, e em torno da cabeça trazia uma faixa de linho manchada de sangue; mas sua voz era alta e forte.

"Quarenta e dois, Mestre Legolas!", exclamou ele. "Ai de mim! Meu machado está lascado: o quadragésimo segundo tinha um colar de ferro no pescoço. Como estás tu?"

"Ultrapassaste minha contagem por um", respondeu Legolas. "Mas não ressinto o jogo, tanto estou contente de te ver de pé!"

"Bem-vindo, Éomer, filho de minha irmã!", disse Théoden. "Agora que te vejo a salvo estou contente deveras."

"Salve, Senhor da Marca!", respondeu Éomer. "A noite escura passou, e retornou o dia. Mas o dia trouxe estranhas novas." Virou-se e fitou admirado, primeiro a floresta e depois Gandalf. "Mais uma vez vens na hora da aflição sem seres esperado", disse ele.

"Sem ser esperado?", disse Gandalf. "Eu disse que voltaria e vos encontraria aqui."

"Mas não mencionaste a hora, nem predisseste o modo de tua vinda. Estranho auxílio tu trazes. És poderoso na magia, Gandalf, o Branco!"

"Pode ser. Mas, se assim é, ainda não a mostrei. Apenas dei bons conselhos no perigo e fiz uso da velocidade de Scadufax. Vossa própria valentia fez mais, e as pernas robustas dos homens de Westfolde marchando pela noite."

Então todos fitaram Gandalf ainda mais admirados. Alguns olharam de relance, sombriamente, para a floresta, e passaram as mãos na testa, como se pensassem que seus olhos enxergavam diferente dos dele.

Gandalf riu-se, longa e alegremente. "As árvores?", disse ele. "Não, eu vejo a floresta tão claramente como vós. Mas não é feito meu. É algo além dos conselhos dos sábios. O evento demonstrou ser melhor que meu intento e melhor ainda que minha esperança."

"Então, se não é tua, de quem é a magia?", indagou Théoden. "Não de Saruman, isso é evidente. Há algum sábio mais poderoso do qual ainda precisamos ouvir falar?"

"Não é magia, e sim um poder muito mais antigo," comentou Gandalf, "um poder que caminhava na terra antes que os Elfos cantassem ou os martelos soassem.

Nem ferro achado, nem árvore abatida,
Recente era o monte sob a lua surgida;
Não havia anel nem mal contumaz,
Nos bosques já andava tempos atrás."[A]

"E qual há de ser a resposta ao teu enigma?", indagou Théoden.

"Se quiserdes saber isso, deveis vir comigo a Isengard", respondeu Gandalf.

"A Isengard?", exclamaram eles.

"Sim", disse Gandalf. "Hei de retornar a Isengard, e os que quiserem podem vir comigo. Ali poderemos ver estranhas coisas."

"Mas não há homens bastantes na Marca, nem que estivessem todos reunidos e curados das feridas e da exaustão, para assaltar o baluarte de Saruman", disse Théoden.

"Ainda assim é a Isengard que vou", afirmou Gandalf. "Não hei de passar muito tempo ali. Agora meu caminho ruma para o leste. Buscai-me em Edoras antes do minguar da lua!"

"Não!", disse Théoden. "Na hora escura antes da aurora eu duvidei, mas agora não nos separaremos. Irei contigo se é esse teu conselho."

"Desejo falar com Saruman, tão logo seja possível", comentou Gandalf, "e, visto que te causou grande prejuízo, seria adequado que lá estivesses. Mas quão logo e quão depressa cavalgarás?"

"Meus homens estão cansados da batalha", disse o Rei; "e também eu estou cansado. Pois cavalguei longe e dormi pouco. Ai de mim! Minha velhice não é fingida nem se deve apenas aos cochichos de Língua-de-Cobra. É um mal que nenhum curador pode sarar por completo, nem mesmo Gandalf."

"Então que descansem agora todos os que vão cavalgar comigo", disse Gandalf. "Viajaremos sob a sombra do entardecer. Está bem assim; pois é meu conselho que todas as nossas idas e vindas devem ser tão secretas quanto possam ser de ora em diante. Mas não ordenes que muitos homens vão contigo, Théoden. Vamos a uma negociação, não a um combate."

Então o Rei escolheu homens que estavam ilesos e tinham cavalos velozes e enviou-os com novas da vitória para todos os vales da Marca; e levaram também sua convocação, mandando que todos os homens, jovens e velhos, viessem às pressas até Edoras. Ali o Senhor da Marca faria uma assembleia com todos aqueles capazes de portar armas, no terceiro dia após a lua cheia. Para cavalgar com ele a Isengard, o Rei escolheu Éomer e vinte homens de sua casa. Com Gandalf iriam Aragorn, Legolas e Gimli. A despeito de seu ferimento, o anão não queria ficar para trás.

"Foi somente um golpe fraco, e o capacete o desviou", disse ele. "Seria preciso mais do que um tal arranhão-órquico para me reter."

"Eu cuidarei dele enquanto descansas", disse Aragorn.

O rei retornou então para o Forte-da-Trombeta e dormiu, um sono de tranquilidade como não conhecera há muitos anos, e o restante de sua companhia escolhida também repousou. Mas os demais, todos os que não estavam machucados ou feridos, começaram grande labuta; pois muitos haviam tombado na batalha e jaziam mortos no campo ou no Abismo.

Nenhum Orque restava vivo; seus corpos eram incontáveis. Mas grande número de homens das colinas havia-se rendido; e tinham medo, e clamavam por mercê.

Os Homens da Marca tiraram-lhes as armas e os puseram para trabalhar.

"Ajudai agora a reparar o mal ao qual vos unistes", disse Erkenbrand; "e depois haveis de fazer um juramento de nunca mais atravessardes em armas os Vaus do Isen nem marchardes com os inimigos dos Homens; e então haveis de voltar livres à vossa terra. Pois fostes iludidos por Saruman. Muitos de vós obtiveram a morte como recompensa por confiardes nele; mas, se tivésseis triunfado, vossa paga teria sido pouco melhor."

Os homens da Terra Parda admiraram-se; pois Saruman lhes dissera que os homens de Rohan eram cruéis e queimavam vivos os cativos.

No meio do campo diante do Forte-da-Trombeta foram erguidos dois montículos, e debaixo deles foram sepultados todos os Cavaleiros da Marca que tombaram na defesa, os dos Vales Orientais de um lado e os de Westfolde do outro. Mas os homens da Terra Parda foram dispostos em um montículo abaixo do Dique. Em um túmulo solitário sob a sombra do Forte-da-Trombeta jazia Háma, capitão da guarda do Rei. Ele tombara diante do Portão.

Os Orques foram acumulados em grandes pilhas, longe dos montículos dos Homens, perto das bordas da floresta. E o povo tinha a mente perturbada; pois as pilhas de carniça eram demasiado grandes para serem enterradas ou queimadas. Tinham pouca madeira para fogueiras, e ninguém teria ousado golpear com machado as estranhas árvores, mesmo que Gandalf não os tivesse alertado para que não ferissem casca nem ramo, sob grande perigo para si mesmos.

"Deixai deitados os Orques", disse Gandalf. "A manhã poderá trazer novo conselho."

À tarde, a companhia do Rei aprestou-se para partir. O trabalho de sepultamento apenas começava; e Théoden lamentou a perda de Háma, seu capitão, e lançou a primeira terra em seu túmulo. "Grande injúria deveras Saruman fez a mim e a toda esta terra", comentou ele; "e lembrar-me-ei dela quando nos encontrarmos."

O sol já se aproximava das colinas a oeste da Garganta quando finalmente Théoden e Gandalf e seus companheiros desceram do Dique montados. Atrás deles estava reunida uma grande hoste, tanto dos Cavaleiros como do povo de Westfolde, velhos e jovens, mulheres e crianças, que haviam saído das cavernas. Cantaram uma canção de vitória com nítidas vozes; e depois fizeram silêncio, perguntando-se o que iria acontecer, pois seus olhos estavam fixos nas árvores, e temiam-nas.

Os Cavaleiros chegaram à floresta e pararam; cavalos e homens, todos hesitavam em entrar. As árvores eram cinzentas e ameaçadoras, e havia em torno delas uma sombra ou névoa. As extremidades de seus longos ramos estendidos pendiam como dedos esquadrinhadores, suas raízes se projetavam do solo como membros de estranhos monstros, e escuras cavernas se abriam embaixo delas. Mas Gandalf foi em frente, conduzindo a companhia, e ali onde a estrada do Forte-da-Trombeta se encontrava com as árvores eles viram então uma abertura, como um portão arqueado sob ramos enormes; e Gandalf o atravessou, e eles o seguiram. Então, para seu espanto, descobriram que a estrada prosseguia, e o Riacho-do-Abismo ao lado dela; e acima o céu estava aberto e repleto de luz dourada. Mas de ambos os lados as grandes veredas da floresta já estavam envoltas em penumbra, estendendo-se para sombras impenetráveis; e ali ouviam o rangido e o gemido dos ramos, e gritos distantes, e um rumor de vozes sem palavras, murmurando zangadas. Não se via Orque nem outra criatura viva.

Legolas e Gimli agora cavalgavam juntos na mesma montaria; e mantinham-se logo ao lado de Gandalf, pois Gimli temia a floresta.

"Faz calor aqui dentro", disse Legolas a Gandalf. "Sinto uma grande ira à minha volta. Não sentes o ar pulsando em teus ouvidos?"

"Sim", assentiu Gandalf.

"O que foi feito dos desgraçados Orques?", indagou Legolas.

"Isso, creio, ninguém jamais saberá", disse Gandalf.

Cavalgaram em silêncio por algum tempo; mas Legolas sempre dava olhadelas de um lado e outro e algumas vezes teria parado para escutar os sons da floresta, se Gimli o tivesse permitido.

"Estas são as árvores mais estranhas que já vi", disse ele; "e vi muitos carvalhos crescerem da bolota até a idade arruinada. Queria ter agora uma folga para caminhar no meio delas; elas têm vozes, e com o tempo eu poderia chegar a compreender seu pensamento."

"Não, não!", respondeu Gimli. "Vamos deixá-las! Já imagino o pensamento delas: ódio de todos os que caminham em duas pernas; e sua fala é de esmagar e estrangular."

"Não de todos os que caminham em duas pernas", disse Legolas. "Aí penso que estás enganado. São os Orques que elas odeiam. Pois elas não são deste lugar e pouco sabem dos Elfos e dos Homens. Muito longe estão os vales de onde elas procedem. Dos fundos valões de Fangorn, Gimli, é de lá que elas vêm, creio eu."

"Então essa é a floresta mais perigosa da Terra-média", disse Gimli. "Eu deveria ser grato pelo papel que elas desempenharam, mas não gosto delas. Podes pensar que são maravilhosas, porém vi uma maravilha maior nesta terra, mais linda que qualquer bosque ou clareira que já cresceu: meu coração ainda está repleto dela.

"Estranhos são os modos dos Homens, Legolas! Aqui eles têm uma das maravilhas do Mundo Setentrional, e o que dizem dela? Cavernas, eles dizem! Cavernas! Buracos para se refugiarem em tempos de guerra, para armazenarem forragem! Meu bom Legolas, sabes que as cavernas do Abismo de Helm são vastas e lindas? Haveria uma infinda peregrinação de Anãos, apenas para contemplá-las, se fosse sabido que tais coisas existem. Sim, deveras, pagariam ouro puro por um breve vislumbre!"

"E eu daria ouro para ser dispensado", respondeu Legolas; "e o dobro para me deixarem sair se eu entrasse por engano!"

"Tu não viste, por isso perdoo teu gracejo", disse Gimli. "Mas falas como um tolo. Crês que são belos aqueles salões onde teu Rei habita sob a colina em Trevamata, e os Anãos ajudaram a construí-los muito tempo atrás? Nada mais são que choupanas comparadas às cavernas que vi aqui: salões incomensuráveis, repletos de uma perpétua música de água que tilinta nas lagoas, belas como Kheled-zâram à luz das estrelas.

"E, Legolas, quando as tochas são acesas e os homens caminham nos pisos arenosos sob as abóbadas ecoantes, ah! então, Legolas, gemas e cristais e veios de minério precioso reluzem nas paredes polidas; e a luz brilha através de mármores dobrados, semelhantes a conchas, translúcidos como as mãos viventes da Rainha Galadriel. Há colunas brancas, e cor de açafrão, e rosadas como o amanhecer, Legolas, estriadas e torcidas em formas de sonho; elas nascem de pisos de muitas cores para se encontrarem com os pingentes rebrilhantes do teto: asas, cordões, cortinas finas como nuvens congeladas; lanças, estandartes, pináculos de palácios suspensos! Lagos tranquilos as espelham: um mundo bruxuleante ergue-se de escuras lagoas cobertas de límpido vidro; cidades que a mente de Durin mal poderia ter imaginado em sonho estendem-se por avenidas e pátios com colunatas, alcançando os escuros recantos aonde nenhuma luz pode chegar. E plim! cai uma gota de prata, e as ondulações redondas no vidro fazem todas as torres dobrarem-se e oscilarem como algas e corais em uma gruta do mar. Então vem a tardinha: elas desbotam e se apagam piscando; as tochas entram em outra sala e outro sonho. Há sala após sala, Legolas; um salão que se abre de outro, um domo após o outro, uma escada além da escada; e ainda as trilhas que se insinuam conduzem ao coração das montanhas. Cavernas! As Cavernas do Abismo de Helm! Feliz foi o acaso que ali me levou! Deixá-las faz-me chorar."

"Então desejo-te esta fortuna para teu consolo, Gimli," disse o Elfo, "que saias a salvo da guerra e voltes para vê-las outra vez. Mas não contes a toda a tua gente! Parece que pouco resta para eles fazerem, julgando por teu relato. Quem sabe os homens desta terra sejam sábios por dizerem pouco: uma família de anãos ativos com martelo e cinzel poderia mais estragar do que fazer."

"Não, não compreendes", disse Gimli. "Nenhum anão ficaria indiferente diante de tal encanto. Ninguém da raça de Durin mineraria essas cavernas buscando pedras ou minério, nem se ali pudesse obter diamantes e ouro. Abates bosques de árvores em flor na primavera para fazer lenha? Nós cultivaríamos essas clareiras de pedra florescente não as faríamos de pedreira. Com habilidade cautelosa, pancadinha a pancadinha — uma lasquinha de rocha e nada mais, quem sabe, em todo um dia aflito — assim poderíamos trabalhar, e à medida que os anos passassem haveríamos de abrir novos caminhos e revelar salas remotas que ainda estão no escuro, só vislumbradas como um vazio além de fissuras na rocha. E luzes, Legolas! Haveríamos de fazer luzes, lamparinas como as que outrora luziam em Khazad-dûm; e quando quiséssemos, expulsaríamos a noite que lá jazeu desde que as colinas foram feitas; e quando desejássemos repouso, deixaríamos a noite voltar."

"Tu me comoves, Gimli", disse Legolas. "Jamais te ouvi falando assim antes. Quase me fazes arrepender-me de não ter visto essas cavernas. Vamos! Façamos este acordo — se ambos voltarmos a salvo dos perigos que nos aguardam, viajaremos juntos por algum tempo. Hás de visitar Fangorn comigo, e depois virei contigo ver o Abismo de Helm."

"Esse não seria o caminho de volta que eu escolheria", respondeu Gimli. "Mas suportarei Fangorn se tiver tua promessa de voltares às cavernas e compartilhares comigo a sua maravilha."

"Tens minha promessa", afirmou Legolas. "Mas ai de nós! Agora temos de deixar para trás a caverna e a floresta por algum tempo. Vê! Estamos chegando ao fim das árvores. Qual a distância a Isengard, Gandalf?"

"Cerca de quinze léguas, conforme voam os corvos de Saruman", disse Gandalf: "cinco da boca da Garganta-do-Abismo até os Vaus; e mais dez dali aos portões de Isengard. Mas não havemos de cavalgar o caminho todo hoje à noite."

"E quando lá chegarmos, o que havemos de ver?", perguntou Gimli. "Tu podes saber, mas eu não posso adivinhar."

"Eu mesmo não sei com certeza", respondeu o mago. "Estive lá ontem ao cair da noite, mas muita coisa pode ter acontecido desde então. Porém creio que não dirás que a jornada foi em vão — mesmo deixando para trás as Cavernas Cintilantes de Aglarond."

Finalmente a companhia atravessou as árvores, e viram que tinham chegado ao fundo da Garganta, onde a estrada do Abismo de Helm se bifurcava, com um ramo indo para o leste, a Edoras, e o outro ao norte, para os Vaus do Isen. Ao saírem debaixo das bordas da floresta, Legolas parou e olhou para trás, pesaroso. Então deu uma exclamação súbita.

"Há olhos!", disse ele. "Olhos espiando das sombras dos ramos! Nunca antes vi olhos assim."

Os outros, surpresos com sua exclamação, pararam e viraram-se; mas Legolas começou a voltar pelo caminho.

"Não, não!", exclamou Gimli. "Faze o que quiseres em tua loucura, mas primeiro deixa-me apear deste cavalo! Não quero ver olho nenhum!"

"Detém-te, Legolas Verdefolha!", disse Gandalf. "Não voltes à floresta, não ainda! Esta não é tua hora."

Enquanto ele falava, avançaram do meio das árvores três estranhos vultos. Eram altos como trols, com doze pés ou mais de altura; seus corpos fortes, robustos como jovens árvores, pareciam vestidos em trajes ou pele justa, cinza e marrom. Seus membros eram longos, e suas mãos tinham muitos dedos; os cabelos eram rijos, e as barbas, de um verde-acinzentado como musgo. Fitavam com olhos solenes, mas não olhavam para os cavaleiros: suas vistas voltavam-se para o norte. De repente ergueram as mãos compridas à boca e emitiram chamados ressoantes, nítidos como notas de trompa, porém mais musicais e variados. Os chamados foram respondidos; e voltando-se outra vez, os cavaleiros viram outras criaturas do mesmo tipo que se aproximavam, com largas passadas na relva. Vinham depressa do Norte, caminhando como garças que vadeiam, no passo, mas não na velocidade; pois suas pernas, em longas passadas, alternavam-se mais velozes que as asas das garças. Os cavaleiros clamaram alto de espanto, e alguns puseram as mãos nos punhos das espadas.

"Não precisais de armas", disse Gandalf. "Estes são apenas pastores. Não são inimigos e na verdade nem se importam conosco."

Assim parecia ser; pois enquanto ele falava, as altas criaturas, sem nem olharem para os cavaleiros, entraram caminhando na floresta e sumiram.

"Pastores!", exclamou Théoden. "Onde estão seus rebanhos? O que são eles, Gandalf? Pois é evidente que para ti, ao menos, eles não são estranhos."

"São pastores-das-árvores", respondeu Gandalf. "Faz tanto tempo que escutaste histórias ao pé da lareira? Há crianças em tua terra que, a partir dos filamentos torcidos das histórias, poderiam encontrar a resposta à tua pergunta. Viste Ents, ó Rei, Ents vindos da Floresta de Fangorn, que em tua língua se chama Floresta Ent. Pensavas que o nome fora dado só por capricho ocioso? Não, Théoden, é diferente: para eles tu és tão somente o conto passageiro; todos os anos desde Eorl, o Jovem, até Théoden, o Velho, pouco contam para eles; e todos os feitos de tua casa são apenas de pouca monta."

O rei estava em silêncio. "Ents!", disse ele por fim. "Das sombras da lenda, começo a compreender um pouco o assombro das árvores, assim creio. Vivi para ver dias estranhos. Por muito tempo cuidamos de nossos animais e nossos campos, construímos nossas casas, produzimos nossos implementos ou cavalgamos ao longe para ajudar nas guerras de Minas Tirith. E chamamos isso de vida dos Homens, de modo do mundo. Pouco nos importamos com o que havia além dos limites de nossa terra. Temos canções que contam dessas coisas, mas as estamos esquecendo, ensinando-as apenas às crianças, como costume descuidado. E agora as canções desceram entre nós, vindas de estranhos lugares, e caminham visíveis sob o Sol."

"Deverias estar contente, Théoden Rei", disse Gandalf. "Pois agora está em perigo não somente a pequena vida dos Homens, mas também a vida daqueles seres que crias serem assunto das lendas. Não estás sem aliados, mesmo que não os conheças."

"Porém eu também deveria estar triste", respondeu Théoden. "Pois, não importa como resulte a fortuna da guerra, ela não poderá terminar de modo que muita coisa que foi bela e maravilhosa abandone a Terra-média para sempre?"

"Poderá", disse Gandalf. "O mal de Sauron não poderá ser curado por completo, nem tornado como se jamais tivesse sido. Mas a tais dias estamos condenados. Continuemos agora a jornada que começamos!"

A companhia afastou-se então da Garganta e da floresta e tomou a estrada rumo aos Vaus. Legolas seguiu-os com relutância. O sol havia-se posto, já mergulhara atrás da borda do mundo; mas quando cavalgavam saindo da sombra das colinas e olharam para o oeste, ao Desfiladeiro de Rohan, o céu ainda estava vermelho, e havia uma luz que ardia sob as nuvens flutuantes. Diante dela, sombrias, rodopiavam e voavam muitas aves de asas negras. Algumas passaram por cima com gritos lamentosos, retornando aos lares entre as rochas.

"As aves de carniça estiveram ocupadas junto ao campo de batalha", disse Éomer.

Agora cavalgavam em passo confortável, e a escuridão descia nas planícies em seu redor. A lua lenta alçava-se, já crescendo para cheia, e em sua fria luz prateada, os prados ondulantes subiam e desciam como um amplo mar cinzento. Haviam cavalgado umas quatro horas desde a bifurcação das estradas quando se aproximaram dos Vaus. Longas encostas desciam rapidamente ao lugar onde o rio se espalhava em baixios pedregosos entre altos terraços de relva. Ouviam o uivo dos lobos trazido pelo vento. Tinham os corações pesarosos, rememorando os muitos homens que haviam tombado em combate naquele lugar.

A estrada mergulhou entre ribanceiras de turfa cada vez mais altas, abrindo caminho através dos terraços até a margem do rio e subindo outra vez do lado oposto. Havia três fileiras de pedras chatas para serem pisadas na travessia da correnteza, e entre elas vaus para os cavalos, que saíam de cada beira rumo a uma ilhota nua no meio. Os cavaleiros contemplaram as travessias, e elas lhes pareceram estranhas; pois os Vaus sempre tinham sido um lugar repleto do ímpeto e barulho da água nas pedras; mas agora estavam em silêncio. Os leitos do rio estavam quase secos, um ermo nu de seixos e areia cinzenta.

"Este lugar se tornou lúgubre", disse Éomer. "Que doença acometeu o rio? Muitas coisas belas Saruman destruiu: devorou também as nascentes do Isen?"

"Assim parece", respondeu Gandalf.

"Ai de nós!", exclamou Théoden. "Temos de passar por aqui, onde as aves de carniça devoram tantos bons Cavaleiros da Marca?"

"Este é nosso caminho", disse Gandalf. "Dolorosa é a queda de teus homens; mas hás de ver que pelo menos os lobos das montanhas não os devoram. É com seus amigos, os Orques, que eles se banqueteiam: assim é deveras a amizade de sua espécie. Vem!"

Desceram até o rio, e quando chegaram os lobos pararam de uivar e escapuliram para longe. Foram tomados de pavor vendo Gandalf à luz da lua e seu cavalo Scadufax reluzindo como prata. Os cavaleiros atravessaram até a ilhota, e olhos brilhantes os observavam, lívidos, desde as sombras das ribanceiras.

"Vede!", disse Gandalf. "Amigos labutaram aqui."

E viram que no meio da ilhota fora erguido um montículo, cercado de pedras e guarnecido de muitas lanças em torno.

"Aqui jazem todos os Homens da Marca que tombaram perto deste lugar", disse Gandalf.

"Que aqui repousem!", respondeu Éomer. "E, quando suas lanças tiverem apodrecido e enferrujado, que seu morro ainda perdure por muito tempo guardando os Vaus do Isen!"

"Isto também é obra tua, Gandalf, meu amigo?", indagou Théoden. "Muito realizaste em uma tarde e uma noite!"

"Com a ajuda de Scadufax — e outros", disse Gandalf. "Cavalguei depressa e longe. Mas aqui, junto ao morro, direi isto para teu consolo: muitos caíram nas batalhas dos Vaus, porém menos do que disse o rumor. Mais foram dispersos que mortos; reuni todos os que pude encontrar. Alguns homens enviei com Grimbold de Westfolde para se unirem a Erkenbrand. Alguns pus a fazer este sepultamento. Estes agora seguiram teu marechal Elfhelm. Mandei-o com muitos Cavaleiros a Edoras. Eu sabia que Saruman despachara todo o seu poderio contra ti e que seus serviçais haviam se desviado de todas as outras missões e ido ao Abismo de Helm: as terras pareciam vazias de inimigos; porém eu temia que, não obstante, cavalga-lobos e saqueadores poderiam cavalgar rumo a Meduseld enquanto este estava indefeso. Mas agora penso que não precisas temer: encontrarás tua casa dando as boas-vindas a teu retorno."

"E ficarei contente de revê-la," respondeu Théoden, "por breve, não duvido, que agora haja de ser minha estada ali."

Assim a companhia se despediu da ilha e do montículo, atravessou o rio e escalou a ribanceira oposta. Então prosseguiram a cavalo, contentes de haverem deixado os fúnebres Vaus. À medida que avançavam, irrompeu outra vez o uivo dos lobos.

Havia uma antiga estrada que corria de Isengard para as travessias. Por alguma distância ela corria ao lado do rio, curvando-se com ele para o leste e depois para o norte; mas finalmente afastava-se e ia direto na direção dos portões de Isengard; e estes ficavam sob o flanco da montanha no oeste do vale, a dezesseis milhas ou mais da sua abertura. Seguiram essa estrada, mas não cavalgaram sobre ela; pois o solo ao lado dela era firme e plano, coberto de relva curta e fofa por muitas milhas em torno. Agora cavalgavam mais depressa, e por volta da meia-noite os Vaus estavam quase cinco léguas atrás deles. Então pararam, terminando a jornada daquela noite, pois o Rei estava exausto. Tinham chegado aos pés das Montanhas Nevoentas, e os longos braços de Nan Curunír se estendiam para baixo ao encontro deles. Obscuro jazia o vale diante deles, pois a lua rumara para o Oeste e sua luz estava oculta pelas colinas. Mas da profunda sombra do vale erguia-se uma vasta cúspide de fumaça e vapor; ao subir, captava os raios da luz cadente e espalhava-se em vagalhões cintilantes, negros e prateados, pelo céu estrelado.

"O que pensas disso, Gandalf?", perguntou Aragorn. "Dir-se-ia que todo o Vale do Mago está em chamas."

"Sempre há fumo acima desse vale nestes dias," disse Éomer, "mas nunca antes vi nada semelhante. Estes são vapores, não fumaças. Saruman está fermentando alguma crueldade para nos receber. Quem sabe esteja fervendo todas as águas do Isen e é por isso que o rio secou."

"Quem sabe", disse Gandalf. "Amanhã havemos de saber o que ele está fazendo. Agora descansemos um pouco se pudermos."

Acamparam junto ao leito do rio Isen; ele ainda estava silencioso e vazio. Alguns deles dormiram um pouco. Mas tarde da noite, os vigias deram um grito, e todos despertaram. A lua havia sumido. Brilhavam estrelas lá em cima; mas por cima do solo arrastava-se uma escuridão mais negra que a noite. De ambos os lados do rio ela rolava na direção deles, rumando para o norte.

"Ficai onde estais!", disse Gandalf. "Não sacai armas! Esperai! e ela passará por vós!"

Uma névoa cresceu em torno deles. No alto, algumas estrelas ainda brilhavam fracamente; mas de ambos os lados ergueram-se muros de treva impenetrável; estavam em uma senda estreita entre torres movediças de sombra. Ouviam vozes, sussurros e gemidos e um infindo suspiro farfalhante; a terra tremia sob seus pés. Pareceu-lhes que por longo tempo ficaram sentados, temerosos; mas finalmente a escuridão e o rumor passaram e desapareceram entre os braços da montanha.

Longe no sul, no Forte-da-Trombeta, no meio da noite os homens ouviram um grande barulho, como um vento no vale, e o chão estremeceu; e todos temeram, e ninguém se atreveu a sair. Mas pela manhã saíram e se admiraram; pois os Orques abatidos tinham sumido, e as árvores também. Muito embaixo, no vale do Abismo, a relva estava esmagada e pisada, parda, como se pastores gigantescos tivessem apascentado ali grandes manadas de gado; mas uma milha abaixo do Dique fora escavada uma grande cova na terra, e por cima dela pedras estavam empilhadas em um monte. Os homens acreditavam que os Orques que tinham abatido estavam sepultados ali; mas se estavam junto deles os que fugiram para a floresta ninguém sabia dizer, pois ninguém jamais pôs os pés naquele monte. Foi mais tarde chamado de Colina da Morte, e nenhuma relva lá crescia. Mas as estranhas árvores nunca mais foram vistas na Garganta-do-Abismo; haviam retornado durante a noite e ido para muito longe, aos escuros vales de Fangorn. Assim vingaram-se dos Orques.

O rei e sua companhia não dormiram mais naquela noite; mas não viram nem ouviram nada mais de estranho, exceto uma coisa: a voz do rio junto deles despertou de súbito. Houve um ímpeto de água descendo a correr pelas pedras; e, quando passou, o Isen fluía e borbulhava outra vez em seu leito, como sempre fizera.

Ao amanhecer aprestaram-se para ir em frente. A luz veio cinzenta a pálida, e não viram o nascer do sol. O ar no alto estava pesado de neblina, e jazia uma fumaça na terra em torno deles. Avançaram devagar, já cavalgando na estrada. Esta era larga, dura e bem cuidada. Através das névoas, indistintamente, podiam divisar o longo braço das montanhas que se erguia à esquerda. Haviam penetrado em Nan Curunír, o Vale do Mago. Era um vale abrigado que só se abria para o Sul. Fora outrora belo e verdejante, e o Isen fluía através dele, já fundo e forte antes de encontrar as planícies; pois era alimentado por muitas nascentes e riachos menores entre as colinas lavadas pela chuva e tivera em todo o seu redor uma terra agradável e fértil.

Agora não era assim. Sob os muros de Isengard ainda havia glebas cultivadas pelos escravos de Saruman; mas a maior parte do vale se tornara um ermo de ervas daninhas e espinhos. Sarças arrastavam-se no chão ou, subindo por arbustos e ribanceiras, formavam cavernas desgrenhadas onde habitavam pequenos animais. Ali não cresciam árvores; mas em meio à relva espessa ainda podiam ser vistos os tocos, queimados e abatidos a machado, de antigos arvoredos. Era uma região triste, agora silenciosa, exceto pelo ruído pedregoso de águas velozes. Fumaças e vapores boiavam em nuvens soturnas e escondiam-se nas grotas. Os cavaleiros não falavam. Muitos tinham dúvidas no coração, perguntando-se a que fim sinistro conduziria sua jornada.

Depois de cavalgarem por algumas milhas, a estrada se transformou em uma rua larga, calçada com grandes pedras chatas, habilmente talhadas e dispostas; não se via folha de relva em nenhuma junta. Sarjetas fundas cheias de água gotejante corriam de ambos os lados. De repente surgiu uma coluna alta diante deles. Era negra; e no topo estava posta uma grande pedra, talhada e pintada à semelhança de uma longa Mão

Branca. Seu dedo apontava para o norte. Souberam que não deviam mais estar distantes os portões de Isengard, e seus corações ficaram pesarosos; mas os olhos não conseguiam penetrar as névoas à frente.

Sob o braço da montanha, no interior do Vale do Mago, erguera-se por anos incontáveis o antigo lugar que os Homens chamavam Isengard. Fora em parte moldado na feitura das montanhas, mas os Homens de Ociente outrora tinham feito ali imensas obras; e Saruman ali morara por muito tempo e não estivera ocioso.

Era este seu aspecto enquanto Saruman estava no ápice, considerado por muitos o chefe dos Magos. Uma grande muralha circundante de pedra, semelhante a penhascos altaneiros, destacava-se do abrigo do flanco da montanha, de onde se afastava e aonde retornava depois. Só havia uma entrada aberta nela, um grande arco escavado na muralha meridional. Ali, através da rocha negra, fora talhado um longo túnel, fechado em ambas as pontas com imensas portas de ferro. De tal modo eram construídas e postas nas enormes dobradiças, como postes de aço cravados na rocha viva, que uma vez destrancadas podiam ser movidas com um leve empurrão dos braços, sem ruído. Quem ali penetrasse e finalmente saísse do túnel ecoante contemplava uma planície, um grande círculo, um tanto escavado como uma concavidade vasta e rasa: media uma milha de uma borda à outra. Fora outrora verdejante e repleto de avenidas e pomares de árvores frutíferas irrigados por riachos que fluíam das montanhas para um lago. Mas ali não crescia nada verde nos últimos dias de Saruman. As estradas eram calçadas com lajes escuras e duras; e junto às suas beiras marchavam, em vez de árvores, longas fileiras de colunas, algumas de mármore, e outras de cobre e ferro, unidas por pesadas correntes.

Havia muitas casas, câmaras, salões e corredores, cortados e feitos como túneis para o interior dos muros no lado interno, de forma que todo o círculo aberto era cercado de inúmeras janelas e escuras portas. Milhares podiam habitar ali, trabalhadores, serviçais, escravos e guerreiros com grande estoque de armas;

lobos eram alimentados e abrigados em fundos covis mais embaixo. Também a planície era perfurada e escavada. Poços desciam fundo no solo; suas extremidades superiores estavam cobertas por montículos baixos e domos de pedra, de modo que, ao luar, o Anel de Isengard parecia um cemitério de mortos inquietos. Pois o chão estremecia. Os poços desciam em muitas ladeiras e escadas em espiral até cavernas bem profundas; ali Saruman tinha tesouros, depósitos, arsenais, forjas e grandes fornalhas. Rodas de ferro giravam ali sem fim, e martelos caíam com baque surdo. À noite, plumas de vapor escapavam dos respiradouros, iluminadas por baixo com luz vermelha, ou azul, ou de um verde peçonhento.

Ao centro levavam todas as estradas por entre suas correntes. Ali erguia-se uma torre de forma espantosa. Fora moldada pelos construtores de outrora, que alisaram o Anel de Isengard, e mesmo assim parecia um objeto não feito pelo artifício dos Homens, e sim arrancado dos ossos da terra no antigo tormento das colinas. Era um pico e ilha de rocha, negro, duro e reluzente: quatro imensos pilares de pedra multifacetada eram fundidos em um só, mas perto do cume abriam-se em chifres afastados, com pináculos afiados como pontas de lança, de gume cortante como punhais. Entre eles havia um espaço estreito, e ali, sobre um piso de pedra polida gravado com estranhos sinais, um homem podia postar-se quinhentos pés acima da planície. Essa era Orthanc, a cidadela de Saruman, cujo nome (de propósito ou por acaso) tinha duplo significado; pois na fala élfica *orthanc* significa Monte Presa, mas na língua da antiga Marca é Mente Sagaz.

Isengard era um lugar fortificado e admirável, e por muito tempo fora belo; e ali habitaram grandes senhores, os guardiões de Gondor no Oeste, e homens sábios que observavam as estrelas. Mas Saruman lentamente o moldara para seus fins mutáveis, e o melhorara, segundo pensava, mas estava enganado — pois todas aquelas artes e os sutis artifícios pelos quais abriu mão de sua antiga sabedoria, e que gostava de imaginar serem seus, de fato vinham de Mordor; de modo que o que ele fazia nada era, tão somente uma pequena cópia, um modelo infantil ou uma bajulação de escravo daquela vasta fortaleza, arsenal, prisão, fornalha de grande poderio, Barad-dûr, a Torre Sombria, que não suportava rival e ria da bajulação, esperando seu momento, segura em sua altivez e incomensurável força.

Aquele era o baluarte de Saruman como a fama o relatava; pois em memória vivente os homens de Rohan não haviam passado por seus portões, exceto talvez uns poucos, como Língua-de-Cobra, que vinham em segredo e a ninguém contavam o que viam.

Agora Gandalf cavalgou até a grande coluna da Mão e passou por ela; e quando o fez, os Cavaleiros viram, com pasmo, que a Mão não parecia mais branca. Estava manchada como que de sangue coagulado; e olhando mais de perto perceberam que as unhas eram vermelhas. Sem lhe dar atenção, Gandalf continuou cavalgando névoa adentro, e eles o seguiram com relutância. Agora em toda a volta, como se tivesse ocorrido uma súbita enchente, amplas lagoas de água estavam ao lado da estrada, enchendo as depressões, e regatos desciam gotejando por entre as pedras.

Por fim Gandalf parou e lhes fez sinal; e vieram, e viram que além dele as névoas haviam se dissipado, e brilhava uma pálida luz do sol. A hora do meio-dia passara. Haviam chegado às portas de Isengard.

Mas as portas jaziam no chão, jogadas e retorcidas. E em toda a volta as pedras, rachadas e estilhaçadas em incontáveis lascas afiadas, estavam espalhadas por todo o lugar, ou amontoadas em pilhas ruinosas. O grande arco ainda estava de pé, mas agora se abria para um abismo sem teto: o túnel fora descoberto, e grandes fendas e brechas haviam sido rasgadas de ambos os lados, nas paredes que pareciam penhascos; suas torres estavam tornadas em pó. Se o Grande Mar tivesse se erguido em fúria e se abatido nas colinas numa tempestade, não poderia ter produzido ruína maior.

Mais além, o anel estava repleto de água fumegante: um caldeirão borbulhante no qual arfavam e flutuavam destroços de vigas e longarinas, baús e pipas e equipamentos quebrados. Colunas torcidas e inclinadas erguiam seus caules estilhaçados por cima da enchente, mas todas as estradas estavam submersas.

Bem longe, ao que parecia, meio velada em nuvens rodopiantes, surgia a rocha-ilha. Ainda escura e alta, intocada pela tempestade, erguia-se a torre de Orthanc. Águas pálidas lhe lambiam o sopé.

O rei e toda a sua companhia estavam silenciosos em seus cavalos, admirados, percebendo que o poderio de Saruman fora derrotado; mas não podiam imaginar como. E então voltaram os olhos para o arco e os portões arruinados. Ali viram, logo ao lado deles, um grande monte de entulho; e subitamente deram-se conta de dois pequenos vultos deitados sobre ele, à vontade, vestidos de cinza, mal visíveis entre as pedras. Havia garrafas, tigelas e travessas ao lado deles, como se tivessem acabado de comer bem e agora descansassem da labuta. Um parecia adormecido; o outro, de pernas cruzadas e braços atrás da cabeça, reclinava-se em uma rocha partida e soltava pela boca longos filetes e pequenos anéis de tênue fumaça azul.

Por um momento, Théoden, Éomer e todos os seus homens encararam-nos pasmados. Em meio a toda a ruína de Isengard, aquela lhes parecia ser a visão mais estranha. Mas, antes que o rei pudesse falar, o pequeno vulto que respirava fumaça subitamente se deu conta deles, sentados ali em silêncio na beira da névoa. Pôs-se de pé com um salto. Tinha o aspecto de um homem jovem, ou assim parecia, apesar de não ter muito mais que meio homem de estatura; sua cabeça de cabelos castanhos e encaracolados estava descoberta, mas trajava uma capa manchada de viagem, do mesmo tom e forma que os companheiros de Gandalf usavam quando cavalgaram até Edoras. Fez uma mesura muito profunda, pondo a mão no peito. Depois, parecendo não observar o mago e seus amigos, virou-se para Éomer e o rei.

"Bem-vindos, meus senhores, a Isengard!", disse ele. "Nós somos os guardiões da porta. Meriadoc, filho de Saradoc, é meu nome; e meu companheiro, que, ai dele!, foi dominado pela exaustão," — nesse ponto deu um pontapé no outro — "é Peregrin, filho de Paladin, da Casa de Tûk. Longe no Norte fica nosso lar. O Senhor Saruman está lá dentro; mas está no momento trancado com um certo Língua-de-Cobra, do contrário sem dúvida estaria aqui para receber tão honrados visitantes."

"Sem dúvida estaria!", riu-se Gandalf. "E foi Saruman quem mandou que vigiassem suas portas danificadas e observassem a chegada de visitantes quando sua atenção pudesse se desviar do prato e da garrafa?"

"Não, bom senhor, o assunto lhe fugiu", respondeu Merry com gravidade. "Ele esteve muito ocupado. Nossas ordens vieram de Barbárvore, que assumiu a administração de Isengard. Ele me mandou receber o Senhor de Rohan com palavras adequadas. Fiz o melhor que pude."

"E quanto a vossos companheiros? Quanto a Legolas e a mim?", exclamou Gimli, incapaz de conter-se por mais tempo. "Seus tratantes, seus malandros de pés peludos e cachola de lã! Obrigastes-nos a uma bela caçada! Duzentas léguas através de pântano e floresta, batalha e morte, para vos resgatar! E aqui vos encontramos em banquete e ócio — e fumando! Fumando! Onde encontrastes a erva, seus vilões? Martelo e tenaz! Estou tão dividido entre raiva e alegria que será um espanto se eu não rebentar!"

"Falas por mim, Gimli", riu-se Legolas. "Porém antes gostaria de saber como encontraram o vinho."

"Uma coisa não encontrastes em vossa caçada, que é mais esperteza", disse Pippin, abrindo um olho. "Achai-nos sentados num campo de vitória, em meio à pilhagem de exércitos, e vos perguntais como encontramos alguns confortos bem merecidos!"

"Bem merecidos?", disse Gimli. "Não posso crer nisso!"

Os Cavaleiros riram. "Não é de duvidar que testemunhamos o encontro de caros amigos", disse Théoden. "Então são estes os perdidos de tua comitiva, Gandalf? Os dias estão fadados a serem repletos de maravilhas. Já vi muitas desde que deixei minha casa; e agora, aqui diante de meus olhos, estão mais outros do povo das lendas. Estes não são os Pequenos, que alguns entre nós chamam de Holbytlan?"

"Hobbits, se fazeis favor, senhor", respondeu Pippin.

"Hobbits?", indagou Théoden. "Vossa língua é estranhamente mudada; mas o nome assim não soa inadequado. Hobbits! Nenhum relato que eu tenha ouvido faz justiça à realidade."

Merry fez uma mesura; e Pippin ergueu-se e fez outra mesura profunda. "Sois indulgente, senhor; ou assim espero poder interpretar vossas palavras", disse ele. "E eis outra maravilha! Vagueio por muitas terras desde que deixei meu lar e nunca encontrei até agora gente que conhecesse alguma história a respeito dos hobbits."

"Meu povo veio do Norte muito tempo atrás", comentou Théoden. "Mas não vos enganarei: não conhecemos histórias sobre os hobbits. Tudo o que dizem entre nós é que bem longe, além de muitas colinas e rios, vive o povo pequeno que mora em tocas em dunas de areia. Mas não há lendas de seus feitos, pois dizem que pouco fazem e evitam a visão dos homens, já que são capazes de sumir num piscar de olhos; e podem mudar as vozes para imitar o piado dos pássaros. Mas parece que se poderia dizer mais coisas."

"Poder-se-ia deveras, senhor", disse Merry.

"Por exemplo," continuou Théoden, "eu não ouvira que lançavam fumaça da boca."

"Isso não surpreende", respondeu Merry; "pois é uma arte que não praticamos há mais que algumas gerações. Foi Tobold Corneteiro, do Vale Comprido na Quarta Sul, o primeiro que cultivou a verdadeira erva-de-fumo em seus jardins, por volta do ano de 1070, conforme nossa contagem. Como o velho Toby encontrou a planta..."

"Não conheces teu perigo, Théoden", interrompeu Gandalf. "Estes hobbits sentam-se à beira da ruína e discutem os prazeres da mesa ou os pequenos feitos de seus pais, avós, bisavós e primos mais remotos em nono grau, se os encorajares com indevida paciência. Alguma outra hora seria mais propícia à história do fumo. Onde está Barbárvore, Merry?"

"Lá longe do lado norte, creio. Foi buscar um gole... de água limpa. A maioria dos outros Ents está com ele, ainda ocupados com seu trabalho... acolá." Merry abanou a mão na direção do lago fumegante; e ao olharem ouviram um ribombo e estrépito distantes, como se uma avalancha caísse do flanco da montanha. De longe veio um *hum-hom*, como trompas tocando em triunfo.

"Então Orthanc foi deixada sem vigia?", perguntou Gandalf.

"Há a água", disse Merry. "Mas Tronquesperto e alguns outros estão vigiando. Nem todos esses postes e colunas na planície foram plantados por Saruman. Tronquesperto, creio, está junto à rocha, perto do pé da escada."

"Sim, está ali um Ent alto e cinzento," respondeu Legolas, "mas tem os braços dos lados e está imóvel como um batente de porta."

"Passa do meio-dia," comentou Gandalf, "e nós, seja como for, não comemos desde o começo da manhã. Porém quero ver Barbárvore assim que seja possível. Ele não me deixou recado, ou o prato e a garrafa o expulsaram da sua lembrança?"

"Deixou recado," disse Merry, "e eu estava chegando nesse ponto, mas fui impedido por muitas outras perguntas. Eu devia dizer que, se o Senhor da Marca e Gandalf cavalgarem até a muralha norte, encontrarão Barbárvore ali, e ele os receberá. Posso acrescentar que ali também encontrarão comida da melhor, descoberta e selecionada por vossos humildes servidores." Fez uma mesura.

Gandalf riu. "Isso está melhor!", respondeu ele. "Bem, Théoden, cavalgarás comigo para encontrar Barbárvore? Precisamos dar a volta, mas não é longe. Quando vires Barbárvore ficarás sabendo de muita coisa. Pois Barbárvore é Fangorn, o mais velho e principal dos Ents, e quando falares com ele ouvirás a fala do mais velho de todos os seres vivos."

"Irei contigo", afirmou Théoden. "Adeus, meus hobbits! Que voltemos a nos encontrar em minha casa! Ali vós sentareis ao meu lado e me contareis tudo o que vossos corações desejarem: os feitos de vossos antepassados até onde os podeis contar; e falaremos também de Tobold, o Velho, e de seu saber das ervas. Adeus!"

Os hobbits fizeram mesuras profundas. "Então esse é o Rei de Rohan!", comentou Pippin a meia voz. "Um velhinho simpático. Muito gentil."

9

Destroços e Arrojos

Gandalf e a companhia do Rei partiram a cavalo, virando rumo ao leste para darem a volta nas muralhas arruinadas de Isengard. Mas Aragorn, Gimli e Legolas ficaram para trás. Deixando Arod e Hasufel vagarem em busca de capim, vieram sentar-se ao lado dos hobbits.

"Bem, bem! A caçada terminou, e finalmente nos reencontramos onde nenhum de nós jamais pensou em ir", disse Aragorn.

"E agora que os grandes se foram para discutir assuntos elevados," comentou Legolas, "quem sabe os caçadores possam ficar sabendo das respostas aos seus próprios pequenos enigmas. Seguimos vossa pista até a floresta, mas ainda há muitas coisas cuja verdade eu gostaria de conhecer."

"E há muito, também, que queremos saber sobre vós", respondeu Merry. "Ficamos sabendo de algumas através de Barbárvore, o Velho Ent, mas isso não basta, nem de longe."

"Cada coisa a seu tempo", disse Legolas. "Nós fomos os caçadores, e deveis fazer-nos um relato sobre vós em primeiro lugar."

"Ou segundo", interrompeu Gimli. "Desceria melhor após uma refeição. Minha cabeça está machucada; e passa do meio-dia. Vós, malandros, poderíeis vos regenerar encontrando para nós parte do saque de que falastes. Comida e bebida pagariam parte do crédito que tenho convosco."

"Então terás isso", disse Pippin. "Queres aqui, ou com maior conforto no que resta da casa de vigia de Saruman — acolá embaixo do arco? Tivemos de fazer um piquenique aqui fora para mantermos um olho na estrada."

"Menos que um olho!", exclamou Gimli. "Mas não entrarei em nenhuma casa-órquica; nem tocarei em carne dos Orques ou em algo que eles tenham abatido."

"Não te pediríamos para fazeres isso", disse Merry. "Nós mesmos já vimos Orques bastantes para durar toda uma vida. Mas havia muitos outros povos em Isengard. Saruman manteve sabedoria suficiente para não confiar em seus Orques. Tinha Homens vigiando os portões: alguns dos seus serviçais mais fiéis, suponho. Seja como for, eles eram favorecidos e ganhavam bons víveres."

"E erva-de-fumo?", perguntou Gimli.

"Não, acho que não", riu-se Merry. "Mas isso é outra história, que pode esperar até depois do almoço."

"Bem, então vamos almoçar!", disse o Anão.

Os hobbits foram na frente; e passaram sob o arco e chegaram a uma porta larga à esquerda, no alto de uma escada. Ela dava diretamente em uma grande sala, com outras portas menores na extremidade oposta, e uma lareira com chaminé de um lado. A sala era escavada na pedra; e devia ter sido escura outrora, pois suas janelas só davam para o túnel. Mas agora a luz entrava pelo teto rompido. Na lareira ardia um fogo.

"Fiz um foguinho", disse Pippin. "Isso nos animou nas neblinas. Havia poucos feixes de lenha por aí, e a maioria da madeira que conseguimos achar estava molhada. Mas há uma ótima tiragem de ar na chaminé: parece que ela dá voltas subindo através da rocha e por sorte não foi obstruída. Um fogo vem a calhar. Dá para fazer torradas. Receio que o pão seja de três ou quatro dias atrás."

Aragorn e seus companheiros sentaram-se em uma extremidade de uma mesa comprida, e os hobbits desapareceram por uma das portas internas.

"É um depósito ali e por sorte fica acima dos alagamentos", comentou Pippin, quando voltaram carregados de pratos, tigelas, copos, facas e comida de vários tipos.

"E não precisas torcer o nariz para as provisões, Mestre Gimli", disse Merry. "Isto não é coisa-órquica, e sim comida humana, como Barbárvore a chama. Queres vinho ou cerveja? Há um barril lá dentro — bem razoável. E isto é carne de porco salgada de primeira qualidade. Ou posso cortar-te umas fatias de toucinho e assá-las, se preferires. Lamento que não haja verduras: as entregas ficaram meio interrompidas nos últimos dias! Não posso te oferecer nenhum complemento exceto manteiga e mel para o pão. Estás satisfeito?"

"Sim, deveras", respondeu Gimli. "A dívida está muito reduzida."

Logo os três estavam ocupados com a refeição; e os dois hobbits, sem constrangimento, atacaram pela segunda vez. "Precisamos fazer companhia a nossos hóspedes", disseram.

"Estais repletos de cortesia esta manhã", riu-se Legolas. "Mas quem sabe, se nós não tivéssemos chegado, já estivésseis outra vez fazendo companhia um ao outro."

"Quem sabe; e por que não?", disse Pippin. "Com os Orques nossa comida era nojenta, e antes disso foi bem pouca durante dias. Parece que faz muito tempo que não comemos a contento."

"Isso não vos parece ter prejudicado nem um pouco", observou Aragorn. "Na verdade, pareceis ter uma saúde florescente."

"Sim, pareceis deveras", disse Gimli, olhando-os da cabeça aos pés por cima da beira do copo. "Ora, vossos cabelos estão duas vezes mais espessos e encaracolados do que quando nos separamos; e eu juraria que ambos cresceram um pouco, se é que isso é possível para hobbits de vossa idade. Seja como for, esse Barbárvore não vos deixou passar fome."

"Não deixou", respondeu Merry. "Mas os Ents só bebem, e bebida não basta para satisfazer. Os tragos de Barbárvore podem ser nutritivos, mas sente-se a necessidade de algo sólido. E mesmo *lembas* não é pior para variar."

"Bebestes das águas dos Ents, é isso?", disse Legolas. "Ah, então creio que provavelmente os olhos de Gimli não o enganam. Estranhas canções têm sido cantadas sobre os tragos de Fangorn."

"Muitas histórias estranhas têm sido contadas sobre aquela terra", comentou Aragorn. "Nunca entrei ali. Vamos, contai-me mais sobre ela e sobre os Ents!"

"Ents," disse Pippin, "Ents são... bem, para começar, Ents são bem diferentes. Mas os olhos deles, os olhos são muito estranhos." Tentou algumas palavras desajeitadas que se desfizeram em silêncio. "Oh, bem," prosseguiu, "já vistes alguns ao longe — seja como for, eles vos viram e relataram que estáveis a caminho — e espero que vejais muitos outros antes de partirdes daqui. Precisais formar vossas próprias ideias."

"Ora, ora!", exclamou Gimli. "Estamos começando a história pelo meio. Eu gostaria de um relato na ordem certa, começando por aquele estranho dia em que nossa sociedade foi rompida."

"Tê-lo-ás se houver tempo", disse Merry. "Mas primeiro — se tiverdes terminado de comer — haveis de encher os cachimbos e acendê-los. E então, por algum tempo, podemos fingir que estamos todos a salvo, de volta a Bri ou a Valfenda."

Tirou uma sacolinha de couro cheia de tabaco. "Temos montes disto", continuou ele; "e podeis todos carregar quanto quiserdes, quando formos embora. Fizemos um trabalho de resgate esta manhã, Pippin e eu. Há muita coisa flutuando por aí. Foi Pippin quem encontrou dois pequenos barris, arrastados pela água de algum porão ou depósito, imagino. Quando os abrimos descobrimos que estavam cheios disto: a mais fina erva-de-fumo que se poderia desejar, e nem um pouco estragada."

Gimli pegou um pouco, esfregou-a nas palmas das mãos e cheirou-a. "Parece boa e tem bom cheiro", disse ele.

"Ela é boa!", assentiu Merry. "Meu caro Gimli, é Folha do Vale Comprido! Havia marcas do Corneteiro queimadas nos barris, mais nítidas impossível. Não consigo imaginar como ela veio parar aqui. Imagino que para uso particular de Saruman. Nunca soube que ela chegava tão longe. Mas agora vem a calhar!"

"Viria," disse Gimli, "se eu tivesse um cachimbo para usá-la. Ai de mim, perdi o meu em Moria, ou antes. Não há cachimbo em toda a vossa pilhagem?"

"Não, receio que não", respondeu Merry. "Não encontramos nenhum, nem aqui nas salas de vigia. Parece que Saruman guardava para si esse petisco. E não acho que valeria a pena bater às portas de Orthanc para lhe pedir um cachimbo! Vamos ter que compartilhar os cachimbos, como os bons amigos fazem num aperto."

"Meio momento!", disse Pippin. Pondo a mão no interior da jaqueta, tirou uma sacolinha macia em um cordão. "Guardo um ou dois tesouros perto da pele, para mim tão preciosos como Anéis. Eis um: meu velho cachimbo de madeira. E eis outro: um sem uso. Eu o carreguei longe, mas não sei por quê. Nunca esperei encontrar erva-de-fumo na viagem quando a minha acabou. Mas agora, afinal de contas, ele se revela útil." Ergueu um pequeno cachimbo de fornilho largo e achatado e entregou-o a Gimli. "Isso acerta a dívida entre nós?", perguntou ele.

"Acerta!", exclamou Gimli. "Mui nobre hobbit, isso me deixa em profundo débito contigo."

"Bem, vou voltar ao ar livre para ver o que fazem o vento e o céu!", disse Legolas.

"Iremos contigo", disse Aragorn.

Saíram e sentaram-se nas pedras empilhadas diante do portal. Agora conseguiam enxergar bem longe no vale lá embaixo; as névoas estavam se erguendo e partiam flutuando na brisa.

"Agora vamos sossegar aqui um pouco!", disse Aragorn. "Vamos nos sentar à beira da ruína e conversar, como diz Gandalf, enquanto ele está ocupado em outra parte. Sinto uma exaustão que poucas vezes senti antes." Enrolou-se na capa cinzenta, escondendo a cota de malha, e esticou as pernas compridas. Então recostou-se e emitiu dos lábios uma fina corrente de fumaça.

"Vede!", disse Pippin. "Passolargo, o Caminheiro, voltou!"

"Ele nunca estave longe", disse Aragorn. "Eu sou Passolargo e Dúnadan também, e pertenço tanto a Gondor quanto ao Norte."

Fumaram em silêncio por alguns momentos, e o sol os iluminava; entrava de esguelha no vale, dentre nuvens brancas, altas no Oeste. Legolas estava deitado imóvel, olhando para o sol e o céu com olhos firmes, e cantando baixinho para si mesmo. Finalmente sentou-se. "Vamos agora!", disse ele. "O tempo passa, e as névoas estão sendo sopradas para longe, ou seriam se vós, gente estranha, não vos envolvêsseis em fumaça. E quanto à história?"

"Bem, minha história começa comigo acordando no escuro e me encontrando todo amarrado em um acampamento-órquico", comentou Pippin. "Vejamos, que dia é hoje?"

"Cinco de março pelo Registro do Condado", respondeu Aragorn. Pippin fez algumas contas nos dedos. "Só nove dias atrás!", disse ele.[1] "Parece que faz um ano que fomos apanhados. Bem, apesar de metade ser como um sonho ruim, calculo que se seguiram três dias muito horríveis. Merry vai me corrigir se eu esquecer algo importante — não vou entrar em detalhes — os chicotes e a imundície e o fedor e tudo o mais; a lembrança não é suportável." Com essas palavras mergulhou em um relato do último combate de Boromir e da marcha-órquica das Emyn Muil até a Floresta. Os demais inclinavam a cabeça à medida que os diferentes pontos se encaixavam em suas suposições.

"Aqui estão uns tesouros que deixastes cair", disse Aragorn. "Ficareis contentes de reavê-los." Soltou o cinto sob a capa e tirou dele os dois punhais embainhados.

"Bem!", exclamou Merry. "Jamais esperei vê-los de novo! Marquei alguns orques com o meu; mas Uglúk os tirou de nós. Como arregalou os olhos! Primeiro pensei que ia me esfaquear, mas ele os jogou fora como se o queimassem."

"E aqui também está teu broche, Pippin", continuou Aragorn. "Eu o guardei a salvo, pois é um objeto muito precioso."

"Eu sei", assentiu Pippin. "Foi duro largá-lo; mas o que mais eu podia fazer?"

"Nada mais", respondeu Aragorn. "Quem não consegue jogar fora um tesouro quando precisa está agrilhoado. Fizeste bem."

"Cortar as amarras dos pulsos foi um trabalho esperto!", disse Gimli. "Ali a sorte vos serviu; mas agarrastes a oportunidade com ambas as mãos, poderíamos dizer."

"E nos pusestes um belo enigma", disse Legolas. "Perguntei-me se tínheis criado asas!"

"Infelizmente não", comentou Pippin. "Mas não sabíeis sobre Grishnákh." Estremeceu e não disse mais nada, deixando que Merry contasse sobre aqueles últimos momentos horríveis: as mãos escarvando, o hálito quente e a pavorosa força dos braços peludos de Grishnákh.

[1]Todos os meses do calendário do Condado tinham 30 dias. [N. A.]

"Tudo isso sobre os Orques de Barad-dûr, Lugbúrz como eles dizem, me deixa apreensivo", disse Aragorn. "O Senhor Sombrio já sabia demais, e seus serviçais também; e evidentemente Grishnákh mandou alguma mensagem para o outro lado do Rio depois da briga. O Olho Vermelho estará olhando na direção de Isengard. Mas Saruman, seja como for, está em uma arapuca que ele próprio armou."

"Sim, não importa o lado que vença, sua perspectiva é ruim", afirmou Merry. "As coisas começaram todas a dar errado para ele no momento em que seus Orques puseram os pés em Rohan."

"Tivemos um vislumbre do velho vilão, essa é a insinuação de Gandalf", disse Gimli. "Na beira da Floresta."

"Quando foi isso?", perguntou Pippin.

"Cinco noites atrás", disse Aragorn.

"Deixai-me ver", comentou Merry: "cinco noites atrás — agora chegamos a uma parte da história de que nada sabeis. Encontramos Barbárvore naquela manhã após a batalha; e naquela noite estivemos na Gruta-da-Nascente, uma das suas casas-de-ent. Na manhã seguinte fomos ao Entencontro, uma reunião de Ents, quero dizer, e era a coisa mais esquisita que já vi na vida. Durou o dia todo e o dia seguinte; e passamos as noites com um Ent chamado Tronquesperto. E então, ao anoitecer do terceiro dia de seu encontro, os Ents subitamente estouraram. Foi espantoso. A Floresta dava uma sensação tão tensa como se uma tempestade estivesse fermentando dentro dela: então explodiu de repente. Queria que tivésseis ouvido a canção deles enquanto marchavam."

"Se Saruman a tivesse ouvido, a esta altura estaria a cem milhas de distância, mesmo que tivesse que correr com as próprias pernas", afirmou Pippin.

> "*Pode Isengard se resguardar, ser duro e frio qual osso ou rocha,*
> *À guerra, à guerra, à guerra então, romper a pedra e o portão!*[A]

"Havia muito mais. Grande parte da canção não tinha palavras, e era como música de trompas e tambores. Era muito emocionante. Mas pensei que fosse somente música de marcha e nada mais, só uma canção — até eu chegar aqui. Agora entendo melhor."

"Descemos por cima da última crista para Nan Curunír, depois do cair da noite", prosseguiu Merry. "Foi aí que tive a primeira sensação de que a própria Floresta estava se movendo atrás de nós. Pensei que estava sonhando um sonho entesco, mas Pippin também havia percebido. Ambos estávamos apavorados; mas só depois descobrimos mais a respeito.

"Eram os Huorns, como os Ents os chamam em 'linguagem curta'. Barbárvore não diz muita coisa sobre eles, mas creio que são Ents que se tornaram quase como árvores, pelo menos no aspecto. Ficam de pé aqui e ali na floresta ou sob suas beiradas, silenciosos, vigiando as árvores interminavelmente; mas no fundo dos vales mais escuros há centenas e centenas deles, creio.

"Há grande poder neles, e parecem capazes de se envolver em sombra: é difícil vê-los se movendo. Mas movem-se. São capazes de se moverem muito depressa se estiverem zangados. Quem sabe estás imóvel olhando o tempo, ou escutando o farfalhar do vento, e então subitamente descobres que estás no meio de uma mata, com grandes árvores tateando em toda a tua volta. Eles ainda têm vozes, e podem falar com os Ents — é por isso que são chamados de Huorns, diz Barbárvore —, mas tornaram-se estranhos e selvagens. Perigosos. Eu ficaria aterrorizado ao encontrá-los se não houvesse Ents de verdade por perto para cuidar deles.

"Bem, no começo da noite descemos esgueirando-nos por uma longa ravina até a extremidade superior do Vale do Mago, com os Ents e todos os seus Huorns farfalhando atrás de nós. Não podíamos vê-los, é claro, mas todo o ar estava repleto de rangidos. Estava muito escuro, uma noite nublada. Eles se moveram a grande velocidade assim que deixaram as colinas e faziam um ruído como o vento soprando forte. O Lua não surgiu através das nuvens, e pouco depois da meia-noite havia uma mata alta em torno de todo o lado norte de Isengard. Não havia sinal de inimigos nem de qualquer contestação. Havia uma luz brilhando numa janela alta da torre, só isso.

"Barbárvore e mais alguns Ents continuaram se esgueirando, dando a volta até estarem à vista dos grandes portões. Pippin e eu estávamos com ele. Estávamos sentados nos ombros de Barbárvore, e eu podia sentir a tensão palpitante dele. Mas mesmo quando estão incitados os Ents podem ser muito cautelosos e pacientes. Mantinham-se imóveis como pedras esculpidas, respirando e escutando.

"Então de uma vez houve uma tremenda comoção. Trompas ressoaram e os muros de Isengard ecoaram. Pensamos que tínhamos sido descobertos e que a batalha estava prestes a começar. Mas não era nada disso. Todo o povo de Saruman estava marchando para longe. Não sei muita coisa sobre esta guerra, nem sobre os Cavaleiros de Rohan, mas parece que Saruman pretendia dar cabo do rei e de todos os seus homens com um golpe final. Esvaziou Isengard. Vi o inimigo partindo: filas infindáveis de Orques em marcha; e tropas deles cavalgando grandes lobos. E havia batalhões de Homens também. Muitos deles levavam tochas, e no clarão consegui ver-lhes os rostos. A maioria eram homens comuns, um tanto altos e de cabelos escuros, e soturnos, mas não de aspecto especialmente malvado. Mas havia alguns outros que eram horríveis: da altura de um homem, mas com caras de gobelim, lívidos, olhando de soslaio, estrábicos. Sabeis, eles me lembraram logo aquele Sulista de Bri; só que ele não era tão obviamente órquico como a maioria destes."

"Pensei nele também", comentou Aragorn. "Tivemos de lidar com muitos desses meio-orques no Abismo de Helm. Agora parece claro que aquele Sulista era espião de Saruman; mas não sei se trabalhava com os Cavaleiros Negros ou só para Saruman. Com essa gente maligna é difícil saber quando estão aliados e quando estão se traindo."

"Bem, somando todos os tipos deviam ser dez mil no mínimo", disse Merry. "Levaram uma hora saindo pelos portões. Alguns partiram estrada abaixo até os Vaus, e alguns se desviaram e foram para o leste. Ali foi construída uma ponte, a cerca de uma milha daqui, onde o rio corre em um canal muito fundo. Poderíeis vê-la agora se ficásseis de pé. Todos cantavam com vozes ásperas e riam, fazendo um barulho hediondo. Pensei que as coisas pareciam muito sombrias para Rohan. Mas Barbárvore não se moveu. Ele disse: 'Esta noite meu afazer é com Isengard, com rocha e pedra.'

"Mas, apesar de não conseguir ver o que acontecia no escuro, creio que os Huorns começaram a se deslocar para o sul assim que os portões se fecharam outra vez. O afazer deles era com os Orques, creio. Pela manhã tinham descido longe no vale; ou, seja como for, havia ali uma sombra impenetrável.

"Assim que Saruman havia enviado todo o seu exército, chegou nossa vez. Barbárvore nos pôs no chão e subiu até os portões, e começou a martelar as portas e chamar por Saruman. Não houve resposta, exceto flechas e pedras das muralhas. Mas flechas de nada valem contra os Ents. Elas os machucam, é claro, e os enfurecem: como moscas que picam. Mas um Ent pode estar crivado de flechas-órquicas como uma alfineteira sem sofrer sérios danos. Por exemplo, não podem ser envenenados; e sua pele parece ser muito espessa e mais dura que casca. É preciso um golpe de machado muito vigoroso para feri-los com seriedade. Não gostam de machados. Mas teria de haver muitíssimos homens armados de machados para cada Ent: um homem que golpeia um Ent uma vez jamais tem chance de dar o segundo golpe. Um soco de punho-de-Ent amarrota ferro como se fosse lata fina.

"Quando Barbárvore havia levado algumas flechadas, ele começou a esquentar, a ficar positivamente 'apressado', como ele diria. Soltou um grande *huum-hom*, e uma dúzia de outros Ents veio a largos passos. Um Ent zangado é aterrorizante. Seus dedos das mãos e dos pés simplesmente agarram a rocha; e rasgam-na como casca de pão. Era como observar a obra de grandes raízes de árvore em uma centena de anos, tudo comprimido em alguns momentos.

"Empurraram, puxaram, romperam, sacudiram e martelaram; e *clang-bang, crás-crac*, em cinco minutos tinham derrubado em ruínas aqueles enormes portões; e alguns já começavam a roer as muralhas, como coelhos em uma cova de areia. Não sei o que Saruman pensou que estava acontecendo; mas, seja como for, não sabia como lidar com isso. É claro que sua magia pode ter declinado ultimamente; mas de qualquer modo creio que ele não tenha muito tutano, não tenha muita coragem simplesmente, sozinho num lugar apertado sem um monte de escravos e máquinas e coisas assim, se sabeis o que quero dizer. Bem diferente do velho Gandalf. Pergunto-me se o tempo todo a fama dele não era principalmente por ser esperto em se estabelecer em Isengard."

"Não", disse Aragorn. "Outrora ele era tão grande quanto sua fama dizia. Seu conhecimento era profundo, seu pensamento era sutil e suas mãos eram espantosamente hábeis; e tinha poder sobre as mentes alheias. Os sábios ele sabia persuadir e a gente menor ele sabia assustar. Esse poder ele certamente ainda possui. Não há muitos na Terra-média que eu diria estarem a salvo se fossem deixados a falar com ele a sós, mesmo agora quando sofreu uma derrota. Gandalf, Elrond e Galadriel, talvez, agora que sua maldade foi desnudada, mas muito poucos outros."

"Os Ents estão a salvo", comentou Pippin. "Em certa época parece que ele os contornou, mas nunca mais. E de qualquer maneira ele não os compreendeu; e cometeu o grande erro de deixá-los fora de seus cálculos. Não tinha plano para eles e não havia tempo para fazer um, uma vez que eles se haviam posto a trabalhar. Assim que nosso ataque começou, os poucos ratos que restavam em Isengard começaram a escapulir por todos os buracos que os Ents faziam. Os Ents deixaram os Homens ir embora, depois de interrogá-los, só duas ou três dúzias nesta ponta. Não creio que tenham escapado muitos Orques de qualquer tamanho. Não dos Huorns: havia uma mata cheia deles em toda a volta de Isengard àquela altura, além dos que haviam descido pelo vale.

"Quando os Ents tinham reduzido a entulho grande parte das muralhas do sul, e o que restava da sua gente tinha escapulido e desertado, Saruman fugiu em pânico. Parece que estava junto aos portões quando chegamos: imagino que veio assistir a seu esplêndido exército partindo em marcha. Quando os Ents arrombaram e entraram, ele se foi às pressas. De início não o localizaram. Mas a noite tinha-se aberto, e havia muita luz das estrelas, o bastante para os Ents enxergarem, e de repente Tronquesperto deu um grito 'O matador de árvores, o matador de árvores!'. Tronquesperto é uma criatura dócil, mas odeia Saruman mais ferozmente por isto: seu povo sofreu cruelmente com os machados-órquicos. Saltou da trilha que vinha do portão interno, sendo capaz de se mover como o vento quando está irritado. Havia um vulto pálido correndo para dentro e para fora, pelas sombras das colunas, e quase chegara à escadaria da porta da torre. Mas foi por pouco. Tronquesperto o seguia tão depressa que ele ficou a um ou dois passos de ser apanhado e estrangulado quando se insinuou através da porta.

"Quando Saruman estava a salvo, de volta em Orthanc, não demorou muito para ele pôr em ação algumas de suas preciosas máquinas. Àquela altura havia muitos Ents dentro de Isengard: alguns tinham seguido Tronquesperto, e outros tinham invadido vindos do norte e do leste; estavam perambulando e causando muitos danos. De repente subiram fogos e fumos fétidos: os respiradouros e poços em toda a planície começaram a jorrar e vomitar. Diversos Ents foram chamuscados e criaram bolhas. Um deles, acho que se chamava Ossofaia, um Ent muito alto e bonito, foi apanhado num borrifo de uma espécie de fogo líquido e queimou como uma tocha: uma visão horrível.

"Isso os enlouqueceu. Antes eu pensava que eles estavam realmente excitados; mas enganei-me. Finalmente vi como era isso. Foi assombroso. Eles rugiram e ribombaram e trombetearam até que as pedras começaram a rachar e a cair só com o barulho. Merry e eu deitamo-nos no chão e enfiamos as capas nas orelhas. Em toda a volta da rocha de Orthanc os Ents estavam caminhando e assaltando como uma borrasca uivante, quebrando colunas, lançando avalanches de rochedos poço abaixo, jogando enormes lajes de pedra no ar como se fossem folhas. A torre estava no meio de um turbilhão rodopiante. Vi postes de ferro e blocos de alvenaria subirem centenas de pés como foguetes e se despedaçarem de encontro às janelas de Orthanc. Mas Barbárvore manteve a cabeça fria. Por sorte não tinha sofrido nenhuma queimadura. Não queria que seu povo se ferisse devido à própria fúria e não queria que Saruman escapasse por algum buraco na confusão. Muitos dos Ents estavam se jogando de encontro à rocha de Orthanc; mas ela os derrotou. É muito lisa e dura. Quem sabe nela haja alguma magia, mais velha e mais forte que a de Saruman. Seja como for, não conseguiram agarrar-se nela nem causar uma rachadura; e estavam se contundindo e se ferindo ao encontro dela.

"Portanto Barbárvore saiu para o círculo e gritou. Sua enorme voz ergueu-se acima do alarido todo. De repente fez-se um silêncio total. Nele, ouvimos uma risada estridente vinda de uma janela alta da torre. Isso teve sobre os Ents um efeito estranho. Antes estavam em ebulição; agora tornaram-se frios, inflexíveis como gelo e silenciosos. Deixaram a planície e se reuniram em torno de Barbárvore, que estava bem imóvel. Falou-lhes por alguns momentos em sua própria língua; creio que estava lhes contando de um plano que fizera em sua velha cabeça muito tempo atrás. Eles então simplesmente se desvaneceram em silêncio à luz cinzenta. Àquela altura o dia estava nascendo.

"Puseram uma guarda na torre, creio, mas os vigias estavam tão bem escondidos nas sombras e se mantinham tão imóveis que eu não podia vê-los. Os outros foram embora rumo ao norte. Estiveram ocupados o dia todo, fora de vista. Na maioria do tempo deixaram-nos a sós. Foi um dia monótono; e perambulamos um pouco, mas nos mantivemos fora da visão das janelas de Orthanc, o mais que podíamos: elas nos encaravam de forma bem ameaçadora. Passamos boa parte do tempo procurando algo para comer. E também nos sentamos e conversamos, perguntando-nos o que estava acontecendo lá no sul, em Rohan, e o que fora feito de todo o resto de nossa Comitiva. Vez por outra podíamos ouvir ao longe o estrépito e a queda de pedras e ruídos surdos ecoando nas colinas.

"À tarde caminhamos ao redor do círculo e fomos dar uma olhada no que estava ocorrendo. Havia uma grande mata sombria de Huorns na extremidade do vale e outra ao redor da muralha norte. Não nos atrevemos a entrar. Mas havia lá dentro um barulho de atividade, de algo sendo despedaçado e rompendo-se. Os Ents e os Huorns estavam cavando grandes covas e trincheiras, e fazendo grandes lagoas e represas, acumulando todas as águas do Isen e de todas as outras nascentes e riachos que conseguiam achar. Deixamo-los nesse afazer.

"Ao anoitecer Barbárvore voltou ao portão. Estava cantarolando e ribombando sozinho e parecia contente. Parou em pé, esticou os grandes braços e pernas e inspirou fundo. Perguntei-lhe se estava cansado.

"'Cansado?', perguntou ele. 'Cansado? Bem, não, não cansado, mas rijo. Preciso de um bom trago do Entágua. Trabalhamos duro; hoje rachamos mais pedras e roemos mais terra do que em muitos longos anos antes. Mas está quase terminado. Quando cair a noite, não se demorem perto deste portão nem no antigo túnel! Poderá passar água — e por algum tempo será água imunda, até que toda a sujeira de Saruman seja levada pela água. Depois o Isen poderá correr limpo outra vez.' Começou a demolir mais uma parte das muralhas, de um jeito sossegado, só para se divertir.

"Estávamos nos perguntando onde seria seguro para deitar e dormir um pouco, quando aconteceu a coisa mais espantosa de todas. Veio o ruído de um cavaleiro que subia rapidamente pela estrada. Merry e eu ficamos deitados sem nos movermos, e Barbárvore escondeu-se nas sombras embaixo do arco. Subitamente um grande cavalo chegou correndo, como um lampejo de prata. Já estava escuro, mas pude ver claramente o rosto do cavaleiro: ele parecia reluzir, e todos os seus trajes eram brancos. Só me sentei, olhando admirado, de boca aberta. Tentei dar um grito, mas não pude.

"Não foi preciso. Ele parou bem ao nosso lado e nos olhou cá embaixo. 'Gandalf!', eu disse por fim, mas minha voz era só um sussurro. Se ele disse 'Alô, Pippin! É uma agradável surpresa!'? Não mesmo! Ele disse 'Levante-se, seu Tûk bobo! Por tudo que é assombroso, onde está Barbárvore em toda esta ruína? Preciso dele. Depressa!'.

"Barbárvore ouviu sua voz e saiu imediatamente da sombra; e aconteceu um estranho encontro. Eu me surpreendi porque nenhum deles parecia nem um pouco surpreso. Gandalf obviamente esperava achar Barbárvore aqui; e Barbárvore quase poderia estar matando tempo de propósito junto aos portões para encontrá-lo. No entanto, tínhamos contado ao velho Ent tudo sobre Moria. Mas então lembrei-me de um jeito esquisito com que nos olhou na ocasião. Só posso supor que ele vira Gandalf ou tivera alguma notícia dele, mas não queria dizer nada com pressa. 'Não seja apressado' é seu lema; mas ninguém, nem mesmo os Elfos, diz muita coisa sobre os movimentos de Gandalf quando ele não está presente.

"'Huum! Gandalf!', disse Barbárvore. 'Estou contente que tenhas vindo. Madeira e água, pau e pedra eu consigo dominar; mas aqui há um Mago para se lidar.'

"'Barbárvore,' disse Gandalf, 'preciso de tua ajuda. Fizeste muito, mas preciso de mais. Tenho cerca de dez mil Orques para lidar.'

"Então aqueles dois saíram para se aconselhar em algum canto. Deve ter parecido muito apressado para Barbárvore, pois Gandalf estava em tremenda afobação e já falava muito rapidamente antes que saíssem de nossa audição. Só ficaram longe alguns poucos minutos, quem sabe um quarto de hora. Depois Gandalf voltou para nós e parecia aliviado, quase alegre. Então disse que estava contente em nos ver.

"'Mas Gandalf', exclamei, 'onde você esteve? E viu os outros?'

"'Onde quer que eu tenha estado, estou de volta', respondeu ele à genuína moda de Gandalf. 'Sim, vi alguns dos outros. Mas as novas devem esperar. Esta noite é perigosa, e preciso cavalgar depressa. Mas o amanhecer poderá ser mais luminoso; e se assim for havemos de nos reencontrar. Cuidem-se e fiquem longe de Orthanc! Adeus!'

"Barbárvore ficou muito pensativo depois que Gandalf se foi. Evidentemente ficara sabendo de muita coisa em pouco tempo e estava digerindo tudo. Olhou para nós e disse: 'Hm, bem, descobri que não sois gente tão apressada quanto eu pensava. Dissestes muito menos do que podíeis e não mais do que devíeis. Hm, isto é um fardo de notícias sem qualquer engano! Bem, agora Barbárvore precisa se ocupar outra vez.'

"Antes que partisse arrancamos dele algumas novas; e elas não nos alegraram nem um pouco. Mas no momento pensamos mais em vós três que em Frodo e Sam, ou no pobre Boromir. Pois ficamos sabendo que uma grande batalha estava em curso, ou ocorreria logo, e que estáveis nela e poderíeis jamais sair dela.

"'Os Huorns vão ajudar', disse Barbárvore. Então foi embora, e não o vimos mais até hoje de manhã.

"Era noite profunda. Estávamos deitados em cima de uma pilha de pedras e nada podíamos ver mais além. Névoa ou sombras abafavam tudo à nossa volta, como um grande cobertor. O ar parecia quente e pesado; e estava repleto de sussurros, estalidos e um murmúrio como de vozes que passavam. Acho que mais centenas de Huorns deviam estar passando para ajudar na batalha. Mais tarde houve um grande ribombar de trovão para o lado do sul e lampejos de raios muito longe, do outro lado de Rohan. Vez por outra podíamos ver picos de montanhas, a milhas e milhas de distância, que surgiam de chofre, negros e brancos, e depois sumiam. E atrás de nós havia ruídos como de trovão nas colinas, mas diferentes. Às vezes o vale todo ecoava.

"Devia ser por volta da meia-noite quando os Ents romperam as represas e derramaram toda a água acumulada através de uma brecha na muralha norte, para dentro de Isengard. A treva dos Huorns havia passado, e o trovão havia rolado para longe. O Lua descia por trás das montanhas ocidentais.

"Isengard começou a se encher de correntezas e lagoas, negras e rastejantes. Rebrilhavam à última luz do Lua enquanto se espalhavam pela planície. Vez por outra as águas encontravam um caminho para baixo, através de um poço ou repuxo. Grandes vapores brancos subiram chiando. A fumaça ergueu-se em vagalhões. Houve explosões e rajadas de fogo. Um grande rolo de vapor subiu rodopiando, torcendo-se em toda a volta de Orthanc, até se parecer com um alto pico de nuvens, inflamado por baixo e iluminado pelo Lua por cima. E ainda mais água se derramou para dentro, até que no fim Isengard parecia um enorme tacho plano, todo evaporando e borbulhando."

"Vimos uma nuvem de fumaça e vapor do sul na noite passada, quando chegamos à boca de Nan Curunír", afirmou Aragorn. "Receávamos que Saruman estivesse armando alguma nova crueldade para nós."

"Não ele!", disse Pippin. "Provavelmente estava sufocando, e não mais rindo. Pela manhã, ontem de manhã, a água tinha afundado em todos os buracos, e havia uma neblina densa. Refugiamo-nos naquela sala de vigia acolá; e tivemos muito medo. O lago começou a transbordar e derramar-se através do velho túnel, e a água subia rapidamente pelos degraus. Pensamos que seríamos apanhados como Orques num buraco;

mas encontramos uma escada volteante nos fundos do depósito, e ela nos levou ao topo do arco lá fora. Foi um aperto para sair, visto que as passagens estavam rompidas e meio bloqueadas com pedras caídas perto do topo. Sentamo-nos ali, bem acima da enchente, e assistimos ao naufrágio de Isengard. Os Ents continuaram derramando mais água para dentro, até todos os fogos serem apagados e todas as cavernas preenchidas. As névoas reuniram-se devagar e subiram em vapor, formando um enorme guarda-chuva de nuvens: devia ter uma milha de altura. À tardinha surgiu um grande arco-íris sobre as colinas do leste; e depois o pôr da sol foi apagado por um chuvisco espesso nos flancos das montanhas. Tudo ficou muito silencioso. Alguns lobos uivavam lamentosos ao longe. À noite os Ents interromperam a afluência de água e mandaram o Isen de volta para o antigo leito. E isso foi o fim de tudo.

"Desde então a água vem baixando outra vez. Em algum lugar deve haver saídas das cavernas lá embaixo, creio eu. Se Saruman espiar por alguma das suas janelas, vai ver uma confusão desmazelada e lúgubre. Sentimo-nos muito solitários. Não havia nem um Ent à vista para se falar em toda a ruína; e não havia notícias. Passamos a noite ali no topo em cima do arco, e estava frio e úmido e não dormimos. Tínhamos a sensação de que a qualquer minuto poderia acontecer algo. Saruman ainda está em sua torre. Houve um barulho à noite, como um vento que subia pelo vale. Acho que foi aí que voltaram os Ents e os Huorns que haviam saído; mas não sei aonde todos foram agora. Era uma manhã nevoenta e úmida quando descemos e olhamos em torno outra vez, e não havia ninguém por perto. E isto é quase tudo que há para contar. Agora parece tudo quase pacífico depois de todo o tumulto. E também mais seguro, de algum modo, desde que Gandalf voltou. Eu preciso dormir!"

Todos fizeram silêncio por alguns momentos. Gimli reabasteceu o cachimbo. "Há uma coisa que me pergunto", comentou ele, acendendo-o com pederneira e isca: "Língua-de-Cobra. Dissestes a Théoden que ele estava com Saruman. Como ele veio parar ali?"

"Ah sim, esqueci-me dele", respondeu Pippin. "Ele só chegou aqui hoje pela manhã. Tínhamos acabado de fazer fogo e comer algo para o desjejum quando Barbárvore apareceu de novo. Ouvimo-lo fazendo *huum* e chamando nossos nomes lá fora.

"'Acabo de vir para ver como estais passando, meus rapazes', disse ele; 'e para vos dar notícias. Os Huorns voltaram. Tudo está bem; sim, muito bem deveras!', riu-se ele, e deu tapinhas nas coxas. 'Não há mais Orques em Isengard, não há mais machados! E virá gente do Sul antes que o dia envelheça; uns que podereis gostar de ver.'

"Mal tinha dito isso quando ouvimos o ruído de cascos na estrada. Corremos para fora dos portões, e fiquei de pé observando, meio esperando ver Passolargo e Gandalf virem a cavalo liderando um exército. Mas da névoa emergiu um homem montado em um cavalo velho e cansado; e ele próprio parecia ser um tipo de criatura esquisita e deturpada. Não havia mais ninguém. Quando saiu da névoa e viu subitamente toda a ruína e destruição à sua frente, ficou sentado boquiaberto, e seu rosto ficou quase verde. Estava tão estupefato que não pareceu nos perceber no começo. Quando nos percebeu deu um grito e tentou dar a volta no cavalo e fugir. Mas Barbárvore deu três passos, estendeu um braço comprido e o levantou da sela. Seu cavalo escapuliu aterrorizado, e ele rastejou no chão. Disse que era Gríma, amigo e conselheiro do rei, e que fora enviado com mensagens importantes de Théoden para Saruman.

"'Ninguém mais se atreveria a cavalgar pelo terreno aberto, tão cheio de Orques imundos,' disse ele, 'por isso eu fui enviado. E fiz uma viagem perigosa e estou faminto e exausto. Fugi longe para o norte, desviando-me do caminho, perseguido por lobos.'

"Notei as olhadelas de soslaio que deu na direção de Barbárvore e disse comigo 'mentiroso'. Barbárvore o olhou por vários minutos, do seu jeito longo e lento, até o desgraçado se contorcer no chão. Depois, finalmente, ele respondeu: 'Ha, hm, eu te esperava, Mestre Língua-de-Cobra.' O homem teve um sobressalto ao ouvir esse nome. 'Gandalf chegou aqui primeiro. Portanto, sei sobre ti tudo o que preciso e sei o que fazer contigo. Põe todos os ratos na mesma armadilha, disse Gandalf; e vou fazer isso. Agora sou eu o senhor de Isengard, mas Saruman está trancado em sua torre; e podes ir lá e lhe dar todas as mensagens que consigas imaginar.'

"'Deixa-me ir, deixa-me ir!', implorou Língua-de-Cobra. 'Sei o caminho.'

"'Sabias o caminho, não duvido disso', respondeu Barbárvore. 'Mas as coisas mudaram um pouco aqui. Vai ver!'

"Soltou Língua-de-Cobra, e este entrou mancando através do arco, conosco em seu encalço, até chegar no interior do anel e conseguir ver toda a inundação que se estendia entre ele e Orthanc. Então voltou-se para nós.

"'Deixai-me ir embora!', choramingou ele. 'Deixai-me ir embora! Agora minhas mensagens são inúteis.'

"'São deveras', disse Barbárvore. 'Mas só tens duas opções: ficar comigo até Gandalf e teu senhor chegarem; ou atravessar a água. Qual escolherás?'

"O homem estremeceu à menção de seu senhor e pôs um pé na água, mas recuou. 'Não sei nadar', respondeu ele.

"'A água não é funda', disse Barbárvore. 'Está suja, mas isso não te fará mal, Mestre Língua-de-Cobra. Entra agora!'

"Com isso o desgraçado partiu debatendo-se na inundação. Ela lhe chegou quase até o pescoço antes que se afastasse demasiado para eu poder vê-lo. Da última vez que o vi estava se agarrando a um velho barril ou pedaço de madeira. Mas Barbárvore entrou na água atrás dele e observou seu avanço.

"'Bem, ele entrou', comentou ao retornar. 'Eu o vi engatinhando escada acima como um rato enlameado. Ainda há alguém na torre: uma mão saiu e o puxou para dentro. Então ali está ele, e espero que a recepção seja do seu agrado. Agora preciso ir lavar-me do limo. Vou estar do lado norte se alguém quiser me ver. Aqui embaixo não há água limpa adequada para um Ent beber ou em que se banhar. Portanto, vou pedir-vos, rapazes, que montem guarda no portão para as pessoas que estão chegando. Virá o Senhor dos Campos de Rohan, vede bem! Precisais recebê-lo do melhor modo que souberdes: seus homens travaram uma grande luta com os Orques. Quem sabe conheçais o modo certo das palavras dos Homens para tal senhor, melhor que os Ents. Houve muitos senhores nos campos verdes no meu tempo, e nunca aprendi sua fala nem seus nomes. Irão querer comida de homens, e creio que sabeis tudo sobre isso. Então achai o que acreditais ser adequado à refeição de um rei, se puderdes.' E esse é o fim da história. Porém eu gostaria de saber quem é esse Língua-de-Cobra. Ele era mesmo conselheiro do rei?"

"Era", respondeu Aragorn; "e também espião e serviçal de Saruman em Rohan. A sina não lhe foi mais bondosa do que ele merece. A visão da ruína de tudo que ele cria ser tão forte e magnífico deve ter sido punição quase suficiente. Mas receio que coisa pior o aguarde."

"Sim, não acho que Barbárvore o tenha mandado para Orthanc por bondade", disse Merry. "Ele parecia deleitar-se um tanto cruelmente com o assunto e estava rindo sozinho quando foi tomar seu banho e seu trago. Depois disso ficamos ocupados por um tempo, dando busca nos destroços e esquadrinhando tudo. Encontramos dois ou três depósitos em diferentes lugares aqui perto, acima do nível da inundação. Mas Barbárvore mandou alguns Ents descerem, e eles levaram grande parte do material.

"'Queremos comida de homens para vinte e cinco', disseram os Ents, por isso podeis ver que alguém contou vossa companhia cuidadosamente antes de chegardes. É evidente que pretendiam que vós três fôsseis com o povo grande. Mas não teríeis passado nem um pouco melhor. O que guardamos é tão bom quanto o que mandamos, prometo-vos. Melhor, porque não mandamos bebidas.

"'E quanto à bebida?', eu perguntei aos Ents.

"'Há a água do Isen,' disseram eles, 'e essa é boa o bastante para Ents e Homens.' Mas espero que os Ents tenham tido tempo de preparar um pouco de seus tragos com a água das nascentes das montanhas, e havemos de ver a barba de Gandalf encrespando quando ele voltar. Depois que os Ents se foram, sentimo-nos cansados e famintos. Mas não reclamamos — nossa labuta tinha sido bem recompensada. Foi graças à nossa busca de comida de homens que Pippin descobriu o ponto alto de todos os destroços, aqueles barris do Corneteiro. 'Erva-de-fumo é melhor depois da comida', comentou Pippin; foi assim que a situação surgiu."

"Agora entendemos tudo perfeitamente", disse Gimli.

"Tudo exceto por uma coisa", corrigiu Aragorn: "a folha da Quarta Sul em Isengard. Quanto mais penso nisso, mais curioso acho. Nunca estive em Isengard, mas viajei nesta terra e conheço bem as regiões desertas que ficam entre Rohan e o Condado. Nem mercadorias nem pessoas passaram por ali por muitos longos anos, não abertamente. Saruman tinha negócios secretos com alguém no Condado, creio. É possível encontrar Línguas-de-Cobra em outras casas além da do Rei Théoden. Havia data nos barris?"

"Sim", respondeu Pippin. "Era a safra de 1417, do ano passado; não, agora é do ano anterior, claro: um bom ano."

"Ah, bem, o mal que estava à solta já se acabou, espero; ou então está presentemente além do nosso alcance", afirmou Aragorn. "Mas penso que vou mencionar isso a Gandalf, por muito que pareça ser um assunto pequeno em meio a seus grandes afazeres."

"Pergunto-me o que ele está fazendo", disse Merry. "A tarde avança. Vamos olhar em volta! Seja como for, agora você pode entrar em Isengard se quiser, Passolargo. Mas não é uma visão muito alegre."

10

A Voz de Saruman

Atravessaram o túnel arruinado e se postaram sobre um monte de pedras, observando a rocha escura de Orthanc e suas muitas janelas, ainda ameaçadoras na desolação que se estendia a toda a sua volta. As águas já haviam quase todas baixado. Aqui e ali restavam lagoas obscuras, cobertas de espuma e escombros; mas a maior parte do amplo círculo estava livre outra vez, um ermo de limo e rochas revoltas, perfurado por buracos enegrecidos e pontilhado de postes e colunas que se inclinavam ébrios para cá e para lá. Na borda da concavidade despedaçada jaziam vastas pilhas e encostas, como seixos amontoados por uma grande tempestade; e além delas o vale verde e emaranhado subia rumo à longa ravina entre os braços escuros das montanhas. Através do ermo viam cavaleiros abrindo caminho; vinham do lado norte e já se aproximavam de Orthanc.

"Ali está Gandalf, e Théoden e seus homens!", disse Legolas. "Vamos ao encontro deles!"

"Caminha com cautela", respondeu Merry. "Há lajes soltas que podem pender e jogar-te para dentro de um poço se não tomares cuidado."

Seguiram o que restava da estrada dos portões até Orthanc, andando devagar, pois as pedras do pavimento estavam rachadas e lodosas. Os cavaleiros, vendo que se aproximavam, pararam embaixo da sombra da rocha e esperaram por eles. Gandalf adiantou-se a cavalo para encontrá-los.

"Bem, Barbárvore e eu tivemos algumas discussões interessantes e fizemos alguns planos", disse ele; "e todos tivemos um descanso muito necessário. Agora precisamos ir em frente outra vez. Espero que vós, companheiros, também tenhais descansado e vos refeito, sim?"

"Sim", disse Merry. "Mas nossas discussões começaram e terminaram em fumaça. Ainda assim, sentimo-nos menos avessos a Saruman do que antes."

"É mesmo?", indagou Gandalf. "Bem, eu não. Agora tenho uma última tarefa a realizar antes de ir embora: preciso fazer uma visita de despedida a Saruman. Perigosa e provavelmente inútil; mas tem de ser feita. Os que quiserem poderão vir comigo — mas cautela! E nada de gracejos! Não é hora para isso."

"Eu irei", disse Gimli. "Quero vê-lo e saber se ele realmente se parece contigo."

"E como saberás isso, Mestre Anão?", disse Gandalf. "Saruman poderia parecer-se comigo aos teus olhos, se isso servisse a seus propósitos para contigo. E já és sábio o bastante para detectar todas as suas falsificações? Bem, havemos de ver, quem sabe. Ele poderá esquivar-se de se mostrar diante de muitos olhos diferentes ao mesmo tempo. Mas ordenei a todos os Ents que se escondam da vista, então quem sabe possamos persuadi-lo a sair."

"Qual é o perigo?", perguntou Pippin. "Ele vai atirar em nós e derramar fogo pelas janelas, ou pode nos enfeitiçar à distância?"

"A última opção é a mais provável, se cavalgares até sua porta levianamente", disse Gandalf. "Mas não há como saber o que ele poderá fazer ou resolverá tentar. Uma fera selvagem encurralada não é segura para se chegar perto. E Saruman tem poderes que você não imagina. Cuidado com a voz dele!"

Já haviam chegado ao pé de Orthanc. Era negra, e a rocha brilhava como se estivesse úmida. As muitas faces da pedra tinham arestas afiadas, como se tivessem sido talhadas há pouco. Alguns riscos e pequenos estilhaços, como lascas junto à base, eram todas as marcas que exibia da fúria dos Ents.

Do lado oriental, no canto entre dois pilares, havia uma grande porta, bem acima do solo; e por cima dela havia uma janela com venezianas que dava para um balcão cercado de barras de ferro. Subia para a soleira da porta uma escadaria de vinte e sete degraus largos, talhados da mesma pedra negra por alguma arte desconhecida. Essa era a única entrada da torre; mas muitas janelas altas haviam sido abertas em fundos vãos nos muros que ascendiam: espiavam muito do alto, como olhinhos nas faces íngremes dos chifres.

Ao pé da escada Gandalf e o rei apearam. "Vou subir", disse Gandalf. "Estive em Orthanc e conheço meu perigo."

"E subirei também", comentou o rei. "Sou velho e não temo mais perigo nenhum. Desejo falar com o inimigo que me fez tanto mal. Éomer há de vir comigo para garantir que meus pés idosos não vacilem."

"Como quiseres", assentiu Gandalf. "Aragorn há de vir comigo. Os outros que nos esperem ao pé da escadaria. Ouvirão e verão o suficiente, se houver o que ouvir ou ver."

"Não!", exclamou Gimli. "Legolas e eu desejamos uma visão mais de perto. Aqui só nós representamos nossas gentes. Também iremos atrás."

"Vinde então!", disse Gandalf, e com essas palavras subiu os degraus, e Théoden foi ao seu lado.

Os Cavaleiros de Rohan estavam montados desconfortáveis em seus cavalos, de ambos os lados da escada, e erguiam os olhos sombriamente para a grande torre, temendo o que poderia acontecer ao seu senhor. Merry e Pippin sentaram-se no degrau inferior, sentindo-se ao mesmo tempo desimportantes e inseguros.

"Meia milha pegajosa daqui até o portão!", resmungou Pippin. "Queria poder me esgueirar de volta à sala de vigia sem ser notado! Para que foi que nós viemos? Não precisam de nós."

Gandalf postou-se diante da porta de Orthanc e golpeou-a com o cajado. Ela ressoou com um ruído oco. "Saruman, Saruman!", gritou ele com voz alta e imperiosa. "Saruman, aparece!"

Por algum tempo não houve resposta. Finalmente a janela acima da porta foi destrancada, mas não se podia ver nenhum vulto em sua escura abertura.

"Quem é?", disse uma voz. "O que quereis?"

Théoden sobressaltou-se. "Conheço essa voz", respondeu ele, "e maldigo o dia em que primeiro a escutei."

"Vai e busca Saruman, já que te tornaste seu lacaio, Gríma Língua-de-Cobra!", disse Gandalf. "E não desperdices nosso tempo!"

A janela fechou-se. Eles esperaram. De súbito outra voz falou, grave e melodiosa, e seu próprio som era um encantamento. Os que escutavam aquela voz incautos raramente eram capazes de relatar as palavras que ouviam; e se o faziam admiravam-se, já que pouco poder restava nelas. Na maior parte só recordavam que era um deleite ouvir a voz falando, que tudo o que dizia parecia sábio e razoável e despertava neles o desejo de, por rápida concordância, parecerem sábios eles mesmos. Quando outros falavam, pareciam rudes e impolidos por contraste; e, se contradiziam a voz, a ira se inflamava nos corações dos que estavam sujeitos ao encanto. Para alguns o encanto só durava enquanto a voz lhes falava, e quando falava a outro eles sorriam, como homens que desmascaram o truque de um prestidigitador enquanto outros ficam boquiabertos diante dele. Para muitos o simples som da voz bastava para mantê-los subjugados; mas para aqueles que ela conquistava, o encanto perdurava quando estavam longe, e ouviam sempre aquela voz macia sussurrando-lhes e estimulando-os. Mas ninguém ficava indiferente; ninguém rejeitava seus apelos e seus comandos sem esforço da mente e da vontade, enquanto seu mestre a mantinha sob controle.

"Bem?", dizia ela agora, com suave questionamento. "Por que tendes de perturbar meu repouso? Não me dareis paz nenhuma de noite nem de dia?" Seu tom era de um coração bondoso entristecido por injúrias imerecidas.

Ergueram os olhos admirados, pois não haviam ouvido o som de sua chegada; e viram um vulto de pé junto ao balaústre, olhando-os abaixo dele: um ancião, envolto em uma grande capa cuja cor não era fácil descrever, pois mudava quando moviam os olhos ou quando ele se mexia. O rosto era comprido, de testa alta, e ele tinha olhos fundos e obscuros, difíceis de sondar, apesar de agora terem um olhar grave, benévolo e um pouco cansado. Tinha cabelos e barba brancos, mas mechas negras ainda apareciam em torno dos lábios e das orelhas.

"Parecido, porém diferente", murmurou Gimli.

"Mas vamos lá", disse a voz macia. "Conheço de nome pelo menos dois de vós. Conheço Gandalf bem demais para ter grande esperança de que ele busque aqui auxílio ou conselho. Mas tu, Théoden, Senhor da Marca de Rohan, estás identificado por teus nobres emblemas e mais ainda pelo belo semblante da Casa de Eorl. Ó valoroso filho de Thengel, o Três Vezes Renomado! Por que não vieste antes e como amigo? Muito desejei ver-te, mais poderoso rei das terras ocidentais, e em especial nestes últimos anos, para te salvar dos conselhos insensatos e malignos que te afligem! Será demasiado tarde? A despeito das injúrias que me foram feitas, em que os homens de Rohan, ai de mim!, tiveram sua parte, ainda assim quero salvar-te e te livrar da ruína que se avizinha inevitável, se cavalgares nesta estrada que tomaste. Deveras só eu te posso auxiliar agora."

Théoden abriu a boca como se fosse falar, mas nada disse. Ergueu os olhos para o rosto de Saruman, com seus olhos escuros e solenes que o fitavam lá embaixo, e depois para Gandalf ao seu lado; e pareceu que hesitava. Gandalf não fez sinal; mas manteve-se em silêncio como uma pedra, como alguém que espera paciente por um chamado que ainda não veio. De início os Cavaleiros se inquietaram, murmurando com aprovação das palavras de Saruman; e depois silenciaram também eles, como homens enfeitiçados. Parecia-lhes que Gandalf jamais falara ao seu senhor de modo tão justo e adequado. Agora todas as suas tratativas com Théoden pareciam rudes e altivas. E nos seus corações insinuou-se uma sombra, o medo de grande perigo: o fim da Marca em uma treva à qual Gandalf os impelia, enquanto Saruman estava postado junto a uma porta de fuga, segurando-a entreaberta, de forma que um raio de luz a atravessava. Fez-se um pesado silêncio.

Foi Gimli, o anão, que irrompeu de repente. "As palavras deste mago estão de cabeça para baixo", grunhiu ele, agarrando o cabo do machado. "Na língua de Orthanc, auxílio significa ruína e salvar significa abater, isso está evidente. Mas não viemos aqui para implorar."

"Paz!", disse Saruman, e por um momento fugidio sua voz estava menos suave, e uma luz rebrilhou em seus olhos e se foi.

"Não falo contigo ainda, Gimli, filho de Glóin", continuou ele. "Muito longínquo é teu lar, e pouco te importam os apuros desta terra. Mas não foi por tua própria intenção que te enredaste neles e por isso não culparei o papel que desempenhaste — um papel valoroso, não duvido. Mas peço-te, permite-me falar primeiro com o Rei de Rohan, meu vizinho, outrora meu amigo.

"O que tens a dizer, Théoden Rei? Farás paz comigo e com todo o auxílio que meu conhecimento, fundado em longos anos, é capaz de trazer? Vamos nos aconselhar juntos contra os dias ruins e reparar nossas injúrias com tão boa vontade que ambos os nossos domínios hão de florescer mais belos do que nunca antes?"

Théoden ainda não respondia. Ninguém podia dizer se lutava contra a ira ou a dúvida. Éomer falou.

"Senhor, ouvi-me!", disse ele. "Agora sentimos o perigo de que fomos alertados. Cavalgamos rumo à vitória só para estarmos, enfim, admirados diante um velho mentiroso que tem mel na língua bifurcada? Assim o lobo encurralado falaria aos cães, se pudesse. Que auxílio ele pode dar-vos, em verdade? Tudo o que deseja é escapar de seu apuro. Mas negociareis com este que lida com traição e assassinato? Recorda Théodred nos Vaus e o túmulo de Háma no Abismo de Helm!"

"Se falamos de línguas envenenadas, o que havemos de dizer da tua, jovem serpente?", indagou Saruman, e agora o lampejo de sua ira era claramente visível. "Mas vamos, Éomer, filho de Éomund!", prosseguiu outra vez com sua voz suave. "A cada um o seu papel. A valentia em armas é o teu e com ela conquistas altas honras. Mata a quem teu senhor designa como inimigo e sê contente. Não te intrometas em políticas que não compreendes. Mas quem sabe, se te tornares rei, descobrirás que precisas escolher teus amigos com cautela. A amizade de Saruman e o poder de Orthanc não podem ser levianamente jogados de lado, quaisquer que sejam os ressentimentos, reais ou imaginados, que estejam por trás. Vencestes uma batalha, mas não uma guerra — e foi com uma ajuda com a qual não podeis contar outra vez. Logo podereis encontrar a Sombra da Mata junto à vossa própria porta: ela é caprichosa e sem sentido e não tem amor pelos Homens.

"Mas, meu senhor de Rohan, devo ser chamado de assassino porque homens valentes tombaram em batalha? Se saíres à guerra, inutilmente, pois eu não a desejava, então homens serão mortos. Mas, se por esse motivo sou assassino, então toda a Casa de Eorl está manchada com assassinato; pois combateram em muitas guerras e atacaram muitos que os desafiaram. Porém com alguns depois fizeram a paz, que não foi pior por ser política. Eu digo, Théoden Rei: havemos de ter paz e amizade, tu e eu? É nossa para a ordenarmos."

"Teremos paz", respondeu Théoden por fim, devagar e com esforço. Vários Cavaleiros deram exclamações de alegria. Théoden ergueu a mão. "Sim, teremos paz," continuou ele, agora em voz clara, "teremos paz quando tu e todas as tuas obras tiverdes perecido — e as obras de teu mestre sombrio ao qual nos querias entregar. És mentiroso, Saruman, e corruptor dos corações humanos. Estendes-me a mão, e só percebo um dedo da garra de Mordor. Cruel e frio! Mesmo que fosse justa tua guerra contra mim — e não foi, pois mesmo que fosses dez vezes mais sábio não terias o direito de dominar a mim e aos meus em teu próprio benefício, como desejavas —, mesmo assim, o que dirás de tuas tochas em Westfolde e das crianças que lá jazem mortas? E despedaçaram o corpo de Háma diante dos portões do Forte-da-Trombeta, depois que estava morto. Quando estiveres pendurado em uma forca em tua janela, para diversão de teus próprios corvos, terei paz contigo e com Orthanc. Eis o que digo da Casa de Eorl. Sou um filho menor de grandes antepassados, mas não preciso lamber-te os dedos. Volta-te para outro lado. Mas receio que tua voz perdeu o encanto."

Os Cavaleiros encararam Théoden como homens que acordam de chofre de um sonho. A voz de seu mestre soava-lhes aos ouvidos rude como a de uma velha gralha após a música de Saruman. Mas por alguns momentos Saruman estava fora de si em fúria. Inclinou-se sobre o balaústre como se fosse golpear o Rei com seu cajado. A alguns pareceu de repente que viam uma cobra enrolada para o bote.

"Forcas e corvos!", sibilou ele, e estremeceram diante da mudança hedionda. "Velho caduco! O que é a casa de Eorl senão um celeiro coberto de palha onde bandidos bebem no meio da fumaça e seus pirralhos rolam no chão entre os cachorros? Eles é que escaparam da forca há demasiado tempo. Mas o laço vem, moroso no estreitamento, firme e duro no final. Pendei se quiserdes!" Agora sua voz mudou à medida que ele se controlava devagar. "Não sei por que tive paciência de falar contigo. Pois não preciso de ti, nem de teu bandinho de galopadores, rápidos na fuga como no avanço, Théoden, Senhor-de-cavalos. Muito tempo atrás ofereci-te uma condição além de teu merecimento e de teu juízo. Outra vez a ofereci, de forma que os que desencaminhas possam ver claramente a escolha das estradas. Tu me dás bazófia e insulto. Assim seja. Volta às tuas cabanas!

"Mas tu, Gandalf! Ao menos por ti eu lamento e sinto por tua vergonha. Como é possível que suportes tal companhia? Pois és altivo, Gandalf — e não sem motivo, já que tens uma mente nobre e olhos que enxergam ao mesmo tempo fundo e longe. Mesmo agora não vais escutar meu conselho?"

Gandalf mexeu-se e olhou para cima. "O que tens a dizer que não disseste em nosso último encontro?", perguntou ele. "Ou quem sabe tenhas coisas para desdizer?"

Saruman fez uma pausa. "Desdizer?", refletiu ele, como quem está perplexo. "Desdizer? Tratei de te aconselhar para teu próprio bem, porém mal escutaste. És orgulhoso e não gostas de conselhos, já que deveras tens abundância de tua própria sabedoria. Mas naquela ocasião erraste, creio, obstinadamente interpretando mal as minhas intenções. Temo que, ansioso por te persuadir, eu tenha perdido a paciência. E deveras me arrependo disso. Pois não tinha má vontade contigo; e mesmo agora não a tenho, por muito que voltes a mim na companhia dos violentos e ignorantes. Como poderia? Não somos ambos membros de uma elevada e antiga ordem, a mais excelente da Terra-média? Nossa amizade nos aproveitaria aos dois igualmente. Muita coisa ainda poderíamos realizar juntos para curar as desordens do mundo. Vamos compreender-nos e rejeitar do pensamento essa gente menor! Eles que sigam nossas decisões! Pelo bem comum estou disposto a reparar o passado e a te receber. Não queres consultar-me? Não queres subir?"

Era tão grande o poder que Saruman exercia naquele último esforço que ninguém ao alcance de sua voz ficou indiferente.

Mas agora o encanto era totalmente diverso. Ouviam a gentil admoestação de um rei bondoso a um ministro errante, mas muito amado. Mas estavam do lado de fora, escutando junto à porta palavras que não eram dirigidas a eles: crianças malcriadas ou serviçais estúpidos ouvindo por acaso o diálogo enganoso dos mais velhos e perguntando-se como afetará sua sorte. Aqueles dois eram feitos em molde mais elevado: reverendos e sábios. Era inevitável que fizessem aliança. Gandalf ascenderia à torre para discutir coisas profundas além da compreensão deles nos elevados recintos de Orthanc. A porta se fecharia e eles seriam deixados de fora, dispensados para esperarem a distribuição do trabalho ou do castigo. Na própria mente de Théoden o pensamento se formou, como uma sombra de dúvida: "Ele nos trairá; ele irá — estaremos perdidos."

Então Gandalf riu. A fantasia sumiu como uma baforada de fumaça.

"Saruman, Saruman!", disse Gandalf, ainda rindo. "Saruman, perdeste teu caminho na vida. Devias ter sido bufão do rei e ganhado teu pão, e também tuas chicotadas, imitando seus conselheiros. Ah, não!", fez uma pausa, dominando a hilaridade. "Compreender-nos? Receio estar além da tua compreensão. Mas a ti, Saruman, agora compreendo bem demais. Guardo uma lembrança mais clara de teus argumentos, e de teus feitos, do que supões. Da última vez em que te visitei tu eras o carcereiro de Mordor e para lá eu iria ser mandado. Não, o hóspede que fugiu pelo telhado pensa duas vezes antes de voltar porta adentro. Não, não creio que vá subir. Mas escuta, Saruman, pela última vez! Não queres descer? Isengard demonstrou ser menos forte do que parecia à tua esperança e imaginação. Também outras coisas em que ainda confias poderão ser assim. Não seria bom deixá-la por uns tempos? Voltar-se a coisas novas, quem sabe? Pensa bem, Saruman! Não queres descer?"

Uma sombra perpassou o rosto de Saruman; então ele assumiu uma palidez de morte. Antes que ele conseguisse ocultá-la, viram através da máscara a angústia de uma mente em dúvida, detestando ficar e temendo deixar seu refúgio. Por um segundo ele hesitou, e ninguém respirou. Então falou, e sua voz era estridente e fria. O orgulho e o ódio o estavam conquistando.

"Se quero descer?", zombou ele. "Um homem desarmado desce para falar com ladrões diante da porta? Consigo ouvir-te muito bem daqui. Não sou tolo e não confio em ti, Gandalf. Eles não estão abertamente em minha escadaria, mas sei onde espreitam os selvagens demônios da mata ao teu comando."

"Os traiçoeiros são sempre desconfiados", respondeu Gandalf, cansado. "Mas não precisas temer pela tua pele. Não desejo matar-te nem ferir-te, como saberias se realmente me compreendesses. E tenho o poder de te proteger. Estou te dando uma última chance. Podes deixar Orthanc, livre — se decidires."

"Isso soa bem", escarneceu Saruman. "Muito à maneira de Gandalf, o Cinzento: tão condescendente e tão bondoso. Não duvido de que acharias Orthanc cômoda e minha partida, conveniente. Mas por que eu desejaria partir? E o que queres dizer com 'livre'? Há condições, presumo?"

"Razões para partir tu podes ver de tuas janelas", respondeu Gandalf. "Outras te ocorrerão ao pensamento. Teus serviçais estão destruídos e dispersos; teus vizinhos tu transformaste em inimigos; e lograste teu novo mestre, ou tentaste fazer isso. Quando o olho dele se voltar para cá, será o olho vermelho da ira. Mas quando digo 'livre', quero dizer 'livre': livre de amarras, de correntes ou comando: para ires aonde quiseres, mesmo; mesmo a Mordor, Saruman, se desejares. Mas primeiro me entregarás a Chave de Orthanc e teu cajado. Hão de ser penhores de tua conduta para serem devolvidos mais tarde, se os mereceres."

O rosto de Saruman ficou lívido, contorcido de raiva, e uma luz vermelha se acendeu em seus olhos. Riu selvagemente. "Mais tarde!", gritou, e sua voz se ergueu num berro. "Mais tarde! Sim, quando tiveres também as próprias Chaves de Barad-dûr, suponho; e as coroas de sete reis, e os bastões dos Cinco Magos, e tiveres comprado um par de botas muitos números além que as que usas agora. Um plano modesto. Certamente não um em que minha ajuda seja necessária! Tenho outras coisas a fazer. Não sejas tolo. Se quiseres tratar comigo enquanto tens a oportunidade, vai embora e volta quando estiveres sóbrio! E deixa para trás esses degoladores e essa ralezinha pendurada na aba do casaco! Bom dia!" Virou-se e deixou o balcão.

"Volta, Saruman!", disse Gandalf em voz de comando. Para espanto dos demais, Saruman deu a volta e, como que arrastado contra a vontade, retornou devagar ao balaústre de ferro, apoiando-se nele, respirando com dificuldade. Seu rosto estava sulcado e murcho. Sua mão agarrava-se ao pesado cajado negro, como uma garra.

"Não te dei permissão para ires", continuou Gandalf com severidade. "Não terminei. Tornaste-te um tolo, Saruman, porém digno de pena. Ainda poderias ter-te desviado da loucura e do mal, e serias útil. Mas decidiste ficar e roer as pontas de tuas velhas tramas. Fica então! Mas eu te aviso, não será fácil saíres outra vez. Não, a não ser que as mãos escuras do Leste se estendessem para te pegar, Saruman!", exclamou ele, e sua voz cresceu em poder e autoridade. "Vê, não sou Gandalf, o Cinzento, a quem traíste. Eu sou Gandalf, o Branco, que retornou da morte. Agora não tens cor, e te expulso da ordem e do Conselho."

Ergueu a mão e falou lentamente, em voz clara e fria. "Saruman, teu cajado está rompido." Ouviu-se um estalido, e o cajado se partiu em dois na mão de Saruman, e seu topo caiu aos pés de Gandalf. "Vai!", disse Gandalf. Com um grito, Saruman caiu para trás e se arrastou para longe. Naquele momento, um objeto pesado e brilhante caiu violentamente de cima. Resvalou no balaústre de ferro bem quando Saruman o abandonava e, passando perto da cabeça de Gandalf, bateu na escada onde ele estava em pé. O balaústre ressoou e se partiu. A escada rachou e se estilhaçou em fagulhas reluzentes. Mas a bola estava ilesa: rolou pelos degraus, um globo de cristal escuro, mas rebrilhando com um coração de fogo. Enquanto saltava para longe, na direção de uma poça, Pippin correu atrás dele e o apanhou.

"Patife assassino!", exclamou Éomer. Mas Gandalf estava impassível. "Não, isso não foi jogado por Saruman", disse ele; "nem a seu pedido, creio. Veio de uma janela muito acima. Um golpe de despedida do Mestre Língua-de-Cobra, imagino, porém com má pontaria."

"A pontaria foi ruim, quem sabe, porque ele não conseguiu decidir quem odiava mais, a ti ou a Saruman", disse Aragorn.

"Isso pode ser", disse Gandalf. "Esses dois terão pouco consolo em sua companhia: um vai roer o outro com palavras. Mas a punição é justa. Se algum dia Língua-de-Cobra sair vivo de Orthanc, será mais do que merece.

"Aqui, meu rapaz, eu fico com isso! Não lhe pedi para mexer nisso", exclamou ele, virando-se de repente e vendo Pippin subindo os degraus, devagar, como se carregasse um grande peso. Desceu ao seu encontro e apressadamente tirou o globo escuro do hobbit, envolvendo-o nas dobras da capa. "Vou tomar conta disto", comentou ele. "Acho que não é um objeto que Saruman teria decidido jogar fora."

"Mas ele pode ter outros objetos para jogar", disse Gimli. "Se esse é o fim do debate, vamos pelo menos sair do alcance das pedras!"

"É o fim", afirmou Gandalf. "Vamos embora."

Deram as costas às portas de Orthanc e desceram. Os cavaleiros deram vivas ao rei com alegria e saudaram Gandalf. O encanto de Saruman fora rompido: haviam-no visto atendendo ao chamado e arrastando-se para longe, dispensado.

"Bem, isso está feito", disse Gandalf. "Agora preciso encontrar Barbárvore e lhe contar como tudo andou."

"Com certeza ele adivinhou?", comentou Merry. "Era provável que acabasse de outro modo?"

"Não era provável," respondeu Gandalf, "mas estiveram por um fio de cabelo. Mas tive motivos para tentar; alguns misericordiosos e outros menos. Primeiro Saruman percebeu que o poder de sua voz estava minguando. Ele não pode ser ao mesmo tempo tirano e conselheiro. Quando a trama está madura ela não fica mais secreta. Porém ele caiu na armadilha e tentou tratar com suas vítimas uma a uma enquanto os demais ouviam. Então dei-lhe uma última opção, uma opção justa: renunciar tanto a Mordor quanto a suas intrigas privadas e emendar-se, ajudando-nos na necessidade. Ele conhece nossa necessidade, melhor que ninguém. Poderia ter-nos prestado grande serviço. Mas decidiu negá-lo e manter o poder de Orthanc. Não quer servir, somente comandar. Agora vive no terror da sombra de Mordor e mesmo assim ainda sonha enfrentar a tempestade. Tolo infeliz! Será devorado se o poderio do Leste estender os braços até Isengard. Não podemos destruir Orthanc de fora, mas Sauron — quem sabe o que ele pode fazer?"

"E se Sauron não o conquistar? O que você vai fazer com ele?", perguntou Pippin.

"Eu? Nada!", disse Gandalf. "Não lhe farei nada. Não desejo a dominação. O que será feito dele? Não sou capaz de dizer. Lamento que tanta coisa que foi boa agora esteja apodrecendo na torre. Ainda assim, para nós as coisas não andaram mal. Estranhas são as voltas da sorte! Muitas vezes o ódio fere a si mesmo! Creio que, mesmo que tivéssemos entrado, teríamos encontrado em Orthanc poucos tesouros mais preciosos que o objeto que Língua-de-Cobra jogou em nós."

Um guincho estridente, interrompido de repente, veio de uma janela aberta muito acima.

"Parece que Saruman também pensa assim", disse Gandalf. "Vamos deixá-los!"

Voltaram então às ruínas do portão. Mas haviam passado sob o arco quando, dentre as sombras das pedras empilhadas onde estavam parados, Barbárvore e uma dúzia de outros Ents vieram caminhando a largos passos. Aragorn, Gimli e Legolas os fitaram admirados.

"Eis três de meus companheiros, Barbárvore", disse Gandalf. "Falei deles, mas tu ainda não os viste", disse seus nomes, um a um.

O Velho Ent olhou-os longamente, com muita atenção, e falou a um de cada vez. Por último dirigiu-se a Legolas. "Então vieste o caminho todo desde Trevamata, meu bom Elfo? Foi antigamente uma floresta enorme!"

"E ainda é", disse Legolas. "Mas não tão grande que nós, que lá habitamos, nos cansemos de ver árvores novas. Gostaria imensamente de viajar à Floresta de Fangorn. Mal lhe atravessei as bordas e não queria voltar atrás."

Os olhos de Barbárvore brilharam de prazer. "Espero que realizes teu desejo antes que as colinas envelheçam muito mais", disse ele.

"Irei se eu tiver essa sorte", respondeu Legolas. "Fiz um pacto com meu amigo de que, se tudo correr bem, visitaremos Fangorn juntos — com tua licença."

"Qualquer Elfo que venha contigo será bem-vindo", afirmou Barbárvore.

"O amigo de quem falo não é Elfo", disse Legolas; "refiro-me a Gimli, filho de Glóin aqui." Gimli fez uma mesura profunda, e o machado lhe deslizou do cinto e retiniu no chão.

"Huum, hm! Ah, bem", hesitou Barbárvore, olhando-o com olhos escuros. "Um anão e portador-de-machado! Huum! Tenho boa vontade com os Elfos; mas pedes muita coisa. Esta é uma estranha amizade!"

"Pode parecer estranha", disse Legolas; "mas enquanto Gimli viver não irei a Fangorn sozinho. Seu machado não é para as árvores, e sim para os pescoço-órquicos, ó Fangorn, Mestre da Floresta de Fangorn. Quarenta e dois ele abateu na batalha."

"Huu! Ora vamos!", disse Barbárvore. "Essa é uma história melhor! Bem, bem, as coisas vão como vão; e não há necessidade de se apressar ao encontro delas. Mas agora temos de nos despedir por algum tempo. O dia está chegando ao fim, porém Gandalf diz que precisais partir antes do anoitecer, e o Senhor da Marca está ansioso por sua própria casa."

"Sim, precisamos partir, e partir agora", comentou Gandalf. "Receio que preciso tirar-te os guardas do portão. Mas arranjar-te-ás bastante bem sem eles."

"Quem sabe", disse Barbárvore. "Mas sentirei sua falta. Tornamo-nos amigos em tão pouco tempo que acho que devo estar ficando apressado — crescendo ao contrário, rumo à juventude, talvez. Mas ora, eles são a primeira coisa nova sob o Sol ou a Lua que vi por muitos longos, longos dias. Não hei de esquecê-los. Pus seus nomes na Longa Lista. Os Ents a recordarão.

Ents como árvores, com os anos dos montes,
que amplos andam e água bebem;
e, famintos na mata, os mínimos Hobbits,
os seres risonhos, reduzido povo,[A]

hão de permanecer amigos enquanto as folhas se renovarem. Adeus! Mas se ouvirdes novas em vossa terra aprazível, no Condado, mandai-me notícias! Sabeis o que quero dizer: menção ou visão das Entesposas. Vinde vós mesmos se puderdes!"

"Viremos!", disseram Merry e Pippin juntos e viraram-se apressados. Barbárvore olhou-os e ficou alguns momentos em silêncio, balançando a cabeça pensativo. Depois voltou-se para Gandalf.

"Então Saruman não queria partir?", indagou ele. "Eu não achava que iria. Seu coração é podre como o de um Huorn negro. Ademais, se eu fosse derrotado e todas as minhas árvores fossem destruídas, eu não viria enquanto tivesse um buraco escuro para me esconder."

"Não", disse Gandalf. "Mas não tramaste cobrir o mundo todo com tuas árvores e sufocar todos os outros seres vivos. Mas aí está, Saruman fica para acalentar seu ódio e tecer outra vez as teias que pode. Ele tem a Chave de Orthanc. Mas não se pode permitir que escape."

"Não deveras! Os Ents vão tratar disso", disse Barbárvore. "Saruman não há de pôr os pés além da rocha sem minha permissão. Os Ents vão vigiá-lo."

"Ótimo!", exclamou Gandalf. "Era o que eu esperava. Agora posso ir e me voltar para outros assuntos com uma preocupação a menos. Mas deves ter cautela. As águas desceram. Não será bastante pôr sentinelas ao redor da torre, receio. Não duvido de que houvesse caminhos profundos escavados por baixo de Orthanc e que Saruman espere ir e vir sem ser notado, em breve. Se quiseres enfrentar esse trabalho, peço que derrames as águas de novo; e que faças isso até que Isengard se transforme em lago fixo ou que descubras os vertedouros. Quando todos os lugares subterrâneos estiverem alagados e os vertedouros estiverem bloqueados, Saruman precisará ficar no alto e espiar pelas janelas."

"Deixa isso para os Ents!", disse Barbárvore. "Havemos de esquadrinhar o vale da cabeça aos pés e espiar embaixo de cada seixo. As árvores estão voltando para viver aqui, árvores velhas, árvores selvagens. Vamos chamá-la de Floresta Vigia. Nem um esquilo andará aqui sem que eu saiba. Deixa isso para os Ents! Até que passem sete vezes os anos em que nos atormentou, não havemos de nos cansar de vigiá-lo."

11

A Palantír

O sol se punha atrás do longo braço ocidental das montanhas quando Gandalf e seus companheiros, e o rei com seus Cavaleiros, partiram outra vez de Isengard. Gandalf levou Merry em sua garupa, e Aragorn levou Pippin. Dois homens do rei foram à frente, cavalgando depressa, e logo saíram de vista, descendo para o vale. Os demais seguiram em passo confortável.

No portão estavam Ents em solene fileira, como estátuas, com os longos braços erguidos, mas não faziam nenhum som. Merry e Pippin olharam para trás quando haviam avançado um pouco pela estrada serpenteante. A luz do sol ainda brilhava no céu, mas longas sombras se estendiam sobre Isengard: ruínas cinzentas que caíam na escuridão. Agora Barbárvore estava em pé ali sozinho, como o toco distante de uma velha árvore: os hobbits recordaram seu primeiro encontro, no ensolarado degrau bem longe dali, na beira de Fangorn.

Chegaram à coluna da Mão Branca. Ainda estava de pé, mas a mão esculpida fora jogada no chão e quebrada em pedacinhos. Bem no meio da estrada jazia o longo indicador, branco na penumbra, com a unha vermelha passando ao negro.

"Os Ents prestam atenção em todos os detalhes!", disse Gandalf.

Prosseguiram na cavalgada, e a tardinha se aprofundou no vale.

"Vamos cavalgar longe esta noite, Gandalf?", perguntou Merry algum tempo depois. "Não sei como você se sente com a ralezinha pendurada atrás de você; mas a ralé está cansada e ficará contente de se despendurar e deitar."

"Então você ouviu aquilo?", disse Gandalf. "Não deixe que o amargure! Seja grato por nenhuma palavra mais longa ter sido dirigida a vocês. Ele estava de olhos postos em vocês. Se isso consola seu orgulho, eu deveria dizer que no momento você e Pippin estão mais presentes nos pensamentos dele que todos nós outros. Quem vocês são; como chegaram ali, e por quê; o que sabem; se foram capturados, e nesse caso como escaparam quando todos os Orques pereceram — é com esses pequenos enigmas que a grande mente de Saruman se aflige. O escárnio dele, Meriadoc, é um elogio, se você se sente honrado com a atenção dele."

"Obrigado!", disse Merry. "Mas é honra maior ficar pendurado na aba do seu casaco, Gandalf. Por exemplo, nessa posição tem-se a oportunidade de fazer uma pergunta pela segunda vez. Vamos cavalgar longe esta noite?"

Gandalf riu. "Um hobbit totalmente irreprimível! Todos os Magos deveriam ter um ou dois hobbits a seu cuidado — para lhes ensinar o significado da palavra e para corrigi-los. Peço desculpas. Mas dei atenção até a esses assuntos simples. Vamos cavalgar por algumas horas, calmamente, até chegarmos ao fim do vale. Amanhã precisamos cavalgar mais depressa.

"Quando viemos, pretendíamos voltar direto de Isengard para a casa do rei em Edoras, por cima das planícies, uma jornada de alguns dias. Mas pensamos melhor e mudamos o plano. Mensageiros seguiram adiante para o Abismo de Helm para alertá-los de que o rei volta amanhã. De lá ele cavalgará com muitos homens ao Fano-da-Colina por trilhas entre os morros. De agora em diante não mais que dois ou três irão juntos em campo aberto, de dia ou de noite, quando isso for possível."

"Seu jeito é nada ou porção dupla!", comentou Merry. "Receio que eu não estava olhando além da cama de hoje. Onde e o que são o Abismo de Helm e todo o resto? Não sei nada sobre esta região."

"Então é melhor aprender alguma coisa se quiser entender o que está acontecendo. Mas não bem agora e não comigo: tenho coisas urgentes demais para pensar."

"Muito bem, vou abordar Passolargo junto à fogueira do acampamento: ele é menos irritadiço. Mas por que todo esse segredo? Pensei que tínhamos vencido a batalha!"

"Sim, vencemos, mas só a primeira vitória, e isso mesmo aumenta nosso perigo. Havia alguma ligação entre Isengard e Mordor que ainda não sondei. Não tenho certeza como trocavam notícias; mas trocavam. O Olho de Barad-dûr estará espiando impacientemente o Vale do Mago, creio; e Rohan. Quanto menos vir, melhor."

A estrada passava devagar, dando voltas na descida para o vale. Ora mais longe, ora mais perto, o Isen corria em seu leito pedregoso. A noite desceu das montanhas. Todas as névoas haviam sumido. Soprava um vento gelado. A lua, já tornando-se redonda, preenchia o céu oriental com um brilho frio e pálido. As encostas das montanhas à direita desciam até colinas nuas. As amplas planícies estendiam-se cinzentas diante deles.

Por fim pararam. Depois desviaram-se, deixando a estrada e percorrendo de novo a bela relva do planalto. Rumando para o oeste, chegaram a um vale cerca de uma milha adiante. Ele se abria para o sul, encostando-se ao aclive da redonda Dol Baran, última colina das cordilheiras setentrionais, de pés verdes e coroada de urze. As bordas da ravina tinham farrapos das samambaias do ano anterior, entre os quais a folhagem da primavera, firmemente enrolada, acabava de surgir da terra de perfume doce. Moitas de espinheiros cresciam densas nas margens baixas, e eles acamparam embaixo delas, cerca de duas horas antes do meio da noite. Fizeram uma fogueira numa depressão, sob as raízes de um pilriteiro espalhado, alto como uma árvore, retorcido com a idade, mas saudável em todos os galhos. Havia brotos saindo na ponta de cada raminho.

Foram postos vigias, dois em cada turno. Os demais, depois de jantarem, enrolaram-se nas capas e cobertores e dormiram. Os hobbits estavam deitados sozinhos a um canto, sobre um monte de samambaias velhas. Merry estava sonolento, mas Pippin parecia curiosamente inquieto. As samambaias estalavam e farfalhavam à medida que ele se torcia e virava.

"Qual é o problema?", perguntou Merry. "Está deitado em um formigueiro?"

"Não," disse Pippin, "mas não estou confortável. Pergunto-me quanto tempo faz que não durmo numa cama."

Merry bocejou. "Calcule nos dedos!", respondeu ele. "Mas precisa saber quanto tempo faz que deixamos Lórien."

"Oh, isso!", disse Pippin. "Quero dizer uma cama de verdade num quarto de dormir."

"Bem, Valfenda então", disse Merry. "Mas hoje à noite eu poderia dormir em qualquer lugar."

"Você teve sorte, Merry", afirmou Pippin baixinho, após uma pausa. "Você estava cavalgando com Gandalf."

"Bem, e daí?"

"Você arrancou alguma novidade, alguma informação dele?"

"Sim, bastante. Mais que o normal. Mas você ouviu tudo ou a maior parte; você estava por perto, e não estávamos falando segredos. Mas pode ir com ele amanhã, se acha que pode arrancar mais coisas dele — e se ele o aceitar."

"Posso? Bom! Mas ele está calado, não está? Não está nada mudado."

"Oh sim, está!", respondeu Merry, acordando um pouco e começando a se perguntar o que incomodava seu companheiro. "Ele cresceu, ou algo assim. Consegue ser ao mesmo tempo mais gentil e mais alarmante, mais alegre e mais solene que antes, acho. Ele mudou; mas ainda não tivemos oportunidade de ver o quanto. Mas pense no final daquele negócio com Saruman! Lembre-se de que Saruman já foi superior de Gandalf: chefe do Conselho, seja lá o que for isso exatamente. Ele era Saruman, o Branco. Agora Gandalf é o Branco. Saruman veio quando recebeu ordem, e seu bastão foi tomado; e depois simplesmente recebeu ordem de ir, e foi!"

"Bem, se Gandalf realmente mudou, então está mais calado do que nunca, só isso", argumentou Pippin. "Essa... bola de vidro, agora. Ele parecia muito contente com ela. Ele sabe ou supõe algo a respeito. Mas ele nos conta o que é? Não, nem uma palavra. Porém eu a apanhei e a salvei de rolar para uma poça. *Aqui, meu rapaz, eu fico com isso* — é só. Fico pensando o que será. Parecia tão pesada." A voz de Pippin tornou-se muito baixa, como se falasse sozinho.

"Alô!", disse Merry. "Então é isso que o incomoda? Ora, Pippin, meu rapaz, não se esqueça do que disse Gildor — o que Sam costumava citar: 'Não te intrometas nas questões dos Magos, pois são sutis e se encolerizam depressa.'"

"Mas durante meses toda a nossa vida tem sido uma longa intromissão nas questões dos Magos", disse Pippin. "Gostaria de um pouco de informação além do perigo. Gostaria de uma olhada naquela bola."

"Vá dormir!", respondeu Merry. "Você vai receber informações bastantes mais cedo ou mais tarde. Meu caro Pippin, nenhum Tûk jamais venceu um Brandebuque em termos de curiosidade; mas esta é a hora, eu lhe pergunto?"

"Muito bem! Qual é o mal de eu lhe contar que gostaria de uma olhada naquela pedra? Sei que não posso tê-la, com o velho Gandalf sentado em cima como uma galinha num ovo. Mas não ajuda muito receber de você só um *não-pode-tê-la-portanto-vá-dormir*!"

"Bem, o que mais eu poderia dizer?", indagou Merry. "Lamento, Pippin, mas realmente você precisa esperar pela manhã. Ficarei tão curioso quanto você quiser depois do desjejum e ajudarei como puder na adulação do mago. Mas não consigo mais me manter acordado. Se eu der mais um bocejo, vou rachar até as orelhas. Boa noite!"

Pippin não disse mais nada. Agora estava deitado quieto, mas o sono continuava muito distante; e não foi estimulado pelo som de Merry respirando baixinho, adormecido poucos minutos depois de dar boa-noite. O pensamento no globo escuro parecia tornar-se mais forte à medida que tudo caía no silêncio. Mais uma vez Pippin sentiu seu peso nas mãos, e mais uma vez viu as misteriosas profundezas vermelhas que contemplara por um momento. Agitou-se, virou-se e tentou pensar em outra coisa.

Finalmente não conseguiu aguentar mais. Levantou-se e olhou em torno. Estava gelado, e ele se envolveu na capa. A lua brilhava fria e branca, lá de cima para o vale, e as sombras dos arbustos eram negras. Havia vultos adormecidos em toda a volta. Os dois guardas não estavam à vista: talvez estivessem no alto da colina ou escondidos nas samambaias. Movido por algum impulso que não compreendia, Pippin caminhou sorrateiro até onde Gandalf estava deitado. Olhou para ele no chão. O mago parecia adormecido, mas com as pálpebras não totalmente fechadas: havia um lampejo de olhos por baixo dos longos cílios. Pippin recuou apressado. Mas Gandalf não deu sinal; e, mais uma vez atraído para a frente, meio contra a vontade, o hobbit esgueirou-se de novo por trás da cabeça do mago. Este estava enrolado em um cobertor, com a capa estendida por cima; e bem junto a ele, entre seu lado direito e o braço encurvado, havia uma protuberância, algo redondo embrulhado em um pano escuro; sua mão parecia ter acabado de escorregar dela para o chão.

Mal respirando, Pippin arrastou-se mais para perto, pé ante pé. Finalmente ajoelhou-se. Então estendeu as mãos furtivamente e lentamente ergueu o montículo: não parecia tão pesado quanto ele esperara. "Quem sabe, afinal, fosse só uma trouxa de tralhas", pensou ele com uma estranha sensação de alívio; mas não voltou a repor a trouxa. Ficou parado por um momento, segurando-a firme. Então uma ideia lhe veio à cabeça. Saiu na ponta dos pés, encontrou uma pedra grande e voltou.

Então puxou o pano depressa, embrulhou nele a pedra e, ajoelhando-se, colocou-a de volta junto à mão do mago. Em seguida olhou, afinal, para o objeto que descobrira. Ali estava ele: um globo liso de cristal, agora escuro e inerte, descoberto diante dos seus joelhos. Pippin ergueu-o, cobriu-o apressado com sua própria capa e deu meia-volta para voltar à cama. Nesse momento Gandalf se mexeu no sono e murmurou algumas palavras: pareciam ser em uma língua estranha; sua mão tateou e apertou a pedra embrulhada, depois ele suspirou e não se mexeu mais.

"Seu tolo idiota!", murmurou Pippin para si mesmo. "Você vai se meter em tremendos apuros. Devolva isso depressa!" Mas viu-se com os joelhos trêmulos, e não se atrevia a se aproximar do mago o bastante para alcançar a trouxa. "Agora jamais vou devolvê-lo sem acordá-lo," pensou ele, "enquanto não ficar um pouco mais calmo. Portanto posso muito bem dar uma olhada primeiro. Só que não bem aqui!" Saiu sorrateiro e sentou-se em um montinho verde não distante de sua cama. A lua espiava por cima da beira do vale.

Pippin sentou-se com os joelhos erguidos e a bola entre eles. Inclinou-se sobre ela, parecendo uma criança cobiçosa curvada sobre uma tigela de comida, num canto afastado das outras. Puxou a capa de lado e espiou. O ar parecia imóvel e tenso à sua volta. No início o globo estava escuro, negro como azeviche, com o luar iluminando-lhe a superfície. Depois veio um brilho fraco, e uma agitação em seu âmago, e isso lhe fascinou os olhos de modo que já não podia afastar o olhar. Logo todo o interior parecia arder em fogo; a bola girava, ou as luzes rodavam lá dentro. De repente as luzes se apagaram. Ele deu um grito sufocado e debateu-se; mas continuou inclinado, segurando a bola com as duas mãos. Inclinou-se cada vez mais perto e depois ficou rígido; moveu os lábios silenciosamente por um momento. Então, com um grito estrangulado, caiu para trás e jazeu imóvel.

O grito foi penetrante. Os guardas saltaram das ribanceiras. Logo todo o acampamento estava se agitando.

"Então este é o ladrão!", disse Gandalf. Apressadamente jogou a capa sobre o globo, ali onde estava no chão. "Mas você, Pippin! Isto é um imprevisto doloroso!" Ajoelhou-se junto ao corpo de Pippin: o hobbit estava deitado de costas, rijo, com olhos inertes voltados para o céu. "Que diabrura! Que travessura ele fez — para si e para todos nós?" O rosto do mago estava tenso e abatido.

Pegou a mão de Pippin e se curvou sobre seu rosto, procurando ouvir sua respiração; depois pôs-lhe as mãos na testa. O hobbit estremeceu. Seus olhos se fecharam. Deu um grito; e sentou-se, encarando espantado todos os rostos ao seu redor, pálido ao luar.

"Não é para ti, Saruman!", exclamou em voz estridente e sem tom, encolhendo-se para longe de Gandalf. "Vou mandar buscá-lo de imediato. Compreendes? Só dize isso!" Então esforçou-se por levantar e fugir, mas Gandalf o segurou gentil e firmemente.

"Peregrin Tûk!", disse ele. "Volte!"

O hobbit relaxou e caiu para trás, agarrado à mão do mago. "Gandalf!", exclamou ele. "Gandalf! Perdoe-me!"

"Perdoá-lo?", indagou o mago. "Primeiro diga-me o que fez!"

"Eu, eu peguei a bola e olhei para ela", gaguejou Pippin; "e vi coisas que me assustaram. E eu queria ir embora, mas não podia. E então veio ele e me interrogou; e olhou para mim, e... e... isso é tudo que recordo."

"Isso não basta", afirmou Gandalf com severidade. "O que você viu e o que você disse?"

Pippin fechou os olhos e teve um calafrio, mas nada disse. Todos o fitavam em silêncio, exceto Merry, que se virou para o outro lado. Mas o rosto de Gandalf ainda estava duro. "Fale!", disse ele.

Com voz baixa e hesitante, Pippin recomeçou, e lentamente suas palavras foram ficando mais nítidas e fortes. "Vi um céu escuro e altas ameias", disse ele. "E estrelas minúsculas. Pareciam estar muito longe e muito tempo atrás, mas brilhantes e nítidas. Então as estrelas acenderam e apagaram — foram tapadas por seres com asas. Na verdade, muito grandes, acho; mas no vidro pareciam morcegos rodopiando em torno da torre. Acho que eram nove. Um deles começou a voar direto em minha direção, aumentando cada vez mais. Tinha um horrível — não, não! Não posso dizer.

"Tentei escapar, porque pensei que ele voaria para fora; mas quando tinha coberto o globo todo ele desapareceu. Então veio *ele*. Ele não falou de modo que eu pudesse ouvir palavras. Só olhou, e eu entendi.

"'Então voltaste? Por que deixaste de relatar por tanto tempo?'

"Não respondi. Ele disse: 'Quem és tu?' Ainda assim não respondi, mas isso me doeu horrivelmente; e ele me pressionou, então eu disse: 'Um hobbit.'

"Então, de repente, pareceu que ele me viu e riu de mim. Foi cruel. Foi como ser apunhalado com facas. Eu me debati. Mas ele disse: 'Espera um momento! Logo havemos de nos reencontrar. Dize a Saruman que esse petisco não é para ele. Vou mandar buscá-lo de imediato. Compreendes? Só dize isso!'

"Então ele me olhou com malícia. Senti que estava me desfazendo em pedaços. Não, não! Não posso dizer mais nada. Não me lembro de mais nada."

"Olhe para mim!", disse Gandalf.

Pippin olhou-lhe direto nos olhos. O mago ficou encarando-o em silêncio por um momento. Depois seu rosto ficou mais bondoso, e surgiu a sombra de um sorriso. Pôs a mão de leve na cabeça de Pippin.

"Muito bem!", disse ele. "Não diga mais nada! Você não sofreu nenhum mal. Não há mentira nos seus olhos como eu receava. Mas ele não falou com você por muito tempo. Um tolo, mas um tolo honesto, é o que você continua sendo, Peregrin Tûk. Outros mais sábios poderiam ter-se dado pior em tal transe. Mas lembra-se disto! Você foi salvo, e todos os seus amigos também, principalmente graças à boa sorte, como a chamam. Não pode contar com ela da segunda vez. Se ele o tivesse interrogado, ali naquele momento, é quase certo que você teria contado tudo o que sabe, para ruína de todos nós. Mas ele estava ávido demais. Não queria apenas informações: ele queria *você*, depressa, para poder lidar com você na Torre Sombria, lentamente. Não estremeça! Se você vai se intrometer nas questões dos Magos, precisa estar preparado para pensar em tais coisas. Mas vamos! Eu o perdoo. Console-se! As coisas não terminaram tão mal como poderiam."

Ergueu Pippin suavemente e o carregou de volta para a cama. Merry seguiu-o e sentou-se ao seu lado. "Deite-se aí e descanse, se puder, Pippin!", disse Gandalf. "Confie em mim. Se sentir coceira nas palmas das mãos outra vez, conte-me! Essas coisas podem ser curadas. Mas seja como for, meu caro hobbit, nunca mais ponha um montículo de pedra embaixo de meu cotovelo! Agora vou deixar vocês dois a sós um pouco."

Com essas palavras, Gandalf retornou aos demais, que ainda estavam em pé junto à Pedra-de-Orthanc, com pensamentos perturbados. "O perigo vem à noite quando menos se espera", disse ele. "Escapamos por pouco!"

"Como está o hobbit Pippin?", perguntou Aragorn.

"Creio que agora tudo ficará bem", respondeu Gandalf. "Ele não foi dominado por muito tempo, e os hobbits têm um espantoso poder de recuperação. A lembrança, ou o horror dela, provavelmente se desfará depressa. Depressa demais, quem sabe. Tu, Aragorn, tomarás a Pedra-de-Orthanc e a guardarás? É um encargo perigoso."

"Perigoso deveras, mas não para todos", afirmou Aragorn. "Há uma pessoa que pode reivindicá-lo por direito. Pois certamente esta é a *palantír* de Orthanc do tesouro de Elendil, posta aqui pelos Reis de Gondor. Agora minha hora se avizinha. Eu a tomarei."

Gandalf olhou para Aragorn e depois, para surpresa dos demais, ergueu a Pedra coberta e fez uma mesura ao entregá-la. "Recebe-a, senhor!", disse ele. "Em sinal de outros objetos que hão de ser devolvidos. Mas, se posso aconselhar-te no uso do que é teu, não a uses — ainda! Tem cautela!"

"Quando fui apressado ou incauto, eu que esperei e me preparei por tantos longos anos?", indagou Aragorn.

"Nunca ainda. Então não tropeces no final da estrada", respondeu Gandalf. "Mas ao menos mantém este objeto em segredo. Tu e todos os outros que aqui estão! Mais que todos o hobbit Peregrin não deve saber onde ele está depositado. O acesso maligno pode assolá-lo de novo. Pois ai dele! manejou-o e olhou dentro dele, o que jamais deveria ter acontecido. Não deveria tê-lo tocado em Isengard, e lá eu deveria ter sido mais rápido. Mas minha mente concentrava-se em Saruman, e não deduzi de imediato a natureza da Pedra. Depois fiquei exausto, e quando estava deitado ponderando a respeito o sono me dominou. Agora sei!"

"Sim, não pode haver dúvida", disse Aragorn. "Finalmente conhecemos a ligação entre Isengard e Mordor e como funcionava. Muita coisa está explicada."

"Estranhos poderes têm nossos inimigos e estranhas fraquezas!", comentou Théoden. "Mas há muito tem sido dito: 'amiúde o fito mau frustra o mal.'"

"Isso se vê muitas vezes", disse Gandalf. "Mas nestes tempos tivemos uma estranha sorte. Quem sabe este hobbit me tenha salvado de um grave deslize. Eu ponderara se eu mesmo devia ou não testar esta Pedra para descobrir seus usos. Se eu tivesse feito isso, eu próprio teria sido revelado a ele. Não estou pronto para tal provação, se é que alguma vez hei de estar. Mas, mesmo que eu reunisse o poder para me retirar, seria desastroso que ele me visse, por enquanto — até chegar a hora em que o segredo de nada mais valerá."

"Essa hora já chegou, creio", afirmou Aragorn.

"Ainda não", disse Gandalf. "Resta um breve período de dúvida que precisamos usar. O Inimigo, claro está, pensou que a Pedra estava em Orthanc — por que não pensaria? E que, portanto, o hobbit estava prisioneiro ali, impelido a olhar dentro do vidro para ser atormentado por Saruman. Agora aquela mente sombria estará repleta com a voz e o rosto do hobbit e com expectativa: pode levar algum tempo para ele perceber seu erro. Precisamos arrebatar esse tempo. Estivemos ociosos demais. Precisamos nos mover. A vizinhança de Isengard já não é lugar para nos demorarmos. Cavalgarei avante de imediato com Peregrin Tûk. Para ele será melhor que ficar deitado no escuro enquanto os demais dormem."

"Manterei Éomer e dez Cavaleiros", disse o rei. "Eles hão de cavalgar comigo no começo do dia. Os demais podem ir com Aragorn e cavalgar assim que preferirem."

"Como quiseres", assentiu Gandalf. "Mas ruma com a maior presteza possível à cobertura das colinas, ao Abismo de Helm!"

Naquele momento uma sombra se abateu sobre eles. O luar brilhante pareceu eclipsar-se de repente. Vários Cavaleiros soltaram exclamações e se acocoraram, segurando os braços acima da cabeça como se fossem evitar um golpe de cima: um temor cego e um frio mortal os acometeram. Agachados, olharam para cima. Um vasto vulto alado passou diante da lua como uma nuvem negra. Fez uma volta e rumou para o norte, voando a maior velocidade que qualquer vento da Terra-média. As estrelas se apagaram diante dele. Foi-se embora.

Puseram-se de pé, rígidos como pedras. Gandalf olhava para o alto, de braços estendidos para baixo, rijo, de mãos apertadas.

"Nazgûl!", exclamou ele. "O mensageiro de Mordor. A tempestade está chegando. Os Nazgûl atravessaram o Rio! Cavalgai, cavalgai! Não espereis pelo amanhecer! Que os velozes não esperem pelos lentos! Cavalgai!"

Afastou-se com um salto, chamando Scadufax enquanto corria. Aragorn o seguiu. Chegando até Pippin, Gandalf o apanhou nos braços. "Desta vez você há de vir comigo", disse ele. "Scadufax há de lhe mostrar suas qualidades." Depois correu até o lugar onde dormira. Scadufax já se havia postado ali. Suspendendo a tiracolo o pequeno saco que era toda a sua bagagem, o mago saltou no lombo do cavalo. Aragorn ergueu Pippin e o pôs nos braços de Gandalf, envolto em capa e cobertor.

"Adeus! Segui depressa!", exclamou Gandalf. "Avante, Scadufax!"

O grande cavalo meneou a cabeça. Sua cauda fluida latejou ao luar. Então saltou para a frente, impelindo o solo, e se foi como o vento norte das montanhas.

"Uma linda noite repousante", disse Merry a Aragorn. "Algumas pessoas têm uma sorte maravilhosa. Ele não queria dormir e queria cavalgar com Gandalf — e lá vai ele! Em vez de ele próprio ser transformado em pedra para ficar de pé aqui, eternamente, como advertência."

"Se tivesse sido você o primeiro a erguer a Pedra-de-Orthanc, e não ele, o que seria agora?", indagou Aragorn. "Você poderia ter feito pior. Quem sabe dizer? Mas agora sua sorte é vir comigo, receio. De imediato. Vá e se apronte, e traga qualquer coisa que Pippin tenha deixado para trás. Apresse-se!"

Sobre as planícies voava Scadufax, sem precisar de estímulo nem de direção. Havia passado menos de uma hora, e chegaram aos Vaus do Isen e os atravessaram. O Túmulo dos Cavaleiros e suas frias lanças, cinzentas, estavam atrás deles.

Pippin estava se recuperando. Estava quente, mas o vento em seu rosto era intenso e refrescante. Estava com Gandalf. O horror da Pedra e da hedionda sombra diante da lua estava se desfazendo, eram coisas deixadas para trás nas névoas das montanhas ou em um sonho passageiro. Inspirou profundamente.

"Não sabia que você montava em pelo, Gandalf", disse ele. "Você não tem sela nem brida!"

"Não monto à maneira-élfica exceto em Scadufax", disse Gandalf. "Mas Scadufax não aceita arreios. Ninguém cavalga

Scadufax: ele se dispõe a carregá-lo — ou não. Se ele se dispuser, isso basta. Daí é problema dele garantir que você se mantenha em seu lombo, a não ser que você salte no ar."

"Quão depressa ele está indo?", perguntou Pippin. "Depressa, a julgar pelo vento, mas muito macio. E como são leves suas passadas!"

"Agora ele corre mais depressa do que conseguiria galopar o cavalo mais veloz", respondeu Gandalf; "mas isso não é depressa para ele. Aqui o terreno se eleva um pouco e é mais acidentado do que era além do rio. Mas veja como as Montanhas Brancas se aproximam sob as estrelas! Lá longe estão os picos de Thrihyrne como lanças negras. Não vai demorar para alcançarmos as estradas que se bifurcam e chegarmos à Garganta-do-Abismo, onde foi travada a batalha duas noites atrás."

Pippin voltou a manter silêncio por alguns momentos. Ouviu Gandalf cantando baixinho consigo mesmo, murmurando breves trechos de versos em muitas línguas, à medida que as milhas corriam por baixo deles. Por fim o mago começou uma canção cujas palavras o hobbit compreendia: alguns versos chegaram-lhe nítidos aos ouvidos através do sopro do vento:

Altas naus e altos senhores,
Três vezes três,
O que trouxeram da terra submersa
Sobre o mar daquela vez?
Sete estrelas e sete pedras,
Uma árvore branca, já vês.[A]

"O que está dizendo, Gandalf?", perguntou Pippin.

"Estava só repassando na mente algumas das Rimas do Saber", respondeu o mago. "Imagino que os hobbits as tenham esquecido, mesmo as que conheceram alguma vez."

"Não, não todas", disse Pippin. "E temos muitas nossas, que talvez não lhe interessem. Mas nunca ouvi esta. Sobre o que é — as sete estrelas e sete pedras?"

"Sobre as *palantíri* dos Reis de Outrora", disse Gandalf.

"E o que são?"

"O nome significava *a que vê ao longe*. A Pedra-de-Orthanc era uma delas."

"Então ela não foi feita, não foi feita", Pippin hesitou, "pelo Inimigo?"

"Não", disse Gandalf. "Nem por Saruman. Está além da sua arte e além da de Sauron também. As *palantíri* vieram de além de Ociente, de Eldamar. Os Noldor as fizeram. Quem sabe o próprio Fëanor as tenha engendrado, em dias tão longínquos que o tempo não pode ser medido em anos. Mas não há nada que Sauron não possa perverter para usos malignos. Ai de Saruman! Foi sua derrota, como percebo agora. São perigosos para todos nós os expedientes de uma arte mais profunda do que nós mesmos possuímos. Porém a culpa deve recair sobre ele. Tolo! de mantê-la em segredo para seu próprio proveito. Jamais falou palavra sobre ela a qualquer membro do Conselho. Ainda não havíamos ponderado a sina das *palantíri* de Gondor em suas guerras ruinosas. Pelos Homens elas foram quase esquecidas. Mesmo em Gondor eram um segredo conhecido só por alguns poucos; em Arnor eram lembradas apenas em uma rima do saber entre os Dúnedain."

"Para que os Homens de outrora as usavam?", perguntou Pippin, deleitado e admirado por obter respostas a tantas perguntas e perguntando-se quanto tempo isso duraria.

"Para enxergarem ao longe e para conversarem em pensamento uns com os outros", disse Gandalf. "Desse modo longamente vigiaram e uniram o reino de Gondor. Instalaram Pedras em Minas Anor, e em Minas Ithil, e em Orthanc, no anel de Isengard. A principal e dominante ficava sob o Domo das Estrelas em Osgiliath, antes de sua ruína. As três outras estavam longe, no Norte. Na casa de Elrond conta-se que estavam em Annúminas e Amon Sûl, e a Pedra de Elendil estava nas Colinas das Torres que dão para Mithlond, no Golfo de Lûn, onde estão atracadas as naus cinzentas.

"Cada *palantír* respondia a todas as outras, mas todas as de Gondor estavam sempre abertas à visão de Osgiliath. Agora parece que, assim como a rocha de Orthanc resistiu às tempestades do tempo, assim também a *palantír* daquela torre lá ficou. Mas sozinha ela nada podia fazer, exceto ver imagens pequenas de coisas longínquas e dias remotos. Muito útil, sem dúvida, isso foi a Saruman; porém parece que ele não se contentou. Observou cada vez mais longe, até lançar seu olhar em Barad-dûr. Então foi apanhado!

"Quem sabe onde jazem agora as Pedras perdidas de Arnor e Gondor, sepultadas ou submersas nas profundas? Mas Sauron deve ter obtido uma pelo menos e a dominou para seus propósitos. Imagino que fosse a Pedra-de-Ithil, pois ele tomou Minas Ithil muito tempo atrás e a transformou em um lugar maligno: tornou-se Minas Morgul.

"Agora é fácil imaginar quão depressa o olho vagueante de Saruman foi capturado e aprisionado; e como desde então ele tem sido persuadido de longe e atemorizado quando a persuasão não funcionava. O mordedor mordido, o falcão sob o pé da águia, a aranha em teia de aço! Por quanto tempo, pergunto-me, ele foi constrangido a vir amiúde até seu vidro para ser inspecionado e instruído, com a Pedra-de-Orthanc tão dirigida para Barad-dûr que, se alguém desprovido de vontade inflexível agora a contemplar, ela levará sua mente e visão rapidamente para ali? E como ela nos atrai para si! Então não a senti? Mesmo agora meu coração deseja testar minha vontade com relação a ela, ver se eu não a conseguiria arrancar dele e voltá-la aonde eu quisesse — olhar, através dos amplos mares de água e de tempo, para Tirion, a Bela, e perceber a mão e mente inimaginável de Fëanor em seu labor, enquanto floriam a Árvore Branca e a Dourada!" Suspirou e silenciou.

"Queria ter sabido antes de tudo isso", disse Pippin. "Eu não tinha noção do que estava fazendo."

"Oh sim, você tinha", respondeu Gandalf. "Você sabia que estava se comportando de modo errado e tolo; e você mesmo se disse isso, apesar de não escutar. Não lhe contei tudo isso antes porque foi só meditando sobre tudo o que aconteceu que finalmente compreendi, enquanto cavalgamos juntos. Mas, se eu tivesse falado antes, isso não diminuiria seu desejo nem o tornaria mais fácil de resistir. Ao contrário! Não, a mão queimada ensina melhor. Depois disso o conselho sobre o fogo alcança o coração."

"Alcança", assentiu Pippin. "Se agora todas as sete pedras estivessem expostas diante de mim, eu fecharia os olhos e poria as mãos nos bolsos."

"Bom!", disse Gandalf. "É o que eu esperava."

"Mas eu gostaria de saber...", começou Pippin.

"Misericórdia!", exclamou Gandalf. "Se a cura de sua curiosidade for o fornecimento de informações, hei de passar todo o resto de meus dias respondendo a você. O que mais quer saber?"

"Os nomes de todas as estrelas e de todos os seres vivos, e a história inteira da Terra-média, e do Sobrecéu, e dos Mares Divisores", riu-se Pippin. "É claro! O que menos? Mas hoje à noite não estou com pressa. No momento eu só me perguntava sobre a sombra negra. Ouvi você exclamar 'mensageiro de Mordor'. O que era? O que estaria fazendo em Isengard?"

"Era um Cavaleiro Negro alado, um Nazgûl", disse Gandalf. "Poderia tê-lo levado para a Torre Sombria."

"Mas não veio à minha procura, veio?", balbuciou Pippin. "Quero dizer, ele não sabia que eu tinha..."

"Claro que não", afirmou Gandalf. "São duzentas léguas ou mais em voo direto de Barad-dûr até Orthanc, e mesmo um Nazgûl levaria algumas horas para voar entre elas. Mas certamente Saruman olhou para dentro da Pedra depois do ataque-órquico, e dos seus pensamentos secretos mais foi lido do que ele pretendia, disso não duvido. Foi enviado um mensageiro para descobrir o que ele está fazendo. E depois do que aconteceu esta noite virá outro, creio, e depressa. Assim Saruman chegará ao último aperto do torno em que pôs sua mão. Não tem prisioneiro para enviar. Não tem Pedra com que enxergar e não pode responder à convocação. Sauron só acreditará que ele está retendo o prisioneiro e recusando-se a usar a Pedra. Não ajudará a Saruman contar a verdade ao mensageiro. Pois Isengard pode estar arruinada, mas ele ainda está a salvo em Orthanc. Portanto, queira ele ou não, parecerá ser rebelde. No entanto, rejeitou-nos para evitar isso mesmo! Não consigo imaginar o que ele fará em tal apuro. Creio que enquanto estiver em Orthanc ainda tem poder para resistir aos Nove Cavaleiros. Pode tentar fazê-lo. Pode tentar aprisionar o Nazgûl, ou pelo menos matar o ser em que ele agora cavalga no ar. Nesse caso, Rohan que cuide de seus cavalos!

"Mas não sei dizer como acabará, bem ou mal para nós. Pode ser que os conselhos do Inimigo sejam confundidos ou impedidos por sua ira contra Saruman. Pode ser que ele descubra que estive ali, de pé na escadaria de Orthanc — com hobbits na aba do casaco. Ou que um herdeiro de Elendil vive e estava junto a mim. Se Língua-de-Cobra não foi enganado pela armadura de Rohan, lembrar-se-á de Aragorn e do título que reivindicou. É isso que receio. E por isso fugimos — não do perigo, e sim para um perigo maior. Cada passada de Scadufax o leva mais para perto da Terra da Sombra, Peregrin Tûk."

Pippin não deu resposta, mas agarrou a capa como se uma gelidez súbita o tivesse acometido. A paisagem cinzenta passava abaixo deles.

"Veja agora!", disse Gandalf. "Os vales de Westfolde se abrem diante de nós. Aqui voltamos à estrada para o leste. A sombra escura lá adiante é a abertura da Garganta-do-Abismo. Naquela direção ficam Aglarond e as Cavernas Cintilantes. Não me pergunte sobre elas. Pergunte a Gimli, se vocês se reencontrarem, e pela primeira vez poderá obter uma resposta mais comprida do que deseja. Você mesmo não verá as cavernas, não nesta jornada. Logo estarão muito para trás."

"Pensei que você ia parar no Abismo de Helm!", disse Pippin. "Aonde vai então?"

"A Minas Tirith, antes que os mares da guerra a cerquem."

"Oh! E a que distância fica?"

"Léguas e mais léguas", respondeu Gandalf. "Ao triplo da distância da morada do Rei Théoden, e esta fica mais de cem milhas a leste daqui, tal como voam os mensageiros de Mordor. Scadufax precisa percorrer uma estrada mais longa. Qual acabará sendo o mais veloz?

"Agora havemos de cavalgar até o romper do dia, e ele está a algumas horas de distância. Então o próprio Scadufax terá de repousar em alguma cova das colinas: em Edoras, espero. Durma se puder! Poderá ver o primeiro lampejo da aurora no telhado dourado da casa de Eorl. E três dias depois há de ver a sombra púrpura do Monte Mindolluin e as muralhas da torre de Denethor, brancas na manhã.

"Avante agora, Scadufax! Corre, grande-coração, corre como jamais correste antes! Agora chegamos às terras onde foste gerado e conheces cada pedra. Corre agora! A esperança está na velocidade!"

Scadufax meneou a cabeça e soltou uma exclamação, como se uma trombeta o tivesse convocado à batalha. Então saltou avante. O fogo desprendeu-se de seus pés; a noite se precipitou por cima dele.

Caindo no sono lentamente, Pippin teve uma estranha sensação: ele e Gandalf estavam imóveis como pedras, sentados na estátua de um cavalo em carreira, enquanto o mundo rolava sob seus pés com um grande ruído de vento.

LIVRO IV

1

A Doma de Sméagol

"Bem, patrão, estamos em apuros, sem nenhum engano", disse Sam Gamgi. Estava em pé, desesperançado e de ombros arqueados, ao lado de Frodo, e espiava a escuridão com olhos apertados.

Era o terceiro entardecer desde que haviam fugido da Comitiva, pelo que conseguiam estimar: quase tinham perdido a conta das horas durante as quais tinham escalado e labutado entre as encostas áridas e as pedras das Emyn Muil, às vezes voltando nos próprios passos por não conseguirem encontrar um caminho avante, às vezes descobrindo que haviam vagueado em círculo até o ponto em que estiveram horas antes. No geral, porém, tinham avançado constantemente rumo ao leste, mantendo-se, na medida em que podiam encontrar um caminho, perto da beira exterior daquele estranho e retorcido agrupamento de morros. Mas sempre encontravam suas faces externas íngremes, altas e impenetráveis, carrancudas acima da planície lá embaixo; além dos seus sopés revoltos estendiam-se pântanos lívidos e infectos onde nada se movia e nem mesmo um pássaro podia ser visto.

Agora os hobbits estavam na borda de um penhasco alto, nu e deserto, cujos sopés estavam envoltos em névoa; e atrás deles erguiam-se os planaltos acidentados, coroados de nuvens à deriva. Um vento gélido soprava do Leste. A noite surgia sobre as terras informes diante deles; sua doentia cor verde desbotava para um pardo tristonho. Bem longe, à direita, o Anduin, que rebrilhara intermitentemente nos episódios de sol durante o dia, já estava oculto na sombra. Mas seus olhos não olhavam para além do Rio, de volta para Gondor, aos seus amigos, às terras dos Homens. Fixavam o olhar no sul e no leste, para onde, na beira da noite que chegava, estava suspensa uma linha escura, como montanhas distantes de fumaça imóvel. Vez por outra um minúsculo lampejo vermelho, bem longínquo, palpitava para cima na borda da terra e do céu.

"Que apuro!", disse Sam. "Esse é o único lugar, de todas as terras de que ouvimos falar, que não queremos ver mais de perto; e esse é o único lugar aonde estamos tentando chegar! E é bem ali que não conseguimos chegar, de jeito nenhum. Viemos pelo caminho totalmente errado, ao que parece. Não podemos descer; e se descêssemos garanto que íamos descobrir que toda essa terra verde é um charco nojento. Fu! Consegue sentir esse cheiro?" Farejou o vento.

"Sim, consigo sentir o cheiro", disse Frodo, mas não se mexeu e manteve os olhos fixos, fitando a linha escura e a chama bruxuleante. "Mordor!", murmurou ele em voz baixa. "Se preciso ir para lá, gostaria de chegar lá depressa e acabar com isso!" Estremeceu. O vento estava gelado e ainda com o odor de fria deterioração. "Bem," disse ele, finalmente desviando os olhos, "não podemos ficar aqui a noite toda, com ou sem apuro. Precisamos achar um lugar mais abrigado e acampar uma vez mais; e quem sabe o outro dia nos mostrará uma trilha."

"Ou outro e outro e outro", murmurou Sam. "Ou quem sabe nenhum dia. Viemos pelo caminho errado."

"Eu me pergunto", disse Frodo. "Acho que é minha sina ir àquela Sombra lá adiante, de modo que há de se achar um caminho. Mas será o bem ou o mal que o mostrará a mim? A esperança que tínhamos estava na presteza. O atraso dá vantagem ao Inimigo — e eis-me aqui: atrasado. É a vontade da Torre Sombria que nos conduz? Todas as minhas escolhas demonstraram ser ruins. Eu devia ter deixado a Comitiva muito antes e descido do Norte, a leste do Rio e das Emyn Muil, passando sobre a dura terra da Planície da Batalha aos passos de Mordor. Mas agora não é possível que você e eu, sozinhos, encontremos o caminho de volta, e os Orques vagueiam pela margem leste. Cada dia que passa é um dia precioso perdido. Estou cansado, Sam. Não sei o que deve ser feito. Quanta comida nos resta?"

"Só esses, como se chamam, *lembas*, Sr. Frodo. Uma boa provisão. Mas são melhores que nada, com grande margem. Porém nunca pensei, da primeira vez em que cravei os dentes neles, que chegaria a desejar uma mudança. Mas desejo agora: um bocado de pão simples e um caneco — ora, meio caneco — de cerveja iriam descer bem. Arrastei meu material de cozinha desde o último acampamento e de que serviu? Nada para acender fogo, para começo de conversa; e nada para cozinhar, nem mesmo capim!"

Mudaram de rumo e desceram para uma depressão pedregosa. O sol poente estava envolto em nuvens, e a noite chegou depressa. Dormiram da melhor maneira possível no frio, virando-se e revirando-se em um recanto entre grandes pináculos recortados de rocha desgastada; pelo menos estavam abrigados do vento leste.

"Viu eles de novo, Sr. Frodo?", perguntou Sam enquanto estavam sentados, rijos e enregelados, mascando pedaços de *lembas* no frio cinzento do começo da manhã.

"Não", respondeu Frodo. "Não ouvi nada e não vi nada, já faz duas noites."

"Nem eu", disse Sam. "Grrr! Aqueles olhos me pregaram um susto! Mas quem sabe nos desvencilhamos dele afinal, o fugido desgraçado. Gollum! Eu lhe dou *gollum* na garganta se conseguir pôr as mãos no pescoço dele."

"Espero que você jamais precise", comentou Frodo. "Não sei como ele nos seguiu; mas quem sabe ele nos perdeu de novo, como você diz. Nesta terra seca e árida não podemos deixar muitas pegadas, nem muito rastro, mesmo para o nariz fungador dele."

"Espero que seja assim mesmo", disse Sam. "Gostaria que pudéssemos nos livrar dele de uma vez por todas!"

"Eu também", disse Frodo; "mas não é ele meu maior problema. Gostaria que pudéssemos nos afastar destes morros! Eu os odeio. Sinto-me todo nu do lado leste, entalado aqui em cima sem nada, senão os planaltos mortos, entre mim e aquela Sombra mais além. Há um Olho dentro dela. Vamos embora! Precisamos descer hoje de algum jeito."

Mas aquele dia se estendeu, e quando a tarde se transformava em noitinha eles ainda escalavam ao longo do espinhaço e não tinham achado um caminho de escape.

Às vezes, no silêncio daquela região estéril, imaginavam ouvir sons abafados atrás de si, uma pedra caindo, ou o passo imaginado de pés dando palmadas na rocha. Mas quando paravam e se mantinham imóveis, escutando, nada mais ouviam, nada senão o vento suspirando por cima das bordas das pedras — porém até isso lhes recordava um sopro que sibilava baixinho através de dentes afiados.

Por todo aquele dia o espinhaço externo das Emyn Muil estivera curvando-se gradativamente rumo ao norte, à medida que avançavam com dificuldade. Ao longo de sua beirada já se estendia uma ampla planície desordenada de rochas retalhadas e gastas, cortada de tanto em tanto por regos semelhantes a trincheiras que se inclinavam íngremes para fundos entalhes na face do penhasco. Para encontrarem uma trilha naquelas fendas, que se tornavam mais fundas e mais frequentes, Frodo e Sam foram impelidos para a esquerda, para bem longe da beira, e não notaram que por várias milhas estavam descendo por um declive, lenta, mas continuamente: o cume do morro afundava rumo ao nível da planície.

Por fim foram obrigados a parar. A crista fazia uma curva mais pronunciada para o norte e era entalhada por uma ravina mais profunda. Do lado oposto ela voltava a se empinar, muitas braças de um salto só: um grande penhasco cinzento erguia-se diante deles, cortado de repente como por um golpe de faca. Não podiam ir mais longe em frente e agora precisavam virar para o oeste ou para o leste. Mas o oeste só os conduziria a mais labuta e atraso, de volta para o coração dos morros; o leste os levaria ao precipício externo.

"Não há nada a fazer senão escalar descendo este sulco, Sam", disse Frodo. "Vamos ver aonde ele nos leva!"

"A uma queda violenta, aposto", respondeu Sam.

O corte era mais comprido e fundo do que parecia. Em certo ponto da descida, deram com algumas árvores nodosas e mirradas, as primeiras que tinham visto por dias: na maioria bétulas retorcidas, com um abeto aqui e ali. Muitas estavam mortas e macilentas, mordidas até o âmago pelos ventos do leste. Outrora, em dias mais brandos, devia ter existido na ravina um belo matagal, mas agora as árvores acabavam depois de umas cinquenta jardas, apesar de velhos tocos partidos estarem dispersos quase até a beira do penhasco. O fundo do sulco, que acompanhava a borda de uma falha na rocha, era encapelado com pedras quebradas e descia em ladeira íngreme. Quando finalmente chegaram à sua extremidade, Frodo agachou-se e inclinou-se para fora.

"Olhe!", disse ele. "Devemos ter descido muito, ou então o penhasco afundou. Aqui ele é muito mais baixo do que era e parece mais fácil também."

Sam ajoelhou-se junto dele e espiou relutante por cima da borda. Depois ergueu os olhos para o grande penhasco acima deles, do lado esquerdo. "Mais fácil!", grunhiu. "Bem, suponho que sempre é mais fácil descer que subir. Quem não pode voar pode pular!"

"Ainda assim seria um grande pulo", disse Frodo. "Umas, bem," — ficou parado por um momento, medindo-o com os olhos — "umas dezoito braças, estimo. Não mais."

"E isso basta!", disse Sam. "Ugh! Como detesto olhar para baixo das alturas! Mas olhar é melhor que escalar."

"Ainda assim," disse Frodo, "acho que poderíamos escalar aqui; e penso que vamos ter que tentar. Veja — a rocha é bem diferente do que era algumas milhas atrás. Ela deslizou e rachou."

De fato, a queda externa não era mais escarpada, mas fazia um pequeno declive para fora. Parecia um grande baluarte ou quebra-mar cujas fundações se tivessem deslocado, de modo que as fiadas estivessem todas torcidas e desordenadas, deixando grandes fissuras e longas bordas inclinadas que em alguns lugares eram largas, quase como degraus.

"E se formos tentar descer seria melhor tentar de imediato. Está escurecendo cedo. Acho que está chegando uma tempestade."

O borrão enfumaçado das montanhas no Leste perdia-se em um negrume mais profundo que já alcançava o oeste com braços longos. Ouvia-se o murmúrio distante do trovão trazido pela brisa crescente. Frodo farejou o ar e ergueu os olhos, incerto, para o céu. Afivelou o cinto por fora da capa, o apertou e pôs às costas a mochila leve; então deu um passo rumo à borda. "Vou tentar", disse ele.

"Muito bem!", concordou Sam, abatido. "Mas eu vou primeiro."

"Você?", indagou Frodo. "O que o fez mudar de ideia sobre escaladas?"

"Não mudei de ideia. Mas é só bom senso: pôr mais embaixo aquele mais sujeito a escorregar. Não quero descer por cima do senhor e derrubá-lo — não faz sentido matar dois em uma só queda."

Antes que Frodo pudesse detê-lo ele se sentou, jogou as pernas por cima da borda e torceu o corpo, tentando pegar apoio com os dedos dos pés. É duvidoso que alguma vez tivesse feito coisa mais valente a sangue frio, ou mais insensata.

"Não, não! Sam, seu asno velho!", exclamou Frodo. "Vai se matar com certeza, passando por cima desse jeito sem nem olhar para ver aonde vai. Volte!" Segurou Sam pelas axilas e o arrastou de volta para cima. "Agora espere um momento e tenha paciência!", continuou ele. Depois deitou-se no chão, inclinando-se para fora e olhando para baixo; mas a luz parecia apagar-se depressa, apesar de o sol ainda não ter se posto. "Acho que poderíamos conseguir isto", disse ele por fim. "Eu poderia, com certeza; e você também, se mantiver a cabeça fria e me seguir com cuidado."

"Não sei como pode ter tanta certeza", respondeu Sam. "Ora! Não dá para enxergar o fundo nesta luz. E se chegar num lugar em que não há onde pôr os pés nem as mãos?"

"Escalar de volta, acho", disse Frodo.

"Fácil falar", objetou Sam. "Melhor esperar pela manhã com mais luz."

"Não! Não se eu puder evitar", disse Frodo com súbita e estranha veemência. "Ressinto-me de cada hora, cada minuto. Vou descer para fazer uma tentativa. Não me siga antes que eu volte ou chame!"

Agarrando com os dedos a beirada rochosa do penhasco, ele se deixou descer suavemente até que, quando os braços estavam quase plenamente estendidos, os dedos dos pés encontraram uma saliência. "Desci um degrau!", disse ele. "E esta saliência fica mais larga à direita. Eu poderia ficar de pé ali sem me segurar. Vou...", suas palavras foram interrompidas.

A escuridão apressada, que já alcançava grande velocidade, precipitou-se vinda do Leste e engoliu o firmamento. Houve um estalido de trovão, seco e lacerante, bem em cima deles. Raios chamuscantes golpearam os morros. Depois veio um sopro de vento selvagem, e com ele, misturando-se ao seu rugido, veio um guincho alto e estridente. Os hobbits haviam ouvido um grito bem parecido lá longe no Pântano, ao fugirem da Vila-dos-Hobbits, e mesmo ali, nas matas do Condado, ele lhes congelara o sangue. Ali fora, no ermo, seu terror era muito maior: transpassava-os com frias lâminas de horror e desespero, parando o coração e a respiração. Sam caiu de rosto no chão. Involuntariamente, Frodo afrouxou o aperto e pôs as mãos sobre a cabeça e os ouvidos. Balançou, resvalou e escorregou para baixo com um grito lamentoso.

Sam ouviu-o e engatinhou para a borda com esforço. "Patrão, patrão!", chamou. "Patrão!"

Não ouviu resposta. Viu-se tremendo dos pés à cabeça, mas reuniu fôlego e gritou mais uma vez: "Patrão!" O vento pareceu soprar-lhe a voz de volta à garganta, mas quando ele passou, rugindo sulco acima e distanciando-se nos morros, um débil grito de resposta lhe chegou aos ouvidos:

"Tudo bem, tudo bem! Estou aqui. Mas não consigo enxergar."

Frodo chamava com voz fraca. Na verdade, não estava muito longe. Havia escorregado, e não caído, e aterrissara, com impacto nos pés, numa saliência mais larga não muitas jardas abaixo. Felizmente, naquele ponto a face da rocha se inclinava bastante para trás, e o vento o apertara contra o penhasco, de forma que não despencara. Firmou-se um pouco, encostando o rosto na pedra fria, sentindo o coração que pulsava. Mas a escuridão se tornara completa, ou então seus olhos tinham perdido a visão. Tudo estava negro à sua volta. Perguntou-se se tinha ficado cego. Inspirou profundamente.

"Volte! Volte!", ele ouviu a voz de Sam vinda do negror lá em cima.

"Não posso", ele respondeu. "Não consigo enxergar. Não consigo achar nenhum apoio. Ainda não consigo me mexer."

"O que posso fazer, Sr. Frodo? O que posso fazer?", gritou Sam, inclinando-se para fora de modo arriscado. Por que seu patrão não conseguia enxergar? Estava obscuro, com certeza, mas nem tão escuro assim. Podia ver Frodo abaixo de si, um vulto cinzento e desamparado apertado contra o penhasco. Mas ele estava bem longe do alcance de alguma mão que desse socorro.

Houve outro estalido de trovão; e então veio a chuva. Em uma lâmina cegante, misturada com granizo, ela se precipitou de encontro ao penhasco, gélida de morte.

"Vou descer até aí", gritou Sam, apesar de ser incapaz de dizer como esperava ajudar daquele modo.

"Não, não! Espere!", chamou Frodo de volta, agora com mais força. "Logo hei de estar melhor. Já me sinto melhor. Espere! Você não pode fazer nada sem uma corda."

"Corda!", exclamou Sam, loucamente falando sozinho, com excitação e alívio. "Bem, se eu não mereço ser pendurado na ponta de uma, como aviso aos idiotas! Você é um verdadeiro imbecil, Sam Gamgi: foi isso que o Feitor me falou tantas vezes e era fala costumeira dele. Corda!"

"Pare de matraquear!", gritou Frodo, já recuperado o bastante para se sentir ao mesmo tempo divertido e irritado. "Esqueça seu feitor! Está tentando dizer a você mesmo que tem corda no bolso? Se for isso, que venha ela!"

"Sim, Sr. Frodo, na minha mochila e tudo o mais. Carreguei por centenas de milhas e tinha esquecido por completo!"

"Então avie-se e desça uma ponta!"

Rapidamente Sam desafivelou a mochila e remexeu nela. De fato, ali no fundo estava um rolo da corda cinza sedosa feita pela gente de Lórien. Lançou uma ponta ao patrão. A escuridão pareceu erguer-se dos olhos de Frodo, ou então sua visão estava voltando. Podia ver a linha cinzenta que descia oscilando e pensou que ela tinha um débil lustre prateado. Agora que tinha um ponto na escuridão para fixar os olhos, sentia-se menos zonzo. Inclinando o peso para a frente, fixou a ponta em torno da cintura e depois agarrou a linha com ambas as mãos.

Sam deu um passo para trás e apoiou os pés em um toco, a uma ou duas jardas da beira. Meio puxado, meio bracejando, Frodo subiu e jogou-se no chão.

O trovão rugia e ribombava ao longe, e a chuva ainda caía pesada. Os hobbits engatinharam para dentro do sulco; mas não encontraram muito abrigo ali. Regatos de água começaram a fluir para baixo; logo cresceram e se transformaram em uma inundação que borrifava e fumegava nas pedras, e se derramava por cima do penhasco como as calhas de um vasto telhado.

"Eu estaria meio afogado lá embaixo ou seria arrastado para longe", disse Frodo. "Que sorte você ter essa corda!"

"Melhor sorte se eu tivesse pensado nela antes", disse Sam. "Quem sabe o senhor se lembra de quando puseram as cordas nos barcos, quando partimos: no país élfico. Ela me agradou, e guardei um rolo na minha mochila. Faz anos, ao que parece. 'Pode ser de ajuda em muitas necessidades', disse ele: Haldir, ou uma dessas pessoas. E falou a verdade."

"É pena que eu não tenha pensado em trazer outra peça", disse Frodo; "mas deixei a Comitiva com muita pressa e confusão. Se tivéssemos bastante poderíamos usá-la para descer. Qual o comprimento de sua corda, eu me pergunto?"

Sam esticou-a devagar, medindo-a com os braços: "Cinco, dez, vinte, trinta varas[1], mais ou menos", ele respondeu.

"Quem diria!", exclamou Frodo.

"Ah! Quem diria?", disse Sam. "Os Elfos são gente admirável. Ela parece um tanto fina, mas é resistente; e macia como leite na mão. Também se enrola apertada e é tão leve quanto a luz. Gente admirável com certeza!"

"Trinta varas!", repetiu Frodo, raciocinando. "Creio que bastará. Se a tempestade passar antes do cair da noite, vou tentar."

"A chuva quase já cedeu", disse Sam; "mas não vá fazer nada arriscado na escuridão outra vez, Sr. Frodo! Eu ainda não me refiz daquele guincho no vento, se é que o senhor se refez. Soava como um Cavaleiro Negro — mas um no ar lá em cima, se é

[1]A vara (*ell*) equivale a aproximadamente 114 centímetros. [N. T.]

que eles podem voar. Estou pensando que é melhor nos deitarmos nesta fenda até a noite passar."

"E eu estou pensando que não vou passar um momento a mais que o necessário encalhado em cima desta borda, com os olhos do País Sombrio espiando por cima dos pântanos", disse Frodo.

Com essas palavras levantou-se e desceu outra vez ao fundo do sulco. Olhou em volta. Mais uma vez um céu limpo estava se formando no Leste. As beiradas da tempestade estavam se erguendo, esfarrapadas e úmidas, e a batalha principal passara para estender suas grandes asas sobre as Emyn Muil, nas quais o pensamento sombrio de Sauron pairou por alguns momentos. Desviou-se dali, atingindo o Vale do Anduin com granizo e raios e lançando sua sombra em Minas Tirith com ameaça de guerra. Depois, abatendo-se sobre as montanhas e reunindo suas grandes espiras, continuou rolando lentamente sobre Gondor e as beiradas de Rohan até que, muito longe, os Cavaleiros na planície viram suas torres negras movendo-se por trás do sol enquanto rumavam para o Oeste. Mas ali, por cima do deserto e dos pântanos fétidos, o profundo céu azul da tardinha se abriu uma vez mais, e apareceram algumas estrelas pálidas, como buraquinhos brancos no dossel acima da lua crescente.

"É bom ser capaz de enxergar de novo", disse Frodo, respirando fundo. "Sabe, por um instante pensei que tinha perdido a visão. Por conta dos raios ou outra coisa pior. Não conseguia ver nada, nada mesmo, até descer a corda cinzenta. Ela parecia cintilar de algum modo."

"Ela parece, sim, meio prateada no escuro", disse Sam. "Nunca notei antes, mas não consigo me lembrar se alguma vez a tirei depois de guardá-la. Mas se está tão disposto a escalar, Sr. Frodo, como vai usá-la? Trinta varas, ou digamos umas dezoito braças: isso é só a sua estimativa da altura do penhasco."

Frodo pensou alguns instantes. "Amarre-a nesse toco, Sam!", disse ele. "Depois acho que desta vez você vai ter o que deseja e irá primeiro. Eu desço você, e você não precisa fazer mais do que usar os pés e as mãos para se afastar da rocha. Mas, se apoiar seu peso em alguns dos ressaltos e me der um descanso, isso vai ajudar. Quando tiver descido eu o sigo. Já estou bem refeito agora."

"Muito bem", respondeu Sam gravemente. "Se tem de ser, vamos acabar com isso!" Tomou a corda e prendeu-a no toco mais próximo da borda; depois amarrou a outra extremidade em sua cintura. Relutantemente virou-se e se preparou para passar por cima da beira da segunda vez.

No entanto, acabou não tendo metade da dificuldade que ele esperava. A corda parecia que lhe dava confiança, apesar de ele fechar os olhos mais de uma vez ao olhar para baixo, por entre os pés. Havia um lugar desajeitado, onde não havia ressalto e a parede era íngreme e até inclinada para fora por curto espaço; ali ele resvalou e balançou na linha de prata. Mas Frodo baixou-o lenta e continuamente, e por fim ele passou. Seu medo principal era de que o comprimento da corda acabasse enquanto ele ainda estivesse bem no alto, mas ainda havia um bom pedaço nas mãos de Frodo quando Sam chegou ao fundo e gritou para cima: "Desci!" Sua voz subia com clareza lá de baixo, mas Frodo não podia vê-lo; sua capa-élfica cinzenta se mesclara à penumbra.

Frodo levou um tempo maior para segui-lo. Tinha a corda em torno da cintura, e ela estava presa em cima, e ele a encurtara para que o puxasse para cima antes que alcançasse o fundo; ainda assim não queria arriscar-se a uma queda e não tinha a mesma fé de Sam naquela delgada linha cinzenta. Mesmo assim encontrou dois trechos onde teve de se confiar totalmente a ela: superfícies lisas onde não havia apoio, mesmo para seus fortes dedos de hobbit, e os ressaltos eram afastados um do outro. Mas por fim também ele chegou ao fundo.

"Bem!", exclamou ele. "Conseguimos! Escapamos das Emyn Muil! O que vem agora, eu me pergunto? Quem sabe logo estejamos suspirando por voltar a ter boas rochas duras embaixo dos pés."

Mas Sam não deu resposta: estava olhando de volta para o topo do penhasco. "Imbecis!", disse ele. "Raios! Minha linda corda! Ali está ela, amarrada num toco, e nós estamos no fundo. A melhor escadinha que poderíamos deixar para aquele Gollum fugidio. Melhor pôr um cartaz para dizer em que direção nós fomos! Pensei que parecia um pouco fácil demais."

"Se você consegue pensar em um jeito de ao mesmo tempo usarmos a corda e a trazermos para baixo conosco, então pode me passar o imbecil, ou qualquer outro nome que seu feitor lhe deu", disse Frodo. "Escale e desamarre-a e desça por ela, se quiser!"

Sam coçou a cabeça. "Não, não consigo pensar como, com seu perdão", disse ele. "Mas não gosto de deixá-la, e isso é fato." Passou a mão pela ponta da corda e sacudiu-a devagar. "É duro me separar de qualquer coisa que eu trouxe da Terra-élfica. E feita pela própria Galadriel, quem sabe. Galadriel", murmurou ele, balançando a cabeça com tristeza. Olhou para cima e deu um último puxão na corda, como quem se despede.

Para surpresa completa de ambos os hobbits, ela se desprendeu. Sam caiu no chão, e os longos rolos cinzentos colearam silenciosamente por cima dele. Frodo riu. "Quem amarrou a corda?", disse ele. "Ainda bem que ela resistiu por tanto tempo! E pensar que confiei todo o meu peso ao seu nó!"

Sam não riu. "Posso não ser muito bom em escaladas, Sr. Frodo," retrucou ele em tom ofendido, "mas sei algumas coisas sobre cordas e sobre nós. É de família, poderíamos dizer. Ora, meu avô, e depois dele meu tio Andy, que era irmão mais velho do Feitor, teve uma cordoaria lá pro lado do Campo-da-Corda por muitos anos. E eu dei em torno do toco uma volta firme como qualquer um daria, no Condado ou fora dele."

"Então a corda deve ter-se partido — puída na quina da rocha, imagino", disse Frodo.

"Aposto que não!", respondeu Sam com voz ainda mais ofendida. Agachou-se e examinou as pontas. "Não, não foi isso. Nem um filamento!"

"Então receio que tenha sido o nó", comentou Frodo.

Sam balançou a cabeça e não respondeu. Estava passando a corda pelos dedos, pensativo. "Acredite no que quiser, Sr. Frodo," disse ele finalmente, "mas acho que a corda se soltou sozinha — quando a chamei." Enrolou-a e a acomodou com carinho em sua mochila.

"É certo que ela veio," disse Frodo, "e isso é o principal. Mas agora temos de pensar em nosso próximo movimento. Logo a noite vai nos alcançar. Como são bonitas as estrelas e o Lua!"

"Alegram o coração, não é?", disse Sam erguendo os olhos. "São élficos, de certo modo. "E o Lua está crescendo. Faz uma ou duas noites que não o vemos neste tempo nublado. Está começando a dar uma boa luz."

"Sim", disse Frodo; "mas não vai ficar cheio antes de alguns dias. Não acho que vamos experimentar os pântanos à luz de meio lua."

Sob as primeiras sombras da noite, partiram para a próxima etapa de sua jornada. Algum tempo depois, Sam virou-se e olhou para trás, na direção de onde haviam vindo. A boca do sulco era um entalhe negro no penhasco indistinto. "Estou contente que temos a corda", disse ele. "De qualquer jeito, deixamos um enigmazinho para aquele salteador. Ele pode tentar bater os pés nojentos naqueles ressaltos!"

Davam passadas cuidadosas, afastando-se do sopé do penhasco, no meio de uma confusão de rochedos e pedras ásperas, úmidas e escorregadias devido à chuva pesada. O solo ainda descia íngreme. Não haviam avançado muito quando deram com uma grande fissura que se abriu de súbito, negra, a seus pés. Não era larga, mas era larga demais para pular à luz fraca. Pensaram que podiam ouvir água gorgolejando nas profundezas. Ela fazia uma curva do lado esquerdo, rumo ao norte, voltando para as colinas e, portanto, impedia-lhes o caminho naquela direção, pelo menos enquanto durasse a escuridão.

"Seria melhor tentar passar pelo sul, ao longo da linha do penhasco, acho", disse Sam. "Podemos encontrar alguma brecha ali, ou até uma caverna ou coisa assim."

"Imagino que sim", respondeu Frodo. "Estou cansado e não acho que vou conseguir me arrastar entre as pedras por mais tempo hoje à noite — mas me ressinto do atraso. Gostaria que houvesse uma trilha clara à nossa frente: daí eu avançaria até minhas pernas cederem."

Não encontraram caminho mais fácil no confuso sopé das Emyn Muil. Nem Sam encontrou brecha ou concavidade para se abrigarem: só encostas nuas e pedregosas sob o penhasco sisudo que já se erguia de novo, mais alto e mais escarpado à medida que eles voltavam. No fim, exaustos, simplesmente se jogaram no chão sob a proteção de um rochedo que jazia a pouca distância do sopé do precipício. Ali ficaram sentados por algum tempo, encolhidos juntos e pesarosos na noite fria e dura como pedra, enquanto o sono se esgueirava sobre eles, apesar de tudo que fizessem para afastá-lo. A lua já se erguia, alta e luminosa. Sua débil luz branca iluminava as faces das rochas e alagava as paredes gélidas e sisudas do penhasco, transformando toda a ampla escuridão que assomava em um gélido cinzento pálido, riscado por sombras negras.

"Bem!", disse Frodo, pondo-se de pé e enrolando-se mais apertado na capa. "Durma um pouco, Sam, e pegue meu cobertor. Eu vou caminhar para lá e para cá como sentinela por algum tempo." De repente ficou rijo e, agachando-se, agarrou o braço de Sam. "O que é isso?", sussurrou. "Olhe ali no penhasco!"

Sam olhou e inspirou agudamente através dos dentes. "Ssss!", disse ele. "É isso que é. É aquele Gollum! Cobras e lagartos! E pensar que eu pensei que iríamos despistá-lo com nossa escaladazinha! Olhe ele! Como uma aranha nojenta rastejando numa parede."

Descendo pela face do precipício, que parecia escarpado e quase liso ao pálido luar, um pequeno vulto negro se movia com os membros magros estendidos. Quem sabe suas mãos e seus dedos dos pés, macios e pegajosos, encontrassem rachaduras e apoios que nenhum hobbit jamais teria visto nem usado, mas parecia que simplesmente engatinhava para baixo com patas grudentas, como algum ser grande e vagante da espécie dos insetos. E descia de cabeça para baixo, como se farejasse o caminho. Vez por outra erguia a cabeça devagar, virando-a bem para trás no pescoço comprido e magro, e os hobbits vislumbravam duas luzinhas pálidas e brilhantes, seus olhos, que em um momento piscavam para a lua e depois voltavam a fechar as pálpebras depressa.

"Acha que ele consegue nos ver?", perguntou Sam.

"Não sei," respondeu Frodo baixinho, "mas acho que não. Mesmo para olhos amigos é difícil ver estas capas-élficas.

Não consigo ver você na sombra, mesmo a alguns passos de distância. E ouvi dizer que ele não gosta da Sol nem do Lua."

"Então por que está descendo bem aqui?", perguntou Sam.

"Quieto, Sam!", disse Frodo. "Quem sabe ele consiga nos farejar. E tem audição aguçada como os Elfos, eu creio. Acho que agora ele ouviu alguma coisa: provavelmente nossas vozes. Lá atrás gritamos bastante; e estávamos falando alto demais há poucos minutos."

"Bem, estou farto dele", afirmou Sam. "Ele veio uma vez além da minha conta, e vou ter uma palavra com ele se puder. Agora não acho que podemos escapar dele, seja como for." Puxando o capuz cinzento fundo sobre o rosto, Sam esgueirou-se silenciosamente na direção do penhasco.

"Cuidado!", sussurrou Frodo, seguindo-o. "Não o assuste! É muito mais perigoso do que parece."

O vulto negro que se arrastava já tinha descido três quartos da altura e estava a uns cinquenta pés ou menos do sopé do penhasco. Agachados à sombra de um grande rochedo, imóveis como pedras, os hobbits o observavam. Ele parecia ter chegado a um trecho difícil ou se perturbado com alguma coisa. Podiam ouvi-lo fungando, e vez por outra ouvia-se um chiado agudo de respiração que soava como uma praga. Ergueu a cabeça, e pensaram tê-lo ouvido cuspir. Depois avançou de novo. Já podiam ouvir sua voz, estalando e assobiando.

"Ach, sss! Cuidado, meu precioso! Mais pressa menos corrida. Não podemos arrisscar o pesscoço, não é, precioso? Não, precioso — *gollum*!" Ergueu a cabeça de novo, piscou para a lua e fechou os olhos depressa. "Nós odeia ele", chiou. "É luz nojenta, nojenta arrepiante — sss — nos essspiona, precioso — nos machuca os olhos."

Já estava mais baixo, e os chiados ficavam mais agudos e mais claros. "Onde esstá, onde esstá: meu Precioso, meu Precioso? É nosso, é sim, e nós quer ele. Os ladrões, os ladrões, os ladrõezinhos imundos. Onde esstão com meu Precioso? Malditos! Nós odeia eles."

"Não parece que ele sabe que estamos aqui, não é?", sussurrou Sam. "E o que é o seu Precioso? Ele quer dizer o…"

"Chh!", cochichou Frodo. "Já está se aproximando, perto o bastante para ouvir um sussurro."

De fato, Gollum parara outra vez de súbito, e sua grande cabeça no pescoço esquelético balançava de um lado para outro como se escutasse. Os olhos pálidos tinham as pálpebras meio erguidas. Sam segurou-se, apesar de seus dedos se retorcerem. Seus olhos, plenos de raiva e repugnância, estavam fixos na criatura desgraçada que já recomeçava a se mover, ainda sussurrando e chiando para si mesma.

Por fim estava a apenas uma dúzia de pés do chão, bem sobre as cabeças deles. Daquele ponto havia uma queda abrupta, pois o penhasco se inclinava um pouco para a frente, e o próprio Gollum não conseguia encontrar qualquer tipo de apoio. Parecia tentar torcer-se para ficar com os pés para baixo, quando de repente, com um guincho intenso e agudo, ele caiu. Ao cair enrolou as pernas e os braços ao redor do corpo, como uma aranha cujo fio de descida se parte.

Como um raio, Sam saiu do esconderijo e atravessou o espaço até o sopé do penhasco em um par de saltos. Antes que Gollum pudesse se erguer, já estava por cima dele. Mas descobriu que Gollum era mais do que ele apostava, mesmo surpreendido daquele jeito, de súbito, de improviso após uma queda. Antes que Sam pudesse agarrá-lo, pernas e braços compridos estavam enrolados nele, imobilizando-lhe os braços, e um aperto firme, macio, porém horrivelmente forte, o esmagava como cordas que se retesavam lentamente; dedos viscosos tateavam para achar sua garganta. Então dentes afiados lhe morderam o ombro. Tudo o que pôde fazer foi golpear o rosto da criatura de lado com a cabeça dura e redonda. Gollum chiou e cuspiu, mas não afrouxou.

Sam teria se dado mal se estivesse sozinho. Mas Frodo ergueu-se de um pulo e sacou Ferroada da bainha. Com a mão esquerda puxou a cabeça de Gollum para trás, segurando os cabelos finos e escorridos, esticando o longo pescoço e forçando os olhos pálidos e peçonhentos a encararem o céu.

"Solte! Gollum", disse ele. "Esta é Ferroada. Você já a viu antes, certa vez. Solte ou desta vez vai senti-la! Eu lhe corto o pescoço."

Gollum desabou e ficou frouxo como barbante molhado. Sam levantou-se, passando os dedos no ombro. Seus olhos ardiam de raiva, mas ele não conseguiu se vingar: seu desgraçado inimigo estava deitado nas pedras, rastejando e choramingando.

"Não nos machuque! Não deixe que nos machuquem, precioso! Não vão nos machucar, não é, pequenos hobbitses bonzinhos? Não queríamos fazer mal, mas eles pula em nós como gatos em camundongosos coitados, pula sim, precioso. E estamos tão sozinhos, *gollum*. Vamos ser bonzinhos com eles, muito bonzinhos, se eles forem bonzinhos conosco, não é, sim, sim."

"Bem, o que vamos fazer com isso?", disse Sam. "Amarrá-lo para não poder mais vir se esgueirando atrás de nós, é isso."

"Mas isso nos mataria, mataria", choramingou Gollum. Pequenos hobbitses cruéis. Nos amarrar na terra fria e dura e nos deixar, *gollum, gollum*." Soluços brotaram em sua garganta gorgolejante.

"Não", disse Frodo. "Se o matarmos precisamos matá-lo imediatamente. Mas não podemos fazer isso, não do jeito que as coisas estão. Pobre coitado! Ele não nos fez mal."

"Oh, não fez?", respondeu Sam, esfregando o ombro. "Seja como for, ele pretendia *e* pretende, eu garanto. Nos esganar no sono, esse é o plano dele."

"Será?", indagou Frodo. "Mas o que ele pretende fazer é outro assunto." Ficou parado por um momento, pensando. Gollum estava imóvel, mas parou de choramingar. Sam estava de pé acima dele, com olhar ameaçador.

Então pareceu a Frodo que ouvia, muito claras, porém distantes, vozes vindas do passado:

Que pena que Bilbo não apunhalou essa vil criatura quando teve a chance!

Pena? Foi a Pena que deteve sua mão. A Pena e a Compaixão: de não golpear sem necessidade. [...]

Não sinto nenhuma pena de Gollum. [...] Ele merece a morte.

Merece! Imagino que merece. Muitos que vivem merecem a morte. E alguns que morrem merecem a vida. Você pode dá-la a eles? Então não seja ávido demais por conferir a morte em nome da justiça. Pois nem mesmo os sábios conseguem ver todos os fins.

"Muito bem", respondeu em voz alta, baixando a espada. "Mas ainda tenho medo. E, no entanto, como você vê, não tocarei na criatura. Pois agora que o vejo eu sinto pena dele."

Sam fitou o mestre, que parecia estar falando com alguém que não estava ali. Gollum ergueu a cabeça.

"Ssim, coitados nós somos, precioso", choramingou ele. "Miséria miséria! Hobbits não vão nos matar, hobbits bonzinhos."

"Não, não vamos", disse Frodo. "Mas também não vamos soltá-lo. Você está repleto de maldade e injúrias, Gollum. Vai ter de vir conosco, só isso, enquanto nós o vigiamos. Mas precisa nos ajudar se puder. Uma mão lava a outra."

"Ssim, sim mesmo", assentiu Gollum, sentando-se. "Hobbits bonzinhos! Nós vamos com eles. Encontrar trilhas seguras no escuro, vamos sim. E aonde eles vão nestas terras frias e duras, nós se pergunta, sim nós se pergunta?" Ergueu os olhos para eles, e uma débil luz de esperteza e avidez tremulou por um segundo em seus olhos pálidos e piscantes.

Sam franziu o cenho para ele e inspirou por entre os dentes; mas parecia sentir que havia algo esquisito no humor de seu mestre e que o assunto estava fora de discussão. Ainda assim admirou-se com a resposta de Frodo.

Frodo olhou direto para dentro dos olhos de Gollum, que se encolheu e se afastou com uma torção. "Você sabe isso, ou adivinha muito bem, Sméagol", disse ele, tranquila e severamente. "Estamos indo para Mordor, é claro. E você conhece o caminho para lá, creio."

"Ach! Sss!", disse Gollum, tapando as orelhas com as mãos como se tal franqueza e a pronúncia aberta dos nomes o machucassem. "Nós adivinhou, sim, nós adivinhou", sussurrou ele; "e nós não queria que eles fossem, não é? Não, precioso, não os hobbits bonzinhos. Cinzas, cinzas e poeira, e sede tem lá; e fossas, poças, poças, e Orques, milhares de Orqueses. Hobbits bonzinhos não podem ir para — sss — esses lugares."

"Então você esteve lá?", insistiu Frodo. "E está sendo atraído de volta para lá, não está?"

"Ssim. Ssim. Não!", guinchou Gollum. "Uma vez, por acidente foi, não foi, precioso? Sim, por acidente. Mas nós não vai voltar, não, não!" Então, de repente, sua voz e sua língua mudaram, e ele soluçou na garganta, e falou, mas não com eles. "Me deixe sozinho, *gollum*! Você me machuca. Ó coitadas das minhas mãos, *gollum*! Eu, nós, eu não quero voltar. Não consigo encontrar. Estou cansado. Eu, nós não consegue encontrar, *gollum*, *gollum*, não, em nenhum lugar. Eles estão sempre acordados. Anãos, Homens, e Elfos, Elfos terríveis com olhos brilhantes. Não consigo encontrar. Ach!" Levantou-se e fechou a mão comprida em um nó ossudo e descarnado, sacudindo-a na direção do Leste. "Nós não vai!", gritou. "Não para vocês." Então desabou outra vez. "*Gollum, gollum*", choramingou de rosto no chão. "Não olhe para nós! Vai embora! Vai dormir!"

"Ele não vai embora nem dormir ao seu comando, Sméagol", disse Frodo. "Mas se você realmente quer se livrar dele outra vez, então precisa me ajudar. E isso, receio, significa encontrar uma trilha para nós na direção dele. Mas você não precisa ir até o fim do caminho, não além dos portões da sua terra."

Gollum sentou-se de novo e olhou para ele por baixo das pálpebras. "Ele está por lá", cacarejou. "Sempre lá. Orques vão levar vocês até o fim. Fácil achar Orques a leste do Rio. Não pergunte para Sméagol. Coitado, coitado do Sméagol, ele foi embora faz muito tempo. Eles pegaram o Precioso dele e agora ele está perdido."

"Quem sabe nós o encontremos outra vez, se você vier conosco", disse Frodo.

"Não, não, nunca! Ele perdeu o Precioso dele", respondeu Gollum.

"Levante-se!", exclamou Frodo.

Gollum pôs-se de pé e recuou até o penhasco.

"Bem!", disse Frodo. "Consegue achar uma trilha mais facilmente de dia ou de noite? Estamos cansados; mas se você escolher a noite vamos partir esta noite."

"As luzes grandes machuca nossos olhos, é sim", choramingou Gollum. "Não embaixo do Cara Branca, ainda não. Ele vai para trás das colinas logo, ssim. Descansem um pouco primeiro, hobbits bonzinhos!"

"Então sente-se", disse Frodo, "e não se mexa!"

Os hobbits sentaram-se junto a ele, um de cada lado, de costas para a parede de pedra, repousando as pernas. Não foi necessária nenhuma combinação com palavras: eles sabiam que não podiam dormir nem por um momento. Lentamente a lua passou. Caíram sombras das colinas, e tudo escureceu diante deles. As estrelas apareceram densas e brilhantes no céu lá em cima. Ninguém se mexeu. Gollum ficou sentado de pernas encolhidas, joelhos sob o queixo, mãos e pés chatos espalhados no chão, olhos fechados; mas parecia tenso, como se estivesse pensando ou escutando.

Frodo olhou para Sam de soslaio. Seus olhos se encontraram e eles compreenderam. Relaxaram, encostando as cabeças para trás e fechando os olhos, aparentemente. Logo pôde-se ouvir o som de sua respiração tranquila. As mãos de Gollum se moveram em leves espasmos. Quase imperceptivelmente, a cabeça dele se moveu para a esquerda e para a direita, e primeiro um olho se abriu em fenda, depois o outro. Os hobbits não deram sinal.

De repente, com agilidade e velocidade espantosas, saindo direto do chão com um salto como se fosse um gafanhoto ou sapo, Gollum pulou para a frente na escuridão. Mas isso era exatamente o que Frodo e Sam esperavam. Sam pulou sobre ele antes que conseguisse dar dois passos após o salto. Frodo, logo atrás, agarrou sua perna e o jogou no chão.

"Sua corda pode se tornar útil outra vez, Sam", disse ele.

Sam apanhou a corda. "E aonde você ia nas terras frias e duras, Sr. Gollum?", rosnou ele. "Nós se pergunta, sim, nós se pergunta. Encontrar alguns dos seus amigos-órquicos garanto. Sua criatura asquerosa e traiçoeira. É em redor do seu pescoço que esta corda devia ir, e com um laço apertado."

Gollum ficou deitado imóvel e não tentou mais nenhum truque. Não respondeu a Sam, mas lançou-lhe um olhar breve e peçonhento.

"Só precisamos de algo que o segure", disse Frodo. "Queremos que ele ande, por isso não adianta amarrar as pernas — ou os braços, ele parece que os usa quase igualmente. Amarre uma ponta no tornozelo dele e agarre a outra ponta."

Pôs-se de pé acima de Gollum enquanto Sam fazia o nó. O resultado surpreendeu a ambos. Gollum começou a berrar, um som agudo e dilacerante, muito horrível de se ouvir. Contorcia-se e tentava alcançar o tornozelo com a boca e morder a corda. Continuou berrando.

Por fim Frodo se convenceu de que ele realmente sentia dor; mas não podia ser do nó. Examinou-o e verificou que não estava apertado demais, na verdade mal estava apertado o bastante. Sam era mais bondoso que suas palavras. "O que há com você?", disse ele. "Se tentar fugir precisará ser amarrado; mas não queremos machucá-lo."

"Ela nos machuca, nos machuca", chiou Gollum. "Ela gela, ela morde! Os Elfos torceram ela, malditos! Hobbits asquerosos e cruéis! É por isso que nós tenta escapar, é claro que é, precioso. Adivinhamos que eram hobbits cruéis. Eles visita os Elfos, Elfos ferozes de olhos brilhantes. Tirem de nós! Ela nos machuca."

"Não, não vou tirá-la de você," respondeu Frodo, "a não ser que" — fez uma pausa momentânea, pensativo — "a não ser que haja alguma promessa que você possa fazer e em que eu confie."

"Nós vai jurar fazer o que ele quer, sim, ssim", disse Gollum, ainda retorcendo-se e manuseando o tornozelo. "Ela nos machuca."

"Jura?", indagou Frodo.

"Sméagol", disse Gollum, subitamente e com clareza, arregalando os olhos e fitando Frodo com uma estranha luz. "Sméagol vai jurar sobre o Precioso."

Frodo ergueu-se ereto, e mais uma vez Sam se admirou com suas palavras e sua voz severa. "Sobre o Precioso? Como se atreve?", disse ele. "Pense!

"Um Anel que a todos traz para na escuridão atá-los.[A]

"Você empenharia sua promessa por isso, Sméagol? Ele o obrigará. Mas é mais traiçoeiro que você. Poderá torcer suas palavras. Cuidado!"

Gollum encolheu-se. "Sobre o Precioso, sobre o Precioso!", repetiu.

"E o que você juraria?", perguntou Frodo.

"Ser muito muito bom", disse Gollum. Então, engatinhando até os pés de Frodo, rastejou diante dele, sussurrando roucamente: um espasmo o percorreu como se as palavras sacudissem seus próprios ossos de medo. "Sméagol vai jurar que nunca, nunca vai deixar Ele pegar. Nunca! Sméagol vai salvar ele. Mas ele precisa jurar sobre o Precioso."

"Não! Não sobre ele", disse Frodo, olhando-o lá embaixo com severa compaixão. "Você só quer vê-lo e tocá-lo se puder, apesar de saber que vai enlouquecê-lo. Não sobre ele. Jure em nome dele, se quiser. Pois você sabe onde está. Sim, você sabe, Sméagol. Ele está diante de você."

Por um momento pareceu a Sam que seu mestre crescera e Gollum encolhera: uma sombra alta e severa, um senhor poderoso que ocultava seu brilho em uma nuvem cinzenta, e a seus pés um cãozinho choramingando. No entanto, de algum modo os dois eram semelhantes, e não estranhos: conseguiam alcançar a mente um do outro. Gollum ergueu-se e começou a patear Frodo nos joelhos, bajulando-o.

"Abaixe-se! Abaixe-se!", exclamou Frodo. "Agora diga sua promessa!"

"Nós promete, sim, eu prometo!", disse Gollum. "Eu vou servir ao mestre do Precioso. Bom mestre, bom Sméagol, *gollum*, *gollum*!" De repente começou a chorar e morder o tornozelo outra vez.

"Tire a corda, Sam!", pediu Frodo.

Sam obedeceu com relutância. Imediatamente Gollum se pôs de pé e começou a saltitar, como um vira-lata açoitado cujo dono o afagou. Desde aquele momento dominou-o uma mudança que durou algum tempo. Falava com menos chiados e choros e falava diretamente a seus companheiros, e não a si mesmo como precioso. Encolhia-se e se esquivava quando chegavam junto dele ou faziam algum movimento súbito e evitava o toque de suas capas-élficas; mas era amistoso e, na verdade, deploravelmente ávido por agradar. Cacarejava ao rir e cabriolava se alguém fazia uma brincadeira, ou mesmo quando Frodo lhe falava com bondade, e chorava quando Frodo o censurava. Sam pouco lhe falava sobre qualquer coisa. Suspeitava dele mais intensamente que nunca e, se isso era possível, gostava do novo Gollum, de Sméagol, menos que do velho.

"Bem, Gollum, ou seja lá como vamos chamá-lo," disse ele, "agora vamos lá! O Lua se foi, e a noite está passando. É melhor partirmos."

"Sim, sim", concordou Gollum, saltando para lá e para cá. "Lá vamos nós! Só tem um caminho entre a ponta Norte e a ponta Sul. Eu encontrei, foi sim. Os Orques não usam ele, os Orques não conhecem ele. Os Orques não atravessam os Pântanos, dão a volta por milhas e milhas. Muita sorte vocês virem por aqui. Muita sorte vocês encontrarem Sméagol, sim. Sigam Sméagol!"

Deu alguns passos adiante e olhou para trás, indagante, como um cão que os convidasse para um passeio. "Espere um pouco, Gollum!", exclamou Sam. "Não se adiante demais! Vou ficar nos seus calcanhares e tenho a corda à mão."

"Não, não!", disse Gollum. "Sméagol prometeu."

Na profundeza da noite, sob as estrelas duras e nítidas, eles partiram. Gollum os levou de volta para o norte durante algum tempo, ao longo do caminho por onde tinham vindo; depois desviou-se para a direita, afastando-se da borda íngreme das Emyn Muil, descendo pelas encostas acidentadas e pedregosas rumo aos vastos pântanos lá embaixo. Desapareceram rápida e suavemente na treva. Sobre todas as léguas de deserto diante dos portões de Mordor havia um negro silêncio.

2

A Travessia dos Pântanos

Gollum movia-se rapidamente, com a cabeça e o pescoço projetados para a frente, muitas vezes usando as mãos assim como os pés. Frodo e Sam tinham dificuldade em acompanhá-lo; mas ele não parecia mais pensar em escapar, e quando eles se atrasavam ele se virava e os esperava. Algum tempo depois, conduziu-os até a beira de um sulco estreito pelo qual haviam passado antes; mas agora estavam mais longe das colinas.

"Aqui está!", exclamou ele. "Lá dentro tem um caminho para baixo, sim. Agora nós segue ele — para fora, para fora ali atrás." Apontou para o sul e o leste na direção dos pântanos. O fedor deles chegou-lhes às narinas, pesado e podre mesmo no fresco ar noturno.

Gollum andou para cima e para baixo ao longo da beira e por fim chamou-os. "Aqui! Podemos descer aqui. Sméagol foi por este caminho uma vez: fui por aqui, escondido dos Orques."

Foi à frente deles, e, seguindo-o, os hobbits desceram para a escuridão. Não era difícil, pois naquele ponto a fenda só tinha uns quinze pés de profundidade e cerca de uma dúzia de largura. Havia água corrente no fundo: era de fato o leito de um dos muitos riozinhos que escorriam das colinas e alimentavam as lagoas e os lamaçais estagnados mais além. Gollum virou para a direita, mais ou menos rumo ao sul, e foi chapinhando com os pés no curso d'água raso e pedregoso. Parecia muito feliz em sentir a água e dava risadinhas para si mesmo, às vezes até grasnando em uma espécie de cantoria.

O frio, duro chão
nos morde a mão,
  deixa o pé machucado.

Cada pedra e caroço
parece um osso
  bem descarnado.
Mas riacho e lagoa
têm água da boa:
  pros pés é um agrado!
E agora nos deixe...[A]

"Ha! Ha! Nos deixe o quê?", disse ele, olhando de soslaio para os hobbits. "Nós conta para vocês", grasnou. "Ele adivinhou faz tempo, Bolseiro adivinhou." Veio-lhe um brilho nos olhos, e Sam, percebendo o reluzir no escuro, não o achou nada agradável.

Vivo, não respira,
De frio não expira;
Sem sede vai bebendo,
De couraça, não rangendo.
No seco se afoga,
a ilha, roga,
é um alto monte;
pensa que a fonte
é vento subindo.
Tão esbelto, tão lindo!
  Encontrá-lo é um gozo!
Só nos deixe
pegar um peixe,
  macio e gostoso![B]

Estas palavras só tornaram mais urgente na mente de Sam um problema que o perturbara desde o momento em que compreendeu que seu mestre iria adotar Gollum como guia: o problema da comida. Não lhe ocorreu que seu mestre também poderia ter pensado nele, mas imaginava que Gollum tinha. Na verdade, como Gollum se mantivera em todas as suas andanças solitárias? "Não muito bem", pensou Sam. "Ele parece bem faminto. Não tão exigente que não vá experimentar que gosto tem um hobbit, se não tiver peixe, aposto — supondo que consiga nos apanhar num cochilo. Bem, não vai apanhar: não Sam Gamgi com certeza."

Seguiram tropeçando no sulco escuro e tortuoso por longo tempo, ou pelo menos assim pareceu aos pés cansados de Frodo e Sam. O sulco virou para o leste, e, à medida que avançavam, ele alargou-se e ficou gradativamente mais raso. Enfim o céu acima deles mostrou debilmente o primeiro cinzento da manhã. Gollum não mostrara sinal de cansaço, mas agora olhou para cima e parou.

"O Dia está perto", sussurrou ele, como se o Dia fosse algo que pudesse escutá-lo e lhe pular em cima. "Sméagol vai ficar aqui: eu vou ficar aqui, e a Cara Amarela não vai me ver."

"Devíamos estar contentes de vermos a Sol," disse Frodo, "mas vamos ficar aqui: estamos cansados demais para irmos mais longe no momento."

"Você não é esperto para ficar contente com a Cara Amarela", disse Gollum. "Ela revela você. Hobbits bonzinhos sensatos ficam com Sméagol. Tem Orques e seres nojentos por aí. Eles conseguem ver longe. Fiquem e se escondam comigo!"

Os três instalaram-se para descansar ao pé da parede rochosa do sulco. Já não tinha muito mais que a altura de um homem alto e em sua base havia plataformas chatas e largas de pedra seca; a água corria em um canal do lado oposto. Frodo e Sam sentaram-se em um dos degraus, descansando as costas. Gollum patinhava e bracejava no riacho.

"Precisamos de um pouco de comida", disse Frodo. "Está com fome, Sméagol? Temos muito pouco para compartilhar, mas vamos lhe ceder o que pudermos."

Diante da palavra *fome* inflamou-se uma luz esverdeada nos olhos pálidos de Gollum, e eles pareceram projetar-se mais do que nunca do seu rosto magro e doentio. Por um momento recaiu no seu antigo modo de Gollum. "Esstamos famintos, sim, famintos nós esstamos, precioso", disse ele. "O que é que eles come? Eles têm bons peixesss?" Sua língua pendeu entre os dentes afiados e amarelos, lambendo seus lábios descorados.

"Não, não temos peixe", respondeu Frodo. "Só temos isto" — ergueu uma fatia de *lembas* — "e água, se a água daqui for boa de beber."

"Ssim, ssim, água boa", afirmou Gollum. "Beba, beba, enquanto podemos! Mas o que é que eles têm, precioso? É crocante? É gostoso?"

Frodo quebrou um pedaço de uma fatia e entregou-a a ele em sua embalagem de folha. Gollum farejou a folha e seu rosto se transformou: um espasmo de nojo tomou conta dele e uma insinuação de sua velha malícia. "Sméagol cheira!", disse ele. "Folhas vindas do país-élfico, gah! Elas fedem. Ele subiu nessas árvores e não pôde lavar o cheiro das mãos, minhas belas mãos." Largou a folha, pegou um canto do *lembas* e o mordiscou. Cuspiu e foi sacudido por um ataque de tosse.

"Ach! Não!", exclamou ele numa cusparada. "Você tenta sufocar o coitado do Sméagol. Poeira e cinzas, ele não pode comer isso. Tem de passar fome. Mas Sméagol não se importa. Hobbits bonzinhos! Sméagol prometeu. Ele vai passar fome. Não pode comer comida dos hobbits. Ele vai passar fome. Coitado do Sméagol magrinho!"

"Lamento", disse Frodo; "mas receio que não posso ajudá-lo. Acho que esta comida lhe faria bem se você tentasse. Mas quem sabe você não possa nem tentar, pelo menos ainda não."

Os hobbits mastigaram seu *lembas* em silêncio. Sam pensou que por algum motivo tinha gosto bem melhor do que tivera por um bom tempo: o comportamento de Gollum o fizera atentar para o sabor de novo. Mas não se sentia confortável. Gollum observava cada bocado da mão para a boca, como um cão esperançoso junto da cadeira de um conviva. Foi só quando terminaram e se preparavam para descansar que ele se convenceu, aparentemente, de que não tinham petiscos escondidos que ele pudesse compartilhar. Então foi sentar-se sozinho a alguns passos de distância, choramingando um pouco.

"Olhe aqui!", sussurrou Sam para Frodo, não muito baixo: na verdade não se importava se Gollum o ouviria ou não. "Precisamos dormir um pouco; mas não os dois juntos com esse vilão faminto por perto, com ou sem promessa. Sméagol ou Gollum, garanto que não vai mudar seus hábitos depressa. Vá dormir, Sr. Frodo, e eu o chamo quando não conseguir manter as pálpebras erguidas. Turno e returno, como antes, enquanto ele estiver à solta."

"Talvez você tenha razão, Sam", disse Frodo, falando abertamente. "*Há* uma mudança nele, mas ainda não tenho certeza do tipo de mudança e quão profunda. Mas a sério, não acho que haja necessidade de ter medo — por enquanto. Mas vigie se quiser. Dê-me umas duas horas, não mais, e depois me chame."

Frodo estava tão cansado que sua cabeça caiu para a frente, sobre o peito, e ele dormiu quase imediatamente após dizer essas palavras. Gollum não parecia mais ter nenhum medo. Enrolou-se e adormeceu depressa, bem despreocupado. Logo sua respiração estava chiando baixinho através dos seus dentes apertados, mas ele estava deitado imóvel como uma pedra. Algum tempo depois, temendo ele mesmo cair no sono se ficasse sentado ouvindo a respiração dos dois companheiros, Sam levantou-se e cutucou Gollum de leve. Suas mãos se desenrolaram e estremeceram, mas ele não fez nenhum outro movimento. Sam inclinou-se e disse *peixxe* perto do seu ouvido, mas não houve reação, nem mesmo uma pausa na respiração de Gollum.

Sam coçou a cabeça. "Deve estar dormindo mesmo", murmurou ele. "E se eu fosse como Gollum ele não acordaria nunca mais." Reprimiu as ideias que lhe vieram à mente, de sua espada e da corda, e foi sentar-se junto ao seu patrão.

Quando acordou, o céu acima dele estava indistinto, não mais claro, e sim mais escuro que na hora do desjejum. Sam levantou-se de um salto. Não menos por sua própria sensação de vigor e fome, compreendeu de repente que havia dormido durante a luz do dia, nove horas pelo menos. Frodo ainda estava dormindo profundamente, agora estendido de lado. Gollum não estava à vista. Vários nomes de censura para si mesmo vieram à mente de Sam, tirados do extenso estoque de palavras paterno do Feitor; depois ocorreu-lhe também que seu mestre tivera razão: por enquanto não houvera nada para ser vigiado. Fosse como fosse, estavam ambos vivos e não esganados.

"Pobre desgraçado!", disse ele, meio arrependido. "Agora me pergunto aonde ele foi."

"Não longe, não longe!", disse uma voz acima dele. Ergueu os olhos e viu a forma da grande cabeça e orelhas de Gollum diante do céu vespertino.

"Ei, o que está fazendo?", exclamou Sam, retomando as suspeitas assim que viu aquela forma.

"Sméagol tem fome", disse Gollum. "Volta já."

"Volte agora!", gritou Sam. "Ei! Volte!" Mas Gollum desaparecera.

Frodo despertou com o som do grito de Sam e sentou-se, esfregando os olhos. "Alô!", disse ele. "Alguma coisa errada? Que horas são?"

"Não sei", respondeu Sam. "Passa do pôr do sol, calculo. E ele se foi. Diz que está com fome."

"Não se preocupe!", disse Frodo. "Não há como evitar. Mas ele vai voltar, você verá. A promessa ainda vai valer por algum tempo. E, seja como for, ele não vai deixar seu Precioso."

Frodo não deu importância quando soube que haviam dormido profundamente durante horas, com Gollum, e um Gollum muito faminto, solto junto deles. "Não pense em nenhum nome ruim do seu feitor", disse ele. "Você estava exausto, e tudo acabou bem: agora estamos ambos descansados. E temos uma estrada difícil à frente, a pior estrada de todas."

"Sobre a comida", comentou Sam. "Quanto tempo vai levar para fazermos esse serviço? E quando estiver feito, o que vamos fazer então? Esse pão-de-viagem mantém a gente de pé de um jeito maravilhoso, apesar de não satisfazer direito o bucho, como se poderia dizer: de qualquer jeito, não para mim, sem desrespeitar os que o fizeram. Mas tem que comer um pouco dele todo dia, e ele não cresce. Calculo que temos o bastante para durar, digamos, umas três semanas, e isso com cinto apertado e boca pequena, veja bem. Até agora fomos um tanto generosos com ele."

"Não sei quanto tempo vamos levar para... para acabar", disse Frodo. "Atrasamo-nos miseravelmente nas colinas. Mas Samwise Gamgi, meu caro hobbit — na verdade, Sam, meu caríssimo hobbit, amigo entre os amigos —, não acho que precisamos pensar no que vem depois disso. 'Fazer o serviço', como você diz… que esperança há de que vamos fazê-lo algum dia? E se o fizermos, quem sabe qual será o resultado? Se o Um for para o Fogo e nós estivermos por perto? Eu lhe pergunto, Sam, alguma vez vamos precisar de pão novamente? Acho que não. Se conseguirmos convencer nossos membros a nos levarem até o Monte da Perdição, isso é tudo que podemos fazer. Começo a sentir que é mais do que eu posso."

Sam assentiu com a cabeça, em silêncio. Tomou a mão do patrão e se inclinou sobre ela. Não a beijou, apesar de suas lágrimas caírem sobre ela. Depois virou-se para o outro lado, passou a manga pelo nariz, levantou-se e andou pisoteando, tentando assobiar e dizendo entre os esforços: "Onde está aquela criatura maldita?"

Na verdade, não levou muito tempo para Gollum voltar; mas veio tão silenciosamente que não o ouviram antes que estivesse diante deles. Seus dedos e seu rosto estavam imundos de lama preta. Ainda estava mastigando e babando. Não perguntaram nem queriam saber o que ele mastigava.

"Vermes ou besouros ou alguma coisa viscosa de um buraco", pensou Sam. "Brr! Que criatura nojenta; que pobre desgraçado!"

Gollum não lhes disse nada antes de beber bastante e se lavar no riacho. Depois veio ter com eles, lambendo os beiços. "Melhor agora", disse ele. "Estamos descansados? Prontos para ir embora? Hobbits bonzinhos, dormem bonito. Confiam em Sméagol agora? Muito, muito bom."

A etapa seguinte da jornada foi muito parecida com a anterior. À medida que avançavam, o sulco se tornava cada vez mais raso, e a inclinação do chão, mais gradativa. O fundo era menos pedregoso e mais terroso, e lentamente os lados se reduziram a simples margens. Ele começou a se curvar e a vagar. Aquela noite chegou ao fim, mas agora havia nuvens sobre a lua e as estrelas, e souberam que o dia chegava apenas graças à lenta expansão da luz débil e cinzenta.

Em uma hora gelada chegaram ao fim do curso d'água. As margens se transformaram em morrinhos cobertos de musgo. Sobre a última plataforma de pedra que se desfazia, o riacho gorgolejou, caiu rumo a um lodaçal pardo e se perdeu. Caniços secos sibilavam e chocalhavam, mas eles não sentiam nenhum vento.

De ambos os lados e à frente, havia agora amplos charcos e lamaçais, estendendo-se rumo ao sul e ao leste na indistinta meia-luz. Névoas serpenteavam e se elevavam de poças escuras e fétidas. Seus vapores pairavam, asfixiantes, no ar imóvel. Bem ao longe, agora quase exatamente no sul, assomavam as muralhas montanhosas de Mordor, como uma barra negra de nuvens esfarrapadas flutuando acima de um mar perigoso tomado pela névoa.

Agora os hobbits estavam inteiramente nas mãos de Gollum. Não sabiam, e naquela luz enevoada não podiam adivinhar, que na verdade apenas acabavam de penetrar nos limites setentrionais dos pântanos, cuja extensão principal estava ao sul deles. Se conhecessem o terreno poderiam, com pequeno atraso, ter voltado um pouco sobre seus passos e depois, virando-se para o leste, contornado sobre estradas firmes até a planície nua de Dagorlad: o campo da antiga batalha diante dos portões de Mordor. Não que em tal curso houvesse grande esperança. Naquela planície pedregosa não havia cobertura, e ela era atravessada pelas estradas dos Orques e dos soldados do Inimigo. Nem mesmo as capas de Lórien os teriam ocultado ali.

"Como seguimos nosso caminho agora, Sméagol?", perguntou Frodo. "Precisamos atravessar esses charcos malcheirosos?"

"Não precisa, não precisa mesmo", disse Gollum. "Não se os hobbits querem chegar nas montanhas escuras e ir ver Ele bem depressa. Volta um pouco e contorna um pouco" — seu braço magro acenou para o norte e o leste — "e vão chegar em estradas duras e frias bem nos portões da terra Dele. Vai ter montes de gente Dele observando os hóspedes, muito contentes de levar eles direto para Ele, ó sim. O Olho Dele vigia para lá o tempo todo. Ele pegou Sméagol lá, faz tempo." Gollum estremeceu. "Mas Sméagol usou os olhos depois disso, sim, sim: usei os olhos e os pés e o nariz depois disso. Conheço outros caminhos. Mais difíceis, não tão rápidos; mas melhores, se nós não queremos que Ele veja. Sigam Sméagol! Ele pode levar vocês através dos pântanos, através das névoas, belas névoas grossas. Sigam Sméagol com muito cuidado e vão poder ir longe, bem longe, antes que Ele apanhe vocês, sim talvez."

Já era dia, uma manhã sem vento e soturna, e os vapores do pântano se espalhavam em pesadas barreiras. Não havia sol que perfurasse o céu baixo e nublado, e Gollum parecia ansioso por continuar a jornada de imediato. Assim, após um breve descanso, partiram de novo, e logo estavam perdidos em um silencioso mundo de sombras, isolados de qualquer visão do terreno em volta, quer das colinas que haviam deixado, quer das montanhas que buscavam. Andavam lentamente em fila única: Gollum, Sam, Frodo.

Frodo parecia ser o mais exausto dos três, e por mais que caminhassem devagar, ele muitas vezes ficava para trás. Logo os hobbits descobriram que o que parecia ser um vasto pântano era na verdade uma rede infindável de poças, e charcos moles, e cursos d'água coleantes e meio estrangulados. Entre eles, um olho e um pé astuciosos podiam traçar uma trilha errante. Certamente Gollum tinha tal astúcia e precisava dela toda. Sua cabeça, sobre o pescoço comprido, estava sempre se virando para cá e para lá, enquanto ele fungava e murmurava consigo mesmo o tempo todo. Às vezes levantava a mão e os detinha, e então avançava um pouco, agachado, testando o solo com os dedos das mãos ou dos pés, ou meramente escutando com um ouvido colado à terra.

Era enfadonho e cansativo. O inverno, frio e pegajoso, ainda reinava naquela região esquecida. O único verde era a escuma de ervas daninhas lívidas nas superfícies escuras e oleosas das águas tristonhas. Capim morto e juncos podres apareciam nas neblinas como sombras esfarrapadas de verões há muito esquecidos.

À medida que o dia avançava, a luz aumentava um pouco, e as névoas se erguiam, tornando-se mais esparsas e transparentes. Muito acima da podridão e dos vapores do mundo, o Sol já viajava alto e dourado, em uma região serena com solos de espuma deslumbrante, mas lá embaixo só podiam ver um fantasma passante dele, turvo, pálido, que não conferia cor nem calor. Mas mesmo diante daquela fraca lembrança de sua presença, Gollum franzia a testa e se encolhia. Deteve a jornada, e eles descansaram, acocorados como animaizinhos caçados, na beira de um grande matagal pardo de juncos. Havia um silêncio profundo, só arranhado na superfície pela fraca palpitação de plumas vazias de sementes e de folhas rompidas de capim tremendo em pequenos movimentos do ar que eles não podiam sentir.

"Nenhum pássaro!", disse Sam, pesaroso.

"Não, nenhum pássaro", disse Gollum. "Pássaros bonzinhos!" Lambeu os dentes. "Não tem pássaros aqui. Tem cóbrasas, vérmeses, coisas nas poças. Montes de coisas, montes de coisas nojentas. Nenhum pássaro", concluiu com tristeza. Sam olhou-o com aversão.

Assim passou o terceiro dia da jornada com Gollum. Antes que as sombras da tarde se alongassem em terras mais felizes, eles prosseguiram outra vez, sempre em frente e em frente, apenas com breves paradas. Faziam-nas não tanto para descansar quanto para ajudar Gollum; pois agora mesmo ele tinha de avançar com grande cautela, e às vezes passava algum tempo perdido. Haviam chegado bem ao meio dos Pântanos Mortos, e estava escuro.

Caminhavam devagar, agachados, mantendo-se rigorosamente em fila, seguindo atentamente cada movimento que Gollum fazia. Os charcos ficaram mais úmidos, abrindo-se em largas lagoas estagnadas, entre as quais tornava-se cada vez mais difícil encontrar os lugares mais firmes onde os pés pudessem pisar sem afundar na lama gorgolejante. Os viajantes eram leves, do contrário talvez nenhum deles jamais teria encontrado uma passagem.

Logo a escuridão se tornou total: o próprio ar parecia negro e pesado de se respirar. Quando surgiram luzes, Sam esfregou os olhos: pensou que estava ficando perturbado da cabeça.

Viu primeiro uma com o canto do olho esquerdo, um tufo de brilho pálido que se desfez; mas logo depois apareceram outras: algumas como fumaça brilhando fracamente, algumas como chamas enevoadas tremeluzindo devagar acima de velas invisíveis; aqui e ali elas se contorciam como lençóis fantasmagóricos desdobrados por mãos ocultas. Mas nenhum de seus companheiros disse palavra alguma.

Finalmente Sam não pôde suportar mais. "O que é tudo isso, Gollum?", disse ele em um sussurro. "Essas luzes? Agora estão em toda a nossa volta. Fomos apanhados? Quem são eles?"

Gollum ergueu os olhos. Havia uma água escura diante dele, e ele engatinhava no chão, para cá e para lá, incerto sobre o caminho. "Sim, estão em toda a nossa volta", cochichou. "As luzes manhosas. Velas de cadáveres, sim, sim. Não dê atenção a elas! Não olhe! Não siga elas! Onde está o mestre?"

Sam olhou para trás e descobriu que Frodo se atrasara outra vez. Não podia vê-lo. Recuou alguns passos na escuridão, sem se atrever a ir longe nem a chamar mais alto que um sussurro rouco. Subitamente deu um encontrão em Frodo, que estava de pé, perdido em seus pensamentos, olhando para as luzes pálidas. Suas mãos pendiam dos lados, rígidas; água e limo pingavam delas.

"Venha, Sr. Frodo!", disse Sam. "Não olhe para elas! Gollum disse que não devemos. Vamos alcançá-lo e sair deste lugar amaldiçoado o mais depressa que pudermos — se pudermos!"

"Está bem", disse Frodo, como quem retorna de um sonho. "Estou indo. Vá em frente!"

Apressando-se em avançar outra vez Sam tropeçou, enroscando o pé em alguma velha raiz ou moita. Caiu e se apoiou com força nas mãos, que mergulharam fundo na lama pegajosa, de modo que seu rosto se aproximou da superfície da lagoa escura. Houve um chiado fraco, subiu um cheiro fétido, as luzes tremeram e dançaram e rodopiaram. Por um momento a água embaixo dele pareceu ser uma janela, coberta de vidro imundo, através da qual ele espiava. Ao arrancar as mãos do charco, saltou para trás com um grito. "Tem coisas mortas, rostos mortos na água", disse ele com horror. "Rostos mortos!"

Gollum riu. "Os Pântanos Mortos, sim, sim: esse é o nome deles.", cacarejou. "Não devia olhar quando as velas estão acesas."

"Quem são eles? O que são eles?", perguntou Sam, estremecendo, virando-se para Frodo, que já estava atrás dele.

"Não sei", disse Frodo em voz de sonho. "Mas também os vi. Nas lagoas quando as velas estavam acesas. Estão deitados em todas as lagoas, rostos pálidos, fundos sob a água escura. Eu os vi: rostos sisudos e maus, e rostos nobres e tristes. Muitos rostos altivos e belos, e ervas em seus cabelos de prata. Mas todos imundos, todos podres, todos mortos. Há uma luz cruel neles." Frodo escondeu os olhos nas mãos. "Não sei quem são; mas pensei que vi ali Homens, Elfos e Orques junto a eles."

"Sim, sim", disse Gollum. "Todos mortos, todos podres. Elfos e Homens e Orques. Os Pântanos Mortos. Teve uma grande batalha muito tempo atrás, sim, assim disseram a ele quando Sméagol era jovem, quando eu era jovem antes do Precioso chegar. Foi uma grande batalha. Homens altos com espadas compridas, e Elfos terríveis, e Órqueses guinchando. Lutaram na planície por dias e meses nos Portões Negros. Mas os Pântanos cresceram depois disso, engoliram os túmulos; sempre rastejando, rastejando."

"Mas isso faz uma era e mais", disse Sam. "Os Mortos não podem estar ali de verdade! É alguma crueldade tramada na Terra Sombria?"

"Quem sabe? Sméagol não sabe", respondeu Gollum. "Não dá para alcançar eles, não dá para tocar eles. Tentamos uma vez, sim, precioso. Tentei uma vez; mas não dá para alcançar eles. Só formas para ver, talvez, não para tocar. Não, precioso! Todos mortos."

Sam lançou-lhe um olhar sombrio e estremeceu outra vez, pensando que imaginava por que Sméagol tentara tocá-los. "Bem, eu não quero vê-los", disse ele. "Nunca mais! Não podemos seguir e ir embora?"

"Sim, sim", disse Gollum. "Mas devagar, muito devagar. Com muita cautela! Se não os hobbits descem para se juntar aos Mortos e acender velinhas. Sigam Sméagol! Não olhem luzes!"

Engatinhou para a direita, buscando uma trilha ao redor da lagoa. Seguiram-no de perto, curvados, muitas vezes usando as mãos exatamente como ele. "Vamos ser três pequenos Gollums preciosos enfileirados se isto continuar por muito tempo", pensou Sam.

Finalmente chegaram à extremidade da lagoa negra e atravessaram-na, com risco, engatinhando ou saltando de uma ilha-moita traiçoeira para a outra. Muitas vezes se debatiam, pisando ou caindo com as mãos em águas fétidas como pocilgas, até ficarem lodosos e imundos quase até o pescoço, um fedendo nas narinas do outro.

Era tarde da noite quando por fim voltaram outra vez a terreno mais firme. Gollum chiava e cochichava consigo mesmo, mas parecia estar contente: de algum modo misterioso, por algum sentido combinado de tato, olfato e memória incomum para vultos no escuro, outra vez ele parecia saber exatamente onde estava e tinha certeza do caminho à frente.

"Agora vamos adiante!", disse ele. "Hobbits bonzinhos! Hobbits valentes! Muito, muito cansados, é claro; e nós também, meu precioso, todos nós. Mas precisamos afastar o mestre das luzes malvadas, sim, sim, precisamos." Com essas palavras partiu outra vez, quase trotando, descendo pelo que parecia ser uma longa vereda entre juncos altos, e eles tropeçavam atrás dele o mais depressa que podiam. Mas em pouco tempo ele parou de repente e farejou o ar, incerto, chiando como se estivesse outra vez perturbado ou descontente.

"O que é?", rosnou Sam, interpretando errado os sinais. "De que serve farejar? O fedor quase me derruba com o nariz apertado. Você fede e o mestre fede; o lugar todo fede."

"Sim, sim, e Sam fede!", respondeu Gollum. "O pobre Sméagol sente o cheiro, mas o bom Sméagol aguenta. Ajuda mestre bonzinho. Mas isso não importa. O ar está se mexendo, vem uma mudança. Sméagol se pergunta; ele não está feliz."

Foi em frente outra vez, mas sua insegurança era crescente, e vez por outra levantava-se à sua plena estatura, esticando o pescoço para o leste e para o sul. Durante algum tempo os hobbits não conseguiram ouvir nem sentir o que o perturbava. Depois, de súbito, todos os três pararam, rijos, escutando. Pareceu a Frodo e Sam que ouviam, muito longe, um longo grito lamentoso, agudo, fino e cruel. Tiveram arrepios. No mesmo momento a agitação do ar tornou-se perceptível a eles; e veio um frio intenso. Enquanto estavam parados, aguçando os ouvidos, escutaram um ruído como de um vento vindo de longe. As luzes nebulosas tremeluziram, enfraqueceram e se apagaram.

Gollum não se mexia. Estava de pé, tremendo e tagarelando consigo mesmo, até que, com um ímpeto, o vento os acometeu, silvando e rosnando por cima dos pântanos. A noite tornou-se menos escura, bastante clara para que vissem, ou entrevissem, turbilhões informes de neblina, enrolando-se e retorcendo-se ao rolarem por cima deles e os ultrapassarem. Olhando para cima, viram as nuvens se fragmentando e rasgando; e então, alto no sul, a lua reluziu, navegando nos destroços volantes.

Por um momento sua visão alegrou os corações dos hobbits; mas Gollum agachou-se, murmurando maldições contra o Cara Branca. Então Frodo e Sam, fitando o céu, respirando profundamente o ar mais fresco, viram-na chegar: uma pequena nuvem que vinha voando das colinas amaldiçoadas; uma sombra negra solta de Mordor; um vasto vulto alado e agourento. Roçou pela frente da lua e com um grito mortal foi-se rumo ao oeste, ultrapassando o vento em sua pressa cruel.

Caíram para a frente, rastejando negligentes na terra fria. Mas a sombra de horror rodou e retornou, agora passando mais baixo, bem por cima deles, varrendo o vapor do charco com suas asas horripilantes. Depois foi-se embora, voando de volta para Mordor com a velocidade da ira de Sauron; e atrás dela o vento passou rugindo, deixando os Pântanos Mortos vazios e áridos. O deserto nu, até onde os olhos podiam divisar, mesmo até a distante ameaça das montanhas, estava salpicado pelo luar intermitente.

Frodo e Sam ergueram-se esfregando os olhos, como crianças que despertam de um sonho ruim e percebem a noite familiar ainda encobrindo o mundo. Mas Gollum ficou deitado no chão, como se estivesse atordoado. Levantaram-no com dificuldade, e por algum tempo ele não ergueu o rosto e sim, ajoelhado, inclinou-se para a frente apoiado nos cotovelos, cobrindo a parte de trás da cabeça com as grandes mãos chatas.

"Espectros!", choramingou ele. "Espectros de asas! O Precioso é o mestre deles. Eles veem tudo, tudo. Nada pode se esconder deles. Maldito Cara Branca! E eles contam tudo para Ele. Ele vê, Ele sabe. Ach, *gollum*, *gollum*, *gollum*!" Foi só depois que a lua desceu para o oeste, muito longe atrás de Tol Brandir, que ele se ergueu ou fez algum movimento.

Daquele momento em diante, Sam pensou outra vez sentir uma mudança em Gollum. Ele estava mais bajulador e aparentemente amistoso; mas Sam às vezes surpreendia algumas expressões estranhas em seus olhos, especialmente dirigidas a Frodo; e ele voltava cada vez mais ao seu antigo modo de falar. E Sam teve outra preocupação crescente. Frodo parecia estar cansado, cansado ao ponto de exaustão. Não dizia nada e na verdade mal falava; e não se queixava, mas caminhava como quem carrega um fardo cujo peso aumenta cada vez mais; e arrastava-se, cada vez mais devagar, de forma que muitas vezes Sam tinha de pedir a Gollum que esperasse e não deixasse seu mestre para trás.

De fato, a cada passo rumo aos portões de Mordor, Frodo sentia o Anel na corrente em torno de seu pescoço tornando-se mais opressivo. Já começava a senti-lo como um peso real que o arrastava na direção do chão. Mas estava muito mais perturbado pelo Olho: assim ele o chamava consigo mesmo. Era mais que o fardo do Anel que o fazia agachar-se e inclinar-se enquanto andava. O Olho: aquela horrível sensação crescente de uma vontade hostil que se esforçava, com grande poder, por penetrar todas as sombras de nuvem, e terra, e carne, e por vê-lo: fixá-lo sob seu olhar mortífero, nu, imóvel. Tão finos, tão frágeis e finos haviam se tornado os véus que ainda o repeliam. Frodo sabia exatamente onde estavam agora a moradia presente e o coração daquela vontade: tão certamente quanto um homem sabe dizer a direção do sol de olhos fechados. Ele estava de frente para ela, e sua potência lhe golpeava a fronte.

Gollum provavelmente sentia algo da mesma espécie. Mas o que se passava em seu coração desgraçado entre a pressão do Olho, o desejo do Anel que estava tão perto e sua promessa humilhante feita meio pelo medo do ferro frio, os hobbits não podiam adivinhar. Frodo não pensava nisso. A mente de Sam estava ocupada mormente com o patrão, mal notando a nuvem escura que se abatera sobre seu próprio coração. Agora pôs Frodo à sua frente e vigiava atentamente cada um de seus movimentos, apoiando-o quando tropeçava e tentando encorajá-lo com palavras desajeitadas.

Quando finalmente o dia chegou, os hobbits surpreenderam-se em ver o quanto as montanhas agourentas já haviam chegado mais perto. O ar já era mais claro e frio, e, apesar de ainda distantes, as muralhas de Mordor não eram mais uma ameaça nebulosa no limite da visão, mas olhavam carrancudas, como soturnas torres negras por sobre um ermo sinistro. Os pântanos haviam terminado, desfazendo-se em turfas mortas e amplas planícies de lama seca e rachada. O terreno à frente erguia-se em longas encostas rasas, áridas e implacáveis, rumo ao deserto que se estendia diante do portão de Sauron.

Enquanto durou a luz cinzenta, eles se agacharam como vermes sob uma pedra negra, encolhidos, com medo que o terror alado passasse e os enxergasse com seus olhos cruéis. O restante daquela jornada era uma sombra de temor crescente em que a memória nada podia encontrar como apoio. Por mais duas noites eles se esforçaram através da terra exaustiva e sem trilhas. O ar, ao que lhes parecia, tornou-se áspero e repleto de um odor amargo que lhes interrompia a respiração e ressecava a boca.

Por fim, na quinta manhã depois de se porem a caminho com Gollum, pararam mais uma vez. Diante deles, escuras ao amanhecer, as grandes montanhas alcançavam tetos de fumaça e nuvem. Dos seus pés projetavam-se enormes contrafortes e colinas acidentadas, as mais próximas das quais já mal estavam a uma dúzia de milhas. Frodo olhou em torno horrorizado. Por mais pavorosos que fossem os Pântanos Mortos e as charnecas áridas das Terras-de-Ninguém, era ainda mais repugnante a região que o dia rastejante já revelava, lentamente, aos seus olhos contraídos. Até mesmo ao Brejo dos Rostos Mortos vinha algum fantasma desfigurado da primavera verde; mas ali nem a primavera nem o verão jamais haveriam de voltar. Nada vivia ali, nem mesmo a vegetação leprosa que se alimentava de podridão. As lagoas estranguladas sufocavam com cinzas e lamas rastejantes, de um branco e cinzento doentio, como se as montanhas tivessem vomitado a imundície de suas entranhas nas terras em torno. Altos morros de rochas esmagadas e pulverizadas, grandes cones de terra arruinada pelo fogo e manchada por veneno, erguiam-se em fileiras infindáveis como um obsceno cemitério, lentamente revelados à luz relutante.

Haviam chegado à desolação que se estendia diante de Mordor: o perene monumento da obscura labuta de seus escravos que haveria de perdurar quando todos os seus propósitos estivessem anulados; uma terra profanada, doente além de qualquer cura — a não ser que o Grande Mar a invadisse para lavá-la com esquecimento. "Sinto enjoo", disse Sam. Frodo não falou.

Por um momento ficaram parados ali, como homens à beira de um sono onde o pesadelo faz emboscada, repelindo-o apesar de saberem que só podem alcançar a manhã através das sombras. A luz tornou-se mais ampla e dura. Os poços estrangulados e os morros peçonhentos adquiriram hedionda nitidez. O sol havia nascido, caminhando entre nuvens e longas bandeiras de fumaça, mas a própria luz do sol fora profanada. Os hobbits não deram as boas-vindas àquela luz; parecia hostil, revelando-os em seu desamparo — pequenos fantasmas guinchantes que vagavam entre os montes de cinzas do Senhor Sombrio.

Cansados demais para prosseguir, eles buscaram um lugar onde pudessem descansar. Por alguns momentos ficaram sentados, sem falar, à sombra de um monte de escória; mas vapores imundos emanavam dele, fechando suas gargantas e sufocando-os. Gollum foi o primeiro a se levantar. Ergueu-se cuspindo e praguejando e, sem uma palavra ou um olhar para os hobbits, saiu engatinhando de quatro. Frodo e Sam engatinharam atrás dele até chegarem a uma cova ampla, quase circular, com beira alta do lado oeste. Era fria e morta e tinha no fundo uma fossa imunda de limo oleoso e multicor. Nesse buraco maldito ficaram encolhidos, esperando que em sua sombra pudessem escapar da atenção do Olho.

O dia passou devagar. Uma grande sede os assolou, mas beberam apenas algumas gotas dos seus cantis — enchidos pela última vez no sulco que agora, quando voltavam a ele em pensamento, lhes parecia um lugar de paz e beleza. Os hobbits fizeram turnos para vigiar. Primeiro, cansados como estavam, nenhum deles conseguiu dormir; mas, à medida que o sol longínquo descia para trás das lentas nuvens, Sam cochilou. Era o turno de Frodo vigiar. Ele reclinou-se na encosta da cova, mas isso não aliviou a sensação de fardo que o acometia. Olhou para cima, para o céu riscado de fumaça, e viu estranhos fantasmas, vultos escuros cavalgando, e rostos do passado. Perdeu a noção do tempo, pairando entre dormir e despertar, até que o olvido o dominou.

Sam acordou de repente, pensando que ouvira o patrão chamando. Era tardinha. Frodo não poderia ter chamado, pois pegara no sono e deslizara quase até o fundo da cova. Gollum estava ao lado dele. Por um momento Sam pensou que ele tentava despertar Frodo; depois viu que não era isso. Gollum falava sozinho. Sméagol estava debatendo com algum outro pensamento que usava a mesma voz, mas fazia-a guinchar e chiar. Uma luz pálida e uma luz verde alternavam-se em seus olhos enquanto ele falava.

"Sméagol prometeu", disse o primeiro pensamento.

"Sim, sim, meu precioso," veio a resposta, "nós prometeu: salvar nosso Precioso, não deixar Ele pegar — nunca. Mas vai para Ele, sim, mais perto a cada passo. O que o hobbit vai fazer com ele, nós se pergunta, sim, nós se pergunta."

"Não sei. Não posso fazer nada. O mestre tem ele. Sméagol prometeu ajudar o mestre."

"Sim, sim, ajudar o mestre: o mestre do Precioso. Mas se nós fosse mestre, então poderia ajudar nós, sim, e ainda assim manter promessas."

"Mas Sméagol disse que ia ser muito muito bom. Hobbit bonzinho! Ele tirou corda cruel da perna de Sméagol. Fala gentil comigo."

"Muito muito bom, é, meu precioso? Vamos ser bons, bons como peixes, meu doce, mas para nós. Não machucar o hobbit bonzinho, é claro, não, não."

"Mas o Precioso mantém a promessa", objetou a voz de Sméagol.

"Então pega ele," disse a outra, "e nós mesmo vamos segurar ele! Então vamos ser mestre, *gollum*! Fazer o outro hobbit, o hobbit nojento que suspeita, fazer ele rastejar, sim, *gollum*!"

"Mas não o hobbit bonzinho?"

"Oh não, não se não nos agradar. Ainda assim ele é um Bolseiro, meu precioso, sim, um Bolseiro. Um Bolseiro roubou ele. Ele encontrou e não disse nada, nada. Nós odeia Bolseiros."

"Não, não este Bolseiro."

"Sim, todos os Bolseiros. Todas as pessoas que guardam o Precioso. Precisamos ter ele!"

"Mas Ele vai ver, Ele vai saber. Ele vai tirar de nós!"

"Ele vê. Ele sabe. Ele ouviu nós fazendo promessas bobas — contra as ordens Dele, sim. Precisa pegar ele. Os Espectros estão procurando. Precisa pegar ele."

"Não para Ele!"

"Não, meu doce. Olhe, meu precioso: se nós tem ele, então nós pode escapar, até Dele, eh? Quem sabe nós fica muito fortes, mais fortes que Espectros. Senhor Sméagol? Gollum, o Grande? *O* Gollum! Comer peixe todo dia, três vezes por dia, frescos do mar. Mui Precioso Gollum! Precisa ter ele. Nós quer ele, nós quer ele, nós quer ele!"

"Mas eles são dois. Vão acordar cedo demais e matar nós", choramingou Sméagol num último esforço. "Não agora. Não ainda."

"Nós quer ele! Mas" — e aí houve uma longa pausa, como se um novo pensamento tivesse despertado. "Não ainda, eh? Quem sabe não. Ela poderia ajudar. Ela poderia, sim."

"Não, não! Não desse jeito!", gemeu Sméagol.

"Sim! Nós quer ele! Nós quer ele!"

A cada vez que o segundo pensamento falava, a mão comprida de Gollum se arrastava devagar, tentando alcançar Frodo, e depois era puxada de volta com um movimento brusco quando Sméagol voltava a falar. Por fim ambos os braços, com os dedos compridos fletidos e crispados, moveram-se para agarrá-lo pelo pescoço.

Sam estivera deitado imóvel, fascinado por aquele debate, mas observando cada movimento que Gollum fazia por baixo das pálpebras semicerradas. Para sua mente simples, a fome ordinária, o desejo de devorar hobbits, parecera o principal perigo de Gollum. Agora ele percebia que não era isso: Gollum sentia o terrível chamado do Anel. O Senhor Sombrio era *Ele*, é claro; mas Sam perguntava-se quem seria *Ela*. Algum dos amigos nojentos que o pequeno desgraçado fizera em suas andanças, ele supunha. Depois esqueceu-se desse ponto, pois claramente as coisas tinham ido longe demais e estavam ficando perigosas. Sentia um grande peso em todos os membros, mas ergueu-se com esforço e sentou-se. Algo o alertava para ser cauteloso e não revelar que por acaso ouvira o debate. Soltou um suspiro alto e deu um grande bocejo.

"Que horas são?", perguntou ele, sonolento.

Gollum soltou um longo chiado através dos dentes. Ficou de pé por um momento, tenso e ameaçador; depois desabou, caindo para a frente de quatro e engatinhando até a encosta da cova. "Hobbits bonzinhos! Sam bonzinho!", disse ele. "Cabeças de sono, sim, cabeças de sono! Deixam bom Sméagol vigiando! Mas é tardinha. O anoitecer se arrasta. Hora de ir embora."

"Mais que hora!", pensou Sam. "E hora de nos separarmos também." Mas passou-lhe pela mente se de fato Gollum já não era tão perigoso à solta quanto mantido junto deles. "Maldito! Queria que sufocasse!", murmurou. Desceu a encosta tropeçando e despertou o patrão.

Muito estranhamente Frodo sentiu-se refeito. Estivera sonhando. A sombra escura passara, e uma bela visão o visitara naquela terra enferma. Nada dela lhe restava na lembrança, mas por causa dela sentia-se contente e com o coração mais leve. Seu fardo lhe pesava menos. Gollum o recebeu com o deleite de um cão. Cacarejava e tagarelava, estalando os dedos compridos e apalpando os joelhos de Frodo. Frodo sorriu para ele.

"Vamos!", disse ele. "Você nos guiou bem e fielmente. Esta é a última etapa. Leve-nos ao Portão, e depois não vou lhe pedir que vá adiante. Leve-nos ao Portão, e poderá ir aonde quiser — só não até nossos inimigos."

"Ao Portão, eh?", guinchou Gollum, parecendo surpreso e assustado. "Ao Portão, o mestre diz! Sim, ele diz isso. E o bom Sméagol faz o que ele pede, Ó sim. Mas quando nós chega mais perto, nós vê talvez, nós vê então. Não vai ser nada bonito. Ó não! Ó não!"

"Vá em frente!", disse Sam. "Vamos acabar com isso!"

No crepúsculo que caía, saíram da cova escalando-a e lentamente seguiram caminho pela terra morta. Não haviam ido longe quando sentiram mais uma vez o medo que os assaltara quando o vulto alado voara por cima dos pântanos. Pararam, agachando-se no chão fétido; mas nada viram no escuro céu do anoitecer acima deles, e logo a ameaça passou, muito no alto, quem sabe em alguma rápida missão de Barad-dûr. Algum tempo depois Gollum se ergueu e voltou a engatinhar avante, murmurando e tremendo.

Cerca de uma hora após a meia-noite, o medo os acometeu pela terceira vez, mas agora parecia mais remoto, como se passasse muito acima das nuvens, apressando-se rumo ao Oeste com velocidade terrível. Gollum, porém, estava indefeso de terror e convencido de que estavam sendo caçados, de que a aproximação deles era conhecida.

"Três vezes!", choramingou ele. "Três vezes é uma ameaça. Eles sentem nós aqui, eles sentem o Precioso. O Precioso é mestre deles. Não podemos ir mais longe por aqui, não. Não adianta, não adianta!"

Palavras suplicantes e bondosas não faziam mais efeito. Foi só quando Frodo lhe deu um comando raivoso e pôs a mão no punho da espada que Gollum se levantou outra vez. Ergueu-se por fim com um rosnado e andou diante deles como um cão surrado.

Assim seguiram tropeçando pelo tedioso fim da noite, e até a chegada de outro dia de temor caminharam em silêncio, de cabeça baixa, nada vendo e nada escutando senão o vento que sibilava em seus ouvidos.

3

O Portão Negro está Fechado

Antes de amanhecer o dia seguinte, a jornada para Mordor terminara. Os pântanos e o deserto estavam para trás. Diante deles, obscuras diante de um céu pálido, as grandes montanhas erguiam suas cabeças ameaçadoras.

A oeste de Mordor marchava a sombria cordilheira de Ephel Dúath, as Montanhas de Sombra, e ao norte, os picos fraturados e as cristas áridas das Ered Lithui, da cor de cinzas. Mas ali onde essas cordilheiras se aproximavam, visto que na verdade eram apenas partes de uma grande muralha em torno das tristonhas planícies de Lithlad e de Gorgoroth, e no meio o amargo mar interior de Núrnen, elas estendiam longos braços rumo ao norte; e entre esses braços havia um fundo desfiladeiro. Esse era Cirith Gorgor, o Passo Assombrado, entrada para a terra do Inimigo. Altos penhascos desciam de ambos os lados, e da sua boca adiantavam-se duas colinas íngremes, nuas e de ossos negros. Sobre elas estavam os Dentes de Mordor, duas torres fortes e altas. Em dias de outrora haviam sido construídas pelos Homens de Gondor em sua altivez e poder, após a derrota de Sauron e sua fuga, para que não tentasse retornar ao seu antigo reino. Mas a força de Gondor fracassou, e os homens dormiram, e por longos anos as torres permaneceram vazias. Então Sauron retornou. Agora as torres de vigia que haviam decaído estavam consertadas e repletas de armas e guarnecidas com vigilância incessante. Tinham faces pétreas, com escuros buracos à guisa de janelas fitando o norte e o leste e o oeste, e cada janela estava cheia de olhos insones.

Através da boca do passo, de um penhasco ao outro, o Senhor Sombrio havia construído um parapeito de pedra. Havia nele um único portão de ferro e em suas ameias as sentinelas caminhavam incessantemente. Sob as colinas dos dois lados, a rocha fora perfurada em uma centena de cavernas e tocas de vermes; ali espreitava uma hoste de orques, pronta a, dado o sinal, emergir como formigas negras rumando para a guerra. Ninguém podia passar pelos Dentes de Mordor sem sentir sua mordida, a não ser que fosse convocado por Sauron ou conhecesse as senhas secretas que abririam o Morannon, o negro portão de sua terra.

Os dois hobbits encararam as torres e a muralha em desespero. Mesmo de longe conseguiam ver, à luz indistinta, o movimento dos guardas negros sobre a muralha e as patrulhas diante do portão. Agora estavam espiando por cima da beira de uma depressão rochosa, sob a sombra estendida do contraforte setentrional de Ephel Dúath. Percorrendo o ar pesado em voo reto, quem sabe um corvo poderia voar apenas um oitavo de milha desde o esconderijo deles até o negro cume da torre mais próxima. Uma fumaça débil enrolava-se acima dela, como se um fogo ardesse na colina lá embaixo.

Veio o dia, e o sol estéril piscava por sobre as cristas sem vida das Ered Lithui. Então, de repente, ouviu-se o grito de trombetas de gargantas brônzeas: tocavam nas torres de vigia, e de longe, de posições e postos ocultos nas colinas, vieram toques de resposta; e de mais longe ainda, remotas, mas profundas e agourentas, ecoaram na terra oca à frente as enormes trompas e os tambores de Barad-dûr. Outro pavoroso dia de temor e labuta chegara a Mordor; e os guardas da noite foram convocados aos seus calabouços e salões profundos, e os guardas diurnos, de olhos malignos e cruéis, marchavam para seus postos. O aço reluzia indistinto na ameia.

"Bem, aqui estamos!", disse Sam. "Aqui está o Portão, e me parece que é o mais longe que vamos conseguir chegar. Ora, mas o Feitor teria uma ou duas coisas a dizer se me visse agora! Muitas vezes ele disse que eu iria acabar mal se não olhasse onde pisava. Mas agora não acho que vou ver o velhinho outra vez. Ele vai perder a oportunidade do 'eu te avisei, Sam' e é uma pena. Ele poderia ficar me dizendo isso enquanto tivesse fôlego, contanto que eu pudesse ver seu velho rosto outra vez. Mas eu teria que me lavar primeiro, do contrário ele não me conheceria.

"Imagino que não adianta perguntar 'para onde vamos agora?'. Não podemos ir mais longe — a não ser que queiramos pedir uma carona aos Orques."

"Não, não!", respondeu Gollum. "Não adianta. Não podemos ir mais longe. Sméagol disse. Ele disse: nós vamos até o Portão, e depois vamos ver. E estamos vendo. Ó sim, meu precioso, nós estamos vendo. Sméagol sabia que os hobbits não podiam vir por aqui. Ó sim, Sméagol sabia."

"Então por que raios você nos trouxe aqui?", disse Sam, não se sentindo com humor para ser justo ou razoável.

"Mestre disse isso. Mestre diz: 'Nos leve pro Portão'. Então bom Sméagol faz isso. Mestre disse isso, mestre sábio."

"Eu disse", respondeu Frodo. Seu rosto estava sisudo e rígido, mas resoluto. Ele estava imundo, esfarrapado e apertado pela exaustão, mas não se encolhia mais, e seus olhos estavam límpidos. "Eu disse isso porque pretendo entrar em Mordor e não conheço outro caminho. Portanto hei de ir por este caminho. Não peço a ninguém para ir comigo."

"Não, não, mestre!", gemeu Gollum, apalpando-o e parecendo muito aflito. "Não adianta esse caminho! Não adianta! Não leve o Precioso para Ele! Ele vai devorar nós todos se pegar ele, devorar o mundo todo. Fique com ele, mestre bonzinho, e seja gentil com Sméagol. Não deixe Ele pegar. Ou vá embora, vá para lugares bonitos e devolva ele pro pequeno Sméagol. Sim, sim, mestre, devolva, eh? Sméagol vai manter ele em segurança; vai fazer muita coisa boa, especialmente para hobbits bonzinhos. Hobbits vão para casa. Não vão pro Portão!"

"Tenho ordens de ir à terra de Mordor e, portanto, hei de ir", disse Frodo. "Se houver apenas um caminho, então preciso tomá-lo. O que vier depois terá de vir."

Sam nada disse. A expressão do rosto de Frodo era suficiente para ele; sabia que palavras suas eram inúteis. E, afinal de contas, desde o começo ele nunca tivera esperança de verdade nesse caso; mas, sendo um hobbit jovial, não precisava de esperança enquanto o desespero pudesse ser adiado. Agora haviam chegado ao amargo fim. Mas ele estivera junto do patrão todo o tempo; fora principalmente para isso que ele viera e ainda ficaria junto dele. Seu patrão não iria a Mordor sozinho. Sam iria com ele — e de qualquer modo iriam descartar Gollum.

Gollum, porém, ainda não pretendia ser descartado. Ajoelhou-se aos pés de Frodo, torcendo as mãos e guinchando. "Não por esse caminho, mestre!", implorou. "Tem outro caminho. Ó sim, de verdade tem. Outro caminho, mais escuro, mais difícil de achar, mais secreto. Mas Sméagol conhece ele. Deixe Sméagol mostrar a vocês!"

"Outro caminho!", disse Frodo em dúvida, esquadrinhando Gollum abaixo dele com os olhos.

"Ssim! Ssim de verdade! *Tinha* outro caminho. Sméagol encontrou. Vamos ver se ainda está lá!"

"Você não falou disso antes."

"Não. Mestre não perguntou. Mestre não disse o que pretendia fazer. Ele não conta ao pobre Sméagol. Ele diz: 'Sméagol, me leve pro Portão — e depois adeus! Sméagol pode sair correndo e ser bom.' Mas agora ele diz: 'Pretendo entrar em Mordor por este caminho.' Então Sméagol fica com muito medo. Ele não quer perder mestre bonzinho. E ele prometeu, mestre fez ele prometer, salvar o Precioso. Mas mestre vai levar para Ele, direto pra Mão Negra, se mestre for por este caminho. Então Sméagol precisa salvar os dois e pensa em outro caminho que tinha, certa vez. Mestre bonzinho. Sméagol muito bom, sempre ajuda."

Sam franziu a testa. Se conseguisse perfurar Gollum com os olhos, teria feito isso. Sua mente estava repleta de dúvidas. Por todas as aparências, Gollum estava genuinamente aflito e ansioso por ajudar Frodo. Mas Sam, lembrando-se do debate que ouvira por acaso, achava difícil crer que o Sméagol havia muito submerso tinha saído por cima: fosse como fosse, aquela voz não tivera a última palavra no debate. A conjectura de Sam era que as metades Sméagol e Gollum (ou o que, em sua própria mente, ele chamava Fugido e Fedido) tinham feito uma trégua e aliança temporária: nenhum deles queria que o Inimigo obtivesse o Anel; ambos queriam livrar Frodo da captura e mantê-lo sob seus olhos, tanto quanto possível — de qualquer modo, contanto que Fedido ainda tivesse chance de pôr as mãos em seu "Precioso". Sam duvidava que realmente houvesse outro caminho para entrar em Mordor.

"E é bom que nenhuma metade do velho vilão sabe o que o patrão pretende fazer", pensou ele. "Se soubesse que o Sr. Frodo está tentando dar fim definitivo em seu Precioso, haveria problemas bem depressa, aposto. Seja como for, o velho Fedido está com tanto medo do Inimigo — e está sob algum tipo de ordem dele, ou esteve — que preferiria nos entregar a ser apanhado nos ajudando; e quem sabe a deixar seu Precioso ser derretido. Pelo menos é o que acho. E espero que o patrão pondere isso com cuidado. É tão sábio quanto qualquer outro, mas tem coração mole, é isso que tem. Está além das forças de qualquer Gamgi adivinhar o que fará em seguida."

Frodo não respondeu a Gollum de imediato. Enquanto aqueles pensamentos passavam pela lenta, mas sagaz, mente de Sam, ele estava de pé, fitando o penhasco escuro de Cirith Gorgor. A depressão em que se tinham refugiado estava escavada na face de uma colina baixa, um pouco acima de um longo vale semelhante a uma trincheira, que se estendia entre ela e os contrafortes externos da muralha montanhosa. No meio do vale estavam as negras fundações da torre de vigia ocidental. À luz da manhã já se podiam ver claramente as estradas que convergiam para o Portão de Mordor, pálidas e poeirentas; uma serpenteando de volta rumo ao norte; outra perdendo-se em direção ao leste, nas névoas que se agarravam aos pés das Ered Lithui; e uma terceira que corria na direção dele. Ao fazer uma curva fechada em redor da torre, esta estrada entrava em um estreito desfiladeiro e passava abaixo da depressão onde ele estava, não muito longe. A oeste, à sua direita, ela fazia uma volta, apoiada nas encostas das montanhas, e saía para o sul nas fundas sombras que envolviam todo o lado ocidental de Ephel Dúath; além da visão dele, ela seguia caminho para a terra estreita entre as montanhas e o Grande Rio.

Enquanto observava, Frodo deu-se conta de que havia grande agitação e movimento na planície. Parecia que exércitos inteiros estavam em marcha, mas estavam na maior parte ocultos pelos vapores e fumaças trazidos dos charcos e ermos mais além. Mas aqui e ali percebia o luzir de lanças e elmos; e nas planícies ao lado das estradas podiam ser vistos cavaleiros andando em muitas companhias. Lembrou-se de sua longínqua visão em Amon Hen, tão poucos dias antes, apesar de já parecer que fazia muitos anos. Então soube que era vã a esperança que por um momento turbulento se agitara em seu coração. As trombetas não haviam soado como desafio, e sim como saudação. Não se tratava de um ataque ao Senhor Sombrio pelos homens de Gondor, erguidos como fantasmas vingativos das tumbas de valentia de muito tempo atrás. Estes eram Homens de outra raça, vindos das amplas Terras Orientais, reunindo-se pela convocação de seu Senhor Supremo; exércitos que haviam acampado de noite diante de seu Portão e que agora marchavam para dentro a fim de incharem seu poderio crescente. Como se de repente tivesse tomado plena consciência do perigo de sua posição, sozinhos à crescente luz do dia, tão próximos daquela vasta ameaça, Frodo rapidamente puxou o frágil capuz cinza sobre a cabeça e desceu para o pequeno vale. Então voltou-se para Gollum.

"Sméagol," disse ele, "vou confiar em você mais uma vez. De fato, parece que devo fazê-lo e que é minha sina receber ajuda de você, onde menos a esperei, e sua sina ajudar a mim, que por muito tempo você perseguiu com mau intento. Até agora mereceu minha confiança e manteve fielmente sua promessa. Fielmente, eu digo e afirmo," acrescentou com uma olhadela para Sam, "pois duas vezes já estivemos em seu poder, e você não nos fez mal. Nem tentou tirar de mim o que buscava antes. Que a terceira vez demonstre ser a melhor! Mas eu o aviso, Sméagol, você está em perigo."

"Sim, sim, mestre!", assentiu Gollum. "Perigo pavoroso! Os ossos de Sméagol tremem de pensar nisso, mas ele não foge correndo. Ele precisa ajudar mestre bonzinho."

"Não quis dizer o perigo que todos compartilhamos", disse Frodo. "Quero dizer perigo a você só. Você jurou uma promessa pelo que chama de Precioso. Lembre-se disso! Ele a cobrará de você; mas ele achará um modo de torcê-la para a sua desgraça. Você já está sendo torcido. Faz pouco que você se revelou a mim, tolamente. 'Devolva pro Sméagol', você disse. Não diga isso de novo! Não deixe esse pensamento crescer em você! Você jamais o terá de volta. Mas o desejo dele poderá traí-lo a um amargo fim. Você jamais o terá de volta. Em última necessidade, Sméagol, eu usaria o Precioso; e o Precioso o dominou muito tempo atrás. Se eu, usando-o, lhe desse uma ordem, você obedeceria, mesmo que fosse para saltar de um precipício ou jogar-se no fogo. E seria assim a minha ordem. Portanto tome cuidado, Sméagol!"

Sam olhou para seu patrão com aprovação, mas também com surpresa: havia uma expressão em seu rosto e um tom em sua voz que ele não conhecera antes. Sempre fora seu conceito que a bondade do querido Sr. Frodo era de tão alto grau que tinha de implicar uma grande medida de cegueira. É claro que também mantinha firmemente a crença incompatível de que o Sr. Frodo era a pessoa mais sábia do mundo (à possível exceção do Velho Sr. Bilbo e de Gandalf). À sua própria maneira, e com muito maior desculpa, visto que seu conhecimento era muito mais recente, Gollum poderia ter cometido um erro semelhante, confundindo bondade com cegueira. Fosse como fosse, aquele discurso o desconcertou e aterrorizou. Rastejou no chão e não conseguia dizer palavras claras exceto "mestre bonzinho".

Frodo esperou pacientemente por um momento e depois voltou a falar com menos severidade. "Vamos lá, Gollum, ou Sméagol se quiser, conte-me sobre esse outro caminho e mostre-me se puder que esperança há nele, o bastante para me justificar em um desvio de minha trilha evidente. Tenho pressa."

Mas Gollum estava em estado lamentável, e a ameaça de Frodo o desequilibrara por completo. Não foi fácil extrair dele algum relato claro, entre seus murmúrios e guinchos e as frequentes interrupções em que ele engatinhava no chão e implorava aos dois que fossem gentis com o "coitado do pequeno Sméagol". Algum tempo depois ele se acalmou um pouco, e Frodo entendeu, pedaço após pedaço, que, se um viajante seguisse a estrada que se virava para o oeste de Ephel Dúath, acabaria chegando a uma encruzilhada em um círculo de árvores escuras. À direita descia uma estrada para Osgiliath e as pontes do Anduin; no meio, a estrada prosseguia rumo ao sul.

"Pra frente, pra frente, pra frente", disse Gollum. "Nós nunca foi nessa direção, mas dizem que segue por cem léguas até se ver a Grande Água que nunca fica parada. Tem montes de peixes lá, e grandes aves comem peixes: bonitas aves: mas nós nunca foi para lá, ai não! Nós nunca teve chance. E ainda mais longe tem mais terras, dizem, mas a Cara Amarela é muito quente lá, e raramente tem nuvens, e os homens são selvagens e têm caras escuras. Nós não quer ver essa terra."

"Não!", disse Frodo. "Mas não se desvie da sua estrada. E quanto à terceira curva?"

"Ó sim, ó sim, tem um terceiro caminho", comentou Gollum. "Essa é a estrada pra esquerda. Já começa a subir, subir, fazendo curvas e subindo de volta pras sombras altas. Quando ela dá a volta na rocha preta vão ver ela, de repente vão ver ela em cima e vão querer se esconder."

"Ver ela, ver ela? O que se vê?"

"A velha fortaleza, muito velha, muito horrível agora. Nós costumava ouvir histórias do Sul, quando Sméagol era jovem, faz muito tempo. Ó sim, nós costumava contar montes de histórias de tardinha, sentados nas margens do Grande Rio, nas terras dos salgueiros, quando o Rio também era mais jovem, *gollum, gollum.*" Começou a chorar e murmurar. Os hobbits esperaram, pacientes.

"Histórias do Sul", prosseguiu Gollum outra vez, "sobre os Homens altos de olhos brilhantes, e as casas deles como morros de pedra, e a coroa de prata do Rei deles e sua Árvore Branca: histórias maravilhosas. Construíram torres muito altas, e uma que ergueram era branca como prata, e tinha nela uma pedra como o Lua, e em redor tinha grandes muros brancos. Ó sim, tinha muitas histórias sobre a Torre do Lua."

"Essa seria Minas Ithil, construída por Isildur, filho de Elendil", comentou Frodo. "Foi Isildur quem cortou o dedo do Inimigo."

"Sim, Ele tem só quatro na Mão Negra, mas é o bastante", disse Gollum, estremecendo. "E Ele odiava a cidade de Isildur."

"O que ele não odeia?", perguntou Frodo. "Mas o que a Torre do Lua tem a ver conosco?"

"Bem, mestre, estava lá e está lá: a torre alta, e as casas brancas, e o muro; mas não belos agora, não bonitos. Ele conquistou faz muito tempo. Agora é um lugar muito terrível. Os viajantes têm arrepios quando veem ele, eles se esgueiram para se esconder, eles evitam sua sombra. Mas mestre vai ter que ir por esse caminho. Esse é o único outro caminho. Porque lá as montanhas são mais baixas, e a estrada velha sobe, sobe, até que chega num passo escuro no alto, e depois desce, desce outra vez — para Gorgoroth." Sua voz se reduziu a um sussurro, e ele estremeceu.

"Mas como isso vai nos ajudar?", perguntou Sam. "Com certeza o Inimigo sabe tudo sobre suas próprias montanhas, e essa estrada vai estar vigiada tão atentamente quanto esta, não? A torre não está vazia, está?"

"Ó não, não vazia!", sussurrou Gollum. "Parece vazia, mas não está, ó não! Coisas muito pavorosas vivem lá. Orques, sim, sempre Orques; mas coisas piores, coisas piores também vivem lá. A estrada sobe bem embaixo da sombra dos muros e passa pelo portão. Nada se mexe na estrada sem eles saberem. As coisas lá dentro sabem: os Vigilantes Silenciosos."

"Então esse é o seu conselho, não é," disse Sam, "que façamos outra longa marcha para o sul para ficarmos no mesmo apuro, ou pior, quando chegarmos lá, se é que vamos chegar?"

"Não, não mesmo", disse Gollum. "Hobbits precisam ver, precisam tentar entender. Ele não espera ataque por ali. O Olho dele está em toda parte, mas presta mais atenção em alguns lugares que em outros. Ele não pode ver tudo ao mesmo tempo, ainda não. Vejam, Ele conquistou toda a região a oeste das Montanhas Sombrias até o Rio e agora Ele tem as pontes. Ele pensa que ninguém consegue chegar na Torre-do-Lua sem combater grande batalha nas pontes ou pegar montes de barcos que eles não podem esconder e Ele vai ficar sabendo."

"Você parece saber muita coisa sobre o que Ele está fazendo e pensando", comentou Sam. "Esteve falando com Ele ultimamente? Ou só batendo papo com Orques?"

"Hobbit ruinzinho, insensato", disse Gollum, lançando a Sam um olhar raivoso e virando-se para Frodo. "Sméagol falou com Orques, sim, é claro, antes de encontrar mestre, e com muitas gentes: ele caminhou muito longe. E o que ele diz agora, muitas gentes estão dizendo. É aqui no Norte que está o grande perigo para Ele e para nós. Ele vai sair pelo Portão Negro algum dia, algum dia logo. Esse é o único caminho pelo qual os grandes exércitos podem vir. Mas lá no oeste Ele não tem medo, e lá estão os Vigilantes Silenciosos."

"É bem isso!", exclamou Sam, impossível de desconcertar. "E então vamos chegar andando e bater no portão deles e perguntar se estamos na estrada certa para Mordor? Ou eles são silenciosos demais para responderem? Não faz sentido. Podíamos fazer isso aqui e poupar uma longa caminhada."

"Não faça piadas com isso", chiou Gollum. "Não tem graça, ó não! Não é divertido. Não faz sentido nenhum tentar entrar em Mordor. Mas se mestre diz 'preciso ir' ou 'eu vou', então precisa tentar algum caminho. Mas ele não pode ir pra cidade terrível, ó não, claro que não. É aí que Sméagol ajuda, Sméagol bonzinho, apesar de ninguém dizer pra ele pra que é tudo isso. Sméagol ajuda de novo. Ele achou. Ele conhece."

"O que você achou?", perguntou Frodo.

Gollum acocorou-se, e sua voz voltou a baixar a um sussurro. "Uma trilha pequena que vai subindo pelas montanhas; e depois uma escada, uma escada estreita, ó sim, muito comprida e estreita. E depois mais escadas. E depois" — sua voz baixou ainda mais — "um túnel, um túnel escuro; e no fim uma pequena fenda, e uma trilha bem alta em cima do passo principal. Foi por esse caminho que Sméagol saiu da escuridão. Mas faz anos. Pode ser que a trilha tenha sumido agora; mas talvez não, talvez não."

"Não gosto nem um pouco do som disso", disse Sam. "Soa fácil demais, pelo menos para contar. Se essa trilha ainda está lá, vai estar vigiada também. Não era vigiada, Gollum?" Ao dizer isso, percebeu, ou imaginou perceber, um lampejo verde no olho de Gollum. Gollum murmurou, mas não respondeu.

"Não é vigiada?", perguntou Frodo com severidade. "E você *escapou* da escuridão, Sméagol? Não é verdade que deixaram você partir, com uma missão? Pelo menos foi isso que Aragorn pensou quando encontrou você junto aos Pântanos Mortos alguns anos atrás."

"É mentira!", chiou Gollum, e uma luz maligna lhe veio aos olhos à menção de Aragorn. "Ele mentiu para mim, mentiu sim. Eu escapei, só por mim mesmo, coitado. Me mandaram mesmo procurar o Precioso; e eu procurei e procurei, é claro. Mas não pro Sombrio. O Precioso era nosso, era meu, eu digo. Eu escapei."

Frodo sentiu uma estranha certeza de que nesse assunto, naquele momento, Gollum não estava tão longe da verdade quanto se poderia suspeitar; que de algum modo encontrara uma saída de Mordor e pelo menos acreditava que fora por sua própria esperteza. Por exemplo, notara que Gollum usara o *eu*, e isso normalmente parecia ser um sinal, nas raras aparições, de que alguns restos da velha verdade e sinceridade estavam dominando naquele momento. Mas, mesmo que fosse possível confiar em Gollum naquele ponto, Frodo não se esquecia das artimanhas do Inimigo. O "escape" poderia ter sido permitido ou arranjado, e bem conhecido na Torre Sombria. E em qualquer caso, Gollum estava claramente escondendo muita coisa.

"Eu lhe pergunto de novo," disse ele, "esse caminho secreto não é vigiado?"

Mas o nome de Aragorn deixara Gollum de humor emburrado. Tinha todo o ar injuriado de um mentiroso suspeito que daquela vez contou a verdade, ou parte dela. Não respondeu.

"Não é vigiado?", repetiu Frodo.

"Sim, sim, talvez. Não tem lugares seguros nesta terra", disse Gollum, mal-humorado. "Não tem lugares seguros. Mas mestre precisa tentar ou ir pra casa. Não tem outro caminho." Não conseguiram fazer com que dissesse mais. O nome do lugar perigoso e do passo alto ele não sabia dizer, ou não queria.

Seu nome era Cirith Ungol, um nome de fama pavorosa. Aragorn talvez pudesse lhes ter dito esse nome e seu significado; Gandalf os teria prevenido. Mas estavam sozinhos, e Aragorn estava longe, e Gandalf estava em meio à ruína de Isengard e porfiava com Saruman, atrasado pela traição. Mas, ao mesmo tempo em que ele falava suas últimas palavras a Saruman e a *palantír* tombava em fogo nos degraus de Orthanc, seu pensamento estava sempre com Frodo e Samwise, por sobre as longas léguas sua mente os buscava em esperança e compaixão.

Talvez Frodo sentisse isso, sem sabê-lo, como sentira em Amon Hen, mesmo acreditando que Gandalf se fora, se fora para sempre à sombra em Moria, muito longe dali. Sentou-se no chão por longo tempo, em silêncio, de cabeça inclinada, esforçando-se por relembrar tudo o que Gandalf lhe dissera. Mas para aquela decisão não conseguia relembrar nenhum conselho. Na verdade, a liderança de Gandalf lhes fora retirada cedo demais, cedo demais, enquanto a Terra Sombria ainda estava muito remota. Gandalf não dissera como haveriam de entrar nela afinal. Quem sabe não soubesse dizer. Ao baluarte do Inimigo no Norte, a Dol Guldur, ele se aventurara outrora. Mas a Mordor, à Montanha de Fogo e à Barad-dûr, desde que o Senhor Sombrio voltara a se erguer com poder, alguma vez ele viajara para lá? Frodo acreditava que não. E ali estava ele, um pequeno do Condado, um simples hobbit do campo tranquilo, que esperava encontrar um caminho aonde os grandes não podiam ir, ou não se arriscavam a ir. Era uma má sina. Mas ele a assumira em sua própria sala de estar, na longínqua primavera de outro ano, agora tão remoto que era como um capítulo em uma história dos primórdios do mundo, quando as Árvores de Prata e Ouro ainda floresciam. Aquela era uma escolha maligna. Que caminho deveria escolher? E se ambos conduzissem ao terror e à morte, de que adiantava escolher?

O dia prosseguiu. Um profundo silêncio se abateu sobre a pequena cova cinzenta onde jaziam, tão próxima dos limites da terra do medo: um silêncio que podia ser sentido, como se fosse um espesso véu que os isolasse de todo o mundo em torno deles. Acima deles havia uma abóbada de céu pálido, riscado de fumaça fugidia, mas parecia alta e distante, como que vista através de grandes profundezas de ar carregado de pensamentos remoídos.

Nem mesmo uma águia postada diante do sol teria notado os hobbits sentados ali, sob o peso da sina, silenciosos, sem se moverem, envoltos em suas finas capas cinzentas. Por um momento ela poderia ter se detido para ponderar Gollum, um vulto minúsculo estatelado no chão: ali talvez jazesse o esqueleto faminto de algum filho dos Homens, com a veste esfarrapada ainda aderindo a ele, com os longos braços e pernas quase brancos como osso e finos como osso: não era carne que valesse uma bicada.

A cabeça de Frodo estava inclinada sobre os joelhos, mas Sam estava reclinado para trás, com as mãos atrás da cabeça, fitando o céu vazio do interior do capuz. Pelo menos ele estivera vazio por um bom tempo. Então de repente Sam pensou ver um vulto escuro, como uma ave, girando para dentro de seu campo de visão, e pairando, e depois girando outra vez para longe. Seguiram-se mais dois, e depois um quarto. Eram muito pequenos de se ver, e, no entanto, ele sabia de algum modo que eram enormes, com vasta envergadura de asas, voando a grande altitude. Cobriu os olhos e se dobrou para a frente, agachado. O mesmo medo de alerta que sentira na presença dos Cavaleiros Negros o acometeu, o horror indefeso que viera com o grito no vento e a sombra na lua, apesar de agora não ser tão esmagador nem tão constrangedor: a ameaça era mais remota. Mas era uma ameaça. Frodo também a sentiu. Seus pensamentos foram interrompidos. Remexeu-se e teve um arrepio, mas não olhou para cima. Gollum encolheu-se como uma aranha encurralada. Os vultos alados fizeram curvas e mergulharam velozmente, apressando-se de volta para Mordor.

Sam inspirou profundamente. "Os Cavaleiros estão de novo por aí, lá em cima", disse ele num sussurro rouco. "Eu os vi. Acha que conseguiram nos ver? Estavam muito alto. E se são Cavaleiros Negros, os mesmos de antes, então não podem ver muita coisa à luz do dia, não é?"

"Não, talvez não", disse Frodo. "Mas suas montarias poderiam ver. E essas criaturas aladas em que montam agora provavelmente conseguem ver mais que qualquer outra criatura. São como grandes aves de carniça. Estão procurando alguma coisa: o Inimigo está de guarda, receio."

A sensação de temor passou, mas o silêncio que os envolvia quebrou-se. Por algum tempo tinham estado isolados do mundo, como que em uma ilha invisível; agora estavam outra vez expostos, o perigo retornara. Mas Frodo ainda não falara com Gollum nem fizera sua escolha. Tinha os olhos fechados, como se sonhasse ou olhasse para dentro, para o coração e a memória. Finalmente mexeu-se e se levantou, e parecia que estava prestes a falar e decidir. Mas "ouçam!", disse ele. "O que é aquilo?"

Um novo medo os acometeu. Ouviram cantos e gritos roucos. De início pareciam bem longínquos, mas se aproximaram: vinham na direção deles. Todos foram assaltados pela ideia de que as Asas Negras os tinham visto e que haviam mandado soldados armados para agarrá-los: nenhuma velocidade parecia demasiado grande para aqueles terríveis serviçais de Sauron. Agacharam-se, escutando. As vozes e o retinir das armas e dos arreios estavam muito próximos. Frodo e Sam soltaram as pequenas espadas em suas bainhas. Fugir era impossível.

Gollum ergueu-se devagar e engatinhou como um inseto até a borda da cova. Com muita cautela, ergueu-se polegada a polegada até poder espiar por cima dela, entre duas pontas de pedra quebrada. Ficou ali imóvel por algum tempo, sem fazer nenhum som. Logo as vozes começaram a recuar de novo, e depois lentamente se esvaneceram. Ao longe, uma trompa soou nos parapeitos do Morannon. Então, silenciosamente, Gollum esgueirou-se de volta e escorregou para a cova.

"Mais Homens indo para Mordor", disse ele em voz baixa. "Caras escuras. Não vimos Homens assim antes, não, Sméagol não viu. São selvagens. Eles têm olhos negros, e cabelos compridos e pretos, e anéis de ouro nas orelhas; sim, montes de ouro bonito. E alguns têm tinta vermelha nas bochechas, e capas vermelhas; e as bandeiras deles são vermelhas, e as pontas das lanças; e têm escudos redondos, amarelos e pretos com grandes espigões. Não bonitos; parecem Homens muito cruéis e maus. Quase tão maus quanto Orques, e muito maiores. Sméagol acha que vieram do Sul além do fim do Grande Rio: subiram por essa estrada. Seguiram para o Portão Negro; mas pode ser que venham mais atrás. Sempre mais gente vindo para Mordor. Um dia todas as gentes vão estar dentro."

"Tinha algum olifante?", perguntou Sam, esquecendo o medo em sua ânsia de notícias de lugares estranhos.

"Não, nenhum olifante. O que são olifantes?", disse Gollum.

Sam levantou-se, pondo as mãos atrás das costas (como sempre fazia quando "falava poesia"), e começou:

Cinzento qual rato,
Sou grande de fato,
Como cobra o focinho,
Tremor do caminho
Se ando na relva;
Parto troncos na selva.
Minha boca tem corno,
No Sul ando em torno,
Minha orelha é enorme.
Há quem não se conforme
De me ver caminhar
Sem nunca deitar,
Nem agonizante.
Eu sou Olifante,
O maior animal,
Velho e descomunal.
Quem me conhece
Jamais me esquece.
Quem nunca me vira
Pensa que sou mentira;
Mas sou velho Olifante,
Não há quem não espante.[A]

"Esse," disse Sam, quando tinha terminado de recitar, "esse é um poema que temos no Condado. Talvez seja uma bobagem, e talvez não. Mas também temos nossas histórias e notícias do Sul, vocês sabem. Nos dias de antigamente os hobbits costumavam sair em viagem vez por outra. Não que muitos voltassem, e não que as pessoas acreditassem em tudo o que falavam: 'notícias de Bri', e não 'certo como conversa do Condado', como dizem os ditados. Mas ouvi histórias do povo grande lá longe nas Terras-do-Sol. Nós os chamamos Tisnados em nossas histórias; e eles montam em olifantes, dizem, quando combatem. Põem casas e torres no lombo dos olifantes e tudo o mais, e os olifantes jogam rochas e árvores um no outro. Então, quando você disse 'Homens do Sul, todos de vermelho e dourado', eu disse 'tinha algum olifante?'. Porque, se tivesse, eu iria dar uma espiada, com risco ou sem risco. Mas agora não acho que jamais vou ver um olifante. Quem sabe nem existe um bicho assim." Deu um suspiro.

"Não, nenhum olifante", disse Gollum outra vez. "Sméagol não ouviu falar deles. Ele não quer ver eles. Ele não quer que eles existam. Sméagol quer ir embora daqui e se esconder num lugar mais seguro. Sméagol quer que mestre vá. Mestre bonzinho, não vai vir com Sméagol?"

Frodo levantou-se. Ele rira em meio a todas as suas preocupações quando Sam desencavara o velho poema ao pé do fogo do *Olifante*, e o riso o libertara da hesitação. "Queria que tivéssemos um milhar de olifantes, encabeçados por Gandalf montado em um branco", disse ele. "Aí, quem sabe, forçaríamos a entrada nesta terra maligna. Mas não temos; só nossas pernas cansadas, isso é tudo. Bem, Sméagol, pode ser que a terceira vez acabe sendo a melhor. Eu vou com você."

"Mestre bom, mestre sábio, mestre bonzinho!", exclamou Gollum, deleitado, apalpando os joelhos de Frodo. "Mestre bom! Então descansem agora, hobbits bonzinhos, embaixo da sombra das pedras, bem perto das pedras! Descansem e fiquem deitados quietos até que a Cara Amarela vá embora. Daí podemos ir depressa. Suaves e rápidos como sombras precisamos ser!"

4

De Ervas e Coelho Ensopado

Descansaram durante as poucas horas de luz do dia que restavam, deslocando-se para a sombra à medida que o sol se movia, até que finalmente se alongasse a sombra da beira ocidental de seu valezinho e a escuridão preenchesse toda a cova. Então comeram um pouco e beberam com frugalidade. Gollum nada comeu, mas aceitou a água de bom grado.

"Logo pegamos mais agora", disse ele, lambendo os beiços. "Corre água boa nos riachos que vão pro Grande Rio, água gostosa nas terras aonde vamos. Sméagol também consegue comida lá, talvez. Ele está com muita fome, sim, *gollum*!" Pôs as mãos grandes e chatas na barriga murcha, e uma pálida luz verde lhe veio aos olhos.

O crepúsculo era profundo quando eles finalmente partiram, arrastando-se por cima da beira oeste do valezinho e desaparecendo como fantasmas no terreno acidentado nas margens da estrada. A lua já estava a três noites da cheia, mas só subiu acima das montanhas quando era quase meia-noite e o início da noite estava muito escuro. Uma única luz vermelha brilhava lá no alto, nas Torres dos Dentes, mas afora isso não se podia ver nem ouvir nenhum sinal da vigia insone do Morannon.

Por muitas milhas o olho vermelho parecia fitá-los enquanto fugiam, tropeçando em um terreno árido e pedregoso. Não se atreviam a ir pela estrada, mas mantinham-na à sua esquerda, seguindo-lhe a linha o melhor que podiam a pequena distância. Por fim, quando a noite estava velha e eles já estavam cansados, visto que haviam feito apenas um breve descanso, o olho se reduziu a um pontinho de fogo e depois sumiu: haviam contornado o escuro ressalto norte das montanhas inferiores e rumavam para o sul.

Com uma estranha leveza nos corações descansaram mais uma vez, mas não por muito tempo. Não estavam indo depressa o bastante para Gollum. Pelas suas estimativas havia quase trinta léguas do Morannon até as Encruzilhadas acima de Osgiliath, e ele esperava percorrer essa distância em quatro jornadas. Assim, logo estavam labutando outra vez, até que o amanhecer começou a se espalhar lentamente na ampla solidão cinzenta. Haviam andado quase oito léguas até ali, e os hobbits não poderiam avançar mais mesmo que se atrevessem.

A luz crescente lhes revelou uma terra já menos árida e arruinada. As montanhas ainda se erguiam agourentas à esquerda deles, mas podiam ver perto dali a estrada rumo ao sul, que já se afastava das raízes negras das colinas e se inclinava para o oeste. Além dela havia encostas cobertas de árvores sombrias que pareciam nuvens escuras, mas em toda a volta se estendia uma charneca desordenada, coberta de urze, giesta e cornácea e de outros arbustos que eles não conheciam. Aqui e ali viam capões de altos pinheiros. Os corações dos hobbits voltaram a se alegrar um pouco a despeito da exaustão: o ar era fresco e fragrante e lhes lembrava os planaltos da longínqua Quarta Norte. Parecia bom ter um alívio temporário, caminhar em uma terra que estivera sob o domínio do Senhor Sombrio por alguns anos apenas e ainda não caíra totalmente em decadência. Mas não se esqueciam do seu perigo, nem do Portão Negro que ainda estava demasiado próximo, apesar de oculto por trás das sombrias altitudes. Olharam em volta para encontrar um esconderijo onde pudessem se abrigar de olhos malignos enquanto a luz perdurasse.

O dia passou de modo desconfortável. Estavam deitados afundados na urze e contavam as horas lentas em que parecia haver pouca mudança; pois ainda estavam sob as sombras de Ephel Dúath, e o sol estava encoberto. Frodo dormiu algumas vezes, profundamente e em paz, confiando em Gollum ou então cansado demais para se preocupar com ele; mas Sam achou difícil fazer mais que dar um cochilo, mesmo quando Gollum estava evidentemente dormindo a sono solto, assobiando e crispando-se em seus sonhos secretos. Talvez a fome, mais que a desconfiança, o mantivesse desperto: começara a ansiar por uma boa refeição caseira, "algo quente da panela".

Assim que o terreno se desfez em um cinzento disforme sob a noite que chegava, eles partiram novamente. Um pouco depois, conduzidos por Gollum, desceram para a estrada que rumava para o sul; e depois disso seguiram mais depressa, apesar de ser maior o perigo. Seus ouvidos se esforçavam por ouvir o som de cascos ou pés na estrada à frente, ou seguindo-os por trás; mas a noite passou e não ouviram ruído de caminhante nem cavaleiro.

A estrada fora feita em um tempo havia muito perdido e, pelo espaço de talvez trinta milhas abaixo do Morannon, fora consertada recentemente, mas à medida que ela ia para o sul, o ermo se apossava dela. O trabalho manual dos Homens de outrora ainda podia ser visto em seu traçado reto e seguro e seu percurso plano: vez por outra fazia um corte através de encostas nos flancos das colinas, ou saltava sobre um riacho em arco amplo e bem proporcionado de alvenaria duradoura; mas finalmente todos os vestígios de cantaria desapareceram, exceto por um pilar quebrado aqui e ali, espiando dos arbustos à beira, ou de velhas pedras de calçamento ainda escondidas em meio a ervas daninhas e musgo. Urzes e árvores e samambaias desciam desordenadas e caíam sobre as ribanceiras ou se espalhavam na superfície. Por fim a estrada se reduziu a um caminho pouco usado para carroças rurais; mas não serpenteava: mantinha seu percurso seguro e conduzia-os pela via mais rápida.

Assim passaram para os limites setentrionais daquela terra que os Homens outrora chamaram de Ithilien, uma bela região de bosques ascendentes e ribeirões em queda veloz. A noite tornou-se bonita sob as estrelas e a lua redonda, e parecia aos hobbits que a fragrância do ar aumentava à medida que avançavam; e pelos sopros e murmúrios de Gollum parecia que ele também percebia isso, e que não lhe agradava. Aos primeiros sinais do dia pararam outra vez. Haviam chegado ao fim de um longo corte, fundo e de paredes íngremes no meio, pelo qual a estrada passava através de uma crista de pedra. Agora escalaram a borda oeste e olharam em volta.

O dia se abria no céu, e viram que as montanhas já estavam muito mais afastadas, recuando para o leste em uma longa curva que se perdia ao longe. Diante deles, quando se viraram para o oeste, encostas suaves desciam em direção a névoas indistintas muito abaixo. Em toda a volta havia pequenos bosques de árvores resinosas, abetos, cedros, ciprestes e outras espécies desconhecidas no Condado, com amplas clareiras em torno deles; e em toda a parte havia uma abundância de ervas e arbustos de aroma doce. A longa jornada de Valfenda os levara muito ao sul de sua própria terra, mas só agora, naquela região mais abrigada, os hobbits sentiam a mudança de clima. Ali a Primavera já se agitava em torno deles: frondes perfuravam o musgo e o húmus, os lariços tinham dedos verdes, pequenas flores se abriam na relva, pássaros cantavam. Ithilien, o jardim de Gondor agora desolado, ainda retinha um desgrenhado encanto de dríade.

No sul e no oeste ele dava para os mornos vales inferiores do Anduin, abrigados no leste pela Ephel Dúath, porém não embaixo da sombra das montanhas, protegidos no norte pelas Emyn Muil, abertos aos ares meridionais e aos ventos úmidos do Mar longínquo. Muitas grandes árvores cresciam ali, plantadas muito tempo atrás, decaindo na velhice sem cultivo em meio a um tumulto de descendentes descuidados; e havia capões e moitas de tamariscos e terebintos pungentes, de oliveiras e de loureiros; e havia juníperos e murtas; e tomilhos que cresciam em arbustos ou, com seus caules lenhosos e rastejantes, revestiam com fundas tapeçarias as pedras ocultas; sálvias de muitos tipos portando flores azuis, ou vermelhas, ou verde-claras; e manjeronas e salsas recém-germinadas, e muitas ervas de formas e perfumes além do saber da jardinagem de Sam. As grutas e as paredes rochosas já estavam estreladas de saxífragas e saiões-acre. Prímulas e anêmonas estavam despertas nas moitas de aveleiras; e asfódelos e muitas flores de lírio balançavam as cabeças semiabertas na relva: uma relva funda e verde junto às lagoas, onde riachos cadentes se detinham em covas frescas na jornada rumo ao Anduin.

Os viajantes deram as costas à estrada e desceram o declive. Enquanto caminhavam, roçando pelo caminho nas moitas e ervas, doces odores se erguiam em torno deles. Gollum tossiu e teve ânsia de vômito; mas os hobbits inspiraram fundo, e de repente Sam riu, por alívio do coração e não por graça. Seguiram um riacho que descia rápido diante deles. Logo ele os levou a um laguinho límpido em um pequeno vale raso: ficava nas ruínas esfaceladas de uma antiga bacia de pedra, cuja borda esculpida estava quase completamente coberta de musgos e sarças de rosas; espadas-de-íris erguiam-se em fileiras em volta dele, e folhas de nenúfares flutuavam em sua superfície escura, que ondulava suavemente; mas era fundo e fresco, e derramava-se por cima de uma beira de pedra na extremidade oposta.

Ali lavaram-se e beberam à vontade na cascata que caía no lago. Depois buscaram um local de descanso e um esconderijo; pois aquela terra, ainda de belo aspecto, já era todavia território do Inimigo. Não se haviam afastado muito da estrada, e mesmo em tão curto espaço haviam visto cicatrizes das antigas guerras e as feridas mais novas produzidas pelos Orques e outros imundos serviçais do Senhor Sombrio: uma cova de sujeira e refugo descobertos; árvores derrubadas a esmo e deixadas para morrer, com runas malignas ou o cruel sinal do Olho gravados em traços rudes na casca.

Sam, rastejando abaixo da saída do lago, cheirando e tocando as plantas e árvores estranhas, esquecendo-se naquele momento de Mordor, lembrou-se de súbito do perigo sempre presente. Tropeçou em um círculo ainda chamuscado de fogo, e no meio dele encontrou um monte de ossos e crânios carbonizados e quebrados. O rápido crescimento do mato, com urzes, madressilvas silvestres e clematites rastejantes, já cobria com um véu aquele lugar de pavoroso banquete e matança; mas não era antigo. Correu de volta até seus companheiros, mas nada disse: era melhor deixar os ossos em paz para não serem tateados e fossados por Gollum.

"Vamos encontrar um lugar para nos abrigarmos", disse ele. "Não mais baixo. Mais alto para mim."

Um pouco mais atrás, acima do lago, encontraram um leito marrom-escuro das samambaias do ano anterior. Além dele havia uma moita de loureiros de folhas escuras subindo por um aclive íngreme coroado de antigos cedros. Ali decidiram repousar e passar o dia, que já prometia ser claro e quente. Um bom dia para passear no caminho pelos capões e clareiras de Ithilien; mas, apesar de os Orques evitarem a luz do sol, havia ali demasiados lugares onde eles poderiam estar escondidos, espreitando; e havia outros olhos malignos por ali: Sauron tinha muitos serviçais. De qualquer modo, Gollum não queria se mexer sob a Cara Amarela. Logo ela espiaria por cima das escuras cristas de Ephel Dúath, e ele ficaria fraco e encolhido na luz e no calor.

Sam viera pensando seriamente em comida durante a marcha. Agora que o desespero do Portão impenetrável havia ficado para trás, ele não se sentia tão inclinado quanto o mestre a não se preocupar com o sustento até o fim da sua missão; e de qualquer maneira pareceu-lhe mais prudente poupar o pão-de-viagem dos Elfos para tempos piores à frente. Seis ou mais dias haviam-se passado desde que ele calculara que só tinham um suprimento que mal dava para três semanas.

"Se alcançarmos o Fogo nesse tempo, vamos ter sorte, neste ritmo!", pensou ele. "E poderemos querer voltar. Poderemos!"

Além disso, ao fim de uma longa marcha noturna, e depois de tomar banho e beber, ele se sentia ainda mais faminto que o normal. Um jantar, ou um desjejum, junto à lareira na velha cozinha da Rua do Bolsinho era o que ele realmente queria. Teve uma ideia e virou-se para Gollum. Gollum acabara de se esgueirar para longe, sozinho, e rastejava de quatro pelas samambaias.

"Ei! Gollum!", disse Sam. "Aonde vai? Vai caçar? Bem, olhe aqui, velho fuçador, você não gosta de nossa comida e eu mesmo não reclamaria de uma mudança. Seu novo lema é *sempre pronto para ajudar*. Pode encontrar algo que sirva para um hobbit faminto?"

"Sim, talvez, sim", respondeu Gollum. "Sméagol sempre ajuda, se pedirem — se pedirem com jeito."

"Certo!", disse Sam. "Eu peço. E se isso não for jeito bastante, eu imploro."

Gollum desapareceu. Ficou longe por algum tempo, e Frodo, após alguns bocados de *lembas*, aninhou-se no fundo das samambaias marrons e pegou no sono. Sam olhou para ele. A luz do início da manhã estava começando a se insinuar nas sombras embaixo das árvores, mas ele via o rosto do patrão muito claramente e também suas mãos, repousando no chão ao seu lado. Lembrou-se subitamente de Frodo tal como jazera, adormecido na casa de Elrond, após seu ferimento mortal. Naquela ocasião, quando vigiava, Sam notara que às vezes parecia haver uma luz brilhando suavemente no interior; mas agora a luz era ainda mais clara e forte. O rosto de Frodo estava em paz, as marcas do medo e preocupação o haviam deixado; mas parecia velho, velho e belo, como se o cinzelar dos anos que o moldaram estivesse agora revelado em muitas rugas finas que antes estavam escondidas, apesar de a identidade do rosto não ter mudado. Não que Sam Gamgi expressasse isso desse modo para si mesmo. Balançou a cabeça como se considerasse inúteis as palavras e murmurou: "Eu o amo. Ele é assim, e às vezes isso transparece de algum modo. Mas eu o amo, transpareça ou não."

Gollum voltou quieto e olhou por cima do ombro de Sam. Olhando para Frodo, fechou os olhos e engatinhou para longe sem fazer ruído. Sam veio ter com ele um momento depois, e encontrou-o mastigando algo e murmurando sozinho. No chão, ao seu lado, estavam dois pequenos coelhos que ele começava a olhar com gula.

"Sméagol sempre ajuda", disse ele. "Ele trouxe coelhos, bonitos coelhos. Mas mestre foi dormir, e talvez Sam quer dormir. Não quer coelhos agora? Sméagol tenta ajudar, mas não pode apanhar tudo num minuto."

Sam, no entanto, não tinha a mínima objeção aos coelhos, e disse isso. Não, pelo menos, a coelhos cozidos. É claro que todos os hobbits sabem cozinhar, pois começam a aprender a arte antes das letras (um ponto a que muitos jamais chegam); mas Sam era bom cozinheiro, mesmo pelos padrões dos hobbits, e fizera grande parte da cozinha de campo nas viagens deles, quando havia oportunidade. Ainda carregava na mochila, esperançoso, parte do seu equipamento: uma caixinha de iscas para fogo, duas pequenas panelas rasas, sendo que a menor se encaixava na maior; dentro delas estavam guardados uma colher de pau, um garfo curto de duas pontas e alguns espetos; e, escondido no fundo da mochila, em uma caixa chata de madeira, um tesouro minguante, um pouco de sal. Mas precisava de fogo e de outras coisas mais. Pensou por um instante enquanto tirava a faca e a limpava e afiava, e começou a limpar os coelhos. Não ia deixar Frodo dormindo sozinho nem por alguns minutos.

"Agora, Gollum," disse ele, "tenho outro serviço para você. Vá encher estas panelas de água e traga-as de volta!"

"Sméagol vai buscar água, sim", assentiu Gollum. "Mas pra que o hobbit quer toda essa água? Já bebeu, já se lavou."

"Não importa", respondeu Sam. "Se não consegue adivinhar, vai descobrir logo. E quanto antes buscar a água antes vai saber. Não estrague nenhuma das minhas panelas, senão vou fazer picadinho de você."

Enquanto Gollum estava longe, Sam deu mais uma olhada em Frodo. Ele ainda dormia tranquilo, mas agora Sam impressionou-se mais com a magreza de seu rosto e suas mãos. "Está muito seco e chupado", murmurou. "Não está certo para um hobbit. Se eu conseguir cozinhar estes coelhos, vou acordá-lo."

Sam recolheu uma pilha das samambaias mais secas e depois subiu pela encosta, juntando um feixe de galhos e madeira quebrada; o ramo caído de um cedro no topo lhe forneceu boa quantidade. Recortou alguns torrões ao pé da ribanceira, logo além do matagal de samambaias, fez um buraco raso e pôs nele o seu combustível. Visto que era hábil com pederneira e isca, logo acendeu uma pequena fogueira. Fazia pouca ou nenhuma fumaça, mas emitia um odor aromático. Estava justamente inclinado sobre o fogo, protegendo-o e reforçando-o com madeira mais grossa, quando Gollum voltou, carregando as panelas com cuidado e resmungando sozinho.

Pôs as panelas no chão e então viu de repente o que Sam fazia. Deu um guincho agudo e chiado, e parecia estar ao mesmo tempo assustado e raivoso. "Ach! Sss — não!", exclamou. "Não! Hobbits bobos, tolos, sim, tolos! Eles não pode fazer isso!"

"Não podem fazer o quê?", perguntou Sam, surpreso.

"Não fazer as línguas vermelhas ruins", chiou Gollum. "Fogo, fogo! É perigoso, é sim. Ele queima, ele mata. E vai trazer inimigos, vai sim."

"Acho que não", disse Sam. "Não vejo por que iria trazer, se não pusermos material úmido por cima e abafarmos. Mas se trouxer, vai trazer. Vou arriscar de qualquer jeito. Vou ensopar estes coelhos."

"Ensopar os coelhos!", guinchou Gollum, aflito. "Estragar bela carne que Sméagol guardou pra vocês, pobre Sméagol faminto! Para quê? Para quê, hobbit bobo? São jovens, são tenros, são bonitos. Coma eles, coma eles!" Tateou o coelho mais próximo, já esfolado e deitado junto à fogueira.

"Ora, ora!", disse Sam. "Cada um à sua moda. Nosso pão engasga você, e coelho cru me engasga. Quando você me dá um coelho, o coelho é meu, está vendo, para cozinhar se eu quiser. E eu quero. Não precisa me olhar. Vá pegar outro e coma como gostar — em algum lugar privado e fora da minha vista. Então não vai ver o fogo, e eu não vou ver você, e vamos ficar mais felizes os dois. Vou cuidar para o fogo não fazer fumaça, se isso consola você."

Gollum retirou-se resmungando e engatinhou para dentro das samambaias. Sam ocupou-se com suas panelas. "Do que um hobbit precisa com coelho", disse ele para si, "são umas ervas e raízes, especialmente papas — sem falar em pão. Parece que as ervas vamos conseguir."

"Gollum!", chamou baixinho. "A terceira vez paga tudo. Quero algumas ervas." A cabeça de Gollum espiou para fora das samambaias, mas seu olhar não era prestativo nem amistoso. "Algumas folhas de louro, um pouco de tomilho e sálvia, isso basta — antes que a água ferva", disse Sam.

"Não!", disse Gollum. "Sméagol não está contente. E Sméagol não gosta de folhas fedidas. Ele não come grama nem raízes, não, precioso, só quando está morrendo de fome ou muito doente, pobre Sméagol."

"Sméagol vai ficar escaldado de verdade quando esta água ferver, se não fizer o que eu peço", grunhiu Sam. "Sam vai pôr sua cabeça lá dentro, sim, precioso. E eu faria ele procurar nabos e cenouras, e papas também, se fosse a época do ano. Aposto que tem todo tipo de coisas boas correndo selvagens nesta região. Daria muita coisa por meia dúzia de papas."

"Sméagol não vai, ó não, precioso, não desta vez", chiou Gollum. "Ele está com medo e está muito cansado, e este hobbit não é bonzinho, nem um pouco bonzinho. Sméagol não vai escavar raízes e cenôurasas e — papas. O que é papas, precioso, hã, o que é papas?"

"Ba-ta-tas", disse Sam. "O deleite do Feitor, e um lastro muito bom para a barriga vazia. Mas você não vai encontrar nenhuma, então não precisa procurar. Mas seja um bom Sméagol e me apanhe as ervas, e vou pensar melhor de você. Ainda mais se você virar a página, e ela ficar virada, eu preparo umas papas para você um dia desses. Vou fazer: peixe frito e fritas, servidos por S. Gamgi. Não pode recusar isso."

"Sim, sim, nós pode. Estragar peixe bonito, chamuscar ele. Me dê peixe *agora* e fique com as fritas nojentass!"

"Oh, você não tem jeito", disse Sam. "Vá dormir!"

No fim ele mesmo teve de encontrar o que queria; mas não teve de ir longe, sem perder de vista o lugar onde seu mestre estava deitado, ainda adormecido. Por algum tempo Sam ficou sentado, refletindo e cuidando do fogo até a água ferver. A luz do dia aumentava, e o ar se tornou morno; o orvalho desapareceu da relva e das folhas. Logo os coelhos, cortados em pedaços, estavam fervendo em suas panelas com as ervas em ramalhetes. Sam quase adormeceu com o passar do tempo. Deixou-os cozinhando por quase uma hora, experimentando-os vez por outra com o garfo e provando o caldo.

Quando achou que estava tudo pronto, ergueu as panelas do fogo e se arrastou para junto de Frodo. Frodo abriu os olhos pela metade quando Sam se pôs de pé junto a ele, e então acordou de seu sonho: outro sonho de paz, suave e irrecuperável.

"Alô, Sam!", disse ele. "Não está descansando? Há alguma coisa errada? Que horas são?"

"Mais ou menos umas duas horas depois do romper da aurora," respondeu Sam, "e quase oito e meia pelos relógios do Condado, quem sabe. Mas não há nada errado. Apesar de não ser bem o que eu chamaria de certo: sem molho, sem cebolas, sem papas. Tem um pouco de ensopado para o senhor e um tanto de caldo, Sr. Frodo. Vai lhe fazer bem. Vai ter que tomar no seu caneco; ou direto da panela, quando tiver esfriado um pouco. Eu não trouxe tigelas nem nada adequado."

Frodo bocejou e esticou-se. "Devia ter descansado, Sam", disse ele. "E fazer uma fogueira foi perigoso nestas plagas. Mas estou com fome, sim. Hmm! Posso cheirar daqui? O que você ensopou?"

"Um presente de Sméagol", disse Sam; "um par de coelhos jovens; mas imagino que Gollum já está arrependido. Mas não tem nada para acompanhá-los a não ser umas ervas."

Sam e seu patrão sentaram-se logo no interior do matagal de samambaias e comeram seu ensopado das panelas, compartilhando o velho garfo e a colher. Permitiram-se comer meio pedaço do pão-de-viagem élfico cada um. Parecia um banquete.

"Fiiu! Gollum", Sam chamou e assobiou baixinho. "Vamos lá! Ainda é hora de mudar de ideia. Tem uma sobra, se você quiser provar coelho ensopado." Não houve resposta.

"Oh, bem, imagino que ele se foi para encontrar alguma coisa para si. Nós vamos dar cabo disto", disse Sam.

"E depois você precisa dormir um pouco", disse Frodo.

"Não pegue no sono enquanto eu cochilo, Sr. Frodo. Não tenho muita certeza sobre ele. Ainda tem nele bastante Fedido — o Gollum mau, se me entende — e está ficando mais forte outra vez. E ainda por cima acho que agora ele tentaria me estrangular primeiro. Nós não concordamos, e ele não está contente com Sam, ó não, precioso, nem um pouco contente."

Terminaram a comida, e Sam foi até o riacho para enxaguar seu material. Quando se levantou para voltar, olhou para trás, encosta acima. Naquele momento viu o sol se erguendo do vapor, ou névoa, ou sombra escura, ou o que fosse, que sempre se estendia a leste, e ele mandava seus raios dourados sobre as árvores e as clareiras em torno dele. Então percebeu uma fina espiral de fumaça cinza-azulada, fácil de enxergar quando era atingida pela luz do sol, erguendo-se de uma moita mais acima. Com um choque, deu-se conta de que era a fumaça da sua fogueirinha de cozinhar que ele esquecera de apagar.

"Assim não dá! Nunca pensei que ia aparecer desse jeito!", murmurou e começou a voltar às pressas. De repente parou e escutou. Ouvira um assobio ou não? Ou era o chamado de alguma ave estranha? Se era um assobio, não vinha da direção de Frodo. Ali estava outra vez, de outro lugar! Sam começou a correr encosta acima do melhor modo que podia.

Descobriu que um pequeno tição, consumindo-se até a ponta, pusera fogo em algumas samambaias na beira do fogo, e as samambaias, queimando, haviam inflamado os torrões de relva. Apressadamente pisoteou para apagar o que restava da fogueira, espalhou as cinzas e pôs os torrões sobre o buraco. Depois arrastou-se para junto de Frodo.

"Ouviu um assobio e o que soava como resposta?", perguntou ele. "Faz uns minutos. Espero que fosse só uma ave, mas não soava bem assim: mais como alguém imitando um grito de ave, eu pensei. E receio que meu foguinho estivesse fazendo fumaça. Agora, se eu consegui causar encrenca jamais vou me perdoar. Nem vou ter a chance, quem sabe!"

"Quieto!", sussurrou Frodo. "Acho que ouvi vozes."

Os dois hobbits amarraram as pequenas mochilas, vestiram-nas prontas para a fuga, e então engatinharam mais fundo para dentro das samambaias. Agacharam-se ali, escutando.

Não havia dúvida sobre as vozes. Falavam baixo e furtivamente, mas estavam próximas e chegando mais perto. Então, bem de repente, uma falou com clareza junto deles.

"Aqui! Era daqui que vinha a fumaça!", disse ele. "Estará por perto. Nas samambaias, sem dúvida. Vamos pegá-lo como um coelho na armadilha. Então havemos de saber que espécie de criatura é."

"Sim, e o que ele sabe!", disse uma segunda voz.

Imediatamente quatro homens vieram de diferentes direções caminhando através das samambaias. Já que não era mais possível fugir nem se esconder, Frodo e Sam puseram-se de pé com um salto, de costas um para o outro e sacando as pequenas espadas.

Se eles se admiraram com o que viram, seus captores ficaram mais admirados ainda. Ali estavam de pé quatro Homens altos. Dois tinham lanças nas mãos, com pontas largas e luzidias. Dois tinham grandes arcos, quase da altura deles próprios, e grandes aljavas com flechas compridas de penas verdes. Todos tinham espadas do lado e trajavam verde e marrom de vários tons, como que para melhor caminharem invisíveis nas clareiras de Ithilien. Luvas verdes de punho largo lhes cobriam as mãos, e os rostos estavam encapuzados e mascarados de verde, exceto pelos olhos, que eram muito alertas e brilhantes. Frodo pensou imediatamente em Boromir, pois aqueles Homens eram como ele em estatura e porte, e no modo de falar.

"Não encontramos o que buscávamos", disse um. "Mas o que encontramos?"

"Não são Orques", respondeu outro, soltando o punho da espada, que agarrara quando viu o reluzir de Ferroada na mão de Frodo.

"Elfos?", disse um terceiro, em dúvida.

"Não! Não são Elfos", comentou o quarto, o mais alto e, ao que parecia, o chefe deles. "Elfos não caminham em Ithilien nestes dias. E Elfos são admiravelmente belos de se contemplar, ao que dizem."

"O que quer dizer que nós não somos, é o que entendo", retrucou Sam. "Muito agradecido. E quando tiverdes terminado de discutir sobre nós, quem sabe direis quem sois *vós* e por que não podeis deixar repousar dois viajantes cansados."

O alto homem verde riu com severidade. "Eu sou Faramir, Capitão de Gondor", disse ele. "Mas não há viajantes nesta terra: somente os serviçais da Torre Sombria, ou da Branca."

"Mas não somos nem uma coisa nem outra", disse Frodo. "E somos viajantes, não importa o que diga o Capitão Faramir."

"Então apressai-vos a vos declarar e a vossa missão", disse Faramir. "Temos um trabalho a realizar e não é a hora nem o lugar para adivinhas ou negociações. Vamos! Onde está o terceiro de vossa companhia?"

"O terceiro?"

"Sim, o sujeito furtivo que vimos com o nariz na lagoa, lá adiante. Tinha um aspecto desagradável. Alguma espécie de Orque espião, imagino, ou uma criatura deles. Mas ele nos escapou graças a algum truque de raposa."

"Não sei onde ele está", respondeu Frodo. "É apenas um companheiro fortuito que encontramos no caminho, e não sou responsável por ele. Se o encontrardes, poupai-o. Trazei-o ou enviai-o até nós. É apenas uma infeliz criatura vagante, mas está sob meus cuidados por algum tempo. Mas quanto a nós, somos Hobbits do Condado, de longe a Norte e Oeste, além de muitos rios. Frodo, filho de Drogo, é meu nome, e está comigo Samwise, filho de Hamfast, um valoroso hobbit a meu serviço. Viemos por longos caminhos — de Valfenda, ou Imladris, como alguns a chamam." Nesse ponto, Faramir teve um sobressalto e ficou atento. "Tínhamos sete companheiros: perdemos um em Moria, deixamos os demais em Parth Galen acima de Rauros: dois de minha parentela; também havia ali um Anão, um Elfo e dois Homens. Eram Aragorn e Boromir, que disse que vinha de Minas Tirith, uma cidade no Sul."

"Boromir!", exclamaram todos os quatro homens.

"Boromir, filho do Senhor Denethor?", disse Faramir, e seu rosto adquiriu uma expressão estranha e severa. "Viestes com ele? Essa é uma nova deveras, se for verdadeira. Sabei, pequenos estranhos, que Boromir, filho de Denethor, era Alto Guardião da Torre Branca e nosso Capitão-General: faz-nos grande falta. Quem sois vós então e o que tínheis a ver com ele? Depressa, que o Sol se ergue!"

"Conheces as palavras enigmáticas que Boromir levou a Valfenda?", retrucou Frodo.

Busca a Espada Partida:
Em Imladris está por enquanto.[A]

"As palavras são conhecidas deveras", disse Faramir, admirado. "O fato de também conhecê-las é um sinal de tua veracidade."

"Aragorn, que mencionei, é o portador da Espada que foi Partida", disse Frodo. "E nós somos os Pequenos de que falava o poema."

"Isso eu vejo", disse Faramir, pensativo. "Ou vejo que poderia ser assim. E o que é a Ruína de Isildur?"

"Essa está oculta", respondeu Frodo. "Sem dúvida isso será esclarecido a seu tempo."

"Precisamos descobrir mais sobre isso", disse Faramir, "e saber o que vos traz tão longe a leste, sob a sombra daquela...", apontou e não disse nenhum nome. "Porém não agora. Temos afazeres a tratar. Vós estais em perigo, e neste dia não teríeis ido longe, pelo campo ou pela estrada. Haverá duros golpes nas vizinhanças antes que este dia esteja terminado. Então será a morte ou uma veloz fuga de volta ao Anduin. Deixarei dois para vos vigiar, para vosso bem e o meu. O homem sábio não confia em encontros casuais na estrada nesta terra. Se eu voltar, falarei mais convosco."

"Adeus!", disse Frodo, fazendo uma mesura funda. "Pensa o que quiseres, sou amigo de todos os inimigos do Um Inimigo. Iríamos convosco se nós, Pequenos, tivéssemos esperança de vos servir, homens robustos e fortes como pareceis ser, e se minha missão o permitisse. Que a luz brilhe sobre vossas espadas!"

"Os Pequenos são um povo cortês, não importa o que mais sejam", disse Faramir. "Adeus!"

Os hobbits sentaram-se de novo, mas nada disseram um ao outro sobre seus pensamentos e dúvidas. Junto deles, bem embaixo da sombra mosqueada dos loureiros escuros, dois homens permaneceram de guarda. Vez por outra tiravam as máscaras para se refrescarem, à medida que aumentava o calor do dia, e Frodo viu que eram homens formosos, de pele pálida e cabelos escuros, olhos cinzentos e rostos tristes e altivos. Falavam entre si em vozes baixas, primeiro usando a fala comum, mas à moda dos dias mais antigos, e depois mudando para outra língua deles próprios. Para seu espanto, ao escutá-los

Frodo se deu conta de que era a língua-élfica que falavam, ou uma pouco diferente; e olhou-os com pasmo, pois soube então que deviam ser Dúnedain do Sul, homens da linhagem dos Senhores de Ociente.

Algum tempo depois, falou com eles; mas respondiam devagar e com cautela. Chamavam-se Mablung e Damrod, soldados de Gondor, e eram Caminheiros de Ithilien; pois descendiam de um povo que outrora vivia em Ithilien antes que a região fosse invadida. Dentre esses homens, o Senhor Denethor escolhia seus atacantes, que atravessavam o Anduin em segredo (não diziam como nem onde) para perseguir os Orques e outros inimigos que vagavam entre Ephel Dúath e o Rio.

"São cerca de dez léguas daqui até a margem leste do Anduin," disse Mablung, "e raramente chegamos tão longe. Mas temos uma nova missão nesta jornada: viemos emboscar os Homens de Harad. Malditos sejam!"

"Sim, malditos sejam os Sulistas", disse Damrod. "Dizem que outrora houve negociações entre Gondor e os reinos do Harad no Extremo Sul; porém nunca houve amizade. Naqueles dias nossas fronteiras eram longe para o sul, além das fozes do Anduin, e Umbar, o mais próximo dos reinos deles, reconhecia nosso domínio. Mas isso é de muito tempo atrás. Faz muitas vidas de Homens que ninguém passou entre nós, para lá ou para cá. Pois ultimamente soubemos que o Inimigo esteve entre eles, e se voltaram para o lado Dele, ou retornaram a Ele — sempre foram dispostos à Sua vontade — assim como também muitos no Leste. Não duvido de que os dias de Gondor estejam contados e que os muros de Minas Tirith estejam fadados, tão grandes são Sua força e maldade."

"Mas ainda não havemos de nos sentar ociosos e deixá-lo fazer tudo o que quiser", disse Mablung. "Agora esses malditos Sulistas vêm marchando pelas antigas estradas para inchar as hostes da Torre Sombria. Sim, subindo pelas mesmas estradas que a perícia de Gondor fez. E vêm cada vez mais negligentes, ficamos sabendo, pensando que o poder de seu novo mestre é suficientemente grande, de modo que a simples sombra de Suas colinas os protegerá. Viemos ensinar-lhes outra lição. Foi-nos relatado um grande número deles alguns dias atrás, marchando para o norte. Um dos seus regimentos, pelos nossos cálculos, deverá passar em alguma hora antes do meio-dia, na estrada acima de nós, onde ela atravessa o caminho partido. A estrada poderá passar, mas eles não! Não enquanto Faramir for Capitão. Agora ele lidera todas as expedições perigosas. Mas sua vida é encantada, ou o destino o poupa para algum outro fim."

A conversa minguou para um silêncio de escuta. Tudo parecia silencioso e vigilante. Sam, agachado à beira da moita de samambaias, espiou para fora. Com seus agudos olhos de hobbit, viu que havia muito mais Homens nas redondezas. Podia vê-los subindo furtivamente pelas encostas, sós ou em longas filas, sempre mantendo-se na sombra dos arvoredos ou matagais, ou engatinhando, quase invisíveis em seus trajes marrons e verdes, através da relva e do mato. Estavam todos encapuzados e mascarados, e tinham nas mãos luvas de punho largo, e estavam armados como Faramir e seus companheiros. Não foi preciso muito tempo para todos passarem e desaparecerem. O sol subiu até se aproximar do Sul. As sombras encolheram.

"Eu me pergunto onde está o danado do Gollum", pensou Sam, arrastando-se de volta para a sombra mais escura. "Ele tem boa chance de ser espetado como Orque ou de ser torrado pela Cara Amarela. Mas imagino que vai cuidar de si." Deitou-se ao lado de Frodo e começou a cochilar.

Acordou pensando que ouvira trompas tocando. Sentou-se. Já era pleno meio-dia. Os guardas estavam de pé, alertas e tensos na sombra das árvores. De súbito as trompas soaram mais forte e sem dúvida de cima, do topo da encosta. Sam pensou ouvir também exclamações e gritos desordenados, mas o som era fraco, como se viesse de alguma caverna distante. Então, logo depois, irrompeu o som de combate bem perto, logo acima do esconderijo deles. Ele podia ouvir claramente o rangido vibrante de aço contra aço, o tinido de espadas em capacetes de ferro, a batida surda das lâminas nos escudos; os homens vociferavam e guinchavam, e uma voz alta e nítida exclamava 'Gondor! Gondor!'

"Soa como uma centena de ferreiros todos forjando juntos", disse Sam a Frodo. "Agora eles estão tão perto quanto os quero."

Mas o barulho se aproximava. "Estão vindo!", exclamou Damrod. "Vede! Alguns dos Sulistas romperam a armadilha e estão fugindo da estrada. Ali vão eles! Nossos homens atrás deles, e o Capitão os lidera."

Sam, ávido para ver mais, foi se juntar aos guardas. Engatinhou mais para cima, subindo em um dos loureiros maiores. Por um momento teve um vislumbre de homens tisnados, trajados de vermelho, que corriam encosta abaixo a certa distância dali, com guerreiros de verde que saltavam atrás deles, abatendo-os enquanto fugiam. As flechas eram densas nos ares. Então, de repente, passando direto sobre a borda da ribanceira que os abrigava, um homem caiu, colidindo com as árvores delgadas, quase por cima deles. Imobilizou-se nas samambaias a alguns pés de distância, de rosto no chão, com flechas de penas verdes espetadas no pescoço abaixo de um colar dourado. Tinha as roupas escarlates esfarrapadas, a couraça de chapas de bronze sobrepostas partida e amassada, as negras tranças de cabelos entrelaçados de ouro empapadas de sangue. A mão morena ainda segurava o punho de uma espada quebrada.

Foi a primeira visão que Sam teve de uma batalha de Homens contra Homens e não gostou muito dela. Ficou contente por não poder ver o rosto morto. Perguntou-se qual era o nome do homem e de onde vinha; e se de fato tinha o coração mau, ou quais mentiras e ameaças o haviam trazido na longa marcha desde sua casa; e se de fato não teria preferido ficar lá, em paz — tudo em um lampejo de pensamento que foi rapidamente expulso de sua mente. Pois, exatamente quando Mablung dava um passo na direção do corpo caído, houve um novo barulho. Grandes exclamações e gritos. Em meio a eles, Sam ouviu um estridente bramido ou toque de trombeta. E depois grandes baques e pancadas, como enormes aríetes golpeando o solo.

"Alerta! Alerta!", gritou Damrod ao companheiro. "Que os Valar o desviem! Mûmak! Mûmak!"

Para seu espanto, terror e deleite perene, Sam viu um vulto vasto sair chocando-se com as árvores e vir em carreira encosta abaixo. Grande como uma casa, muito maior que uma casa lhe pareceu, uma colina movente envolta em cinza. O medo e o pasmo, quem sabe, o aumentaram aos olhos do hobbit, mas o Mûmak de Harad era de fato um animal de vasto volume, e agora seus semelhantes já não caminham na Terra-média; seus parentes que ainda vivem nos dias posteriores são somente lembranças de sua grandeza e majestade. Veio vindo, direto para os que o observavam, e então desviou-se para o lado no último instante, passando a apenas algumas jardas de distância, balançando o chão sob os pés deles: grandes pernas como árvores, enormes orelhas estendidas como velas, longo focinho erguido como enorme serpente prestes a dar o bote, pequenos olhos vermelhos em fúria. As presas semelhantes a chifres, viradas para cima, estavam cingidas de faixas de ouro e pingavam de sangue. Os arreios de escarlate e ouro agitavam-se em torno dele em farrapos desordenados. As ruínas do que parecia ser uma verdadeira torre-de-guerra jaziam sobre o lombo arquejante, despedaçadas em sua furiosa passagem pela mata; e no alto do pescoço ainda se agarrava desesperado um minúsculo vulto — o corpo de um poderoso guerreiro, um gigante entre os Tisnados.

O grande animal avançava trovejando, disparando em ira cega através de lagoas e moitas. As flechas resvalavam e se partiam, inofensivas, no tríplice couro de seus flancos. Os homens de ambos os lados fugiam diante dele, mas a muitos ele alcançou e esmagou no solo. Logo perdeu-se de vista, ainda trombeteando e pisoteando ao longe. O que foi feito dele Sam jamais ouviu: se escapou para vagar no ermo por algum tempo, até perecer longe de casa ou ser apanhado em alguma cova funda; ou se prosseguiu em fúria até mergulhar no Grande Rio e ser tragado.

Sam inspirou fundo. "Era um Olifante!", disse ele. "Então existem Olifantes, e eu vi um. Que vida! Mas em casa ninguém jamais vai me acreditar. Bem, se isso passou vou dormir um pouco."

"Dorme enquanto podes", disse Mablung. "Mas o Capitão retornará, se estiver ileso; e quando ele chegar havemos de partir depressa. Havemos de ser perseguidos assim que as novas de nosso feito alcançarem o Inimigo, e isso não demorará."

"Ide em silêncio quando tiverdes de ir!", respondeu Sam. "Não há por que perturbar meu sono. Estive caminhando a noite toda."

Mablung riu. "Não creio que o Capitão te deixe aqui, Mestre Samwise", disse ele. "Mas hás de ver."

5

A Janela para o Oeste

Parecia a Sam que só cochilara por alguns minutos quando despertou e viu que era o fim da tarde e Faramir voltara. Trouxera muitos homens consigo; na verdade todos os sobreviventes do ataque estavam agora reunidos na encosta próxima, duzentos ou trezentos homens. Estavam sentados em amplo semicírculo, e entre as suas pontas encontrava-se Faramir, sentado no chão enquanto Frodo estava de pé diante dele. Parecia-se estranhamente com o julgamento de um prisioneiro.

Sam arrastou-se para fora das samambaias, mas ninguém prestou atenção nele, e ele se postou na ponta das fileiras de homens, onde podia ver e ouvir tudo o que ocorria. Observou e escutou atentamente, pronto a correr em auxílio do mestre se necessário. Podia ver o rosto de Faramir, agora sem máscara: era severo e imperioso, e havia uma inteligência aguçada por trás do olhar indagador. Havia dúvida nos olhos cinzentos que fitavam Frodo com firmeza.

Sam logo se deu conta de que o Capitão não estava satisfeito com o relato que Frodo fizera de si mesmo em vários pontos: o papel que desempenhara na Comitiva que partira de Valfenda; por que deixara Boromir; e aonde ia agora. Em particular, voltou várias vezes à Ruína de Isildur. Claramente ele via que Frodo lhe escondia algum assunto de grande importância.

"Mas era com a vinda do Pequeno que a Ruína de Isildur deveria despertar, ou assim devemos interpretar as palavras", insistiu ele. "Então, se tu és o Pequeno que foi mencionado, sem dúvida trouxeste esse objeto, o que quer que seja, ao Conselho de que falas, e ali Boromir o viu. Negas isso?"

Frodo não deu resposta. "Ora!", disse Faramir. "Então desejo saber de ti mais sobre isso; pois o que diz respeito a Boromir diz respeito a mim. Uma flecha de Orque matou Isildur, é o que dizem as velhas histórias. Mas flechas de Orque são abundantes, e a visão de uma não seria tomada por prenúncio de Sina por Boromir de Gondor. Tinhas a posse desse objeto? Está oculto, tu dizes; mas não é porque tu resolveste ocultá-lo?"

"Não, não porque resolvi", respondeu Frodo. "Ele não me pertence. Não pertence a nenhum mortal, grande ou pequeno; porém, se alguém pudesse reivindicá-lo, seria Aragorn, filho de Arathorn, que mencionei, líder de nossa Comitiva de Moria até Rauros."

"Por que ele e não Boromir, príncipe da Cidade que os filhos de Elendil fundaram?"

"Porque Aragorn descende em linhagem direta, de pai para pai, de Isildur, o próprio filho de Elendil. E a espada que ele leva foi a espada de Elendil."

Um murmúrio de espanto percorreu todo o círculo dos homens. Alguns exclamaram em voz alta: "A espada de Elendil! A espada de Elendil vem a Minas Tirith! Grandes novas!" Mas o rosto de Faramir estava impassível.

"Quem sabe", disse ele. "Mas uma reivindicação de tal porte terá de ser comprovada, e serão necessárias provas claras caso esse Aragorn alguma vez venha a Minas Tirith. Ele não havia chegado, nem ninguém de tua Comitiva, quando parti seis dias atrás."

"Boromir se satisfez com essa reivindicação", comentou Frodo. "De fato, se Boromir estivesse aqui ele responderia a todas as tuas perguntas. E, visto que já estava em Rauros muitos dias atrás, e depois pretendia ir diretamente à tua cidade, se voltares ali poderás logo saber as respostas. Meu papel na Comitiva era conhecido por ele e a todos os demais, pois me foi atribuído pelo próprio Elrond de Imladris diante de todo o Conselho. Nessa missão vim a esta terra, mas não é minha para que eu a revele a alguém de fora da Comitiva. Porém os que afirmam opor-se ao Inimigo farão bem em não impedi-la."

O tom de Frodo era altivo, não importava o que sentisse, e Sam o aprovava; mas ele não apaziguou Faramir.

"Ora!", disse ele. "Mandas que eu cuide de meus próprios afazeres, volte para casa e te deixe em paz. Boromir contará tudo quando chegar. Quando chegar, tu dizes! Foste amigo de Boromir?"

Veio nítida à mente de Frodo a lembrança do ataque que Boromir lhe fizera, e por um momento ele hesitou. Os olhos de Faramir, observando-o, endureceram-se. "Boromir foi um valente membro de nossa Comitiva", disse Frodo por fim. "Sim, eu fui seu amigo, de minha parte."

Faramir sorriu com ferocidade. "Então lamentarias saber que Boromir está morto?"

"Lamentaria deveras", disse Frodo. Então, percebendo a expressão dos olhos de Faramir, vacilou. "Morto?", disse ele. "Queres dizer que ele está morto e que tu o sabias? Estiveste tentando apanhar-me com palavras, jogando comigo? Ou agora estás tentando me laçar com uma falsidade?"

"Eu não laçaria nem um orque com uma falsidade", respondeu Faramir.

"Então como ele morreu e como sabes disso? Já que disseste que ninguém da Comitiva chegara à cidade quando partiste."

"Quanto ao modo como morreu, eu esperava que seu amigo e companheiro me contasse como foi."

"Mas ele estava vivo e forte quando nos separamos. E ainda vive, por tudo o que sei. Porém certamente há muitos perigos no mundo."

"Muitos deveras," comentou Faramir, "e a traição não é o menor."

Sam estivera ficando cada vez mais impaciente e furioso com aquela conversa. Aquelas últimas palavras eram mais do que ele podia suportar, e, irrompendo no meio do círculo, ele caminhou para junto do patrão.

"Com seu perdão, Sr. Frodo," disse ele, "mas isso já foi longe demais. Ele não tem o direito de lhe falar assim. Depois de tudo o que o senhor passou, tanto pelo bem dele e de todos estes grandes Homens quanto por outras pessoas.

"Olha aqui, Capitão!" Plantou-se bem diante de Faramir, com as mãos na cintura e uma expressão no rosto como de quem se dirige a um jovem hobbit que lhe deu o que chamava de "insolência" quando questionado sobre visitas ao pomar. Houve alguns murmúrios, mas também alguns sorrisinhos nos rostos dos homens que assistiam: a visão de seu Capitão sentado no chão, olho a olho com um jovem hobbit de pés bem abertos, eriçado de raiva, estava além da sua experiência. "Olha aqui!", continuou ele. "O que pretendes? Vamos chegar ao ponto antes que todos os Orques de Mordor desçam sobre nós! Se pensas que meu patrão assassinou esse Boromir e depois saiu correndo, não tens bom senso; mas dize e termina! E depois deixa-nos saber o que pretendes fazer a respeito. Mas é pena que as pessoas que falam em combater o Inimigo não consigam deixar as outras fazerem sua parte do próprio jeito sem interferir. Ele ficaria muito contente se pudesse te ver agora. Pensaria que tinha um novo amigo, ele pensaria."

"Paciência!", respondeu Faramir, mas sem raiva. "Não fales diante de teu patrão, cuja sabedoria é maior que a tua. E não preciso que ninguém me ensine o nosso perigo. Ainda assim, destino um breve tempo a julgar com justiça um assunto difícil. Se eu fosse apressado como tu, poderia ter-vos matado muito tempo atrás. Pois tenho ordens de matar a todos que encontro nesta terra sem permissão do Senhor de Gondor. Mas não mato homens nem animais sem necessidade, e isso não me agrada nem quando é necessário. Nem falo em vão. Então consola-te. Senta-te junto ao teu patrão e silencia!"

Sam sentou-se pesadamente, com o rosto corado. Faramir voltou-se outra vez para Frodo. "Perguntaste como sei que está morto o filho de Denethor. As notícias de morte têm muitas asas. 'A noite costuma trazer novas aos parentes próximos', é o que dizem. Boromir era meu irmão."

Uma sombra de pesar lhe passou pelo rosto. "Recordas algo de natureza especial que o Senhor Boromir levava consigo entre seus objetos?"

Frodo pensou por um momento, temendo alguma nova armadilha e perguntando-se como aquele debate haveria de terminar. Mal salvara o Anel do altivo alcance de Boromir e não sabia como se daria agora, em meio a tantos homens aguerridos e fortes. Porém sentia no coração que Faramir, apesar de muito semelhante ao irmão no aspecto, era um homem menos autocentrado, ao mesmo tempo mais severo e mais sábio. "Recordo que Boromir levava uma trompa", disse ele por fim.

"Recordas bem e como quem deveras o viu", disse Faramir. "Então talvez possas vê-la com os olhos da mente: um grande chifre de um boi selvagem do Leste, envolto em prata e inscrito com caracteres antigos. Essa trompa foi portada pelo filho mais velho de nossa casa por muitas gerações; e dizem que, se for tocada na necessidade em qualquer lugar dentro dos limites de Gondor, os quais o reino tinha outrora, sua voz não ficará sem ser notada.

"Cinco dias antes de eu partir nesta expedição, faz onze dias mais ou menos nesta hora, ouvi o toque dessa trompa: parecia vir do norte, porém fraco, como se fosse apenas um eco na mente. Consideramo-lo um prenúncio do mal, meu pai e eu, pois não ouvíramos notícias de Boromir desde que ele partira, e nenhum vigia em nossas fronteiras o vira passar. E na terceira noite depois disso outro fato, mais estranho, me acometeu.

"Estava sentado à noite junto das águas do Anduin, na treva cinzenta sob a lua jovem e pálida, observando a correnteza sempre em movimento; e os juncos tristes farfalhavam. Assim sempre vigiamos as margens perto de Osgiliath, que nossos inimigos agora ocupam em parte e de lá saem para assolar nossas terras. Mas naquela noite o mundo todo dormia à hora da meia-noite. Então vi, ou pareceu-me que via, um barco flutuando na água com reluzir cinzento, um pequeno barco de feitura estranha e proa alta, e não havia ninguém a remá-lo ou guiá-lo.

"Acometeu-me um pasmo, pois estava envolto em luz pálida. Mas ergui-me, fui até a margem e comecei a caminhar para dentro da correnteza, pois estava sendo atraído por ele. Então o barco se voltou em minha direção, e interrompeu seu curso, e flutuou devagar até o alcance de minha mão, porém não ousei tocá-lo. Tinha um calado fundo, como se levasse uma pesada carga, e pareceu-me, ao passar sob o meu olhar, que estava quase cheio de água límpida, da qual vinha a luz; e no seio da água jazia um guerreiro adormecido.

"Tinha uma espada partida sobre o joelho. Vi nele muitos ferimentos. Era Boromir, meu irmão, morto. Reconheci seu equipamento, sua espada, seu amado rosto. Somente de uma coisa dei falta: de sua trompa. Somente uma coisa não conheci: um belo cinto, como que de folhas douradas interligadas, em torno da cintura. 'Boromir!', exclamei. 'Onde está tua trompa? Aonde vais? Ó Boromir!' Mas ele se fora. O barco virou para a correnteza e partiu reluzindo para dentro da noite. Foi semelhante a um sonho, porém não foi sonho, pois não houve despertar. E não duvido de que ele esteja morto e tenha percorrido o Rio até o Mar."

"Ai de nós!", disse Frodo. "Esse era de fato Boromir como o conheci. Pois o cinto dourado lhe foi dado em Lothlórien pela Senhora Galadriel. Foi ela quem nos vestiu assim como nos vês, em cinza-élfico. Este broche é da mesma feitura." Tocou a folha verde e cinzenta que lhe prendia a capa abaixo do pescoço.

Faramir olhou-o com atenção. "É belo", comentou ele. "Sim, é obra do mesmo ofício. Então passastes pela Terra de Lórien? Laurelindórenan chamava-se outrora, mas agora faz muito tempo que jaz além do conhecimento dos Homens", acrescentou baixinho, contemplando Frodo com nova admiração nos olhos. "Muito do que era estranho em ti agora começo a compreender. Não queres contar-me mais? Pois é um pensamento amargo ver que Boromir morreu à vista da terra que era seu lar."

"Não posso dizer mais do que disse", respondeu Frodo. "Porém teu relato me enche de pressentimentos. Foi uma visão que viste, eu creio, e nada mais, alguma sombra de má fortuna que foi ou que será. A não ser que seja de fato algum truque mentiroso do Inimigo. Vi os rostos de belos guerreiros de outrora, deitados em sono sob as lagoas dos Pântanos Mortos, ou assim parecia, graças às suas artes imundas."

"Não, não foi isso", disse Faramir. "Pois as obras dele enchem o coração de abominação; mas meu coração se encheu de dor e compaixão."

"Mas como algo assim poderia ter acontecido de verdade?", perguntou Frodo. "Pois nenhum barco poderia ter sido levado por sobre as colinas rochosas desde Tol Brandir; e Boromir pretendia voltar ao lar através do Entágua e dos campos de Rohan. Ainda assim, como qualquer embarcação poderia flutuar na espuma das grandes cataratas sem soçobrar nas lagoas ferventes, por mais que estivesse repleta de água?"

"Não sei", disse Faramir. "Mas de onde vinha o barco?"

"De Lórien", disse Frodo. "Em três barcos assim remamos descendo o Anduin até as Quedas. Também eles eram obra dos Elfos."

"Passastes pela Terra Oculta," disse Faramir, "mas parece que mal compreendestes o seu poder. Quando os Homens lidam com a Senhora da Magia que habita na Floresta Dourada, podem estar certos de que coisas estranhas se seguirão. Pois é um perigo para o homem mortal caminhar fora do mundo deste Sol, e dizem que outrora poucos dali saíram sem mudança.

"Boromir, ó Boromir!", exclamou ele. "O que te disse ela, a Senhora que não morre? O que ela viu? O que despertou então em teu coração? Porque foste a Laurelindórenan e não vieste por tua própria estrada, nos cavalos de Rohan, cavalgando rumo ao lar pela manhã?"

Então, voltando-se outra vez para Frodo, falou de novo em voz tranquila. "A essas perguntas creio que poderias dar alguma resposta, Frodo, filho de Drogo. Mas não aqui nem agora, quem sabe. Mas, para que não creias que meu relato é uma visão, dir-te-ei isto. A trompa de Boromir, pelo menos, voltou em verdade e não em aparência. A trompa veio, mas estava partida em duas, como se fosse por machado ou espada. Os fragmentos chegaram à margem separados: um foi encontrado entre os juncos onde estavam vigias de Gondor, ao norte abaixo das fozes do Entágua; o outro foi encontrado rodopiando na correnteza por alguém que tinha uma missão na água. Estranhos acasos, mas o assassinato se revela, segundo dizem.

"E agora a trompa do filho mais velho jaz em dois pedaços no colo de Denethor, sentado em sua alta cadeira, esperando notícias. E tu nada me podes dizer sobre a partição da trompa?"

"Não, eu não sabia dela", disse Frodo. "Mas o dia em que a ouviste tocando, se teu cálculo estiver correto, foi o dia em que nos separamos, quando eu e meu empregado deixamos a Comitiva. E agora teu relato me enche de temor. Pois se Boromir esteve em perigo então e foi morto, devo temer que todos os meus companheiros também tenham perecido. E eram meus parentes e meus amigos.

"Não queres deixar de lado tuas dúvidas sobre mim e deixar-me ir? Estou exausto, e repleto de pesar, e tenho medo. Mas tenho um feito a realizar, ou a tentar, antes de ser morto eu também. E a pressa é ainda mais necessária se nós, dois Pequenos, formos tudo o que resta de nossa sociedade.

"Volta, Faramir, valoroso Capitão de Gondor; defende tua cidade enquanto puderes e deixa-me ir aonde minha sina me leva."

"A mim não consola nossa conversa", disse Faramir; "mas certamente tiras dela mais temor que o necessário. A não ser que o próprio povo de Lórien tenha vindo a ele, quem aprestou Boromir como se fosse para um funeral? Nem Orques nem serviçais do Inominável. Alguns de tua Comitiva, creio, ainda vivem.

"Mas não importa o que tenha ocorrido na Fronteira Norte, de ti, Frodo, não duvido mais. Se é que os dias difíceis me transformaram em juiz das palavras e dos rostos dos Homens, então posso conjecturar sobre os Pequenos! Porém," e sorriu então, "há algo de estranho em ti, Frodo, um ar élfico talvez. Mas há mais coisas nas palavras que trocamos do que pensei no início. Agora eu deveria levar-te de volta a Minas Tirith, para ali responderes a Denethor, e perderei com justiça o direito à vida se agora escolher um curso que demonstre ser ruim para minha cidade. Portanto não decidirei com pressa o que deve ser feito. Mas precisamos sair daqui sem mais delongas."

Pôs-se de pé com um salto e emitiu algumas ordens. De imediato os homens reunidos em torno dele se dividiram em pequenos grupos e saíram para cá e para lá, sumindo depressa nas sombras dos rochedos e das árvores. Logo restavam apenas Mablung e Damrod.

"Agora vós, Frodo e Samwise, vireis comigo e com meus guardas", disse Faramir. "Não podeis ir pela estrada rumo ao sul, se era esse vosso propósito. Ela estará insegura por alguns dias e sempre vigiada mais atentamente, após este embate, do que foi até agora. E creio que hoje não podeis ir longe, em qualquer caso, pois estais cansados. E nós também. Vamos agora a um local secreto que temos, a pouco menos de dez milhas daqui. Os Orques e os espiões do Inimigo ainda não o acharam, e se o achassem poderíamos defendê-lo por longo tempo, mesmo contra muitos. Ali poderemos nos deitar e repousar um pouco, e vós conosco. Pela manhã decidirei o que é melhor que eu faça e que façais vós."

Nada havia para Frodo fazer senão concordar com esse pedido, ou ordem. De qualquer forma, parecia uma sábia opção para o momento, visto que aquele ataque dos homens de Gondor tornara uma viagem por Ithilien mais perigosa que nunca.

Partiram imediatamente: Mablung e Damrod um pouco à frente, e Faramir com Frodo e Sam atrás. Contornando o lado próximo da lagoa onde os hobbits haviam se banhado, atravessaram o rio, subiram por uma longa ribanceira e entraram em matas de sombras verdes que marchavam sempre para baixo e para o oeste. Enquanto andavam, o mais depressa que os hobbits conseguiam, falavam em vozes abafadas.

"Interrompi nossa conversa", disse Faramir, "não apenas porque o tempo urgia, como o Mestre Samwise me lembrou, mas também porque estávamos nos aproximando de assuntos que seria melhor não debater abertamente diante de muitos homens. Foi por esse motivo que preferi me voltar para o assunto de meu irmão e deixei de lado a Ruína de Isildur. Não foste totalmente franco comigo, Frodo."

"Não contei mentiras, e da verdade contei tudo o que pude", respondeu Frodo.

"Não te culpo", disse Faramir. "Falaste com habilidade em situação difícil, e sabiamente, ao que me parece. Mas fiquei sabendo de ti, ou adivinhei, mais do que tuas palavras diziam. Não eras amistoso com Boromir, ou não vos separastes com amizade. Tu, e também o Mestre Samwise, creio que tendes algum ressentimento. Ora, eu o amava muito e vingaria sua morte de bom grado, porém eu o conhecia bem. A Ruína de Isildur — eu arriscaria dizer que a Ruína de Isildur se pôs entre vós e foi causa de contenda em vossa Comitiva. É claramente um legado poderoso de alguma espécie, e tais coisas não geram paz entre confederados, se é que se pode aprender algo com as antigas histórias. Não estou próximo do alvo?"

"Próximo," afirmou Frodo, "mas não na mosca. Não houve contenda em nossa Comitiva, porém houve dúvida: dúvida sobre o caminho que deveríamos tomar desde as Emyn Muil. Mas, seja como for, as antigas histórias também nos ensinam o perigo de palavras impensadas acerca de coisas como... legados."

"Ah, então é como pensei: tua dificuldade foi só com Boromir. Ele queria que esse objeto fosse levado a Minas Tirith. Ai de nós! É tortuosa a sina que te sela os lábios, de ti que o viste por último, e retém de mim aquilo que anseio por saber: o que havia em seu coração e pensamento em suas últimas horas. Tenha ele errado ou não, disto tenho certeza: morreu bem, realizando algo de bom. Seu rosto era ainda mais belo que em vida.

"Mas, Frodo, de início pressionei-te muito sobre a Ruína de Isildur. Perdoa-me! Foi imprudente em tal hora e lugar. Eu não tivera tempo para refletir. Tivéramos um combate renhido e havia mais que o suficiente para me ocupar os pensamentos. Mas enquanto falava contigo aproximei-me do alvo e, por isso, atirei mais para longe de propósito. Pois precisas saber que entre os Governantes da cidade ainda se conserva muita coisa do antigo saber que não se divulga. Nós, de minha casa, não somos da linhagem de Elendil, apesar de correr em nós o sangue de Númenor. Pois nossa linhagem remonta a Mardil, o bom regente, que governou em nome do rei quando este partiu para a guerra. E esse foi o Rei Eärnur, o último da linhagem de Anárion, que não tinha filhos e jamais voltou. E os regentes vêm governando a cidade desde esse dia, apesar de ter sido há muitas gerações de Homens.

"E recordo isto de Boromir quando era menino, quando juntos aprendemos o relato de nossos antepassados e a história de nossa cidade, que sempre lhe desagradou o fato de que seu pai não fosse rei. 'Quantas centenas de anos é preciso para transformar um regente em rei, se o rei não voltar?', ele perguntava. 'Poucos anos, talvez, em outros lugares de menor realeza', respondia meu pai. 'Em Gondor dez mil anos não bastariam.' Ai dele! Pobre Boromir. Isso não te diz algo sobre ele?"

"Diz", respondeu Frodo. "Porém ele sempre tratou Aragorn com honra."

"Não duvido", disse Faramir. "Se estava convencido da reivindicação de Aragorn, como dizes, muito o reverenciaria. Mas o apuro ainda não chegara. Ainda não haviam alcançado Minas Tirith nem se tornado rivais em suas guerras.

"Mas estou divergindo. Nós, da casa de Denethor, conhecemos muito saber antigo graças à longa tradição, e ademais existem em nossos tesouros muitas coisas preservadas: livros e tabuletas escritos em pergaminhos murchos, sim, e em pedra, e em folhas de prata e de ouro, em diversos caracteres. Alguns já ninguém pode ler; e quanto ao resto, poucos chegam a decifrá-lo. Sei ler um pouco neles, pois tive ensinamento. Foram esses registros que trouxeram o Peregrino Cinzento até nós. Vi-o pela primeira vez quando era criança, e, desde então, ele veio duas ou três vezes."

"O Peregrino Cinzento?", indagou Frodo. "Ele tinha nome?"

"Mithrandir nós o chamávamos à moda dos Elfos," disse Faramir, "e ele se contentava. 'Muitos são meus nomes em muitos países', dizia ele. 'Mithrandir entre os Elfos, Tharkûn para os Anãos; Olórin eu fui na juventude, no Oeste que está esquecido, no Sul, Incánus, no Norte, Gandalf; ao Leste eu não vou.'"

"Gandalf!", disse Frodo. "Pensei que era ele. Gandalf, o Cinzento, mais caro dos conselheiros. Líder de nossa Comitiva. Foi perdido em Moria."

"Mithrandir foi perdido!", exclamou Faramir. "Uma má sina parece ter perseguido vossa sociedade. É deveras difícil crer que alguém com tanta sabedoria e com poder — pois fez muitas coisas maravilhosas entre nós — pudesse perecer e que tanto saber pudesse ser removido do mundo. Tens certeza disso e de que ele não vos abandonou simplesmente para partir aonde queria?"

"Ai de nós! Sim", lamentou Frodo. "Eu o vi cair no abismo."

"Vejo que há nisto alguma grande história de pavor", disse Faramir, "que talvez me possas contar à noitinha. Esse Mithrandir foi, creio agora, mais que um mestre do saber: um grande movimentador dos feitos que são realizados em nosso tempo. Estivesse ele entre nós para o consultarmos acerca das palavras duras de nosso sonho, ele poderia tê-las esclarecido para nós sem necessidade de mensageiro. Porém talvez não o tivesse feito, e a jornada de Boromir fosse destinada. Mithrandir jamais nos falou do que haveria de ser, nem revelou seus propósitos. Obteve permissão de Denethor, não sei como, para olhar os segredos de nosso tesouro, e aprendi alguma coisa com ele, quando ele se dispunha a ensinar (e era raramente). Sempre buscava e nos questionava, acima de tudo, acerca da Grande Batalha que foi travada em Dagorlad, nos começos de Gondor, quando Aquele que não mencionamos foi derrotado. E era ávido por histórias sobre Isildur, apesar de termos menos coisas para contar dele; pois entre nós jamais se soube algo de certo sobre seu fim."

Agora a voz de Faramir se reduziu a um cochicho. "Mas isto fiquei sabendo, ou adivinhei, e desde então sempre o mantive em segredo no coração: que Isildur tirou algo da mão do Inominado antes de partir de Gondor para nunca mais ser visto entre os homens mortais. Essa, pensei, era a resposta ao questionamento de Mithrandir. Mas parecia então um assunto que só dizia respeito aos que buscam antigos ensinamentos. Nem quando as palavras enigmáticas de nosso sonho foram debatidas entre nós, pensei na Ruína de Isildur como sendo esse mesmo objeto. Pois Isildur foi emboscado e morto por flechas-órquicas, de acordo com a única lenda que conhecíamos, e Mithrandir nunca me contara mais.

"O que esse Objeto é na verdade ainda não posso adivinhar; mas deve ser algum legado de poder e perigo. Uma arma cruel, quem sabe, inventada pelo Senhor Sombrio. Se fosse um objeto que dá vantagem na batalha, posso muito bem crer que Boromir, o altivo e destemido, muitas vezes temerário, sempre ansioso pela vitória de Minas Tirith (e sua própria glória nela), poderia desejar um tal objeto e ser seduzido por ele. Ai dele por ter ido nessa missão! Eu deveria ter sido escolhido por meu pai e pelos anciãos, mas ele se adiantou, já que era mais velho e mais intrépido (ambas as coisas são verdade), e não havia como detê-lo.

"Mas não temas mais! Eu não tomaria esse objeto nem que ele jazesse junto à estrada. Nem que Minas Tirith estivesse caindo em ruínas e somente eu a pudesse salvar, assim, usando a arma do Senhor Sombrio para seu bem e minha glória. Não, não desejo tais triunfos, Frodo, filho de Drogo."

"Nem o Conselho desejava", comentou Frodo. "Nem eu. Eu não queria ter nada a ver com tais assuntos."

"Quanto a mim," disse Faramir, "queria ver a Árvore Branca florir de novo nos pátios dos reis, e a Coroa de Prata retornar, e Minas Tirith em paz: outra vez Minas Anor como outrora, repleta de luz, alta e bela, linda como uma rainha entre outras rainhas; não uma senhora de muitos escravos, não, nem mesmo uma senhora bondosa de escravos voluntários. A guerra precisa existir enquanto defendemos nossas vidas contra um destruidor que devoraria a todos; mas não amo a espada brilhante por seu gume, nem a flecha por sua rapidez, nem o guerreiro por sua glória. Amo somente aquilo que eles defendem: a cidade dos Homens de Númenor; e queria que ela fosse amada por sua memória, sua antiguidade, sua beleza e sua sabedoria presente. Não temida, exceto do modo como os homens podem temer a dignidade de um homem velho e sábio.

"Portanto não me temas! Não te peço para me contares mais. Nem mesmo te peço para me contares se agora falo mais próximo do alvo. Mas se confiares em mim, talvez eu possa te aconselhar em tua presente demanda, qualquer que seja ela — sim, e até ajudar-te."

Frodo não deu resposta. Quase cedeu ao desejo de ajuda e conselho, de contar àquele grave jovem, cujas palavras pareciam tão sábias e justas, tudo o que tinha em mente. Mas algo o refreou. Seu coração pesava de medo e pena: se ele e Sam eram de fato, como parecia provável, tudo o que restava agora dos Nove Caminhantes, então ele era o único que dominava o segredo de sua missão. Melhor uma desconfiança imerecida que palavras temerárias. E a lembrança de Boromir, da pavorosa mudança que a atração do Anel produzira nele, estava muito presente em sua mente quando olhava para Faramir e ouvia sua voz: eram diferentes e, no entanto, também muito afins.

Seguiram caminhando em silêncio por algum tempo, passando como sombras cinzentas e verdes sob as velhas árvores, sem que os pés fizessem nenhum som; acima deles cantavam muitos pássaros, e o sol rebrilhava no teto polido de folhas escuras nos bosques perenes de Ithilien.

Sam não tomara parte na conversa, apesar de escutar; e ao mesmo tempo ele atentara, com seus ouvidos aguçados de hobbit, para todos os suaves ruídos da floresta em torno deles. Notara uma coisa: que em toda a conversa o nome de Gollum não surgira nem uma vez. Estava contente, apesar de sentir que era esperar demais que ele jamais o ouviria de novo. Logo deu-se conta também de que, apesar de caminharem a sós, havia muitos homens nas redondezas: não apenas Damrod e Mablung, entrando e saindo depressa das sombras à frente, mas outros de ambos os lados, todos seguindo em segredo para algum lugar determinado.

Uma vez, olhando para trás de repente, como se alguma comichão na pele lhe revelasse que estava sendo observado pelas costas, pensou entrever um breve lampejo de um pequeno vulto escuro deslizando para trás de um tronco de árvore. Abriu a boca para falar e fechou-a outra vez. "Não tenho certeza", disse para si mesmo, "e por que eu deveria lembrá-los do velho vilão, se decidiram esquecê-lo? Gostaria que eu pudesse!"

Assim foram em frente até que a mata rareou e o terreno começou a decair mais íngreme. Então viraram-se outra vez para um lado, para a direita, e chegaram depressa a um riozinho em uma garganta estreita: era o mesmo riacho que gotejava, muito acima, saindo da lagoa redonda, e que agora crescera a uma torrente veloz, descendo aos saltos por cima de muitas pedras em um leito fundamente escavado, sombreado por ílex e buxos escuros. Olhando para o oeste podiam ver, abaixo deles em uma névoa de luz, terras baixas e largos prados, e, reluzindo na distância, ao sol poente, as amplas águas do Anduin.

"Aqui, lamento! Tenho de fazer-te uma descortesia", disse Faramir. "Espero que a perdoes a quem fez suas ordens cederem à cortesia, a ponto de não vos matar nem atar. Mas o comando é que nenhum estranho, nem mesmo alguém de Rohan que combate conosco, haja de ver com olhos abertos a trilha que agora tomamos. Tenho de vendar-vos."

"Como quiseres", disse Frodo. "Os próprios Elfos fazem isso quando necessário, e vendados atravessamos as divisas da bela Lothlórien. Gimli, o anão, levou isso a mal, mas os hobbits o suportaram."

"Não é a lugar tão belo que hei de vos conduzir", disse Faramir. "Mas estou contente de o aceitardes voluntariamente e não à força."

Deu um chamado baixinho, e de imediato Mablung e Damrod saíram das árvores e voltaram até ele. "Vendai estes visitantes", disse Faramir. "Com segurança, mas não de modo a lhes causar desconforto. Não amarrai suas mãos. Darão sua palavra de que não tentarão enxergar. Eu poderia confiar em que fechariam os olhos de vontade própria, mas os olhos piscam quando os pés tropeçam. Conduzi-os para que não titubeiem."

Com lenços verdes, os dois guardas vendaram então os olhos dos hobbits, e puxaram seus capuzes quase até a boca; depois, rapidamente, tomaram os dois pela mão e seguiram caminho. Tudo o que Frodo e Sam souberam da última milha de estrada foi inferido no escuro. Pouco tempo depois, perceberam que estavam em uma trilha que descia muito inclinada; logo ela se tornou tão estreita que andavam em fila única, roçando uma parede de pedra de cada lado; seus guardas os guiavam por trás com as mãos firmemente postas em seus ombros. Vez por outra topavam com trechos acidentados e eram erguidos no ar durante algum tempo e depois postos outra vez em pé. Havia sempre um ruído de água correndo do lado direito, e ele se tornava mais próximo e mais alto. Por fim foram detidos. Rapidamente Mablung e Damrod os giraram diversas vezes, e eles perderam todo o senso de direção. Subiram um pouco: parecia fazer frio, e o ruído do riacho se enfraquecera. Então foram apanhados e carregados para baixo, para baixo por muitos degraus, e deram a volta em um canto. De súbito voltaram a ouvir a água, agora barulhenta, correndo e borrifando. Parecia estar a toda a sua volta, e sentiram uma chuva fina nas mãos e nas faces. Finalmente foram postos de pé outra vez. Por um momento ficaram assim, meio temerosos, vendados, sem saber onde estavam; e ninguém falou.

Então veio a voz de Faramir logo atrás deles. "Deixai-os ver!", disse ele. Os lenços foram removidos, e os capuzes, puxados para trás, e eles piscaram e ofegaram.

Estavam em pé sobre um piso molhado de pedra polida, como se fosse o umbral de um portão de rocha grosseiramente talhado, abrindo-se escuro atrás deles. Mas na frente estava suspenso um fino véu de água, tão perto que Frodo poderia tê-lo atravessado com o braço estendido. Dava para o oeste. Os raios horizontais do sol poente, do outro lado, incidiam sobre ele, e a luz vermelha se partia em muitos raios rebrilhantes de cores que mudavam sempre. Era como se estivessem à janela de uma torre-élfica, cortinada com joias enfileiradas de prata e ouro, e rubi, safira e ametista, todas inflamadas por um fogo que não se consumia.

"Ao menos chegamos, por boa sorte, na hora certa para vos recompensar pela paciência", disse Faramir. "Esta é a Janela do Poente, Henneth Annûn, a mais bela de todas as cascatas de Ithilien, terra de muitas fontes. Poucos estranhos já a viram. Mas por trás não há um salão régio que combine com ela. Entrai agora e vede!"

Enquanto ele falava, o sol se pôs, e o fogo minguou na água corrente. Viraram-se e passaram por baixo do arco baixo e intimidante. Viram-se de súbito em um recinto de rocha, amplo e tosco, com um teto irregular e inclinado. Algumas tochas estavam acesas e lançavam uma luz indistinta nas paredes cintilantes. Já havia muitos homens ali. Outros ainda entravam, em grupos de dois e três, por uma porta escura e estreita a um lado. À medida que seus olhos se acostumavam com a escuridão, os hobbits viram que a caverna era maior do que supunham e estava repleta com grande estoque de armas e víveres.

"Bem, eis nosso refúgio", disse Faramir. "Não é um lugar de grande conforto, mas aqui podereis passar a noite em paz. É seco, pelo menos, e há comida, mas não há fogo. Antigamente a água fluía para baixo através desta caverna e saía pelo arco, mas seu curso foi alterado mais no alto da garganta pelos trabalhadores de outrora, e a correnteza foi desviada para uma cascata de altura dupla por cima das rochas bem lá no topo. Então todos os caminhos para esta gruta foram outra vez bloqueados à entrada da água ou de qualquer outra coisa, todos menos um. Agora só há dois caminhos de saída: pela passagem acolá, por onde entrastes vendados, e pela cortina-da-Janela, para uma concavidade funda repleta de facas de pedra. Agora descansai um pouco até que esteja preparada a refeição vespertina."

Os hobbits foram levados a um canto e receberam uma cama baixa para se deitarem se quisessem. Enquanto isso, os homens se ocupavam pela caverna, em silêncio e com presteza ordeira. Mesas leves foram tiradas das paredes, montadas em cavaletes e providas de utensílios. Estes eram simples e sem adornos, na maioria, mas todos bem-feitos e com graça: travessas redondas, tigelas e pratos de argila marrom glasurada ou madeira de buxo torneada, lisos e limpos. Aqui e ali havia uma taça ou bacia de bronze polido; e um cálice de prata lisa foi posto junto ao assento do Capitão, no meio da mesa mais interna.

Faramir circulava entre os homens, questionando cada um à medida que este entrava, em voz baixa. Alguns voltavam da perseguição dos Sulistas; outros, deixados para trás como batedores junto à estrada, chegaram por último. Todos os Sulistas haviam sido localizados, exceto o grande mûmak: ninguém sabia dizer o que fora feito dele. Nenhum movimento do inimigo podia ser visto; não havia nem mesmo um espião-órquico nas redondezas.

"Nada viste nem ouviste, Anborn?", perguntou Faramir ao último a chegar.

"Bem, não, senhor", disse o homem. "Pelo menos nenhum Orque. Mas vi, ou pensei ter visto, algo um tanto estranho. O crepúsculo estava ficando mais intenso, quando os olhos tornam as coisas maiores do que deveriam ser. Então quem sabe não fosse mais do que um esquilo." Sam apurou os ouvidos ao ouvir isso. "Mas se era assim, era um esquilo preto, e não vi cauda. Era como uma sombra no chão, e sumiu depressa atrás de um tronco de árvore quando me aproximei, e subiu tão depressa como um esquilo poderia subir. Não queres que matemos animais selvagens sem motivo, e parecia não ser mais do que isso, portanto não tentei flechá-lo. De qualquer modo, estava demasiado escuro para um tiro certeiro, e a criatura se foi para a sombra das folhas em um piscar de olhos. Mas fiquei um pouco mais, pois parecia estranha, e depois voltei às pressas. Pensei ouvir o ser chiar para mim lá do alto, quando dei as costas. Um esquilo grande, quem sabe. Talvez sob a sombra do Inominado alguns dos animais de Trevamata estejam vagando aqui para nossas florestas. Dizem que lá há esquilos negros."

"Talvez", disse Faramir. "Mas esse seria um mau agouro se fosse verdade. Não queremos os fugitivos de Trevamata em Ithilien." Sam imaginou que ele havia lançado um rápido olhar aos hobbits enquanto falava; mas Sam nada disse. Por algum tempo, ele e Frodo se recostaram e observaram a luz das tochas e os homens movendo-se para lá e para cá, falando em vozes abafadas. Então repentinamente Frodo pegou no sono.

Sam lutou consigo mesmo, argumentando pró e contra. "Ele pode ser boa gente," pensou, "ou pode não ser. Uma bela fala pode esconder um coração desonesto." Bocejou. "Eu poderia dormir por uma semana e me faria bem. E o que posso fazer se me mantiver acordado, eu sozinho, com todos esses Homens grandes em volta? Nada, Sam Gamgi; mas você tem que ficar acordado assim mesmo." E de algum modo ele conseguiu. A luz minguou na porta da caverna, e o véu cinzento da água caindo apagou-se e se perdeu na sombra crescente. O som da água continuava sempre, sem jamais mudar de nota, de manhã, de tarde ou de noite. Murmurava e sussurrava sobre sono. Sam enfiou os nós dos dedos nos olhos.

Agora mais tochas estavam sendo acesas. Foi sangrado um tonel de vinho. Barris de armazenagem estavam sendo abertos. Os homens buscavam água na cascata. Alguns enxaguavam as mãos em bacias. Trouxeram a Faramir uma tigela larga de cobre e um pano branco, e ele se lavou.

"Despertai nossos hóspedes", disse ele, "e levai-lhes água. É hora de comer."

Frodo sentou-se, bocejou e espreguiçou-se. Sam, desacostumado de ser servido, olhou um tanto surpreso para o homem alto que se inclinou, segurando diante dele uma bacia de água.

"Põe-na no chão, mestre, por favor!", pediu ele. "Mais fácil para mim e para ti." Então, para espanto e diversão dos Homens, mergulhou a cabeça na água fria e borrifou o pescoço e as orelhas.

"É costume em tua terra lavar a cabeça antes do jantar?", indagou o homem que servia os hobbits.

"Não antes do desjejum", disse Sam. "Mas se estás curto de sono, a água fria no pescoço é como chuva em uma alface murcha. Aí está! Agora posso me manter acordado o bastante para comer um pouco."

Então foram levados a assentos ao lado de Faramir: barris cobertos de peles, altos o bastante acima dos bancos dos homens, para sua conveniência. Antes de comer, Faramir e todos os seus homens viraram-se com os rostos para o oeste em um momento de silêncio. Faramir fez sinal a Frodo e Sam para que fizessem o mesmo.

"Assim fazemos sempre", comentou ele quando se sentaram; "olhamos para Númenor que foi, e além, para Casadelfos que é, e para o que está além de Casadelfos e estará sempre. Não tendes um tal costume às refeições?"

"Não", respondeu Frodo, sentindo-se estranhamente rústico e inculto. "Mas quando somos hóspedes inclinamo-nos ao nosso anfitrião e depois de comer nos levantamos e agradecemos a ele."

"Isso também fazemos", disse Faramir.

Após tão longas viagens, acampamentos e dias passados no ermo solitário, a refeição vespertina pareceu um banquete aos hobbits: beber vinho de um amarelo pálido, fresco e perfumado, e comer pão e manteiga, carnes salgadas, frutas secas e bom queijo vermelho, com mãos limpas e facas e pratos limpos. Nem Frodo nem Sam recusaram qualquer coisa que fosse oferecida, nem uma segunda, na verdade nem uma terceira porção. O vinho lhes corria nas veias e nos membros cansados, e sentiam-se contentes e de coração leve como não se haviam sentido desde que deixaram a terra de Lórien.

Quando estava tudo concluído, Faramir os levou a uma reentrância no fundo da caverna, parcialmente encoberta por cortinas; e foram levadas para lá uma cadeira e duas banquetas. Uma pequena lâmpada de argila queimava em um nicho.

"Podeis desejar dormir logo," disse ele, "especialmente o bom Samwise, que não quis fechar os olhos antes de dormir — fosse por medo de embotar o gume de uma nobre fome, fosse por medo de mim, não sei. Mas não é bom dormir logo após a refeição, ainda mais depois de um jejum. Conversemos um pouco. Em vossa jornada desde Valfenda devem ter ocorrido muitas coisas para serem contadas. E quem sabe também vós desejeis saber algo sobre nós e as terras onde estais agora. Contai-me de meu irmão Boromir, e do velho Mithrandir, e do belo povo de Lothlórien."

Frodo não se sentia mais sonolento e estava disposto a conversar. Mas, apesar de a comida e o vinho o terem posto à vontade, ele não perdera toda a cautela. Sam estava radiante, cantarolando para si mesmo, mas quando Frodo falou, ele de início se contentou em escutar, arriscando de vez em quando uma exclamação de concordância.

Frodo contou muitas histórias, porém sempre desviava o assunto da demanda da Comitiva e do Anel, preferindo aumentar o valente papel que Boromir desempenhara em todas as suas aventuras, com os lobos no ermo, nas neves abaixo de Caradhras, e nas minas de Moria onde Gandalf tombara. Faramir emocionou-se mais com a história do combate na ponte.

"Deve ter incomodado a Boromir correr dos Orques," disse ele, "ou mesmo do ser cruel que mencionas, o Balrog — apesar de ser ele o último a partir."

"Foi o último," assentiu Frodo, "mas Aragorn estava obrigado a nos liderar. Só ele conhecia o caminho após a queda de Gandalf. Mas se não estivéssemos ali nós, gente menor, para sermos cuidados, não creio que ele ou Boromir teriam fugido."

"Quem sabe fosse melhor se Boromir tombasse ali com Mithrandir", disse Faramir, "e não seguisse ao destino que aguardava acima das cataratas de Rauros."

"Quem sabe. Mas conta-me agora de tua própria sorte", disse Frodo, desviando o assunto mais uma vez. "Pois quero saber mais de Minas Ithil e Osgiliath, e de Minas Tirith, a persistente. Que esperança tendes para essa cidade em vossa longa guerra?"

"Que esperança temos?", perguntou Faramir. "Faz muito tempo que não temos esperança. A espada de Elendil, se retornar deveras, poderá reacendê-la, mas não creio que fará mais do que adiar o dia mau, a não ser que venha também outro auxílio inesperado, dos Elfos ou dos Homens. Pois o Inimigo cresce, e nós decrescemos. Somos um povo fracassado, um outono sem primavera.

"Os Homens de Númenor estabeleceram-se em toda a parte nas praias e regiões costeiras das Grandes Terras, mas em sua maioria caíram em males e loucuras. Muitos se enamoraram da Escuridão e das artes negras; alguns se entregaram por completo ao ócio e à comodidade, e alguns lutaram entre si até que, em sua fraqueza, foram conquistados pelos homens selvagens.

"Não se diz que alguma vez as artes malignas foram praticadas em Gondor, ou que o Inominável alguma vez foi mencionado ali com honra; e a antiga sabedoria e beleza trazidas do Oeste permaneceram por muito tempo no reino dos filhos de Elendil, o Belo, e ali perduram ainda. Mas mesmo assim foi Gondor que provocou sua própria decadência, caindo gradativamente na senilidade e pensando que o Inimigo estava adormecido, ele que fora apenas banido, e não destruído.

"A morte estava sempre presente, visto que os Númenóreanos ainda, como no antigo reino, e por isso o perderam, ansiavam pela vida infinda e imutável. Os reis faziam tumbas mais esplêndidas que as casas dos vivos e consideravam os antigos nomes nos rolos de sua ascendência mais caros que os nomes dos filhos. Senhores sem descendentes sentavam-se em velhos paços meditando na heráldica; em câmaras secretas, homens murchos compunham potentes elixires, ou em altas torres faziam perguntas às estrelas. E o último rei da linhagem de Anárion não teve herdeiro.

"Mas os regentes foram mais sábios e mais afortunados. Mais sábios, pois recrutaram a força de nosso povo na gente vigorosa da costa marinha e nos resistentes montanheses das Ered Nimrais. E fizeram trégua com os altivos povos do Norte, que frequentemente nos haviam assaltado, homens de feroz valentia, mas nossos parentes longínquos, ao contrário dos selvagens Lestenses ou dos cruéis Haradrim.

"Assim ocorreu nos dias de Cirion, o Décimo Segundo Regente (e meu pai é o sexto e vigésimo), que eles cavalgaram em nosso auxílio e, no grande Campo de Celebrant, destruíram nossos inimigos que haviam tomado nossas províncias setentrionais. Esses são os Rohirrim, como os chamamos, mestres-de-cavalos, e lhes cedemos os campos de Calenardhon, que desde então se chamam Rohan; pois aquela província há muito tempo estivera esparsamente povoada. E tornaram-se nossos aliados e sempre demonstraram ser-nos fiéis, ajudando-nos quando preciso e vigiando nossas fronteiras do norte e o Desfiladeiro de Rohan.

"De nosso saber e costumes aprenderam o que quiseram, e seus senhores falam nossa língua quando necessário; porém, em sua maioria, seguem os modos de seus próprios pais e suas próprias lembranças, e falam entre si sua própria língua do Norte. E nós os amamos: homens altos e mulheres belas, todos igualmente valentes, de cabelos dourados, olhos vivazes e fortes; recordam-nos da juventude dos Homens, assim como eram nos Dias Antigos. Deveras dizem nossos mestres-do-saber que desde outrora têm essa afinidade conosco por virem das mesmas Três Casas dos Homens, como os Númenóreanos no começo; não talvez de Hador, o de Cabelos Dourados, Amigo-dos-Elfos, mas daqueles de seu povo que não atravessaram o Mar rumo ao Oeste, recusando o chamado.

"Pois assim consideramos os Homens em nosso saber, chamando-os de Altos, ou Homens do Oeste, que eram os Númenóreanos; e os Povos Médios, Homens do Crepúsculo, como são os Rohirrim e seus parentes que ainda habitam longe no Norte; e os Selvagens, os Homens da Escuridão.

"Porém agora, se os Rohirrim se tornaram mais parecidos conosco de algumas maneiras, com incremento das artes e da cortesia, também nós nos assemelhamos mais a eles e mal podemos mais reclamar o título de Altos. Tornamo-nos Homens Médios, do Crepúsculo, mas com lembranças de outras coisas. Pois, assim como os Rohirrim, agora amamos a guerra e a valentia como coisas boas em si, ao mesmo tempo entretenimento e fim; e, apesar de ainda afirmarmos que o guerreiro deve ter mais habilidade e conhecimento que o mero ofício das armas e da matança, ainda assim estimamos o guerreiro acima dos homens de outros ofícios. Tal é a necessidade de nossos dias. Era bem assim meu irmão Boromir: um homem de proezas, e por isso era considerado o melhor homem de Gondor. E era deveras muito valoroso: por longos anos nenhum herdeiro de Minas Tirith foi tão intrépido na faina, tão adiantado na batalha, nem tocou uma nota mais possante na Grande Trompa." Faramir suspirou e silenciou por alguns instantes.

"Não dizes muita coisa sobre os Elfos em todas as tuas histórias, senhor", disse Sam, reunindo súbita coragem. Ele notara que Faramir parecia referir-se aos Elfos com reverência, e isso, ainda mais que sua cortesia, sua comida e seu vinho, ganhara o respeito de Sam e acalmara suas suspeitas.

"Não deveras, Mestre Samwise," disse Faramir, "pois não sou versado no saber dos Elfos. Mas aí tocas em outro ponto no qual mudamos, declinando de Númenor para a Terra-média. Pois, como podeis saber, se Mithrandir foi vosso companheiro e falastes com Elrond, os Edain, os Pais dos Númenóreanos, combateram ao lado dos Elfos nas primeiras guerras e foram recompensados com a dádiva do reino em meio ao Mar, à vista de Casadelfos. Mas na Terra-média os Homens e os Elfos separaram-se nos dias de escuridão pelas artes do Inimigo e pelas lentas mudanças do tempo em que cada espécie caminhou mais longe em sua estrada dividida. Agora os Homens temem os Elfos e duvidam deles e, no entanto, pouco sabem sobre eles. E nós de Gondor nos tornamos como os demais Homens, como os homens de Rohan; pois até eles, que são adversários do Senhor Sombrio, evitam os Elfos e falam com temor da Floresta Dourada.

"Porém ainda há alguns entre nós que negociam com os Elfos quando podem, e vez por outra alguém vai secretamente para Lórien e raramente volta. Não eu. Pois agora considero perigoso que um homem mortal vá voluntariamente em busca do Povo Antigo. Ainda assim invejo-vos, que falastes com a Senhora Branca."

"A Senhora de Lórien! Galadriel!", exclamou Sam. "Devias vê-la, devias mesmo, senhor. Eu sou apenas um hobbit, e a jardinagem é meu serviço em casa, senhor, se me entendes, e não sou muito bom em poesia — não em compor: um pouco de rimas cômicas, talvez, vez por outra, sabes, mas não poesia de verdade —, portanto não posso te dizer o que pretendo. Isso devia ser cantado. Terias de ter Passolargo, quer dizer, Aragorn, ou o velho Sr. Bilbo para isso. Mas gostaria de ser capaz de fazer uma canção sobre ela. É bela, senhor! Linda! Às vezes como uma grande árvore em flor, às vezes como um narciso branco, assim pequena e esbelta. Dura como diamantes, suave como o luar. Morna como a luz da sol, fria como a geada nas estrelas. Altiva e distante como uma montanha de neve, e tão alegre como qualquer garota que já vi com margaridas no cabelo na primavera. Mas isso é um montão de bobagens e todo longe do alvo."

"Então ela deve ser deveras linda", respondeu Faramir. "Perigosamente bela."

"Não sei sobre *perigosa*", disse Sam. "Tenho a impressão de que as pessoas levam seu perigo consigo para dentro de Lórien e encontram ele lá porque o trouxeram. Mas quem sabe pudesses chamá-la de perigosa, porque é tão forte em si mesma. Tu, tu poderias despedaçar-te nela, como um navio numa rocha; ou afogar-te, como um hobbit num rio. Mas nem a rocha nem o rio teriam culpa. Ora, Boro..." Deteve-se e enrubesceu.

"Sim? 'Ora, Boromir' tu ias dizendo?", disse Faramir. "O que ias dizendo? Ele levou seu perigo consigo?"

"Sim senhor, com teu perdão, e era um excelente homem teu irmão, se posso dizer assim. Mas o tempo todo estiveste farejando isso. Ora, eu observei Boromir e escutei ele, desde Valfenda por toda a estrada — cuidando de meu patrão, vais compreender, e sem querer mal a Boromir —, e é minha opinião que foi em Lórien que ele viu com clareza, pela primeira vez, o que eu adivinhei antes: o que ele queria. Desde o momento em que o viu pela primeira vez ele queria o Anel do Inimigo!"

"Sam!", exclamou Frodo, horrorizado. Passara algum tempo imerso em seus próprios pensamentos e emergiu deles de repente e tarde demais.

"Salve-me!", disse Sam empalidecendo e depois ficando rubro. "Lá vou eu de novo! 'Sempre que abre sua boca grande sai alguma bobagem', o Feitor costumava me dizer, e tinha toda a razão. Valha-me, valha-me!

"Agora olha aqui, senhor!" Virou-se, encarando Faramir com toda a coragem que conseguiu reunir. "Não vás tirar vantagem de meu patrão porque seu empregado não é mais que um tolo. Conversaste muito bonito o tempo todo, me pondo desprevenido, falando de Elfos e tudo o mais. Mas 'é bonito quem faz bonito', dizemos nós. Esta é uma chance para mostrares tuas qualidades."

"Assim parece", disse Faramir, devagar e muito baixo, com um estranho sorriso. "Então essa é a resposta de todos os enigmas! O Um Anel que se pensava ter desaparecido do mundo. E Boromir tentou tomá-lo à força? E vós escapastes? E correstes o caminho todo — até mim! E aqui, no ermo, eu vos tenho: dois pequenos e uma hoste de homens à minha disposição; e o Anel dos Anéis. Um belo golpe de sorte! Uma oportunidade para Faramir, Capitão de Gondor, mostrar suas qualidades! Ah!" Pôs-se de pé, muito alto e severo, com os olhos cinzentos brilhando.

Frodo e Sam saltaram das banquetas e se postaram lado a lado, de costas para a parede, apalpando para achar os punhos das espadas. Houve um silêncio. Todos os homens na caverna pararam de falar e olharam para eles, admirados. Mas Faramir sentou-se de novo na cadeira e começou a rir baixinho e depois, de súbito, tornou-se grave outra vez.

"Ai de Boromir! Foi uma provação dura demais!", disse ele. "Como aumentastes meu pesar, estranhos vagantes de um país longínquo, carregando o perigo dos Homens! Mas sois piores juízes dos Homens do que eu dos Pequenos. Somos falantes da verdade, nós, homens de Gondor. Raramente nos vangloriamos, e depois realizamos ou morremos tentando. 'Não o tomaria nem que o encontrasse na estrada', eu disse. Mesmo que eu fosse homem de desejar tal objeto, e mesmo que não soubesse claramente o que o objeto era quando falei, ainda assim tomaria essas palavras como juramento e me ateria a elas.

"Mas não sou um homem assim. Ou sou sábio o bastante para saber que há alguns perigos dos quais o homem deve fugir. Sentai-vos em paz! E consola-te, Samwise. Se pareces ter tropeçado, pensa que assim estava destinado. Teu coração é sagaz, e também fiel, e viu mais claramente que teus olhos. Pois, por estranho que pareça, foi seguro declarar isso a mim. Poderá até ajudar o patrão que amas. Há de ser para seu bem, se estiver em meu poder. Portanto, consola-te. Mas nem voltes a mencionar esse objeto em voz alta. Uma vez basta."

Os hobbits voltaram aos assentos e ficaram bem imóveis. Os homens voltaram às suas bebidas e às suas conversas, percebendo que o capitão fizera alguma brincadeira com os pequenos hóspedes, e que ela terminara.

"Bem, Frodo, agora finalmente nos compreendemos", continuou Faramir. "Se assumiste esse objeto sem o desejares, a pedido de outros, então tens de mim compaixão e honra. E admiro-me de ti: mantê-lo oculto e não usá-lo. Sois para mim uma nova gente e um novo mundo. Todos os vossos parentes são do mesmo tipo? Vossa terra deve ser um reino de paz e contentamento, e ali os jardineiros devem ser altamente honrados."

"Nem tudo está bem por lá," respondeu Frodo, "mas com certeza os jardineiros são honrados."

"Mas as pessoas devem cansar-se lá, mesmo em seus jardins, como todas as coisas sob o Sol deste mundo. E estais longe de casa e exaustos do caminho. Nada mais esta noite. Dormi, vós dois — em paz, se puderdes. Não temais! Não desejo vê-lo, nem tocá-lo, nem saber dele mais do que sei (que é o bastante), temendo que por acaso o perigo me atocaie e eu caia mais baixo na prova que Frodo, filho de Drogo. Agora ide descansar — mas primeiro dizei-me apenas, se quiserdes, aonde desejais ir e fazer o quê. Pois preciso vigiar, e esperar, e pensar. O tempo passa. Pela manhã cada um de nós deve partir depressa nos caminhos que nos são destinados."

Frodo sentira-se trêmulo quando passara o primeiro choque de medo. Agora um grande cansaço desceu sobre ele como uma nuvem. Não podia mais disfarçar e resistir.

"Estava tentando achar um caminho para entrar em Mordor", disse ele fracamente. "Estava indo para Gorgoroth. Preciso achar a Montanha de Fogo e lançar o objeto no abismo da Perdição. Gandalf assim mandou. Não acho que jamais chegarei lá."

Faramir fitou-o por um momento com grave admiração. Então, de repente, apanhou-o quando titubeou e, erguendo-o com cuidado, levou-o até a cama e lá o depositou e o aqueceu com a coberta. Imediatamente ele caiu em sono profundo.

Outra cama estava preparada junto dele para seu empregado. Sam hesitou por um momento, e então, fazendo uma profunda mesura: "Boa noite, Capitão, meu senhor", disse ele. "Tu arriscaste, senhor."

"Arrisquei?", disse Faramir.

"Sim, senhor, e mostraste tuas qualidades: as mais elevadas."

Faramir sorriu. "Um empregado atrevido, Mestre Samwise. Mas não: o louvor dos louváveis está acima de toda recompensa. Porém não havia nisto nada para ser louvado. Não tive fascínio nem desejo de fazer diferente do que fiz."

"Ah, bem, senhor," respondeu Sam, "disseste que meu patrão tinha um ar élfico; e isso foi bom e verdadeiro. Mas posso dizer isto: tu também tens um ar, senhor, que me faz lembrar de, de — bem, Gandalf, de magos."

"Talvez", disse Faramir. "Talvez percebas de longe o ar de Númenor. Boa noite!"

6

A Lagoa Proibida

Frodo despertou percebendo Faramir inclinado sobre ele. Por um segundo os velhos medos se apossaram dele, e ele sentou-se e se encolheu.

"Não há nada a temer", disse Faramir.

"Já é manhã?", indagou Frodo, bocejando.

"Ainda não, mas a noite está terminando, e a lua cheia está se pondo. Virás vê-la? Também há um assunto sobre o qual desejo teu conselho. Lamento despertar-te do sono, mas virás?"

"Irei", disse Frodo, levantando-se com um leve calafrio, deixando o cobertor e as peles quentes. Parecia fazer frio na caverna sem fogueira. O ruído da água soava alto na quietude. Vestiu a capa e seguiu Faramir.

Sam, acordando de repente graças a algum instinto de vigilância, viu primeiro a cama vazia do patrão e pôs-se de pé com um salto. Depois viu dois vultos escuros, de Frodo e um homem, destacados diante do arco, que já se enchia de uma pálida luz branca. Correu ao encontro deles, passando por fileiras de homens adormecidos em colchões ao longo da parede. Cruzando a boca da caverna, viu que a Cortina já se transformara em um véu ofuscante de seda e pérolas e fios de prata: sincelos de luar derretendo. Mas não parou para admirá-la e, desviando-se, seguiu o patrão através da porta estreita na parede da caverna.

Primeiro atravessaram uma passagem negra, depois subiram por muitos degraus úmidos, e por fim chegaram a um pequeno patamar plano, talhado na pedra e iluminado pelo céu pálido, que cintilava bem do alto por meio de um poço longo e profundo. Dali saíam dois lances de escada: um prosseguindo, ao que parecia, até a alta margem do riacho; o outro desviando-se para a esquerda. Seguiram este último. Ele subia dando voltas, como uma escada de torreão.

Por fim emergiram da treva rochosa e olharam em volta. Estavam sobre uma rocha larga e plana, sem amurada nem parapeito. À direita, na direção leste, a torrente caía derramando-se por muitos terraços, e depois, vazando por um declive íngreme, enchia um canal talhado e liso com uma força obscura de água manchada de espuma e, fazendo redemoinhos e correndo com ímpeto quase aos pés deles, precipitava-se de repente pela beira que se escancarava do lado esquerdo. Ali estava parado um homem, perto da borda, em silêncio, olhando para baixo.

Frodo virou-se para observar os lustrosos feixes da água, que faziam curvas e mergulhavam. Depois ergueu os olhos e fitou a distância. O mundo estava silencioso e frio, como se o amanhecer se aproximasse. Bem longe, no Oeste, a lua cheia descia, redonda e branca. Névoas pálidas reluziam no grande vale lá embaixo: um amplo abismo de vapor prateado sob o qual rolavam as frias águas noturnas do Anduin. Uma escuridão negra estendia-se mais além, e nela rebrilhavam, aqui e ali, frios, agudos, remotos, brancos como dentes de fantasmas, os picos das Ered Nimrais, as Montanhas Brancas do reino de Gondor, encimadas por neve eterna.

Por alguns instantes, Frodo ficou parado ali, na alta rocha, e um arrepio percorreu-lhe o corpo, perguntando-se se em algum lugar da vastidão das terras noturnas seus antigos companheiros caminhavam ou dormiam, ou jaziam mortos envoltos em neblina. Por que o levavam para ali, tirando-o do sono do olvido?

Sam estava ávido por uma resposta à mesma pergunta e não conseguiu refrear um murmúrio, só para o ouvido do patrão, ao pensar: "É uma bela vista, sem dúvida, Sr. Frodo, mas gela o coração, sem falar nos ossos! O que está acontecendo?"

Faramir ouviu e respondeu. "Pôr da lua sobre Gondor. O belo Ithil, partindo da Terra-média, olha de relance os cachos brancos do velho Mindolluin. Vale alguns calafrios. Mas não foi para ver isso que vos trouxe — porém quanto a ti, Samwise, não foste trazido e somente pagas a penalidade de tua vigilância. Um gole de vinho há de corrigir isso. Vinde, olhai agora!"

Deu um passo para ficar ao lado da sentinela silenciosa na beira escura, e Frodo o seguiu. Sam ficou para trás. Já se sentia inseguro o bastante naquela plataforma alta e úmida. Faramir e Frodo olharam para baixo. Muito embaixo deles, viram as águas brancas que se derramavam em um bojo espumante e depois rodopiavam, escuras, em torno de uma bacia funda e oval nas rochas, até encontrarem novamente o caminho de saída através de uma estreita abertura e correrem para longe, soltando vapores e trepidando, para um trecho mais calmo e plano. O luar ainda descia em ângulo até o sopé da cascata e reluzia nas ondulações da bacia. Logo Frodo deu-se conta de um pequeno objeto escuro na margem próxima, mas no momento em que o olhou ele mergulhou e sumiu logo além da fervura e das borbulhas da cascata, fendendo a água negra com a precisão de uma flecha ou de uma pedra lançada de beira.

Faramir voltou-se para o homem a seu lado. "Agora, o que dirias que é isso, Anborn? Um esquilo ou um martim-pescador? Há martins-pescadores negros nas lagoas noturnas de Trevamata?"

"Não é ave, seja lá o que for", respondeu Anborn. "Tem quatro pernas e mergulha como homem; também demonstra um belo domínio da arte. O que está fazendo? Buscando um caminho para subir por trás da Cortina até nosso esconderijo? Parece que finalmente fomos descobertos. Tenho aqui meu arco e postei outros arqueiros, com mira quase tão boa quanto a minha, em ambas as margens. Só esperamos teu comando para atirarmos, Capitão."

"Vamos atirar?", perguntou Faramir, virando-se depressa para Frodo.

Por um momento Frodo não deu resposta. "Não!", disse ele depois. "Não! Peço que não atireis." Se Sam se atrevesse, teria dito "sim" mais depressa e mais alto. Não podia ver, mas adivinhava muito bem, pelas palavras deles, o que estavam observando.

"Sabes então o que é esse ser?", disse Faramir. "Vamos, agora que o viste, conta-me por que deveria ser poupado. Em toda a nossa conversa nem uma vez falaste de teu companheiro vagante, e eu o deixei estar por ora. Podia esperar até ser apanhado e trazido à minha presença. Mandei que meus caçadores mais alertas o buscassem, mas ele lhes escapou, e eles não o avistaram até agora, exceto por Anborn aqui, uma vez ontem à tarde, ao anoitecer. Mas agora cometeu uma invasão pior do que apenas pegar coelhos nas terras altas: ousou vir a Henneth Annûn, e sua vida está condenada. Espanto-me com a criatura: tão secreto e tão matreiro, e vem brincar na lagoa diante de nossa própria janela. Ele pensa que os homens dormem a noite toda sem vigia? Por que faz isso?"

"Há duas respostas, creio", começou Frodo. "Por um lado, ele pouco sabe sobre os Homens, e, apesar de ele ser matreiro, o vosso refúgio está tão oculto que ele talvez não saiba que há Homens escondidos aqui. Por outro lado, creio que foi atraído aqui por um desejo dominante, mais forte que sua cautela."

"Foi atraído para cá, tu dizes?", disse Faramir em voz baixa. "Pode ser, então, que ele sabe de teu fardo?"

"Sim, deveras. Ele mesmo o carregou por muitos anos."

"*Ele* o carregou?", indagou Faramir, com a respiração entrecortada, espantado. "Esse assunto vai se envolvendo em novos enigmas. Então ele o está perseguindo?"

"Talvez. É precioso para ele. Mas não falei disso."

"O que a criatura busca então?"

"Peixe", disse Frodo. "Olha!"

Espiaram a lagoa escura lá embaixo. Uma cabecinha negra apareceu na extremidade oposta da bacia, logo no exterior da profunda sombra das rochas. Houve um breve lampejo prateado e um rodopio de diminutas ondulações. Nadou para um lado, e então, com espantosa agilidade, um vulto semelhante a um sapo saiu da água e subiu pela margem. Sentou-se de pronto e começou a roer o pequeno objeto prateado que rebrilhava ao virá-lo: os últimos raios da lua caíam agora além do muro de pedra na extremidade da lagoa.

Faramir riu baixinho. "Peixe!", disse ele. "É uma fome menos perigosa. Ou talvez não: peixes da lagoa de Henneth Annûn podem lhe custar tudo o que ele tem para dar."

"Agora eu o tenho na mira da flecha", disse Anborn. "Não devo atirar, Capitão? Pela vinda a este lugar sem ser convidado, nossa lei é a morte."

"Espera, Anborn", disse Faramir. "Este assunto é mais difícil do que parece. O que tens a dizer agora, Frodo? Por que devemos poupá-lo?"

"A criatura está infeliz e faminta", disse Frodo, "e não tem consciência do perigo. E Gandalf, o seu Mithrandir, pedir-te-ia que não o matasses por esse motivo e por outros. Proibiu os Elfos de fazê-lo. Não sei claramente por que, e do que suponho não posso falar abertamente aqui. Mas essa criatura está ligada de algum modo à minha missão. Antes que nos encontrasses e levasses, ele foi meu guia."

"Teu guia!", exclamou Faramir. "O assunto torna-se cada vez mais estranho. Eu faria muita coisa por ti, Frodo, mas não posso conceder isto: deixar este vagante matreiro sair daqui por vontade própria para se juntar a ti mais tarde, se assim quiser, ou ser apanhado por orques e contar tudo o que sabe sob ameaça de dor. Ele tem de ser morto ou apanhado. Morto, se não for apanhado muito depressa. Mas como esse ser escorregadio de muitas aparências pode ser apanhado, exceto por uma flecha empenada?"

"Deixa-me descer até ele em silêncio", disse Frodo. "Podeis manter os arcos envergados, e atirai em mim pelo menos, se eu fracassar. Não hei de fugir."

"Vai então e sê rápido!", disse Faramir. "Se ele escapar vivo, deveria ser teu serviçal fiel pelo resto dos seus dias infelizes. Leva Frodo ribanceira abaixo, Anborn, e vai devagar. Esse ser tem nariz e ouvidos. Dá-me teu arco."

Anborn grunhiu e guiou Frodo, descendo pela escada que dava voltas, até o patamar e depois subindo pela outra escada, até que por fim chegaram a uma abertura estreita encoberta por arbustos espessos. Atravessando-a em silêncio, Frodo viu-se no topo da margem sul, acima da lagoa. Já estava escuro, e a cascata era pálida e cinzenta, refletindo apenas o luar que restava no firmamento ocidental. Não conseguia ver Gollum. Avançou um pouco, e Anborn veio devagar atrás dele.

"Vai!", sussurrou ele no ouvido de Frodo. "Presta atenção à tua direita. Se caíres na lagoa ninguém poderá te ajudar a não ser teu amigo pescador. E não esqueças que há arqueiros por perto, por muito que não possas vê-los."

Frodo insinuou-se adiante, usando as mãos à maneira de Gollum para tatear o caminho e se firmar. A maior parte das rochas era plana e lisa, mas escorregadia. Parou escutando. De início não pôde ouvir nenhum som, exceto o incessante ímpeto da cascata atrás dele. Então, em seguida, ouviu pouco à frente um murmúrio chiante.

"Peixxe, belo peixxe. Cara Branca sumiu, meu precioso, finalmente, sim. Agora nós pode comer peixe em paz. Não, não em paz, precioso. Porque o Precioso está perdido; sim, perdido. Hobbits imundos, hobbits nojentos. Foram embora e nos deixaram, *gollum*; e o Precioso se foi. Só o pobre Sméagol bem sozinho. Sem Precioso. Homens nojentos, eles vão pegar ele, roubar meu Precioso. Ladrões. Nós odeia eles. Peixxe, belo peixxe. Nos deixa forte. Deixa olhos brilhantes, dedos firmes, sim. Esgana eles, precioso. Esgana eles todos, sim, se nós tiver chances. Belo peixxe. Belo peixxe!"

Assim continuou, quase tão incessante quanto a cascata, só interrompido por um fraco ruído de baba e gorgolejo. Frodo teve um calafrio, escutando com pena e repugnância. Queria que aquilo parasse e que ele nunca precisasse ouvir aquela voz outra vez. Anborn estava a pouca distância atrás dele. Podia arrastar-se de volta e lhe pedir que mandasse os caçadores atirarem. Provavelmente se aproximariam o suficiente enquanto Gollum se empanturrava e estava de guarda baixa. Só um tiro certeiro e Frodo estaria livre da voz desgraçada para sempre. Mas não, Gollum agora tinha um direito sobre ele. O serviçal tem um direito sobre o mestre pelo serviço, até mesmo serviço por medo. Teriam soçobrado nos Pântanos Mortos não fosse por Gollum. Frodo também sabia bem claramente, de certo modo, que Gandalf não desejaria aquilo.

"Sméagol!", disse ele baixinho.

"Peixxe, belo peixxe", respondeu a voz.

"Sméagol!", repetiu ele, um pouco mais alto. A voz silenciou.

"Sméagol, o Mestre veio procurá-lo. O Mestre está aqui. Venha, Sméagol!" Não houve resposta, exceto um chiado baixo, como de alguém inspirando.

"Venha, Sméagol!", disse Frodo. "Estamos em perigo. Os homens vão matá-lo se o encontrarem aqui. Venha depressa se quiser escapar da morte. Venha com o Mestre!"

"Não!", respondeu a voz. "Mestre não é bonzinho. Deixa pobre Sméagol e vai com novos amigos. Mestre pode esperar. Sméagol não terminou."

"Não há tempo", insistiu Frodo. "Traga o peixe com você. Venha!"

"Não! Precisa terminar peixe."

"Sméagol!", exclamou Frodo, desesperado. "O Precioso vai ficar irritado. Hei de pegar o Precioso e hei de dizer: faça com que ele engula os ossos e sufoque. Nunca prove peixe outra vez. Venha, o Precioso está esperando!"

Houve um chiado agudo. Em seguida, Gollum saiu da escuridão, engatinhando de quatro, como um cão extraviado chamado junto do dono. Tinha um peixe meio comido na boca e outro na mão. Chegou perto de Frodo, quase nariz com nariz, e farejou-o. Seus olhos pálidos brilhavam. Então tirou o peixe da sua boca e se pôs de pé.

"Mestre bonzinho!", sussurrou. "Hobbit bonzinho volta para pobre Sméagol. Bom Sméagol vem. Agora vamos embora, vamos depressa, sim. Através das árvores, enquanto as Caras estão escuras. Sim, venha, vamos!"

"Sim, vamos logo", disse Frodo. "Mas não imediatamente. Irei com você como prometi. Prometo de novo. Mas não agora. Você ainda não está em segurança. Eu vou salvá-lo, mas você precisa confiar em mim."

"Nós precisa confiar em Mestre?", disse Gollum, em dúvida. "Por quê? Por que não ir embora já? Onde está o outro, o hobbit mal-humorado e rude? Onde está?"

"Lá em cima", disse Frodo, apontando a cascata. "Não vou sem ele. Precisamos voltar até ele." Sentiu desânimo. Aquilo parecia ser trapaça demais. Ele não temia realmente que Faramir permitiria que matassem Gollum, mas provavelmente ele o aprisionaria e amarraria; e com certeza o que Frodo estava fazendo pareceria trapaça à pobre criatura traiçoeira. Provavelmente seria impossível chegar a fazê-lo entender ou acreditar que Frodo lhe salvara a vida do único modo que podia. O que mais podia fazer? — manter a confiança, ao máximo possível, de ambos os lados. "Venha!", insistiu ele. "Ou o Precioso vai se irritar. Vamos voltar agora, subindo o rio. Vá, vá, você vai na frente!"

Gollum seguiu engatinhando, próximo da beira, por curta distância, fungando e cheio de suspeitas. Logo parou e ergueu a cabeça. "Tem alguma coisa ali!", disse ele. "Não é hobbit." De repente virou-se para trás. Uma luz verde tremeluzia em seus olhos esbugalhados. "Messstre, messstre!", chiou. "Malvado! Trapaceiro! Falso!" Cuspiu e estendeu os braços compridos com os dedos brancos estalando.

Naquele momento, o grande vulto negro de Anborn surgiu por trás e se abateu sobre ele. Uma mão grande e forte pegou-o pela nuca e o imobilizou. Ele se retorceu como um raio, todo molhado e viscoso, coleando como uma enguia, mordendo e arranhando como um gato. Mas dois outros homens saíram das sombras.

"Não te mexas!", disse um deles. "Do contrário vamos encher-te de alfinetes como um porco-espinho. Não te mexas!"

Gollum amoleceu e começou a choramingar e lamentar-se. Amarraram-no não muito gentilmente.

"Devagar, devagar!", disse Frodo. "Ele não tem força para vos enfrentar. Não o machuqueis se for possível. Ele ficará mais quieto se não o machucardes. Sméagol! Não vão machucar você. Eu irei com você e não lhe acontecerá nada de mau. A não ser que me matem também. Confie no Mestre!"

Gollum virou-se e cuspiu nele. Os homens o levantaram, puseram-lhe uma venda nos olhos e o levaram embora.

Frodo seguiu-os, sentindo-se muito infeliz. Passaram pela abertura atrás das moitas e voltaram, descendo pelas escadarias e passagens, ao interior da caverna. Duas ou três tochas haviam sido acesas. Os homens se agitavam. Sam estava lá e olhou esquisito para a trouxa flácida que os homens traziam. "Pegou-o?", disse ele a Frodo.

"Sim. Bem, não, eu não o peguei. Ele veio até mim porque confiava em mim no começo, receio. Não queria que o amarrassem assim. Espero que fique tudo bem; mas detesto toda essa questão."

"Eu também", disse Sam. "E nada ficará bem onde estiver esse pedaço de desgraça."

Um homem chegou, acenou para os hobbits e os levou ao recanto no fundo da caverna. Faramir estava sentado ali, em sua cadeira, e a lamparina fora reacendida no nicho sobre sua cabeça. Fez-lhes sinal que se sentassem nas banquetas junto dele. "Trazei vinho para os hóspedes", disse ele. "E trazei o prisioneiro até mim."

O vinho foi trazido, e depois veio Anborn carregando Gollum. Tirou o capuz da cabeça de Gollum e o pôs de pé, postando-se atrás para sustentá-lo. Gollum piscou, encobrindo a malícia dos olhos com as pálpebras pesadas e pálidas. Parecia ser uma criatura muito infeliz, pingando e molhado, cheirando a peixe (ainda tinha um agarrado na mão); suas melenas esparsas lhe pendiam sobre o cenho ossudo como ervas rançosas, seu nariz fungava.

"Solta nós! Solta nós!", disse ele. "A corda machuca nós, machuca sim, machuca nós, e nós não fez nada."

"Nada?", indagou Faramir, encarando a desgraçada criatura com olhar aguçado, mas sem qualquer expressão no rosto, quer de raiva, ou de pena, ou de espanto. "Nada? Jamais fizeste nada que valesse seres atado ou teres punição pior? No entanto, felizmente isso não me cabe julgar. Mas esta noite vieste aonde vir significa a morte. Os peixes desta lagoa são comprados a alto preço."

Gollum deixou cair o peixe da mão. "Não quer peixe", disse ele.

"O preço não vale para o peixe", disse Faramir. "Só vir até aqui e olhar para a lagoa traz a pena de morte. Até agora poupei-te a pedido de Frodo aqui, que diz que pelo menos dele mereces alguma gratidão. Mas tens de satisfazer a mim também. Qual é teu nome? De onde vens? E aonde vais? Qual é teu afazer?"

"Nós está perdidos, perdidos", disse Gollum. "Sem nome, sem afazeres, sem Precioso, nada. Só vazio. Só faminto; sim, nós está faminto. Alguns peixinhos, peixinhos ossudos nojentos para uma pobre criatura e dizem morte. São tão sábios; tão justos, muito justos."

"Não muito sábios", respondeu Faramir. "Mas justos: sim, talvez, justos na medida em que nossa pouca sabedoria permite. Solta-o, Frodo!" Faramir tirou do cinto uma pequena faca para pregos e a entregou a Frodo. Gollum entendeu errado o gesto, guinchou e caiu no chão.

"Ora, Sméagol!", disse Frodo. "Você precisa confiar em mim. Não o deixarei na mão. Responda a verdade, se puder. Vai lhe fazer bem, não mal." Cortou as cordas dos punhos e tornozelos de Gollum e o pôs de pé.

"Vem até aqui!", disse Faramir. "Olha para mim! Sabes o nome deste lugar? Já estiveste aqui antes?"

Lentamente Gollum ergueu os olhos e fitou a contragosto os de Faramir. Toda a luz se extinguiu neles, e por um momento eles encararam, frios e pálidos, os olhos límpidos e firmes do homem de Gondor. Fez-se um profundo silêncio. Então Gollum baixou a cabeça e se encolheu até estar acocorado no chão, tremendo. "Nós não sabe e nós não quer saber", choramingou ele. "Nunca veio aqui; nunca volta outra vez."

"Há portas trancadas e janelas fechadas em tua mente, e recintos escuros por trás delas", disse Faramir. "Mas nisto julgo que dizes a verdade. É bom para ti. Que juramento farás de não voltares jamais; e de nunca conduzires aqui qualquer criatura vivente, por palavra ou sinal?"

"Mestre sabe", disse Gollum, olhando de soslaio para Frodo. "Sim, ele sabe. Nós vai prometer ao Mestre, se ele nos salvar. Vamos prometer a Ele, sim." Arrastou-se até os pés de Frodo. "Salva nós, Mestre bonzinho!", choramingou. "Sméagol promete ao Precioso, promete firmemente. Nunca volta outra vez, nunca fala, não, nunca! Não, precioso, não!"

"Estás satisfeito?", questionou Faramir.

"Sim", afirmou Frodo. "Pelo menos precisas aceitar esta promessa ou então cumprir vossa lei. Não obterás nada mais.

Mas eu prometi que, se ele viesse até mim, não deveria sofrer mal. E não gostaria de ser acusado de infidelidade."

Faramir ficou sentado por um momento, pensativo. "Muito bem", disse ele por fim. "Eu te entrego a teu mestre, a Frodo, filho de Drogo. Ele que declare o que fará contigo!"

"Mas, Senhor Faramir," disse Frodo com uma mesura, "ainda não declaraste tua vontade acerca do mencionado Frodo, e, até que ela seja conhecida, ele não pode moldar seus planos, para si ou seus companheiros. Teu julgamento foi adiado até a manhã; mas agora ela está prestes a chegar."

"Então declararei minha sentença", disse Faramir. "Quanto a ti, Frodo, no que me concerne sob maior autoridade, declaro-te livre no reino de Gondor até os mais remotos de seus antigos limites; exceto pelo fato de que nem tu nem qualquer um que vá contigo tendes permissão de virdes a este lugar sem convite. Essa sentença há de valer por um ano e um dia e depois cessar, a não ser que antes desse prazo venhas a Minas Tirith e te apresentes ao Senhor e Regente da Cidade. Então eu rogarei a ele que confirme o que fiz e o torne vitalício. Enquanto isso, quem quer que tomes sob tua proteção há de estar sob a minha proteção e sob o escudo de Gondor. Tens tua resposta?"

Frodo fez uma profunda mesura. "Tenho minha resposta", assentiu ele, "e me ponho a teu serviço, se isso for de alguma valia para alguém tão elevado e honrado."

"É de grande valia", disse Faramir. "E agora, tomas esta criatura, este Sméagol, sob tua proteção?"

"Tomo Sméagol sob minha proteção", disse Frodo. Sam suspirou audivelmente; e não por causa das cortesias que, como qualquer hobbit, ele aprovava totalmente. De fato, no Condado um tal assunto teria exigido muito mais palavras e mesuras.

"Então eu te digo", comentou Faramir, voltando-se para Gollum, "que estás sob sentença de morte; mas enquanto caminhares com Frodo estás a salvo no que nos diz respeito. Porém, se alguma vez fores encontrado por um homem de Gondor à solta sem ele, a sentença há de valer. E que a morte te encontre depressa, dentro de Gondor ou fora, se não o servires bem. Agora responde-me: aonde queres ir? Tu eras seu guia, ele diz. Aonde o conduzias?" Gollum não deu resposta.

"Não admitirei que isso fique em segredo", disse Faramir. "Responde-me ou revogarei meu julgamento!" Ainda assim Gollum não respondeu.

"Eu responderei por ele", disse Frodo. "Ele me trouxe ao Portão Negro, como pedi; mas era impenetrável."

"Não há portão aberto para a Terra Inominável", respondeu Faramir.

"Vendo isso, desviamo-nos e viemos pela estrada que ruma para o Sul", prosseguiu Frodo; "pois ele disse que há, ou pode haver, uma trilha próxima a Minas Ithil."

"Minas Morgul", disse Faramir.

"Não sei claramente", disse Frodo; "mas creio que a trilha ascende para as montanhas do lado norte daquele vale onde se ergue a antiga cidade. Ela sobe para uma fenda alta e depois desce para… o que está além."

"Sabes o nome dessa alta passagem?", indagou Faramir.

"Não", disse Frodo.

"Chama-se Cirith Ungol." Gollum deu um chiado agudo e começou a murmurar consigo mesmo. "Não é esse o seu nome?", disse Faramir, voltando-se para ele.

"Não!", exclamou Gollum e então guinchou, como se algo o tivesse espetado. "Sim, sim, nós ouviu o nome uma vez. Mas o que importa o nome para nós? Mestre diz que precisa entrar. Então nós precisa tentar algum caminho. Não tem nenhum outro caminho para tentar, não."

"Nenhum outro caminho?", disse Faramir. "Como sabes disso? E quem explorou todos os confins daquele reino sombrio?" Olhou pensativo para Gollum por longo tempo. Por fim falou outra vez. "Leva embora esta criatura, Anborn. Trata-o com tolerância, mas vigia-o. E tu, Sméagol, não tentes mergulhar na cascata. Ali as rochas têm dentes que te matariam antes de teu tempo. Deixa-nos agora e toma teu peixe!"

Anborn retirou-se, e Gollum foi encolhido à frente dele. A cortina fechou-se diante do recanto.

"Frodo, creio que nisto agiste de forma muito insensata", comentou Faramir. "Não creio que devas ir com essa criatura. É malvada."

"Não, não é completamente malvada", redarguiu Frodo.

"Não totalmente, quem sabe," disse Faramir; "mas a malícia a devora como um cancro, e o mal está crescendo. Ele não te conduzirá a bom caminho. Se quiseres separar-te dele, eu lhe darei salvo-conduto e direção até qualquer ponto das fronteiras de Gondor que ele nomeie."

"Ele não aceitaria", respondeu Frodo. "Ele me seguiria como tem seguido por muito tempo. E muitas vezes prometi tomá-lo sob minha proteção e ir aonde ele me levasse. Não me pedirias para ser infiel com ele, não é?"

"Não", ponderou Faramir. "Mas meu coração pediria. Pois parece menos mau aconselharmos outro homem a romper a palavra empenhada do que nós mesmos a rompermos, em especial quando vemos um amigo atado inadvertidamente em seu próprio prejuízo. Mas não — se ele for contigo precisas suportá-lo agora. Mas não creio que estejas obrigado a ir a Cirith Ungol, de que ele te contou menos do que sabe. Isso percebi com clareza em sua mente. Não vás a Cirith Ungol!"

"Aonde hei de ir então?", disse Frodo. "De volta ao Portão Negro e entregar-me à guarda? O que sabes a respeito desse lugar que torna seu nome tão pavoroso?"

"Nada certo", respondeu Faramir. "Nós de Gondor jamais passamos a leste da Estrada nestes dias, e nenhum de nós, homens mais jovens, jamais o fez, nem algum de nós pôs os pés nas Montanhas de Sombra. Delas só conhecemos velhos relatos e o rumor de dias passados. Mas existe algum terror obscuro que habita nos passos acima de Minas Morgul. Quando se menciona Cirith Ungol, os anciãos e os mestres do saber empalidecem e silenciam.

"O vale de Minas Morgul tornou-se maligno muito tempo atrás e foi uma ameaça e um pavor enquanto o Inimigo banido ainda habitava ao longe e Ithilien ainda estava mormente em nosso poder. Como sabes, aquela cidade foi outrora um lugar fortificado, altivo e belo, Minas Ithil, irmã gêmea de nossa cidade. Mas foi tomada por homens cruéis que o Inimigo dominara em seu primeiro poderio e que vagavam sem lar nem mestre após sua queda. Dizem que seus senhores eram homens de Númenor que caíram em maldade sombria; a eles o Inimigo dera anéis de poder e os devorara: tornaram-se fantasmas viventes, terríveis e malignos. Após sua partida eles tomaram Minas Ithil e lá se estabeleceram, e encheram-na, e a todo o vale em torno, de deterioração: parecia vazia e não era, pois um medo informe vivia no interior das muralhas arruinadas. Nove Senhores eram eles e, após o retorno de seu Mestre, que auxiliaram e prepararam em segredo, fortaleceram-se outra vez. Então os Nove Cavaleiros surgiram dos portões do horror e não pudemos resistir a eles. Não te aproximes da sua cidadela. Serás avistado. É um lugar de malícia insone, repleto de olhos sem pálpebras. Não vás por esse caminho!"

"Mas a que outro lugar me dirigirás?", perguntou Frodo. "Tu mesmo não podes, ao que dizes, guiar-me até as montanhas ou por cima delas. Mas por cima das montanhas me comprometi, por solene incumbência no Conselho, a encontrar um caminho ou perecer na busca. E se eu regressar, recusando a estrada no seu amargo fim, aonde hei de ir então entre Elfos ou Homens? Queres que eu vá a Gondor com este Objeto, o Objeto que deixou teu irmão louco de desejo? Que encanto ele produziria em Minas Tirith? Haveriam de existir duas cidades de Minas Morgul, uma arreganhando os dentes para a outra por sobre uma terra morta, repleta de podridão?"

"Não quisera que assim fosse", respondeu Faramir.

"Então o que pretendes que eu faça?"

"Não sei. Só não gostaria que fosses à morte ou ao tormento. E não creio que Mithrandir teria escolhido esse caminho."

"Porém, já que ele se foi, tenho de tomar as trilhas que consigo encontrar. E não há tempo para longas buscas", afirmou Frodo.

"É dura a sina e desesperançada a missão", disse Faramir. "Mas lembra-te ao menos de meu aviso: cuidado com esse guia, Sméagol. Ele cometeu assassinato antes. Percebo isso nele." Suspirou.

"Bem, assim nos encontramos e nos separamos, Frodo, filho de Drogo. Não tens necessidade de palavras suaves: não tenho esperança de ver-te outra vez em qualquer outro dia sob este Sol. Mas agora hás de ir com minha bênção sobre ti e sobre todo o teu povo. Descansa um pouco enquanto preparam alimento para ti.

"Gostaria muito de saber como esse Sméagol rastejante se apossou do Objeto do qual falamos, e como o perdeu, mas não te afligirei agora. Se alguma vez, além da esperança, voltares à terra dos vivos e nós recontarmos nossas histórias, sentados ao sol junto de um muro, rindo dos velhos pesares, então me contarás. Até essa hora, ou alguma outra hora além da visão das Pedras-videntes de Númenor, adeus!"

Ergueu-se, fez uma mesura profunda para Frodo e, puxando a cortina, saiu para a caverna.

7

Jornada para a Encruzilhada

Frodo e Sam voltaram às suas camas e lá ficaram deitados em silêncio, repousando um pouco, enquanto os homens se agitavam e os afazeres do dia começavam. Algum tempo depois, trouxeram-lhes água, e foram então levados a uma mesa onde havia comida servida para três. Faramir fez o desjejum com eles. Não dormira desde a batalha do dia anterior, porém não parecia cansado.

Quando terminaram, ele se pôs de pé. "Que a fome não vos perturbe na estrada", disse Faramir. "Tendes poucas provisões, mas mandei que fosse posta em vossas mochilas pequena quantidade de comida apropriada para viajantes. Não vos faltará água enquanto caminhardes em Ithilien, mas não bebais de nenhum riacho que flui de Imlad Morgul, o Vale da Morte Viva. Também isto preciso vos contar. Meus batedores e vigias retornaram todos, mesmo alguns que se esgueiraram à vista do Morannon. Todos descobriram algo estranho. A terra está vazia. Não há nada na estrada, e em nenhum lugar se ouve o som de pé, nem trompa, nem corda de arco. Um silêncio expectante paira sobre a Terra Inominável. Não sei o que isso pressagia. Mas o tempo corre rápido para alguma grande conclusão. Uma tempestade está chegando. Apressai-vos enquanto podeis! Se estiverdes prontos, vamos embora. Logo o Sol se erguerá sobre a sombra."

Trouxeram aos hobbits suas mochilas (um pouco mais pesadas do que antes) e também dois robustos cajados de madeira polida, com pontas de ferro e cabeças entalhadas perpassadas de tiras de couro trançado.

"Não tenho presentes adequados para vos dar à nossa despedida", comentou Faramir; "mas tomai estes cajados. Poderão servir aos que caminham ou escalam no ermo. Os homens das Montanhas Brancas os usam; porém estes foram reduzidos à vossa estatura e receberam novas pontas. São feitos da bela árvore *lebethron*, apreciada pelos marceneiros de Gondor, e lhes foi imposta uma virtude de encontrar e retornar. Que essa virtude não fracasse por completo sob a Sombra à qual estais indo!"

Os hobbits fizeram profundas mesuras. "Mui bondoso anfitrião," disse Frodo, "foi-me dito por Elrond Meio-Elfo que eu encontraria amizade pelo caminho, secreta e inesperada. Certamente não esperava amizade como a que demonstraste. Encontrá-la transforma o mal em grande bem."

Aprontaram-se então para partir. Gollum foi trazido de algum canto ou buraco-esconderijo e parecia mais contente consigo mesmo do que antes, apesar de se manter junto a Frodo e evitar o olhar de Faramir.

"Vosso guia deve ser vendado," disse Faramir, "mas a ti e a teu empregado Samwise eu libero disso, se quiserdes."

Gollum guinchou, e se contorceu, e se agarrou a Frodo quando vieram lhe vendar os olhos; e Frodo disse: "Vendai-nos os três e cobri meus olhos primeiro; quem sabe ele veja então que não há má intenção." Assim foi feito, e foram levados para fora da caverna de Henneth Annûn. Depois de passarem pelos corredores e pelas escadarias, sentiram o frio ar matutino, fresco e suave, ao seu redor. Ainda prosseguiram cegos por algum tempo, subindo e depois descendo um pouco. Por fim a voz de Faramir ordenou que fossem desvendados.

Estavam mais uma vez sob os ramos da floresta. Não se ouvia o ruído da cascata, pois já se estendia uma longa encosta voltada para o sul entre eles e a ravina onde corria o riacho. A oeste podiam ver uma luz através das árvores, como se ali o mundo chegasse a um súbito fim, em uma beira que desse apenas para o céu.

"Aqui é a última divisão de nossos caminhos", disse Faramir. "Se aceitardes meu conselho, não vos vireis ainda para o leste. Ide reto em frente, pois assim por muitas milhas tereis a cobertura da mata. Do vosso lado oeste há uma crista onde o terreno cai para os grandes vales, às vezes de modo repentino e íngreme, às vezes em longas encostas de colinas. Mantende-vos perto dessa crista e das beiradas da floresta. No começo de vossa jornada podeis caminhar à luz do dia, creio. A terra sonha em falsa paz e por pouco tempo todo o mal se retirou. Tende boa viagem enquanto podeis!"

Abraçou então os hobbits, à moda do seu povo, agachando-se, e lhes pondo as mãos nos ombros, e lhes beijando a testa. "Ide com a boa vontade de todos os homens bons!", disse ele.

Eles se inclinaram até o chão. Então ele se virou e, sem olhar para trás, deixou-os e foi ter com seus dois guardas que estavam a pequena distância. Admiraram-se de ver a velocidade com que se moveram então aqueles homens trajados de verde, desaparecendo quase em um piscar de olhos. A floresta onde Faramir estivera de pé parecia vazia e tristonha, como se um sonho tivesse passado.

Frodo suspirou e se voltou para o sul. Como se quisesse assinalar seu desprezo por toda aquela cortesia, Gollum estava esgaravatando na terra ao pé de uma árvore. "Já está com fome de novo?", pensou Sam. "Bem, vamos lá outra vez!"

"Finalmente foram embora?", disse Gollum. "Homens nojentosss e malvados! O pescoço de Sméagol ainda dói, dói sim. Vamos embora!"

"Sim, vamos embora", respondeu Frodo. "Mas se você só sabe falar mal dos que lhe mostraram clemência, fique quieto!"

"Mestre bonzinho!", disse Gollum. "Sméagol só estava brincando. Sempre perdoa, é mesmo, sim, sim, até os truquezinhos do Mestre bonzinho. Ó sim, Mestre bonzinho, Sméagol bonzinho!"

Frodo e Sam não responderam. Pendurando as mochilas e tomando os cajados nas mãos, penetraram nas matas de Ithilien.

Naquele dia duas vezes descansaram e comeram um pouco dos alimentos que Faramir lhes entregara: frutas secas e carne salgada, o suficiente para muitos dias; e pão bastante para durar enquanto ainda estivesse fresco. Gollum não comeu nada.

O sol se ergueu, passou por cima deles sem ser visto e começou a se pôr, e a luz através das árvores a oeste se tornou dourada;

e caminhavam sempre em fresca sombra verde, e havia silêncio em toda a volta. Parecia que todos os pássaros haviam voado para longe ou emudecido.

A escuridão chegou cedo às matas silenciosas, e antes do cair da noite eles pararam, exaustos, pois haviam caminhado sete léguas ou mais desde Henneth Annûn. Frodo deitou-se e dormiu a noite toda na terra funda sob uma árvore antiga. Sam, ao seu lado, estava mais inquieto: acordou muitas vezes, mas nunca havia sinal de Gollum, que escapulira assim que os outros se ajeitaram para descansar. Se dormiu sozinho em algum buraco próximo ou se vagara sem descanso, andando a esmo pela noite, ele não disse; mas retornou com o primeiro lampejo de luz e despertou os companheiros.

"Precisam levantar, sim, eles precisam!", disse ele. "Ainda tem longe para ir, pro sul e pro leste. Hobbits precisam se apressar!"

Aquele dia passou mais ou menos como passara o anterior, exceto que o silêncio parecia mais intenso; o ar tornou-se pesado e começou a ficar sufocante sob as árvores. Era como se uma trovoada estivesse para chegar. Gollum parou várias vezes, farejando o ar, e depois murmurava sozinho e os apressava para que fossem mais depressa.

À medida que passava a terceira etapa da marcha do dia e a tarde minguava, a floresta se abriu e as árvores se tornaram maiores e mais esparsas. Grandes azinheiras de enorme circunferência erguiam-se escuras e solenes em amplas clareiras, entremeadas aqui e ali com veneráveis freixos e gigantescos carvalhos que acabavam de emitir seus brotos pardos-esverdeados. Entre eles estendiam-se longas lacunas de relva verde, salpicada de celidônias e anêmonas, brancas e azuis, já dobradas para o sono; e havia campos povoados de folhas de jacinto silvestre: seus esbeltos caules de sinetas já surgiam no meio da terra. Não se via criatura viva, nem fera nem ave, mas naqueles espaços abertos Gollum tinha medo e já caminhavam com cautela, passando rapidamente de uma sombra comprida para a outra.

A luz se apagava depressa quando chegaram ao fim da floresta. Ali sentaram-se sob um velho carvalho retorcido, que emitia raízes enroscadas como serpentes por um declive íngreme e esfarelado. Diante deles estendia-se um vale fundo e indistinto. Do lado oposto, a mata recomeçava, azul e cinzenta no anoitecer tristonho, e marchava rumo ao sul. À direita reluziam as Montanhas de Gondor, remotas no Oeste, sob um céu pintalgado de fogo. À esquerda havia treva: as muralhas altaneiras de Mordor; e daquela treva vinha o longo vale, caindo íngreme, em depressão cada vez mais larga, na direção do Anduin. No fundo corria um riacho apressado: Frodo podia ouvir sua voz pedregosa que subia através do silêncio; e junto a ele, do lado próximo, uma estrada descia em curvas como uma fita pálida, descia para gélidas névoas cinzentas que não eram tocadas por nenhum lampejo do pôr do sol. Ali pareceu a Frodo que ele percebia muito longe, como que flutuando em um mar sombrio, os cumes altos e indistintos e os pináculos rompidos de velhas torres, abandonadas e escuras.

Voltou-se para Gollum. "Sabe onde estamos?", perguntou ele.

"Sim, Mestre. Lugares perigosos. Esta é a estrada da Torre do Lua, Mestre, que desce pra cidade em ruínas nas margens do Rio. A cidade em ruínas, sim, lugar muito nojento, cheio de inimigos. Nós não devia ter seguido o conselho dos Homens. Hobbits vieram bem longe da trilha. Precisam ir pro leste agora, bem lá em cima." Balançou o braço magro na direção das montanhas sombrias. "E não podemos usar esta estrada. Ó não! Gentes cruéis vêm por aqui, descem da Torre."

Frodo olhou a estrada lá embaixo. Fosse como fosse, agora nada se movia nela. Parecia solitária e abandonada, descendo rumo a ruínas vazias na névoa. Mas havia uma sensação maligna no ar, como se de fato pudessem estar passando seres, subindo e descendo, que os olhos não podiam ver. Frodo estremeceu ao rever os picos distantes, que agora sumiam dentro da noite, e o som da água parecia frio e cruel: a voz de Morgulduin, o rio poluído que corria do Vale dos Espectros.

"O que havemos de fazer?", disse ele. "Caminhamos longe e por muito tempo. Vamos procurar algum lugar na mata mais atrás, onde possamos nos esconder?"

"Não é bom se esconder no escuro", respondeu Gollum. "É de dia que hobbits precisam se esconder agora, sim, de dia."

"Ora vamos!", disse Sam. "Temos de descansar um pouco, mesmo que nos levantemos outra vez no meio da noite. Então ainda terá horas de escuridão, tempo bastante para você nos levar numa longa marcha, se souber o caminho."

Relutante, Gollum concordou com isso e voltou para as árvores, seguindo um pouco no rumo leste ao longo das bordas dispersas da floresta. Não queria descansar no chão tão perto da estrada maligna, e, após algum debate, todos escalaram até a bifurcação de uma grande azinheira, cujos ramos grossos, nascendo juntos do tronco, formavam um bom esconderijo e um refúgio razoavelmente confortável. Caiu a noite, e a escuridão era total sob o dossel da árvore. Frodo e Sam beberam um gole de água e comeram um pouco de pão e frutas secas, mas Gollum enrolou-se de imediato e pegou no sono. Os hobbits não fecharam os olhos.

Devia ser um pouco depois da meia-noite quando Gollum despertou: de repente deram-se conta dos seus olhos pálidos, de pálpebras abertas, luzindo em sua direção. Ele escutou e fungou, o que parecia ser, como eles haviam notado antes, seu método usual para descobrir qual era a hora da noite.

"Estamos descansados? Tivemos um bonito sono?", disse ele. "Vamos embora!"

"Não estamos e não tivemos", grunhiu Sam. "Mas vamos, se for preciso."

Imediatamente Gollum saltou dos ramos da árvore e ficou de quatro, e os hobbits o seguiram mais devagar.

Assim que haviam descido seguiram avante outra vez, com Gollum à frente, para o leste, subindo pelo terreno escuro e inclinado. Podiam ver pouca coisa, pois a noite já era tão profunda que mal percebiam os troncos das árvores antes de darem de encontro com eles. O solo tornou-se mais acidentado e ficou mais difícil caminhar, mas Gollum não parecia nem um pouco perturbado. Levou-os através de moitas e ermos de sarças; às vezes dando a volta na beira de uma fenda profunda ou de uma cova escura, às vezes descendo para depressões negras envoltas em touceiras e saindo do outro lado; mas sempre que desciam um pouco, o aclive oposto era mais longo e íngreme. Subiam continuamente. Na primeira parada olharam para retaguarda e mal conseguiram perceber as copas da floresta que tinham deixado para trás, estendendo-se como uma vasta sombra densa, uma noite mais escura sob o céu escuro e vazio. Parecia haver um grande negrume erguendo-se devagar vindo do Leste, consumindo as estrelas débeis e embaçadas. Mais tarde a lua poente escapou das nuvens que a perseguiam, mas estava toda envolta em um doentio clarão amarelo.

Por fim Gollum voltou-se para os hobbits. "Dia logo", disse ele. "Hobbits precisam se apressar. Não é seguro ficar descoberto nestes lugares. Tenham pressa!"

Acelerou o passo, e eles o seguiram, exaustos. Logo começaram a escalar uma grande cadeia de colinas escarpadas. Estava mormente coberta com espessas moitas de tojos, arandos e espinheiros baixos e duros, apesar de se abrirem clareiras aqui e ali, cicatrizes de incêndios recentes. Os arbustos de tojo tornaram-se mais frequentes à medida que se aproximavam do topo; eram muito velhos e altos, esquálidos e pernudos embaixo, mas grossos no alto, e já brotavam deles flores amarelas que reluziam no escuro e emitiam um débil aroma doce. Eram tão altas as moitas espinhentas que os hobbits podiam andar eretos por baixo delas, atravessando longos corredores secos atapetados de terra funda e espinhosa.

Do lado oposto daquela larga crista de colinas, interromperam a marcha e engatinharam para se esconderem sob um conjunto emaranhado de espinheiros. Seus ramos torcidos, descendo até o chão, eram encimados por um labirinto rastejante de velhas urzes. Bem no interior havia um recinto oco, com caibros de galhos mortos e sarças e coberto pelas primeiras folhas e brotos da primavera. Ali ficaram deitados por algum tempo, ainda cansados demais para comerem; e, espiando pelos buracos da cobertura, esperaram o lento crescimento do dia.

Mas o dia não veio, só uma penumbra parda e morta. No Leste havia um vago clarão vermelho sob a nuvem baixa: não era o vermelho do amanhecer. Por cima das terras acidentadas a meio caminho, as montanhas de Ephel Dúath se erguiam carrancudas, negras e informes na base, onde a noite jazia espessa e não ia embora, no topo com cumes recortados e bordas delineadas, duras e ameaçadoras, diante do brilho de fogo. À direita deles destacava-se um grande contraforte das montanhas, escuro e negro em meio às sombras, estendendo-se para o oeste.

"Para onde vamos daqui?", perguntou Frodo. "Aquela é a abertura do... do Vale Morgul, lá na frente além daquela massa negra?"

"Precisamos pensar nisso já?", disse Sam. "Certamente não vamos andar mais neste dia, se é que é dia."

"Talvez não, talvez não", disse Gollum. "Mas precisamos ir logo, pra Encruzilhada. Sim, pra Encruzilhada. É aquele caminho por ali, sim, Mestre."

O clarão vermelho sobre Mordor minguou. A penumbra se tornou mais profunda à medida que grandes vapores subiam no Leste e se arrastavam por cima deles. Frodo e Sam comeram algum alimento e depois se deitaram, mas Gollum estava impaciente. Não comia da comida deles, mas bebeu um pouco de água e depois engatinhou por baixo das moitas, fungando e murmurando. Então desapareceu de repente.

"Saiu para caçar, imagino", disse Sam e bocejou. Era sua vez de dormir primeiro, e logo estava afundado em um sonho. Pensou que estava de volta ao jardim de Bolsão, procurando algo; mas tinha nas costas uma mochila pesada que o fazia curvar-se. De algum modo tudo parecia muito exuberante e cheio de ervas daninhas, e espinheiros e samambaias invadiam os canteiros junto à sebe debaixo.

"Um montão de trabalho para mim, posso ver isso; mas estou tão cansado", repetiu ele. Logo lembrou-se do que estava procurando. "Meu cachimbo!", disse ele, e com isso acordou.

"Bobo!", disse para si mesmo, abrindo os olhos e perguntando-se por que estava deitado embaixo da sebe. "Esteve na sua mochila o tempo todo!" Então deu-se conta, primeiro, de que o cachimbo podia estar na mochila, mas ele não tinha folha, e depois de que estava a centenas de milhas de Bolsão. Sentou-se. Parecia estar quase escuro. Por que seu patrão o deixara dormir fora de turno, até a tarde?

"Não pegou no sono, Sr. Frodo?", disse ele. "Que horas são? Parece que está ficando tarde!"

"Não, não está", disse Frodo. "Mas o dia está ficando mais escuro em vez de mais claro: cada vez mais escuro. Pelo que posso estimar, ainda não é meio-dia, e você só dormiu umas três horas."

"Eu me pergunto o que vem por aí", disse Sam. "Está chegando uma tempestade? Se está, vai ser a pior que já houve. Vamos querer estar em um buraco fundo, não só enfiados embaixo de uma sebe." Apurou os ouvidos. "O que é isso? Trovão, ou tambores, ou o que é?"

"Não sei", respondeu Frodo. "Já está acontecendo faz um bom tempo. Às vezes parece que o chão treme, às vezes parece ser o ar pesado que palpita nos ouvidos."

Sam olhou em volta. "Onde está Gollum?", disse ele. "Ele ainda não voltou?"

"Não", disse Frodo. "Não houve sinal nem som dele."

"Bem, eu não aguento ele", comentou Sam. "Na verdade, nunca levei nada em uma viagem que eu sentisse menos pena de perder pelo caminho. Mas seria bem coisa dele, depois de percorrer todas essas milhas, se perder agora, bem quando vamos precisar mais dele — quer dizer, se é que ele vai ter alguma utilidade, do que eu duvido."

"Você se esquece dos Pântanos", disse Frodo. "Espero que nada tenha lhe acontecido."

"E eu espero que ele não esteja tramando nenhum truque. E de qualquer jeito, espero que ele não caia em outras mãos, como se poderia dizer. Porque se cair, logo vamos estar em apuros."

Naquele momento ouviu-se outra vez um ruído de vibração e ribombo, agora mais alto e mais grave. O chão parecia estremecer sob os pés deles. "Acho que vamos estar em apuros de qualquer modo", disse Frodo. "Receio que nossa jornada esteja terminando."

"Quem sabe", disse Sam; "mas 'onde há vida há esperança, como meu feitor costumava dizer; e necessidade de mantimentos', como ele normalmente acrescentava. Coma um bocado, Sr. Frodo, e depois durma um pouco."

A tarde, como Sam supunha que devia ser chamada, avançou. Olhando do refúgio, ele só podia ver um mundo pardacento sem sombras, desfazendo-se lentamente em uma melancolia sem contrastes e sem cor. A sensação era sufocante, mas não de calor. Frodo dormiu inquieto, virando-se, agitando-se e murmurando às vezes. Duas vezes Sam pensou tê-lo ouvido dizendo o nome de Gandalf. O tempo parecia arrastar-se interminavelmente. De repente Sam ouviu um chiado atrás de si, e ali estava Gollum de quatro, espiando-os com olhos reluzentes.

"Acordem, acordem! Acordem, dorminhocos!", sussurrou ele. "Acordem! Não tem tempo para perder. Precisamos ir, sim, precisamos ir imediatamente. Não tem tempo para perder!"

Sam encarou-o com suspeita: ele parecia assustado ou excitado. "Ir agora? Qual é o seu joguinho? Ainda não é hora. Não pode nem ser hora do chá, pelo menos não em lugares decentes onde existe hora do chá."

"Bobo!", chiou Gollum. "Não estamos em lugares decentes. O tempo está acabando, sim, correndo depressa. Não tem tempo para perder. Precisamos ir. Acorde, Mestre, acorde!" Tateou Frodo; e Frodo, acordando assustado, sentou-se de repente e o agarrou pelo braço. Gollum libertou-se com um tranco e recuou.

"Não podem ser bobos", chiou ele. "Precisamos ir. Não tem tempo para perder!" E não puderam arrancar mais nada dele. Onde estivera e o que pensava que estava se armando para apressá-lo daquele modo ele não dizia. Sam encheu-se de profundas suspeitas e demonstrou isso; mas Frodo não deu sinal do que se passava em sua mente. Suspirou, pôs a mochila e aprontou-se para sair à escuridão que continuava aumentando.

Muito furtivamente, Gollum os levou encosta abaixo, mantendo-se coberto sempre que possível, e correndo, inclinado quase até o chão, por cima de qualquer espaço aberto; mas a luz já estava tão débil que mesmo um animal do ermo, de visão aguçada, mal poderia ter visto os hobbits, encapuzados, de capas cinzentas, nem tê-los ouvido, caminhando com a cautela de que o povo pequeno é capaz. Sem estalo de ramo nem farfalhar de folha, eles passaram e desapareceram.

Por cerca de uma hora foram em frente, silenciosos, em fila, oprimidos pela escuridão e pela absoluta quietude da região, só interrompida vez por outra pelo débil ribombo, como trovão longínquo ou toque de tambores em alguma concavidade das colinas. Desceram desde o esconderijo e depois, voltando-se para o sul, fizeram o percurso mais reto que Gollum conseguiu encontrar através de uma longa encosta acidentada que se inclinava para cima, na direção das montanhas. Logo, pouco à frente, erguendo-se como uma muralha negra, viram um cinturão de árvores. Ao se aproximarem deram-se conta de que elas eram de vasto tamanho, ao que parecia muito antigas, e que ainda se elevavam alto, apesar de terem os topos macilentos e quebrados, como se a tempestade e o raio as tivessem assolado, mas sem matá-las nem abalar suas raízes profundíssimas.

"A Encruzilhada, sim", sussurrou Gollum, as primeiras palavras que foram faladas desde que deixaram o esconderijo. "Precisamos ir por ali." Virando-se então para o leste, ele os levou encosta acima; e então de súbito ali estava ela diante deles: a Estrada do Sul, fazendo curvas em torno dos sopés exteriores das montanhas, até finalmente mergulhar no grande anel de árvores.

"Este é o único caminho", sussurrou Gollum. "Não tem trilha além da estrada. Não tem trilha. Precisamos ir à Encruzilhada. Mas apressem-se! Façam silêncio!"

Furtivos como batedores no acampamento dos inimigos, eles rastejaram até a estrada e se esgueiraram junto à sua margem ocidental sob a ribanceira rochosa, cinzentos como as próprias pedras e de passo macio como gatos caçadores. Por fim alcançaram as árvores e descobriram que estavam em um grande anel sem cobertura, aberto no meio ao céu sombrio; e os espaços entre os imensos caules eram como os grandes arcos escuros de um salão em ruínas. Bem no centro encontravam-se quatro caminhos. Atrás deles estendia-se a estrada para o Morannon; diante deles ela corria outra vez para fora, em sua longa jornada para o sul; pela direita vinha subindo a estrada da velha Osgiliath e, atravessando, ela passava rumo ao leste para a escuridão: o quarto caminho, a estrada que deviam tomar.

Parado ali por um momento, pleno de temor, Frodo deu-se conta de que havia uma luz brilhando; viu-a iluminando o rosto de Sam ao seu lado. Virando-se naquela direção ele viu, além de um arco de ramos, a estrada para Osgiliath que corria quase tão reta quanto uma fita esticada, descendo, descendo para o Oeste. Ali, bem longe, além da triste Gondor agora dominada pela sombra, o Sol se punha, encontrando afinal a orla do grande manto de nuvens que rolavam lentas e caindo em fogo agourento na direção do Mar ainda não conspurcado. O breve luzir caía sobre uma enorme figura sentada, imóvel e solene como os grandes reis de pedra de Argonath. Os anos haviam-na roído, e mãos violentas a tinham mutilado. A cabeça se fora, e em seu lugar fora posta por chacota uma pedra redonda e grosseiramente talhada, pintada com rudeza por mãos selvagens à semelhança de um rosto de sorriso arreganhado, com um grande olho vermelho no meio da testa. Em seus joelhos e na imensa cadeira, e em toda a volta do pedestal, havia garatujas ociosas misturadas aos símbolos imundos usados pelo povo de vermes de Mordor.

De súbito, apanhada pelos raios rasteiros, Frodo viu a cabeça do antigo rei: tendo rolado para ali, jazia junto à estrada. "Olhe, Sam!", exclamou ele, tão admirado que chegou a falar. "Olhe! O rei tem coroa de novo!"

Os olhos eram ocos e a barba esculpida estava quebrada, mas em torno da testa, alta e severa, havia um diadema de prata e ouro. Uma planta rastejante, com flores semelhantes a estrelinhas brancas, enleara-se na fronte como que por reverência ao rei tombado, e nas frestas de seus cabelos de pedra reluzia um saião-acre amarelo.

"Não podem conquistar para sempre!", disse Frodo. E então, repentinamente, o breve relance se foi. O Sol mergulhou e desapareceu, e como quando se fecha um lampião, caiu a noite negra.

8

AS ESCADARIAS DE CIRITH UNGOL

Gollum dava puxões na capa de Frodo e chiava de medo e impaciência. "Precisamos ir", disse ele. "Não podemos ficar aqui parados. Apressem-se!"

Relutante, Frodo deu as costas ao Oeste e seguiu para onde seu guia o levava, saindo rumo à treva do Leste. Deixaram o anel de árvores e se esgueiraram ao longo da estrada, rumo às montanhas. Também aquela estrada corria reta por alguma distância, mas logo começava a se desviar para o sul até chegar bem embaixo da grande projeção rochosa que haviam visto de longe. Erguia-se acima deles, negra e ameaçadora, mais escura que o céu escuro atrás dela. Rastejando sob sua sombra, a estrada prosseguia, circundava-a e outra vez saltava para o leste, começando um aclive íngreme.

Frodo e Sam arrastavam-se desanimados, sem conseguirem mais se preocupar muito com seu perigo. Frodo tinha a cabeça inclinada; seu fardo o puxava para baixo outra vez. Assim que passaram da grande Encruzilhada, o seu peso, quase esquecido em Ithilien, começara a crescer de novo. Agora, sentindo que o caminho se tornava íngreme sob seus pés, ergueu os olhos cansado; e então ele a viu, bem como Gollum dissera que veria: a cidade dos Espectros-do-Anel. Encolheu-se de encontro à ribanceira rochosa.

Um vale longo e inclinado, um profundo abismo de sombra, estendia-se longe para o interior das montanhas. Do lado oposto, um pouco para dentro dos braços do vale, no alto de uma plataforma rochosa sobre os negros joelhos de Ephel Dúath, erguiam-se as muralhas e a torre de Minas Morgul. Tudo era escuro à sua volta, a terra e o céu, mas estava brilhante de luz. Não o luar aprisionado que muito tempo atrás brotava através dos muros marmóreos de Minas Ithil, Torre da Lua, bela e radiante no oco das colinas. Sua luz era agora, de fato, mais pálida que a lua padecendo em lento eclipse, oscilando e rebentando como nociva exalação de apodrecimento, uma vela de defunto, uma luz que nada iluminava. Nas muralhas e na torre viam-se janelas, como incontáveis buracos negros olhando para dentro em direção ao vazio; mas o andar superior da torre girava lentamente, primeiro para um lado e depois para o outro, uma enorme cabeça fantasmagórica olhando maliciosa para a noite. Por um momento, os três companheiros ficaram ali parados, encolhidos, erguendo arregalados os olhos relutantes. Gollum foi o primeiro a se recuperar. Mais uma vez puxou com urgência as suas capas, mas não disse uma palavra sequer. Quase os arrastou para diante. Cada passo era de resistência, e a passagem do tempo parecia se retardar de forma que entre erguer um pé e pousá-lo no chão transcorriam minutos de abominação.

Assim chegaram, lentamente, à ponte branca. Ali a estrada, com débil reluzir, atravessava a correnteza no meio do vale e prosseguia fazendo curvas tortuosas rumo ao portão da cidade: uma boca negra que se abria no círculo externo das muralhas que davam para o norte. Havia amplas áreas planas em ambas as margens, prados sombrios repletos de pálidas flores brancas. Estas eram também luminosas, belas, porém de horrível aspecto, como as formas dementes em um sonho conturbado; e emitiam um leve e nauseante cheiro de sepultura; um odor de podridão enchia o ar. De um prado ao outro saltava a ponte. Ali havia figuras em sua cabeceira, habilmente esculpidas em formas humanas e bestiais, mas todas corruptas e detestáveis. A água que corria embaixo era silenciosa e soltava vapor, mas o vapor que dela se erguia, enrolando-se e retorcendo-se em torno da ponte, era mortalmente frio. Frodo notou os sentidos cambaleando e a mente se obscurecendo. Então, de súbito, como se estivesse agindo uma força diversa de sua própria vontade, ele começou a afobar-se, cambaleando para a frente, com as mãos tateantes estendidas e a cabeça balançando de um lado para outro. Sam e Gollum, ambos correram atrás dele. Sam apanhou o mestre nos braços quando este tropeçou e quase caiu, bem no limiar da ponte.

"Não por aí! Não, não por aí!", sussurrou Gollum, mas o sopro entre seus dentes parecia dilacerar o pesado silêncio como um apito, e ele se encolheu no chão de terror.

"Aguente firme, Sr. Frodo!", murmurou Sam no ouvido de Frodo. "Volte! Não por aí. Gollum diz que não, e desta vez concordo com ele."

Frodo passou a mão pela testa e arrancou os olhos da cidade na colina. A torre luminosa o fascinava, e ele combateu o desejo que o acometia, de subir correndo pela estrada reluzente até o portão. Por fim deu a volta com esforço, e quando o fez sentiu que o Anel lhe resistia, puxando a corrente em torno do seu pescoço; e também seus olhos, ao desviá-los, pareceram por um momento estarem cegados. A escuridão diante dele era impenetrável.

Gollum, rastejando no chão como um animal aterrorizado, já estava desaparecendo na treva. Sam, sustentando e guiando o patrão trôpego, o seguiu o mais depressa que pôde. Perto da margem próxima do riacho havia uma brecha no muro de pedra junto à estrada. Atravessaram-na, e Sam viu que estavam em uma trilha estreita que de início brilhava fracamente, assim como a estrada principal, mas ao subir acima dos prados de flores mortais ela se apagou e escureceu, seguindo seu caminho tortuoso para dentro dos flancos setentrionais do vale.

Ao longo dessa trilha os hobbits caminharam penosamente, lado a lado, incapazes de ver Gollum à sua frente, exceto quando ele se virava para lhes acenar que viessem. Então seus olhos rebrilhavam com uma luz branco-esverdeada, talvez refletindo o nocivo luzir de Morgul, ou inflamada por alguma disposição interior que lhe respondia. Desse brilho mortal e das órbitas escuras dos olhos, Frodo e Sam estavam amiúde conscientes, sempre olhando temerosos por cima dos ombros e sempre forçando seus olhos a voltarem a encontrar a trilha que se obscurecia. Prosseguiram lentamente e com dificuldade. Ao subirem acima do fedor e dos vapores do riacho venenoso, a respiração se tornou mais fácil, e as cabeças, mais livres; mas agora seus membros estavam mortalmente cansados, como se tivessem caminhado toda a noite com um fardo ou tivessem nadado por muito tempo contra uma forte correnteza d'água. Por fim não conseguiram avançar mais sem uma parada.

Frodo deteve-se e sentou-se em uma pedra. Já haviam escalado até o topo de uma grande corcova de rocha nua. À frente deles havia uma concavidade no flanco do vale, e, em volta da sua abertura, a trilha prosseguia, não mais que uma saliência larga com um abismo à direita; arrastava-se para cima atravessando a íngreme face da montanha voltada para o sul, até desaparecer no negrume lá no alto.

"Preciso descansar um momento, Sam", sussurrou Frodo. "Está me pesando, Sam, meu rapaz, pesando muito. Pergunto-me até onde consigo carregá-lo. Seja como for, preciso descansar antes que nos arrisquemos a isso." Apontou o caminho estreito diante deles.

"Chhh! Chh!", chiou Gollum, voltando até eles às pressas. "Chhh!" Tinha os dedos nos lábios e balançava a cabeça com urgência. Puxando a manga de Frodo, apontou a trilha; mas Frodo não se movia.

"Ainda não," disse ele, "ainda não." A exaustão e mais que a exaustão o oprimia; parecia que um pesado feitiço se abatera sobre sua mente e seu corpo. "Preciso descansar", murmurou.

Diante disso, o medo e a agitação de Gollum tornaram-se tão grandes que ele voltou a falar, chiando por trás da mão, como se quisesse esconder o som de ouvintes invisíveis no ar. "Não aqui, não. Não descanse aqui. Tolos! Olhos podem nos ver. Quando chegarem na ponte vão nos ver. Venha embora! Escale, escale! Venha!"

"Venha, Sr. Frodo", disse Sam. "Ele tem razão de novo. Não podemos ficar aqui."

"Está bem", concordou Frodo com voz remota, como quem fala meio adormecido. "Vou tentar." Pôs-se de pé, exausto.

Mas era tarde demais. Naquele momento a rocha palpitou e estremeceu embaixo deles. O grande ruído de ribombo, mais alto que nunca, rolou no solo e ecoou nas montanhas. Então, em um repente dilacerante, veio um grande clarão vermelho.

Muito além das montanhas do leste ele saltou no firmamento e borrifou de escarlate as nuvens baixas. Naquele vale de sombra e de luz fria e mortal, ele parecia intoleravelmente violento e feroz. Picos de pedra e cristas semelhantes a facas dentadas foram ressaltados em negro nítido diante da chama que se erguia em Gorgoroth. Então veio um grande trovão.

E Minas Morgul respondeu. Houve um clarão de raios lívidos: forquilhas de chama azul saltando da torre e das colinas circundantes para as nuvens soturnas. A terra gemeu; e da cidade veio um grito. Misturado a vozes ásperas e agudas, como se fossem de aves de rapina, e com o estridente relincho de cavalos ariscos de fúria e medo, veio um guincho dilacerante, vibrante, subindo rapidamente a uma penetrante altura além do alcance da audição. Os hobbits rodopiaram em sua direção e jogaram-se no chão, apertando as mãos nos ouvidos.

Quando o grito terrível terminou, retumbando no silêncio através de um longo lamento nauseante, Frodo ergueu a cabeça devagar. Do outro lado do estreito vale, já quase no nível dos seus olhos, erguiam-se as muralhas da cidade maligna, e seu portão cavernoso, cuja forma era de uma boca aberta com dentes reluzentes, estava escancarado. E pelo portão saiu um exército.

Toda aquela hoste estava trajada de negro, escura como a noite. Diante dos muros lívidos e do luminoso calçamento da estrada, Frodo podia vê-los, pequenos vultos negros em fileira após fileira, marchando rápida e silenciosamente, emergindo em fluxo infindável. À frente deles ia uma grande cavalaria de ginetes que se moviam como sombras ordenadas, e encabeçando-os estava um maior que os demais: um Cavaleiro, todo negro, exceto que na cabeça encapuzada levava um elmo como uma coroa, que tremeluzia com luz perigosa. Já se aproximava da ponte lá embaixo, e os olhos arregalados de Frodo o seguiam, incapazes de piscar ou afastar-se. Certamente seria ele o Senhor dos Nove Cavaleiros, retornado à terra para conduzir à batalha sua hoste horripilante? Sim, ali estava deveras o rei desfigurado, cuja mão fria derrubara o Portador-do-Anel com sua faca mortal. A antiga ferida pulsava de dor, e uma gelidez intensa se espalhou em direção ao coração de Frodo.

Enquanto esses pensamentos o transpassavam de pavor e o atavam como um feitiço, o Cavaleiro parou de súbito, bem diante da entrada da ponte, e atrás dele toda a hoste ficou imóvel. Houve uma pausa, um silêncio de morte. Quem sabe fosse o Anel chamando o Senhor-dos-Espectros, e ele por um momento se perturbou, sentindo outro poder no interior de seu vale. Para cá e para lá virou-se a cabeça escura portando elmo e coroada de temor, varrendo as sombras com seus olhos invisíveis. Frodo esperou, como um pássaro diante da aproximação de uma serpente, incapaz de se mover. E enquanto esperava sentia, mais urgente que nunca, o comando para pôr no dedo o Anel. Mas, por grande que fosse a pressão, ele já não sentia vontade de ceder a ela. Sabia que o Anel só iria traí-lo e que, mesmo que o pusesse no dedo, não tinha o poder de enfrentar o Rei de Morgul — ainda não. Não houve mais resposta àquele comando na sua própria vontade, por muito que esta estivesse aflita de terror, e ele sentiu apenas um grande poder vindo de fora que o golpeava. Este lhe tomou a mão e, enquanto Frodo observava com a mente, sem querer, mas em suspense (como se observasse de longe uma história antiga), moveu a mão, polegada a polegada, na direção da corrente que ele tinha ao pescoço. Então sua própria vontade se agitou; lentamente obrigou a mão a recuar e a pôs para encontrar outro objeto, um objeto que jazia oculto junto ao seu peito. Pareceu frio e duro quando a mão se fechou sobre ele: o frasco de Galadriel, conservado por tanto tempo e quase esquecido até aquela hora. Ao tocá-lo, todos os pensamentos do Anel foram banidos de sua mente por alguns instantes. Suspirou e inclinou a cabeça.

Naquele momento, o Rei-dos-Espectros virou-se e acicatou o cavalo, e atravessou a ponte, e toda a sua obscura hoste o seguiu. Quem sabe os capuzes-élficos iludissem seus olhos invisíveis, e a mente de seu pequeno inimigo, fortalecida, lhe tivesse desviado o pensamento. Mas ele tinha pressa. Já soara a hora, e a mando de seu grande Mestre ele devia marchar com guerra rumo ao Oeste.

Logo passara, como sombra para a sombra, descendo a estrada recurva, e atrás dele as fileiras negras ainda atravessavam a ponte. Um tão grande exército jamais emergira daquele vale desde os dias do poderio de Isildur; nenhuma hoste tão cruel e fortemente armada já assaltara os vaus do Anduin; e, no entanto, era apenas uma, e não a maior das hostes que Mordor agora enviava.

Frodo mexeu-se. E de súbito recordou-se de Faramir em seu coração. "A tempestade enfim irrompeu", pensou. "Esta grande tropa de lanças e espadas está indo para Osgiliath. Faramir atravessará em tempo? Ele adivinhou, mas conhecia a hora? E agora quem conseguirá defender os vaus quando vier o Rei dos Nove Cavaleiros? E outros exércitos virão. Estou atrasado. Tudo está perdido. Demorei-me no caminho. Tudo está perdido. Mesmo que minha missão seja completada, ninguém jamais saberá. Não haverá ninguém a quem eu possa contar. Será em vão." Dominado pela fraqueza, ele chorou. E ainda a hoste de Morgul atravessava a ponte.

Então, muito de longe, como que vinda de lembranças do Condado, de alguma manhãzinha iluminada pelo sol, com o dia chamando e as portas sendo abertas, ele ouviu a voz de Sam que falava. "Acorde, Sr. Frodo! Acorde!" Se a voz acrescentasse "Seu desjejum está pronto", ele mal se surpreenderia. Certamente Sam tinha urgência. "Acorde, Sr. Frodo! Eles se foram", disse ele.

Ouviu-se um tinido surdo. Os portões de Minas Morgul haviam-se fechado. A última fileira de lanças desaparecera estrada abaixo. A torre ainda arreganhava os dentes do lado oposto do vale, mas sua luz se esvanecia. Toda a cidade recaía em uma sombra escura e cismática e no silêncio. Mas ainda estava repleta de vigilância.

"Acorde, Sr. Frodo! Eles se foram, e é melhor nós irmos também. Nesse lugar tem alguma coisa que ainda está viva, alguma coisa com olhos, ou uma mente que enxerga, se me entende; e quanto mais tempo ficarmos no mesmo ponto, mais cedo ela vai chegar até nós. Vamos embora, Sr. Frodo!"

Frodo ergueu a cabeça e depois levantou-se. O desespero não o deixara, mas a fraqueza tinha passado. Até sorriu, de modo soturno, sentindo agora, com a mesma clareza com que sentira o contrário um momento antes, que tinha que fazer o que tinha que fazer, se pudesse, e que era indiferente se Faramir, ou Aragorn, ou Elrond, ou Galadriel, ou Gandalf, ou qualquer outra pessoa viessem a saber disso. Tomou o cajado em uma mão e o frasco na outra. Quando viu que a luz intensa já manava através de seus dedos, ele o guardou no peito e o segurou de encontro ao coração. Então, dando as costas à cidade de Morgul, que já não era mais que um lampejo cinzento do outro lado de um abismo escuro, preparou-se para trilhar a estrada ascendente.

Gollum, ao que parecia, engatinhara ao longo da saliência para a treva mais além quando os portões de Minas Morgul se abriram, deixando os hobbits onde estavam deitados. Agora veio arrastando-se de volta, batendo os dentes e estalando os dedos. "Tolos! Bobos!", chiou ele. "Apressem-se! Eles não podem pensar que perigo passou. Não passou. Apressem-se!"

Não responderam, mas o seguiram pela saliência ascendente. Nenhum deles se sentia muito bem ali, mesmo após terem encarado tantos outros perigos; mas ela não durou muito. Logo a trilha chegou a uma esquina arredondada, onde o flanco da montanha se projetava de novo, e ali entrou de súbito por uma estreita abertura na rocha. Haviam chegado à primeira escadaria de que Gollum falara. A escuridão era quase total, e não podiam ver grande coisa além do alcance das mãos; mas os olhos de Gollum tinham um brilho pálido, vários pés acima deles, quando ele se virou em sua direção.

"Cuidado!", sussurrou ele. "Degraus. Montes de degraus. Precisam ter cuidado!"

Certamente o cuidado era necessário. Frodo e Sam sentiram-se aliviados de início, visto que já tinham uma parede de cada lado, mas a escadaria era quase tão íngreme quanto uma escada de mão, e, à medida que subiam e subiam, ficaram cada vez mais conscientes da longa queda negra que tinham atrás de si. E os degraus eram estreitos, a espaços irregulares, e muitas vezes traiçoeiros: estavam gastos e lisos nas bordas, e alguns estavam quebrados, e alguns estalavam quando se punha o pé neles. Os hobbits avançaram com dificuldade, até finalmente estarem agarrados aos degraus à frente com dedos desesperados e forçarem os joelhos doloridos a se curvarem e se esticarem; e o tempo todo, à medida que a escadaria se insinuava mais fundo na montanha escarpada, as paredes rochosas se erguiam cada vez mais alto sobre suas cabeças.

Por fim, bem quando sentiam que não aguentariam mais, viram os olhos de Gollum espiando-os outra vez do alto. "Chegamos no alto", sussurrou ele. "Primeira escadaria acabou. Hobbits espertos de escalar tão alto, hobbits muito espertos. Só mais uns degrauzinhos e acabou, sim."

Tontos e muito cansados, Sam, e Frodo, que o seguia, engatinharam subindo o último degrau e sentaram-se esfregando as pernas e os joelhos. Estavam em uma funda passagem escura que ainda parecia subir diante deles, porém com inclinação mais suave e sem degraus. Gollum não os deixou descansar por muito tempo.

"Ainda tem outra escadaria", disse ele. "Escadaria muito mais comprida." Descansem quando chegarmos no alto da próxima escadaria. Ainda não."

Sam gemeu. "Mais comprida, você disse?", perguntou.

"Sim, ssim, mais comprida", disse Gollum. "Mas não tão difícil. Hobbits subiram pela Escada Reta. Depois vem a Escada Tortuosa."

"E depois disso o quê?", indagou Sam.

"Vamos ver", disse Gollum baixinho. "Ó sim, vamos ver!"

"Pensei que você disse que tinha um túnel", disse Sam. "Não tem um túnel ou coisa parecida para atravessar?"

"Ó sim, tem um túnel", disse Gollum. "Mas hobbits podem descansar antes de tentar ele. Se atravessarem ele vão estar quase no alto. Muito perto, se atravessarem. Ó sim!"

Frodo teve um calafrio. A escalada fizera-o suar, mas agora sentia-se gelado e pegajoso, e havia uma corrente de ar gelada na passagem escura, soprando das alturas invisíveis. Pôs-se de pé e sacudiu-se. "Bem, vamos embora!", disse ele. "Este não é lugar para ficar sentado."

A passagem parecia prosseguir por milhas, e o tempo todo o ar gelado soprava por cima deles, crescendo a um vento implacável à medida que avançavam. As montanhas com seu hálito mortífero pareciam tentar desafiá-los, fazê-los recuar dos segredos das alturas, ou soprá-los para longe na escuridão atrás deles. Só souberam que haviam chegado ao fim quando, de súbito, não sentiram a parede do lado direito. Podiam ver muito pouco. Grandes massas negras e informes e profundas sombras cinzentas erguiam-se acima deles e em volta deles, mas, vez por outra, uma tênue luz vermelha bruxuleava sob as nuvens baixas, e por um momento davam-se conta de altos picos, à frente e de ambos os lados, como colunas que sustentavam um vasto teto que cedia. Pareciam ter escalado muitas centenas de pés até um largo ressalto. Havia um penhasco à esquerda e um abismo à direita.

Gollum foi à frente, passando perto sob o penhasco. Naquele momento não estavam mais subindo, mas agora o solo era mais acidentado e perigoso no escuro, e havia blocos e torrões de pedra desabada no caminho. O progresso foi lento e cauteloso. Nem Sam nem Frodo podiam mais estimar quantas horas se haviam passado desde que entraram no Vale Morgul. A noite parecia infindável.

Finalmente perceberam mais uma vez uma parede que se erguia, e mais uma vez uma escadaria se abriu diante deles. Pararam de novo, e de novo começaram uma escalada. Foi uma subida longa e exaustiva; mas esta escadaria não penetrava no flanco da montanha. Ali a imensa face do penhasco se inclinava para trás, e a trilha, como uma serpente, fazia curvas para lá e para cá ao longo dela. Em certo ponto ela se arrastava de lado, bem até a beira do abismo escuro, e Frodo, espiando para baixo, viu na profundeza, como um poço vasto e fundo, a grande ravina na extremidade do Vale Morgul. Lá em suas profundezas lampejava como uma fieira de vaga-lumes a estrada-dos-espectros, da cidade morta para o Passo Inominável. Desviou-se apressado.

A escadaria ainda se curvava e rastejava avante e para cima até que finalmente, com um último lance curto e reto, voltou a subir para outro nível. A trilha se desviara da passagem principal na grande ravina e agora seguia seu próprio percurso perigoso no fundo de uma fenda menor, entre as regiões mais altas de Ephel Dúath. Os hobbits conseguiam discernir, vagamente, altos pilares e pináculos denteados de pedra de ambos os lados, entre os quais havia grandes fendas e fissuras mais negras que a noite, onde invernos olvidados haviam roído e esculpido as pedras sem sol. E agora a luz vermelha no céu parecia mais forte; porém não sabiam dizer se uma manhã pavorosa chegava deveras àquele lugar de sombra ou se viam somente a chama de alguma grande violência de Sauron no tormento de Gorgoroth mais além. Ainda muito à frente, e ainda bem acima, ao erguer os olhos Frodo via, como imaginava, o último ápice daquela amarga estrada. Diante do rubro tristonho do céu oriental, uma fenda se delineava na crista superior, estreita, entalhada funda entre duas elevações negras; e em cada elevação havia um chifre de pedra.

Parou e olhou mais atentamente. O chifre da esquerda era alto e delgado; e nele ardia uma luz vermelha, ou então a luz vermelha da terra além brilhava através de um buraco. Agora ele a via: era uma torre negra posta acima da passagem externa. Tocou o braço de Sam e apontou.

"Não gosto da cara disso!", comentou Sam. "Então esse seu caminho secreto é vigiado afinal", grunhiu, virando-se para Gollum. "Como você sabia o tempo todo, suponho?"

"Todos os caminhos são vigiados, sim", respondeu Gollum. "Claro que são. Mas hobbits precisam tentar algum caminho. Este pode ser menos vigiado. Talvez todos foram embora pra grande batalha, talvez!"

"Talvez", grunhiu Sam. "Bem, ainda parece estar bem longe, e tem muito que subir até chegarmos lá. E ainda tem o túnel. Acho que deveria descansar agora, Sr. Frodo. Não sei que horas são, do dia ou da noite, mas estamos andando por horas e horas."

"Sim, temos que descansar", assentiu Frodo. "Vamos achar algum canto longe do vento e reunir nossas forças… para a última etapa." Pois sentia que era assim. Os terrores da terra adiante, e o feito a ser realizado ali, pareciam remotos, ainda longínquos demais para perturbá-lo. Toda a sua mente se concentrava em atravessar ou passar por cima daquela muralha e guarda impenetráveis. Uma vez que conseguisse fazer essa coisa impossível, de alguma maneira a missão seria realizada, ou assim lhe parecia naquela escura hora de exaustão, ainda labutando nas sombras rochosas sob Cirith Ungol.

Sentaram-se em uma escura fenda entre dois grandes pilares de rocha: Frodo e Sam um pouco mais para dentro, e Gollum acocorado no chão junto à abertura. Ali os hobbits fizeram o que imaginavam ser sua última refeição antes de descerem para a Terra Inominável, talvez a última refeição que jamais comeriam juntos. Comeram parte dos alimentos de Gondor e obreias do pão-de-viagem dos Elfos e beberam um pouco. Mas pouparam a água e só tomaram o bastante para umedecerem as bocas secas.

"Pergunto-me quando vamos encontrar água de novo", disse Sam. "Mas imagino que mesmo acolá eles bebam. Os Orques bebem, não bebem?"

"Bebem sim", respondeu Frodo. "Mas não falemos disso. Essa bebida não é para nós."

"Então mais do que nunca precisamos encher nossos cantis", disse Sam. "Mas aqui em cima não há água: não ouvi nem um som nem um pingo. E de qualquer jeito, Faramir disse que não devíamos beber nenhuma água de Morgul."

"Nenhuma água que flui de Imlad Morgul, foram as palavras dele", lembrou Frodo. "Não estamos nesse vale agora, e, se encontrássemos uma nascente, ela estaria fluindo para dentro dele, não para fora."

"Eu não confiaria nela," disse Sam, "só se estivesse morrendo de sede. Há uma sensação maligna neste lugar." Fungou. "E um cheiro, eu imagino. Percebe? Um tipo estranho de cheiro, abafado. Não gosto dele."

"Não gosto de nada daqui," comentou Frodo, "degrau ou pedra, sopro ou osso. A terra, o ar e a água, todos parecem amaldiçoados. Mas é assim que está traçado nosso percurso."

"Sim, é isso", disse Sam. "E nem deveríamos estar aqui, se soubéssemos mais sobre isso antes de partirmos. Mas acho que muitas vezes é desse jeito. As coisas corajosas nas velhas histórias e canções, Sr. Frodo: aventuras, como eu costumava chamá-las.

Eu costumava pensar que eram coisas que a gente maravilhosa das histórias saía para procurar porque queriam elas, porque elas eram emocionantes, e a vida era um pouquinho tediosa, uma espécie de esporte, poderíamos dizer. Mas esse não é o jeito das histórias que realmente importavam, nem das que ficam na lembrança. Normalmente parece que as pessoas simplesmente caíram dentro delas — os percursos delas foram traçados assim, como o senhor expressou. Mas acho que eles tiveram montes de oportunidades, assim como nós, de darem meia-volta, só que não deram. E se tivessem dado, nós não iríamos saber, porque eles estariam esquecidos. Nós ouvimos falar dos que simplesmente foram em frente — e nem todos tiveram um final feliz, veja bem; pelo menos não o que as pessoas de dentro da história, e não de fora, chamam de final feliz. Sabe, chegar em casa e encontrar tudo em ordem, mas não igual — como o velho Sr. Bilbo. Mas essas não são sempre as histórias melhores de ouvir, apesar de que podem ser as melhores para cair dentro! Eu me pergunto em que espécie de história nós caímos."

"Eu me pergunto", repetiu Frodo. "Mas não sei. E é esse o jeito das histórias de verdade. Pegue qualquer uma de que você goste. Você pode saber ou adivinhar que tipo de história é, de final feliz ou de final triste, mas as pessoas que estão nela não sabem. E você não quer que elas saibam."

"Não senhor, claro que não. Veja Beren, ele nunca pensou que ia conseguir aquela Silmaril da Coroa de Ferro em Thangorodrim, e, no entanto, conseguiu, e aquele era um lugar pior e um perigo mais sombrio que o nosso. Mas é uma história comprida, claro, e que continua depois da felicidade e do pesar e mais além — e a Silmaril foi em frente e chegou a Eärendil. E ora, senhor, nunca pensei nisso antes! Nós temos… o senhor tem um pouco da luz dela naquele cristal-de-estrela que a Senhora lhe deu! Ora, é de pensar que ainda estamos na mesma história! Ela ainda continua. As grandes histórias não terminam nunca?"

"Não, nunca terminam enquanto histórias", disse Frodo. "Mas as pessoas nelas vêm e vão quando seu papel acabou. Nosso papel vai acabar mais tarde — ou mais cedo."

"E então vamos poder descansar e dormir um pouco", completou Sam. Riu de modo sinistro. "E quero dizer bem isso,

Sr. Frodo. Quero dizer descanso puro e simples, e sono, e acordar para uma manhã de trabalho no jardim. Receio que é só isso que estou esperando o tempo todo. Todos os grandes planos importantes não são para gente como eu. Ainda assim eu me pergunto se alguma vez vão nos pôr em canções ou histórias. Estamos numa, claro; mas quero dizer: postos em palavras, sabe, contadas ao pé do fogo, ou lidas em um grande livrão com letras vermelhas e pretas, muitos e muitos anos depois. E as pessoas vão dizer: 'Vamos ouvir sobre Frodo e o Anel!' E vão dizer: 'Sim, essa é uma das minhas histórias prediletas. Frodo era muito valente, não era, papai?' 'Sim, meu rapaz, o mais famoso dos hobbits, e isso quer dizer muita coisa.'"

"Quer dizer coisa demais", disse Frodo, e riu, um riso comprido e claro vindo do coração. Tal som não fora ouvido naquelas plagas desde que Sauron viera à Terra-média. Pareceu a Sam, de repente, que todas as pedras escutavam, e as altas rochas se inclinavam sobre eles. Mas Frodo não lhes deu importância; riu uma vez mais. "Ora, Sam," prosseguiu ele, "de alguma forma ouvir você me deixa tão feliz como se a história já estivesse escrita. Mas você deixou de fora um dos personagens principais: Samwise, o destemido. 'Quero ouvir mais sobre Sam, papai. Por que não incluíram mais falas dele, papai? É disso que gosto, me faz rir. E Frodo não teria ido longe sem Sam, não é mesmo, papai?'"

"Ora, Sr. Frodo," disse Sam, "não devia fazer graça. Eu estava falando sério."

"Eu também estava", respondeu Frodo, "e ainda estou. Estamos avançando um pouco depressa demais. Você e eu, Sam, ainda estamos atolados nos piores lugares da história e é muito provável que neste ponto alguns digam: 'Feche o livro agora, papai; não queremos ler mais.'"

"Quem sabe," comentou Sam, "mas não seria eu dizendo isso. As coisas que estão feitas e acabadas e incluídas nas grandes histórias são diferentes. Ora, o próprio Gollum poderia ser bom numa história, melhor do que ter ele ao seu lado, com certeza. E ele já gostou de histórias, ao que ele próprio conta. Fico imaginando se ele pensa que é herói ou vilão.

"Gollum!", chamou ele. "Você gostaria de ser o herói… ora, aonde ele foi de novo?"

Não havia sinal dele na abertura do abrigo, nem nas sombras próximas. Ele recusara a comida deles, porém, como era normal, aceitara um bocado de água; e depois parecera enrolar-se para dormir. Tinham suposto que pelo menos um dos motivos para sua longa ausência no dia anterior fora caçar alimento do seu próprio gosto; e agora evidentemente se esvaíra de novo enquanto conversavam. Mas dessa vez para quê?

"Não gosto que ele se esgueire para longe sem dizer nada", disse Sam. "E agora menos que tudo. Ele não pode estar procurando comida aqui em cima, a não ser que tenha algum tipo de rocha que ele aprecie. Ora, não tem nem um pouco de musgo!"

"Não adianta preocupar-se com ele agora", ponderou Frodo. "Sem ele não poderíamos ter chegado até este ponto, nem mesmo até a vista do passo, portanto vamos ter de suportar os modos dele. Se é falso, é falso."

"Ainda assim, eu preferia ter ele diante dos olhos", disse Sam. "Mais ainda se ele for falso. Lembra-se de que ele nunca disse se o passo era vigiado ou não? E agora vemos uma torre ali — e pode ser que esteja deserta e pode ser que não. O senhor acha que ele foi buscar eles, Orques ou o que for?"

"Não, não acho", respondeu Frodo. "Mesmo que esteja tramando alguma maldade, e suponho que não seja improvável. Não acho que seja isso: não buscar Orques nem outros serviçais do Inimigo. Por que esperar até agora, passar por todo o trabalho da escalada e chegar tão perto da terra que ele teme? Desde que o encontramos, ele provavelmente poderia ter-nos traído aos Orques muitas vezes. Não, se for alguma coisa será algum truquezinho particular dele que ele crê ser bem secreto."

"Bem, imagino que tem razão, Sr. Frodo", disse Sam. "Não que isso me console imensamente. Eu não me engano: não duvido que ele *me* entregaria aos Orques tão fácil como um beija-mão. Mas eu estava me esquecendo — o Precioso dele. Não, acho que o tempo todo foi *O Precioso para o pobre Sméagol*. Essa é a única ideia em todos os pequenos planos dele, se é que ele tem algum. Mas nem consigo imaginar como nos trazer aqui em cima vai ajudá-lo."

"Muito provavelmente nem ele consegue imaginar", disse Frodo. "E não acho que ele só tenha um plano simples na cabeça atrapalhada. Acho que em parte ele realmente está tentando salvar o Precioso do Inimigo pelo tempo que conseguir. Pois esse seria o desastre final também para ele, se o Inimigo o pegasse. E na outra parte, quem sabe esteja apenas ganhando tempo e esperando uma oportunidade."

"Sim, Fugido e Fedido, como eu já disse antes", comentou Sam. "Mas quanto mais se aproximam da terra do Inimigo, mais parecido o Fugido fica com o Fedido. Preste atenção: se chegarmos até o passo, ele não vai mesmo nos deixar atravessar a fronteira com o objeto precioso sem dar algum tipo de trabalho."

"Ainda não chegamos lá", disse Frodo.

"Não, mas é melhor manter os olhos bem abertos até chegarmos. Se nos pegar cochilando, o Fedido vai ficar por cima bem depressa. Ainda assim seria seguro o senhor tirar um soninho agora, patrão. Seguro se deitar perto de mim. Eu ficaria muito contente de vê-lo dormir um pouco. Eu iria vigiá-lo; e de qualquer jeito, se estiver deitado com meu braço em volta, ninguém pode chegar tateando sem que o seu Sam saiba."

"Dormir!", exclamou Frodo e suspirou, como se no deserto tivesse enxergado uma miragem de verde fresco. "Sim, até aqui eu poderia dormir."

"Então durma, patrão! Deite a cabeça em meu colo."

E assim Gollum os encontrou horas mais tarde, quando voltou, engatinhando e arrastando-se caminho abaixo, vindo da treva à frente. Sam estava sentado apoiado na pedra, com a cabeça caindo de lado e a respiração pesada. Em seu colo estava a cabeça de Frodo, profundamente mergulhado no sono; em sua testa branca estava uma das mãos morenas de Sam, e a outra repousava leve no peito do patrão. Havia paz no rosto de ambos.

Gollum olhou para eles. Uma expressão estranha lhe passou pelo rosto magro e faminto. O brilho dos seus olhos se apagou, e eles se tornaram baços e cinzentos, velhos e cansados. Um espasmo de dor pareceu retorcê-lo, e ele lhes deu as costas, espiando de volta para o passo, balançando a cabeça como se estivesse imerso em algum debate interior. Depois voltou e, devagar, estendendo uma mão trêmula, tocou com muita cautela o joelho de Frodo — mas o toque era quase uma carícia.

Por um momento fugidio, se algum dos adormecidos pudesse vê-lo, pensaria que estava contemplando um velho hobbit exausto, encolhido pelos anos que o haviam carregado muito além de seu tempo, além dos amigos e da família, e dos campos e riachos da juventude, um ser velho, esfomeado e digno de pena.

Mas com aquele toque Frodo se agitou e deu uma exclamação baixa enquanto dormia, e de imediato Sam estava bem desperto. A primeira coisa que viu foi Gollum — "tateando o mestre", como pensou.

"Ei, você!", disse de modo áspero. "O que está pretendendo?"

"Nada, nada", respondeu Gollum baixinho. "Mestre bonzinho!"

"É, imagino", disse Sam. "Mas aonde você foi — se safando na ida e na volta, seu velho vilão?"

Gollum encolheu-se, e um lampejo verde rebrilhou sob as suas pálpebras pesadas. Agora parecia quase uma aranha, acocorado nos membros curvados, com os olhos esbugalhados. O momento fugidio passara, sem chance de retorno. "Safando, safando!", chiou. "Hobbits sempre tão educados, sim. Ó hobbits bonzinhos! Sméagol traz eles subindo por caminhos secretos que ninguém mais pôde encontrar. Cansado ele está, com sede ele está, sim, com sede; e ele guia eles e ele procura trilhas, e eles dizem "safado, safado". Amigos muito bonzinhos, ó sim, meu precioso, muito bonzinhos."

Sam sentiu um pouco de remorso, porém não mais confiança. "Lamento", disse ele. "Lamento, mas você me fez acordar assustado. E eu não devia estar dormindo, e isso me deixou meio brusco. Mas o Sr. Frodo, ele está tão cansado que eu pedi que desse um cochilo; e, bem, é assim que é. Lamento. Mas *aonde* você foi?"

"Safando", disse Gollum, e o lampejo verde não abandonou seus olhos.

"Ó muito bem," comentou Sam, "seja como quiser! Não acho que esteja tão longe da verdade. E agora é melhor todos nós nos safarmos para longe juntos. Que horas são? É hoje ou amanhã?"

"É amanhã," disse Gollum, "ou agora era amanhã quando hobbits foram dormir. Muito tolo, muito perigoso — se o pobre Sméagol não estivesse se safando por aí para vigiar."

"Acho que logo vamos nos cansar dessa palavra", disse Sam. "Mas não importa. Vou acordar o patrão." Afastou gentilmente os cabelos da testa de Frodo e, inclinando-se, falou-lhe baixinho. "Acorde, Sr. Frodo! Acorde!"

Frodo agitou-se e abriu os olhos, e sorriu vendo o rosto de Sam que se inclinava sobre ele. "Está me chamando cedo, não é, Sam?", indagou ele. "Ainda está escuro!"

"Sim, está sempre escuro aqui", disse Sam. "Mas Gollum voltou, Sr. Frodo, e ele diz que é amanhã. Por isso precisamos caminhar. A última etapa."

Frodo inspirou fundo e sentou-se. "A última etapa!", disse ele. "Alô, Sméagol! Encontrou alguma comida? Descansou um pouco?"

"Sem comida, sem descanso, nada para Sméagol", respondeu Gollum. "É um safado."

Sam estalou a língua, mas conteve-se.

"Não assuma nomes, Sméagol", disse Frodo. "Não é razoável, sejam eles verdadeiros ou falsos."

"Sméagol tem de pegar o que dão para ele", respondeu Gollum. "Ele recebeu esse nome do bondoso Mestre Samwise, o hobbit que sabe tanta coisa."

Frodo olhou para Sam. "Sim, senhor", disse ele. "Eu usei essa palavra, despertando do meu sono de repente e tudo o mais e encontrando ele por perto. Eu disse que lamentava, mas logo não vou lamentar mais."

"Vamos, deixe estar, então", comentou Frodo. "Mas agora parece que chegamos ao ponto, você e eu, Sméagol. Conte-me. Podemos encontrar sozinhos o resto do caminho? Estamos à vista do passo, de um caminho para entrar, e se pudermos encontrá-lo agora, imagino que podemos considerar nosso acordo como cumprido. Você fez o que prometeu e está livre: livre para voltar à comida e ao descanso, aonde quiser ir, exceto para os serviçais do Inimigo. E algum dia eu poderei recompensá-lo, ou eu ou os que se recordarem de mim."

"Não, não, ainda não", choramingou Gollum. "Ó não! Eles não podem achar o caminho sozinhos, podem? Ó não mesmo. Tem o túnel que vem aí. Sméagol precisa continuar. Sem descanso. Sem comida. Ainda não."

9

A Toca de Laracna

Podia de fato ser dia, como Gollum dissera, mas os hobbits pouca diferença conseguiam ver, a não ser que, talvez, o céu pesado lá em cima estivesse menos totalmente negro, mais como um grande teto de fumaça; enquanto isso, em vez da treva da noite profunda que ainda se demorava nas frestas e nos buracos, uma sombra cinzenta e embaçada envolvia o mundo pedregoso à volta deles. Prosseguiram com Gollum à frente, e os hobbits, agora lado a lado, subindo a longa ravina entre as pilastras e colunas de rochas dilaceradas e gastas pelo tempo que se erguiam de ambos os lados como enormes estátuas disformes. Não havia ruído. Um pouco mais à frente, a uma milha talvez, havia uma grande muralha cinzenta, uma última massa, imensa e erguida, de rocha da montanha. Surgia mais escura e se levantava continuamente à medida que se aproximavam, até se destacar no alto, acima deles, bloqueando a visão de tudo o que havia além. Uma funda sombra se estendia diante do seu sopé. Sam farejou o ar.

"Ugh! Esse cheiro!", disse ele. "Está ficando cada vez mais forte."

Logo estavam sob a sombra e ali, no meio dela, viram a boca de uma caverna. "Este é o caminho para entrar", comentou Gollum baixinho. "Esta é a entrada do túnel." Não disse o nome dele: Torech Ungol, a Toca de Laracna. Saía dele um fedor que não era o odor doentio de decomposição dos prados de Morgul, e sim um cheiro podre, como se imundícies inomináveis estivessem amontoadas e acumuladas no escuro lá dentro.

"Este é o único caminho, Sméagol?", indagou Frodo.

"Sim, sim", respondeu ele. "Sim, precisamos ir por este caminho agora."

“Quer dizer que você já atravessou esse buraco?”, perguntou Sam. “Fu! Mas quem sabe você não se importe com cheiros ruins.”

Os olhos de Gollum rebrilharam. “Ele não sabe com que se importa, sabe, precioso? Não, não sabe. Mas Sméagol consegue aguentar coisas. Sim. Ele atravessou. Ó sim, atravessou tudo. É o único caminho.”

“E o que faz o cheiro, eu me pergunto”, disse Sam. “É como... bem, eu não gostaria de dizer. Algum buraco bestial dos Orques, garanto, com uma centena de anos da imundície deles lá dentro.”

“Bem,” disse Frodo, “com ou sem Orques, se é o único caminho, temos que tomá-lo.”

Inspirando fundo, eles entraram. Após alguns passos encontraram-se em uma escuridão total e impenetrável. Frodo e Sam não tinham experimentado tal treva desde as passagens sem luz de Moria, e ali, caso isso fosse possível, ela era mais profunda e densa. Acolá houvera ar soprando, e ecos, e uma sensação de espaço. Ali o ar era imóvel, estagnado e pesado, e o som morria de imediato. Caminhavam como se estivessem em um vapor negro produzido pela própria e verdadeira escuridão que, ao ser respirada, trazia cegueira não só aos olhos, mas também à mente, de modo que até a lembrança das cores, das formas e de toda luz se desfazia no pensamento. A noite sempre fora e sempre seria, e a noite era tudo.

Mas por certo tempo ainda podiam sentir, e na verdade as sensações de seus pés e dedos pareciam ampliadas no começo, de modo quase doloroso. Para sua surpresa as paredes davam a sensação de lisura, e o chão, exceto por um degrau vez por outra, era reto e plano, subindo sempre com o mesmo aclive pronunciado. O túnel era alto e largo, tão largo que, apesar de os hobbits andarem lado a lado, só tocando as paredes laterais com as mãos estendidas, estavam separados, isolados na escuridão.

Gollum entrara primeiro e parecia estar só alguns passos à frente. Enquanto ainda conseguiam prestar atenção a tais coisas eles ouviam a respiração dele, chiando e ofegando bem à frente deles. Mas algum tempo depois seus sentidos se embotaram, tanto o tato como a audição pareceram entorpecer-se, e seguiam em frente, tateando, andando, avante e avante, mormente pela força da vontade com que haviam entrado, a vontade de atravessar e o desejo de chegar enfim ao alto portão do outro lado.

Antes de terem ido muito longe, quem sabe, mas o tempo e a distância logo se tornaram incalculáveis para ele, Sam, sentindo a parede à direita, deu-se conta de que havia uma abertura lateral: por um momento percebeu um leve sopro de um ar menos pesado, e depois eles seguiram em frente.

"Tem mais de uma passagem aqui", sussurrou ele com esforço: parecia difícil forçar a respiração a produzir algum som. "É o lugar mais com cara de Orque que pode existir!"

Após isso, primeiro ele à direita, e depois Frodo à esquerda, passaram por três ou quatro aberturas da mesma espécie, algumas mais largas e outras menores; mas até ali não havia dúvida do caminho principal, pois este era reto e não fazia curvas e ainda subia constantemente. Mas que comprimento tinha, quanto mais daquilo teriam de suportar, ou poderiam suportar? A falta de fôlego aumentava à medida que subiam; e agora, na treva cega, muitas vezes pareciam sentir alguma resistência mais espessa que o ar fétido. Enquanto avançavam à força, sentiam coisas que lhes roçavam a cabeça, ou as mãos, longos tentáculos, ou talvez vegetação pendente: não conseguiam dizer o que era. E o fedor aumentava sempre. Aumentou até que quase lhes pareceu que aquele odor era a única sensação nítida que lhes restava e que era para atormentá-los. Uma hora, duas horas, três horas: quantas haviam passado naquele buraco sem luz? Horas — dias, semanas, isso sim. Sam deixou a borda do túnel e se encolheu na direção de Frodo, e suas mãos se encontraram e se apertaram, e assim juntos foram avançando.

Por fim Frodo, apalpando a parede da esquerda, de repente chegou a uma lacuna. Quase caiu de lado no vazio. Ali havia uma abertura na rocha, muito mais larga que qualquer outra pela qual já tinham passado; e por ela vinha um odor tão podre, e uma sensação de malícia ardilosa tão intensa que Frodo cambaleou. E naquele momento também Sam guinou e caiu para frente.

Afastando ao mesmo tempo o enjoo e o medo, Frodo agarrou a mão de Sam. "Levante-se!", disse ele com respiração rouca, sem voz. "Tudo vem daqui, o fedor e o perigo. Vamos lá! Depressa!"

Reunindo a força e decisão que lhe restavam, ele puxou Sam até este ficar de pé e obrigou seus próprios membros a se movimentarem. Sam tropeçou ao lado dele. Um passo, dois passos, três passos — seis passos enfim. Quem sabe tivessem passado pela pavorosa abertura invisível, mas, fosse assim ou não, era de repente mais fácil mover-se, como se alguma vontade hostil os tivesse largado por um momento. Avançaram com dificuldade, ainda de mãos dadas.

Mas quase imediatamente chegaram a nova dificuldade. O túnel se bifurcava, ou assim parecia, e no escuro não conseguiam saber qual era o caminho mais largo, ou qual se desviava menos da linha reta. Qual haveriam de tomar, o esquerdo ou o direito? Nada sabiam que os pudesse guiar, mas uma decisão errada seria quase certamente fatal.

"Por onde foi Gollum?", ofegou Sam. "E por que ele não esperou?"

"Sméagol!", disse Frodo, tentando chamá-lo. "Sméagol!" Mas sua voz era um grasnido, e o nome se perdeu abafado quase no momento em que lhe escapou dos lábios. Não houve resposta, nem eco, nem mesmo um tremor do ar.

"Desta vez imagino que ele foi embora mesmo", murmurou Sam. "Acho que aqui é exatamente aonde ele pretendia nos trazer. Gollum! Se alguma vez eu puser as mãos em você outra vez, você vai se arrepender."

Logo depois, apalpando e andando às tontas no escuro, descobriram que a abertura da esquerda estava bloqueada: ou era um corredor sem saída, ou então uma grande pedra caíra na passagem. "Não pode ser este o caminho", sussurrou Frodo. "Certo ou errado, temos de tomar o outro".

"E depressa!", disse Sam, ofegante. "Tem coisa pior que Gollum por aí. Consigo sentir alguma coisa olhando para nós."

Não haviam avançado mais que algumas jardas quando, de trás deles, veio um som, assustador e horrível no pesado silêncio abafado: um ruído gorgolejante, borbulhante, e um longo chiado venenoso. Viraram-se de súbito, mas nada podia ser visto. Ficaram parados imóveis como pedras, de olhos arregalados, esperando por não sabiam o quê.

"É uma armadilha!", exclamou Sam, e pôs a mão no punho da espada; e ao fazê-lo, pensou na treva do morro tumular de onde ela viera. "Queria que o velho Tom estivesse perto de nós agora!", pensou. Em seguida, enquanto estava ali parado, com escuridão à volta e um negrume de desespero e ira no coração, pareceu-lhe que via uma luz: uma luz em sua mente, quase insuportavelmente intensa no começo, como um raio de sol nos olhos de quem passou muito tempo oculto em um poço sem janelas. Então a luz se tornou cor: verde, ouro, prata, branco. Bem longe, como se fosse em uma pequena figura desenhada por dedos-élficos, ele viu a Senhora Galadriel, de pé na relva de Lórien, e tinha dádivas nas mãos. "E tu, Portador-do-Anel," ouviu-a dizendo, remota, porém nítida, "para ti preparei isto".

O chiado borbulhante aproximou-se, e ouviu-se um rangido como de algum grande ser articulado que se movia no escuro com lento propósito. Diante dele vinha um cheiro desagradável. "Patrão, patrão!", exclamou Sam, e vida e urgência lhe voltaram à voz. "A dádiva da Senhora! O cristal-de-estrela! Ela disse que lhe seria uma luz nos lugares escuros. O cristal-de-estrela!"

"O cristal-de-estrela?", murmurou Frodo, como alguém que responde do fundo do sono, mal compreendendo. "Ora, sim! Por que me esqueci dele? 'Uma luz quando todas as outras luzes se apagam!' E agora, na verdade, só a luz pode nos ajudar."

Lentamente levou a mão ao peito e lentamente segurou no alto o Frasco de Galadriel. Por um momento ele rebrilhou, débil como uma estrela que nasce, lutando nas pesadas névoas terrenas, e depois, à medida que seu poder aumentava e a esperança crescia na mente de Frodo, ele começou a queimar e se inflamou em uma chama de prata, um diminuto coração de luz cegante, como se o próprio Eärendil tivesse descido das altas trilhas do ocaso com a última Silmaril na testa. A escuridão cedeu diante dele, até que ele pareceu brilhar no centro de um globo de cristal aéreo, e a mão que o segurava cintilava com fogo branco.

Frodo fitou admirado aquela maravilhosa dádiva que carregara por tanto tempo sem imaginar seu pleno valor e poderio. Raras vezes lembrara-se dela na estrada antes de chegarem ao Vale Morgul e jamais a usara por medo da sua luz reveladora. "*Aiya Eärendil Elenion Ancalima!*", exclamou ele, e não sabia o que dissera; pois parecia que outra voz falava através da sua, nítida, inabalada pelo ar fétido da cova.

Mas há outras potências na Terra-média, poderes da noite, e são antigos e fortes. E Ela, a que caminhava na treva, ouvira os Elfos pronunciando aquela exclamação muito atrás, nas profundas do tempo, e ela não lhe dera atenção, e agora não a atemorizava. Enquanto Frodo falava, sentiu uma grande malevolência que se curvava sobre ele e um olhar mortífero que o examinava. Pouco adiante no túnel, entre eles e a abertura onde haviam titubeado e tropeçado, ele se deu conta de olhos que se tornavam visíveis, dois grandes feixes de olhos com muitas janelas — estava desmascarada por fim a ameaça que chegava. A radiância do cristal-de-estrela se refratava e refletia suas milhares de facetas, mas por trás do brilho um fogo pálido e mortal começava a luzir continuamente no interior, uma chama alimentada em algum fundo poço de pensamento maligno. Eram olhos monstruosos e abomináveis, bestiais e, no entanto, repletos de propósito e deleite hediondo, olhando com satisfação a sua presa, apanhada além de qualquer esperança de fuga.

Frodo e Sam, pasmos de horror, começaram a recuar lentamente, com a visão fascinada pelo pavoroso contemplar daqueles olhos malignos; mas, à medida que recuavam, os olhos avançavam. A mão de Frodo hesitou, e lentamente o Frasco pendeu. Então, de repente, libertados do encanto de dominação para correrem por alguns momentos em baldado pânico, para diversão dos olhos, ambos se viraram e fugiram juntos; mas enquanto corriam, Frodo se voltou para trás e viu, aterrado, que os olhos imediatamente vieram saltando atrás deles. O odor da morte parecia uma nuvem em torno dele.

"Pare! pare!", exclamou, desesperado. "Não adianta correr."

Lentamente os olhos se esgueiraram mais para perto.

"Galadriel!", chamou ele e, reunindo coragem, ergueu o Frasco uma vez mais. Os olhos pararam. Por um momento a visão deles se relaxou como se um vislumbre de dúvida os perturbasse. Então o coração de Frodo se inflamou dentro dele, e sem pensar o que fazia, se era loucura ou desespero ou coragem, tomou o Frasco na mão esquerda e com a direita sacou a espada. Ferroada reluziu, e a afiada lâmina-élfica rebrilhou na luz prateada, mas em suas bordas bruxuleou um fogo azul. Então, segurando a estrela no alto e a espada luzente diante de si, Frodo, hobbit do Condado, caminhou firme ao encontro dos olhos.

Eles titubearam. A dúvida os acometeu quando a luz se aproximou. Minguaram um por um e lentamente recuaram. Jamais um brilho tão mortal os afligira antes. Do sol e da lua e das estrelas tinham ficado a salvo no subterrâneo, mas agora uma estrela descera para o interior da própria terra. Ela ainda se aproximava, e os olhos começaram a se acovardar. Um a um, apagaram-se todos; deram a volta, e um grande volume, além do alcance da luz, soergueu sua enorme sombra diante deles. Haviam desaparecido.

"Patrão, patrão!", exclamou Sam. Estava logo atrás, com a própria espada desembainhada e pronta. "Estrelas e glória! Mas os Elfos fariam uma canção sobre isso se ouvissem falar a respeito! E que eu possa viver para contar a eles e ouvi-los cantando. Mas não vá em frente, patrão! Não desça nesse covil! Agora é a nossa única chance. Agora vamos sair deste buraco imundo!"

E assim deram a volta mais uma vez, primeiro caminhando e depois correndo; pois, à medida que avançavam, o chão do túnel subia íngreme, e com cada passo erguiam-se mais acima dos fedores da toca invisível, e a força retornava aos membros e ao coração. Mas o ódio da Vigia ainda estava emboscado atrás deles, talvez cego por alguns instantes, mas invicto, ainda tencionando morte. E então veio uma corrente de ar ao encontro deles, fria e esparsa. A abertura, o fim do túnel, estava finalmente à frente deles. Ofegantes, ansiando por um lugar descoberto, jogaram-se para a frente; e então cambalearam aturdidos, tombando para trás. A saída estava bloqueada por alguma barreira, mas não de pedra: parecia mole e cedia um tanto, e contudo era forte e impenetrável; o ar infiltrava-se por ela, mas nenhum lampejo de luz. Mais uma vez investiram contra ela e foram lançados de volta.

Segurando o Frasco no alto, Frodo olhou e viu diante de si algo cinzento que a radiância do cristal-de-estrela não penetrava nem iluminava, como se fosse uma sombra que, não sendo lançada pela luz, a luz não podia dissipar. Por toda a largura e altura do túnel fora fiada uma vasta teia, organizada como a teia de uma aranha enorme, porém de tessitura mais densa e muito maior, e cada fio era da espessura de uma corda.

Sam riu de modo soturno. "Teias de aranha!", disse ele. "É só isso? Teias de aranha! Mas que aranha! Vamos atacá-las, vamos derrubá-las!"

Em fúria, acometeu-as com a espada, mas o fio que atingiu não se partiu. Cedeu um pouco e depois ressaltou como uma corda de arco que fosse puxada, desviando a lâmina e lançando para o alto a espada e o braço. Três vezes Sam golpeou com toda a força, e por fim um único filamento dentre todos os filamentos incontáveis se partiu e se retorceu, enrolando-se e chicoteando pelo ar. Uma extremidade açoitou a mão de Sam, e ele gritou de dor, saltando para trás e passando a mão diante da boca.

"Vai levar dias para desimpedir a estrada desse jeito", disse ele. "O que se há de fazer? Aqueles olhos voltaram?"

"Não, não dá para vê-los", respondeu Frodo. "Mas ainda sinto que estão olhando para mim ou pensando em mim: quem sabe fazendo algum outro plano. Se esta luz fosse abaixada ou se apagasse, eles voltariam depressa."

"Apanhados no fim!", comentou Sam amargamente, com a raiva voltando a se erguer acima da exaustão e do desespero. "Mosquitos numa rede. Que a maldição de Faramir morda aquele Gollum, e morda depressa!"

"Isso não nos ajudaria agora", disse Frodo. "Vamos! Vejamos o que Ferroada pode fazer. É uma lâmina-élfica. Houve teias de horror nas escuras ravinas de Beleriand onde foi forjada.

Mas você terá de ser o vigia e repelir os olhos. Aqui, pegue o cristal-de-estrela. Não tenha medo. Erga-o e observe!"

Então Frodo se aproximou da grande teia cinzenta e a golpeou com um movimento amplo e curvo, passando depressa o gume afiado por uma escada de cordas estendidas umas perto das outras, e saltando imediatamente para trás. A lâmina de brilho azulado passou através delas como uma foice pelo capim, e saltaram e se retorceram e depois penderam soltas. Abriu-se um grande rasgão.

Desferiu golpe após golpe, até finalmente toda a teia ao seu alcance estar despedaçada, e a porção superior vacilou e balançou como um véu solto ao vento que entrava. A armadilha estava vencida.

"Vamos!", exclamou Frodo. "Avante! Avante!" Uma alegria selvagem diante de sua fuga da própria boca do desespero preencheu-lhe a mente de súbito. Sua cabeça rodava como após um gole de vinho potente. Saltou para fora, gritando enquanto avançava.

Aquela terra escura parecia iluminada aos seus olhos que tinham passado pelo covil da noite. As grandes fumaças haviam-se erguido e ficado mais esparsas, e passavam as últimas horas de um dia sombrio; o lampejo rubro de Mordor se desfizera em treva tristonha. No entanto, pareceu a Frodo contemplar uma manhã de esperança súbita. Quase chegara ao alto da muralha. Só um pouco mais alto agora. A Fenda, Cirith Ungol, estava à sua frente, um corte indistinto na crista negra, e os cornos de rocha toldavam o céu de ambos os lados. Uma curta corrida, um percurso de arranque, e ele atravessaria!

"O passo, Sam!", exclamou, sem se importar com a estridência de sua voz que, libertada dos ares sufocantes do túnel, já ressoava aguda e impetuosa. "O passo! Corra, corra, e vamos atravessar — atravessar antes que alguém consiga deter-nos!"

Sam o seguiu o mais depressa que conseguia impelir as pernas; mas, por muito que se alegrasse de estar livre, estava inseguro, e ao correr ficou espiando para trás, para o arco escuro do túnel, receando ver olhos ou um vulto além de sua imaginação saltando para fora em seu encalço. Pouco ele e seu patrão sabiam da manha de Laracna. Ela tinha muitas saídas de sua toca.

Ali habitara durante eras, um ser maligno em forma de aranha, da mesma espécie que vivera outrora na Terra dos Elfos no Oeste que está agora sob o Mar, como as que Beren combateu nas Montanhas de Terror em Doriath, chegando assim até Lúthien na verde clareira, entre as cicutas ao luar, muito tempo atrás. Nenhuma história conta como Laracna chegara até ali, fugindo da ruína, pois dos Anos Sombrios vieram poucas histórias. Mas ainda estava lá, ela que ali estivera antes de Sauron e antes da primeira pedra de Barad-dûr; e não servia a ninguém senão a si mesma, bebendo o sangue dos Elfos e dos Homens, inchada e obesa com infinda ruminação em seus banquetes, tecendo teias de sombra; pois todos os seres vivos eram seu alimento, e seu vômito era a treva. Por toda a parte sua ninhada menor, bastardos dos parceiros desgraçados, sua própria cria que matou, se espalhavam de vale em vale, de Ephel Dúath até as colinas orientais, até Dol Guldur e os fortes de Trevamata. Mas ninguém podia rivalizar com ela, Laracna, a Grande, última filha de Ungoliant a assolar o mundo infeliz.

Anos antes, Gollum já a avistara, Sméagol que explorava todos os buracos escuros e em dias passados fizera-lhe mesuras e a adorara, e a escuridão de sua vontade maligna caminhava junto a ele por todos os caminhos de sua exaustão, isolando-o da luz e do arrependimento. E ele prometera levar-lhe comida. Mas a ânsia dela não era a dele. Pouco ela sabia ou fazia questão de torres, ou anéis, ou qualquer coisa inventada pela mente ou pela mão, ela que só desejava a morte para todos os demais, em mente e corpo, e para si uma saciedade de vida, a sós, inchada até as montanhas não mais poderem sustentá-la e a treva não mais poder contê-la.

Mas esse desejo estava ainda longínquo, e por muito tempo já estivera faminta, à espreita em seu covil, enquanto crescia o poder de Sauron e a luz e os seres vivos abandonavam suas divisas; e a cidade no vale estava morta, e nenhum Elfo ou Homem se aproximava, somente os infelizes Orques. Alimento fraco e cauteloso. Mas tinha que comer, e, por muito que se ocupassem cavando novas passagens tortuosas do passo e da sua torre, ela sempre encontrava algum modo de apanhá-los. Mas ansiava por carne mais doce. E Gollum a trouxera para ela.

"Vamos ver, vamos ver," ele costumava dizer a si mesmo, quando o humor maligno o acometia, caminhando pela estrada perigosa das Emyn Muil ao Vale Morgul, "vamos ver. Pode muito bem ser, ó sim, pode muito bem ser que quando Ela jogar fora os ossos e as roupas vazias, nós vai encontrar ele, vai pegar ele, o Precioso, uma recompensa para o pobre Sméagol que traz comida boa. E vamos salvar o Precioso como nós prometemos. Ó sim. E quando ele estiver a salvo, então Ela vai saber, ó sim, então nós paga Ela na mesma moeda, meu precioso. Então nós paga todos na mesma moeda!"

Assim pensava ele num compartimento interno de sua própria manha, que ainda esperava esconder dela, mesmo tendo voltado a ela e se inclinado à sua frente enquanto os companheiros dormiam.

E quanto a Sauron: ele sabia onde ela espreitava. Agradava-lhe que ela ali habitasse, faminta, mas inabalada em sua malícia, uma guarda mais segura naquela antiga trilha para sua terra do que qualquer outra que sua habilidade poderia criar. E os Orques, estes eram escravos úteis, mas ele os tinha em profusão. Se vez por outra Laracna os apanhasse para saciar o apetite, que estivesse à vontade: ele tinha bastantes. E às vezes, assim como um homem pode jogar um petisco para sua gata (ele a chama de *sua gata*, mas ela não lhe pertence), Sauron lhe mandava prisioneiros para os quais não tinha melhor uso: fazia persegui-los até a cova dela, e relatos de como ela brincava com eles lhe eram trazidos.

Assim viviam ambos, deleitados com seus próprios expedientes, e não temiam ataque, nem ira, nem qualquer fim de sua maldade. Jamais uma mosca escapara ainda das teias de Laracna, e tanto maiores eram agora sua fúria e sua fome.

Mas o pobre Sam nada sabia daquele mal que haviam instigado contra si, exceto que um temor o assaltava, uma ameaça que não conseguia ver; e tornou-se um tal peso que correr era um fardo, e seus pés pareciam de chumbo.

Havia pavor à volta dele, e inimigos diante dele no passo, e seu patrão, em excitação de sina mortal, corria negligente ao encontro deles. Desviando a vista da sombra lá atrás e da profunda treva sob o penhasco à esquerda, ele olhou para a frente e viu duas coisas que lhe aumentaram a aflição. Viu que a espada que Frodo ainda segurava desembainhada reluzia com uma chama azul; e viu que, apesar de o céu atrás dela já estar escuro, a janela na torre ainda brilhava rubra.

"Orques!", murmurou. "Nunca vamos conseguir invadir deste jeito. Tem Orques por perto e coisa pior que Orques." Então, voltando depressa ao antigo hábito de sigilo, fechou a mão sobre o precioso Frasco que ainda trazia. Sua mão reluziu por um momento, vermelha com seu próprio sangue vivente, e então ele enfiou a luz reveladora no fundo de um bolso, junto ao peito, e se envolveu com a capa-élfica. Então tentou acelerar o passo. O mestre ia mais depressa; já estava uns vinte passos à frente, voando como uma sombra; logo estaria fora de vista naquele mundo cinzento.

Sam mal ocultara a luz do cristal de estrela quando ela veio. Um pouco à frente e à esquerda ele viu repentinamente, emergindo de um buraco negro de sombra sob o penhasco, a forma mais detestável que jamais contemplara, horrível além do horror de um pesadelo. Era bem semelhante a uma aranha, porém mais enorme que as grandes feras caçadoras e mais terrível que elas por causa do propósito maligno em seus olhos implacáveis. Os mesmos olhos que ele crera estarem assustados e vencidos, ali estavam eles, outra vez iluminados com luz cruel, agrupados em sua cabeça estendida. Tinha grandes chifres e por trás do pescoço curto que parecia uma haste estava o imenso corpo inchado, um vasto saco intumescido, balançando e bambeando entre as pernas; seu grande volume era negro, borrado de marcas lívidas, mas o ventre embaixo era pálido e luminoso, e emitia fedor. As pernas eram arqueadas, com grandes juntas salientes altas sobre o lombo dela e pelos que se eriçavam como espinhos de aço, e na extremidade de cada perna havia uma garra.

Assim que espremeu pela saída superior da toca o corpo mole e esborrachado e os membros dobrados, moveu-se com velocidade horrível, ora correndo nas pernas que estalavam, ora dando um salto repentino. Estava entre Sam e seu patrão. Ou ela não viu Sam, ou então evitou-o naquele momento como portador da luz e fixou toda a atenção em uma presa, em Frodo, privado de seu Frasco, correndo negligente trilha acima, ainda inconsciente de seu perigo. Corria rápido, mas Laracna era mais rápida; em alguns saltos ela o apanharia.

Sam ofegou e reuniu todo o fôlego que lhe restava para gritar. "Cuidado atrás!", berrou. "Cuidado, patrão! Eu...", mas subitamente seu grito foi abafado.

Uma mão comprida e pegajosa lhe fechou a boca e outra o apanhou pelo pescoço, enquanto algo se enrolava em sua perna. Apanhado desprevenido, despencou para trás nos braços do atacante.

"Pegamos!", chiou Gollum em seu ouvido. "Finalmente, meu precioso, nós pegamos ele, sim, o hobbit asssqueroso. Nós pega este. Ela vai pegar o outro. Ó sim, Laracna vai pegar ele, não Sméagol: ele prometeu; não vai machucar Mestre nem um pouco. Mas ele pegou você, imundozinho asssqueroso safado!" Cuspiu no pescoço de Sam.

A fúria diante da traição e o desespero por ser detido quando seu patrão estava em perigo mortal conferiram a Sam uma súbita violência e força que estavam muito além de qualquer coisa que Gollum esperara daquele hobbit lerdo e estúpido, como o considerava. Nem o próprio Gollum poderia ter-se retorcido mais depressa nem com maior ferocidade. Sua pressão na boca de Sam fraquejou, e Sam agachou-se e investiu para a frente outra vez, tentando arrancar-se do aperto em seu pescoço. Ainda tinha a espada na mão e, no braço esquerdo, suspenso pela tira, estava o cajado de Faramir. Desesperado, tentou virar-se e espetar o inimigo. Mas Gollum foi rápido demais. Seu longo braço direito se estendeu, e ele agarrou o pulso de Sam: seus dedos eram como um torno; lenta e implacavelmente, dobrou a mão para baixo e para a frente, até que, com um grito de dor, Sam soltou a espada, que caiu ao chão; e todo o tempo a outra mão de Gollum apertava mais a garganta de Sam.

Então Sam deu a última cartada. Usando toda a força, libertou-se com um puxão e apoiou os pés com firmeza; então de repente impeliu as pernas contra o chão e com todo o ímpeto jogou-se para trás.

Sem esperar nem aquele truque simples de Sam, Gollum despencou com Sam por cima dele e recebeu o peso do robusto hobbit no estômago. Soltou um chiado agudo, e por um segundo a mão que tinha no pescoço de Sam afrouxou; mas seus dedos ainda seguravam a mão da espada. Sam soltou-se com um arranco avante e pôs-se de pé, e então girou rapidamente para a direita em torno do pulso que Gollum segurava. Apanhando o cajado com a mão esquerda, Sam o ergueu, e ele desceu com um assobio e um estalido no braço estendido de Gollum, logo abaixo do cotovelo.

Com um guincho, Gollum largou-o. Então Sam atacou; sem esperar mudar o cajado da esquerda para a direita, desferiu outro golpe selvagem. Rápido como uma cobra, Gollum deslizou para o lado, e a pancada que visava sua cabeça o atingiu nas costas. O cajado rachou e se partiu. Isso lhe bastou. Agarrar por trás era um antigo jogo seu e raramente fracassara nele. Mas daquela vez, iludido pelo rancor, cometera o erro de falar e se regozijar antes de ter ambas as mãos no pescoço da vítima. Tudo dera errado em seu belo plano desde que aquela luz horrível surgira tão inesperada na escuridão. E agora estava face a face com um inimigo furioso, pouco menor que ele mesmo. Aquela luta não era para ele. Sam recolheu a espada no chão e a ergueu. Gollum guinchou e, dando um pulo para ficar de quatro, fugiu saltando com um grande ímpeto, como um sapo. Antes que Sam pudesse alcançá-lo ele havia fugido, correndo de volta ao túnel com velocidade espantosa.

De espada na mão, Sam foi atrás dele. No momento esquecera-se de tudo o mais, exceto a fúria rubra no cérebro e o desejo de matar Gollum. Mas antes que conseguisse alcançá-lo, Gollum se fora. Então, com o buraco escuro diante dele e o fedor saindo ao seu encontro, como um trovão, o pensamento em Frodo e no monstro acometeu a mente de Sam. Girou de repente e correu desesperado trilha acima, chamando, chamando o nome do patrão. Estava atrasado. Até ali a trama de Gollum tivera sucesso.

10

As Escolhas do Mestre Samwise

Frodo jazia de costas no chão, e o monstro se curvava sobre ele, tão atento à vítima que não deu importância a Sam e seus gritos até ele estar bem perto. Ao chegar correndo, ele viu que Frodo já estava atado com cordas, enroladas do tornozelo ao ombro, e o monstro, com as grandes pernas dianteiras, começava meio a erguer seu corpo, meio a arrastá-lo para longe.

Do lado mais próximo jazia no chão, reluzindo, a sua lâmina-élfica, onde lhe havia caído inútil da mão. Sam não esperou para se perguntar o que deveria ser feito, ou se ele era bravo, ou leal, ou repleto de fúria. Saltou para diante com um grito e agarrou a espada do patrão com a mão esquerda. Então atacou. Jamais se viu assalto mais violento no mundo selvagem das feras, onde uma criaturinha desesperada, armada com pequenos dentes e sozinha, salta sobre uma torre de chifres e couro que se ergue acima do companheiro tombado.

Perturbada por seu pequeno grito, como se despertasse de algum sonho de maldosa satisfação, ela lentamente voltou para ele a pavorosa malícia do seu olhar. Mas, quase antes que ela se desse conta de que a assolava uma fúria maior do que as que conhecera em anos incontáveis, a espada reluzente lhe mordeu o pé e decepou a garra. Sam chegou com um salto no interior dos arcos de suas pernas e, com um rápido movimento ascendente da outra mão, espetou os olhos agrupados sobre a cabeça abaixada. Um grande olho se obscureceu.

Agora a miserável criatura estava bem abaixo dela, naquele momento fora do alcance de seu ferrão e suas garras. O vasto ventre estava por cima dele com sua luz pútrida, e o fedor quase o abateu. A fúria dele ainda bastava para mais um golpe, e antes que ela se deixasse cair sobre ele, asfixiando-o e a toda a sua pequena impudência de coragem, com força desesperada ele lhe desferiu um talho com a luzente lâmina-élfica.

Mas Laracna não era como os dragões, não tinha ponto mole, exceto os olhos. Seu couro antiquíssimo tinha nós e buracos de corrupção, mas sempre tornado mais espesso, de dentro para fora, com camadas e camadas de crescimento maligno. A lâmina marcou-o com um entalhe terrível, mas aquelas dobras hediondas não podiam ser perfuradas pela força dos homens, nem que um Elfo ou Anão tivesse forjado o aço ou a mão de Beren ou de Túrin o empunhasse. Ela cedeu diante do golpe e depois içou alto, acima da cabeça de Sam, o grande saco de seu ventre. O veneno espumou e borbulhou na ferida. Depois, afastando as pernas, outra vez ela lançou sua enorme massa sobre ele. Cedo demais. Pois Sam ainda estava de pé e, deixando cair sua própria espada, segurou com ambas as mãos a lâmina-élfica de ponta para cima, defendendo-se daquele teto horripilante; e assim Laracna, com a força motriz de sua própria vontade, com vigor maior que a mão de qualquer guerreiro, jogou-se sobre um espigão afiado. Ele penetrou fundo, fundo, à medida que Sam era lentamente esmagado contra o chão.

Laracna jamais conhecera tal angústia, nem sonhara em conhecê-la, em todo o seu longo mundo de maldade. Nem o mais robusto soldado da antiga Gondor, nem o mais selvagem Orque aprisionado jamais se opusera a ela daquele modo, nem atacara com lâmina sua bem-amada carne. Um estremecimento perpassou-a. Içando-se de novo, arrancando o corpo para longe da dor, curvou debaixo de si os membros que se contorciam e pulou para trás em salto convulsivo.

Sam caíra de joelhos junto a cabeça de Frodo, com os sentidos atordoados pelo odor fétido e as duas mãos ainda agarradas ao punho da espada. Através da névoa que tinha diante dos olhos, tinha consciência embaçada do rosto de Frodo e teimosamente lutou para se dominar e se arrancar do desmaio que o assaltava. Ergueu a cabeça devagar e a viu, a somente alguns passos de distância, observando-o, com saliva peçonhenta escorrendo do bico e um fluxo verde pingando debaixo do olho ferido. Estava acocorada ali, com o ventre trêmulo espalhado no chão e os grandes arcos das pernas palpitando, reunindo forças para outro salto — dessa vez para esmagar e desferir uma ferroada mortal: não uma pequena mordida venenosa para imobilizar a agitação da comida; desta vez seria para matar e depois despedaçar.

Enquanto o próprio Sam estava de cócoras, olhando para ela, vendo a morte em seus olhos, veio-lhe um pensamento, como se tivesse falado alguma voz remota, e ele remexeu no peito com a mão esquerda e encontrou o que buscava: frio e duro e sólido ele lhe pareceu ao tato em um fantasmagórico mundo de horror, o Frasco de Galadriel.

"Galadriel!", disse ele baixinho, e então ouviu vozes distantes, porém nítidas: as exclamações dos Elfos que caminhavam sob as estrelas nas queridas sombras do Condado e a música dos Elfos que lhe vinha através do sono, no Salão do Fogo na casa de Elrond.

Gilthoniel A Elbereth!

E então sua língua se soltou, e sua voz exclamou em uma língua que não conhecia:

A Elbereth Gilthoniel
o menel palan-diriel,
le nallon sí di'nguruthos!
A tiro nin, Fanuilos!

E com estas palavras pôs-se de pé e era outra vez Samwise, o hobbit, filho de Hamfast.

"Agora venha, imundície!", exclamou. "Feriu meu patrão, sua besta, e vai pagar por isso. Nós vamos em frente; mas primeiro vamos acertar contas com você. Venha aqui e prove-a outra vez!"

Como se seu espírito indômito tivesse posto em movimento a potência dele, o cristal se iluminou de repente como uma tocha branca em sua mão. Flamejou como uma estrela que, saltando do firmamento, crestasse o ar escuro com luz intolerável. Nenhum terror assim, vindo dos céus, jamais havia queimado antes na cara de Laracna. Seus raios penetraram em sua cabeça ferida e a entalharam com dor insuportável, e a terrível infecção de luz se espalhou de um olho a outro. Ela caiu de costas, golpeando o ar com as patas dianteiras, com a visão arruinada por raios interiores e com a mente em agonia. Depois, virando a cabeça mutilada na direção oposta, rolou de lado e começou a rastejar, garra após garra, rumo à abertura no penhasco escuro atrás dela.

Sam avançou. Cambaleava como um bêbado, mas avançou. E Laracna, finalmente intimidada, murcha de derrota, sacudia e estremecia à medida que tentava se afastar dele às pressas. Alcançou a toca e, espremendo-se para baixo, deixando um rastro de muco amarelo-esverdeado, escorregou para dentro no momento em que Sam dava um último golpe em suas pernas que se arrastavam. Então ele caiu ao chão.

Laracna se fora; e esta história não conta se jazeu por muito tempo em sua toca, acalentando sua malícia e seu tormento, e se curou de dentro para fora em lentos anos de treva, reconstruindo os olhos agrupados até, com uma fome de morte, mais uma vez tecer suas pavorosas armadilhas nos vales das Montanhas de Sombra.

Sam fora abandonado. Exausto, com o anoitecer da Terra Inominável caindo sobre o local da batalha, ele se arrastou de volta para junto do patrão.

"Patrão, querido patrão", disse ele, mas Frodo não falou. Quando ele correra para a frente, ávido, regozijando-se por estar livre, Laracna viera por trás com velocidade hedionda e, com um rápido golpe, o ferroara no pescoço. Agora jazia pálido, e não ouvia voz nem se movia.

"Patrão, querido patrão!", repetiu Sam, e por um longo silêncio aguardou, escutando em vão.

Então, o mais depressa que pôde, cortou as cordas que o atavam e pousou a cabeça no peito de Frodo e em sua boca, mas não pôde achar agitação de vida nem sentir a mais débil palpitação do coração. Muitas vezes esfregou as mãos e os pés do patrão e tocou-lhe a testa, mas todos estavam frios.

"Frodo, Sr. Frodo!", chamou ele. "Não me deixe aqui sozinho! É seu Sam chamando. Não vá aonde não posso segui-lo! Acorde, Sr. Frodo! Ó acorde, Frodo, meu querido, meu querido. Acorde!"

Então a raiva o acometeu, e ele correu furioso em torno do corpo do patrão, dando estocadas no ar, golpeando as pedras e gritando desafios. Após algum tempo voltou e, curvando-se, olhou para o rosto de Frodo, pálido abaixo dele na penumbra. E viu de súbito que ele estava na imagem que lhe fora revelada no espelho de Galadriel em Lórien: Frodo, de rosto pálido, jazendo em sono profundo sob um grande penhasco escuro. Ou em sono profundo era o que ele pensara então. "Está morto!", disse ele. "Não dormindo, morto!" E quando disse isso, como se as palavras tivessem feito o veneno agir novamente, pareceu-lhe que o tom do rosto adquiriu um lívido matiz verde.

E então o negro desespero se abateu sobre ele, e Sam se curvou até o chão, e puxou o capuz cinzento sobre a cabeça, e a noite entrou em seu coração, e ele não soube mais nada.

Quando o negror finalmente passou, Sam ergueu os olhos, e havia sombras em torno dele; mas não sabia dizer por quantos minutos ou horas o mundo seguira se arrastando. Ainda estava no mesmo lugar, e ainda seu patrão jazia morto junto dele. As montanhas não haviam desmoronado, nem a terra caíra em ruína.

"O que hei de fazer, o que hei de fazer?", disse ele. "Vim com ele esse caminho todo para nada?" E então recordou sua própria voz dizendo palavras que naquele momento ele mesmo não entendera, no começo de sua jornada: "Tenho alguma coisa para fazer antes do fim. Preciso resolver isso, senhor, se me entende."

"Mas o que posso fazer? Não deixar o Sr. Frodo morto, insepulto no alto das montanhas, e ir para casa? Ou ir em frente? Ir em frente?", repetiu, e por um momento a dúvida e o medo o sacudiram. "Ir em frente? É isso que tenho que fazer? E deixá-lo?"

Então, finalmente, começou a chorar; e chegando até Frodo ajeitou o corpo, e dobrou suas mãos sobre o peito, e envolveu-o com a capa; e deitou de um lado sua própria espada e do outro o cajado que Faramir lhe dera.

"Se for para eu ir em frente," disse ele, "então preciso pegar sua espada, com sua licença, Sr. Frodo, mas vou pôr esta outra deitada ao seu lado, assim como esteve ao lado do antigo rei no morro tumular; e o senhor tem seu lindo colete de mithril do velho Sr. Bilbo. E seu cristal-de-estrela, Sr. Frodo, emprestou-o para mim e vou precisar dele, pois agora sempre vou estar no escuro. É bom demais para mim, e a Senhora lhe deu, mas quem sabe ela entenderia. *O senhor* entende, Sr. Frodo? Preciso ir em frente."

Mas não podia ir, ainda não. Ajoelhou-se e segurou a mão de Frodo, e não pôde soltá-la. E o tempo passou e ele ainda estava de joelhos, segurando a mão do patrão e debatendo em seu coração.

Agora tentava encontrar forças para se libertar e sair em jornada solitária — por vingança. Se conseguisse partir, sua ira o levaria por todas as estradas do mundo, perseguindo-o até apanhá-lo por fim: Gollum. Então Gollum morreria em um canto. Mas não fora para isso que ele partira. Não valeria a pena abandonar o patrão por isso. Isso não o traria de volta. Nada traria. Seria melhor que ambos estivessem mortos juntos. E essa também seria uma jornada solitária.

Contemplou a ponta brilhante da espada. Pensou nos lugares onde havia uma beira negra e uma queda vazia para o nada. Não havia escape daquele modo. Aquilo era não fazer nada, nem mesmo lamentar-se. Não fora para isso que ele partira. "O que devo fazer então?", exclamou outra vez, e agora parecia saber claramente a dura resposta: *resolver isso*. Outra jornada solitária, e a pior.

"O quê? Eu sozinho ir até a Fenda da Perdição e tudo o mais?" Ainda estava acovardado, mas a resolução crescia. "O quê? *Eu* tirar o Anel *dele*? O Conselho o deu a ele."

Mas a resposta veio de imediato: "E o Conselho lhe deu companheiros para a missão não fracassar. E você é o último de toda a Comitiva. A missão não pode fracassar."

"Queria não ser o último", gemeu ele. "Queria que o velho Gandalf estivesse aqui, ou alguém. Por que fiquei abandonado para me decidir? Tenho certeza que vou errar. E pegar o Anel e me pôr à frente não é para mim."

"Mas você não se pôs à frente; você foi posto à frente. E quanto a não ser a pessoa certa e apropriada, ora, o Sr. Frodo não era, como se poderia dizer, nem o Sr. Bilbo. Eles mesmos não escolheram."

"Ah, bem, eu preciso me decidir. Eu vou me decidir. Mas com certeza vou errar: isso seria bem do Sam Gamgi.

"Deixe ver agora: se formos encontrados aqui, ou o Sr. Frodo for encontrado e essa Coisa estiver com ele, bem, o Inimigo vai pegá-la. E isso vai ser o fim de nós todos, de Lórien, e de Valfenda, e do Condado, e de tudo o mais. E não há tempo a perder, se não vai ser o fim de qualquer jeito. A guerra começou, e muito provavelmente as coisas já estão indo a favor do Inimigo. Não tem chance de voltar com Ele para ter conselho ou permissão. Não, é ficar sentado aqui até eles chegarem, me matarem junto ao corpo do patrão e pegarem Ele; ou apanhar Ele e partir." Inspirou fundo. "Então é apanhar Ele!"

Inclinou-se. Muito suavemente, soltou o fecho do pescoço e enfiou a mão na túnica de Frodo; depois, erguendo a cabeça com a outra mão, beijou a testa fria e, tranquilamente, puxou a corrente por cima dela. Depois disso a cabeça estava outra vez deitada, em repouso imóvel. Nenhuma mudança surgiu no rosto sereno, e isso, mais do que todos os outros sinais, finalmente convenceu Sam de que Frodo morrera e deixara de lado a Demanda.

"Adeus, patrão, meu querido!", murmurou. "Perdoe o seu Sam. Ele vai voltar a este ponto quando o serviço estiver feito — se ele der conta. E depois nunca mais vai deixá-lo. Descanse em paz até eu voltar; e que nenhuma criatura imunda chegue perto! E, se a Senhora pudesse me ouvir e me conceder um desejo, eu desejaria voltar e encontrá-lo de novo. Adeus!"

Então inclinou seu próprio pescoço e vestiu a corrente, e imediatamente sua cabeça foi puxada na direção do chão pelo peso do Anel, como se uma grande pedra lhe tivesse sido atada. Mas lentamente, como se o peso diminuísse ou uma nova força crescesse nele, ergueu a cabeça e depois, com grande esforço, pôs-se de pé e descobriu que conseguia caminhar e suportar seu fardo. E por um momento, ergueu o Frasco e olhou para o patrão a seus pés, e agora a luz ardia suavemente, com a terna radiância da estrela vespertina no verão, e naquela luz o rosto de Frodo era outra vez de claro matiz, pálido, porém belo, com uma beleza élfica, como de quem há muito tempo ultrapassou as sombras. E com o amargo consolo daquela última visão, Sam se virou, escondeu a luz e partiu aos tropeços rumo à treva crescente.

Não precisou ir longe. O túnel estava um pouco atrás; a Fenda estava algumas centenas de jardas à frente, ou menos. A trilha era visível na penumbra, um fundo sulco desgastado em eras de travessia, agora subindo devagar por uma longa cova, com penhascos de ambos os lados. A cova estreitou-se depressa. Logo Sam chegou a um comprido lance de degraus largos e rasos. A torre-órquica já estava bem acima dele, carrancuda e negra, e nela luzia o olho vermelho. Ele já estava escondido na escura sombra abaixo dela. Estava chegando ao topo dos degraus e finalmente entrara na Fenda.

"Tomei minha decisão", continuou dizendo a si mesmo. Mas não tomara. Apesar de ter feito o melhor para ponderá-la, o que estava fazendo era totalmente a contragosto de sua natureza. "Decidi errado?", murmurou. "O que eu devia ter feito?"

Com as bordas escarpadas da Fenda fechando-se em volta dele, antes de chegar ao topo de fato, antes de finalmente contemplar a trilha que descia para a Terra Inominável, ele se virou. Por um momento, imóvel em dúvida intolerável, olhou para trás. Ainda podia ver, como uma pequena mancha na treva crescente, a boca do túnel; e pensava poder ver ou adivinhar onde jazia Frodo. Imaginou que ali embaixo havia um lampejo no chão, ou quem sabe era alguma ilusão de suas lágrimas, espiando daquela altura rochosa onde toda a sua vida desabara em ruínas.

"Se eu pudesse ter meu desejo, meu único desejo", suspirou, "de voltar e encontrá-lo!" Então, por fim, voltou-se para a estrada à frente e deu alguns passos: os mais pesados e mais relutantes que jamais dera.

Só alguns passos; e depois mais alguns, e iria descer e nunca mais veria aquela altura. E então, de repente, ouviu exclamações e vozes. Ficou imóvel como uma pedra. Vozes-órquicas. Estavam atrás dele e diante dele. Um ruído de passos pesados e gritos estridentes: os Orques estavam subindo à Fenda pelo lado oposto, quem sabe de alguma entrada da torre. Passos pesados e gritos atrás. Virou-se com um ímpeto. Viu luzinhas vermelhas, tochas, piscando lá embaixo ao saírem do túnel. Finalmente a caçada começara. O olho vermelho da torre não estivera cego. Fora apanhado.

Agora o tremeluzir das tochas que se aproximavam e o tinido do aço à frente estavam muito próximos. Em um minuto alcançariam o topo e estariam junto dele. Levara tempo demais para se decidir e agora de nada adiantava. Como podia escapar, ou salvar-se, ou salvar o Anel? O Anel. Ele não se deu conta de nenhum pensamento nem decisão. Simplesmente viu-se puxando a corrente e segurando o Anel na mão. O chefe da companhia-órquica surgiu na Fenda bem à frente dele. Então ele o pôs no dedo.

O mundo mudou, e um único momento de tempo se encheu com uma hora de pensamento. Deu-se conta de pronto de que a audição ficara mais nítida enquanto a visão se toldava, mas de modo diferente que na toca de Laracna. Agora tudo em volta dele não estava escuro, e sim vago; e ele próprio estava ali, em um mundo cinzento e nebuloso, sozinho, como uma pequena rocha negra e sólida, e o Anel, pesando em sua mão esquerda, era como um orbe de ouro quente. Não se sentia invisível de forma alguma, mas sim horrível e singularmente visível; e sabia que em algum lugar, um Olho procurava por ele.

Ouviu o estalar das pedras e o murmúrio da água bem longe, no Vale Morgul; e lá embaixo, sob a rocha, o tormento borbulhante de Laracna, tateando, perdida em alguma passagem cega; e vozes nos calabouços da torre; e os gritos dos Orques que saíam do túnel; e ensurdecedores, rugindo em seus ouvidos, o bater de pés e o clamor dilacerante dos Orques à sua frente. Encolheu-se de encontro ao penhasco. Mas eles vieram marchando como uma companhia fantasma, vultos cinzentos e distorcidos em uma neblina, apenas sonhos de temor com chamas pálidas nas mãos. E passaram por ele. Agachou-se, tentando se arrastar para alguma fissura e se esconder.

Apurou os ouvidos. Os Orques do túnel e os outros que desciam marchando haviam avistado uns aos outros, e agora os dois grupos corriam e gritavam. Ouvia-os ambos com clareza e entendia o que diziam. Quem sabe o Anel conferisse a compreensão das línguas, ou simplesmente a compreensão, especialmente dos serviçais de Sauron, seu artífice, de forma que se prestasse atenção entenderia e traduziria para si os pensamentos. Certamente o Anel adquirira imenso poder ao se aproximar do lugar onde fora forjado; mas não conferia uma coisa, que era coragem. Naquele momento Sam ainda só pensava em se esconder, em ficar oculto até tudo se acalmar de novo; e escutava ansioso. Não sabia dizer quão próximas estavam as vozes, mas as palavras pareciam estar quase em seus ouvidos.

"Olá! Gorbag! O que está fazendo aqui em cima? Já está farto da guerra?"

"Ordens, pesadão. E você está fazendo o quê, Shagrat? Cansado de espreitar lá em cima? Pensando em descer para lutar?"

"Ordens para você. Estou no comando deste passo. Então fale com jeito. Qual o seu relato?"

"Nada."

"Hai! hai! yoi!" Um berro interrompeu a conversa dos líderes. Os Orques mais abaixo haviam visto algo de repente. Começaram a correr. Os outros também.

"Hai! Olá! Tem alguma coisa aqui! Deitada bem na estrada. Um espião, um espião!" Houve um toque de trompas rosnando e uma babel de vozes que ladravam.

Com um golpe terrível, Sam despertou de sua atitude temerosa. Tinham visto seu patrão. O que iriam fazer? Ele ouvira histórias dos Orques de gelar o sangue. Não era de suportar. Ergueu-se com um salto. Lançou longe a Demanda e todas as suas decisões, e com elas o medo e a dúvida. Agora sabia onde era seu lugar e onde fora: ao lado do patrão, mas não estava claro o que podia fazer ali. Correu de volta pelos degraus, descendo a trilha na direção de Frodo.

"Quantos são?", pensou. "Trinta ou quarenta, pelo menos da torre, e muitos mais lá debaixo, calculo. Quantos posso matar antes de me apanharem? Vão ver a chama da espada assim que eu a sacar e vão me apanhar mais cedo ou mais tarde. Eu me pergunto se alguma canção vai mencionar isso: como Samwise tombou no Passo Alto e fez um muro de cadáveres em redor do seu patrão. Não, nenhuma canção. Claro que não, pois o Anel vai ser encontrado, e não vai ter mais canções. Não posso evitar. Meu lugar é junto do Sr. Frodo. Eles precisam entender isso — Elrond e o Conselho, e os grandes Senhores e Senhoras, com toda a sua sabedoria. Os planos deles deram errado. Eu não posso ser o Portador-do-Anel deles. Não sem o Sr. Frodo."

Mas os Orques já haviam saído de sua visão toldada. Ele não tivera tempo de pensar em si, mas agora percebia que estava cansado, cansado quase à exaustão: as pernas não o levavam como queria. Estava lento demais. A trilha parecia ter milhas de comprimento. Aonde tinham ido todos na neblina?

Ali estavam eles de novo! Ainda um bom tanto à frente. Um agrupamento de vultos em torno de algo deitado no chão; alguns pareciam disparar para cá e para lá, curvados como cães na pista. Tentou uma corrida súbita.

"Vamos, Sam!", disse ele; "do contrário vai chegar tarde demais outra vez." Soltou a espada na bainha. Em um minuto ele a sacaria, e então…

Houve um clamor selvagem, apupos e risos, quando algo foi erguido do chão. "Ya hoi! Ya harri hoi! Sobe! Sobe!"

Então uma voz gritou: "Agora vamos embora! Pelo caminho rápido. De volta pro Portão-de-Baixo! Ela não vai nos incomodar hoje à noite, julgando por todos os sinais." Todo o bando de vultos-órquicos começou a se mover. Quatro no meio deles carregavam um corpo no alto dos ombros. "Ya hoi!"

Tinham levado o corpo de Frodo. Tinham partido. Ele não conseguia alcançá-los. Ainda labutava para avançar. Os Orques chegaram ao túnel e estavam entrando. Os que levavam a carga entraram primeiro, e atrás deles houve muitas brigas e empurrões. Sam aproximou-se. Sacou a espada, um lampejo de azul em sua mão hesitante, mas eles não a viram. Enquanto ele vinha, ofegante, o último deles sumiu no buraco negro.

Por um momento ele ficou parado, arfando, agarrando o peito. Então passou a manga pelo rosto, limpando a sujeira, o suor e as lágrimas. "Malditos imundos!", disse ele, e saltou no encalço deles na escuridão.

No túnel não lhe parecia mais estar muito escuro, mas era como se tivesse saído de uma névoa fina para uma neblina mais espessa. Seu cansaço era crescente, mas sua vontade estava tanto mais vigorosa. Pensava poder ver a luz das tochas um pouco à frente, mas por muito que tentasse não conseguiu alcançá-las. Os Orques andam depressa nos túneis, e aquele túnel eles conheciam bem; pois, a despeito de Laracna, eram obrigados a usá-lo com frequência como caminho mais veloz vindo da Cidade Morta do outro lado das montanhas. Não sabiam em que época longínqua haviam sido feitos o túnel principal e a grande cova redonda, onde Laracna fizera sua habitação em eras passadas; mas muitos desvios eles próprios haviam escavado em torno, de ambos os lados, para escaparem da toca em suas idas e vindas a serviço de seus mestres. Naquela noite não tencionavam descer longe, mas apressavam-se em encontrar uma passagem lateral que levasse de volta à sua torre de vigia no penhasco. A maior parte deles estava jubilante, deleitada com o que tinham achado e visto, e ao correr eles tagarelavam e lamuriavam à maneira de sua espécie. Sam ouviu o ruído de suas vozes ásperas, monótonas e duras no ar morto, e conseguiu distinguir duas vozes dentre todo o resto: eram mais altas e mais próximas dele. Os capitães dos dois grupos pareciam estar andando na retaguarda, debatendo ao caminhar.

"Não pode impedir a sua ralé de fazer tanta algazarra, Shagrat?", grunhiu um. "Não queremos Laracna em cima de nós."

"Vá em frente, Gorbag! Os seus estão fazendo mais da metade do barulho", disse o outro. "Mas deixe os rapazes brincar! Não precisa se preocupar com Laracna por uns tempos, eu acho. Ela sentou num prego, parece, e não vamos chorar por causa disso. Você não viu: uma sujeira asquerosa entrando por aquela maldita fresta dela? Não foi nem uma nem cem vezes que nós tapamos ela. Então deixe eles rirem. E demos um pouco de sorte finalmente: pegamos uma coisa que Lugbúrz quer."

"Lugbúrz quer, hã? O que é, você acha? Me parecia élfica, mas em tamanho pequeno. Qual é o perigo que tem uma coisa dessas?"

"Não sei antes de darmos uma olhada."

"Ohô! Então eles não disseram o que era para esperar? Eles não nos contam tudo o que sabem, não é? Nem metade. Mas eles podem cometer enganos, mesmo os Chefões."

"Sh, Gorbag!" A voz de Shagrat abaixou-se, de forma que mesmo com a audição estranhamente aguçada, Sam mal conseguiu entender o que era dito. "Podem sim, mas eles têm olhos e ouvidos em toda parte; alguns no meu grupo, é bem capaz. Mas não tem dúvida disso, estão preocupados com alguma coisa. Os Nazgûl lá embaixo estão, ao que você diz; e Lugbúrz também. Alguma coisa quase deu errado."

"Quase, você diz!", disse Gorbag.

"Está bem," disse Shagrat, "mas vamos falar disso depois. Espere até chegar no Caminho-de-Baixo. Lá tem um lugar onde nós podemos conversar um pouco enquanto os rapazes vão em frente."

Logo depois, Sam viu as tochas desaparecerem. Então houve um ruído surdo e, bem quando ele chegou às pressas, uma colisão. Pelo que pôde deduzir, os Orques haviam dado uma volta e entrado pela mesma abertura que Frodo e ele haviam experimentado e encontrado impedida. Ainda estava impedida.

vale: ele esteve aqui em cima um dia antes de toda essa algazarra. Ontem, no começo da noite, nós vimos ele. Seja como for, meus rapazes relataram que a Nobre Senhora estava se divertindo um pouco, e isso pareceu bem bom para mim, até chegar a mensagem. Pensei que o Safado dela tinha trazido um brinquedo, ou quem sabe que você mandou um presente para ela, um prisioneiro de guerra ou coisa assim. Eu não me meto quando ela está brincando. Nada passa por Laracna quando ela está caçando."

"Nada, você diz! Você não usou os olhos lá atrás? Eu digo que não estou tranquilo. Seja lá o que subiu as Escadarias, ele *passou*. Cortou a teia dela e saiu fácil do buraco. Isso é coisa para pensar!"

"Ah, bem, mas ela pegou ele no fim, não pegou?"

"*Pegou* ele? Pegou *quem*? Esse sujeitinho? Mas se ele era o único ela tinha levado ele pra despensa faz muito tempo, e ele estaria lá agora. E, se Lugbúrz queria ele, *você* tinha que ir buscar ele. Bom para você. Mas tinha mais do que um."

Nesse ponto, Sam começou a escutar mais atentamente e apertou o ouvido contra a pedra.

"Quem cortou as cordas que ela pôs em volta dele, Shagrat? O mesmo que cortou a teia. Você não vê isso? E quem espetou um alfinete na Nobre Senhora? O mesmo, eu acho. E onde ele está? Onde ele está, Shagrat?"

Shagrat não deu resposta.

"Você pode muito bem dar tratos à bola, se tiver uma. Não é assunto para risada. Ninguém, *ninguém* jamais espetou um alfinete em Laracna, como você devia saber muito bem. Nada de mau nisso; mas pense — tem alguém à solta por aqui que é mais perigoso que qualquer outro maldito rebelde que já caminhou desde os maus velhos tempos, desde o Grande Cerco. Alguma coisa *deu* errado."

"Então o que é?", grunhiu Shagrat.

"Por todos os sinais, Capitão Shagrat, eu diria que tem um grande guerreiro à solta, bem provavelmente um Elfo, com uma espada-élfica em todo caso, e quem sabe um machado também; e ele está à solta no seu território, e você nem localizou ele. Muito esquisito mesmo!" Gorbag cuspiu. Sam sorriu, soturno, diante dessa descrição dele.

"Ah, bem, você sempre teve uma visão desanimada", disse Shagrat. "Você pode interpretar os sinais como quiser, mas pode ter outros jeitos de explicar eles. Seja como for, eu tenho vigias em todos os pontos e vou lidar com uma coisa de cada vez. Quando eu tiver dado uma olhada no sujeito que nós *pegamos*, aí vou começar a me preocupar com outra coisa."

"Imagino que você não vai encontrar muita coisa nesse sujeitinho", disse Gorbag. "Pode ser que ele não tenha nada a ver com a confusão de verdade. O grandão com a espada afiada não parece que achou que ele valia muito, de qualquer jeito — só deixou ele deitado: truque élfico ordinário."

"Veremos. Agora vamos lá! Já falamos bastante. Vamos dar uma espiada no prisioneiro!"

"O que você vai fazer com ele? Não esqueça que eu avistei ele primeiro. Se tiver jogo, eu e os meus rapazes precisamos estar dentro."

"Ora, ora," grunhiu Shagrat, "eu tenho as minhas ordens. E quebrar elas vale mais que a minha barriga ou a sua. *Qualquer* invasor encontrado pela guarda deve ser mantido na torre. O prisioneiro deve ser despojado. Descrição completa de cada objeto, roupa, arma, carta, anel ou bagatela deve ser mandada a Lugbúrz de imediato, e a Lugbúrz *apenas*. E o prisioneiro deve ser mantido a salvo e intacto, sob pena de morte para todos os membros da guarda, até Ele mandar alguém ou vir Ele próprio. Isso é bem claro, e é isso que vou fazer."

"Despojado, hein?", disse Gorbag. "O que, dentes, unhas, cabelo, tudo?"

"Não, nada disso. Ele é para Lugbúrz, estou dizendo. É para ficar a salvo e inteiro."

"Você vai achar isso difícil", riu Gorbag. "Agora ele é só carniça. O que Lugbúrz vai fazer com material assim eu não imagino. Podia muito bem ir pra panela."

"Seu idiota", rosnou Shagrat. "Você tem uma fala muito esperta, mas tem muita coisa que você não sabe, apesar de a maioria dos outros saberem. Vai você pra panela ou pra Laracna, se não tomar cuidado. Carniça! É só isso que você sabe da Nobre Senhora? Quando ela amarra com cordas é que está em busca de carne. Ela não come carne morta nem suga sangue frio. Este sujeito não está morto!"

Sam cambaleou, agarrando-se à pedra. Sentiu-se como se todo o mundo obscuro estivesse virando de cabeça para baixo. O choque foi tão grande que ele quase desmaiou, mas, enquanto lutava para manter o controle dos sentidos, bem no fundo tinha consciência do comentário: "Seu idiota, ele não está morto, e o seu coração sabia. Não confie em sua cabeça, Samwise, não é sua melhor parte. Seu problema é que você nunca teve esperança de verdade. Agora o que deve ser feito?" No momento nada, senão apoiar-se na pedra imóvel e escutar, escutar as vis vozes-órquicas.

"Diacho!", disse Shagrat. "Ela tem mais que um veneno. Quando está caçando ela só lhes dá uma cravada no pescoço, e eles ficam moles como peixe desossado, e depois ela se diverte com eles. Lembra do velho Ufthak? Perdemos ele por dias. Depois encontramos ele num canto; estava pendurado, mas estava bem acordado e de olhos arregalados. Como nós rimos! Ela tinha esquecido ele, quem sabe, mas nós não tocamos nele — não é bom interferir com Ela. Não — esse imundozinho, ele vai acordar em algumas horas; e só se sentindo meio enjoado por algum tempo, mas vai ficar bem. Ou ficaria, se Lugbúrz deixasse ele em paz. E, é claro, vai perguntar onde ele está e o que aconteceu com ele."

"E o que vai acontecer com ele?", riu-se Gorbag. "Seja como for, podemos contar umas histórias para ele, já que não podemos fazer outra coisa. Não sei se alguma vez ele esteve na encantadora Lugbúrz, então pode gostar de saber o que deve esperar. Isso vai ser mais engraçado do que eu pensei. Vamos lá!"

"Não vai ter nada engraçado, eu lhe digo", disse Shagrat. "E ele precisa ser mantido a salvo, do contrário todos nós estamos praticamente mortos."

"Muito bem! Mas eu, se fosse você, pegava o grandão que está à solta antes de mandar algum relatório para Lugbúrz. Não vai soar tão bonito dizer que você pegou o gatinho e deixou o gatão escapar."

As vozes começaram a se afastar. Sam ouviu o som dos pés recuando. Estava se recuperando do choque, e agora uma fúria selvagem o acometeu. "Fiz tudo errado!", exclamou ele. "Eu sabia que ia fazer isso. Agora eles o pegaram, os demônios! os imundos! Nunca deixe seu patrão, nunca, nunca: essa era a minha regra certa. E eu a sabia no coração. Que eu possa ser perdoado! Agora preciso voltar a ter com ele. De algum jeito, de algum jeito!"

Sacou a espada outra vez e bateu o cabo na pedra, mas esta só emitiu um ruído abafado. A espada, porém, inflamou-se tão intensamente que ele já conseguia enxergar de modo turvo à sua luz. Para sua surpresa, notou que o grande bloco tinha a forma de uma porta pesada e tinha menos que o dobro de sua própria altura. Acima dela havia um negro espaço vazio, entre o topo e o arco baixo da abertura. Provavelmente destinava-se apenas a ser um obstáculo à intrusão de Laracna, preso por dentro com algum trinco ou ferrolho além do alcance da astúcia dela. Com a força que lhe restava, Sam saltou e agarrou o topo, subiu com dificuldade e deixou-se cair; e então correu loucamente, com a espada inflamada na mão, virando uma curva e subindo por um túnel serpenteante.

A notícia de que o patrão ainda estava vivo o animou a um último esforço além do pensamento da exaustão. Não podia ver nada à frente, pois aquela nova passagem se retorcia e encurvava constantemente; mas achou que estava alcançando os dois Orques: as vozes deles já soavam mais próximas. Agora pareciam estar bem perto.

"É isso que eu vou fazer", disse Shagrat em tom irritado. "Pôr ele bem em cima, na câmara do topo."

"Para quê?" grunhiu Gorbag. "Você não tem cadeia lá embaixo?"

"Ele vai sair do caminho do prejuízo, eu digo", respondeu Shagrat. "Está vendo? Ele é precioso. Eu não confio em todos os meus rapazes e em nenhum dos seus; nem em você, quando está louco para se divertir. Ele vai aonde eu quero ele, e aonde você não vai chegar, se não ficar comportado. Lá em cima no topo, eu digo. Vai estar seguro lá."

"Vai?", disse Sam. "Estão se esquecendo do grande guerreiro élfico que está à solta!" E com essas palavras dobrou correndo a última curva, só para descobrir que devido a algum truque do túnel ou à audição que o Anel lhe conferia, tinha julgado mal a distância.

Os dois vultos-órquicos ainda estavam um tanto à frente. Podia vê-los agora, negros e atarracados diante de um clarão vermelho. A passagem finalmente seguia reta, subindo por um aclive; e no fim, escancaradas, havia grandes portas duplas que provavelmente conduziam a câmaras profundas muito abaixo do alto corno da torre. Os Orques, com seu fardo, já haviam entrado. Gorbag e Shagrat estavam se aproximando do portão.

Sam ouviu um repente de cantoria rouca, um toque de cornetas e um bater de gongos, um clamor hediondo. Gorbag e Shagrat já estavam na soleira.

Sam berrou e brandiu Ferroada, mas sua voz fraca se perdeu no tumulto. Ninguém lhe deu atenção.

As grandes portas fecharam-se com estrondo. *Bum*. As barras de ferro caíram em seus lugares lá dentro. *Blang!* O portão estava fechado. Sam arremessou-se contra as chapas de bronze aferrolhadas e caiu ao chão, sem sentidos. Estava na treva do lado de fora. Frodo estava vivo, mas aprisionado pelo Inimigo.

Poemas Originais

LIVRO III

1. A Partida de Boromir

[A] p. 629: *Through Rohan over fen and field where the long grass grows*
The West Wind comes walking, and about the walls it goes.
'What news from the West, O wandering wind, do you bring to me tonight?
Have you seen Boromir the Tall by moon or by starlight?'
'I saw him ride over seven streams, over waters wide and grey;
I saw him walk in empty lands, until he passed away
Into the shadows of the North. I saw him then no more.
The North Wind may have heard the horn of the son of Denethor.'
'O Boromir! From the high walls westward I looked afar,
But you came not from the empty lands where no men are.'

[B] p. 629: *From the mouths of the Sea the South Wind flies, from the sandhills and the stones;*
The wailing of the gulls it bears, and at the gate it moans.
'What news from the South, O sighing wind, do you bring to me at eve?
Where now is Boromir the Fair? He tarries and I grieve.'
'Ask not of me where he doth dwell – so many bones there lie
On the white shores and the dark shores under the stormy sky;
So many have passed down Anduin to find the flowing Sea.
Ask of the North Wind news of them the North Wind sends to me!'
'O Boromir! Beyond the gate the seaward road runs south,
But you came not with the wailing gulls from the grey sea's mouth.'

[C] pp. 629–30:

From the Gate of Kings the North Wind rides, and past
the roaring falls;
And clear and cold about the tower its loud horn calls.
'What news from the North, O mighty wind, do you
bring to me today?
What news of Boromir the Bold? For he is long away.'
'Beneath Amon Hen I heard his cry. There many foes he fought.
His cloven shield, his broken sword, they to the water brought.
His head so proud, his face so fair, his limbs they laid to rest;
And Rauros, golden Rauros-falls, bore him upon its breast.'
'O Boromir! The Tower of Guard shall ever northward gaze
To Rauros, golden Rauros-falls, until the end of days.

2. Os Cavaleiros de Rohan

[A] p. 635: *Gondor! Gondor, between the Mountains and the Sea!*
West Wind blew there; the light upon the Silver Tree
Fell like bright rain in gardens of the Kings of old.
O proud walls! White towers! O winge´d crown and
throne of gold!
O Gondor, Gondor! Shall Men behold the Silver Tree,
Or West Wind blow again between the Mountains and
the Sea?

4. Barbávore

[A] p. 690: *Learn now the lore of Living Creatures!*
First name the four, the free peoples:
Eldest of all, the elf-children;
Dwarf the delver, dark are his houses;
Ent the earthborn, old as mountains;
Man the mortal, master of horses:

[B] p. 691: *Beaver the builder, buck the leaper,*
Bear bee-hunter, boar the fighter;
Hound is hungry, hare is fearful . . .

[C] p. 691: *Eagle in eyrie, ox in pasture,*
Hart horn-crowne´d; hawk is swiftest,
Swan the whitest, serpent coldest . . .

[D] p. 691: *Half-grown hobbits, the hole-dwellers.*

[E] p. 697: *In the willow-meads of Tasarinan I walked in the Spring.*
Ah! the sight and the smell of the Spring in Nan-tasarion!
And I said that was good.
I wandered in Summer in the elm-woods of Ossiriand.
Ah! the light and the music in the Summer by the Seven Rivers of Ossir!
And I thought that was best.
To the beeches of Neldoreth I came in the Autumn.
Ah! the gold and the red and the sighing of leaves in the Autumn in Taur-na-neldor!
It was more than my desire.
To the pine-trees upon the highland of Dorthonion I climbed in the Winter.
Ah! the wind and the whiteness and the black branches of Winter upon Orod-na-Thôn!
My voice went up and sang in the sky.
And now all those lands lie under the wave,
And I walk in Ambaro´na, in Tauremorna, in Aldalo´me¨,
In my own land, in the country of Fangorn,
Where the roots are long,
And the years lie thicker than the leaves
In Tauremornalo´me¨.

[F] pp. 707–08: ent. *When Spring unfolds the beechen leaf, and sap is in the bough;*
When light is on the wild-wood stream, and wind is on the brow;
When stride is long, and breath is deep, and keen the mountain-air,
Come back to me! Come back to me, and say my land is fair!

entwife. *When Spring is come to garth and field, and corn is in the blade;*
When blossom like a shining snow is on the orchard laid;
When shower and Sun upon the Earth with fragrance fill the air,
I'll linger here, and will not come, because my land is fair.

ent. *When Summer lies upon the world, and in a noon of gold*
Beneath the roof of sleeping leaves the dreams of trees unfold;
When woodland halls are green and cool, and wind is in the West,
Come back to me! Come back to me, and say my land is best!

entwife. *When Summer warms the hanging fruit and burns the berry brown;*
When straw is gold, and ear is white, and harvest comes to town;
When honey spills, and apple swells, though wind be in the West,
I'll linger here beneath the Sun, because my land is best!

ent. *When Winter comes, the winter wild that hill and wood shall slay;*
When trees shall fall and starless night devour the sunless day;
When wind is in the deadly East, then in the bitter rain
I'll look for thee, and call to thee; I'll come to thee again!

entwife. *When Winter comes, and singing ends; when darkness falls at last;*
When broken is the barren bough, and light and labour past;
I'll look for thee, and wait for thee, until we meet again:
Together we will take the road beneath the bitter rain!
both. *Together we will take the road that leads into the West,*
And far away will find a land where both our hearts may rest.'

[G] p. 716: *O Orofarne¨, Lassemista, Carnimı´rie¨!*
O rowan fair, upon your hair how white the blossom lay!
O rowan mine, I saw you shine upon a summer's day,
Your rind so bright, your leaves so light, your voice so cool and soft:
Upon your head how golden-red the crown you bore aloft!
O rowan dead, upon your head your hair is dry and grey;
Your crown is spilled, your voice is stilled for ever and a day.
O Orofarne¨, Lassemista, Carnimı´rie¨!'

[H] p. 717: *We come, we come with roll of drum: ta-runda runda runda rom!*

[I] p. 717: *We come, we come with horn and drum: ta-ru¯na ru¯na ru¯na rom!*

[J] p. 718: *To Isengard! Though Isengard be ringed and barred with doors of stone;*
Though Isengard be strong and hard, as cold as stone and bare as bone,
We go, we go, we go to war, to hew the stone and break the door;
For bole and bough are burning now, the furnace roars — we go to war!
To land of gloom with tramp of doom, with roll of drum, we come, we come;
To Isengard with doom we come!
With doom we come, with doom we come!

5. O Cavaleiro Branco

[A] p. 741: *Where now are the Du´nedain, Elessar, Elessar?*
Why do thy kinsfolk wander afar?
Near is the hour when the Lost should come forth,
And the Grey Company ride from the North.
But dark is the path appointed for thee:
The Dead watch the road that leads to the Sea.

[B] p. 741: *Legolas Greenleaf long under tree*
In joy thou hast lived. Beware of the Sea!
If thou hearest the cry of the gull on the shore,
Thy heart shall then rest in the forest no more.'

6. O Rei do Paço Dourado

[A] p. 748:

Where now the horse and the rider? Where is the horn that w sblowing?
Where is the helm and the hauberk, and the bright hair flowing?
Where is the hand on the harpstring, and the red fire glowing?
Where is the spring and the harvest and the tall corn growing?
They have passed like rain on the mountain, like a wind in the meadow;
The days have gone down in the West behind the hills into shadow.
Who shall gather the smoke of the dead wood burning,
Or behold the flowing years from the Sea returning?

[B] p. 756:

In Dwimordene, in Lo´rien
Seldom have walked the feet of Men,
Few mortal eyes have seen the light
That lies there ever, long and bright.
Galadriel! Galadriel!
Clear is the water of your well;
White is the star in your white hand;
Unmarred, unstained is leaf and land
In Dwimordene, in Lo´rien
More fair than thoughts of Mortal Men.

[C] p. 760:

Arise now, arise, Riders of The´oden!
Dire deeds awake, dark is it eastward.
Let horse be bridled, horn be sounded!
Forth Eorlingas!

8. A Estarada para Isengard

[A] p. 794:

Ere iron was found or tree was hewn,
When young was mountain under moon;
Ere ring was made, or wrought was woe,
It walked the forests long ago.'

9. Destroços e Arranjos

[A] p. 821: *'Though Isengard be strong and hard, as cold as stone*
and bare as bone,
We go, we go, we go to war, to hew the stone and break
the door!

10. A Voz de Saruman

[A] p. 849: *Ents the earthborn, old as mountains,*
the wide-walkers, water drinking;
and hungry as hunters, the Hobbit children,
the laughing-folk, the little people,

11. A Palantír

[A] p. 863: *Tall ships and tall kings*
Three times three,
What brought they from the foundered land
Over the flowing sea?
Seven stars and seven stones
And one white tree.

LIVRO IV

1. A Doma de Sméagol

[A] p. 891: *One Ring to rule them all and in the Darkness bind them.*

2. A Travessia dos Pântanos

[A] pp. 894–95: *The cold hard lands*
they bites our hands,
they gnaws our feet.
The rocks and stones
are like old bones
all bare of meat.
But stream and pool
is wet and cool:
so nice for feet!
And now we wish —

[B] p. 895:

Alive without breath;
as cold as death;
never thirsting, ever drinking;
clad in mail, never clinking.
Drowns on dry land,
thinks an island
is a mountain;
thinks a fountain
is a puff of air.
So sleek, so fair!
What a joy to meet!
We only wish
to catch a fish,
so juicy-sweet!

3. O Portão Negro está Fechado

[A] p. 929:

Grey as a mouse,
Big as a house,
Nose like a snake,
I make the earth shake,
As I tramp through the grass;
Trees crack as I pass.
With horns in my mouth
I walk in the South,
Flapping big ears.
Beyond count of years
I stump round and round,
Never lie on the ground,
Not even to die.
Oliphaunt am I,
Biggest of all,
Huge, old, and tall.
If ever you'd met me
You wouldn't forget me.
If you never do,
You won't think I'm true;
But old Oliphaunt am I,
And I never lie.

4. De Ervas e Coelho Ensopado

[A] p. 944: *Seek for the Sword that was Broken.*
In Imladris it dwells.

Nota sobre as Inscrições em *Tengwar* e em Runas e suas Versões em Português

Por Ronald Kyrmse

Nas edições originais, em inglês, das obras de J.R.R. Tolkien *O Hobbit*, *O Senhor dos Anéis*, *O Silmarillion* e *Contos Inacabados*, existem diversas inscrições — especialmente nos frontispícios — grafadas em *tengwar* (letras-élficas) e *tehtar* (os sinais diacríticos sobre e sob os *tengwar*, que indicam vogais, nasalização e outras modificações), ou então em runas. Nesta última categoria, é preciso destacar que em *O Hobbit* o autor usou runas anglo-saxônicas, ou seja, do nosso Mundo Primário, para representar as runas dos anões, assim como o idioma inglês representa a língua comum da Terra-média e o anglo-saxão representa a língua dos Rohirrim, mais arcaica que aquela. Nas demais obras, a escrita dos anãos é coerentemente representada pelas runas anânicas, ou *cirth*, de organização bem diversa.

A seguir estão mostradas essas inscrições, traduzidas para o português (em coerência com o restante do texto das edições brasileiras) e suas transcrições para as escritas élficas ou anânicas usadas nos originais. Está indicada em cada caso a fonte usada para transcrever.

O processo pode ser resumido nas seguintes operações (exemplo para texto em *tengwar* no original):

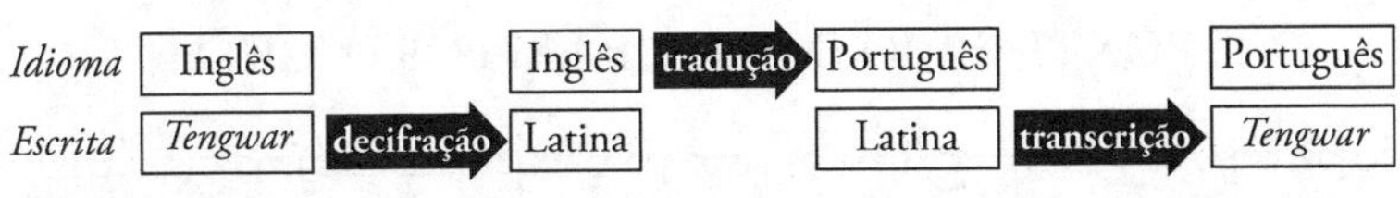

Desta forma, temos as seguintes frases em inglês e traduzidas para o português, nas runas e em *tengwar*:

CAPA EM PORTUGUÊS:

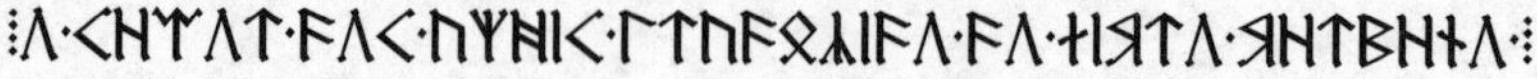

O Senhor dos Anéis traduzido do Livro Vermelho

FRONTISPÍCIO SUPERIOR EM INGLÊS:

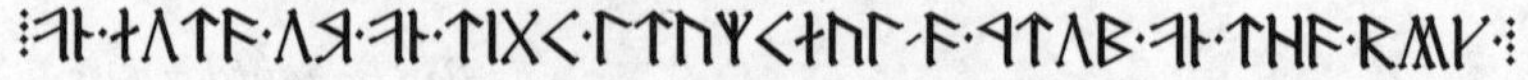

The Lord of the Rings translated from the Red Book

FRONTISPÍCIO INFERIOR EM INGLÊS:

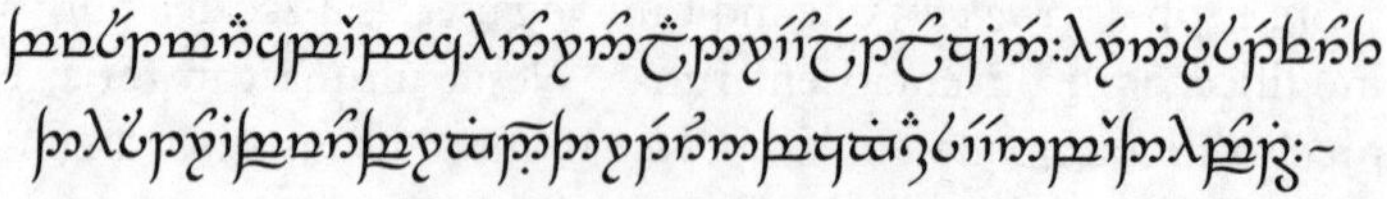

of Westmarch by John Ronald Reuel Tolkien: herein is set forth the history of the War of the Ring and the Return of the King as seen by the hobbits:-

---

FRONTISPÍCIO SUPERIOR EM PORTUGUÊS:

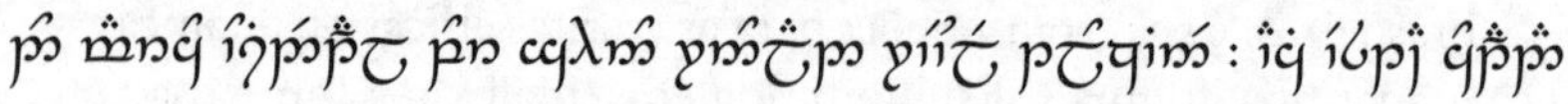

do Marco Ocidental por John Ronald Reuel Tolkien: Aqui está contada

---

FRONTISPÍCIO INFERIOR EM PORTUGUÊS:

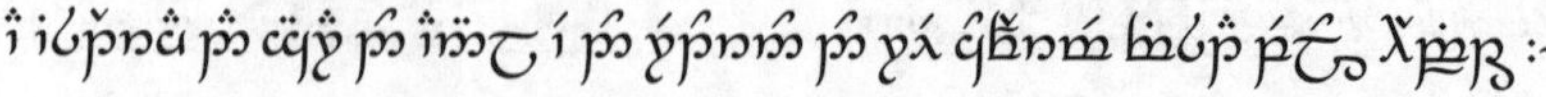

a história da Guerra do Anel e do Retorno do Rei conforme vista pelos hobbits:-

Nota sobre as Ilustrações

J.R.R. Tolkien: *Dust Jacket design for The Two Towers.*

Quando ficou decidido que *O Senhor dos Anéis* seria dividido em três partes, J.R.R. Tolkien, em visita à Rainer Unwin, seu editor, chegou com ele ao título *As Duas Torres*. Depois disso, o autor idealizou esta arte para a sobrecapa inglesa (que só veio a ser publicada posteriormente, já que as primeiras edições possuiam a mesma arte para suas sobrecapas), onde priorizou que as torres do título fossem impossíveis de serem confundidas com Barad-Dûr, a enorme torre de Sauron. Assim, ele ilustrou Minas Morgul e Orthanc de formas características: a torre da esquerda é branca, simbolizando a luz da lua, já que Minas Morgul foi uma vez chamada Minas Ithil (Torre da Lua), enquanto Orthanc é negra, como descrita no livro. Além disso, Minas Morgul traz os nove anéis dos Nazgûl em sua base, com o símbolo da lua crescente abaixo, enquanto Orthanc traz a mão branca, símbolo de Saruman. No centro, sobrevoando, há um Nazgûl e abaixo dele o Um Anel em vermelho-sangue.

J.R.R. Tolkien: *Orthanc (I)*.
Lápis, lápis colorido e nanquim sobre papel.

Uma das primeiras ilustrações de J.R.R. Tolkien que retratam a torre de Isengard. Esta arte está muito distante da ideia final do autor sobre a torre, que pode ser vista na capa desta edição. Nela, há uma Orthanc cilíndrica/cônica que, mesmo possuíndo os três dentes em seu pináculo, não é "lisa", mas sim construída com tijolos.

Além da torre, podemos ver Isengard já devastada, sem as árvores ao redor, com buracos que exalam fumaça e fornos espalhados por toda a extensão do antigo jardim.

Este livro foi impresso em 2022, na Ipsis,
para a HarperCollins Brasil. A fonte usada
no miolo é Garamond corpo 11.
O papel do miolo é pólen 70 g/m².